T0161718

CLASSIQUES JAUNES

Littératures francophones

La Fortune des Rougon

Émile Zola

La Fortune des Rougon

Édition critique par David Baguley

PARIS
CLASSIQUES GARNIER
2022

David Baguley, spécialiste de littérature romane, a consacré ses travaux au XIXᵉ siècle français, plus particulièrement à l'œuvre d'Émile Zola, dont il est l'un des principaux spécialistes. Ses analyses, dont *Naturalist Fiction. The Entropic Fiction*, ont renouvelé l'étude critique du mouvement naturaliste. Nous lui devons également des éditions de référence d'Émile Zola et des frères Goncourt.

Couverture : Grandville, *Ombres portées*, 1830. Source : Wikipedia.org.

© 2022. Classiques Garnier, Paris.
Reproduction et traduction, même partielles, interdites.
Tous droits réservés pour tous les pays.

ISBN 978-2-406-12475-7
ISSN 2417-6400

ABRÉVIATIONS

Corr.   I, II, VII, VIII, X : vol. de *Émile Zola : Correspondance*, éditée
           sous la direction de B.H. Bakker; éditrice associée, Colette
           Becker; conseiller littéraire, Henri Mitterand. Montréal, Presses
           de l'université de Montréal / Paris, Éditions du Centre national
           de la recherche scientifique, 1978-1995.

GGS   *La Fortune des Rougon. Épisode du Coup d'État en Province
           décembre 1851*, édition critique : introduction, variantes, notes,
           dossier préparatoire et plan par Gina Gourdin Servenière.
           Genève, Strategic Communications SA, 1990, cxx, 583 p.

HM   *Les Rougon-Macquart. Histoire naturelle et sociale d'une famille sous
           le Second Empire*, vol. I, préface d'Armand Lanoux. Chronologie,
           notes et commentaires par Henri Mitterand. Paris, Gallimard,
           « Bibliothèque de la Pléiade », 1960, lxiv, 1713 p.

O.C.   *Émile Zola. Œuvres complètes*, édition établie sous la direction de
           Mitterand. Paris, Cercle du Livre Précieux, 1966-1969, 15 vol.

Le texte a été établi à partir de l'édition Charpentier publiée en 1872 :
les chiffres notés entre crochets renvoient à la pagination de cette édition.

INTRODUCTION

GENÈSE D'UNE SÉRIE

Quand Zola affirme à la fin de la préface de *La Fortune des Rougon* que ce premier volet de la série des *Rougon-Macquart* « doit s'appeler de son titre scientifique : *les Origines* », il est doublement dans le vrai. C'est que ce roman ne trace pas seulement les origines de la saga de la famille des Rougon et des Macquart, qui s'étendra sur vingt volumes, mais il relate aussi, à sa manière, l'histoire des débuts sanglants du régime du Second Empire, pendant lequel se déroulera l'action de la série. Cette double visée, sociologique (ou physiologique) et historique, qui conférera à ce premier texte une fonction initiale d'exposition en vue du reste de la série, tout en faisant le récit émouvant de la répression de l'opposition dans le Var au coup d'État du 2 décembre 1851, est manifeste dans la documentation préliminaire du roman et à travers les diverses étapes de son élaboration.

Depuis le début de 1866, ayant quitté la Librairie Hachette, où il occupait le poste de chef du bureau de la publicité, Zola vit de sa plume : courriériste littéraire à *L'Événement*, collaborateur du *Figaro*, commentateur à l'avant-garde des mouvements artistiques dans ses « Salons », et, bien entendu, romancier. Avide de succès, il écrit à son ami Antony Valabrègue le 4 avril 1867 : « J'ai besoin de la foule, je vais à elle comme je peux, je tente tous les moyens pour la dompter. En ce moment, j'ai surtout besoin de deux choses : de publicité et d'argent[1] ». D'où, vers cette époque, deux romans-feuilletons, *Le Vœu d'une morte* (1866) et *Les Mystères de Marseille* (1867), pour faire bouillir la marmite. Mais Zola ne s'attardera pas à faire preuve d'originalité dans son œuvre.

---

1 *Corr.* I, 485.

Avant de s'embarquer dans la longue expérience scientifique des *Rougon-Macquart* et bien avant d'élaborer la théorie du « roman expérimental », il combine la littérature et la science dans ses deux romans suivants : *Thérèse Raquin* (1867), une histoire d'adultère menant au crime, dont l'action est motivée par la vieille théorie des tempéraments et à laquelle la formule déterministe de Taine sert d'épigraphe : « le vice et la vertu sont des produits comme le vitriol et le sucre » ; *Madeleine Férat* (1868), qui illustre la théorie de la télégonie, empruntée à *L'Amour* de Michelet et au *Traité de l'hérédité naturelle* du Dr Prosper Lucas, selon laquelle la femme portera toujours l'empreinte de son premier amant, à tel point que ses enfants conçus avec un autre homme lui ressembleront ! Malgré les difficultés pratiques de cette période de sa carrière, Zola se réjouit, avec optimisme et confiance, d'être en accord avec son époque. Déjà en 1866, il écrit dans la préface de son recueil de comptes rendus d'ouvrages littéraires ou artistiques, *Mes Haines*, véritable profession de foi : « Je suis à l'aise parmi notre génération. [...] Nous sommes au seuil d'un siècle de science et de réalité, et nous chancelons, par instants, comme des hommes ivres, devant la grande lueur qui se lève en face de nous. [...] Je suis de mon âge[1] ». Comme le note Henri Martineau, pour les politiques, les sociologues, les écrivains, « pour l'élite intellectuelle en un mot », le terme de science, depuis quelques années, prend un sens spécial et restreint : « ils ramènent toute science à la biologie[2] ».

Le lien manquant entre cet élan d'enthousiasme pour la science et le projet d'écrire une série de romans, l'histoire naturelle d'une seule famille, n'est pas long à venir, étant donné l'intérêt que Zola porte aux lois de l'hérédité. Il se peut même que cet intérêt remonte à l'année 1864, pendant laquelle Zola assistait aux conférences de la rue de la Paix et fit la connaissance du jeune professeur Émile Deschanel, positiviste, anti-bonapartiste, auteur d'une *Physiologie des écrivains et des artistes, ou Essai de critique naturelle* (1864). Celui-ci écrit au début de son ouvrage :

> Mais, si l'on veut analyser l'organisme de la personne, n'est-on pas obligé de remonter aux influences du sang et de la parenté, de la famille, de la race, du sol, du climat ?

1   *O.C.*, X, p. 27, 62.
2   Henri Martineau, *Le Roman scientifique d'Émile Zola*, Paris, Baillière,1907, p. 24.

Cela est tellement évident que personne n'oserait le contester. Si, pour connaître le fruit, il faut connaître l'arbre, comment étudier l'arbre sans le terroir, et le terroir sans tout le reste ?
Vous commencez à découvrir l'étendue de la critique naturelle ou physiologique[1].

Deschanel présente comme modèle le *Traité de l'hérédité naturelle* du Dr Prosper Lucas, la principale source scientifique de la future série du romancier. Mais rappelons aussi, parmi les influences les plus significatives sur les idées et les projets de Zola, celle de Taine, qu'il a connu personnellement chez Hachette et qui est devenu le véritable maître à penser du jeune écrivain, le « philosophe naturaliste », dont il se veut « l'humble disciple » et dont il admire la méthode « parce qu'elle apporte la vérité[2] ». Dans un entretien avec un journaliste du *Figaro* au lendemain de la mort de l'auteur des *Essais de critique et d'histoire*, Zola rappelle la transformation opérée en lui par les idées de Taine presque trente ans auparavant :

> – J'ai subi, m'a dit le maître, trois influences, celle de Musset, celle de Flaubert, celle de Taine. C'est vers l'âge de vingt-cinq ans que j'ai lu ce dernier, et, en le lisant, le théoricien, le positiviste qui est en moi s'est développé. Je puis dire que j'ai utilisé dans mes livres sa théorie sur l'hérédité et sur les milieux, que je l'ai appliquée dans le roman[3].

Le plus souvent, parmi les influences scientifiques sur Zola à cette époque, celles qui cherchaient dans le monde physique l'explication des faits moraux, le nom de Taine est accompagné de celui du Dr Prosper Lucas. Zola a lu attentivement l'œuvre de Lucas pendant les séances presque journalières de lecture qu'il a passées à la Bibliothèque Impériale « fin de 1868, commencement de 1869 », selon Alexis, « plongé dans les livres de physiologie et d'histoire naturelle, prenant des notes. Le *Traité de l'hérédité naturelle*, du docteur Lucas, lui servit surtout[4] ».

Quand Zola rend visite pour la première fois aux Goncourt, le 14 décembre 1868, il leur parle de « l'Histoire d'une famille », un

---

1   Émile Deschanel, *Physiologie des écrivains et des artistes, ou Essai de critique naturelle*, Paris, Hachette, 1864, p. 6-7. Sur l'importance de l'influence de Deschanel et des conférences de la rue de la Paix, voir Henri Mitterand, *Zola. Tome I. Sous le regard d'Olympia (1840-1871)*, Paris, Fayard, 1999, p. 343-347.

2   *O.C.*, X, p. 198, 563, 565.

3   Louis Trebor, « Chez M. Émile Zola », *Le Figaro*, 6 mars 1893, p. 2.

4   Paul Alexis, *Émile Zola. Notes d'un ami, avec des vers inédits d'Émile Zola*, Paris, Charpentier, 1882, p. 85-86.

roman qu'il envisage d'écrire en huit volumes, car il « voudrait faire de grandes machines ». Il se plaint aussi de ses difficultés financières, de son besoin de trouver un éditeur qui lui assurerait, chaque année, un revenu de 6.000 francs. Deux souhaits distincts ! D'une part, la satisfaction du rêve de composer une œuvre monumentale, grandiose, encyclopédique, qui a hanté le romancier depuis sa jeunesse (comme son projet d'un vaste poème, *La Chaîne des êtres*, lequel aurait raconté la naissance du monde et l'histoire de l'humanité) jusqu'à son dernier cycle, *Les Évangiles*, inachevé à sa mort[1]. D'autre part, des considérations pratiques, car, comme l'explique Alexis, « pour tout dire, [...] l'argent lui-même, la question d'argent, le poussa à entreprendre les *Rougon-Macquart*. [...] : une rente mensuelle de cinq cents francs, assurée par quelque éditeur, le mettrait à l'abri du souci et de l'incertitude[2] ». Zola en vient à signer un accord avec Albert Lacroix, l'éditeur des *Contes à Ninon*, de *La Confession de Claude*, de *Thérèse Raquin* et de *Madeleine Férat*, selon lequel il s'engage à produire deux romans par an pour toucher les cinq cents francs par mois[3]. Ainsi, le 7 avril 1869, le romancier écrit à Lacroix pour lui demander de lui avancer cinq cents francs « sur un roman que j'ai commencé le 1er avril et que vous publierez après qu'il aura passé dans un journal[4] ». Il s'agit de *La Fortune des Rougon*, titre visionnaire, car le roman contribuera à empêcher son auteur de tomber dans l'indigence.

Ainsi, pendant les quelque huit mois de lectures appliquées d'ouvrages scientifiques en 1868 et les trois premiers mois de 1869, Zola établit les bases de sa série et élabore le canevas de son premier épisode, tout en accumulant un ensemble de notes sur les deux versants de sa tâche. Faute d'indications précises, on ne peut que supposer que le romancier a eu tendance à s'occuper surtout des sources et des grandes lignes de sa série avant de se concentrer sur le plan et les détails du premier roman. D'où la nécessité, quant aux notes manuscrites qui figurent dans deux dossiers des nouvelles acquisitions françaises de la Bibliothèque nationale

---

1   Sur l'attrait du monumental pour Zola, voir Henri Barbusse, « Zola, la science et la société », *L'Humanité*, 31 juillet 1927, p. 4. Sur *La Chaîne des êtres*, voir Henri Mitterand, *Zola. Tome I. Sous le regard d'Olympia (1840-1871)*, Paris, Fayard, 1999, p. 281-282.

2   *Émile Zola. Notes d'un ami, op. cit.*, p. 84-85.

3   Voir *ibid.*, p. 85, sur les termes du contrat.

4   Voir Colette Becker (éd.) « La correspondance de Zola, 1858-1871 : trente lettres nouvelles », *Les Cahiers naturalistes*, XXIXe année, n°57, 1983, p. 173.

de France, de s'arrêter d'abord sur celles du ms. 10345, dont la première section porte comme titre « Notes sur la marche générale de l'œuvre » (f⁰ˢ 1-182), et dans lequel il s'agit surtout de la documentation relative à la série. Le ms. 10303 (f⁰ˢ 1-92), contient essentiellement les divers plans et notes se rapportant à *La Fortune des Rougon*[1].

Curieusement, dans une liste de quelque dix-neuf titres[2], on ne trouve aucune trace des deux textes sur lesquels Zola a pris assidûment des notes détaillées. Celles qu'il a prises sur l'ouvrage que Charles Letourneau venait de publier en 1868, *Physiologie des passions*, dans lequel l'auteur adopte une perspective matérialiste susceptible de plaire au jeune romancier, n'ont pourtant qu'une pertinence limitée pour les besoins du romancier. En revanche, les idées, les analyses, voire le vocabulaire, de l'ouvrage du Dʳ Prosper Lucas, *Traité philosophique et physiologique de l'hérédité naturelle*, sont pour le romancier une véritable aubaine, dont il va pouvoir faire la pierre angulaire de sa construction romanesque[3]. Pour le romancier qu'il est, le texte de Lucas semble le mettre au cœur des mystères et des mécanismes de l'hérédité, dont le système de structures binaires et tertiaires est d'une simplicité convaincante. Ainsi Zola note que Lucas part des lois fondamentales de « l'institution primordiale des êtres » : l'*invention* et l'*imitation* auxquelles la vie obéit dans la procréation (f⁰ 62). Trois combinaisons de base se présentent : 1° *élection*, ressemblance exclusive au père ou à la mère ; 2° *mélange*, représentation mixte et simultanée du père et de la mère ; 3° *combinaison*, par un processus de fusion ou de dissolution des deux « auteurs dans le produit », arrive la substitution d'un « nouveau caractère à ceux des facteurs » (f⁰ˢ 87-88). Dans le système de Lucas, l'*élection* et le *mélange* appartiennent à l'*hérédité*. Quant à la *combinaison*, elle sera une catégorie fort utile pour le romancier, ainsi que la dernière catégorie, l'*innéité*, selon laquelle tout dans l'organisation peut être inné, c'est-à-dire sans dépendre de l'hérédité. Cette détermination lui permettra de camper certains personnages favorisés, comme Pascal

---

1   Notons, pourtant, que le ms. 10303 contient des détails sur le cadre et les personnages de chaque roman de la série (f⁰ˢ 52-57, 60-63), ainsi que le projet de préface (f⁰ˢ 78-79) qui porte sur son ensemble. Quant au ms. 10345, il contient un certain nombre de notes égarées qui appartiennent aux dossiers d'autres romans de la série. Pour les détails, voir la section « Manuscrits » de notre dossier documentaire, ci-dessous, p. 485-496.

2   Ms. 10345, f⁰ˢ 142-143, 155-156.

3   Les notes de Zola se trouvent dans le ms. 10345, f⁰ˢ 57-107, avec un résumé aux f⁰ˢ 108-115. Ces notes sont reproduites dans HM, tome II, 1693-1728.

Rougon, en dehors des effets néfastes de l'hérédité. Surtout vers la fin de la série, quand il cherchera à tirer une conclusion optimiste, quatre membres de la famille fatidique – Angélique Rougon, Pascal Rougon, Hélène Mouret et Jean Macquart – se déroberont à l'engrenage de l'hérédité grâce à l'échappatoire de l'*innéité*.

Les catégories et les thèses de Lucas ne peuvent que stimuler l'imagination du romancier, qui les tourne à l'avantage de sa série. Dans ses notes, des scénarios surgissent : un roman ouvrier dans lequel naît une belle courtisane (f° 108) ; un roman « où l'on montrerait le métissage dans l'adultère » (f° 109). Mais, en tant que romancier, Zola est attiré par le système de Lucas surtout comme source d'organisation de sa série, à la fois héritée de la science et, en apparence, fonctionnant en dehors de la volonté du narrateur. C'est que l'ouvrage de Lucas lui fournira un système rigoureux d'explication des comportements humains, ainsi que l'agencement et l'orientation dynamique d'une série de romans avec sa structure verticale allant de génération en génération, un fond de personnages et de drames saisissants, et, enfin, le moyen de prêter une apparence de scientificité à son projet romanesque, un stratagème littéraire plutôt qu'un engagement inviolable avec la vérité scientifique[1]. C'est en même temps un système de motivation des personnages qui laisse au romancier beaucoup de latitude. Ainsi Henri Mitterand peut aller jusqu'à affirmer que Zola « ne conçoit pas *Les Rougon-Macquart* pour illustrer les thèses du Dr Lucas sur les mécanismes de l'hérédité, mais il utilise, provisoirement, les concepts du Dr Lucas pour trouver une solution aux problèmes d'esthétique qu'il se pose[2] ». Pour le romancier, le vraisemblable prime sur le vrai. C'est ce qu'il rapporte dans un passage souvent cité de ses « Notes générales sur la nature de l'œuvre » :

> Avoir surtout la logique de la déduction. Il est indifférent que le fait généra-
> teur soit reconnu comme absolument vrai ; ce fait sera surtout une hypothèse
> scientifique, empruntée aux traités médicaux. Mais lorsque ce fait sera posé,

---

1 Comme l'écrit Henri Mitterand sur ce problème : « Qu'on cesse donc de faire de Zola, du jeune Zola, le disciple appliqué, et sans esprit critique, des biologistes et des anthropologues de son temps. Ce qu'il leur emprunte, ce ne sont pas des connaissances assurées, pour son savoir, ce sont tout bonnement des figures, pour son imagination. Des commodités, pour le profil des personnages, pour leurs corrélations familiales et pour leurs drames » (*Zola. Tome I. Sous le regard d'Olympia (1840-1871)*, p. 720).

2 *Ibid.*, p. 719-720.

lorsque je l'aurai accepté comme un axiome, en déduire mathématiquement tout le volume, et être alors d'une absolue vérité[1].

Ainsi Zola attribue à chacun des membres de sa famille une étiquette qui résume le cas héréditaire représenté par le personnage et qui figure sur l'arbre généalogique : par exemple, pour Ursule Macquart, « Mélange soudure. Prédominance morale et ressemblance physique de la mère » (état de 1878). Or, même dans l'œuvre des origines de la famille, *La Fortune des Rougon*, Zola n'emploie point la terminologie dérivée de Lucas dans le roman lui-même, se contentant d'indiquer les sources des traits de caractère de ses Rougon et de ses Macquart en termes plus familiers, comme, par exemple, l'ivrognerie d'Antoine Macquart héritée de son père ou « la folie originelle » de Tante Dide, « dont le père mourut fou[2] ». Même Pascal, naturaliste intradiégétique, délégué du romancier du fait de ses recherches sur le déterminisme génétique, et qui ne semble guère appartenir à la famille dont il rejette symboliquement le patronyme, s'occupe bien « du grand problème de l'hérédité[3] », mais il s'intéresse surtout à des comparaisons entre les races animales et la race humaine au lieu de se réclamer du système de Lucas[4]. En fait, paradoxalement, de telles comparaisons entre l'humanité et l'animalité font penser à l'œuvre de Balzac, dont, on le sait, Zola reconnaissait l'influence, mais voulait, précisément dans sa nouvelle série rigoureusement façonnée et scientifique, se distancer. On trouve même dans le dossier qui nous intéresse deux feuillets de notes intitulées « Différences entre Balzac et moi », dans lesquels Zola se délivre momentanément de cette fameuse « angoisse de l'influence », pour employer l'expression de Harold Bloom[5]. Essentiellement, dans ce texte, Zola rejette le monarchisme et le catholicisme de son devancier, affirme que sa série à lui sera moins sociale et plus scientifique que *La Comédie humaine*, qu'elle évoluera dans un cadre historique plus restreint, en montrant « le jeu de la race modifiée

---

1   Ms. 10345, f° 10.
2   P. 140.
3   P. 170.
4   Zola reprendra les thèses du Dr Lucas, sans le nommer, dans le chapitre 2 du dernier roman de la série des *Rougon-Macquart*, *Le Docteur Pascal*, là où il passe en revue les recherches de son personnage et évoque d'autres théoriciens, mieux connus, comme Charles Darwin, Ernst Haeckel, Francis Galton, et Auguste Weisman.
5   Harold Bloom, *L'Angoisse de l'influence* [*The Anxiety of Influence*, 1973], Paris, Aux forges de Vulcain, 2013.

par les milieux » ; bref, « un simple exposé des faits d'une famille, en montrant le mécanisme intérieur qui la fait agir » (f°s 14-15)[1].

Plus révélateurs que ces propos, à l'attitude quelque peu défensive, sont les deux séries de notes programmatiques qui ouvrent le dossier ms. 10345. Dans les « Notes générales sur la nature de l'œuvre » (f°s 10-13), Zola définit les modalités qui caractériseront les romans de la série : chaque roman présentera un cas physiologique, mettant en présence deux ou trois tempéraments, menant les personnages au dénouement par la logique de leur état particulier. Il aura, sans trop d'épithètes, peu de personnages « servant de compléments et repoussoirs », « un torrent grondant, mais large, et d'une marche majestueuse ». La méthode du romancier s'opposera à « l'analyse courante de Balzac » et surtout à l'analyse de détail du moment, « à la manière actuelle de l'analyse de l'exceptionnel ». Lui veut réagir « par la construction logique des masses », par « le souffle de passion animant le tout ». Encore une fois on voit que les soucis de l'artiste priment sur ceux du penseur et le souci de rompre avec l'auteur de la *Comédie humaine* est toujours présent :

> Prendre avant tout une tendance philosophique, non pour l'étaler, mais pour donner une unité à mes livres. Le mot force ne compromet pas. [..] On a dit qu'il n'y avait pas un grand romancier qui ne contînt un philosophe : oui, une philosophie absurde, à la façon de Balzac. Je préfère être seulement romancier (f° 12).

Ce sera un roman « laboratoire » : « Une continuelle analyse coupée seulement par le drame. »

Ce remarquable art poétique du futur roman zolien s'accompagne des « Notes générales sur la marche de l'œuvre » (f°s 1-7), dans lesquelles le romancier définit avec plus de précision les paramètres thématiques de la série. La famille, évidemment, en constituera le noyau et son épanouissement dans le monde moderne, « dans toutes les classes », sera typique de l'âge. En bon tainien, Zola tiendra pleinement compte du milieu et de l'esprit du temps. « La caractéristique du mouvement moderne », écrit-il, « est la bousculade de toutes les ambitions, l'élan démocratique, l'avènement de toutes les classes. [...] Mon roman eût été impossible avant 89 » (f° 2). Cette ère d'appétits, d'ambitions, produit de « véritables monstruosités morales (le prêtre, le meurtrier, l'artiste) ». « Le moment est trouble », ajoute-t-il. « C'est le trouble du moment que je

---

1   Voir ce texte ci-dessous dans notre dossier documentaire, p. 487-488.

peins » (f° 3). Ainsi, à l'élément purement physiologique, aux « fatalités de la descendance », vient s'ajouter l'effet du moment, le détraquement de la famille par « les fièvres de l'époque » (f° 4). Le romancier ne proposera aucune solution ; il se limitera à dire « *la vérité humaine* », à montrer les secrets ressorts de cette société par l'hérédité et le jeu des milieux, en ajoutant qu'il laissera aux législateurs et aux moralistes le soin de « songer à panser les plaies que je montrerai » (f° 5).

Parmi les éléments les plus hétéroclites de ce dossier, avec ses divers inventaires de catégories scientifiques, de combinaisons, de mélanges et de variations des déterminations héréditaires, se trouve un schéma des quatre « mondes », sorte de radioscopie de la future société *Rougon-Macquart*, qui donne la clef d'un autre principe d'organisation de la série :

> [f° 22]
> Il y a quatre mondes
> (roman initial)
> Peuple : ouvrier, militaire
> Commerçants : Spéculateur sur les démolitions et haut commerce (industrie)
> Bourgeoisie : fils de parvenus.
> Grand monde (fonctionnaires officiels avec personnages du grand monde, *politique*)
> Et un monde à part (putain, meurtrier, prêtre (*religion*), artiste – (*art*)[1]

Ce schéma semble être la source d'un premier inventaire des romans de la série, qui, à ce stade, ne consiste qu'en dix volumes :

> [f° 23]
> Un roman sur les prêtres (Province)
> Un roman militaire (Italie)
> Un roman sur l'art (Paris)
> Un roman sur les grandes démolitions de Paris
> Un roman judiciaire (Province)
> Un roman ouvrier (Paris)
> Un roman dans le grand monde (Paris)
> Un roman sur la femme d'intrigue dans le commerce (Degon) Paris
> Un roman sur la famille d'un parvenu (effet de l'influence de la brusque fortune d'un père sur ses filles et garçons) Paris
> Roman initial, province

---

1 Ce document, ainsi que l'inventaire suivant, a été reproduit, avec variantes, dans HM V, 1734-1735.

Cet inventaire est, bien entendu, loin d'être définitif et subira des modifications et des ajouts au cours d'un quart de siècle, mais on y reconnaît les embryons de plusieurs romans de la série[1]. Il correspond aussi, à quelques détails près, à la liste de romans qui accompagnait le plan du premier roman de la série – laquelle s'appelle encore « Les Rougon-Machard » – que le romancier envoya à Lacroix, vraisemblablement vers le début de l'année 1869[2].

GENÈSE DU PREMIER ROMAN DE LA SÉRIE

Zola se disait, comme son *alter ego* Pierre Sandoz dans *L'Œuvre*, dominé par le malheur d'être né « au confluent de Balzac et de Hugo ». Si le créateur de la *Comédie humaine* a présidé, malgré les « différences », à la conception de la série des *Rougon-Macquart*, le premier épisode est à mettre sous l'égide de l'auteur des *Châtiments*. Dans l'ensemble du dossier de notes surtout scientifiques qu'on vient de voir, les allusions précises au contexte historique de la série sont assez rares, hormis une liasse de notes sur le régime impérial venant de la lecture de l'ouvrage du journaliste et historien républicain, Taxile Delord, *Histoire du Second Empire (1848-1869)*, tome I[3]. Zola présente dans *Le Gaulois* des 14, 15 et 16 janvier 1869 de longs extraits du récit que fait Delord des manœuvres du clan bonapartiste dans la nuit du 1er au 2 décembre 1851, menant à la phrase suivante : « Il est six heures du matin, M. Louis Bonaparte reçoit de la préfecture de police une dépêche qui, dans sa forme vulgaire, résume la situation : "Nous triomphons sur toute la ligne"[4] ».

Depuis quelques mois, Zola fait partie de la campagne contre le régime impérial menée par la presse républicaine, qui ne cesse de rappeler le

---

1   Notamment, *La Faute de l'abbé Mouret*, *La Débâcle*, *L'Œuvre*, *La Curée*, *La Bête humaine*, *L'Assommoir*, *Son Excellence Eugène Rougon*, et, bien entendu, *La Fortune des Rougon*.

2   Voir ci-dessous, dans notre dossier documentaire, « Le 1er plan remis à Lacroix », p. 492-494.

3   Taxile Delord, *Histoire du Second Empire (1848-1869)*, Paris, Germer Baillière, 1869, 684 p. Ces notes ont été reprises dans GGS, p. 572-574.

4   Zola n'utilisera le livre de Delord que dans *Le Ventre de Paris*, car l'historien passe sous silence la résistance contre le coup d'État en province. D'où, sans doute, le fait que ces notes ne figurent pas dans le dossier de *La Fortune des Rougon*.

« crime », le « guet-apens », sur lequel le régime était fondé. Pour sa part, pendant les dernières années de la décennie, les idées politiques du romancier ont acquis une nouvelle acuité. Il se méfie toujours de l'extrémisme et du parlementarisme, rebuté par l'opportunisme de l'un et par les factions de l'autre. Il a un sens aigu de la justice sociale, croit au progrès et à la valeur des avancements scientifiques, condamne l'obscurantisme de l'église. Il croit fermement que la république est la forme de gouvernement naturel de l'avenir. Bref, il est partisan d'une idéologie républicaine, contre laquelle l'Empire de Napoléon III n'est qu'un outrage. Dans *La Fortune des Rougon*, il reviendra avec insistance sur le thème de la violation ou de la « mort » de la République, car, dans cette perspective, il n'y a aucune solution de continuité entre son journalisme et sa fiction.

En effet, les circonstances ont favorisé cette convergence. Après de longs débats, la loi dite « libérale » du 11 mai 1868 sur la presse abolit l'autorisation préalable dont dépendaient, depuis février 1852, la fondation de tout journal, ainsi que le rigoureux système de surveillance et d'avertissements auquel la presse était soumise, en ne maintenant que le cautionnement et le droit de timbre. Le résultat : une boîte de Pandore pour le régime et une aubaine pour la presse d'opposition, car, en moins d'un an, quelque 140 nouveaux titres de journaux sont créés, dont beaucoup sont opposés au régime impérial et à son gouvernement[1]. Zola saisit l'occasion de collaborer à trois de ces nouveaux titres, mais il doit se multiplier. Dans le plus conservateur, *Le Gaulois*, on lui confie la rubrique littéraire ; il compose entre le 4 janvier et le 30 septembre 1869 une cinquantaine d'articles, dont la plupart sont des comptes rendus publiés dans sa chronique « Livres d'aujourd'hui et demain », où il présente deux fois des extraits de *L'Homme qui rit* de Victor Hugo[2]. Dès le 14 juin 1868, il collabore régulièrement à l'hebdomadaire d'opposition, *La Tribune* (jusqu'au 9 janvier 1870), où, bien qu'engagé comme « littérateur », il s'adapte aisément à l'esprit politique du journal et cultive un style polémique. Il fulmine contre les travaux d'Haussmann, contre la jeunesse dorée du régime et contre les fastes de Compiègne. Comme l'écrit Henri Mitterand sur cette phase de la carrière journalistique du romancier :

---

1 Voir Henri Mitterand, *Zola journaliste : de l'affaire Manet à l'affaire Dreyfus*, Paris, Armand Colin, 1962, p. 85-86.
2 Le 4 janvier ; les 27 et 29 avril, le 4 mai et le 19 mai 1869.

À relire *Les Châtiments*, et à travailler aux côtés des avocats de la « démocratie radicale », Zola s'est pris au jeu, et est devenu un des journalistes les plus acharnés à la perte de l'Empire. À la manière hugolienne, il a conçu une interprétation épique de la naissance, de l'histoire et de la décadence du régime, dont il prévoit l'écroulement à brève échéance, dans la honte et le sang[1].

Avec une ironie et une satire non moins hugoliennes, ces dispositions inspireront les premiers *Rougon-Macquart*[2]. Dès le premier volume, l'image de « la curée » s'impose, car, outre l'épopée de la défaite de l'insurrection, le roman raconte à Plassans, et allégoriquement dans le pays, l'avènement de « l'heure de la curée[3] ». Même dans un compte rendu littéraire d'un recueil de poèmes de Paul Courty, Zola fait des allusions à la situation politique et définit sa mission :

Si jamais siècle demande un Juvénal, c'est, à coup sûr, notre siècle, non qu'il soit plus mauvais que les autres, mais parce que la rapidité des fortunes y a singulièrement développé les appétits. Depuis une vingtaine d'années, nous assistons à la plus féroce curée qu'on puisse voir[4].

C'est fort à propos que le dénouement de *La Fortune des Rougon* présente les victorieux Rougon à table, en train de fêter le nouveau « règne de la curée ardente[5] ». On pense au titre ironique du premier livre des *Châtiments*, « La société est sauvée », ou au début du poème « Joyeuse Vie » dans le même recueil : « Bien ! pillards, intrigants, fourbes, crétins, puissances ! Attablez-vous en hâte autour des jouissances ! ».

L'apport de Zola à *La Tribune* ne se limite pourtant pas à ce programme idéologique ni à cette rhétorique de dénonciation. En tant que membre

---

1   *Ibid.*, p. 96-97.
2   Parmi les études qui traitent des traits hugoliens du roman de Zola, voir notamment l'article de Marie-Sophie Armstrong, « Une lecture "Hugo-centrique" de *La Fortune des Rougon* », *The Romanic Review*, LXXXVII, n° 2, mars 1996, p. 271-283. Comme son titre l'indique, cet article traite de l'empreinte hugolienne du roman de Zola et notamment de la présence des *Misérables* et de *Notre-Dame de Paris*, comme dans les ressemblances entre les couples Silvère / Miette et Marius / Cosette, les liens entre Miette et Esmeralda, l'inscription sur la pierre tombale avec sa valeur hugolienne d'*ananke*, les amours ingénues de Gwynplaine et de Dea dans *L'Homme qui rit*, etc. Ces rapprochements illustrent chez Zola, pour ainsi dire, le désir de « tuer ce père littéraire ».
3   P. 200.
4   Voir l'article du *Gaulois* du 19 juillet 1869, dans *O.C.*, X, p. 883. Voir aussi sur ce thème l'article de Zola publié dans *La Cloche* du 13 février 1870, « La fin de l'orgie », repris dans *O.C.*, XIII, p. 259-262.
5   P. 424.

de l'équipe du journal, Zola fait la découverte des œuvres d'historiens du Second Empire qui critiquent et attaquent le régime, notamment les ouvrages des journalistes Eugène Ténot et Taxile Delord, et celui de l'avocat Noël Blache, car à *La Tribune* on ne cesse d'évoquer la répression sanglante de l'opposition républicaine en décembre 1851. Déjà le 23 août 1868, Zola a pu lire, dans *La Tribune*, un extrait de l'ouvrage de Ténot, *La Province en décembre 1851. Étude historique*, qui deviendra la source historique la plus importante de *La Fortune des Rougon*. À la même époque, celle précisément de la genèse de *La Fortune des Rougon*, il y lit aussi une série d'articles (les 23 et 30 août et les 6 et 13 septembre 1868) portant sur la polémique et le procès entre l'ancien préfet du Var, Pastoreau, et plusieurs journalistes, dont Jules Claretie et M. de Villemessant. Ceux-ci accusent Pastoreau d'avoir fait fusiller deux fois un insurgé prisonnier, Martin Bidouré, qui faisait partie du puissant contingent des insurgés de Barjols et qui fut arrêté quand il portait un message adressé au chef des insurgés, Duteil. Fusillé par Pastoureau et sabré par les gendarmes, il reprend connaissance et, à la suite de la défaite de la colonne républicaine à Aups, il est fusillé à l'hôpital d'Aups une deuxième fois par les militaires. Après les accusations de Claretie dans *Le Figaro* en 1868, Pastoureau réclame des poursuites ; d'autres journaux s'emparent de l'histoire[1]. Le sort de cet insurgé, Martin, est raconté aussi dans l'ouvrage de Ténot, parmi d'autres récits d'exécutions sommaires[2]. Il en est aussi question dans l'ouvrage de Noël Blache, qui, enfant, avait vu passer le cortège des vaincus de la bataille d'Aups, enchaînés, humiliés, destinés au bagne. Ceci rappelle à Zola lui-même une expérience comparable : enfant lui aussi en 1851, il se souvient « avec émotion » d'une visite faite, à cette époque, « dans la prison d'Aix, à un des bons amis de [son] enfance ». Zola fait le compte rendu de l'ouvrage de Blache, son *Histoire de l'insurrection du Var en décembre 1851* (1869), dans *La Tribune* du 29 août 1869, où il fait appel à l'impartiale Histoire pour évoquer les crimes du passé :

> Cherchez plutôt à effacer la tache de sang qui souille, à la première page, l'histoire du Second Empire. Appelez vos fonctionnaires, appelez vos soldats,

---

1 Pour une autre version de cette histoire, dans laquelle Pastoureau est absent, voir les *Souvenirs du Second Empire*, ıı⁰ partie : *L'établissement de l'Empire*, par Adolphe Granier de Cassagnac, Paris, Dentu, 1881, p. 30-32.

2 Eugène Ténot, *La Province en décembre 1851. Étude historique*, Paris, Les principaux libraires, 1865, p. 254-256.

et qu'ils s'usent les doigts à vouloir enlever cette tâche. Après vous, elle reparaîtra, elle grandira et coulera sur toutes les autres pages[1].

Ce sera aussi l'impératif de son nouveau roman, ainsi que du troisième
journal auquel il s'associe à cette époque. Grâce en partie à la publicité
qu'il avait donnée à *L'Homme qui rit*, il s'est trouvé parmi les collaborateurs du *Rappel*, journal plus intransigeant et agressif même dans son
opposition à l'Empire que *La Tribune*, fondé par les fils de Victor Hugo,
Charles et François Victor, avec Auguste Vacquerie, frère du gendre de
Victor Hugo, Paul Meurice, et le terrible Henri Rochefort. Il s'avère
pourtant que Zola ne publie dans *Le Rappel* qu'un seul article en 1869
– sur Jeanne d'Arc, « Une nouvelle sainte » républicaine, le 15 mai – et
six autres entre le 19 janvier et le 13 mai 1870. Mais il ne peut qu'être
sensible à la mission du journal et aux invocations de son inspirateur et
mentor, l'exilé de Hauteville House, qui fait publier une longue lettre à la
première page du premier numéro (25 avril 1869), dont voici un extrait :

> Mes amis, et vous, mes fils, allez ! Combattez votre vaillant combat.
> Combattez-le sans moi et avec moi. Sans moi, car ma vieille plume guer-
> royante ne sera pas parmi les vôtres ; avec moi, car mon âme y sera. Allez,
> faites, vivez, luttez !

Sous son aspect politique, le roman que Zola prépare aurait pu
porter comme devise « le rappel ». Il a bien compris qu'il ne suffit pas
seulement de dire la vérité historique sur le coup d'État et ses suites,
mais qu'il lui incombe aussi de combattre les mythes et la propagande
par lesquels les partisans du régime justifiaient le coup de force. Rien
n'illustre mieux la face outrancière de cette tendance que quelques courts
extraits des *Mémoires du comte Horace de Viel-Castel*, ennemi de Victor
Hugo, courtisan de l'Empire et connu sous le surnom de Fiel Castel :

> DIMANCHE 14 DÉCEMBRE.
> L'insurrection est partout comprimée. Dans le département des Basses-Alpes,
> les bandes armées se retirent devant les troupes, et d'ici à deux ou trois jours,
> nous apprendrons le rétablissement des autorités et de l'ordre. La mission de
> la justice, mais d'une justice sévère, va commencer.
> Le corps social est malade et doit être traité par des remèdes énergiques. Il
> ne faut pas se laisser entraîner à cette dangereuse clémence qui perpétue les

---

1   Cet article est repris ci-dessous, p. 505-509, dans notre dossier documentaire.

révolutions et les émeutes, en ménageant les fauteurs. Le socialisme est un crime qui doit être poursuivi comme le serait le parricide.

[...]

À Clamecy, une femme a été violée devant son mari ; puis ses deux filles ont subi le même sort et tous ont fini par être égorgés, père, mère et enfants. À Poligny, mêmes scènes, à Digne et autres localités ! [...]

Le socialisme est une plaie qu'il faut cautériser à tout prix. En France, la liberté n'est que le droit acquis aux pervers de détruire l'état social. Nous avons besoin de désapprendre la fausse liberté.

Louis-Napoléon a accompli courageusement et habilement le plus grand acte politique des temps modernes, il est important qu'il conserve le calme et la fermeté nécessaires au rôle de sauveur de l'Europe que l'histoire lui décernera[1].

Muni de son expérience de journaliste, Zola opposera à de telles fables et déformations son propre récit historique – et fabriquera ses propres mythes.

Il est moins facile que d'habitude de tracer avec précision les étapes de la genèse de *La Fortune des Rougon*, car le dossier préparatoire du roman (essentiellement le ms. 10303) n'a point du tout le caractère systématique de ceux des romans ultérieurs, avec leurs catégories distinctes de notes : ébauche, fichier de personnages, plan général, plan détaillé, sources documentaires. Les notes préparatoires de ce roman consistent surtout en un ensemble de plans généraux et détaillés, avec quelques notes éparses sur divers aspects du roman et sur les liens avec la série[2]. Mais, faute d'une véritable *ébauche*, on trouve, surtout dans une liasse de notes intitulées « Les éléments du roman initial sont », certains détails significatifs qui permettent de dépister les intentions du romancier et de tracer les étapes significatives de la genèse du roman. Remarquons toutefois que, de façon quelque peu alarmante, les noms de presque tous les personnages changent au cours de la préparation du roman, ce qui peut prêter à confusion. Le romancier tâtonne longtemps avant de trouver les noms définitifs. Ainsi, il invente deux branches rivales (légitime et illégitime) de la célèbre famille qui finira par s'appeler les Rougon-Macquart : du côté légitime, celle de Pierre Richaud [= Rougon][3], marié à Marguerite [= Félicité], avec trois fils, Alfred, Charles et Auguste [= Eugène, Pascal et Aristide], et deux filles, Rose et Sophie [= Sidonie

---

1   *Mémoires du comte Horace de Viel Castel sur le règne de Napoléon III (1851-1864)*, Paris, Chez tous les libraires, 1888, p. 235-236.

2   Voir dans notre dossier documentaire, ci-dessous p. 485-496, les détails du contenu de ce dossier préparatoire.

3   Nous indiquons entre crochets les noms définitifs de ces personnages.

et Marthe] ; du côté bâtard, celle d'Antoine David [= Macquart], marié à
Charlotte Chantegreil [= Joséphine = Fine], qui ont deux enfants Marie
[= Gervaise] et Paul [= Jean]. En amont de ces deux lignes collatérales de
la famille, se trouve la matriarche, Henriette David [= Adélaïde Fouque,
dite tante Dide], âgée de 81 ans, à demi folle, mais chez qui vit son
petit-fils, Victor [= Silvère], héros tragique de *La Fortune des Rougon*, dont
la mère, Ursule Mouret, est morte en 1839, lorsqu'il n'avait que six ans.
Curieusement, l'amoureuse du futur Silvère, destinée comme lui à un
sort tragique, s'appelle Ursule avant de devenir Mina, puis Miette. Ces
quatorze personnages constituent le personnel du premier roman de la
série, dont les patronymes changent encore entre les premiers brouillons
et l'état définitif[1]. Dans un feuillet du ms. 10345 (f° 134 recto), se trouve
une liste de prénoms dont on reconnaît ceux de plusieurs personnages
des *Rougon-Macquart*, dont Silvère, Serge, Désirée, Clothilde. Au verso
du même feuillet, on lit une série de combinaisons de patronymes : Les
Rougon-Chantegreil, Les Rougon-Malassigne, Les Rougon-Lapeyre, Les
Rougon-Vialat, Les Rougon-Buvat, Les Rougon-Sardat, Les Rougon-
Machart[2]. Évidemment, Zola a trouvé plus difficilement le patronyme
de la branche illégitime de la famille, car celui de l'autre versant s'est
imposé assez tôt, grâce sans doute à ses diverses associations – symbolique, si l'on tient compte de l'insistance avec laquelle les actes de Pierre
Rougon évoquent la couleur rouge et la culpabilité, notamment dans
le dernier paragraphe du roman ; intertextuelle, si l'on pense à une des
sources littéraires du roman, *Pierrette* (*Les Célibataires*) de Balzac, où figure
le personnage de Jérôme-Denis Rogron, qui, avec sa sœur Sylvie, joue
un rôle comparable à celui de Pierre Rougon et Félicité dans une société
provinciale similaire[3] ; réelle, car on a trouvé les traces d'une famille

---

1   Ainsi, les Richard deviennent les Goiraud avant de devenir les Rougon ; les David
     s'appellent les Bergasse (après avoir été momentanément les Moulinière) avant de devenir
     les Machard, puis les Macquart. Maxime Rougon, Hélène et François Mouret, et Lisa
     Macquart sont mentionnés dans ce roman sans y jouer un rôle actif.

2   Au recto du même feuillet, on trouve trois autres combinaisons intéressantes biffées par
     le romancier : Rougon-Lantier, Rougon-Tournière, Rougon-Micoulin. Évidemment, les
     noms de Lantier et de Micoulin reviendront dans l'œuvre de Zola, dans *Germinal* et « Naïs
     Micoulin ».

3   Voir l'article de Martin Kanes, « Zola, Balzac and "La Fortune des Rogron" », *French Studies*,
     XVIII, juillet 1964, p. 203-212. Notons qu'il y a dans l'intrigue de *Pierrette* de Balzac une
     querelle de famille entre les Lorrain et les Rogron ; ceux-ci saisissent frauduleusement la
     majeure partie de l'héritage de la famille, comme les Rougon dans le roman de Zola. Il
     y a, de plus, des ressemblances entre l'énergique Sylvie Rogron et Félicité Rougon.

Rougon, d'opinion légitimiste, qui vivait dans le département du Var et dont les origines remontent au XVIIIe siècle. En fait, Paul-Frédéric Rougon, maire de Flassans entre 1873 et 1875, était un élève au lycée d'Aix et a connu Zola[1].

Ces hésitations ont pourtant l'avantage de nous permettre, quand il s'agit des divers éléments du dossier préparatoire, surtout des plans, d'en établir approximativement la séquence. Ainsi, dans la série de notes qui nous intéressent, « Les éléments du roman initial », on est aux toutes premières étapes de la genèse du roman. Zola en définit la dynamique essentielle : « Une lutte entre les deux branches de la famille, ayant pour cadre le coup d'État. – Un meurtre, une rixe, entre Pierre, conservateur, espérant jouir, et Antoine, libéral par envie et pauvreté. Retentissement de cette lutte dans la famille » ; c'est « la question d'hérédité (cas des bâtards) » qui rend cette lutte d'autant plus « âpre » (f°s 64-65). « Tâcher de trouver », ajoute-t-il, comme par compensation, « un coin d'idylle ». En effet, Zola s'arrête assez longuement sur le personnage du futur Silvère, dont il souligne l'importance, définit la fonction et donne la clef de certains modèles : « Enfance de Victor auprès de la vieille femme ; Victor [= Silvère] doit tenir un tiers du volume. Il représente la foi, l'enthousiasme physiologique (Karl Sand[2]), passion morale de Letourneau[3] ». Il est un jeune républicain, que « la lecture d'un Plutarque » a exalté. Il souffre de la « *déchéance* » de la famille, de la « *logique* (terrible) de la nature », qui a mis dans les veines de tous les membres de la famille « un peu du sang de cette aïeule » (f° 66). Comme dans le roman définitif, il est influencé par son oncle Antoine, que Zola caractérise comme « un père Solari », c'est-à-dire comme le père de son camarade d'enfance, Philippe Solari. Zola lui prête certains traits déplaisants (« grognant quand il y a des pommes de terre, se faisant nourrir par ses enfants »), battant sa femme, « brutal, ivrogne, etc. ». Ici se dessine, dans cette « grande gaillarde dont il faut trouver l'occupation », le profil de la future Fine, qui finira, dans le roman, par faire trois ou quatre métiers pour soutenir

---

1   Voir l'article de Paul Raphael, « *La Fortune des Rougon* et la réalité historique », *Mercure de France*, CLXVII, n°607, 1er octobre 1923, p. 104-118.

2   Allusion à Karl-Ludwig Sand (1795-1820), étudiant bavarois qui assassina le dramaturge August von Kotzebue le 23 mars 1819. Il fut exécuté à Mannheim, le 20 mai 1820, devenant ainsi un martyr pour la liberté allemande.

3   Rappelons que Charles Letourneau était l'auteur de la *Physiologie des passions*, Paris, Germer Baillière,1868, une des sources scientifiques de Zola.

son mari paresseux ; celui-ci aura un rôle politique à jouer, car « Victor, naïf, va écouter ses déblatérations » (f° 67).

Dans l'autre camp, « du côté des Richaud » [= Rougon], figurent Pierre et la future Félicité, issus de « la petite bourgeoisie », mais avec de « grands appétits », avec leurs trois fils : Alfred [= Eugène], déjà à Paris « flairant les événements » ; Auguste [= Aristide], « le type de l'ambitieux de province qui viendra plus tard faire fortune à Paris », mais seulement dans le deuxième roman de la série, *La Curée* ; enfin, en dehors du combat, Charles [= Pascal], « médecin (l'inné) [*sic*] », « spectateur intelligent ». Bref, « les Richaud représentent les gens bondissant à la curée. Réactionnaires, bonapartistes par calcul » (f°s 67-68). Zola insiste sur l'animosité entre les deux branches de la famille, en ajoutant, pour attiser le feu de la haine entre les deux frères ennemis, une dispute sur leur héritage. Il élabore davantage certains traits de caractère et certaines situations de l'intrigue : Antoine, « la démocratie bête et sale. L'ouvrier qui crie par envie » ; Auguste [= Aristide], dont on peut faire « une belle canaille » ; la jeune fille qu'aime Victor [= Silvère] « peut embrasser des idées républicaines et marcher avec le drapeau (Me Ferrier, p. 136)[1] » (f°s 68-69) ; la maison de Pierre « devient un foyer de réaction. Autour de lui se groupent des légitimistes, des orléanistes (peu de bonapartistes dans la ville) qui se réunissent contre les républicains, les ennemis communs » (f° 69) ; enfin, « une scène grandiose », celle de la confrontation entre Pierre et Antoine, celui-ci jeté en prison par son frère, qui « reprend possession de la ville » (f° 70). Enfin, Zola revient sur Auguste [= Aristide], qui aura ici un rôle « très effacé ». « On peut le voir », écrit Zola, « hésitant entre les deux partis », prêt à « partir avec les républicains », mais quand il apprend « que Paris est pacifié et que les troupes marchent contre les insurgés », il se met du côté de son père ; il ne fait rien pour empêcher l'exécution du futur Silvère (f° 71). C'est bien le rôle de renégat qu'il jouera dans le roman, mais, apparemment, Zola n'a pas encore eu l'idée de faire de lui un journaliste et de donner une tournure satirique à ses propres expériences de journaliste dans les bureaux de *La Tribune* et ailleurs[2].

---

1   Sur cet épisode, voir ci-dessous la note de la page 133 [40].
2   Notons, enfin, que dans les dossiers préparatoires de trois autres romans de la série on trouve encore des notes éparses portant sur divers aspects du roman, dont des renseignements sur le poste de receveur général, les dates de naissance de certains personnages,

On voit que l'action principale du roman, le soulèvement des insurgés républicains et leur déroute, n'est guère développée à ce stade. C'est l'aspect politique du roman qui préoccupe le romancier, bien plus que son aspect historique. Il semble que, tout à l'élaboration de sa famille fictive et de leurs manigances, Zola ne s'est pas encore documenté, au moins systématiquement, sur les faits historiques qui étayent son roman futur. Mais l'auteur des *Rougon-Macquart* n'aura jamais l'intention de n'écrire que de l'histoire « pure ». Rappelons que dans le texte réaliste (ou naturaliste), le récit s'oriente constamment entre deux pôles : celui de l'histoire – récit de faits réels –, et celui de la fiction – récit de faits inventés. Ainsi, les textes de Zola, même son roman le plus historique, *La Débâcle*, ont rarement tendance à atteindre le statut d'histoire propre. Sur les quelque 150 personnes réelles évoquées dans la série des *Rougon-Macquart*, par exemple, seuls l'Empereur et, à un moindre degré, l'Impératrice et Bismarck sont directement représentés. Ainsi *La Fortune des Rougon* sera à la fois du réalisme et de la transformation du réel, d'une part une fiction située dans un temps précis et dans des lieux historiques et, d'autre part, un récit historique « fictionnalisé ».

Mais, dans ce roman, Zola ne se limite pas à suivre cette pratique de compromis romanesque, car il va plus loin dans la direction de l'invention. C'est ce qu'on voit quand il tient à changer radicalement les noms des lieux de l'action de son œuvre. Il prend même des libertés avec la géographie de la région où cette action se déroule et qui lui était familière. Sur cette pratique drastique, Alexis donne des explications spécifiques. Cela provient, écrit-il, du fait qu'à cette époque, Zola « n'avait ni les loisirs ni l'argent nécessaire pour aller revivre quelques jours en Provence et y prendre des notes ». Ainsi, malgré sa familiarité avec la région, Zola se serait documenté sans doute avec précision sur les lieux de son roman. En outre, comme l'explique encore Alexis, il faut tenir compte du fait que « quelques timidités de romancier jeune, la crainte de passer pour avoir voulu faire certaines personnalités sur les

---

les horaires de certains épisodes, une lettre de la sœur de Cézanne sur les habits des paysannes du Midi, des notes sur les sociétés secrètes, ainsi que des notes sur la présidence de Louis-Napoléon avant le coup d'État. Les noms des personnages, qui sont ceux qu'on trouve tels quels dans le roman lui-même, indiquent que ces notes appartiennent aux dernières phases de la genèse du roman. Pour les détails, voir ci-dessous notre dossier documentaire (p. 485-496). Nous tenons compte aussi des apports les plus importants dans les notes en bas de page qui accompagnent le texte du roman.

habitants d'une ville où il avait conservé des relations », l'ont conduit
à inventer le nom fictif de Plassans pour le centre de l'action. « Je suis
sûr », ajoute son jeune ami, « qu'aujourd'hui il nommerait carrément
Aix[1] ». De tels scrupules expliquent, sinon pleinement au moins par-
tiellement, la décision de changer presque tous les noms de lieux dans
le roman. Ainsi, Aix, après avoir été Rolleboise dans les premiers plans
du dossier, deviendra Plassans, variation de Flassans (Flassans-sur-Issole,
village à l'est de Brignoles), que le romancier situera dans le Var à
l'emplacement de Lorgues. En fait, dans le f° 2 du ms. 10303 se trouve
un plan de la région sur lequel Zola a tracé le cours de la marche des
insurgés et substitué des noms fictifs aux noms réels[2] ; ainsi, en retraçant
le cours de l'ouest à l'est, on lit Sainte-Roure pour Aups, Noiron pour
le chef-lieu Draguignan, Orchères pour Salernes, Plassans pour Aix et
Lorgues, Les Tulettes pour les Arcs, Alboise pour Vidauban, La Palud
pour la Garde-Freinet, Saint-Martin-de-Vaulx pour Le Luc, Faverolles
pour Brignoles. La petite rivière, l'Arc, qui coule au sud de Lorgues, est
rebaptisée la Viorne, « ruisseau l'été et torrent l'hiver[3] », dans le roman.
Comme l'écrit Henri Mitterand, « Zola bouleverse un tant soit peu la
géographie du Var pour les besoins de son récit[4] ».

Ce qui frappe le lecteur de *La Fortune des Rougon*, et explique dans une
grande mesure cette stratégie de déguisement, c'est le contraste frappant
entre, d'une part, la présentation caustique de Plassans et de ses habitants
et, d'autre part, le tableau idyllique qu'il dresse du paysage environnant.
La ville du roman, Plassans, est bien plus petite qu'Aix-en-Provence à
l'époque[5], mais les changements de noms sont si transparents que le
modèle est tout à fait reconnaissable. Ainsi le cours Sauvaire renvoie
évidemment au cours Mirabeau. De la ville d'Aix aussi dérive ce qui
caractérise surtout la population de la ville : la stratification rigide de la
société en trois classes selon les quartiers habités. Dans le quartier des

---

1   Paul Alexis, *Émile Zola. Notes d'un ami, op. cit.*, p. 93.
2   Reproduit dans GGS, p. 516-517. Voir aussi ci-dessous p. 100 pour notre plan inspiré de
     celui de Zola.
3   P. 115.
4   HM, p. 1547. Notons que, dans l'énumération des contingents d'insurgés par Silvère à
     la fin du premier chapitre, Zola mélange noms réels et noms fictifs, sans trop se soucier
     de l'exactitude géographique pour créer évidemment un « effet de réel ». Voir ci-dessous,
     p. 126-129.
5   Le dossier préparatoire de *La Conquête de Plassans* contient un plan de la ville dessiné par
     Zola (ms. 10280, f° 44).

nobles, qu'on nomme le quartier Saint-Marc dans le roman, est le vieux Quartier Mazarin et Saint Jean de Malte avec ses hôtels particuliers, qui conservent « le caractère dévot et aristocratique des anciennes cités provençales[1] » et où les nobles restent hermétiquement cloîtrés. Pierre et Félicité trouvent un logement stratégiquement situé dans la rue de la Banne, qui prend naissance à l'extrémité du cours Sauvaire et qui est devenue la rue Thiers. Cette rue sépare le vieux quartier populaire, où le peuple « végète », du quartier neuf où résident la bourgeoisie, les commerçants retirés, les avocats, les notaires, « tout le petit monde aisé et ambitieux ». C'est là, dans la rue de la Banne, que Félicité peut apercevoir de biais la place de la Sous-Préfecture, « son paradis rêvé ». Enfin, une caractéristique significative de la ville est le fait que Plassans, comme Aix, est entourée d'une ceinture d'anciens remparts « qui ne servent aujourd'hui qu'à la rendre plus noire et plus étroite[2] ». Comme l'écrit Roger Ripoll, « Zola n'a jamais hésité à modifier la topographie d'Aix pour les besoins de son roman ; modifications mineures parfois, sans conséquence pour l'intrigue[3] ». Mais ce qui est plus significatif est l'image générale de cette représentation d'Aix-Plassans comme une ville désuète, immobilisée dans le passé, sans vitalité économique, renfermée sur elle-même, et pourtant une ville dans laquelle, en même temps, prévalent l'opportunisme politique et l'arrivisme débridé. Cette vision tellement virulente s'inspire des expériences personnelles du romancier. Le jeune Zola avait souvent ressenti la sourde hostilité envers lui-même et les siens dans cette ville où il avait passé la plupart de sa jeunesse entre 1843 et 1858. Hélas, malgré les efforts et les initiatives de son père, l'ingénieur François Zola, pour améliorer les conditions de la vie des Aixois, ceux-ci n'avaient jamais rendu justice à son entreprise. En août 1868, quelques semaines avant la période des premières étapes de la genèse de la nouvelle série et de son premier roman, Zola entre dans une polémique avec *Le Mémorial d'Aix* à propos d'un article faussement attribué au romancier, situation dont il profite pour reprocher aux Aixois leur manque de gratitude envers son père[4]. De plus, cette ville de frères

---

1   P. 136.
2   P. 137.
3   Roger Ripoll, « La vie aixoise dans *Les Rougon-Macquart* », *Les Cahiers naturalistes*, XVIII, n°43, 1972, p. 40.
4   Pour les détails de cette affaire, voir Henri Mitterand, *Zola, op. cit., t. I.*, p. 613-618. Le père du romancier est mort le 27 mars 1847.

ennemis et de mauvais pères, dont Pierre Rougon et Antoine Macquart donnent le ton, s'était livrée au bonapartisme en décembre 1851. Ainsi, *La Fortune des Rougon* peut se lire comme un véritable règlement de comptes, non seulement de la part du romancier lui-même, mais au nom de son père vénéré, qui « restera vivant, à l'arrière-plan de l'œuvre de son fils[1] ».

Dans son pavillon des Batignolles à Paris, au cours des matinées de travail consacrées à son œuvre romanesque – les après-midi sont réservés au journalisme – Zola peut faire réapparaître quand même des souvenirs bien plus agréables de sa jeunesse dans le Midi. Même plus de vingt ans plus tard, dans un discours à la Félibrée de Sceaux du 18 juin 1892, il explique, l'air songeur :

> Trop de souvenirs heureux chantent aujourd'hui en moi, toute ma jeunesse renaît et fleurit au milieu de vous. Jusqu'à dix-huit ans, j'ai poussé comme un jeune arbre, sous le grand ciel bleu. En ce moment encore, lorsque je ferme les paupières, il n'est pas à Aix un coin de rue, un pan de vieille muraille, un bout de pavé ensoleillé qui ne s'évoque avec un relief saisissant[2].

Mais ce qu'il évoque avec la plus grande émotion, c'est la campagne aixoise à laquelle il rend souvent un hommage poétique dans son œuvre, avec une ferveur nostalgique. Dans une longue lettre à son ami Jean-Baptistin Baille du 2 mai 1860, par exemple, il résume ses attitudes par une formule lapidaire : « ma belle Provence – beau pays, sales habitants ». Comme l'écrit Marcelle Chirac :

> Zola qui bouda la ville trouvera dans la nature provençale, puissante et colorée, un refuge contre les petitesses de la société. […] Elle sera son paradis perdu, son refuge. […] Ce qu'il aime à Aix à travers le souvenir, c'est la beauté de la campagne et la merveilleuse amitié qu'il y vécut avec Cézanne et Baille[3].

Ainsi, quand il en vient à écrire *La Fortune des Rougon*, surtout le premier chapitre et le début du deuxième, les souvenirs affluent : le campement de bohémiens, établi en face du poste-caserne de la porte Saint-Ouen ; la maison de la traversée Sylvacanne et le puits mitoyen ; Louise Solari

---

1 *Ibid. Tome I*, p. 64.
2 Passage cité par Marcelle Chirac dans *Aix-en-Provence à travers la littérature française ; de la chronique à la transfiguration*, Marseille, M. Chirac, 1978, p. 163.
3 *Ibid.*, p. 164.

pour le personnage de Miette et son frère Philippe pour celui de Silvère ; l'ancien cimetière devenu un terrain vague ; et ainsi de suite[1]. Pour bon nombre « d'éléments » de ce « roman initial », le romancier n'a guère besoin de sources documentaires. Il lui suffit d'interroger sa mémoire[2].

PLANS ET STRUCTURE

Pour revenir au dossier préparatoire, ce qui est remarquable est le nombre et la variété des plans qu'il contient. Dans son ensemble, le dossier (ms. 10303, f°s 1-92) se divise en trois parties, dont la disposition ne correspond pas à l'ordre de composition de leur contenu : 1° « Plan de la Fortune des Rougon » (f°s 1-30), qui contient un canevas détaillé du roman en onze chapitres (f°s 4-30) ; 2° « Plans » (f°s 31-79) comportant une chronologie schématique des événements principaux, chapitre par chapitre (f° 33), un plan détaillé en onze chapitres (f°s 37-52), un plan rudimentaire en cinq chapitres (f° 71), un plan sommaire en onze chapitres (f°s 72-73) ; et 3° « Réclames sur la Fortune des Rougon » (f°s 81-92)[3].

On pourrait proposer, sous réserve, en relevant les indications les plus utiles sur l'évolution génétique du roman, l'ordre de composition suivant. Tout d'abord, une ébauche préliminaire dans laquelle l'action ne se divise qu'en cinq chapitres. Voici donc, pour ce qui est des traces écrites du roman en germe, la version la plus rudimentaire de l'œuvre (plan A) :

---

1 Pour de plus amples renseignements sur les détails précis des sources provençales du roman, voir les notes de bas de page.

2 Dans la discussion d'une communication de Maurice Agulhon sur les sources de *La Fortune des Rougon* (reprise dans *Europe*, avril-mai 1968, p. 167-168), Roger Ripoll signale certains détails historiques de l'insurrection du Var, communiqués oralement, qui ont pu être inspirés à Zola par ce qui s'est passé à Aix : la panique quand une bande insurrectionnelle fut signalée aux environs de la ville ; le fait que le maire, Rigaud, indiqua que des groupes républicains avaient l'intention d'attaquer la mairie de nuit ; l'arrestation d'un républicain comparable à celle de Macquart.

3 Pour une liste détaillée du contenu de cet ensemble, voir ci-dessous notre dossier documentaire, p. 485-496. Nous relevons les éléments ponctuels de ces divers plans dans les notes de bas de page du texte du roman, pour n'en retenir ici que les aspects qui portent sur la genèse du roman ou sur ses thèmes et ses procédés généraux.

[f° 71]

I. – Entrée des insurgés dans Limès. (Arrestations, etc.). Le camp des Richaud. Explication de ce qu'était le camp. Pierre qui s'est caché, est cherché par Antoine. Faire connaître les deux frères en entier. Un mot seulement de la grand'mère. Victor arrive. Une scène où il paraît.

II. – Ce qu'était Victor. Sa vie auprès de sa grand'mère. Ses souffrances d'enfant et ses enthousiasmes de jeune homme. Son oncle Antoine l'a mis dans la république (une conversation de la veille.) – Ses amours.

III. – La bande part. Adieux, etc. Dès que la bande est partie, Richaud reparaît, et fait son petit coup d'état. Scène entre les deux frères et la grand'mère – Elle cherche Victor.

IV. – Marche de la bande. Enthousiasme de Victor (Rien que ses impressions mêlées au récit.) – Les premiers coups de feu, etc.

V. – Retour des bandes défaites. Victor fusillé.

On voit que, dans ce plan, le personnel du roman ne consiste qu'en quatre membres de la famille, au lieu de plus de trente personnages qui figureront dans le roman définitif. Ils portent toujours les noms primitifs des premières notes : Pierre Richaud, Antoine et Victor ; la grand'mère est sans nom et elle joue déjà un rôle effacé. Il n'y a aucune trace de la future Miette, si ce n'est, implicitement, dans la mention des « amours » de Victor. Pourtant, le noyau de l'action du roman définitif est déjà présent dans ce condensé : la rivalité entre les deux frères, le « petit coup d'état » de Rougon, la défaite des insurgés et l'exécution du futur Silvère.

Dans les deux feuillets suivants (f°s 72-73), cette première esquisse est largement amplifiée dans un plan de deux pages (Plan B). Dans ce document, d'autres personnages entrent en scène, mais les noms de ceux qui restent n'ont pas changé (Pierre Richaud, Victor, Antoine) et ceux qui s'y ajoutent ont toujours les premières dénominations : Charles et Auguste. L'amoureuse de Victor a acquis un nom et une identité, Mina, ainsi que « l'aïeule », Henriette. Pourtant, il n'y a pas encore de trace d'Alfred, le futur ministre, ni d'Eugène, ni – ce qui est plus surprenant – de la future Félicité, qui aura un rôle tellement significatif dans les complots des Rougon. En fait, ce ne sera que dans le manuscrit même du roman qu'elle aura son dû. La ville s'appelle toujours Limès. En général, c'est dans le plan que les fils de l'intrigue apparaissent et que la trame de l'action du roman commence à revêtir sa forme définitive ; on le voit même dans le résumé suivant de ce plan :

I. Victor et Mina dans la campagne; parlent d'amour; arrivée de la bande insurrectionnelle; ils joignent; Mina porte le drapeau; II. La ville de Limès et l'histoire des Richaud; III. Antoine à la tête d'un contingent d'insurgés – « (tout à Antoine) » ; IV. Victor aide à désarmer les gendarmes, en blesse un à l'œil et court chez sa grand'mère, le sang du gendarme aux mains ; V. « Rétrospective de l'enfance de Victor chez l'aïeule, Henriette » ; « (Tout à Victor) » ; VI. Amours de Victor et Mina ; influence politique d'Antoine sur le jeune homme; VII. départ de la bande; Pierre Richaud fait emprisonner Antoine ; VIII. Pierre organise la ville, apprend que le Coup d'état est fait ; des troupes passent ; « (Pierre à l'œuvre) » ; IX. « Marche des bandes » pendant la nuit ; le tocsin ; Charles [= Pascal] a suivi la bande ; X. « Une bataille. Mina et Victor. Mina tuée (examinée par Charles). Les bandes en fuite. » ; XI. « Limès pacifié. Le gendarme que Victor a blessé. On le fusille. » « Auguste qui voit l'exécution et qui pourrait l'empêcher ne le fait pas. Douleur de l'aïeule, etc. (Dénouement) ».

Dans ce plan, Zola pense déjà à ménager ses effets ; il écrit, par exemple, pour le premier chapitre du roman : « Antithèse entre la scène d'amour et la scène de guerre civile. (Chapitre pittoresque, ouvrant le livre.) ».

Sur le manuscrit du troisième plan (Plan C), qui porte le titre *La Fortune des Goiraud*, Zola a biffé le nom de Goiraud pour le remplacer par Rougon. Mais, dans le corps du manuscrit, les futurs Rougon s'appellent bien les Goiraud et les Macquart les Bergasse. Ce plan, qui est beaucoup plus détaillé que les précédents, et s'étend sur seize pages manuscrites (f°s 37-52), a été visiblement écrit, non seulement pour guider l'auteur, mais aussi pour être lu, sinon par le public, probablement par l'éditeur, Lacroix[1]. Les trois premiers paragraphes constituent, en effet, une présentation du roman fort intéressante sur les buts de l'auteur, le projet scientifique et le contexte historique de son roman, ainsi que sur la signification des personnages principaux, y compris le trio des personnages futurs, Pierre Rougon, Antoine Macquart et Silvère Mouret, qui forment un système d'attitudes et de comportements politiques :

La Fortune des Goiraud
[f° 37] Ce roman, qui est le premier de la série, sert en quelque sorte d'introduction à l'œuvre entière. Il montre certains membres de la famille,

---

1   Selon Henri Mitterand, ce scénario détaillé semble avoir été communiqué à l'éditeur Lacroix « avant la conclusion du contrat d'édition » (HM, p. 1535). Notons que les neuf pages manuscrites qui suivent ce plan (f°s 53-57, 60-64) contiennent des textes de présentation d'autres romans de la série. Voir GGS, p. 542-544.

dont je veux écrire l'histoire, au début de leur carrière. La fortune de cette famille naît du coup d'état. Elle se mêle à l'insurrection du Var, comptant sur l'empire qu'elle prévoit pour contenter ses appétits de richesse et de jouissance. Le premier roman a surtout quatre grandes figures qui ne reparaîtront plus dans les autres épisodes : l'aïeule, tante Dide, la souche dont sont issus les principaux personnages de la série ; ses deux fils, un légitime, Pierre Goiraud Rougon, l'autre illégitime, Antoine Bergasse Machard ; et un de ses petits-fils, Silvère[1]. L'aïeule est la haute personnification d'un tempérament, d'un état physiologique particulier se propageant et se distribuant dans toute la famille. Les trois autres héros, outre leurs caractères héréditaires, offrent trois états de l'idée politique : Pierre Goiraud est le conservateur qui cherche surtout à tirer des événements un profit personnel et qui ne recule devant aucun moyen pour baser sa fortune et celle de ses enfants sur le nouvel empire ; Antoine Bergasse est le fainéant, l'envieux que sa paresse jalouse et impuissante a jeté dans une fausse et honteuse démocratie ; Silvère, au contraire, [fᵒ 38] énergique enfant de dix-sept ans, la belle et ardente figure de tous les enthousiasmes de la jeunesse, est l'âme même de la République, l'âme de l'amour et de la liberté. Je plierai le cadre historique à ma fantaisie, mais tous les faits que je grouperai seront pris dans l'histoire (livres de Ténot, Maquan, journaux de l'époque, etc.). Je prendrai à la très curieuse insurrection du Var les détails les plus caractéristiques et je m'en servirai selon les besoins de mon récit.

La suite de ce document présente « la marche du roman chapitre par chapitre » (fᵒ 38), un véritable « plan détaillé[2] ». L'action se déroule toujours à Rolleboise. Si Goiraud et Bergasse ne sont que des noms temporaires et si les trois fils de Pierre s'appellent toujours Alfred, Charles et Auguste, Silvère et Miette prennent ici leurs noms définitifs. Pourtant, singulièrement, la femme de Pierre reste sans nom. Zola insiste encore sur la fonction particulière du premier chapitre : « Ce chapitre est un pur tableau pittoresque qui ouvre l'œuvre » (fᵒ 39). En général, c'est dans ce plan que le romancier entre dans les détails de l'intrigue, dont les épisodes principaux des onze chapitres anticipent bien sur ceux des sept chapitres du roman définitif. Mais ce qui manque ici, ce sont des indications annonciatrices des sections d'exposition, qui tracent, dans de longues sections rétrospectives des chapitres II à V du roman, l'histoire des Rougon, des Macquart, l'histoire politique de la ville, et les amours de Miette et Silvère. Ainsi, dans le deuxième chapitre du roman définitif,

---

1   En fait, Silvère, exécuté à la fin de *La Fortune des Rougon*, sera le seul des quatre personnages à ne pas réapparaître dans les romans ultérieurs de la série.

2   Pour le texte intégral de ce plan, voir GGS, p. 536-541. Nous en avons reproduit des extraits significatifs dans les notes de bas de page du texte du roman.

Zola raconte l'histoire des Rougon jusqu'à l'année 1848 seulement.
D'après ce plan C, dans le deuxième chapitre, il s'agira bien de passer
en revue l'histoire des Goiraud, mais assez sommairement, car il sera
surtout question de « Rolleboise. La situation des esprits dans cette petite
ville. Tableau d'une ville de province au moment du coup d'état » (f° 39).
Le troisième chapitre du roman définitif est consacré surtout à l'histoire
politique de la ville de Plassans depuis 1848, jusqu'à l'époque du coup
d'État. Mais, dans ce plan, au chapitre III, après un survol du passé de
tante Dide, le romancier se concentre surtout sur les activités d'Antoine
Bergasse et l'animosité qu'il éprouve envers son frère. Pour donner un
autre exemple, avant de représenter l'arrivée des insurgés à Plassans et
l'épisode dans lequel Silvère blesse à l'œil le gendarme Rengade, Zola
raconte, dans le chapitre IV du roman définitif, l'histoire de Macquart
depuis la chute de Napoléon, le passé des Mouret, plusieurs événements
dans la vie des membres de la branche illégitime de la famille, allant de
la mort d'Ursule en 1839 à celle de Fine en 1850. Mais, dans le chapitre
équivalent du plan, le romancier écrit : « Tout ce chapitre sera rempli
de curieux détails historiques : occupation de la ville, arrestation des
autorités qui bien que penchant pour la République n'osent se joindre
à l'insurrection » (chap. IV, f° 42).

Malgré cette tendance à vouloir mettre l'accent spécifiquement sur
le récit des événements historiques de l'époque du roman aux dépens
de l'histoire générale de la famille sur laquelle sera bâtie la série – peut-
être pour mieux convaincre Lacroix de la lisibilité de son roman – les
éléments essentiels de la chronique de la famille sont établis dans ce
plan. Zola introduit, par exemple, dans le chapitre VI comme dans le
chapitre V du roman définitif, l'épisode des « Amours de Silvère et de
Miette. Récit rétrospectif de la liaison de ce garçon de dix-sept ans avec
cette jeune fille de quinze ans[1]. Idylle jetée dans le sombre drame de
l'insurrection. Puis l'amour de Miette conduit Silvère à l'amour de la
liberté » (f° 44). Le romancier souligne le fait que le drame du roman
relève en grande partie autant des épreuves de toute une société que de
celles des membres de sa famille fictive. Ainsi, pour le chapitre VIII, il
écrit : « Peindre l'anxiété de cette petite ville, de ces gens intéressés,

---

1   Zola hésite sur l'âge de Miette qui a treize ans au début du dernier plan détaillé, puis
     quinze ans plus loin dans le même document (f° 18) ; elle finira par avoir treize ans dans
     le roman définitif (voir p. 111).

isolés au milieu d'une contrée en insurrection, et pâlissant à la pensée de se compromettre inutilement » (f° 47). Aux tourments collectifs, il oppose les sentiments exaltés des « deux jeunes héros », dans le chapitre IX du plan : « Ce chapitre suit pas à pas les impressions des deux jeunes amants, enthousiastes d'amour et de liberté » (f° 49). Quant au chapitre suivant, le romancier précise : « l'épisode principal du chapitre est la mort de Miette qu'une balle perdue frappe en pleine poitrine ». Malgré les soins de Charles Goiraud, futur Pascal Rougon : « Elle prononce quelques paroles et rend l'âme » (f° 50). Dans le roman définitif, la scène se déroule d'une façon bien plus dramatique et émouvante. Incapable de parler, Miette agite les mains, puis n'a que ses yeux de vivants pour communiquer avec Silvère ses derniers regrets, celui, avant tout, de partir seule « avant les noces[1] ». Dans le double dénouement de l'œuvre d'après ce plan – l'exécution de Silvère et le triomphe de Pierre – Tante Dide est censée jouer un rôle bien plus dramatique, plus fatidique, que dans le texte publié, au point même de mourir au lieu de survivre à sa crise de nerfs pour figurer dans des romans futurs[2] :

> Elle s'adresse à Pierre, qui vient justement au-devant du préfet pour le féliciter de sa victoire, et lui dit, dans une exaltation prophétique : « Le sang de cet enfant retombera sur toute ma descendance. Je le sens, si j'ai souffert pour vous, vous souffrirez par moi, car il n'en est pas un de vous dans les veines duquel je n'aie mis le malheur. » – Un court épilogue. Tante Dide meurt quelques jours après ; Pierre Goiraud hérite de la place du receveur tué par mégarde ; Antoine Bergasse s'est enfui en Piémont ; Auguste Goiraud, désespérant de réussir en province, part pour Paris où il compte sur l'appui de son frère Alfred (f°s 51-52).

Les deux derniers plans du roman sont tout à fait complémentaires. D'une part, Zola fait une simple esquisse rapide sur une seule page, sorte d'aide-mémoire, qui donne les « Dates des Faits » du coup d'État à Paris et les dates et les jours de l'action du roman, suivis d'une liste des sujets et des indications du moment de la journée pour chacun des onze chapitres (plan D, f° 33[3]). D'autre part, le romancier dresse un cinquième plan (plan E, f°s 4-30) qui est, par contraste, bien plus

---

1   P. 319.
2   Elle figure dans *La Conquête de Plassans* (1874) et ne mourra que dans le dernier roman de la série, *Le Docteur Pascal* (1893), âgée de cent cinq ans.
3   Reproduit dans notre dossier documentaire, ci-dessous, p. 490.

détaillé : un canevas de vingt-six pages, qui apporte bien des précisions qui manquent dans les versions précédentes. Les dates précises et les jours de la semaine sont indiqués en tête de chacun des onze chapitres, ainsi que le sujet spécifique de chaque chapitre. D'ailleurs, le ton de ce document est bien plus impératif, le contenu bien plus détaillé qu'avant, et les indications topographiques sont plus précises. Et, il est clair que Zola s'est documenté sur l'arrière-fond historique de l'action, car on peut dépister des emprunts évidents à ses sources, notamment à l'ouvrage de Ténot, *La Province en décembre 1851. Étude historique.* Quant aux noms, on est très proche des états définitifs : les Goiraud sont devenus les Machard ; les Rougon sont au complet : Pierre, Pascal, Eugène, Aristide ; même Félicité est nommée. Le nom de Rolleboise subsiste pour le futur Plassans, qui proviendra évidemment sous divers aspects d'un amalgame d'Aix, de Lorgues, de Digne et de Brignoles. Enfin, bien mieux que dans les documents préalables, la teneur et la disposition relative des deux trajets thématiques du roman, l'histoire de la famille et celle de l'insurrection, sont assez bien équilibrées et relativement proches du texte ultime.

Néanmoins, on voit que le but principal de ce plan est d'incorporer dans l'économie de l'œuvre les apports de la documentation du romancier, notamment le livre de Ténot. Ainsi, dès le début du très long plan du premier chapitre, qui porte comme titre « Promenade de Miette et de Silvère », Zola évoque la colonne du Luc et de la Garde-Freynet, formée « d'ouvriers en liège, de paysans bûcherons, charbonniers et chasseurs de la forêt des Maures ». En reprenant textuellement un passage du livre de Ténot, le romancier ajoute : « Hommes ignorants, rudes, intrépides, indépendants, stupides, mais ardents » (fᵒ 4). Dans le roman lui-même, pourtant, il ne reprend pas tels quels les termes de Ténot, car c'est Silvère, ébloui et admiratif, qui présente les diverses colonnes d'insurgés. Zola ne retiendra que les qualificatifs positifs[1]. Faute d'un dossier spécifique pour les « Personnages », le romancier trace des portraits de ses jeunes protagonistes, tout en indiquant leurs modèles : Silvère – « Taille moyenne. Un Philippe Solari comme aspect, mais moins creusé. Timidité et ardeur » ; Miette – « Presque aussi grande que Silvère. Elle n'a que *treize ans*[2]. L'ardeur du midi l'a presque formée. Elle est entre la jeune fille et la femme (moment charmant et délicat à

---

1 Voir ci-dessous la note de la page 126.
2 Sur l'âge de Miette, voir ci-dessus la note 1 à la page 35.

peindre). Ses ardeurs et ses virginités. [...] Belle et forte : figure ronde, cheveux noirs et crépus plantés sur un front bas, lèvres un peu grasses et rouges. Vêtements de paysanne. (Louise Solari) » (f° 5). Tout en résumant l'action du chapitre, Zola revient avec insistance sur le jeune couple. « Il faudra », écrit-il avec un scepticisme inattendu, « que Silvère soit un ouvrier. Demi-ignorance de l'ouvrier menant à l'enthousiasme » (f° 7). Quant à l'amour des deux jeunes personnages, le romancier a là-dessus une hypothèse naturaliste toute faite :

> L'idylle entre Miette et Silvère sera de la part de Miette : un amour charnel qui s'ignore, et de la part de Silvère un amour charnel également, mais mêlé à un enthousiasme. Cet amour rentre dans ma théorie que la chair est au fond des tendresses les plus innocentes. Peindre sans trop accentuer (f° 6).

En fin de compte, il se résout à éviter des interprétations pour s'en tenir à son récit : « Dans le 1er chapitre faits simples sans explications ; les explications viendront plus tard » (f° 7).

Le plan du chapitre II (sur « La ville de Rolleboise – Réactionnaires – Histoire des Rougon ») est aussi long que le précédent. Il contient un premier paragraphe substantiel sur l'arrière-fond historique du roman, dont voici un extrait : « Situation des esprits dans le midi (f° 8) ancien, royalistes devenus républicains. Légitimistes, orléanistes, cléricaux, bonapartistes, "parti de l'ordre", furent pour le coup d'État, sinon enthousiastes » (f° 9). Il se peut que, comme l'indique le renvoi entre parenthèses, l'essentiel de ce paragraphe provienne de l'ouvrage de Ténot, plus précisément du début du chapitre VI, consacré aux départements du Midi, Marseille et le Var pendant l'insurrection. Mais, dans la majeure partie du long plan de ce chapitre, le romancier abandonne totalement le thème historique de l'insurrection, pour s'occuper longuement des premières années de l'histoire de sa famille fictive (f°s 10-14). Il s'y adonne à tel point qu'il écrit : « Ce chapitre devra être seulement des faits, une exposition des personnages *rétrospective*[1] en s'arrêtant à 48 » (f° 13), et ajoute même : « Ici je couperai le chapitre, et j'en ferai un autre. » D'où la connexion entre les chapitres II et III du roman définitif, avec l'année 1848 comme ligne de démarcation entre eux. Ici, comme c'est rarement le cas dans ce document, les exigences de la série l'emportent sur celles du roman historique.

---

1   C'est Zola qui souligne ce mot.

Dans la suite du plan (f°s 14-24), c'est plutôt l'inverse. Le chapitre III
(« Antoine Machard. Commencement d'émeute dans la ville ») ne consiste
qu'en un court paragraphe sur les événements à Rolleboise le 7 décembre[1]
et le chapitre suivant (« La bande des insurgés à Rolleboise. Lutte avec
les gendarmes. Arrestation des autorités – Silvère chez sa grand'mère »)
est dans la même veine, faisant toute une série d'emprunts à l'ouvrage
de Ténot. Le plan du chapitre V (« L'aïeule Tante Dide. Ses rapports avec
Silvère – Souffrances d'enfant et enthousiasmes d'enfant de Silvère »),
affaire de famille, est vite expédié, réduit en fait à son seul titre. Le
chapitre suivant, sur les « Amours de Silvère et Miette. Rapports de
Silvère et d'Antoine Machard », est traité avec la même célérité, mais
il contient aussi des notes succinctes sur l'aspect historique, avec des
renvois à Ténot sur la société secrète des Montagnards. Désormais,
délivré de la nécessité de retracer les origines et le sort des membres de
la famille des « Rougon-Machard », le plan suit l'ordre des événements
à Rolleboise : VII : « Départ de la bande des insurgés – Antoine pris
par les gendarmes, délivré par son frère en prison » ; VIII (« Lundi 8
au mardi 9 ») : « Pierre Rougon organise la ville – Rolleboise en pays
insurgés [sic]. On apprend le succès du coup d'état. Arrivée du préfet
avec des troupes » ; IX (« Nuit du dimanche 7 au lundi 8 ») : « Marche
des bandes dans la nuit. Silvère et Miette » ; X (« Journée du lundi 8 du
mardi neuf et du mercredi 10 ») : « Une bataille entre les insurgés et
les troupes. Mort de Miette, arrestation de Silvère » ; XI (« Matinée du
jeudi 11 ») : « Retour des troupes à Rolleboise. Silvère fusillé à la porte
de la ville. » Une série de notes diverses (f°s 25-30), présentées en vrac et
portant avant tout sur les derniers événements du roman, sur la « Bataille
de zèle âpre » et sur les mouvements de Pierre le 8 décembre, clôt le
dossier. Le romancier termine sur une note allégorique et symbolique :
« Finir par une comparaison avec les Bonaparte, et par les trois taches
de sang » (f° 29).

Il est évident, d'après la différence d'éclairage entre les deux plans
détaillés, que *La Fortune des Rougon* sera un roman à double aspect. Il
fonctionnera en effet selon deux régimes temporels : celui de l'histoire
de la famille, qui remonte à la fin du siècle précédent, plus précisément
à la date de naissance de Tante Dide en 1768 ; celui de l'insurrection

---

1   Les cinq premiers chapitres du plan sont datés « Dimanche soir 7 ».

républicaine dans le Var, dont l'action ne dure qu'à peine une semaine en décembre 1851. Le roman aura, d'ailleurs, deux intrigues : celle de la rivalité entre les deux branches de la famille et surtout entre Pierre Rougon et Antoine Macquart, les méchants du drame ; celle de la répression de la rébellion, de la mort de Miette et de l'exécution de Silvère, les héros de ce versant du roman. Évidemment, les deux trajets du roman s'entrecroisent à plusieurs reprises et la ville de Plassans sert surtout de foyer central du récit. Mais la dualité thématique a des conséquences d'ordre narratif. Le romancier est obligé, pour retracer les origines et la préhistoire des Rougon-Macquart, d'introduire dans son récit de longs passages rétrospectifs qui font intrusion dans le déroulement de l'action principale. En fait, pour bien apprécier l'étendue de cette disparité, il suffit de mesurer les proportions des deux modes narratifs :

Chapitre	Passages rétrospectifs	Récit principal
I	[3-8] : le cimetière	[9-41] : Miette et Silvère
II	[47-85] : histoire de la famille	[42-47] : la ville de Plassans
III	[86-91] : histoire politique de Plassans	[92-135] : le salon jaune
IV	[136-181] : le passé de Macquart et de Silvère	[181-195] : l'arrivée des insurgés
V	[207-253] : amours de Miette et Silvère	[196-207] : les insurgés en route à Orchères ; [254-268] : la bataille, la mort de Miette, l'arrestation de Silvère
VI		[269-359] : victoire de Rougon à Plassans
VII		[360-385] : fête du salon jaune ; mort de Silvère
Nombre de pages	222 (édition Charpentier)	188 (édition Charpentier)

Cette opposition entre les deux modes est quelque peu arbitraire, car, inévitablement, il y a des bribes de conversation, des segments de récit détaillé, voire des scènes entières, dans les passages rétrospectifs. Bien entendu, certains personnages figurent dans les deux régimes du roman et servent à les relier, mais bien d'autres, parmi ceux qui appartiennent à la famille des Rougon-Macquart, ne jouent aucun rôle dans l'action principale du récit. Évidemment, les deux versants du texte semblent être assez mal intégrés. Cette structure heurtée risque même de nuire à la lisibilité du roman à moins que, paradoxalement, le lecteur de ce premier roman n'ait déjà une certaine familiarité avec l'ensemble de la série des *Rougon-Macquart*!

RÉDACTION ET PUBLICATION

Dans le passage entre les deux plans détaillés et la rédaction définitive, Zola prend la décision de redistribuer les divers épisodes de son texte en sept chapitres, au lieu des onze prévus depuis les premières phases de la genèse du roman. Le premier chapitre, la belle ouverture qui présente l'idylle attendrissante des deux amoureux et la description impressionnante de l'arrivée de l'héroïque bande insurrectionnelle, reste intact. Comme il l'a indiqué dans le deuxième plan détaillé, le romancier coupe en deux le chapitre II pour fournir la version définitive du chapitre III. Le nouveau chapitre IV regroupe les chapitres III et IV dans les plans, ainsi qu'une partie du chapitre V, qui traite de l'enfance de Silvère. Le nouveau chapitre V incorporera les anciens chapitres VI, IX et X, tandis que le chapitre VI sera composé des éléments des chapitres VII et VIII. Enfin, le chapitre VII ne fait que reprendre l'ancien chapitre XI.

Au dire du romancier lui-même, la rédaction du roman débute vraisemblablement le 1er avril ou le 4 juin 1869[1]. Vers la fin du mois d'avril ou au début du mois de mai, il reçoit la réponse à un courrier qu'il avait envoyé à un ami de jeunesse aixois, Fortuné Marion, futur docteur ès sciences naturelles, avec qui il a eu de longues discussions sur l'hérédité.

---

1   Voir ci-dessus, p. 12. On a proposé plusieurs dates pour le commencement de la rédaction du roman. Paul Alexis et Denise Leblond donnent début mai 1869. Maurice Le Blond, dans la première édition des *Œuvres complètes* de Zola (1927), affirme invraisemblablement que « *La Fortune des Rougon* fut commencée pendant l'hiver de 1868 et achevée au mois de mai 1869 » (p. 363). Selon Gina Gourdin Servenière, la découverte de la date du 4 juin 1869 inscrite au verso du premier feuillet du manuscrit autographe du roman est décisive (GGS, p. XCVIII). Selon le *Guide Émile Zola* d'Alain Pagès et Owen Morgan (Paris, Ellipses, 2002) : « Il commence la rédaction le 4 juin 1869, pour l'achever au mois de juillet 1870 » (p. 233).

Zola avait envoyé le plan scientifique de sa série à ce spécialiste, modèle même, sous certains aspects, de son équivalent fictif, le docteur Pascal Rougon. Dans sa réponse, Marion donne son approbation au projet « parfaitement choisi » et « justement scientifique[1] ». Zola passe l'été à rédiger le roman, tout en devant partager le temps de la composition avec ses obligations journalistiques, car entre le 1er avril et la fin de l'année 1869, il publie trente-trois articles dans *Le Gaulois*, vingt-deux dans *La Tribune* et un seul dans *Le Rappel*. Néanmoins, vers le 15 septembre 1869, arrivé à Paris seulement depuis quelques jours, son futur biographe, Paul Alexis, qui tenait à rendre une première visite à Zola, s'est rendu au numéro 14 de la rue de la Condamine. Il est présenté au romancier par le poète et critique d'art aixois, Antony Valabrègue. Ils parlent du grand projet des *Rougon-Macquart*, dont le premier volume, écrit Alexis, était « alors sur le chantier ». Zola cherche même son manuscrit et lit « les premières pages de *La Fortune des Rougon*, toute cette description de "l'aire Saint-Mittre" à Plassans, à ce Plassans que je reconnus, puisque j'arrivais d'Aix en Provence. Inoubliable soirée qui ouvrait un large champ aux réflexions du débutant homme de lettres, du provincial frais débarqué que j'étais alors[2] ! ». C'est pendant cette période que Zola lit, pour ses « Livres d'aujourd'hui et demain », *L'Homme qui rit* de Victor Hugo, dont les amours chastes de Gwynplaine et Dea anticipent dans une certaine mesure sur celles de Silvère et Miette[3]. Il lit aussi des volumes des *Œuvres complètes* de Balzac, notamment certains des *Célibataires*, qui paraissent chez Michel Lévy et dont il rend compte dans *Le Gaulois*[4] – excellente formation pour sa propre « scène de la vie de Provence ». Dans *Le Gaulois* du 31 juillet, notamment, il évoque *Le Curé de Tours*, dans lequel figure le « salon jaune » de Mademoiselle Gamard avec ses « intrigues mesquines », ses « caquetages de province » et ses « combinaisons égoïstes[5] » qu'on retrouvera dans le « salon jaune » des Rougon. Zola garde toujours Hugo et Balzac à portée de la main !

---

1   Voir Henri Mitterand, *Zola, op. cit., t. I*., p. 738.

2   Paul Alexis, *Émile Zola. Notes d'un ami, op. cit.*, p. 92. Notons, en passant, que Valabrègue avait été élevé par sa grand-mère comme Silvère Mouret.

3   Zola, « Livres d'aujourd'hui et de demain », *Le Gaulois*, 31 mars, 20 avril, 27 avril, 29 avril, 4 mai, 19 mai 1869 (*OC*, X, 819 *sq.*).

4   *Ibid.*, *OC*, X, 812.

5   Balzac, *Le Curé de Tours*, dans *La Comédie humaine*, éd. P.-G. Castex, Paris, Gallimard, « Bibliothèque de la Pléiade », t. IV, 1976, p. 209.

Mais la rédaction du roman, comme sa publication, suit un parcours en dents de scie. Le 15 juillet 1870, Zola écrit à Edmond de Goncourt : « Je suis atrocement occupé en ce moment. J'achève au jour le jour un roman que publie *Le Siècle*. J'irai vous voir, dès que je serai débarrassé et dès que je connaîtrai votre retour[1] ». Ainsi, avant que le romancier n'ait terminé le roman, les premières livraisons ont déjà paru en feuilleton dans *Le Siècle* à partir du 28 juin 1870. En fait, dans le feuilleton du 15 juillet 1870, le troisième chapitre du roman se termine. Or, il n'y avait rien d'inhabituel à ce que le feuilleton paraisse avant que la rédaction du roman soit terminée. Ce n'est pas la dernière fois. Mais ce qui a surtout retardé la composition ou du moins l'achèvement de *La Fortune des Rougon* est l'obligation, selon le contrat passé avec son éditeur Lacroix, d'écrire deux romans par an. Ainsi Zola est déjà contraint d'entamer la préparation du roman suivant de la série des *Rougon-Macquart*, *La Curée*, en février 1869. Il a commencé la rédaction du deuxième roman de la série de mai à juin 1870[2]. Ainsi, à la veille de la déclaration de guerre franco-allemande, Zola est en train d'écrire *La Curée*, tout en essayant de terminer *La Fortune des Rougon*.

Bien avant la fin de l'année 1869, *Le Siècle*, le plus influent des quotidiens français de l'époque, dont le tirage était bien plus élevé que celui de tous les autres journaux parisiens, avait accepté de publier en feuilleton *La Fortune des Rougon*. Le sujet du roman de Zola convient parfaitement à la politique du journal, qui se situe dans l'opposition au régime impérial et qui compte parmi ses rédacteurs, on l'a vu, les historiens républicains Eugène Ténot et Taxile Delord, auteurs d'ouvrages importants sur l'insurrection de 1851 et sur l'histoire du Second Empire. Mais la concurrence parmi les collaborateurs était féroce à tel point que *La Fortune des Rougon*, malgré les démarches du romancier auprès du rédacteur en chef, Edmond Texier, doit se mettre dans la file et n'apparaîtra qu'après les œuvres des écrivains suivants : Alexandre de Lavergne, Champfleury, Alexandre Dumas, Pierre Cœur, et Gabriel Cerny. Pas de créneau libre avant la fin de juin 1870[3] ! Enfin,

---

1   *Corr.* II, p. 223.
2   La guerre interrompt la rédaction du roman, que Zola reprend l'été suivant et termine en décembre 1871.
3   Pour d'autres précisions sur les péripéties de la publication du roman en feuilleton, voir l'article d'Henri Mitterand, « La publication en feuilleton de *La Fortune des Rougon* (lettres inédites) », *Mercure de France*, CCCXXXVII, n° 1155, 1er nov. 1959, p. 531-536. Les

le feuilleton commence à paraître le 28 juin 1870, mais non sans d'autres contretemps ! Le 11 août, cinq jours après la déclaration du ministre de la guerre, Edmond Le Bœuf, selon laquelle la lutte avec la Prusse était inévitable, et huit jours avant la déclaration de guerre, l'annonce suivante paraît en tête de la première page du *Siècle* :

> Les circonstances actuelles sont si graves, si douloureuses, que nous croyons devoir consacrer tout l'espace dont nous disposons aux documents et aux travaux qui ont pour objet le théâtre de la guerre.
> Ce sont les destinées de la France qui se décident en ce moment.
> Nos lecteurs comprendront que nous suspendions pour ce motif et pendant quelques jours la publication du feuilleton.

En fait, les quelques jours deviennent quelques mois : le 19 juillet la guerre est déclarée ; le 4 septembre 1870 le régime impérial s'effondre ; trois jours plus tard, le 7 septembre, Zola, sa femme et sa mère partent pour le Midi ; le romancier se rend à Bordeaux le 11 décembre ; l'encerclement de Paris et des forts extérieurs est achevé le soir du 19 septembre ; les Zola ne reviennent à Paris que le 14 mars 1871. Quatre jours plus tard, l'annonce suivante paraît en bas de la première page du *Siècle* :

> Au lendemain de nos premiers désastres, la gravité des événements nous força à suspendre – le 10 août – la publication du roman de M. Émile Zola. Aujourd'hui, nous croyons pouvoir faire cesser cette interruption et terminer l'œuvre si remarquable dont nos lecteurs ont déjà pu apprécier toute la valeur.

Quand la publication de *La Fortune des Rougon* s'est interrompue dans *Le Siècle*, les trois quarts du roman avaient déjà paru. La rupture a été faite au milieu du long chapitre VI, au moment où Rougon entend le bout de conversation entre monsieur Picou et monsieur Touche, s'arrêtant sur les paroles suivantes de celui-ci : « Mais, vous comprenez, on a peur, on dit que ce retard des soldats n'est pas naturel, et que les insurgés pourraient bien les avoir massacrés[1] ». Mais, par la suite, au

---

romans dont il est question (avec la date de leur parution dans *Le Siècle*) sont les suivants : Alexandre de Lavergne, *Les Demoiselles de Saint-Denis* (11 août-6 oct. 1869) ; Erckmann-Chatrian, *L'Histoire d'un paysan* (16 oct.-15 nov. 1869) ; Champfleury, *L'Avocat-trouble-ménage* (21 nov.-25 déc. 1869) ; Alexandre Dumas, *Création et Rédemption* (29 déc. 1869-22 mai 1870) ; Pierre Cœur, *Les Bordjia* (24 mai-20 juin 1870) ; Gabriel Cerny, *Juliette* (une nouvelle) (21-26 juin 1870).

1   P. 358.

lieu de reprendre intégralement le texte de Zola, le nouveau feuilleton est sévèrement amputé. On a l'impression que le journal a repris le roman sans conviction, peut-être parce qu'on croyait, erronément, qu'il avait perdu de son actualité après la chute de l'Empire. Ainsi, après un laps de sept mois, on ne fait aucun effort pour faciliter la lecture ou la reprise de la lecture du roman, en rappelant les grandes lignes de l'intrigue. De plus, on contraint le romancier à faire tenir le reste du roman dans quatre épisodes seulement, ce qui nécessite des coupures drastiques. C'est dans de telles conditions, lors des premiers jours de la Commune d'ailleurs, que la suite du roman paraît les 18, 19, 20 et 21 mars 1871 ; bizarrement, les trois derniers épisodes portent même un nouveau titre : *La Famille Rougon* !

Tout au long de ces temps éprouvants et difficiles – la guerre et les sièges de Paris jusqu'à la veille de la déclaration de la Commune – Zola n'a pas cessé de travailler. « Pendant deux mois », comme il écrit à Cézanne, le 4 juillet 1871, il a vécu « dans la fournaise », menacé d'être arrêté « à titre d'otage », le 20 mai. Mais, « comme au sortir d'un mauvais rêve », il a pu réintégrer son pavillon et son jardin aux Batignolles, poursuivant ses tâches avec l'optimisme qu'il prêtera, vingt ans plus tard, au héros de l'avant-dernier roman de la série, *La Débâcle* :

> Jamais je n'ai eu plus d'espérance ni plus d'envie de travailler. Paris renaît. C'est, comme je te l'ai souvent répété, notre règne qui arrive.
> On imprime mon roman *La Fortune des Rougon*. Tu ne saurais croire le plaisir que je ressens à en corriger les épreuves. C'est comme mon premier livre qui va paraître. Après toutes ces secousses, j'éprouve cette sensation de jeunesse qui me faisait attendre avec fièvre les feuillets des *Contes à Ninon*[1].

L'édition originale de *La Fortune des Rougon* est publiée à la Librairie internationale A. Lacroix Verboeckhoven et Cie éditeurs, le 14 octobre 1871[2]. C'est en principe le texte publié dans *Le Siècle*, avec quelques corrections et variantes. En 1872, Albert Lacroix met en vente les exemplaires non vendus de la première édition avec la mention *deuxième édition*. C'est Lacroix qui a publié *Thérèse Raquin* et *Madeleine Férat*,

---

1 *Corr.* II, p. 294.
2 Le volume sera enregistré dans la *Bibliographie de la France*, le 21 octobre 1871, sous le numéro 5003 et sera mis en vente à 3 frs 50. Voir GGS, p. CXII.

ainsi que les deux premiers romans de la série des *Rougon-Macquart*. Mais, à la grande consternation du romancier, il fait faillite, malgré ses talents commerciaux, à la suite, semble-t-il, de spéculations immobilières risquées. Heureusement, Georges Charpentier, qui se désignera plus tard comme « l'éditeur des naturalistes », est déjà familier avec les œuvres du romancier et pense qu'une association avec Zola serait l'occasion de « raviver » la maison d'édition qu'il vient de prendre en charge avec son associé Maurice Dreyfous. Sur une recommandation de Théophile Gautier et poussé par Charpentier, Dreyfous cherche Zola à la Chambre des députés et, peu difficile à convaincre sans doute, le persuade de négocier avec eux[1]. Vers la fin de 1872, Charpentier publie une troisième édition de *La Fortune des Rougon*, datée de 1873[2], qui comporte plusieurs révisions. Ainsi, le 21 octobre 1872, Dreyfous insiste auprès du romancier pour qu'il fasse les révisions : « Il serait bon que vous nous donnassiez les portions du bouquin que vous aurez vues, au fur et à mesure ; on attaquerait tout de suite l'impression ». Comme le confirme Georges Charpentier, quelques jours plus tard, on est pressé de sortir la réimpression du volume : « Car, ce que nous avons va être épuisé aujourd'hui ou demain. Il était impossible de supposer que ce livre, qui n'a pas cessé d'être en vente chez Lacroix, se vendrait autant et aussi promptement[3] ».

Certaines des révisions dans la troisième édition du roman publiée chez Charpentier vont bien au-delà des retouches habituelles des épreuves d'un texte, car elles modifient des aspects de fond du roman plutôt que ses modes d'expression. Si elles ne changent pas radicalement les bases de l'intrigue, elles apportent des modifications de détail, parfois significatives, à la famille des Rougon-Macquart[4]. Ainsi, en allant de l'édition de 1871 à celle de 1873, les circonstances de la vie de certains personnages subissent de menus changements : Aristide Rougon et sa femme vivent quatre ans au lieu de dix au domicile de Pierre Rougon [p. 77] ; Aristide gagne à la sous-préfecture de Plassans 150 francs par mois au lieu de 100 [p. 78] ; Gervaise apporte à la maison

---

1 Voir *Corr.* II, p. 323.
2 Enregistré dans la *Bibliographie de la France*, le 18 janvier 1873 sous le numéro 566.
3 *Corr.* II, p. 322.
4 Pour plus de détails sur ces changements, voir les variantes ci-dessous aux pages indiquées entre crochets. Voir aussi HM, p. 1537-1539.

paternelle jusqu'à soixante francs au lieu de cinquante [p. 152] ; Antoine
Macquart pense à la possibilité de marier Gervaise et Silvère dans la
première édition et dans le feuilleton, mais le passage est supprimé
dans la 3ᵉ édition[1]. Il arrive aussi que Zola modifie l'âge de certains
personnages : Adélaïde est née en 1768 au lieu de « vers 1770 » [p. 48] ;
Félicité a quatre ans de moins que son mari au lieu de trois [p. 65] ;
Antoine Macquart, au lieu de rentrer à Plassans en 1823, à l'âge de
28 ans, s'y trouve « après la chute de Napoléon », mais son âge n'est
pas indiqué [p. 136][2].

Certains changements ont plus de conséquences, là où le romancier
invente de nouveaux membres de la famille, à mesure que son projet
pour la série s'étend au-delà de la limite des dix romans initialement
prévus. Il se trouve obligé d'additionner de nouvelles branches à l'arbre
généalogique pour accommoder les nouveaux sujets dans les quatre
« mondes » qu'il a définis. Ainsi il ajoute un troisième enfant à la famille
d'Ursule Macquart, Hélène, sœur aînée de François et Silvère, née en
1824 [p. 160] et destinée à figurer comme le personnage principal
d'*Une page d'amour* (1878). La famille d'Antoine Macquart et de Fine
Gavaudon s'enrichit d'un troisième enfant : Lisa, sœur de Gervaise et
Jean [p. 149], qui deviendra la charcutière aux Halles dans *Le Ventre
de Paris* [p. 149]. Enfin, les cousins François Mouret et Marthe Rougon
ont le bonheur d'avoir des enfants supplémentaires, à savoir Octave,
qui joue un rôle de premier plan dans *Pot-Bouille* (1882) et *Au Bonheur
des Dames* (1883), ainsi que Serge et Désirée, qui figurent ensemble
dans *La Faute de l'abbé Mouret* (1875). D'où l'intérêt de la deuxième
liste de romans qui se trouve dans le dossier préparatoire de la série
ms. 10345, document qui incorpore les additions qu'on a vues et qui
est à comparer avec la liste préliminaire des romans de la série repro-
duite ci-dessus (p. 17).

---

1 Voir ci-dessous le passage supprimé dans la variante p. 454 [p. 172].
2 D'autres changements : Ursule Mouret, sa sœur, meurt en 1839 au lieu de 1840 [p. 160] ;
   Son premier fils, François, a 23 ans au lieu de « vingt et quelques années » à la mort de sa
   mère, mais Zola oublie de réduire d'un an l'âge de François, Silvère et Hélène [p. 160] ;
   dans la 3ᵉ édition, Antoine Macquart se marie en 1826 et ses 3 enfants sont nés en 1827,
   1828, 1831. Sa femme meurt au début de 1850 [p. 179], mais, dans le texte de 1871, il
   se marie une dizaine d'années après son retour, ses deux enfants sont nés un an et quatre
   ans plus tard, et sa femme, Fine, meurt au début de 1851.

Liste des romans

La fortune des Rougon
La Curée
Le ventre. – Lisa
La faute de l'abbé Mouret. – Serge et Désirée Mouret.
Le roman politique (journaux) – Eugène Rougon.
Le roman d'art. – Claude Lantier
Le roman sur la rente viagère. – Agathe Mouret
Le roman populaire. – Gervaise Ledoux et ses enfants.
Le roman sur la guerre d'Italie. – Jean Macquart
Le roman sur le haut commerce (nouveautés). – Octave Mouret
Le roman sur le demi-monde. – Anna Ledoux
Le roman judiciaire, chemin de fer. – Étienne Lantier
Roman sur la débâcle. (L'étude sur les journaux à la fin de l'empire) – faire
revenir Aristide, Eugène et les autres.
Roman sur le siège et la Commune. – Faire revenir Maxime et les enfants.
Roman scientifique. – Pascal, Clotilde, faire revenir Pierre Rougon, Félicité,
Macquard, etc. et Pascal en face des fils de Maxime.
Un roman sans doute avec François Mouret et Marthe Rougon.
[La conquête de Plassans]
Un 2ᵉ roman ouvrier. – Particulièrement politique. L'ouvrier de insurrection
[outil révolutionnaire], de la Commune. Une photographie d'insurgé tué en
48. Aboutissant à mai 71.

Cette liste semble avoir été dressée vers 1872-1873, car elle ne donne
les titres précis que des quatre premiers romans de la série, mais elle
contient aussi certains noms de personnages qui ne paraissent pas dans
La Fortune des Rougon, notamment Désirée Mouret, Claude Lantier,
Clotilde (Rougon), et, bien entendu, Agathe Mouret, car il n'y aura pas
de roman sur la rente viagère ni de personnage de ce nom. On apprécie
l'inventivité du romancier, dont le projet passe de dix à dix-sept romans.
Il y aura d'autres révisions, additions et modifications. Mais ce qui est
évident est le fait que, progressivement, avec l'avènement d'une nouvelle
génération de Rougon-Macquart, le roman sur les origines de la famille
perd en quelque sorte de sa pertinence.

UNE NOUVELLE ACTUALITÉ ?

On pourrait également mettre en question l'à-propos de l'aspect historique du roman, car, avec la chute du Second Empire et l'établissement de la Troisième République, pour conservatrice qu'elle soit, la campagne républicaine visant à rappeler les origines ternies du régime impérial ne semblait plus pertinente. Dans la nouvelle préface qu'il rédige le 1er juillet 1871 et qu'il publie en tête du premier roman de la série des *Rougon-Macquart*, le romancier admet que la chute des Bonaparte lui fournit le « dénouement terrible et nécessaire » de son œuvre, qui devient désormais « le tableau d'un règne mort, d'une étrange époque de folie et de honte[1] ». Pourtant, dans le dossier préparatoire de la série (ms. 10303, f°s 81-92), on ne trouve pas moins de dix-sept « Réclames sur *la Fortune des Rougon* » que Zola aurait composées, sans doute en 1871 pour Lacroix, mais qui, semble-t-il, ne verront jamais le jour[2]. Ces textes sont intéressants dans la mesure où ils révèlent, avec une certaine emphase tout à fait appropriée dans un tel exercice de publicité, comment Zola envisageait les points forts de son roman et interprétait ses divers trajets thématiques et génériques : « drame saisissant », œuvre d'une « grande puissance dramatique », contenant une « idylle exquise, un conte grec », une « satire bourgeoise », une « parodie sinistre de la restauration napoléonienne », à la fois « un pamphlet politique, une étude historique et une œuvre littéraire ». Mais ce qui est d'autant plus intéressant est le fait que, dans six de ces textes, Zola met l'accent sur l'actualité de son roman, en reprenant avec variations la phase suivante : « En ces jours d'intrigues bonapartistes », cette œuvre « est une véritable actualité ». Dans le « prière d'insérer » suivante, il écrit plus explicitement :

Nous recommandons une œuvre nouvelle de M. Émile Zola. C'est un roman, mais un roman politique, qui ne sera pas trop déplacé en ces temps d'indifférence littéraire. L'auteur raconte le coup d'État en province. Il montre les violences de ce coup de main qu'on voudrait aujourd'hui renouveler. Le drame qu'il a choisi est poignant et donne à réfléchir (f° 88).

---

1   Voir la préface ci-dessous, p. 98.
2   Voir deux de ces textes ci-dessous dans le dossier documentaire, p. 495-496. Ils sont tous reproduits dans GGS, p. 555-558.

Rappelons sommairement la situation à laquelle Zola fait allusion. Après la défaite de Sedan, Napoléon III, fait prisonnier, fut interné au château de Wilhelmshöhe avant de s'exiler en Angleterre, où résidaient déjà ou venaient lui rendre visite plusieurs bonapartistes comme le duc et la duchesse de Mouchy, la princesse Caroline Murat, le marquis de la Valette, le prince Louis Lucien Bonaparte. En octobre, le prince Napoléon (dit « Plon-Plon ») se mit en ménage à Londres (temporairement) avec la courtisane anglaise de l'Empire, Cora Pearl (de son vrai nom Emma Crouch). L'ex-impératrice Eugénie et l'ex-Prince impérial, Louis-Napoléon, s'installèrent dans une maison, Camden Place, à Chislehurst dans le Kent, à 17 kilomètres de la gare de Charing Cross à Londres. Quand l'ex-Empereur, Louis-Napoléon Bonaparte, finit par débarquer à Douvres, le 20 mars 1871, une grande foule était là pour l'acclamer vigoureusement. À Camden Place, vivaient une vingtaine de résidents, pour la plupart des membres de l'ancienne famille impériale, et à peu près vingt-cinq domestiques. Ainsi, autour de l'empereur déchu, s'était formée une cour. Bien des Français firent le pèlerinage à Chislehurst. Il y eut même des visites réciproques entre le couple d'exilés et la reine Victoria. Malgré ses scrupules et ses hésitations, même le Premier ministre, Mr. Gladstone, se rendit à Camden Place prendre le thé.

Malgré sa maladie débilitante – un problème de calcul dans la vessie – Louis-Napoléon ne renonça nullement à ses ambitions politiques. Il savait que la République française était mal vue dans les chancelleries étrangères, qui n'auraient pas eu d'objection à ce qu'elle soit remplacée par un régime plus stable. Plusieurs plans furent ourdis. Celui pour lequel opta Louis-Napoléon était l'action suivante : il quitterait incognito l'Angleterre à bord d'un yacht, aborderait en Flandre, gagnerait la Suisse d'où il rejoindrait le général Bourbaki et sa garnison ; à la tête de ses troupes, il gagnerait Paris pour reconquérir le pays. Échos des tentatives de coup d'État de Strasbourg et de Boulogne ! Fidèle, avec sa superstition habituelle, au calendrier bonapartiste, il fixa la date pour le mois de mars 1873, pensant sans doute au retour de Napoléon I en France le 1er mars 1815. Il ignorait le fait que le gouvernement français était régulièrement informé de ses projets. On peut déduire aussi, d'après les remarques de Zola dans ses « réclames », que le public français ne les ignorait pas non plus.

En fait, Zola, comme d'autres journalistes républicains, persiste toujours dans sa campagne antibonapartiste après la chute de l'Empire. Dans un article de *La Cloche*, il envisage la défaite de Sedan comme le dernier des quatre crimes majeurs commis par l'homme qu'il appelle « le blême poltron de Chislehurst » : après les fiascos de Strasbourg et de Boulogne, le 2 décembre 1851, les bonapartistes

> se jetèrent, par une nuit noire, sur la ville endormie, avec la sauvagerie d'une bande de chauffeurs envahissant une ferme. Ils prirent les uns à la gorge, massacrèrent les autres, fusillèrent des femmes et des enfants sur les trottoirs. La ville fut surprise, violée, assassinée et jetée toute tiède et toute sanglante dans l'alcôve princière[1].

Quelques semaines plus tard, Zola dirige son ironie contre la souveraine britannique pour ses prévenances à l'égard des exilés : « Les Bonaparte ne peuvent avoir la plus légère migraine sans que la reine Victoria envoie toutes les heures un de ses aides de camp prendre des nouvelles de ces chères petites santés[2] ». À vrai dire, la présence des Bonaparte de l'autre côté de la Manche n'est pas prise à la légère :

> Étrange famille qui ne meurt pas, qui se continue, avec ses enfants pâles et moribonds. Ils ont les hauts et les bas des aventuriers, les poches vides aujourd'hui, les coffres-forts pleins demain. Ils vivent dans des palais, ils meurent sur des rochers. Ils battent monnaie avec notre sang. Et ils sont toujours là, à notre gorge, ou dans le fond de quelque fossé, nous guettant pour nous sauter aux épaules[3].

Les articles anti-bonapartistes de Zola sont remarquables pour l'intensité et la variété de leurs effets rhétoriques, plus proches de la manière caustique de Rochefort que des dénonciations souvent ampoulées de Victor Hugo. Zola a recours à une combinaison de pathos, d'ironie, d'indignation, de sarcasme, d'humour burlesque et d'allégorie, procédés qu'il mobilisera, malgré les contraintes de la fiction mimétique, dans *La Fortune des Rougon* et dans d'autres romans politiques de la série des *Rougon-Macquart*.

En fin de compte, le plan d'évasion de l'empereur déchu n'aboutit pas. Dès la fin de 1872, la condition de Louis-Napoléon s'aggrava. Il subit

---

1 Zola, « Lettres parisiennes », *La Cloche*, 29 mai 1872.
2 Zola, « Lettres parisiennes », *La Cloche*, 10 juillet 1872.
3 Zola, « Lettres parisiennes », *La Cloche*, 1er juillet 1872.

deux interventions chirurgicales le 2 et le 6 janvier 1873, et mourut le 9 janvier des suites de sa lithotritie alors qu'une troisième intervention était prévue. Aucun retour d'Albion à craindre ! Aucun débouché dans la presse française, au temps de « l'ordre moral », pour l'ancien journaliste téméraire de *La Cloche*, trop téméraire pour les autorités[1] ! Et *La Fortune des Rougon* est un texte fermement inscrit dans la catégorie de roman historique.

RÉCEPTION

Dans sa « réclame », Zola évoque les « temps d'indifférence littéraire » dans lesquels son roman vient de paraître. Mais le problème est plus général. Avant le succès de scandale de *L'Assommoir* en 1877, la publication d'un roman de Zola n'est pas encore un grand événement littéraire. En fait, on a noté l'absence relative, dans la presse, de comptes rendus des six premiers romans de l'auteur des *Rougon-Macquart*[2]. Et Flaubert de fulminer, typiquement, là-dessus : « L'esprit public me semble de plus en plus bas ! Jusqu'à quelle profondeur de bêtise descendrons-nous ? Le dernier livre de Belot s'est vendu en 15 jours à 8 mille exemplaires, *La Conquête de Plassans* de Zola à 17 cents, en six mois, et il n'a pas eu *un* article[3] ! ». *La Fortune des Rougon*, on l'a vu, se vend relativement bien ; Charpentier fait paraître une quatrième édition en 1873 et une cinquième en 1875[4]. Zola lui-même envoie le volume à certaines personnes et sollicite un compte rendu, parfois avec succès. Néanmoins, les comptes rendus dans la presse, qui font état parfois des deux ou même des trois premiers *Rougon-Macquart* dans un seul article, sont assez rares. Du moins Henry Fouquier, journaliste, homme politique et romancier, que Zola a connu à Marseille en 1870 et à qui il envoie *La Fortune des Rougon* et *La Curée*, a-t-il une raison valable de ne rien écrire, car, en

1   Voir Henri Mitterand, *Zola journaliste, op. cit.*, p. 168-172.
2   Voir F.W.J. Hemmings, *Émile Zola* (2ᵉ éd. revue et augmentée), Oxford, Clarendon Press, 1966, p. 124-125.
3   Gustave Flaubert à George Sand, 26 septembre 1874, *Correspondance*, éd. Jean Bruneau Paris, Gallimard, « Bibliothèque de la Pléiade », t. IV, 1998, p. 867-868.
4   Voir GGS, p. CXII.

sa qualité de directeur de la presse au ministère de l'Intérieur, on lui a refusé l'autorisation de le faire, ce qui ne l'empêche pas d'écrire dans sa lettre : « Vos romans sont *les seuls* romans nouveaux que j'ai pu lire en entier et avec un vif plaisir depuis quatre ou cinq ans ». Il l'invite à venir le voir : « Ce que j'y trouve de qualités me permet de vous dire ce que j'y ai trouvé de défauts[1] ».

Une exception assez rare est le compte rendu dans *Le Figaro* du 29 octobre 1871 écrit par Fernand de Rodays. Sur un ton léger, son article commence par des compliments de forme sur le talent du romancier, sur sa « réelle puissance d'observation ; ses tableaux ont une couleur heureuse ; sa langue est élégante et originale », car, à son avis, Zola, « c'est vraiment un écrivain » et, même s'il a des idées républicaines, « il en a le droit, et nous ne voyons pas pourquoi il se priverait d'en user ». Le « mais » ne se fait pas attendre :

> Mais nous avons toutes les peines du monde à le prendre au sérieux quand, à l'exemple de M. Weill, il se bat contre les moulins à vent de la corruption du siècle. M. Weill[2] foudroie la corruption dans les mœurs, mais M. Zola terrasse la corruption dans la politique. Son livre est « l'histoire naturelle et sociale d'une famille sous le Second Empire. » Il y a là-dedans un bourgeois qui fait sa fortune en servant le coup d'État du 2 décembre, et M. Zola semble en conclure que tous les bourgeois qui ont gagné des rentes pendant les vingt années de corruption sont des êtres très méprisables. Entre nous, cela est naïf. Nous ne voulons pas de l'Empire, mais c'est parce qu'il a fait Sedan, et non à cause des vingt années de corruption qui continuent encore, et qui, il faut l'espérer, continueront le plus longtemps possible.
>
> Si nous nous embarquons dans la République du brouet noir, on commencera par supprimer le luxe, et l'on finira par ne plus se laver les mains[3].

Le romancier et le journaliste auront à l'avenir des liens bien plus conséquents, car Fernand de Rodays sera un des co-gérants du journal entre 1879 et 1894, et directeur à l'époque de l'affaire Dreyfus ; ses convictions dreyfusardes déterminèrent l'orientation du *Figaro*.

Un des premiers comptes rendus paraît en province dans *Le Progrès de Saône-et-Loire*, le 17 décembre 1871. Zola avait écrit à Jules Guillemin, poète et historien de la Bourgogne, le 23 octobre, en lui envoyant un

---

1 Voir *Corr.* II, p. 320.

2 Il s'agit d'Alexandre Weill (1811-1899).

3 Fernand de Rodays, « Gazette littéraire. *La Fortune des Rougon*, par M. Émile Zola », *Le Figaro*, 29 octobre 1871.

exemplaire de *La Fortune des Rougon*. Guillemin répond aux attentes du romancier. Il analyse en détail le roman, un « pur chef-d'œuvre » selon lui, ainsi que *La Curée*, avant de souligner les qualités du romancier :

> Par sa puissance d'analyse poussée jusqu'à la subtilité, par la vivacité de son pinceau exact jusqu'à l'excès de la minutie flamande, la vérité de son observation cruelle jusqu'à la brutalité, [M. Zola] a conquis une notoriété incontestable. [...] Original dans sa manière, il procède de Balzac et de Flaubert, dont il imite les développements et les détails infinis. Il a de moins que le premier la force de concentration, et de plus que le second, l'émotion vibrante ou cachée, mais qui se communique toujours[1].

Dans son compte rendu du 14 novembre 1871, le critique anonyme du *Petit Journal* reste indécis quant aux qualités du roman :

> On connaît M. Zola : écrivain sérieux, parfois amer, il aime à fouiller le cœur et les passions humaines, le scalpel à la main. Les récits sont saisissants, ses portraits ont des contours nets et tranchés. Les tableaux sont-ils toujours exempts d'exagération ? Peut-on conclure au général des faits particuliers qu'il raconte ou récite ? Le lecteur en jugera lui-même, car le livre sera lu et beaucoup lu.

L'année suivante, Camille Pelletan, jeune journaliste et homme politique, opposant au régime impérial, que Zola a certainement connu aux bureaux de *La Tribune* et du *Rappel*, publie dans *Le Rappel* même, le 8 novembre 1872, un compte rendu non moins laudatif de *La Fortune des Rougon* et de *La Curée*. Il trouve que la manière du romancier « s'est élargie et assurée », se débarrassant de ce qu'elle avait de trop « voulu » et « factice », à tel point, écrit-il, qu'il « est entré en pleine possession de lui-même ». Dans *La Fortune des Rougon*, où le romancier fait « œuvre d'historien » :

> Tout le Second Empire est là, dans son reflet sur un groupe d'existences. Ce n'est pas le moindre mérite de cette étude d'être faite par un véritable romancier, qui cherche surtout une analyse minutieuse et vraie, qui montre

---

1   Voir *Corr.* II, 302-303. Zola exprime sa reconnaissance dans une lettre du 29 décembre 1871 : « J'ai été très touché de votre sympathie. Je suis peu compris d'ordinaire, on m'accuse d'une foule de choses dont je ne me sens pas même coupable. Ainsi chaque poignée de main dans laquelle je reconnais un ami me va-t-elle au cœur. La tâche que j'ai entreprise est rude. J'ai besoin d'être soutenu ». Voir l'article de Colette Becker, « La correspondance de Zola, 1858-1871 : trente lettres nouvelles », *Les Cahiers naturalistes*, XXIX⁰ année, n° 57, 1983, p. 176-177.

et ne prêche pas, et laisse ainsi aux conclusions qui se dégagent de l'œuvre la valeur d'un fait scientifiquement observé.

Tout le récit est fait de main de maître. Évidemment, l'auteur a eu ici, à sa disposition, des souvenirs locaux très précis. Il en a su tirer un grand parti. L'enthousiasme républicain des populations ardentes du Midi, les bandes soulevées pour la défense de la loi ; les transes et les rages des bourgeois affolés ; la réaction vue en déshabillé, avec ses noms propres, ses verrues et ses ventres, puis le drame épouvantable de la « victoire de l'ordre » et des fusillades confuses ; le vertige du sang chez les soldats ; la férocité de la peur dans le parti triomphant, font les frais d'un récit étudié, vivant, saisissant, qui passe du bouffon à l'horreur.

Dans l'étude de *La Curée* qui s'ensuit, il évoque « la danse macabre des écus, qui commence avec l'empire, remplit le volume de son tourbillon ». Il trouve que « le tableau est cru », mais « le modèle était aussi hideux que le tableau » ; « l'époque impériale a été prise dans tous ses détails, – les toilettes comme les vices ».

Par rapport au compte rendu de Pelletan, l'étude du jeune Paul Bourget dans la *Revue des Deux Mondes* offre un contraste marqué. Il consacre un article aux trois premiers romans de la série des *Rougon-Macquart*, peu susceptibles de plaire au poète parnassien et au futur romancier idéaliste, psychologue, moraliste, ennemi du naturalisme[1]. Il est évident que déjà, idéologiquement, tout divise les deux jeunes écrivains. Le critique commence avec des réflexions sur la nouvelle génération de romanciers, le lourd héritage des accomplissements de leurs prédécesseurs et les choix à faire parmi les différents modes. Il a ses propres préférences. « Le roman que nous désirons se soucierait donc peu de peindre des fous ou des malades, il retrouverait la beauté dans l'étude des choses saines et des sentiments nobles ». À coup sûr, les trois romans de Zola ne trouveront pas grâce selon de tels critères. Pourtant, après avoir émis de graves réserves, Bourget en vient à louer *La Fortune des Rougon* sous certains aspects, si ce n'est que par comparaison avec les excès descriptifs du *Ventre de Paris* et avec les audaces de *La Curée*.

Les trois romans de M. Zola, que l'auteur intitule avec une singulière prétention *Histoire naturelle et sociale d'une famille sous le Second Empire*, échappent à une

---

1   Paul Bourget, « Revue littéraire. Le roman réaliste et le roman piétiste », *Revue des Deux Mondes*, 43ᵉ année, 2ᵉ période, CVI, 15 juillet 1873, p. 454-69. Voir surtout p. 455-460 sur Zola et ses romans.

analyse serrée de près. *La Fortune des Rougon*, la première de ces trois études, est composée de quatre romans entrelacés et confondus, qui se présentent tous sur le même plan. Une famille nombreuse et pauvre, mi-ouvrière, mi-bourgeoise, les Rougon-Macquart, habite Plassans, petite ville imaginaire du midi, et se trouve mêlée aux événements qui suivirent le coup d'État de décembre 1851. L'auteur explique longuement par quelles épreuves les membres divers de cette famille sont arrivés, qui à soutenir les Bonaparte, qui à dédaigner toute politique, qui à défendre la république par enthousiasme ou nécessité, et, dans la pensée de M. Zola, chaque opinion suppose une vie particulière qu'il essaie de reconstruire avant d'engager les acteurs dans le drame de la fin. [...]

C'est une vérité reconnue que le style révèle la qualité même et la nature intime d'un esprit; à ce point de vue, dès l'abord M. Zola nous apparaît comme un homme pour lequel le monde intérieur n'existe pas. Il serait malaisé d'imaginer une façon d'écrire plus sensuelle et plus dépravée. C'est pitié de voir à quels excès il condamne cette langue française [...]

Est-ce donc un romancier sans valeur que M. Zola? Assurément il y a de la puissance dans quelques parties de ses ouvrages, celles où la débauche n'a pu trouver place. Les intrigues de Félicité Rougon, dans la première étude, sont conduites avec une véritable dextérité. Les bourgeois de Plassans, qui tour à tour triomphent ou tremblent avec une irrémédiable couardise, présentent un tableau comique un peu sombre, mais exact et franc. Ce talent fait plus tristement ressortir la vulgarité, la violence, nous allions dire l'obscénité des autres études. M. Zola d'ailleurs, par l'exagération de ses défauts, nous permet de discerner les causes qui ont perdu tant de romanciers contemporains et qui le perdront à son tour, s'il persiste dans la même voie. [...] Nous y apercevons aussi la manie d'introduire la science dans l'art par l'étude physiologique substituée à l'observation morale. Les artistes semblent en cela bien peu soucieux de leur dignité, car le domaine du sentiment, où ils règnent, restera toujours en dehors de la science, qui n'atteindra jamais l'âme. [...] Le culte de la laideur semble à certaines gens de l'observation. Peut-être enfin cette vigueur apparente n'est-elle qu'une stérilité de pensée et de sentiment : avec quelque travail et des modèles, il est commode de décrire par adjectifs; au contraire rien n'est beau, rien n'est rare comme d'observer les autres et soi-même avec sincérité. C'est là qu'il faut tendre cependant, et M. Zola n'a encore rien écrit qui puisse intéresser à ce point de vue. Son œuvre est donc jusqu'ici non avenue, elle ne servira qu'à étudier l'extrême déviation du goût contemporain. S'il a voulu donner le modèle d'un monstre, il a réussi, et c'est à ce titre que nous l'avons examiné[1].

Une des études les plus perspicaces, quoique des plus sévères, vient, de façon inattendue, de la plume de Timothée Colani (1824-1888),

---

1   *Ibid.*, p. 456-460.

ancien théologien, réformateur radical et polémiste, qui renonça à ses activités pastorales pour s'adonner à ses intérêts politiques et littéraires. Dans un long article de *La Nouvelle Revue*, des 1ᵉʳ et 15 mars 1880, il commence, d'une façon mesquine, par relever certaines invraisemblances dans les romans de la série des Rougon-Macquart jusqu'à *Nana*. Quant à *La Fortune des Rougon*, il écrit :

> Il est vrai que, juste à la même date, M. Zola fait tuer l'amant d'Adélaïde par un douanier, « au moment où il entrait en France toute une cargaison de montres de Genève ». À cela, il n'y a qu'un inconvénient, c'est qu'en 1810, Genève, chef-lieu du Léman, faisait depuis longtemps partie intégrante du territoire français. Croiriez-vous, si M. Zola ne vous l'affirmait pas, que, vers 1848, un adolescent gagnait à Plassans de trois à quatre francs par jour au métier de menuisier ? À Paris, en 1880, un adulte, bon menuisier, en gagne six. Mais aussi à Plassans on est souvent bien en avance sur le siècle avant 89, on y sait déjà mettre les malades au régime reconstituant « des viandes saignantes et du vin de quinquina[1] ».

Colani signale par la suite la dette du romancier envers l'ouvrage de Ténot et donne la clef des lieux réels auxquels Zola a donné des noms fictifs. Il s'arrête encore avec une certaine complaisance et avec une trace d'ironie sur les invraisemblances de ses romans :

> Dans chacun des volumes de M. Zola, j'ai noté dix, vingt, trente de ces impossibilités matérielles, devant lesquelles reculerait tout romancier qui n'appartiendrait pas à l'école naturaliste.
> Si je me mettais à citer la dixième partie des contresens commis par M. Zola lorsqu'il se fait l'historiographe de nos mœurs, je n'en finirais pas[2].

Pourtant, toujours dans un esprit critique, il soulève certaines questions essentielles, avant de retourner à sa préoccupation concernant les prétendues invraisemblances :

> Le chapitre de M. Ténot que M. Zola a mis en coupe pour *La Fortune des Rougon* lui a fourni une solide charpente bien capable de porter sa double fiction, la délicieuse idylle de Silvère et de Miette et le complot scélérat de Félicité. Si l'exécution répondait à la conception, ce volume serait un chef-d'œuvre. Mais

---

1 Timothée Colani, « *Les Rougon-Macquart*, par Émile Zola », *La Nouvelle Revue*, III, 1ᵉʳ et 15 mars 1880, p. 142. Article repris dans *Essais de critique historique, philosophique et littéraire*,Paris, Chailley, 1895, p. 161-226.
2 *Ibid.*, p. 145, 147.

alourdi par d'innombrables détails généalogiques, le récit est en outre haché comme à plaisir. On nous montre d'abord deux enfants inconnus se promenant amoureusement enlacés et rencontrant par hasard la troupe des insurgés. Puis, pendant plus de cent pages, on nous dit les origines et les destinées et les crimes et les appétits des Rougon-Macquart, depuis l'an 1787 jusqu'au moment où les insurgés, ayant en tête Miette avec son drapeau, pénètrent dans la ville endormie. Alors M. Zola revient aux deux enfants, remontant longuement aux premiers jours de leur affection. Ayant enfin, bien après le milieu du volume, achevé son exposition, il ramené Silvère et Miette auprès des insurgés, et l'histoire commence à marcher, il faut le dire, d'un pas vif et rapide. C'est très intéressant. C'est parfois saisissant, empoignant, par exemple lorsque Félicité entreprend d'amener les inoffensifs républicains de Plassans, sous la conduite de son beau-frère, le traître Macquart, devant la porte de l'Hôtel de Ville pour que son mari les puisse fusiller à bout portant. Sachant que le crime a réussi à Paris, elle comprend qu'on peut tout oser impunément et que celui qui osera le plus obtiendra aussi la récompense la plus éclatante. Cet épisode est une pure création de M. Zola et une création à la fois puissante et humainement vraie. Pourtant, à cette heure décisive, d'où dépend la fortune des Rougon et celle aussi du roman, il y a dans le récit un vide, un trou à peine dissimulé. Il s'agit d'amener le rusé coquin Macquart à rendre ce service de Judas aux Rougon qu'il abhorre. De convictions politiques il n'en a certes point, mais sa haine est intense. Et puis, qui le garantit contre la mort à laquelle il doit conduire ses amis ? Il se jettera de côté lorsque Rougon fera ouvrir les portes de la mairie, répond M. Zola, comme si Macquart pouvait deviner d'où partiront les coups des assassins. On lui a promis, il est vrai, un billet de 1 000 francs : c'est fort alléchant. Mais qui sait mieux que lui ce que valent les promesses des Rougon ? Comment donc peut-il se fier à celle-ci ? Qu'on relise son entrevue avec sa belle-sœur et l'on verra que la difficulté est tout simplement escamotée. À vrai dire, je crois qu'elle était insoluble. Nous touchons ici à un trait particulier du talent de M. Zola. Lorsque, pour arriver au but qu'il se propose avec obstination, il a absolument besoin d'une rencontre impossible (c'est ici le concours de Macquart au triomphe des Rougon), il force cette rencontre en dépit du bon sens. À ces moments-là il interprète le document humain avec la désinvolture d'un vieux procureur. Il faut bien que le roman s'achève. C'est que M. Zola conçoit le début et la fin de son œuvre sans avoir une notion quelconque du milieu. La fin chez lui n'est pas le dénouement naturel d'une situation, c'est un but prescrit à l'avance que ses personnages doivent atteindre n'importe comment[1].

Enfin, parmi les appréciations de *La Fortune des Rougon*, résumons assez rapidement le long compte rendu anonyme des trois premiers romans de la série, qui paraît dans *La Renaissance littéraire et artistique* du 10 mai 1873. C'est un texte assez lourd, quelque peu excentrique, qui discute

1   *Ibid.*, p. 149-150.

peu du roman de Zola, mais qui tient à mettre en question les théories scientifiques du romancier. Au début de l'article, l'auteur fait quelques observations pertinentes et louangeuses sur le premier des trois romans : « incontestablement le meilleur des trois qui ont paru » ; « un des plus solides romans de ces dernières années » ; « drame, idylle ou comédie, les scènes sont généralement vivantes et pittoresques ». D'ailleurs,

> Les amours de Miette et Silvère, ces Paul et Virginie républicains de Provence, sont touchantes en leur fatalité tragique. Le groupe bourgeois du *Salon jaune* est peint avec une furia singulière de verve indignée. Et la petite armée républicaine, chantante et bariolée, traverse tout le volume, comme un torrent gonflé qui roule dans une vallée, tantôt entre les fleurs des prés et les bastides blanches, tantôt entre les rues noirâtres des petites villes rabougries.

S'ensuivent quelques remarques assez banales sur le grand talent du romancier, analyste et coloriste, dont le style est « nerveux et plein » et qui est à comparer avec Balzac. Mais, après ce déluge de compliments, l'auteur reproche à Zola « de sembler vouloir substituer à la fatalité religieuse la fatalité scientifique », en ajoutant bizarrement que le romancier

> applique au roman le système du *milieu*, du *moment* et de la *race*, inventé par les Allemands, ces fatalistes sans autre idéal que le règne de la force brutale, et appliqué par M. Taine à l'étude des littératures. Avec cela il explique tout, même l'inexplicable, et il est si heureux d'avoir trouvé l'explication de tout, qu'il oublie d'avoir un idéal. Est-ce que le protoxyde d'azote et le phosphate de chaux ont besoin d'idéal ?

Il tient à rappeler dans sa conclusion qu'il y a « des choses que jamais la science ne dosera, des choses antiscientifiques, les arts par exemple et la poésie en particulier ». « Nous sommes enthousiastes de science, ajoute-t-il, mais nous ne saurions oublier qu'il y a tout un monde extra-scientifique. Et ce n'est peut-être pas le pire, quoiqu'on le traite souvent de mirage[1] ». L'intérêt de l'article réside dans le fait qu'il anticipe sur certains des arguments qu'on opposera plus tard au naturalisme théorique de Zola et à sa conception du « roman expérimental ».

À l'étranger, pour peu que le premier roman de la série ait provoqué le moindre intérêt, il est loin de susciter l'enthousiasme, surtout dans

---

1 « Mouvement littéraire », *La Renaissance littéraire et artistique*, 2ᵉ année, n° 14, 10 mai 1873, p. 111-112.

les pays anglophones, où règne toujours un moralisme inébranlable. Ainsi, pour le critique anonyme qui rend compte, dans *The Nation* du 25 septembre 1879, de la traduction américaine, publiée sous le titre *The Rougon-Macquart Family*, il faut « une admiration robuste pour M. Zola si l'on veut survivre à la lecture de livres comme *The Rougon-Macquart Family* », compte tenu du caractère odieux des personnages et de la bassesse morale qu'on y trouve, sans la moindre lueur de droiture dans un monde qui ne favorise que les méchants. Si les amours de Miette et Silvère offrent un rayon de lumière dans la noirceur générale du roman, c'est assez faible, étant donné le caractère nerveux de Silvère et la nature instable des deux amoureux. En somme, le commentateur en vient à se demander si, à la lumière de ce roman, on devrait juger ou non la nation française par sa littérature[1]. Le critique de *The Literary World* du 13 septembre 1879 est même plus dédaigneux et plus expéditif : le destin de la famille Rougon-Macquart ne valait pas d'être raconté, ou du moins traduit ; le roman est ennuyeux et absurde ; les personnages ne réussissent pas à éveiller notre sympathie ; le plan du roman est incohérent et irrégulier ; bref, le livre ne mérite pas d'être lu[2]. Au moins, dans le compte rendu publié dans la revue britannique *Literature*, le 17 décembre 1898, le commentateur anonyme se contente de critiquer la traduction d'Ernest Vizetelly, en gardant prudemment le silence sur le roman lui-même[3]. Ailleurs, il est difficile de trouver des articles étrangers consacrés au roman, même quelques années après sa publication, alors que Zola aura gagné une certaine notoriété. Ainsi, dans son étude de la critique allemande de l'œuvre pendant les années 1875-1893, Winthrop H. Root ne repère qu'un seul article, celui du critique danois Georg Brandes, qui

---

1 « Recent Novels », *The Nation* (New York), XXIX, 25 septembre 1879, p. 213 : « It must be a robust admiration for M. Zola which survives the reading of such books as *The Rougon-Macquart Family* » ; « The loves of Miette and Silvère : a gleam of light across the darkness of the story, but considering Silvère's unhealthy excitability and the unsoundness, so to speak, of both, the light is faint. »

2 *The Literary World* (Boston), X, n° 19, 13 septembre 1879, p. 294 : « The fortunes of the *Rougon-Macquart Family* was not worth M. Zola's telling – at least the telling was not worth translating. Except for its political bearings the work is tedious and pointless. [..] The Rougon-Macquart set are either vulgar or stupid ; and their troubles, partly domestic and partly political, fail to enlist our sympathies. There is an incoherence and irregularity in the plan of the story, and the romance of it is subordinate. As a whole the book is worth nobody's reading. »

3 « Translations », *Literature* (Londres), III, n° 61, 17 décembre 1898, p. 575.

insiste sur le tempérament romantique de Zola, lequel se manifeste dans la description de la marche « homérique » des insurgés, dans le rôle que joue Miette en portant le drapeau et dans la mort du même personnage[1].

Si Zola est, à n'en pas douter, déçu moins par le contenu des comptes rendus de *La Fortune des Rougon* en France que par leur rareté, il a quand même la consolation de la réaction enthousiaste et presque unanime de ses confrères à la lecture de son roman. Le 22 novembre 1871, il écrit à Edmond de Goncourt pour lui annoncer qu'il vient de lui envoyer le volume. Cinq jours plus tard, même s'il n'a pas encore lu le roman, Goncourt répond sur un ton fort positif :

> On m'a dit à la librairie que votre livre marchait. C'est de toute justice : vous avez pour réussir les deux choses avec lesquelles on réussit, le talent et encore la volonté. Flaubert est très enchanté du bouquin. Je vous emporte pour vous lire à tête reposée dans des campagnes où je vais ce dernier mois de l'année tâcher de retrouver la faculté du travail pour 1872. À mon retour ma première visite sera pour vous[2].

D'ailleurs, à son tour, c'est Goncourt qui a recommandé le roman à Théophile Gautier, selon son gendre, Émile Bergerat. Zola a fait plusieurs visites chez le vénérable poète, lui confiant son ambition d'être « le Suétone du Second Empire ». Gautier est frappé par la « puissance de réalisation » du jeune romancier, aussi bien que par le pouvoir de son nom, déclarant : « Il ne tient pas encore son style, qui est enchevêtré et plein de lianes, mais c'est un Maître qui nous vient, avec son Z fatidique, comme Z. Marcas et Balzac lui-même[3] ». Mais la pierre de touche est Flaubert, à qui Zola envoie son roman vers le 14 octobre 1871, avec une lettre signée « Votre bien dévoué et grand admirateur ». La réponse est brève, mais positive et typique :

> [Paris], rue Murillo, 4, vendredi soir [1er décembre 1871].
> Je viens de finir votre atroce et beau livre ! J'en suis encore étourdi. C'est fort ! Très fort !

---

1 « Émile Zola », *Deutsche Rundshau*, janvier 1888, p. 27 ; cité dans Winthrop H. Root, *German Criticism of Zola, 1875-1893, with Special Reference to the Rougon-Macquart Cycle and the Roman Expérimental*, New York, Columbia University Press, 1931, p. 78-80.

2 Voir *Corr.* II, 308.

3 Émile Bergerat, *Souvenirs d'un enfant de Paris*, vol. I, *Les Années de bohème*, Paris, Charpentier, 1911, p. 400-401.

Je n'en blâme que la préface. Selon moi, elle gâte votre œuvre qui est si impartiale et si haute. Vous y dites votre secret, ce qui est trop candide, et vous exprimez votre opinion, chose que, dans ma poétique (à moi), un romancier n'a pas le droit de faire.

Voilà *toutes* mes restrictions.

Mais vous avez un fier talent et vous êtes un brave homme !

Dites-moi, par un petit mot, quand je puis aller vous voir, pour causer longuement de votre bouquin[1].

L'hommage confraternel le plus fleuri, et peut-être le plus apprécié, vient de Victor Hugo, dans une lettre du 25 octobre 1871 :

Votre comédie est tragique. Je vous lis, mon éloquent et cher confrère, et je vous relirai. Le succès, c'est d'être lu ; le triomphe, c'est d'être relu. Vous avez le dessin ferme, la couleur franche, le relief, la vérité, la vie. Continuez ces études profondes. Je vous serre la main[2].

Si Zola a pu se réjouir des jugements favorables et des témoignages d'estime faits par de tels maîtres chevronnés, il a été sans doute d'autant plus sensible à l'importance de l'opinion d'un représentant d'une nouvelle génération d'écrivains. Joris-Karl Huysmans publiera, dans *L'Actualité* de Bruxelles entre le 11 mars et le 1er avril 1877 – c'est-à-dire à la veille même du « baptême » de « l'école naturaliste » lors d'un dîner au restaurant Trapp – une série d'articles consacrés à Zola, l'homme et l'œuvre, qui contiennent un paragraphe fort élogieux sur le premier roman de la série des *Rougon-Macquart*, dont voici l'essentiel :

Le jour où *La Fortune des Rougon* parut, Zola fut acclamé par un petit groupe de lettrés et d'artistes comme un maître. En effet, telles pages de ce roman qui nous dépeignent les intrigues d'une petite ville au coup d'État, qui nous montrent le fameux salon jaune de Plassans où s'agitent le marquis de Carnavant, Félicité Rougon, Sicardot, Roudier, Vuillet, l'homme aux mains humides et aux yeux louches, Isidore Granoux, l'étonnant bourgeois qui se bat avec une cloche dans un rayon de lune, telles de ces pages qui nous font assister à l'antagonisme croissant des fils de Rougon et de Macquart, au développement de leurs appétits de vices et de leurs haines décuplées par la

---

1   *Correspondance 1871-1877*, vol. 15 des *Œuvres complètes*, éd. Maurice Bardèche, Paris, Club de l'Honnête Homme, 1975, p. 67.

2   Voir l'article de Danièle Gasiglia-Laster, qui cite cette lettre et étudie les rapports fluctuants entre les deux écrivains : « "Victor Hugo, que pensez-vous de la nouvelle école dont Émile Zola est le chef " », *L'Écho Hugo*, n° 7, 2007, p. 35-40 [lettre p. 36].

misère, sont de tous points admirables ! Je ne connais rien de plus beau dans aucune langue que cette scène où, par la porte ouverte, la tante Dide revoit, devant l'amour de deux enfants qui jasent au pied d'un mur, toute sa vie d'autrefois ; je ne connais rien de plus beau que cette idylle exquise de Silvère et de Miette. Les deux amoureux accoudés à la margelle d'un puits et séparés par un mur, ne se voient que dans l'eau qui miroite au fond du trou. Cette eau devient complice de leurs effusions et de leurs bouderies : quand Silvère accourant au rendez-vous se penche sur le rebord du puits pour voir l'image de Miette, celle-ci, furieuse de l'avoir attendu, déchaîne avec le seau une véritable tempête qui brouille les figures et bat lamentablement les pierres[1].

Si l'on compare de telles louanges à l'effet qu'a eu sur Paul Alexis la lecture de certains extraits du roman[2], il est évident que *La Fortune des Rougon*, par ses qualités littéraires et par son originalité, était tout à fait susceptible d'inspirer les représentants d'une nouvelle génération d'écrivains.

ROMAN HISTORIQUE
Mort de la République

Il convient de rappeler les circonstances qui se trouvent à l'arrière-plan des événements historiques de *La Fortune des Rougon*. Le 17 novembre 1851, Louis-Napoléon échoue à faire abroger la loi du 31 mai 1850 concernant la non-rééligibilité du Président. La décision de l'Assemblée de repousser la proposition par 400 voix contre 338 donna à l'Élysée le feu vert au plan contenu dans le dossier secret du Président, « Rubicon ». Pendant la nuit du 1er décembre et le lendemain, jour anniversaire du sacre de son oncle en 1804 et de la bataille d'Austerlitz– le neveu voyait des signes favorables ou néfastes dans le calendrier bonapartiste – il tenta avec succès le coup d'État. Les 220 députés réunis à la mairie du Xe arrondissement pour voter la déchéance de Louis-Napoléon furent arrêtés et rejoignirent la centaine d'opposants notoires déjà écroués. Accompagné de son oncle Jérôme, du comte de Flahaut et de plusieurs

---

1 Joris-Karl Huysmans, « Émile Zola et *L'Assommoir* », *L'Actualité*, Bruxelles, 25 mars 1877, citation extraite de la section III de l'étude ; texte repris dans *En Marge*, éd. Lucien Descaves, Paris, Lesage, 1927, p. 7-40, et dans *Œuvres complètes*, Paris, Crès, 1928, p. 151-192.
2 Voir ci-dessus, p. 42.

généraux, Louis-Napoléon se promena à cheval entre l'Élysée et la Concorde, acclamé par l'armée. Les partisans du Président occupèrent les postes stratégiques : Morny à l'Intérieur, Saint-Arnaud à la Guerre, Magnan au commandement des troupes à Paris, Maupas à la Police. Le 3 décembre, des représentants de la gauche républicaine, dont Victor Hugo, Michel de Bourges, Victor Schœlcher, Jules Favre, formèrent un comité de résistance et essayèrent de faire dresser des barricades. Mais le peuple était lent à réagir. Des barricades furent élevées dans le quartier des Halles, mais elles furent abandonnées sans lutte dès que l'armée apparût. Morny adopta la tactique de retirer les troupes dans les casernes pendant la nuit du 3, laissant se développer l'opposition pour mieux l'écraser le lendemain. Ainsi, le 4 décembre, une soixantaine de barricades s'élevèrent dans la zone entourée par la rue Montmartre, la rue Rambuteau et la rue du Temple. L'affrontement commença à deux heures entre les quelque 1200 émeutiers et 40000 hommes de troupe. Les barricades furent successivement enlevées. Vers 2 heures du soir, l'opération était quasiment terminée : avec près de 400 civils morts, ainsi que 27 soldats, chiffres approximatifs auxquels il s'agit d'ajouter un nombre indéterminé d'exécutions sommaires. Ayant réalisé avec succès l'opération « Rubicon » sans trop de résistance, les auteurs du coup d'État furent pris au dépourvu par l'étendue de la résistance dans les provinces, et par sa nature. À peu près 100 000 hommes – et des femmes – dans quelque 900 communes prirent les armes. Comme l'écrit Eugène Ténot dans son étude de l'ensemble du phénomène :

> Les départements où se produisirent des résistances plus ou moins sérieuses forment trois groupes distincts.
> Au Centre et à l'Est : le Loiret, le Cher, l'Allier, la Nièvre, l'Yonne, Saône-et-Loire, le Jura et l'Ain ; au Sud-Ouest : Lot-et-Garonne, Lot, Tarn-et-Garonne, Aveyron, Haute-Garonne, Gironde et Gers ; au Midi : Pyrénées-Orientales, Hérault, Gard, Bouches-du-Rhône, Var, Basses-Alpes, Vaucluse, Drôme et Ardèche[1].

Les affrontements les plus violents éclatèrent surtout dans le sud-est du pays, dans un arc allant des Pyrénées Orientales au Var.

Ténot souligne d'ailleurs le caractère exceptionnel de ces événements : le refus des départements d'accepter le fait accompli à Paris ; le fait que

---

1   Eugène Ténot, *La Province en décembre 1851, op. cit.*, p. 8.

ce furent des bourgeois et des paysans des petites villes qui résistèrent, plutôt que les populations des grands centres urbains[1]. Il est vrai, comme l'ont affirmé certains historiens, que quelques insurgés paysans croyaient défendre Louis-Napoléon et que d'autres étaient motivés par des griefs économiques de longue date plutôt que par l'envie de défendre la République et sa Constitution[2]. Toutefois, pour les historiens républicains – et le roman de Zola se situe de plain-pied dans cette tradition – ce furent l'opposition au coup de main du Président et la défense de la République qui les mobilisèrent. Enfin, Ténot signale l'importance des sociétés secrètes montagnardes, particulièrement actives au sud-est et dans le Midi. Certaines de ces organisations clandestines restèrent calmes après le coup d'État[3]. Mais, en général, selon Ténot, « cette société des Montagnards était une formidable machine de guerre pour 1852, qu'il s'agit du vote ou de l'insurrection[4] ». Les défenseurs du régime crièrent à la Jacquerie, mais la comparaison n'est guère convaincante. Toutes les confrontations violentes furent terminées le 10 décembre ou avant[5]. Somme toute, entre 60 et 100 insurgés furent tués, 150 furent blessés, tandis que seulement 9 soldats furent tués et 44 blessés. Les pertes les plus importantes eurent lieu à Aups dans le Var, où entre 23 et 70 insurgés furent tués, mais un seul soldat perdit la vie et seulement sept furent blessés. Ainsi *La Fortune des Rougon*, bien qu'œuvre de fiction, se situe résolument dans le sillage de la campagne de « réveil » des historiens républicains qui cherchaient, non seulement, comme nous l'avons vu, à rappeler au public les origines néfastes du régime, mais aussi à dissiper le mythe d'une France que Louis-Napoléon eut la mission de sauver contre les menaces du « péril rouge » des révolutionnaires et des anarchistes, et même contre de nouvelles Jacqueries.

L'ouvrage de Ténot fait autorité pour Zola, soucieux de respecter autant que possible la vérité historique, à cause du rôle actif de son auteur

---

1   *Ibid.*, p. 3.

2   Voir Ted Margadant, *French Peasants in Revolt : The Insurrection of 1851*, Princeton, New Jersey, Princeton University Press, 1979, chapitre II, p. 40-60.

3   *Ibid.*, p. 35.

4   *Op. cit.*, p. 164.

5   Notons que, dans le roman de Zola, les insurgés « passèrent deux jours encore à Orchères, le mardi et le mercredi, perdant le temps, aggravant leur situation » ([p. 259]), de sorte que la bataille a lieu le vendredi 12 décembre au lieu du 10 décembre, date de la bataille d'Aups. Voir l'introduction de Robert Ricatte dans l'édition de *La Fortune des Rougon*, Paris, Garnier-Flammarion, 1969, p. 14.

dans l'opposition blanquiste contre l'Empire et du fait que son ouvrage *Paris en décembre 1851* avait été une des premières salves majeures de l'offensive républicaine contre le régime. Dans une situation politique de contestation, d'affirmation et de réfutation, l'historien s'en tient aux faits et veut servir la cause républicaine, non plus avec les envolées de la rhétorique hugolienne ou avec des pamphlets accusateurs, comme lors des premières dénonciations du régime. Le thème central de l'avant-propos de Ténot est d'affirmer que la seule réponse aux calomnies des partisans du régime impérial est « le récit consciencieux, exact et impartial des faits ». Il prend même un malin plaisir à citer sur ce thème un extrait des premières lignes de la *Vie de César* de l'Empereur : « La vérité historique devrait être non moins sacrée que la religion... Il faut que les faits soient racontés avec la plus rigoureuse exactitude[1] ».

Zola tire parti surtout du VIe chapitre de cet ouvrage, consacré aux mouvements dans les départements du Midi et, plus précisément, à la situation de Marseille et à ce que l'historien appelle « la grande insurrection du Var ». Ténot décrit : la ville de Marseille, restée au pouvoir des autorités (p. 209) ; le rôle des sociétés secrètes (p. 211) ; la répression de l'insurrection de Cuers (p. 212-214) ; les soulèvements à la Garde-Freynet et à Vidauban (p. 215-217) ; l'arrivée de Camille Duteil, le futur chef de la colonne des insurgés, « l'homme au sabre » dans le roman de Zola (p. 218) ; les rassemblements de près de 3 000 insurgés (p. 223) ; le projet d'attaque sur Draguignan, puis la décision de se porter sur Salernes en passant par Lorgues (p. 223-230) ; les prisonniers de Lorgues (p. 234) ; l'occupation de Brignoles par la troupe (p. 240) ; les plus de quatre mille insurgés rassemblés à Aups (p. 249) ; la bataille et la déroute des insurgés, « le coup de mort de l'insurrection » (p. 250-254) ; l'exécution de Martin Bidouré (p. 255-256) ; l'exécution des prisonniers à Lorgues (p. 257-259). Quant aux sources livresques du roman de Zola, rappelons que, dans le troisième plan du roman, Zola a cité les « livres de Ténot, Maquan, journaux de l'époque, etc.[2] ». Pour ce qui est des ouvrages d'Hippolyte Maquan[3], ex-rédacteur de

1   *Op. cit.*, p. 5.
2   Voir ci-dessous, p. 511.
3   Hippolyte Maquan. *Trois jours au pouvoir des insurgés. Récit épisodique de l'Insurrection de décembre 1851 dans le Var*, Paris, Dentu,1852, et *Insurrection de décembre 1851 dans le Var. Trois jours au pouvoir des insurgés. Pensées d'un prisonnier*, Draguignan, H. Bernard, 1853.

l'*Union du Var*, « un légitimiste clérical exalté », selon l'expression de Ténot, et l'un des otages de Lorgues, bien qu'ils figurent dans la « Liste d'ouvrages » du dossier préparatoire de la série (ms. 10345, f⁰ 156), il est peu probable que Zola les ait lus, car, comme l'indique Henri Mitterand[1], la consultation des œuvres de Maquan à la Bibliothèque Impériale était devenue « quasi impossible » depuis le commencement de la campagne dans la presse républicaine contre l'exécution de Martin Bidouré et des insurgés prisonniers. C'est d'autant plus le cas que, dans l'ouvrage de Ténot, et surtout dans le chapitre qui intéresse Zola, l'auteur polémique contre Maquan, réfute sa version des événements, remet en question la fiabilité de ses témoignages. Ainsi, par exemple, à propos du récit de Maquan sur les supposés excès de la population de Cuers, il constate :

> La haine de M. Maquan pour ses adversaires politiques, haine qui se traduit dans son livre par des plaisanteries impies et des insultes odieuses, adressées à des milliers de ses compatriotes, en proie aux douleurs de la déportation et de l'exil, cette haine, disons-nous, fait de M. Maquan un narrateur suspect[2].

Enfin, un dernier ouvrage qu'on a proposé comme une source possible de *La Fortune des Rougon*, outre l'histoire générale du Second Empire de Taxile Delord que Zola consultera pour d'autres romans de la série des *Rougon-Macquart*, est le livre de Noël Blache, dont il a fait, on l'a vu, un compte rendu dans *La Tribune* du 29 août 1869. Son *Histoire de l'insurrection du Var en décembre 1851*, publiée en 1869, est une sorte d'inventaire détaillé qui consacre un chapitre à chacune des communes insurgées (ou non) de la région à la suite du coup d'État : Toulon, Cuers, Hyères, Le Luc, Brignoles, Draguignan, Vidauban, Lorgues, Salernes, Aups, suivi d'un récit de la déroute et de ses conséquences. Sous bien des aspects, le livre de Blache se fait l'écho de celui de Ténot, avec les mêmes revendications d'impartialité et d'exactitude : « Tel qu'il est écrit, je ne crois pas qu'on puisse sérieusement contester un seul des faits de ce récit. L'opinion du lecteur impartial qui daignera parcourir ce volume, peut donc se former en pleine sécurité de conscience[3] ». Comme chez

---

1 HM, p. 1540.
2 *Op. cit.*, p. 212-213.
3 Noël Blache, *Histoire de l'insurrection du Var en décembre 1851*, Paris, Le Chevalier, 1869, p. 233.

Ténot, Maquan est ici fréquemment la cible d'accusations de mauvaise foi et de déformation de la vérité, ainsi que d' ironie, comme à propos de l'arrestation de « M. Maquan, le même qui devait plus tard se venger de trois jours d'angoisses, par trois cents pages de diatribes contre les vaincus auxquels le droit de réponse était interdit[1] ». En fait, le récit de Blache est rempli d'anecdotes révélatrices, par exemple, sur les hésitations et l'incompétence de Duteil, sur l'exécution de Martin Bidouré. Le chapitre x, qui porte sur les événements survenus à Lorgues, aurait bien pu être la source des épisodes de l'arrivée des insurgés et de l'action subséquente dans le chapitre IV du roman de Zola. Mais, au fond, l'ouvrage de Blache fait double emploi avec celui de Ténot et, comme on l'a vu, dans le dossier préparatoire le romancier, tout en l'admirant et le louant, a préféré se documenter sur l'ouvrage de Ténot.

Cependant, il importe de ne pas attribuer exclusivement à *La Fortune des Rougon* le statut d'œuvre « historique ». On a déjà vu que le romancier n'hésite pas à « plier le cadre historique à [s]a fantaisie » et qu'il a changé systématiquement les noms des lieux de l'action de son roman. Mais, dès qu'il a décidé de faire du centre de cette action une ville basée sur Aix-en-Provence, c'est une question de nécessité plutôt que de fantaisie qui l'induit à passer la frontière entre l'histoire et le roman. Il lui faut donc « tricher un peu[2] ». Ainsi, impossible de ne pas reconnaître les linéaments d'Aix dans la description de Plassans au début du chapitre II du roman[3], avec son « caractère dévot et aristocratique », la distinction des classes reflétée dans la division des quartiers (le quartier des nobles, la ville neuve, le vieux quartier), la « ceinture d'anciens remparts » qui entoure la ville, les deux routes principales : « la route de Nice, qui descend à l'est, et la route de Lyon, qui monte à l'ouest » ; voire les promenades rituelles, « le dimanche après les vêpres », sur le cours Sauvaire (c'est-à-dire le cours Mirabeau). Mais la ville d'Aix resta relativement calme en décembre 1851, tandis que l'insurrection républicaine battait son plein dans le département voisin du Var. D'où le transfert de la ville d'Aix-Plassans à l'emplacement de Lorgues (Var). Comme l'écrit

---

1   *Ibid.*, p. 129.
2   Voir sur cette problématique et sur sa pertinence par rapport à *La Fortune des Rougon*, l'article probant de Pierluigi Pellini, « "Si je triche un peu" : Zola et le roman historique », *Les Cahiers naturalistes*, XLVII, n° 75, 2001, p. 7-28.
3   Voir p. 136-139.

Maurice Agulhon : « Dans tout ceci, l'histoire militaire est un facile roman à clefs, qu'on pourrait suivre jusqu'au détail[1] ».

Si de telles modifications résultent ainsi, dans la mesure du possible, d'un souci d'exactitude historique, d'autres proviennent de facteurs plus généraux, plus significatifs et plus littéraires, dictés par des contraintes thématiques qui fonctionnent à plusieurs niveaux de la narration. Il va sans dire que le thème principal du roman est l'étouffement, la destruction ou l'anéantissement de la République, selon le degré de violence auquel se prêtent ses manifestations différentes. L'action principale du roman est présentée comme une pure défense de la République. L'échec se déclare d'un bout à l'autre du roman, parfois même dans des incidents d'apparence mineurs. Ainsi, dans le chapitre III, Zola évoque la fameuse « question romaine ». Dans le salon jaune des Rougon, on commente la lettre du 8 mai 1849 adressée par le président de la République au général Oudinot. Celui-ci commandait une force expéditionnaire envoyée à Rome, où, le mois précédent, une République avait été établie et d'où le pape s'était enfui. Les habitués du salon jaune se réjouissent un mois plus tard à la nouvelle que l'armée d'Oudinot avait attaqué la ville sainte, l'avait occupée et avait rétabli le pouvoir temporel du pape. On a critiqué Zola d'avoir trop simplifié cet événement[2]. Mais, il faut noter que ce sont les membres du salon jaune qui interprètent l'intervention française. Selon Pierre Rougon, qui « entama l'éloge du président de la République, qui, disait-il, pouvait seul sauver la France de l'anarchie[3] ». Évidemment, pour Louis-Napoléon, « sauver la France[4] » – Zola répète avec ironie, ici et ailleurs dans le roman, le cliché célèbre

---

1   Maurice Agulhon, préface à *La Fortune des Rougon,* édition établie et annotée par Henri Mitterand, Paris, Gallimard, 1981 (Collection Folio : 1290), p. 11. Agulhon cite, à titre d'exemples, deux détails du roman, basés sur la réalité, mais dont Zola a changé les noms : la mort du receveur Peirotte (p. [267]) et celle d'un « bon bourgeois nommé Panescorse » ; la blessure du gendarme Rengade dans le roman et celle du brigadier Lambert à Cuers. Pour d'autres exemples, voir les notes de bas de page de notre texte. Il va sans dire que le guet-apens qui a lieu à Lorgues dans le chapitre VI du roman, et dont il sera question dans la prochaine section de cette introduction, est basé sur le coup d'État et ses suites à Paris. Agulhon conclut sur cette question : « Zola a additionné pour faire son Plassans les lieux et la société d'Aix, les événements historiques de Lorgues et du Var, et le sanglant point d'orgue de Paris » (*ibid.*, p. 12).

2   Voir l'article d Elliott M. Grant, « L'emploi de l'expédition à Rome dans *La Fortune des Rougon* », *Les Cahiers naturalistes*, XIII, n° 33, 1967, p. 53-56.

3   P. 195.

4   P. 203.

des bonapartistes – équivaut à détruire des Républiques. Aux nouvelles du coup d'État, mêmes réjouissances : « La grande impure, la République, venait d'être assassinée[1] ». Ailleurs, le message est le même quand on abat l'arbre de la liberté à Plassans, symbole de la République – et Félicité Rougon s'est levée chaque nuit pour l'arroser de vitriol ! Encore une fois, la société du salon jaune se met aux fenêtres pour applaudir[2].

Toutefois, c'est surtout à travers l'aventure de Miette et Silvère que se déploie le thème central du roman, et dans un registre fort exalté. Le romancier dote ses deux jeunes protagonistes d'attributs qui dépassent leur modeste état civil et leur inexpérience. En effet, rien de plus convenable que leur innocence et leur chasteté pour les préparer au rôle de martyrs vierges pour ennoblir le message politique de l'épisode. Dès le début du roman, Silvère paraît comme un personnage représentatif : « il était peuple[3] », incarnation idéalisée de sa classe. Miette en vient à personnifier la République, non seulement dans l'esprit de son amant, mais aussi dans la symbolique de l'action, notamment dans les scènes où elle marche en tête de l'armée populaire, brandissant le drapeau : « Sa tête d'enfant exaltée, avec ses cheveux crépus, ses grands yeux humides, ses lèvres entrouvertes par un sourire, eut un élan d'énergique fierté, en se levant à demi vers le ciel. À ce moment, elle fut la vierge Liberté[4] ». Le modèle de Miette dans cette situation fut une certaine Mme Ferrier, « belle jeune femme enthousiaste de la liberté », qui prit le drapeau rouge à la tête des insurgés venus de Grimaud et Cogolin, une colonne conduite par « le sieur Ferrier », nommé maire de Grimaud la veille. Mais, la comparaison s'arrête là, car, à l'échec de l'insurrection, Mme Ferrier s'enfuira aux États-Unis où son mari s'engagera dans l'armée fédéraliste[5]. Miette, au contraire, aura un sort plus tragique. Zola soumet sa Marie-Miette à la logique de son destin allégorique. Elle devient un avatar de Marianne, emblème elle-même qui porte l'emblème de l'iconographie républicaine, le capuchon, la coiffant « d'une sorte de bonnet phrygien ». Dans un écho possible du célèbre tableau de Delacroix, *La Liberté guidant le peuple*, elle prend le drapeau rouge, arboré plutôt

1 P. 180.
2 P. 197.
3 P. 108.
4 P. 133.
5 Voir Ténot, *op. cit.*, p. 223.

que le tricolore entre 1848 et 1851 comme pendant la Commune, et se
met en tête de la colonne[1]. Maintenant, Silvère la confond « avec son
autre maîtresse adorée, la République[2] ». Miette retrouve l'émotion que
La Marseillaise a déjà fait monter à sa gorge à l'arrivée des insurgés, ce
chant révolutionnaire, entonné sur les barricades en 1830 et 1848, qui
sera banni dès la proclamation de l'Empire[3]. Elle est, bien entendu,
destinée à la mort, à la mort d'une sainte martyre, frappée d'une balle
au cœur, « sous le sein gauche ». La mort de la vierge magnifie l'action
de cette armée de pacotille. Et sa blessure, qui ne saigne pas et sur
laquelle « une seule goutte de sang tachait la plaie[4] », signifie son état
exalté, immaculé, car avec elle meurt la jeune et pure République[5]. Le
martyre de Silvère, sur lequel le roman se clôt, est bien plus expéditif.
Exécuté par le gendarme borgne, Rengade, il meurt dans le lieu sacré
du cimetière, sur la pierre tombale évoquée au début du roman, ne
pensant qu'à Miette : « C'était la République qui dormait avec Miette,
dans un pan du drapeau rouge » ([381]).

Le martyre des deux jeunes personnages impose ainsi sur les dures
circonstances et les parcours complexes et indéterminés de la réalité historique une signification allégorique, un ordre mythique, une
consommation exaltée et touchante, avec ses effets pathétiques et ses
dénouements théâtraux. Pour l'historien, de tels drames individuels
étant assez rares, le vrai scandale de la répression, par le gouvernement
de Louis-Napoléon, des insurrections dans le pays était la purge massive
qui suivit ces événements pendant plusieurs semaines, avec des arrestations en masse, des chasses à l'homme, des procès et des exécutions
sommaires, des arrestations arbitraires et des milliers de déportés. Zola,

---

1   Voir Maurice Agulhon, *Marianne au combat. L'imagerie et la symbolique républicaine de 1789
    à 1880*, Paris, Flammarion, 1979, et, du même auteur, *Marianne au pouvoir. L'imagerie
    et la symbolique républicaine de 1880 à 1914*, Paris, Flammarion, 1989. Voir aussi Pamela
    M. Pilbeam, *Republicanism in Nineteenth-Century France, 1814-1871*, Basingstoke-Londres,
    Macmillan, 1995, p. 5-7.

2   P. 134.

3   Voir sur ce thème l'article de Frédéric Robert, « Émile Zola face à *La Marseillaise* », *Les
    Cahiers naturalistes*, XXVI, n° 54, 1980, p. 165-173.

4   P. 328.

5   L'imagerie religieuse est assez répandue dans le roman, surtout dans l'histoire de Miette
    et Silvère. Selon Kristof Haavik, Zola « brouille la distinction entre sacré et profane pour
    la reconstituer sur d'autres axes » ; il note, d'ailleurs, que toute l'idylle de leurs amours
    est « ponctuée par le calendrier liturgique ». Voir son article « Le Saint Martyr du deux
    décembre », *Les Cahiers naturalistes*, XLVII, n° 75, 2001, p. 113, 117.

au moins dans ce roman, ne se préoccupe pas de la perspective plus large, mais il fait de la belle littérature.

ROMAN POLITIQUE, ROMAN BURLESQUE
Triomphe des Rougon

L'autre versant allégorique du roman nous ramène à Plassans, car, comme l'écrit Maurice Agulhon, *La Fortune des Rougon*, c'est « un peu la fortune des Bonaparte à l'échelle locale[1] ». Le dossier préparatoire est explicite là-dessus. Ainsi, dans le premier plan (A), Zola note que « Richaud », c'est-à-dire Rougon, « fait son petit coup d'état ». Dans le deuxième plan détaillé (E), il écrit « Au réveil, Plassans est sauvé, comme Paris le 4 décembre. Il y a du sang dans les rues. Deux ou trois hommes tués. [...] Rougon est un libérateur » (f° 26). Enfin, rappelons l'instruction que le romancier se donne à la fin de ce plan : « Finir par une comparaison avec les Bonaparte, et par les trois taches de sang » (f° 29). En effet, par eux-mêmes, les parallèles entre les événements des 2-4 décembre et les manœuvres perfides des Rougon sont relativement clairs, voire parfois explicites. Surtout l'embuscade sanglante manigancée par Félicité et Rougon dans l'Hôtel-de-Ville[2] fait penser au massacre sur les boulevards de Paris[3]. Félicité rêve d'occuper la maison du receveur particulier, M. Peirotte : « Quand elle se sentait faiblir, elle se mettait à la fenêtre et contemplait la maison du receveur. C'était ses Tuileries[4] ». Comme Louis-Napoléon, Rougon a sa bande, celle du salon jaune, les héros bourgeois minables qui « entendaient jouer à eux seuls le rôle de sauveurs » ([p. 118]). Comme l'affirme le marquis de Carnavant : « On ne fonde une nouvelle dynastie que dans une bagarre. Le sang est un bon

1   Maurice Agulhon, Préface à *La Fortune des Rougon*, éd. citée (1981), p. 9.
2   P. 335.
3   « Le plus probable est que, pour ce surcroît de tragique, il se soit inspiré de la capitale, et que les cadavres de la place de l'Hôtel-de-Ville à Plassans soient pour lui un rapport provincial de la fusillade des Boulevards » (Agulhon, *ibid.*, p. 11). Il se peut aussi que la scène grotesque de l'assaut du bureau du maire, où le fusil de Rougon part tout seul et brise la plus belle glace de la ville, soit un écho du fiasco de la tentative de coup d'État par Louis-Napoléon à Boulogne en août 1840.
4   P. 205.

engrais. Il sera beau que les Rougon, comme certaines illustres familles, datent d'un massacre » ([p. 117]). Comme le futur Empereur, avec son goût bien connu pour les agréments qu'apporte le pouvoir, Rougon se vautre dans les conforts voluptueux du bureau du maire et, plus tard, savoure « sa popularité, sa gloire, avec des pâmoisons secrètes de femme amoureuse dont les désirs sont enfin assouvis[1] ».

De telles analogies soulignent le contraste flagrant entre les deux mondes décrits dans ce roman. Zola s'est soucié non seulement de retracer certains événements analogues à des incidents réels, mais de représenter à des fins critiques et satiriques tout un climat politique qui est censé représenter le nouveau régime. Là où les insurgés républicains s'avèrent nobles et héroïques, en rêvant d'une République idéale, les habitués du salon jaune ne font que cultiver leurs intérêts politiques et financiers. À Plassans, règne un machiavélisme débridé. La vie politique se réduit en toutes circonstances au calcul intéressé ; la fin justifie les moyens ; la conduite de ces personnages est dictée par la fourberie, la perfidie, le manque de scrupules. La manipulation en politique fonctionne librement : Pierre Rougon est manipulé par Félicité, qui est manipulée à son tour par le marquis de Carnavant. Les principes et les convictions varient avec les circonstances : les journalistes Vuillet et Aristide Rougon tournent casaque quand la situation politique change. En général, c'est dans ces pages que Zola, journaliste de *La Tribune* et de *La Cloche*, retrouve sa verve polémique et son acuité critique dans la représentation de la lâcheté et de l'avidité des bourgeois de Plassans. Enfin, selon un autre principe du machiavélisme, « la force est juste quand elle est nécessaire », Rougon n'a pas scrupule à sacrifier quelques vies pour ses ambitions politiques. Quant à Macquart, qui se targue d'être républicain, il s'avère renégat lui-aussi, n'hésite pas à trahir la cause quand le prix est bon. Dans l'univers mani-chéen de la vie politique de *La Fortune des Rougon*, c'est inévitablement le parti des opportunistes qui l'emporte sur les idéalistes, car c'est ainsi que le romancier interprète l'histoire qu'il recrée. Pour paraphraser le mot célèbre de Marx dans *Le 18 Brumaire de Louis Bonaparte* : quand « la Liberté, » « l'Égalité, » et « la Fraternité » s'opposent à « l'Infanterie, » « la Cavalerie, » « l'Artillerie », le résultat est inévitable[2].

---

1   P. 402.
2   Voir Karl Marx, *Le 18 Brumaire de Louis Bonaparte*, 1852, fin du troisième chapitre. Voir aussi à cet égard Gerhard C. Gerhardi « Zola's Biological Vision of Politics : Revolutionary

La seule solution proposée au dilemme du roman, la nécessité d'opter ou pour l'idéalisme impuissant des républicains ou pour le cynisme efficace de bonapartistes, est fournie par le deuxième fils de Pierre Rougon, Pascal, qui est médecin et naturaliste. Il se tient à l'écart de la politique. Il est dans la colonne des insurgés, non pas pour se battre, mais pour soigner les blessés. Il a même son modèle, un certain docteur Martel de La Garde-Freinet, et il est déjà sur la voie de devenir, notamment dans le dernier roman de la série des *Rougon-Macquart*, « le docteur Pascal », l'alter ego du romancier, ami du peuple et de la République, réduit ici surtout au rôle passif d'observateur, mais devenant aussi un commentateur ironique sur les personnages du drame.

Ce deuxième récit allégorique du roman se déroule, bien entendu, sur un mode tout à fait différent de la romance du jeune héros chevaleresque, de l'épopée de la marche des insurgés et de la lamentable tragédie de la mort de Miette et Silvère. Du sublime on passe au grotesque. À l'exaltation de la défaite de la République dans les collines de Sainte-Roure s'oppose la dégradation de la victoire des ignobles bonapartistes dans le « coup d'État » de Plassans. Ceci se déroule surtout sur les modes de la dévalorisation. Dans la continuité de ses articles dans la presse entre 1870 et 1872, le romancier soumet les bonapartistes à son ironie féroce. Si l'auteur ne peut pas changer le résultat des événements sur lesquels son récit est basé, il est libre de les interpréter et de les exposer à son gré. Et c'est ici que le militant propagandiste de *La Tribune* et de *La Cloche* lâche la bride à son brio sardonique. En tant que narrateur, il se moque, par exemple, impitoyablement, de la lâcheté et de l'égoïsme des bourgeois de Plassans quand ils pensent que la bande d'insurgés se trouve à proximité de leur ville. Dans l'attente d'une attaque, ils interrogent la nuit noire avec trépidation, sautant à chaque bruit, croyant voir « des danses de cannibales dévorant leurs prisonniers, des rondes de sorcières tournant autour de leurs marmites où bouillaient des enfants, d'interminables défilés de bandits dont les armes luisaient au clair de lune[1] ». Ailleurs, à des fins satiriques, pour se moquer de la propagande bonapartiste, Zola exploite l'ignorance des habitants de Plassans quant à l'issue de la tentative de coup d'État à Paris. Vuillet, le journaliste catholique, qui

---

Figures in *La Fortune des Rougon* and *Le Ventre de Paris* », *Nineteenth-Century French Studies*, II, nᵒˢ 3-4, printemps-été 1974, p. 164-180.
1   P. 364.

a l'avantage d'être chargé du courrier de la ville, en profite pour écrire un article dans la *Gazette*, « un pur chef-d'œuvre », pour dénoncer « ces bandits, ces faces patibulaires, cette écume des bagnes », pour conclure que « La République ne marche jamais qu'entre la prostitution et le meurtre[1] », sachant qu'il ne court aucun risque, car l'insurrection est condamnée à l'échec. Pareillement, l'autre journaliste de Plassans, Aristide Rougon, ayant écrit un article pour l'*Indépendant* hostile au coup d'État, surprend une conversation de sa mère sur les événements à Paris et remplace son article par un panégyrique de Louis-Napoléon. Et, pour prendre un dernier exemple, quelques traits de plume suffisent à Rougon victorieux pour transformer la proclamation républicaine de Macquart, qui commence par « Habitants de Plassans, l'heure de l'indépendance a sonné, le règne de la justice est venu[2]... », en un tract bonapartiste, qui commence par « Habitants de Plassans, l'heure de la résistance a sonné, le règne de l'ordre est revenu[3]... ».

Ces travestissements et les mascarades des Rougon qu'on va voir font penser à la tradition des réécritures bouffonnes de textes héroïques à l'époque classique. Rappelons qu'il est question de deux démarches complémentaires. Sur le mode du travestissement burlesque, on « transcrivait en style vulgaire un texte noble ». Par contre, à la manière du *Virgile travesti*, Boileau introduit la démarche inverse, celle du *Lutrin*, « poème héroï-comique », qui consistait à traiter un sujet vulgaire dans un style noble[4]. Pour revenir à l'époque de Zola, le mode se prête à toute une variété de genres, qu'il s'agisse des opérettes d'Offenbach (*Orphée aux enfers* et *La Belle Hélène*), des caricatures de Daumier ou de la satire politique de Zola. Dans la tradition des « Mazarinades » de l'âge classique, Zola présente ses « Napoléonades[5] ».

Parfois, le narrateur établit un lien de complicité avec le lecteur, sorte de clin d'œil de connivence. Ainsi, c'est sur le mode burlesque,

---

1   P. 371.
2   P. 338.
3   P. 342.
4   Voir Gérard Genette, *Palimpsestes. La littérature au second degré*, Paris, Seuil, 1982, p. 157-158.
5   Voir, sur cet aspect du roman, la préface de l'édition anglaise, *The Fortune of the Rougons. A Realistic Novel*. Éd. Ernest Alfred Vizetelly, Londres, Vizetelly, 1898. Vizetelly loue surtout le talent de Zola comme un « vrai satiriste », « fidèle à la réalité », comparable au dramaturge anglais Douglas William Jerrold, surtout dans les épisodes du salon jaune et dans les discussions entre Pierre Rougon et Félicité.

héroï-comique, que Zola dépeint les poses et les prétentions de Rougon et de sa bande de gredins. Avant d'accomplir une de ses fourberies, Rougon déclare d'un air pompeux : « J'accomplirai mon devoir, messieurs. J'ai juré de sauver la ville de l'anarchie, dussé-je être le bourreau de mon plus proche parent. » Et le narrateur d'ajouter : « On eût dit un vieux Romain sacrifiant sa famille sur l'autel de la patrie[1]. » Ailleurs, dans l'ivresse de la première victoire militaire de Rougon, l'ancien bonnetier, Roudier, admire la bravoure de son chef : « Cela était très digne, très noble, tout à fait grand », tandis que Rougon affecte la modestie « avec de petites pâmoisons d'homme chatouillé voluptueusement », avec des gestes de la main à droite et à gauche comme un grand héros victorieux et « avec des allures de prince prétendant dont un coup d'État va faire un empereur[2] ». Il arrive même que la voix du narrateur, indigné, intervienne pour dénoncer explicitement les fourberies de Rougon et de sa « bande réactionnaire », par exemple, lorsque le narrateur résume la victoire sordide de son héros burlesque : « Ce fut ainsi que ce grotesque, ce bourgeois ventru, mou et blême, devint, en une nuit, un terrible monsieur dont personne n'osa plus rire[3] ». Mais, le plus souvent, le narrateur se contente de quelques traits ironiques, notamment lorsqu'il se moque du discours bonapartiste en se référant à son peloton de poltrons comme « les sauveurs de Plassans » ou « les défenseurs de l'ordre ». Comme certains personnages des caricatures de Daumier, les « héros » de la bataille de Plassans, qui font si piètre figure, sont des échos dérisoires et burlesques des parvenus de Paris.

Dans cette sorte de *Batrachomyomachie* moderne, héritière de l'épopée comique « La Bataille des grenouilles et des rats », qui parodie l'*Iliade*, Zola a recours au stratagème universel du satiriste : la réduction des adversaires visés au statut animal[4]. Le jeune docteur Pascal Rougon,

---

1   P. 340.

2   P. 343.

3   P. 399.

4   Selon Philippe Bonnefis, il y a 83 métaphores animales dans le roman. Voir son article « Le bestiaire d'Émile Zola », *Europe*, XLVI, n°[os] 468-469, avril-mai 1968, p. 97-107 : « Des 83 métaphores dépendant du bestiaire, que comporte *la Fortune des Rougon*, 61 se veulent symptômes d'une instabilité ou d'un déséquilibre quelconque par rapport à l'harmonie naturelle. Ou bien, les personnages sont des pantins qui empruntent à l'animal un comportement grotesque ; ou bien ce sont des monstres qui incarnent le mythe redoutable de l'union de l'homme et de la bête – union dont l'expression de "la bête humaine" n'est qu'une variante intellectualisée » (p. 100).

qui s'amuse « à se croire tombé dans une ménagerie[1] », caractérise les habitués du salon jaune en de tels termes, en établissant des équivalences « entre chacun des grotesques et quelque animal de sa connaissance » : le marquis est « une grande sauterelle verte, avec sa maigreur, sa tête mince et futée », Vuillet, « un crapaud », Roudier, « un mouton gras », Sicardot, « un vieux dogue édenté », Granoux, qui ne cesse de gémir « comme un veau » contre les Républicains, « ces buveurs de sang[2] ». Ainsi, quand sa mère demande au jeune docteur d'enrôler les habitués du salon jaune dans sa clientèle, il répond, avec un rare trait d'esprit, « Je ne suis pas vétérinaire[3] ». Ailleurs, Pascal est habituellement le porte-parole des idées scientifiques de Zola, mais ici il devient aussi un agent de la satire du romancier, élaborant l'équivalent de l'œuvre du caricaturiste Paul Hadol, *La Ménagerie impériale, composée des ruminants, amphibies, carnivores et autres budgétivores qui ont dévoré la France pendant 20 ans* (1866), qui contient la célèbre galerie de portraits satiriques des grands personnages de l'Empire, dont celui de l'empereur lui-même, représenté comme un vautour, tenant dans ses griffes le corps saignant de la France. Dans la superbe scène qui clôt le roman, les effets burlesques, allégoriques, symboliques et satiriques convergent. En ribote, Rougon, Félicité, qui est enfin dans ses Tuileries, et le salon jaune célèbrent la victoire « sur le cadavre à peine refroidi de la République » :

> Enfin, ils mordaient aux plaisirs des riches ! leurs appétits, aiguisés par trente ans de désirs contenus, montraient des dents féroces. Ces grands inassouvis, ces fauves maigres, à peine lâchés de la veille dans les jouissances, acclamaient l'Empire naissant, le règne de la curée ardente. Comme il avait relevé la fortune des Bonaparte, le coup d'État fondait la fortune des Rougon[4].

L'ironie de Zola dans ce texte vise surtout à subvertir le triomphalisme d'un régime qui faisait des « beaux spectacles » sa spécialité, comme son récit constitue un contre-récit satirique opposé à l'histoire officielle du régime et au principe bien connu selon lequel ce sont toujours les victorieux qui écrivent l'histoire. En fait, à certains moments, le récit de Zola thématise le problème de l'écriture de l'histoire. À toute occasion,

---

1   P. 202.
2   P. 202.
3   P. 202.
4   P. 424.

dans l'allégresse de leur succès, Rougon et sa bande sont saisis d'une rage de narrativité. Après la première escarmouche, Rougon ne peut guère se contenir : « Il mimait l'action. [...] il revenait, se répétait, au milieu des paroles croisées, des cris de surprise, [...]; et il allait ainsi en s'agrandissant, emporté par un souffle épique[1] ». Les conspirateurs rassemblés rivalisent pour narrer la version la plus enjolivée des événements, se disputant sur les détails : « Les héros rectifiaient le fait avec une minutie scrupuleuse ; ils sentaient qu'ils parlaient pour l'histoire[2] ». Ils brodent sur les faits et, bientôt, « ce fut une traînée de poudre. En quelques minutes, d'un bout à l'autre de la ville, l'histoire courut. [...] On acceptait le sauveur Rougon sans le discuter[3] ». Même démarche à la suite de la deuxième opération : « Quelle journée ! Les Rougon en parlent encore, comme d'une bataille glorieuse et décisive[4] ». Ainsi, Zola, romancier, historien révisionniste, satiriste, ne se contente pas de réécrire sur le mode burlesque l'histoire du coup d'État à des fins polémiques, mais il raille aussi les fabrications et les embellissements avec lesquels les historiens du régime avaient voulu légitimer la peu glorieuse saisie de pouvoir. Sous cet aspect, *La Fortune des Rougon* se définit comme un travestissement des travestissements de ce que, déjà, Marx appelait fameusement, dans *Le 18 Brumaire de Louis Bonaparte*, une *farce*.

THÈMES ET MYTHES

Il y a une comparaison évidente à faire entre *La Fortune des Rougon*, roman des débuts louches et honteux du futur régime impérial, et l'autre roman spécifiquement historique de la série, *La Débâcle* (1892), qui se situe pendant la guerre franco-prussienne et raconte surtout la bataille de Sedan, qui marqua la fin humiliante du régime[5]. Cette complémentarité

---

1   P. 348.
2   P. 351.
3   P. 352.
4   P. 387.
5   Dans son article, « *La Fortune des Rougon* de Zola comme source des *Rougon-Macquart* », *Études de Langue et Littérature française* (Tokyo), n° 82, 2003, p. 90-103, Chise Aritomi envisage Maurice comme « le double de Silvère » (p. 94).

masque pourtant certaines différences fondamentales. S'il est vrai que le roman de guerre ne manque pas d'envolées littéraires, il s'efforce surtout de rester près de la vérité historique et de représenter scrupuleusement les faits et les leçons de l'histoire. *La Fortune des Rougon* est une œuvre bien plus complexe, plus composite. Nous avons déjà vu qu'elle présente dans un seul texte les origines de la famille des Rougon-Macquart et, à sa manière, les origines du régime politique, là où, à la fin de la série, le romancier consacre deux romans distincts, *La Débâcle* et *Le Docteur Pascal* (1893), au récit de la fin de l'Empire et à celui de la fin symbolique de la généalogie de la famille. Nous avons vu aussi que *La Fortune des Rougon* est d'une complexité générique remarquable, comme l'indique explicitement le passage suivant, chargé de terminologie littéraire, qui survient au début du cinquième chapitre du roman :

> La bande insurrectionnelle, dans la campagne froide et claire, reprit sa marche héroïque. C'était comme un large courant d'enthousiasme. Le souffle d'*épopée* qui emportait Miette et Silvère, ces grands enfants avides d'amour et de liberté, traversait avec une générosité sainte les honteuses *comédies* des Macquart et des Rougon. La voix haute du peuple, par intervalles, grondait, entre les bavardages du salon jaune et les diatribes de l'oncle Antoine. Et la *farce* vulgaire, la farce ignoble, tournait au grand *drame* de l'*histoire*[1].

Or, nous avons déjà établi que, dans le premier roman de la série, l'intrigue se déroule en trois parcours, relativement distincts : la pré-histoire de la famille, le sort des insurgés et les magouilles politiques du salon jaune à Plassans. Les faits historiques sont assez rapidement esquissés. Pourtant, loin de s'astreindre rigoureusement à l'ordre temporel de la chronique, le romancier ne recule pas devant des incursions dans un ordre plus mythique qu'historique. En fait, d'un bout à l'autre du roman, Zola soumet les événements de l'action de son texte à des schémas narratifs déterminés par des procédés structurants comme la prémonition, la fatalité, la récurrence, jusqu'au renouvellement cyclique, procédés peu conformes au caractère séquentiel, linéaire, de l'histoire ou même de la fiction mimétique. Comme l'écrit Henri Mitterand, « la

---

1 P. 273. Nous soulignons. Voir aussi l'article d'Auguste Dezalay sur ce roman, qui « autorise une multiplicité d'interprétations » : chronique familiale, roman politique, roman documentaire, idylle tragique, roman symbolique (« Ordre et désordre dans *Les Rougon-Macquart*. L'exemple de *La Fortune des Rougon* », *Travaux de linguistique et de littérature*, XI, n° 2, 1973, p. 75).

mimesis zolienne, par tendance naturelle, et aussi par héritage romantique, bascule souvent du réalisme ou de l'impressionnisme descriptif dans l'expressionnisme symbolique et mythique[1] ».

En effet, dès le début du roman, loin de suivre la pratique habituelle de l'incipit « vraisemblablisant », qui caractérise la fiction réaliste, Zola plonge le lecteur dans un monde tout à fait insolite, le terrain vague qui porte le nom d'aire Saint-Mittre et son cimetière désaffecté. Ce terrain vague, où, précisément, les distinctions s'estompent et où règne une fertilité « formidable », est fréquenté par les gamins de la ville, par les bohémiens de passage et par les jeunes amoureux, Miette et Silvère. Cette ouverture du « roman des origines » semble situer l'action qui va s'ensuivre dans un décor qui descend de la nuit des temps, appartenant originairement à un ordre plus cosmogonique que généalogique qui précède et génère les mythes des origines. Ainsi que l'écrit Naomi Schor, qui se réclame des observations faites par Mircea Eliade sur les mythes d'origine « qui prolongent et complètent le mythe cosmogonique » : dans « un univers romanesque bourgeois, où les mythes ne se manifestent que sous une forme dégradée, l'histoire de la transformation d'un cimetière en terrain vague tient lieu d'une cosmogonie[2] ». Dans cet endroit de grâce édénique, « où il est exquis d'aimer », les amoureux peuvent s'aimer innocemment. Mais ce « jardin » paradisiaque est aussi un lieu ambivalent où la vie et la mort se côtoient et s'interpénètrent : « On y sent courir ces souffles chauds et vagues des voluptés de la mort qui sortent des vieilles tombes chauffées par les grands soleils[3] ». C'est le lieu d'un cycle éternel, d'une profanation (sa désaffectation), lieu maudit, lieu de destins ultimes. Ainsi, les amoureux trouvent la vieille pierre tombale, vestige de l'ancien cimetière, sur laquelle reste un fragment d'épitaphe : *Cy-gist… Marie… morte…* Miette y lit une prémonition des « voluptés » de sa mort. Le pressentiment d'une mort imminente s'avère correct, mais c'est Silvère qui meurt – ou est sacrifié – sur la même pierre tombale, ce qui confère au texte une circularité fabuleuse. Le désir de mort des amants, celui de Miette surtout, et l'actualisation de ce désir dans un Liebestod romantique, exalte leur amour et en préserve

---

1   Henri Mitterand, *Zola, l'histoire et la fiction*, Paris, PUF, 1990, p. 9.
2   Naomi Schor, « Mythe des origines, origine des mythes : *La Fortune des Rougon* », *Les Cahiers naturalistes*, XXIV, n° 52, 1978, p. 125.
3   P. 316.

la pureté, les extirpant de l'histoire pour les projeter définitivement dans l'univers du mythe. Le roman historique se confond avec le récit mythique. C'est, comme l'écrit Henri Mitterand, la dynamique essentielle du roman zolien, « cette fécondation mutuelle de l'histoire et du mythe qui caractérise la matière et la manière romanesque de Zola[1] ».

Pour Zola, le récit des amours de Miette et Silvère est une des réalisations les plus accomplies d'une ambition durable. Dans une lettre à Cézanne du 30 décembre 1859, il donne un aperçu d'un projet qui lui tient à cœur : celui de « décrire l'amour naissant, et de le conduire jusqu'au mariage », comme une réaction à l'ouvrage de Michelet, *L'Amour*, qui « ne parle que des époux et non des amants[2] ». Par la suite, Zola exploitera ce thème dans certains de ses contes et romans, réservant presque invariablement aux amants une fin tragique qui met fin à leurs amours. Dans *La Fortune des Rougon*, ce mythe personnel renvoie explicitement à la tradition des amants maudits par le sort, là où il affirme que Miette et Silvère ont vécu « une de ces naïves idylles qui naissent au milieu de la classe ouvrière, parmi ces déshérités, ces simples d'esprit, chez lesquels on retrouve encore parfois les amours primitives des anciens contes grecs[3] ». Il s'agit de rejoindre une longue tradition littéraire, comprenant notamment *Les Amours tragiques de Pyrame et Thisbé* de Théophile de Viau et surtout le mythe de Daphnis et Chloé que reprend le « roman » pastoral de Longus et avec lequel le romancier était tout à fait familier[4]. Comme le suggère Anne Belgrand, dans ce « coin d'idylle », le nom de Silvère évoque même le genre idyllique en association avec les « silves », recueil ancien de poèmes du genre[5]. C'est le genre – pour citer un autre exemple – dans lequel la séparation des amants est « un si doux chagrin[6] ». Rappelons d'ailleurs qu'au niveau du dénouement tragique de l'amour des jeunes amants, il y a dans l'ardeur

---

1   Henri Mitterand, « Une archéologie mentale : *Le Roman expérimental* et *La Fortune des Rougon* », dans *Le Discours du roman*, Paris, PUF, 1980, p. 182.

2   *Corr.* I, 119.

3   P. 282.

4   Par exemple, dans un essai intitulé « Deux définitions du roman » qu'il envoie, le 9 décembre 1866, au Congrès scientifique d'Aix, Zola fait une étude sur le roman, s'intéressant tout particulièrement aux romans grecs de l'antiquité. Voir HM, I, 52, et *O.C.*, X, p. 276-277. Le romancier y exprime son admiration pour Daphnis et Chloé, « œuvre exceptionnelle ».

5   Anne Belgrand, « Le couple Silvère-Miette dans *La Fortune des Rougon* », *Romantisme*, XVIII, n° 62, 1988, p. 53.

6   Shakespeare, *Roméo et Juliette*, II, 2, 1, v. 184.

de l'amour des adolescents de Zola et dans le ton exalté avec lequel le romancier l'évoque, des échos et des transports hugoliens, comme dans le tableau de l'amour chaste de Gwynplaine et Dea dans *L'Homme qui rit*, que Zola présente aux lecteurs du *Gaulois*, début 1869, quand il prépare précisément, on l'a vu, *La Fortune des Rougon*. Notons, d'ailleurs, qu'il y a chez ces deux personnages des traits ambigus et insolites : Silvère a l'aspect sculpté d'un jeune dieu antique, d'une beauté puissante ; Miette, qui se croit « maudite », est belle comme une « Bacchante antique ». Déjà, leur destin est inscrit dans leur physionomie. Ainsi, l'idylle des jeunes amoureux de Zola se déroule dans un monde d'apparence fabuleuse, mi-rêve, mi-réel, et peu naturaliste. Mais, inévitablement, comme tous les rêves généreux caressés dans le roman, comme le craignait la tante Dide, leurs fantasmes cèdent au principe de réalité.

Le personnage d'Adélaïde Fouque, matriarche de la famille, est une figure hiératique qui semble appartenir bien plus à l'univers du mythe qu'à celui du roman. Elle joue le rôle de voyante, anticipant les malheurs du présent qui répètent, dans une sorte d'effet d'éternel retour, les infortunes du passé. Par exemple, quand elle voit Miette et Silvère ensemble auprès du puits, comme elle et Macquart dans le passé : « C'était l'éternel recommencement, avec ses joies présentes et ses larmes futures. Tante Dide ne vit que les larmes, et elle eut comme un pressentiment rapide qui lui montra les deux enfants saignants, frappés au cœur[1] ». Elle appartient, d'ailleurs, à la société marginale de l'aire Saint-Mittre, comme Miette et Silvère aussi, la « fille de forçat » et l'orphelin, société qui s'oppose à celle de la ville de Plassans dont « les remparts symbolisent l'ordre conservateur et la stagnation[2] ». Dans la société de Plassans, d'ailleurs, univers tout à fait balzacien, c'est apparemment la recherche du pouvoir qui prévaut, mais c'est la recherche de l'argent qui la motive. Comme l'écrit Colette Becker, « nécessaire à cette prise de pouvoir, l'argent est le moteur de l'histoire. [...] l'argent est la valeur unique, à l'aune de laquelle tout se jauge, se juge, grâce à laquelle tout est possible. [...] Zola joue sur les deux sens du mot – chance et richesse – dès le titre[3] ». En fait, une bonne partie de l'intrigue de *La*

---

1   P. 301.
2   Colette Becker, « Zola, un déchiffreur de l'entre-deux », *Études françaises*, XXXIX, n° 2, 2003, p. 11-21.
3   Colette Becker, « Les "machines à pièces de cent sous" des Rougon », *Romantisme*, XIII, n° 40, 1983, p. 143.

Fortune des Rougon dérive non pas de la crise politique du pays et de ses répercussions dans le Midi, mais de l'appropriation, par Pierre Rougon, de l'héritage de la famille, pour un montant de cinquante mille francs, aux dépens de son frère. Mais c'est surtout Félicité Rougon qui est motivée par l'appât du gain. Dans une belle scène du chapitre III, dans laquelle les Rougon complotent, Félicité et Pierre parlent des appointements du titre de receveur que Rougon ambitionne. Si Pierre est tenté par le pouvoir, sa femme s'intéresse à l'argent : « Cette conversation, où de gros chiffres partaient comme des fusées, enthousiasmait Félicité. Elle frétillait, elle éprouvait une sorte de démangeaison intérieure. Enfin elle prit une pose dévote [...][1] ».

La question de l'héritage familial déchaîne dans le roman le thème des frères ennemis, un des ressorts principaux de l'intrigue. Si cette situation ne constitue pas exactement un mythe, elle remonte à l'Antiquité jusqu'à l'archétype de Caïn et Abel et connaît bien des avatars à travers les âges. Encore une fois, Zola attribue des motivations intéressées à des convictions politiques. Si, dans le cas de Pierre Rougon, on l'a vu, il est surtout question de pouvoir personnel et de gain financier, chez son frère il s'agit d'un règlement de comptes. On apprend que ce qui fait surtout de Macquart « un républicain féroce », c'est « l'espérance de se venger enfin des Rougon », qui se mettent du côté de la réaction. Telle est la nature et la profondeur des convictions politiques que, si les Rougon avaient été des républicains, Macquart aurait été sans doute un partisan du bonapartisme ! Quand Macquart s'efforce de fouetter les ardeurs républicaines de Silvère, il n'y a aucun véritable dialogue, car Macquart ne fait que déblatérer amèrement contre les hommes de son parti, tandis que Silvère rêve « tout haut, et pour lui seul, son rêve de liberté idéale ». « Étranges entretiens », ajoute le narrateur, « pendant lesquels l'oncle se versait un nombre incalculable de petits verres, et dont le neveu sortait gris d'enthousiasme[2] ». Il y a évidemment les signes d'un certain cynisme politique chez l'auteur de *La Fortune des Rougon*, qui ne semble voir aucun terrain d'entente ou de juste milieu entre la politique de l'intérêt personnel et les élucubrations utopistes.

Ainsi, malgré son statut héroïque dans la fable littéraire du roman, Silvère est présenté sous un jour critique en tant que républicain. Si

1   P. 192.
2   P. 255.

Pascal Rougon est un de « ces cas fréquents qui font mentir les lois de l'hérédité[1] », son neveu est un cas contraire. En fait, sauf dans les passages d'exposition sur la famille des Rougon-Macquart, les lois de l'hérédité sont assez rarement invoquées dans le roman. Mais le cas de Silvère est exceptionnel. Il témoigne d'abord d'une sorte de bovarysme, s'adonnant à la lecture de « tous les bouquins dépareillés ». Il pratique une lecture empathique, s'identifiant aux personnages et à leurs dilemmes, lisant, par exemple, une histoire romanesque dans laquelle « il épousait Miette au dénouement ou mourait avec elle[2] ». De là à ses convictions politiques, naïves et utopiques, il n'y a qu'un pas. Et Zola d'expliquer le phénomène sur l'arbre généalogique par « l'élection de la mère », c'est-à-dire d'Ursule Mouret, qui, à son tour, « semblait avoir reçu avec son sexe l'empreinte plus profonde du tempérament de sa mère[3] ». D'où l'explication « scientifique » du caractère de Silvère, disposé à l'utopisme « par certaines influences héréditaires », car « chez lui, les troubles nerveux de sa grand-mère tournaient à l'enthousiasme chronique[4] ». Plus loin, Pascal Rougon complète le diagnostic, en disant à voix basse « Ah ! que tu es bien le petit-fils de ta grand-mère », pour ajouter tout haut : « Hystérie ou enthousiasme, folie honteuse ou folie sublime. Toujours ces diables de nerfs ! » […] ; La famille est complète, […]. Elle aura un héros[5] ». Silvère est donc la victime d'une double fatalité, littéraire et physiologique. S'il était censé représenter le républicain typique, un tel réductionnisme biologique ne serait guère adéquat pour expliquer ses mobiles. Il finit par être une caricature du républicain idéaliste, comme son oncle Macquart est la satire du républicanisme. Gerhard C. Gerhardi remarque que Zola semble être incapable de concevoir un type de révolutionnaire intermédiaire entre le jeune Silvère, naïf et extraordinairement généreux, et l'infâme Macquart[6]. Mais rappelons que Zola, se méfiant des extrémistes, était déjà partisan d'un républicanisme pragmatique et éclairé et d'un gouvernement républicain basé sur la science.

---

1   P. 169.
2   P. 296.
3   P. 148.
4   P. 297.
5   P. 322.
6   Gerhard C. Gerhardi, « Zola's Biological Vision of Politics : Revolutionary Figures in *La Fortune des Rougon* and *Le Ventre de Paris* », *Nineteenth-Century French Studies*, II, n°s 3-4, printemps-été 1974, p. 177.

On comprend, enfin, pourquoi Pascal Rougon, le naturaliste, qui joue un rôle effacé, mais qui parle avec toute l'autorité de son créateur et, doué d'un regard pénétrant, devient son porte-parole, passe un jugement si troublant sur l'avenir des Rougon et des Macquart : « Il crut entrevoir un instant, comme au milieu d'un éclair, l'avenir des Rougon-Macquart, une meute d'appétits lâchés et assouvis, dans un flamboiement d'or et de sang[1] ». Le lecteur du premier roman de la série ne manquerait d'être alléché par cette discrète réclame intradiégétique pour la série.

LA FORTUNE DU ROMAN

Nous avons vu que la réception de *La Fortune des Rougon* fut assez mitigée. Au dire du romancier lui-même, un facteur important en était le fait que le pays traversait une période trouble, peu favorable aux « distractions » de la littérature. De toute façon, son auteur restait relativement inconnu et le premier roman de la série remplissait en grande partie la fonction de frayer le chemin pour les volumes à venir. Avec le temps, la situation n'a guère changé, car, paradoxalement, ce sont précisément les chefs-d'œuvre éblouissants, comme *L'Assommoir* ou *Germinal*, qui ont eu l'effet de laisser dans l'ombre le texte qui en a posé les jalons. Si l'on mesure l'impact d'un roman par l'influence exercée sur d'autres romanciers, le bilan est minimal, semble-t-il : le roman de Gabriel Miró, *Las Cerezas del cementerio* (*Les Cerises du cimetière*, 1910), qui s'inspire de la description de l'aire Saint-Mittre[2]. Plus récemment, en 1980, le roman a fait l'objet en France d'une mini-série télévisée en cinq épisodes, adaptée par Emmanuel Roblès, avec Madeleine Robinson et Didou Kapour dans les rôles des deux femmes redoutables du roman, Adélaïde et Félicité.

Néanmoins, malgré cette faible présence, *La Fortune des Rougon* continue à impressionner les écrivains. Ainsi, Gide écrit dans son journal

---

1 P. 412.
2 Voir l'article de Francisco Márquez Villanueva, « Sobre fuentes y estructura de *Las cerezas del cementerio* », in *Homenaje a Casalduero. Crítica y poesía*. Éd. Rizel Pincus Sigele et Gonzalo Sobejano, Madrid, Gredos, 1972, p. 371-377.

le 24 juin 1940 : « Je viens de relire avec une satisfaction des plus vives *La Fortune des Rougon*. Certains chapitres sont dignes de Balzac et du meilleur ». Vers la même époque, l'écrivain allemand, Heinrich Mann, tout en évoquant l'image idéale du peuple que Zola présente dans les romans de la série des *Rougon-Macquart*, tient en particulier à louer *La Fortune des Rougon* :

> Paysages homériques avec idylle grecque, beaucoup de passion sur la place publique, grande innocence, ruse énorme, buts héroïques, mais réalisations misérables et tragiques à la fois, tel est le commencement de ce poème en vingt volumes. *La Fortune des Rougon* débute par un Cantique des Cantiques du peuple, d'un peuple du Sud [...][1].

Il est évident que, dans le jugement de ses lecteurs les plus perspicaces, *La Fortune des Rougon* dépasse leurs attentes. Ainsi, quand il fait le compte rendu dans *Le Figaro* du premier volume de l'édition Pléiade des *Rougon-Macquart*, le jugement de Claude Mauriac est d'abord assez nuancé. Néanmoins, il s'exclame : « Que de beautés, en effet, dans ce livre ! ». Il en salue « la poésie, aiguë, et cette inspiration, avant la lettre cinématographique », regrettant le fait que les adaptations de l'écran étant tellement liées par les conventions actuelles du genre et par les impératifs de la production, on n'ait pas encore adapté ce roman. Certains « morceaux de bravoure » ont vieilli, selon lui, mais la forme du récit zolien, héritée de Balzac et de Flaubert, « n'a rien perdu de son efficacité. Et comment ne pas apprécier, jusque dans ses outrances, cet amour de la République et de la liberté ». Mais ce qui le frappe surtout comme romancier, c'est ce qu'il appelle « l'irréalisme de ce grand réaliste. Les plus beaux passages sont les plus délirants ». Enfin, il conclut que « ce premier roman de la série des *Rougon-Macquart* nous incite à repenser tout ce que nous croyions savoir de Zola[2] ».

En général, plutôt que le récit historique, c'est le plus souvent l'idylle tragique de Miette et Silvère et l'ouverture du roman qui impressionnent les critiques. Henri Guillemin attribue même une signification particulièrement prégnante à cet épisode :

---

1   Heinrich Mann, *Zola*. Trad. Yves Le Lay, Paris, Éditions de la « Nouvelle revue critique », [1937], p. 29.

2   Claude Mauriac, « Relire Émile Zola, c'est découvrir un auteur inconnu », *Le Figaro*, 31 octobre 1966, p. 10.

Tout le récit s'encadre entre deux évocations du même lieu. Il commence et il finit sur l'*aire Saint-Mittre*, ce terrain vague, l'ancien cimetière de Plassans. Et le ton est donné, dès la première page ; je ne dis pas seulement que tout le livre est là, sinistre et grand, noir, avec cette lueur cependant qu'y apportent Miette et Silvère, mais je dirais presque tout *Les Rougon-Macquart*, tout Zola, sa grandeur et sa force, sa tristesse et son espérance[1].

Dans *Le Temps* du 18 août 1927, Paul Souday, critique littéraire et essayiste, ayant lu le roman dans l'édition Bernouard, définit et met en opposition les deux versants du drame, le romanesque et l'historique :

Relisez la *Fortune des Rougon* : cette fraîche idylle de deux enfants, en Provence, au milieu des vilenies et des horreurs du coup d'État de 1851, c'est poétique d'une part, et de l'autre vraiment fort, [...]. Vraiment, l'« opération de police un peu rude » fut assez laide. Il y eut des laideurs aussi de l'autre côté de la barricade. Le grand poète [Hugo] glisse là-dessus, les deux terribles réalistes [Zola et Flaubert] disent tout.

Pour sa part, Henri Guillemin affirme que les historiens accordent « grand crédit » à l'aspect historique du roman, mais, en fait, les commentaires sur cet aspect sont assez rares. Pourtant, Maurice Agulhon, spécialiste du républicanisme (son histoire, son imagerie et son symbolisme) au cours du dix-neuvième siècle, ainsi que de l'histoire sociale et politique du Var, n'hésite pas à témoigner, en général, de l'authenticité du récit de Zola :

Quant à la valeur historique de Zola, elle ne saurait s'évaluer à la simple addition algébrique des données conformes (comme le médecin) et des données non-conformes (comme la fille en rouge), encore que – nous en sommes convaincus – les premières soient de beaucoup les plus nombreuses. La fidélité du récit de Zola est frappante, *globalement*, pour tout lecteur de la *Fortune des Rougon* qui a pu acquérir quelque familiarité avec cette époque[2].

Quant au grand public, s'il est possible de mesurer son appréciation de ce roman à l'aune des tirages d'éditeurs, il est intéressant de remarquer que, par rapport à d'autres romans de la série, la cote du premier roman est montée sensiblement depuis le siècle dernier, ainsi que l'indique le

---

1 Henri Guillemin, « *La Fortune des Rougon* », dans *Présentation des « Rougon-Macquart »*, Paris, Gallimard, 1964, p. 15.

2 « Aux sources de *La Fortune des Rougon* », *Europe*, nᵒˢ 468-469, avril-mai 1968, p. 167.

tableau suivant, qui présente les tirages de *La Fortune des Rougon* par rapport aux autres romans de la série des *Rougon-Macquart*[1] :

Date du recensement	Tirages	Observations
		A. Source : l'édition Charpentier-Fasquelle
1893	26 000	après *La Conquête de Plassans*, le roman atteint le chiffre le plus bas avec *Son Excellence Eugène Rougon*. [rang : 19e]
1902	35 000	devance seulement *La Conquête de Plassans* et *Son Excellence Eugène Rougon*. [rang : 18e]
		B. Source : l'édition « Livres de poche » Hachette
1972	267 000	avec *La Débâcle*, devance *La Conquête de Plassans*, *Son Excellence Eugène Rougon*, *L'Œuvre*, et *Le Docteur Pascal*. [rang : 16e]
1996	669 000	devance *La Conquête de Plassans*, *Son Excellence Eugène Rougon*, *Une page d'amour*, *La Joie de vivre*, *L'Œuvre*, *L'Argent*, *La Débâcle*, *Le Docteur Pascal*. [rang : 12e]
2000	700 000	même distribution.
		Note : les tirages des premiers romans de la série sont faibles ; *La Fortune des Rougon* n'est qu'à sa 5e édition en 1875. *L'Assommoir* se vend à 38 000 exemplaires en 1877.

Somme toute, cette romance qui tourne au tragique, cet exposé du fondement d'une dynastie romanesque et d'un régime dynastique, malgré son agencement assez lourd, déterminé par la nécessité de lancer la série, a selon bien des critiques des mérites indéniables. Comme l'écrit Henri Mitterand, sur ce texte qui reste un des romans les moins lus de la série des *Rougon-Macquart* : « On y trouve pourtant d'admirables pages, traversées déjà par le souffle poétique qui animera *Germinal* et *la Terre*[2] ». On a été impressionné également par la complexité générique du roman :

> À la fois cinglante, burlesque, tragique, épique et lyrique, *La Fortune des Rougon* raconte, en contrepoint des « honteuses comédies des Rougon et

1   Les détails sont empruntés au *Guide Émile Zola* d'Alain Pagès et Owen Morgan, Paris, Ellipses, 2002, p. 228-229.
2   HM, 1541.

des Macquart », une belle histoire d'amour et de mort. L'œuvre frappe par l'habileté de sa construction[1].

En fin de compte, le plus grand mérite de ce roman est peut-être qu'il ne déçoit jamais ses lecteurs.

Mes remerciements les plus chaleureux pour leur aide vont à Catherine Dousteyssier-Khoze, Natasha Baguley-Ahmad, Monica Lebron, Paolo Tortonese, Alain Pagès. D. B.

1   Colette Becker, Gina Gourdin-Servenière et Véronique Lavielle. *Dictionnaire d'Émile Zola. Sa vie, son œuvre, son époque, suivi du Dictionnaire des « Rougon-Macquart »*, Paris, Robert Laffont, 1993, p. 155-156.

CHRONOLOGIE SOMMAIRE
DE LA VIE ET DE L'ŒUVRE DE ZOLA

1840   (2 avril) naissance du romancier à Paris d'un père italien et d'une mère française.

1843   (juin) la famille s'installe à Aix-en-Provence ; son père, François Zola, travaille comme ingénieur.

1846   La famille passe la plus grande partie de l'année à Paris ; elle se réinstalle à Aix le 22 novembre.

1847   (février) début des travaux sur le canal Zola ; (27 mars) François Zola meurt d'une pneumonie à Marseille.

1852   (octobre) Émile entre comme interne au collège d'Aix ; début de son amitié avec Cézanne et Baille.

1858   Émile rejoint sa mère à Paris, devenant élève boursier en seconde au lycée Saint-Louis.

1859   Deux échecs au baccalauréat ; Zola fréquente les peintres aixois de Paris.

1860   Zola travaille dans le service des douanes avant de mener la vie de bohème et de composer des poèmes et des contes.

1861   Cézanne le rejoint à Paris jusqu'à l'automne.

1862   (21 octobre) il obtient la nationalité française ; il entre à la librairie Hachette, devenant chef du bureau de la publicité.

1864   (novembre) publication des *Contes à Ninon* ; (28 décembre) début de sa liaison avec Alexandrine Meley.

1865   (novembre) publication de *La Confession de Claude* (roman) ; Zola collabore à plusieurs journaux.

1866   Publication de *Mon Salon* ; *Mes Haines* ; *Le Vœu d'une morte* (roman) ; (31 janvier) Zola quitte la librairie Hachette pour vivre de sa plume.

1867   Publication des *Mystères de Marseille* (roman) ; (fin novembre)
         Thérèse Raquin (roman).

1868   (7 décembre) publication de *Madeleine Férat* (roman) ; Zola pour-
         suit sa carrière de journaliste ; vers la fin de l'année, il élabore
         le projet d'une série de romans, les futurs *Rougon-Macquart* ;
         il en communique le plan à l'éditeur Lacroix, ainsi qu'un
         plan détaillé de *La Fortune des Rougon* ; à l'automne, il lit des
         ouvrages sur la physiologie et sur l'hérédité à la Bibliothèque
         Impériale, notamment *L'Hérédité naturelle* du Dr Prosper Lucas
         et *Physiologie des passions* du Dr Charles Letourneau.

1869   Une campagne de presse contre l'Empire ; le projet de traité
         pour la publication de *La Fortune des Rougon* est accepté par
         l'éditeur Lacroix ; (mai) selon Paul Alexis, Zola commence à
         écrire *La Fortune des Rougon*, premier volume de la série des
         Rougon-Macquart ; la publication du roman dans *Le Siècle*,
         prévue pour le mois d'octobre, est retardée.

1870   (mai) le romancier commence à écrire le premier chapitre de *La
         Curée* ; (31 mai) mariage de Zola et de Gabrielle Alexandrine
         Meley ; (28 juin) début de la publication en feuilleton de *La
         Fortune des Rougon* dans *Le Siècle* ; (11 août) elle est interrompue
         par la guerre ; (7 septembre) Zola part pour le Midi avec sa
         femme et sa mère ; à Marseille, il essaie de fonder avec Marius
         Roux *La Marseillaise*, un journal républicain ; il se rend à
         Bordeaux, où il cherche un emploi auprès du gouvernement ;
         (21 décembre) il est embauché comme secrétaire de Glais Bizoin.

1871   Retour à Paris (le 14 mars) pour suivre les débats de
         l'Assemblée ; (18-21 mars) reprise de la publication de *La
         Fortune des Rougon* dans *Le Siècle* ; Zola chroniqueur parlemen-
         taire ; (14 octobre) publication de *La Fortune des Rougon* chez
         Lacroix.

1872   (30 janvier) publication de *La Curée* ; « Lettres de Versailles » ;
         « Lettres parisiennes ».

1873   Publication du *Ventre de Paris*.

1874   Publication de *La Conquête de Plassans* ; *Nouveaux contes à Ninon*.

1875   Publication de *La Faute de l'abbé Mouret* ; début de la colla-
        boration de Zola au *Messager de L'Europe* (Saint-Pétersbourg).

1876   Publication de *Son Excellence Eugène Rougon*.

1877   Publication de *L'Assommoir* (grand succès) ; (16 avril) inaugu-
        ration de « l'école naturaliste » au restaurant Trapp.

1878   Publication d'*Une page d'amour* ; les Zola s'installent à Médan.

1880   Publication de *Nana* ; *Le Roman expérimental* (articles) ; *Les
        Soirées de Médan* (recueil collectif de nouvelles « naturalistes »).

1881   Publication de quatre recueils de chroniques : *Le Naturalisme
        au théâtre*, *Nos Auteurs dramatiques*, *Les Romanciers naturalistes*,
        Documents littéraires.

1882   Publication de *Pot-Bouille* ; *Une Campagne* (articles) ; *Le Capitaine
        Burle* (nouvelles).

1883   Publication d'*Au Bonheur des Dames* ; *Pot-Bouille* (au théâtre).

1884   Publication de *La Joie de vivre* ; *Naïs Micoulin* (nouvelles).

1885   Publication de *Germinal*.

1886   Publication de *L'Œuvre*.

1887   Publication de *La Terre* ; ce roman donne lieu au « Manifeste
        des Cinq ».

1888   Publication du *Rêve* ; début de la liaison avec Jeanne Rozerot.

1889   Naissance de Denise, la fille de Zola et de Jeanne Rozerot.

1890   Publication de *La Bête humaine* ; candidature de Zola à
        l'Académie Française (premier échec).

1891   Publication de *L'Argent* ; naissance de Jacques, fils de Jeanne
        Rozerot et de Zola (25 septembre) ; le romancier est président
        de la Société des Gens de Lettres ; (mars) il commence à pré-
        parer *La Débâcle* ; voyage à Sedan (17-26 avril).

1892   Publication de *La Débâcle*.

1893   Publication du *Docteur Pascal*, dernier roman de la série des
        Rougon-Macquart.

1894   *Les Trois Villes : Lourdes*.

1896   *Les Trois Villes : Rome* ; « Pour les juifs » (16 mai).

1897   « Lettre à la Jeunesse » (14 décembre) ; *Nouvelle Campagne*.

1898   *Les Trois Villes : Paris* ; *La lettre à La France* ; (13 janvier)
        « J'accuse !... » publié dans *L'Aurore* ; procès et condamnation ;
        Zola s'exile en Angleterre.

1899   *Les Quatre Évangiles : Fécondité* ; retour de l'exil.

1901   *Les Quatre Évangiles : Travail* ; *La Vérité en marche.*

1902   (29 septembre) Zola meurt asphyxié dans son appartement
        à Paris.

1903   *Les Quatre Évangiles : Vérité.*

1908   Les cendres de Zola sont transférées au Panthéon.

LA FORTUNE DES ROUGON

PRÉFACE[1]

Je veux expliquer comment une famille, un petit groupe d'êtres, se comporte dans une société, en s'épanouissant pour donner naissance à dix, à vingt individus, qui paraissent, au premier coup d'œil, profondément dissemblables, mais que l'analyse montre intimement liés les uns aux autres. L'hérédité a ses lois, comme la pesanteur.

Je tâcherai de trouver et de suivre, en résolvant la double question des tempéraments et des milieux, le fil qui conduit mathématiquement d'un homme à un autre homme. Et quand je tiendrai tous les fils, quand j'aurai entre les mains tout un groupe social, je ferai voir ce groupe à l'œuvre, comme acteur d'une époque historique, je le créerai agissant dans la complexité de ses efforts, j'analyserai à la fois la somme de volonté de chacun de ses membres et la poussée générale de l'ensemble.

Les Rougon-Macquart, le groupe, la famille que je me propose d'étudier, a pour caractéristique le débordement des appétits, le large soulèvement de notre âge, qui se rue aux jouissances. Physiologiquement, ils sont la lente succession des accidents nerveux et sanguins qui se déclarent dans une race, à la suite d'une première lésion organique, et qui déterminent, [2][2] selon les milieux, chez chacun des individus de cette race, les sentiments, les désirs, les passions, toutes les manifestations humaines, naturelles et instinctives, dont les produits prennent les noms convenus de vertus et de vices. Historiquement, ils partent du peuple, ils s'irradient dans toute la société contemporaine, ils montent à toutes les situations, par cette impulsion essentiellement moderne que reçoivent les basses classes en marche à travers le corps social, et ils racontent ainsi le Second Empire, à l'aide de leurs drames individuels, du guet-apens du coup d'État à la trahison de Sedan.

---

1 Nous avons reproduit la première version de cette préface, rédigée avant la chute du Second Empire, dans le dossier documentaire, ci-dessous, p. 495-495.
2 Les chiffres entre crochets renvoient à la pagination de l'édition de base (Charpentier).

Depuis trois années, je rassemblais les documents de ce grand ouvrage, et le présent volume était même écrit, lorsque la chute des Bonaparte, dont j'avais besoin comme artiste, et que toujours je trouvais fatalement au bout du drame, sans oser l'espérer si prochaine, est venue me donner le dénouement terrible et nécessaire de mon œuvre. Celle-ci est, dès aujourd'hui, complète ; elle s'agite dans un cercle fini ; elle devient le tableau d'un règne mort, d'une étrange époque de folie et de honte.

Cette œuvre, qui formera plusieurs épisodes, est donc, dans ma pensée, l'Histoire naturelle et sociale d'une famille sous le Second Empire. Et le premier épisode : *la Fortune des Rougon*, doit s'appeler de son titre scientifique : *Les Origines*.

ÉMILE ZOLA.
Paris, le 1er juillet 1871.

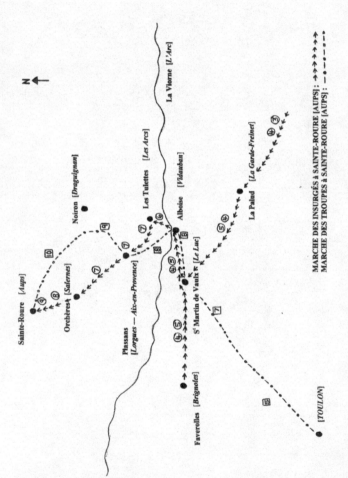

La marche des insurgés (d'après le dossier préparatoire du roman)

MARCHE DES INSURGÉS À SAINTE-ROURE [AUPS] : →→→→→
MARCHE DES TROUPES À SAINTE-ROURE [AUPS] : –•–•–•–

I

[3] Lorsqu'on sort de Plassans[1] par la porte de Rome,[a] située au sud de la ville[2], on trouve, à droite de la route de Nice, après avoir dépassé les premières maisons du faubourg, un terrain vague désigné dans le pays sous le nom d'aire Saint-Mittre[3].

L'aire Saint-Mittre est un carré long, d'une certaine étendue, qui s'allonge au ras du trottoir de la route, dont une simple bande d'herbe usée la sépare. D'un côté, à droite, une ruelle, qui va se terminer en cul-de-sac, la borde d'une rangée de masures ; à gauche et au fond, elle est close par deux pans de muraille rongés de mousse, au-dessus desquels on aperçoit les branches hautes des mûriers du Jas-Meiffren[4], grande propriété qui a son entrée plus bas dans le faubourg. Ainsi fermée de trois côtés, l'aire est comme une place qui ne conduit nulle part et que les promeneurs seuls traversent.

Anciennement, il y avait là un cimetière placé sous la protection de Saint-Mittre, un saint provençal fort honoré [4] dans la contrée[5]. Les

---

1   Dans les divers plans du roman, cette ville s'appelle Limès, puis Rolleboise. Le nom de Plassans, variation de Flassans, situé à quelque soixante-dix kilomètres à l'est d'Aix-en-Provence, paraît, pourtant, dans la section du ms. 10303 intitulé « Bataille de zèle âpre », f° 25. Rappelons que Zola prête à Plassans la situation géographique de Lorgues, la topographie d'Aix et de ses environs, la répartition sociologique d'Aix, ainsi que d'autres traits de la ville où il avait passé sa jeunesse.

2   Il s'agit dans la réalité de la porte d'Italie, appelée aussi porte Saint-Jean, située en fait au sud-est de la ville. Voir GGS, p. 465.

3   Saint-Mitre est un toponyme familier en Provence, surtout à Aix-en-Provence, dont la cathédrale renferme une chapelle St Mitre et une statue du saint, patron de la ville, qui, selon la légende, fut accusé de sorcellerie, fut décapité, ramassa sa tête et la porta à l'Église Notre-Dame de la Seds à Aix.

4   Dans les Alpes et en Provence, le mot « Jas » signifie un abri couvert pour les bestiaux, en particulier une bergerie.

5   Comme l'explique Roger Ripoll, Zola confond l'ancien cimetière et le terrain vague, « qui étaient en réalité deux choses différentes » : la désaffectation de l'ancien cimetière Saint-Sauveur en 1852, que Zola recule dans le temps et l'emplacement des bains Reynier, situés entre la route impériale, le jardin de Grassi et la traverse Silvacanne. Voir Roger

vieux de Plassans, en 1851,[a] se souvenaient encore d'avoir vu debout les murs de ce cimetière, qui était resté fermé pendant des années. La terre, que l'on gorgeait de cadavres depuis plus[b] d'un siècle, suait la mort, et l'on avait dû ouvrir un nouveau champ de sépultures à l'autre[c] bout de la ville[1]. Abandonné, l'ancien cimetière s'était épuré à chaque printemps, en se couvrant d'une végétation noire et drue. Ce sol gras, dans lequel les fossoyeurs ne pouvaient plus donner un coup de bêche sans arracher quelque lambeau humain, eut une fertilité formidable. De la route, après les pluies de mai et les soleils de juin, on apercevait les pointes des herbes qui débordaient les murs ; en dedans, c'était une mer d'un vert sombre, profonde, piquée de fleurs larges, d'un éclat singulier. On sentait en dessous, dans l'ombre des tiges pressées, le terreau humide qui bouillait et suintait la sève.

Une des curiosités de ce champ était alors des poiriers aux bras tordus, aux nœuds monstrueux, dont pas une ménagère de Plassans n'aurait voulu cueillir les fruits énormes. Dans la ville, on parlait de ces fruits avec des grimaces de dégoût ; mais les gamins du faubourg n'avaient pas de ces délicatesses,[d] et ils escaladaient la muraille,[e] par bandes, le soir, au crépuscule, pour aller voler les poires, avant même qu'elles fussent[f] mûres.

La vie ardente des herbes et des arbres eut bientôt dévoré toute la mort de l'ancien cimetière Saint-Mittre ; la pourriture humaine fut mangée avidement[g] par les fleurs et les fruits, et il arriva qu'on ne sentit plus, en passant le long de ce cloaque, que les senteurs pénétrantes des giroflées sauvages. Ce fut l'affaire de quelques étés[2].

Vers ce temps, la ville songea[h] à tirer parti de ce bien communal, qui dormait inutile. On abattit les murs longeant la route et l'impasse, on arracha les herbes et les poiriers. Puis on déménagea le cimetière[3]. Le sol fut fouillé à plusieurs [5] mètres, et l'on amoncela, dans un coin, les

---

Ripoll, « La vie aixoise dans *Les Rougon-Macquart* », *Les Cahiers naturalistes*, XVIII, n° 43, 1972, p. 41.

1   Pour des raisons poétiques, Zola recule dans le temps un événement réel dont il a dû se souvenir : le transfert des restes mortels de l'ancien cimetière Saint-Sauveur, en avril 1852, au cimetière Saint-Pierre, situé au sud-est de la ville. Voir GGS, p. 466-467.

2   Dans cette évocation « mythique » du cimetière, la fécondité débordante du lieu est la contrepartie positive du thème de la mort, comme ce sera le cas dans le premier des « Évangiles » de Zola, *Fécondité* (1899).

3   Le 20 avril 1852, Zola assista au transfert des ossements du cimetière Saint-Sauveur à Aix-en-Provence. Voir GGS, p. 466, note 6.

ossements que la terre voulut bien rendre. Pendant près d'un mois, les gamins, qui pleuraient les poiriers, jouèrent aux boules avec des crânes ; de mauvais plaisants pendirent, une nuit, des fémurs et des tibias à tous les cordons de sonnette de la ville. Ce scandale, dont Plassans garde encore le souvenir, ne cessa que le jour où l'on se décida à aller jeter le tas d'os au fond d'un trou creusé dans le nouveau cimetière. Mais, en province, les travaux se font avec une sage lenteur, et les habitants, durant une grande semaine, virent, de loin en loin, un seul tombereau transportant des débris humains, comme il aurait transporté des plâtras. Le pis était que ce tombereau devait traverser Plassans dans toute sa longueur, et que le mauvais pavé des rues lui faisait semer, à chaque cahot, des fragments d'os et des poignées de terre grasse. Pas la moindre cérémonie religieuse ; un charroi[a] lent et brutal. Jamais ville ne fut plus écœurée.

Pendant plusieurs années, le terrain de l'ancien cimetière Saint-Mittre resta un objet d'épouvante. Ouvert à tous venants, sur le bord d'une grande route, il demeura désert, en proie de nouveau aux herbes folles. La ville[b] qui comptait sans doute le vendre, et y voir bâtir des maisons, ne dut pas trouver d'acquéreur ; peut-être le souvenir du tas d'os et de ce tombereau allant et venant par les rues, seul, avec le lourd entête-ment d'un cauchemar, fit-il reculer les gens ; peut-être faut-il plutôt expliquer le fait par les paresses de la province, par cette répugnance qu'elle éprouve à détruire et à reconstruire. La vérité est que la ville[c] garda le terrain, et qu'elle finit même par oublier son désir de le vendre. Elle ne l'entoura seulement pas d'une palissade ; entra qui voulut. Et,[d] peu à peu, les années aidant, on s'habitua à ce coin vide ; on s'assit sur l'herbe des bords, on traversa le champ, on le peupla. Quand les pieds des promeneurs eurent usé le tapis d'herbe, et que la terre battue fut devenue grise et [6] dure, l'ancien cimetière eut quelque ressemblance avec une place publique mal nivelée. Pour mieux effacer tout souvenir répugnant, les habitants furent, à leur insu, conduits lentement à chan-ger l'appellation du terrain ; on se contenta de garder le nom du saint, dont on baptisa également le cul-de-sac qui se creuse dans un coin du champ ; il y eut l'aire Saint-Mittre et l'impasse Saint-Mittre.

Ces faits datent de loin. Depuis plus de trente ans, l'aire Saint-Mittre a une physionomie particulière. La ville, bien trop insouciante et endormie pour en tirer un bon parti, l'a louée, moyennant une faible somme,[a] à des charrons du faubourg qui en ont fait un chantier de bois. Elle est encore aujourd'hui encombrée de poutres énormes, de 10 à 15 mètres de longueur, gisant çà et là, par tas, pareilles à des faisceaux de hautes colonnes renversées sur le sol. Ces tas de poutres, ces sortes de mâts posés parallèlement et qui vont[b] d'un bout du champ à l'autre, sont une continuelle joie pour les gamins. Des pièces de bois ayant glissé, le terrain se trouve, en certains endroits, complètement recouvert[c] par une espèce de parquet, aux feuilles arrondies, sur lequel on n'arrive à marcher qu'avec des miracles d'équilibre. Tout le jour, des bandes d'enfants se livrent à cet exercice. On les voit sautant les gros madriers, suivant à la file les arêtes étroites, se traînant à califourchon, jeux variés qui se terminent généralement par des bousculades et des larmes ; ou bien ils s'assoient une douzaine, serrés les uns contre les autres, sur le bout mince d'une poutre élevée de quelques pieds au-dessus du sol, et ils se balancent pendant des heures. L'aire Saint-Mittre est ainsi devenue le lieu de récréation où tous les fonds de culotte des galopins du faubourg viennent s'user depuis plus d'un quart de siècle[1].

Ce qui a achevé de donner à ce coin perdu un caractère étrange, c'est l'élection de domicile que, par un usage traditionnel, y font les bohémiens de passage. Dès qu'une [7] de ces maisons roulantes, qui contiennent[a] une tribu entière, arrive à Plassans, elle va se remiser au fond[b] de l'aire Saint-Mittre. Aussi la place n'est-elle jamais vide ; il y a toujours là quelque bande aux allures singulières, quelque troupe d'hommes fauves et de femmes horriblement séchées, parmi lesquels on voit se rouler à terre des groupes de beaux enfants. Ce monde vit sans honte, en plein air, devant tous, faisant bouillir leur marmite, mangeant des choses sans nom, étalant leurs nippes trouées, dormant, se battant, s'embrassant, puant la saleté et la misère[2].

Le champ mort et désert, où les frelons autrefois bourdonnaient seuls autour des fleurs grasses, dans le silence écrasant du soleil, est ainsi devenu

---

1   Ce passage contient sans doute des souvenirs personnels du romancier, car on apprend dans la biographie de Paul Alexis que, devant la demeure de l'impasse Sylvacanne, où Zola passa sa jeunesse, il y avait un vaste jardin où « le petit » courait dans les allées et se roulait sur le gazon (*Émile Zola. Notes d'un ami*, Paris, Charpentier, 1882, p. 17). Voir aussi HM, 1544.

2   Encore un souvenir personnel, car Zola consacrera un article dans *La Cloche* du 11 septembre 1872 au campement de Bohémiens à Aix. L'article est repris dans *Nouveaux Contes à Ninon* (1874). Voir l'extrait reproduit dans notre dossier documentaire (« Souvenirs IX »), ci-dessous, p. 517-521. Il en est question aussi dans *Madeleine Férat* (1868), où Guillaume de Viargues, enfant, rêve de fuir avec les bohémiens (chapitre IX).

un lieu retentissant, qu'emplissent de bruit les querelles des bohémiens et les cris aigus des jeunes vauriens du faubourg. Une scierie, qui débite dans un coin les poutres du chantier, grince, servant de basse sourde et continue aux voix aigres. Cette scierie est toute primitive : la pièce de bois est posée sur deux tréteaux élevés, et deux scieurs de long, l'un en haut, monté sur la poutre même, l'autre en bas, aveuglé par la sciure qui tombe, impriment à une large et forte lame de scie un continuel mouvement de va-et-vient. Pendant des heures, ces hommes se plient, pareils[c] à des pantins articulés, avec une régularité et une sécheresse de machine. Le bois qu'ils débitent est rangé,[d] le long de la muraille du fond, par[e] tas hauts de 2 ou 3 mètres, et méthodiquement construits, planche à planche, en forme de cube parfait. Ces sortes de meules carrées, qui restent souvent là plusieurs saisons, rongées d'herbes au ras du sol, sont un des charmes de l'aire Saint-Mittre.[f] Elles ménagent des sentiers mystérieux, étroits et discrets, qui conduisent à une allée plus[g] large, laissée entre les tas et la muraille. C'est un désert, une bande de verdure d'où l'on ne voit que des morceaux de ciel. Dans cette allée,[h] dont les murs sont tendus de mousse et dont le [8] sol semble couvert d'un tapis de haute laine, règnent encore la végétation puissante et le silence frissonnant de l'ancien cimetière. On y sent courir ces souffles chauds et vagues des voluptés de la mort qui sortent des vieilles tombes chauffées par les grands soleils. Il n'y a pas, dans la campagne de Plassans, un endroit plus ému, plus vibrant de tiédeur, de solitude et d'amour[i]. C'est là où il est exquis d'aimer. Lorsqu'on vida le cimetière, on dut entasser les ossements dans ce coin, car il n'est pas rare, encore aujourd'hui, en fouillant du pied l'herbe humide, d'y déterrer des fragments de crâne.

Personne, d'ailleurs, ne songe plus aux morts qui ont dormi sous cette herbe. Dans le jour, les enfants seuls vont derrière les tas de bois lorsqu'ils jouent à cache-cache. L'allée verte reste vierge et ignorée. On ne voit que le chantier encombré de poutres et gris de poussière. Le matin et l'après-midi, quand le soleil est tiède, le terrain entier grouille, et au-dessus de toute cette turbulence, au-dessus des galopins jouant parmi les pièces de bois et des bohémiens attisant le feu sous leur

---

1   Sur le charme et la fascination du cimetière pour le romancier, voir aussi le texte de « Souvenirs vi », publié pour la première fois dans *La Cloche* du 27 juin 1872. Nous avons reproduit un extrait (ci-dessous, p. 517-518) de ce texte remarquable, qui constitue non seulement un intertexte intéressant de *La Fortune des Rougon*, mais aussi une sorte de suite panthéiste au drame de la mort du jeune couple du roman.

marmite, la silhouette sèche du scieur de long monté sur sa poutre se détache en plein ciel, allant et venant avec un mouvement régulier de balancier, comme pour régler la vie ardente et nouvelle qui a poussé dans cet ancien champ d'éternel repos.[a] Il n'y a que les vieux, assis sur les poutres et se chauffant au soleil couchant, qui parfois parlent encore entre eux des os qu'ils ont vu jadis charrier dans les rues de Plassans, par le tombereau légendaire.

Lorsque[b] la nuit tombe, l'aire Saint-Mittre se vide, se creuse, pareille à un[c] grand trou noir. Au fond, on n'aperçoit plus que la lueur mourante du feu des bohémiens. Par moments, des ombres disparaissent[d] silencieusement dans la masse épaisse des ténèbres. L'hiver surtout, le lieu devient sinistre. [9]

Un dimanche soir, vers sept heures, un jeune homme sortit doucement de l'impasse Saint-Mittre, et, rasant les murs, s'engagea parmi les poutres du chantier. On était dans les premiers jours de décembre 1851[1]. Il faisait un froid sec. La lune, pleine en ce moment, avait ces clartés aiguës particulières aux lunes d'hiver. Le chantier, cette nuit-là, ne se creusait pas sinistrement comme par les nuits pluvieuses ; éclairé de larges nappes de lumière blanche, il s'étendait dans le silence et l'immobilité du froid, avec une mélancolie douce.

Le jeune homme s'arrêta quelques secondes sur le bord du champ, regardant devant lui[a] d'un air de défiance. Il tenait, cachée sous sa veste, la crosse d'un long fusil, dont le canon, baissé vers la terre, luisait au clair de lune. Serrant l'arme contre sa poitrine, il scruta attentivement du regard les carrés de ténèbres que les tas de planches jetaient au fond du terrain. Il y avait là comme un damier blanc et noir de lumière et d'ombre, aux cases nettement coupées. Au milieu de l'aire,[b] sur un morceau du sol gris et nu, les tréteaux des scieurs de long se dessinaient, allongés, étroits, bizarres, pareils à une monstrueuse figure géométrique tracée à l'encre sur du papier. Le reste du chantier, le parquet de poutres, n'était qu'un vaste lit où la clarté dormait, à peine striée de minces raies noires par les lignes d'ombres qui coulaient le long des gros madriers. Sous cette lune d'hiver, dans le silence glacé,[c] ce flot de mâts couchés, immobiles, comme raidis de sommeil et de froid, rappelait les morts du vieux[d] cimetière. Le jeune homme ne jeta sur cet espace vide qu'un

---

1   Il s'agit, plus précisément, du dimanche soir, 7 décembre 1851, c'est-à-dire cinq jours après le coup d'État de Louis-Napoléon Bonaparte à Paris.

rapide coup d'œil ; pas un être, pas un souffle, aucun péril[e] d'être vu ni
entendu. Les taches sombres du fond l'inquiétaient[f] davantage. Cependant,
après un court examen, il se hasarda, il traversa rapidement le chantier.

Dès qu'il se sentit à couvert, il ralentit sa marche. Il était alors dans
l'allée verte qui longe la muraille, derrière les [10] planches. Là, il
n'entendit même plus le bruit de ses pas ; l'herbe gelée craquait à peine
sous ses pieds. Un sentiment de bien-être parut s'emparer de lui. Il devait
aimer ce lieu, n'y craindre aucun danger, n'y rien venir chercher, que de
doux et de bon. Il cessa de cacher son fusil. L'allée s'allongeait, pareille
à une tranchée d'ombre ; de loin en loin, la lune, glissant entre deux tas
de planches, coupait l'herbe d'une raie de lumière. Tout dormait, les
ténèbres et les clartés, d'un sommeil profond, doux et triste. Rien de
comparable à la paix de ce sentier. Le jeune homme le suivit dans toute
sa longueur. Au bout, à l'endroit où les murailles du Jas-Meiffren font
un angle, il s'arrêta, prêtant l'oreille, comme pour écouter si quelque
bruit ne venait pas de la propriété voisine. Puis, n'entendant rien, il se
baissa, écarta une planche et cacha son fusil dans un tas de bois.

Il y avait là, dans l'angle, une vieille pierre tombale, oubliée lors du
déménagement de l'ancien cimetière, et qui, posée sur champ et un
peu de biais, faisait une sorte de banc élevé. La pluie en avait émietté
les bords, la mousse la rongeait lentement. On eût cependant pu lire
encore, au clair de lune, ce fragment d'épitaphe gravé sur la face qui
entrait en terre : *Cy-gist... Marie... morte...* Le temps avait effacé le reste.

Quand il eut caché son fusil, le jeune homme, écoutant de nouveau
et n'entendant toujours rien, se décida à monter sur la pierre. Le mur
était bas ; il posa[a] les coudes sur le chaperon. Mais au-delà de la rangée
de mûriers qui longe la muraille, il ne vit qu'une plaine de lumière ;
les terres du Jas-Meiffren, plates et sans arbres, s'étendaient sous la lune
comme une immense pièce de linge écru ; à une centaine de mètres,
l'habitation et les communs habités par le méger faisaient des taches
d'un blanc plus éclatant. Le jeune homme regardait de ce côté avec
inquiétude, lorsqu'une horloge de la ville se mit à sonner sept heures,
à coups graves [11] et lents. Il compta les coups,[a] puis il descendit de la
pierre comme surpris et soulagé.[b]

Il s'assit sur le banc en homme qui consent à une longue attente. Il
ne semblait même pas sentir le froid. Pendant près d'une demi-heure,
il demeura immobile, les yeux fixés sur une masse d'ombre, songeur.

Il s'était placé dans un coin noir ; mais, peu à peu, la lune qui montait le gagna, et sa tête se trouva en pleine clarté.

C'était un garçon à l'air vigoureux, dont la bouche fine et la peau encore délicate annonçaient la jeunesse. Il devait avoir[c] dix-sept ans. Il était beau d'une beauté caractéristique.

Sa face, maigre et allongée, semblait creusée par le coup de pouce d'un sculpteur puissant ; le front montueux, les arcades sourcilières proéminentes, le nez en bec d'aigle, le menton fait d'un large méplat, les joues accusant les pommettes et coupées de plans fuyants, donnaient à la tête un relief d'une vigueur singulière. Avec l'âge, cette tête devait prendre un caractère osseux trop prononcé, une maigreur de chevalier errant. Mais, à cette heure de puberté, à peine couverte aux joues et au menton de poils follets, elle était corrigée dans sa rudesse par certaines mollesses charmantes, par certains coins de la physionomie restés vagues et enfantins. Les yeux, d'un noir tendre, encore noyés d'adolescence, mettaient aussi de la douceur dans ce masque énergique. Toutes les femmes n'auraient point aimé cet enfant, car il était loin d'être ce qu'on nomme un joli garçon ; mais l'ensemble de ses traits avait une vie si ardente et si sympathique, une telle beauté d'enthousiasme et de force, que les filles de sa province, ces filles brûlées du Midi, devaient rêver de lui, lorsqu'il venait à passer[d] devant leur porte, par les chaudes soirées de juillet.

Il songeait toujours, assis sur la pierre tombale, ne sentant pas les clartés de la lune qui coulaient maintenant le long [12] de sa poitrine et de ses jambes. Il était de taille moyenne, légèrement trapu. Au bout de ses bras trop développés, des mains d'ouvrier, que le travail avait déjà durcies, s'emmanchaient solidement ; ses pieds, chaussés de gros souliers lacés, paraissaient forts, carrés du bout. Par les attaches et les extrémités, par l'attitude alourdie des membres, il était peuple ; mais il y avait en lui, dans le redressement du cou et dans les lueurs pensantes des yeux, comme une révolte sourde contre l'abrutissement du métier manuel qui commençait à le courber vers la terre. Ce devait être une nature intelligente noyée au fond de la pesanteur de sa race et de sa classe, un de ces esprits tendres et exquis logés en pleine chair, et qui souffrent de ne pouvoir sortir rayonnants de leur épaisse enveloppe. Aussi, dans sa force, paraissait-il timide et inquiet,[a] ayant honte à son insu de se sentir incomplet et de ne savoir comment se compléter. Brave enfant, dont les ignorances étaient devenues des enthousiasmes, cœur d'homme servi par une raison de petit garçon, capable d'abandons comme une femme et de courage comme un héros. Ce soir-là, il était vêtu d'un pantalon et d'une veste de velours de coton verdâtre à petites côtes. Un chapeau de feutre mou, posé légèrement en arrière, lui jetait au front une raie d'ombre.

Lorsque la demie sonna à l'horloge voisine, il fut tiré en sursaut de sa rêverie. En se voyant blanc de lumière, il regarda devant lui avec inquiétude.[b] D'un mouvement brusque, il rentra dans le noir, mais il ne put retrouver le fil de sa rêverie. Il sentit alors que ses pieds et ses mains se glaçaient, et l'impatience le reprit. Il monta[c] de nouveau jeter un coup d'œil dans le Jas-Meiffren, toujours silencieux et vide. Puis, ne sachant plus comment tuer le temps, il redescendit, prit son fusil dans le tas de planches, où il l'avait caché, et s'amusa à en faire jouer la batterie. Cette arme était une longue et lourde carabine qui avait sans doute appartenu[d] à quelque [13] contrebandier ; à l'épaisseur de la crosse et à la culasse puissante du canon, on reconnaissait un ancien fusil à pierre qu'un armurier du pays[a] avait transformé en fusil à piston. On voit de ces carabines-là accrochées dans les fermes, au-dessus des cheminées. Le jeune homme caressait[b] son arme avec amour ; il rabattit le chien à plus de vingt reprises, introduisit son petit doigt dans le canon, examina attentivement la crosse. Peu à peu, il s'anima[c] d'un jeune enthousiasme, auquel se mêlait quelque enfantillage. Il finit par mettre la carabine en joue,[d] visant dans le vide, comme un conscrit qui fait l'exercice.

Huit heures ne devaient pas tarder à sonner. Il gardait son arme en joue depuis une grande minute,[e] lorsqu'une voix, légère comme un souffle, basse et haletante, vint du Jas-Meiffren.

– Es-tu là, Silvère ? demanda la voix.

Silvère laissa tomber son fusil et, d'un bond, se trouva sur la pierre tombale.

– Oui, oui, répondit-il, en étouffant également sa voix… Attends, je vais t'aider.

Il n'avait pas encore tendu les bras, qu'une tête de jeune fille apparut au-dessus de la muraille. L'enfant, avec une agilité singulière, s'était aidée du tronc d'un mûrier et avait grimpé comme une jeune chatte. À la certitude et à l'aisance de ses mouvements, on voyait[f] que cet étrange chemin devait lui être familier. En un clin d'œil, elle se trouva assise sur le chaperon du mur. Alors Silvère la prit dans ses bras et la posa sur le banc. Mais elle se débattit.

– Laisse donc, disait-elle avec un rire de gamine qui joue, laisse donc… Je sais bien descendre toute seule.

Puis, quand elle fut sur la pierre :

– Tu m'attends depuis longtemps ?… J'ai couru, je suis tout essoufflée.

Silvère ne répondit pas. Il ne paraissait guère en train de [14] rire, il regardait l'enfant d'un air chagrin. Il s'assit à côté d'elle, en disant :

– Je voulais te voir, Miette. Je t'aurais attendue toute la nuit… Je pars demain matin, au jour.

– Miette venait d'apercevoir le fusil couché sur l'herbe. Elle devint grave, elle murmura[a] :

– Ah !… c'est décidé… voilà ton fusil…

Il y eut un silence.[b]

– Oui, répondit Silvère d'une voix plus mal assurée encore,[c] c'est mon fusil… J'ai préféré le sortir ce soir de la maison ; demain matin, tante Dide[1] aurait pu me le voir prendre, et cela l'aurait inquiétée… Je vais le cacher, je viendrai le chercher au moment de partir.

Et, comme Miette semblait ne pouvoir détacher les yeux de cette arme qu'il avait si sottement laissée sur l'herbe, il se leva et la glissa de nouveau dans le tas de planches.

– Nous avons appris ce matin, dit-il en se rasseyant, que les insurgés de la Palud et de Saint-Martin-de-Vaulx étaient en marche, et qu'ils avaient passé la nuit dernière à Alboise[2]. Il a été décidé que nous nous joindrions à eux. Cette après-midi, une partie des ouvriers de Plassans ont quitté la ville ; demain, ceux qui restent encore iront retrouver leurs frères.

Il prononça ce mot de[f] frères avec une emphase juvénile. Puis, s'animant, d'une voix plus vibrante :

– La lutte devient inévitable, ajouta-t-il ; mais le droit est de notre côté, nous triompherons.

Miette écoutait Silvère, regardant devant elle, fixement, sans voir. Quand il se tut :

---

1 Comme l'explique le romancier dans une interview du *Gaulois* du 26 novembre 1892, ce personnage est « l'ancêtre, la folle, tante Dide – diminutif d'Adélaïde, chez nous, en Provence » (*Entretiens avec Zola,*éd. Dorothy Speirs et Dolorès A. Signori, Ottawa-Paris-Londres, Les Presses de l'université d'Ottawa, 1990, p. 106).

2 La Palud, Saint-Martin-de-Vaulx et Alboise, noms fictifs de La Garde-Freinet, du Luc et de Vidauban.

– C'est bien, dit-elle simplement.

Et, au bout d'un silence :

– Tu m'avais avertie... cependant j'espérais encore... Enfin, c'est décidé. [15]

Ils ne purent trouver d'autres paroles. Le coin désert du chantier, la ruelle verte reprit son calme mélancolique ; il n'y eut plus que la lune vivante faisant tourner sur l'herbe l'ombre des tas de planches. Le groupe formé par les deux jeunes gens sur la pierre tombale était devenu immobile et muet, dans la clarté pâle. Silvère avait passé le bras autour de la taille de Miette, et celle-ci s'était laissée aller contre son épaule. Ils n'échangèrent pas de baisers, rien qu'une étreinte où l'amour avait l'innocence attendrie d'une tendresse fraternelle.

Miette était couverte d'une grande mante brune à capuchon, qui lui tombait jusqu'aux pieds et[a] l'enveloppait tout entière. On ne voyait que sa tête et ses mains. Les femmes du peuple, les paysannes et les ouvrières portent encore,[b] en Provence, ces larges mantes, que l'on nomme pelisses dans le pays, et dont la mode doit remonter fort loin. En arrivant, Miette avait rejeté le capuchon en arrière. Vivant en plein air, de sang brûlant, elle ne portait jamais de bonnet. Sa tête nue se détachait vigoureusement sur la muraille blanchie par la lune. C'était[c] une enfant, mais une enfant qui devenait femme.[d] Elle se trouvait à cette heure indécise et adorable où la grande fille naît dans la gamine. Il y a alors, chez toute adolescente, une délicatesse de bouton naissant, une hésitation de formes d'un charme exquis ; les lignes pleines et voluptueuses de la puberté s'indiquent[e] dans les innocentes maigreurs de l'enfance ; la femme se dégage avec ses premiers embarras pudiques, gardant encore à demi son corps de petite fille, et mettant, à son insu, dans chacun de ses traits, l'aveu de son sexe. Pour certaines filles, cette heure est mauvaise ; celles-là croissent brusquement, enlaidissent, deviennent jaunes et frêles comme des plantes hâtives. Pour Miette, pour toutes[f] celles qui sont riches de sang et qui vivent en plein air, c'est une heure de grâce pénétrante qu'elles ne retrouvent jamais. Miette avait treize ans.[g] [16] Bien qu'elle fût forte déjà, on ne lui en eût pas donné davantage, tant sa physionomie riait encore, par moments, d'un rire clair et naïf. D'ailleurs, elle devait être nubile, la femme s'épanouissait rapidement en elle grâce au climat et à la vie rude qu'elle menait. Elle était presque aussi grande que Silvère, grasse et toute frémissante de vie. Comme son ami, elle n'avait pas la beauté de tout le monde. On ne l'eût pas trouvée laide ; mais elle eût paru au moins étrange à beaucoup de jolis jeunes gens. Elle avait des cheveux superbes ; plantés rudes et droits sur le front, ils se rejetaient puissamment en arrière, ainsi qu'une vague jaillissante, puis coulaient le long de son crâne et de sa nuque, pareils à une mer crépue, pleine de bouillonnements et de caprices, d'un noir d'encre. Ils étaient si épais qu'elle ne savait qu'en faire. Ils la gênaient. Elle les tordait en plusieurs brins, de la grosseur d'un poignet d'enfant, le plus fortement qu'elle pouvait, pour qu'ils tinssent moins de place, puis elle les massait derrière sa tête. Elle n'avait guère le temps de songer à sa coiffure, et il arrivait toujours que ce chignon énorme, fait sans glace et à la hâte, prenait sous ses doigts une grâce puissante. À la voir coiffée de ce casque vivant, de ce tas de cheveux frisés qui débordaient sur ses tempes et sur son cou comme une peau de bête, on comprenait pourquoi elle allait tête nue, sans jamais se soucier des pluies ni des gelées. Sous la ligne sombre des cheveux, le front, très bas, avait la forme et la couleur dorée d'un mince croissant de lune. Les yeux gros, à fleur de tête ; le nez court, large aux narines et relevé du bout ; les lèvres, trop fortes et trop rouges, eussent paru autant de laideurs, si on les eût examinés à part. Mais, pris dans la rondeur charmante de la face, vus dans le jeu ardent de la vie, ces détails du visage formaient un ensemble d'une étrange et saisissante beauté. Quand Miette riait, renversant la tête en arrière et la penchant mollement sur son épaule droite, elle ressemblait à la Bacchante antique, avec sa gorge [17] gonflée de gaieté sonore, ses joues arrondies comme celles d'un enfant, ses larges dents blanches, ses torsades de cheveux crépus que les éclats de sa joie agitaient sur sa nuque, ainsi qu'une couronne de pampres. Et, pour retrouver en elle la vierge, la petite fille de treize ans, il fallait voir combien il y avait d'innocence dans ses rires gras et souples de femme faite, il fallait surtout remarquer la délicatesse encore enfantine du menton et la pureté molle des tempes. Le visage de Miette, hâlé par le soleil, prenait, sous certains jours, des reflets d'ambre jaune. Un fin[a] duvet noir mettait déjà au-dessus de sa lèvre supérieure une ombre légère. Le travail commençait à déformer ses petites mains courtes, qui auraient pu devenir, en restant paresseuses, d'adorables mains potelées de bourgeoise.

Miette et Silvère restèrent longtemps muets. Ils lisaient dans leurs pensées inquiètes. Et, à mesure qu'ils descendaient ensemble dans la

crainte et l'inconnu du lendemain, ils se serraient d'une étreinte plus
étroite. Ils s'entendaient jusqu'au cœur, ils sentaient l'inutilité et la
cruauté de toute plainte faite à voix haute. La jeune fille ne put cependant se contenir davantage; elle étouffait, elle dit en une phrase leur
inquiétude à tous deux.

— Tu reviendras, n'est-ce pas ? balbutia-t-elle en se pendant au cou
de Silvère.

Silvère, sans répondre, la gorge serrée et craignant de pleurer comme
elle, la baisa sur la joue, en frère qui ne trouve pas d'autre consolation.
Ils se séparèrent, ils retombèrent dans leur silence.[b]

Au bout d'un instant, Miette frissonna. Elle ne s'appuyait plus contre
l'épaule de Silvère, elle sentait son corps se glacer. La veille, elle n'eût
pas frissonné de la sorte, au fond de cette allée déserte, sur cette pierre[c]
tombale, où, depuis plusieurs saisons, ils vivaient si heureusement leurs
tendresses, dans la paix des vieux morts. [18]

— J'ai bien froid, dit-elle, en remettant le capuchon de sa pelisse.

— Veux-tu que nous marchions ? lui demanda le jeune homme. Il n'est
pas neuf heures, nous pouvons faire un bout de promenade sur la route.

Miette pensait qu'elle n'aurait peut-être pas de longtemps la joie
d'un rendez-vous, d'une de ces causeries du soir, pour lesquelles elle
vivait les journées.

— Oui, marchons, répondit-elle vivement, allons jusqu'au moulin…
Je passerais la nuit, si tu voulais.

Ils quittèrent le banc et se cachèrent dans l'ombre d'un tas de planches.
Là, Miette écarta sa pelisse, qui était piquée à petits losanges et doublée
d'une indienne rouge sang; puis elle jeta un pan de ce chaud et large
manteau sur les épaules de Silvère, l'enveloppant ainsi tout entier, le
mettant avec elle, serré contre elle, dans le même vêtement. Ils passèrent
mutuellement un bras autour de leur taille pour ne faire qu'un. Quand
ils furent ainsi[a] confondus en un seul être, quand ils se trouvèrent enfouis
dans les plis de la pelisse au point de perdre toute forme humaine, ils se
mirent à marcher à petits pas, se dirigeant vers la route, traversant sans
crainte les espaces nus du chantier, blancs de lune.[b] Miette avait enveloppé
Silvère, et celui-ci s'était prêté à cette opération d'une façon toute naturelle, comme si la pelisse leur eût, chaque soir, rendu le même service.

La route de Nice, aux deux côtés de laquelle se trouve bâti le faubourg,[c]
était bordée, en 1851, d'ormes séculaires, vieux géants, ruines grandioses

et pleines encore de puissance, que la municipalité proprette de la ville a remplacés, depuis quelques années, par de petits platanes. Lorsque Silvère et Miette se trouvèrent sous les arbres, dont la lune dessinait le long du trottoir les branches monstrueuses, ils rencontrèrent, à deux ou trois reprises, des masses noires qui se mouvaient silencieusement, au ras des maisons. [19] C'étaient, comme eux, des couples d'amoureux, hermétiquement clos dans un pan d'étoffe, promenant au fond de l'ombre leur tendresse discrète.

Les amants des[a] villes du Midi ont adopté ce genre de promenade. Les garçons et les filles du peuple, ceux qui doivent se marier un jour, et qui ne sont pas fâchés de s'embrasser un peu auparavant, ignorent où se réfugier pour échanger des baisers à l'aise,[b] sans trop s'exposer aux bavardages. Dans la ville, bien que les parents leur laissent une entière liberté, s'ils louaient une chambre, s'ils se rencontraient seul à seule, ils seraient, le lendemain, le scandale du pays ; d'autre part, ils n'ont pas le temps, tous les soirs, de gagner les solitudes de la campagne. Alors ils ont pris un moyen terme : ils battent[c] les faubourgs, les terrains vagues, les allées des routes, tous les endroits où il y a peu de passants et beaucoup de trous noirs. Et, pour plus de prudence, comme tous les habitants se connaissent,[d] ils ont le soin de se rendre méconnaissables, en s'enfouissant dans une de ces grandes mantes, qui abriteraient une famille entière. Les parents tolèrent ces courses en pleines ténèbres ; la morale rigide de la province ne paraît pas s'en alarmer ; il est admis que les amoureux ne s'arrêtent jamais dans les coins ni ne s'assoient au fond des terrains, et cela suffit pour calmer les pudeurs effarouchées. On ne peut guère que s'embrasser en marchant. Parfois cependant une fille tourne mal : les amants se sont assis.

Rien de plus charmant, en vérité, que ces promenades d'amour. L'imagination câline et inventive du Midi est là tout entière. C'est une véritable mascarade, fertile en petits bonheurs et à la portée des misérables. L'amoureuse[e] n'a qu'à ouvrir son vêtement, elle a un asile tout prêt pour son amoureux ; elle le cache sur son cœur,[f] dans la tiédeur de ses habits, comme les petites bourgeoises cachent leurs galants sous les lits ou dans les armoires. Le fruit défendu prend ici une saveur particulièrement douce ; il se mange [20] en plein air, au milieu des indifférents, le long des routes.[a] Et ce qu'il y a d'exquis, ce qui donne une volupté pénétrante aux baisers échangés, ce doit être la certitude de pouvoir s'embrasser

impunément devant le monde, de rester des soirées en public aux bras
l'un de l'autre, sans courir le danger d'être reconnus et montrés au doigt.
Un couple n'est plus qu'une masse brune, il ressemble à un autre couple.
Pour le promeneur attardé, qui voit vaguement ces masses se mouvoir,
c'est l'amour qui passe, rien de plus ; l'amour sans nom, l'amour qu'on
devine et qu'on ignore. Les amants se savent bien cachés ; ils causent à voix
basse, ils sont chez eux ; le plus souvent ils ne disent rien, ils marchent
pendant des heures, au hasard, heureux de se sentir serrés ensemble dans
le même bout d'indienne. Cela est très voluptueux et très virginal à la
fois. Le climat est le grand coupable ; lui seul a dû d'abord inviter les
amants à prendre les coins des faubourgs pour retraites. Par les belles nuits
d'été, on ne peut faire le tour de Plassans sans découvrir, dans l'ombre de
chaque pan de mur, un couple encapuchonné ; certains endroits, l'aire de
Saint-Mittre par exemple, sont peuplés de ces dominos[1] sombres qui se
frôlent lentement, sans bruit, au milieu des tiédeurs de la nuit sereine ;
on dirait les invités d'un bal mystérieux que les étoiles donneraient aux
amours des pauvres gens. Quand il fait trop chaud et que les jeunes filles
n'ont plus leur pelisse,[b] elles se contentent de retrousser leur première
jupe.[c] L'hiver, les plus amoureux se moquent des gelées. Tandis qu'ils
descendaient la route de Nice, Silvère et Miette ne songeaient guère à se
plaindre de la froide nuit de décembre.

Les jeunes gens traversèrent le faubourg endormi sans échanger
une parole. Ils[d] retrouvaient, avec une muette joie, le charme tiède de
leur étreinte. Leurs cœurs étaient tristes, la félicité qu'ils goûtaient à se
serrer l'un contre l'autre avait [21] l'émotion douloureuse d'un adieu,
et il leur semblait qu'ils n'épuiseraient jamais la douceur et l'amertume
de ce silence qui berçait lentement leur marche. Bientôt, les maisons
devinrent plus rares, ils arrivèrent à l'extrémité du faubourg. Là, s'ouvre
le portail du Jas-Meiffren, deux forts piliers reliés par une grille, qui
laisse voir, entre ses barreaux, une longue allée de mûriers.[a] En passant,
Silvère et Miette jetèrent instinctivement un regard dans la propriété.[b]

À partir du Jas-Meiffren, la grande route descend par une pente douce
jusqu'au fond d'une vallée qui sert de lit à une petite rivière, la Viorne,
ruisseau l'été et torrent l'hiver[2]. Les deux rangées d'ormes continuaient,

---

1   Allusion aux camails comparables aux capuchons des moines.
2   La Viorne est le nom que Zola donne à la rivière l'Arc, qui coule au sud d'Aix-en-Provence.
    Pour Zola et ses amis, Paul Cézanne et Jean-Baptistin Baille, qui s'adonnaient à la nage

à cette époque, et faisaient de la route une magnifique avenue, coupant la côte, plantée de blé et de vignes maigres, d'un large ruban d'arbres gigantesques. Par cette nuit de décembre, sous la lune claire et froide, les champs fraîchement labourés s'étendaient aux deux abords^c du chemin, pareils à de vastes couches d'ouate grisâtre, qui auraient amorti tous les bruits de l'air. Au loin, la voix sourde de la Viorne mettait seule un frisson dans l'immense paix de la campagne.

Quand les jeunes gens eurent commencé à descendre l'avenue, la pensée de Miette retourna^d au Jas-Meiffren, qu'ils venaient de laisser derrière eux.

— J'ai eu grand-peine à m'échapper ce soir, dit-elle... Mon oncle ne se décidait pas à me congédier. Il s'était enfermé dans un cellier, et je crois qu'il y enterrait son argent, car il a paru très effrayé, ce matin, des événements qui se préparent.^e

Silvère eut une étreinte plus douce.

— Va, répondit-il, sois courageuse. Il viendra un temps où nous nous verrons librement toute la journée... Il ne faut pas se chagriner.

— Oh ! reprit la jeune fille en secouant la tête, tu as de l'espérance, toi... Il y a des jours où je suis bien triste. Ce [22] ne sont pas les gros travaux qui me désolent ; au contraire, je suis souvent heureuse des duretés de mon oncle et des besognes qu'il m'impose. Il a eu raison de faire de moi une paysanne ; j'aurais peut-être mal tourné ; car vois-tu, Silvère, il y a des moments où je me crois maudite... Alors je voudrais être morte... Je pense à celui que tu sais¹...

En prononçant ces dernières paroles, la voix de l'enfant se brisa dans un sanglot. Silvère l'interrompit d'un ton presque rude.

— Tais-toi, dit-il. Tu m'avais promis de moins songer à cela. Ce n'est pas ton crime.

Puis il ajouta d'un accent plus doux :

— Nous nous aimons bien, n'est-ce pas ? Quand nous serons mariés, tu n'auras plus de mauvaises heures.

— Je sais, murmura Miette, tu es bon, tu me tends la main. Mais que veux-tu ? j'ai des craintes, je me sens des révoltes, parfois. Il me semble

---

et à la pêche, l'Arc était un havre de paix à l'ombre des grands arbres qui le bordaient. Voir aussi la note 1 ci-dessous, p. 121 [28].

1   Pour une explication précise de la mélancolie de Miette, voir ci-dessous, la note 1, p. 133 [40], sur le sort du père de la jeune fille. Le personnage anticipe aussi sur l'aspect fatidique du sort du jeune couple dans le roman.

qu'on m'a fait tort, et alors j'ai des envies d'être méchante. Je t'ouvre mon cœur, à toi. Chaque fois qu'on me jette le nom de mon père au visage, j'éprouve une brûlure par tout le corps. Quand je passe et que les gamins crient : Eh ! la Chantegreil ! cela me met[a] hors de moi ; je voudrais les tenir[b] pour les battre.

Et, après un silence farouche, elle reprit :

— Tu es un [23] homme, toi, tu vas tirer des coups de fusil... Tu es bien heureux.

Silvère l'avait laissée parler. Au bout de quelques pas, il dit d'une voix triste :

— Tu as tort, Miette ; ta colère est mauvaise. Il ne faut pas se révolter contre la justice. Moi je vais me battre pour notre droit à tous ; je n'ai aucune vengeance à satisfaire.

— N'importe, continua la jeune fille, je voudrais être un homme et tirer des coups de fusil.[a] Il me semble que cela me ferait du bien.

Et, comme Silvère gardait le silence, elle vit qu'elle l'avait mécontenté. Toute sa fièvre tomba. Elle balbutia d'une voix suppliante :

— Tu ne m'en veux pas ? C'est ton départ qui me chagrine et qui me jette à ces idées-là. Je sais bien que tu as raison, que je dois être humble...[b]

Elle se mit à pleurer. Silvère, ému, prit ses mains qu'il baisa.

— Voyons, dit-il tendrement, tu vas de la colère aux larmes comme une enfant. Il faut être raisonnable. Je ne te gronde pas... Je voudrais simplement te voir plus heureuse, et cela dépend beaucoup de toi.

Le drame dont Miette venait d'évoquer si douloureusement le souvenir, laissa les amoureux tout attristés pendant quelques minutes.[c] Ils continuèrent à marcher, la tête basse, troublés par leurs pensées. Au bout d'un instant[d] :

— Me crois-tu beaucoup plus heureux que toi ? demanda Silvère, revenant malgré lui à la conversation. Si ma grand'mère ne m'avait pas recueilli et élevé,[e] que serais-je devenu ? À part l'oncle Antoine, qui est ouvrier comme moi et qui m'a appris à aimer la République, tous mes autres parents ont l'air de craindre que je ne les salisse, quand je passe à côté d'eux.

Il s'animait en parlant ; il s'était arrêté, retenant Miette au milieu de la route.

— Dieu m'est témoin, continua-t-il, que je n'envie et que je ne déteste personne. Mais, si nous triomphons, il faudra que je leur dise leur fait, à ces beaux messieurs. C'est l'oncle Antoine qui en sait long là-dessus. Tu verras à notre retour. Nous vivrons tous libres et heureux.

Miette l'entraîna doucement. Ils se remirent à marcher. [24]

— Tu l'aimes bien ta République, dit l'enfant en essayant de plaisanter. M'aimes-tu autant qu'elle ?

Elle riait, mais il y avait quelque amertume au fond de son rire. Peut-être se disait-elle que Silvère la quittait bien facilement pour courir les campagnes. Le jeune homme[a] répondit d'un ton grave :

— Toi, tu es ma femme. Je t'ai donné tout mon cœur. J'aime la République,[b] vois-tu, parce que je t'aime. Quand nous serons mariés, il nous faudra beaucoup de bonheur, et c'est pour une part de ce bonheur que je m'éloignerai demain matin... Tu ne me conseilles pas de rester chez moi ?

— Oh ! non, s'écria vivement la jeune fille. Un homme doit être fort. C'est beau, le courage !... Il faut me pardonner d'être jalouse.[c] Je voudrais bien être aussi forte que toi. Tu m'aimerais encore davantage, n'est-ce pas ?

Elle garda un instant le silence, puis elle ajouta avec une vivacité et une naïveté charmantes :

— Ah ! comme je t'embrasserai volontiers, quand tu reviendras.

Ce cri d'un cœur aimant et courageux toucha profondément Silvère. Il prit Miette entre ses bras et lui mit plusieurs baisers sur les joues. L'enfant se défendit un peu en riant. Et elle avait des larmes d'émotion plein[d] les yeux.

Autour des amoureux, la campagne continuait à dormir, dans l'immense paix du froid. Ils étaient arrivés[e] au milieu de la côte. Là, à gauche, se trouvait un monticule assez élevé, au sommet duquel la lune blanchissait les ruines d'un moulin à vent ; la tour seule restait, tout écroulée d'un côté. C'était le but que les jeunes gens avaient assigné à leur promenade. Depuis le faubourg, ils allaient devant eux, sans donner un seul coup d'œil aux champs qu'ils traversaient. Quand il eut baisé Miette sur les joues, Silvère leva la tête. Il aperçut le moulin. [25]

— Comme nous avons marché ! s'écria-t-il. Voici le moulin. Il doit être près de neuf heures et demie, il faut rentrer.

Miette fit la moue.

— Marchons encore un peu, implora-t-elle, quelques pas seulement, jusqu'à la petite traverse... Vrai, rien que jusque-là.

Silvère la reprit à la taille, en souriant. Ils se mirent de nouveau à descendre la côte. Ils ne craignaient plus les regards des curieux ; depuis les dernières maisons, ils n'avaient pas rencontré âme qui vive. Ils n'en restèrent pas moins enveloppés dans la grande pelisse. Cette pelisse, ce vêtement commun, était comme le nid naturel de leurs amours. Elle les avait cachés pendant tant de soirées heureuses !ᵃ S'ils s'étaient promenés côte à côte, ils se seraient crus tout petits et tout isolés dans la vaste campagne. Cela les rassurait, les grandissait, de ne former qu'un être. Ils regardaient, à travers les plis de la pelisse, les champs qui s'étendaient aux deux bords de la route, sans éprouver cet écrasement que les larges horizons indifférents font peser sur les tendresses humaines. Il leur semblait qu'ils avaient emporté leur maison avec eux, jouissant de la campagne comme on en jouit par une fenêtre, aimant ces solitudes calmes, ces nappes de lumière dormante, ces bouts de nature, vagues sous le linceul de l'hiver et de la nuit, cette vallée entière qui, en les charmant, n'était cependant pas assez forte pour se mettre entre leurs deux cœurs serrés l'un contre l'autre.

D'ailleurs, ils avaient cessé toute conversation suivie ; ils ne parlaient plus des autres, ils ne parlaient même plus d'eux-mêmes ; ils étaient à la seule minute présente, échangeant un serrement de mains, poussant une exclamation à la vue d'un coin de paysage, prononçant de rares paroles, sans trop s'entendre, comme assoupis par la tiédeur de leurs corps. Silvère oubliait ses enthousiasmes républicains ; Miette ne [26] songeait plus que son amoureux devait la quitter dans une heure, pour longtemps, pour toujours peut-être. Ainsi qu'aux jours ordinaires, lorsque aucun adieu ne troublait la paix de leurs rendez-vous, ils s'endormaient dans le ravissement de leurs tendresses.

Ils allaient toujours. Ils arrivèrent bientôt à la petite traverse dont Miette avait parlé, bout de ruelle qui s'enfonce dans la campagne, menant à un village bâti au bord de la Viorne. Mais ils ne s'arrêtèrent pas, ils continuèrent à descendre, en feignant de ne point voir ce sentier qu'ils s'étaient promis de ne point dépasser. Ce fut seulement quelques minutes plus loin que Silvère murmura :

– Il doit être bien tard, tu vas te fatiguer.

– Non, je te jure, je ne suis pas lasse, répondit la jeune fille. Je marcherais bien comme cela pendant des lieues.

Puis elle ajouta d'une voix câline :

– Veux-tu ? nous allons descendre jusqu'aux prés Sainte-Claire… Là, ce sera fini pour tout de bon, nous rebrousserons chemin.

Silvère, que la marche cadencée de l'enfant berçait, et qui sommeillait[a] doucement, les yeux ouverts, ne fit aucune objection. Ils reprirent leur extase. Ils avançaient[b] d'un pas ralenti, par crainte du moment où il leur faudrait remonter la côte ; tant qu'ils allaient devant eux, il leur semblait marcher à l'éternité de cette étreinte qui les liait l'un à l'autre ; le retour, c'était la séparation, l'adieu cruel.

Peu à peu, la pente de la route devenait moins rapide. Le fond de la vallée est occupé par des prairies qui s'étendent[c] jusqu'à la Viorne, coulant à l'autre bout, le long d'une suite de collines basses. Ces prairies, que des haies vives séparent[d] du grand chemin, sont les prés Sainte-Claire.

– Bah ! s'écria Silvère à son tour, en apercevant les premières nappes d'herbe, nous irons bien jusqu'au pont. [27]

Miette eut un frais éclat de rire. Elle prit le jeune homme par le cou et l'embrassa bruyamment.

À l'endroit où commencent les haies, la longue avenue d'arbres se terminait alors par deux ormes, deux colosses[a] plus gigantesques encore que les autres. Les terrains[b] s'étendent au ras de la route, nus, pareils à une large bande de laine verte, jusqu'aux saules et aux bouleaux de la rivière. Des derniers ormes au pont, il y avait, d'ailleurs, à peine 300 mètres. Les amoureux mirent un bon quart d'heure pour franchir cette distance. Enfin, malgré toutes leurs lenteurs, ils se trouvèrent sur le pont. Ils s'arrêtèrent.

Devant eux, la route de Nice montait le versant opposé de la vallée ; mais ils ne pouvaient en voir qu'un bout assez court, car elle fait un coude brusque, à un demi-kilomètre du pont, et se perd entre des coteaux boisés. En se retournant, ils aperçurent l'autre bout de la route, celui qu'ils venaient de parcourir, et qui va en ligne droite de Plassans à la Viorne. Sous[c] ce beau clair de lune d'hiver, on eût dit un long ruban d'argent que les rangées d'ormes bordaient de deux lisérés sombres.[d] À droite et à gauche, les terres labourées de la côte faisaient de[e] larges mers grises et vagues, coupées par ce ruban, par cette route blanche de gelée, d'un éclat métallique. Tout en haut, brillaient, au ras de l'horizon, pareilles à des étincelles vives, quelques fenêtres encore éclairées du faubourg. Miette et Silvère, pas à pas, s'étaient éloignés d'une grande lieue. Ils jetèrent un regard sur le chemin parcouru, frappés d'une muette admiration par cet immense[f] amphithéâtre qui montait jusqu'au bord du ciel, et sur lequel des nappes de clartés bleuâtres coulaient comme sur les degrés d'une cascade géante. Ce décor étrange, cette apothéose colossale se dressait dans une immobilité et dans un silence de mort. Rien n'était d'une plus souveraine grandeur.

Puis les jeunes gens, qui venaient de s'appuyer contre un [28] parapet du pont, regardèrent à leurs pieds[1]. La Viorne, grossie par les pluies, passait au-dessous d'eux, avec des bruits sourds et continus. En amont et en aval, au milieu des ténèbres amassées dans les creux, ils distinguaient les lignes noires des arbres poussés sur les rives ; çà et là, un rayon de lune glissait, mettant sur l'eau une traînée d'étain fondu qui luisait et s'agitait, comme un reflet de jour sur les écailles d'une bête vivante. Ces lueurs couraient avec un charme mystérieux le long de la coulée grisâtre du torrent, entre les fantômes vagues des feuillages. On eût dit une vallée enchantée, une merveilleuse retraite où vivait d'une vie étrange tout un peuple d'ombres et de clartés.

Les amoureux connaissaient bien ce bout de rivière ; par les chaudes nuits de juillet, ils étaient souvent descendus là, pour trouver quelque fraîcheur ; ils avaient passé de longues heures, cachés dans les bouquets de saules, sur la rive droite, à l'endroit où les prés Sainte-Claire déroulent leur tapis de gazon jusqu'au bord de l'eau. Ils se souvenaient des moindres plis de la rive ; des pierres sur lesquelles il fallait sauter pour enjamber la Viorne, alors mince comme un fil ; de certains trous d'herbe dans lesquels ils avaient rêvé leurs[a] rêves de tendresse. Aussi Miette, du haut du pont, contemplait-elle d'un regard d'envie la rive droite du torrent.

– S'il faisait plus chaud, soupira-t-elle, nous pourrions descendre nous reposer un peu, avant de remonter la côte…

Puis, après un silence, les yeux toujours fixés sur les bords de la Viorne :

---

1   Roger Ripoll précise que, dans ce chapitre, où Silvère et Miette descendent la route de Nice jusqu'au pont de la Viorne pour y rencontrer les insurgés, « il serait vain de chercher à suivre leur marche le long de la route de Nice jusqu'au pont de la Torse, car Zola, comme en témoigne le dernier plan détaillé du roman, avait dans l'esprit la route de Marseille et le pont de l'Arc » (« La vie aixoise dans *Les Rougon-Macquart* », *Les Cahiers naturalistes*, XVIII, n°43, 1972, p. 40). Voir ms. 10303 (le plan E), f°8 : « Prendre pour route, la route de Marseille : avenue d'arbres, puis descente (un peu allongée pour les promener ensemble), puis pont de l'Arc où a lieu l'épisode ». On a aussi proposé le pont des Trois-Sautets, situé au sud d'Aix-en-Provence, comme le modèle de ce pont (voir GGS, note 29, p. 471).

– Regarde donc, Silvère, reprit-elle, cette masse noire, là-bas, avant l'écluse... Te rappelles-tu ?... C'est la broussaille dans laquelle nous nous sommes assis, à la Fête-Dieu dernière[1].

– Oui, c'est la broussaille, répondit Silvère à voix basse.

C'était là qu'ils avaient osé se baiser sur les joues. Ce [29] souvenir que l'enfant venait d'évoquer, leur causa à tous deux une sensation délicieuse, émotion dans laquelle se mêlaient les joies de la veille et les espoirs du lendemain. Ils virent, comme à la lueur d'un éclair, les[a] bonnes soirées qu'ils avaient vécues ensemble, surtout cette soirée de la Fête-Dieu, dont ils se rappelaient les moindres détails, le grand ciel tiède, le frais des saules de la Viorne, les mots caressants de leur causerie. Et, en même temps, tandis que les choses du passé leur remontaient au cœur avec une saveur douce, ils crurent pénétrer l'inconnu de l'avenir, se voir au bras l'un de l'autre, ayant réalisé leur rêve et se promenant dans la vie comme ils venaient de le faire sur la grande route, chaudement couverts d'une même pelisse. Alors le ravissement les reprit, les yeux sur les yeux, se souriant, perdus au milieu des muettes clartés.

Brusquement,[b] Silvère leva la tête. Il se débarrassa des plis de la pelisse, il prêta[c] l'oreille. Miette, surprise,[d] l'imita, sans comprendre pourquoi il se séparait d'elle d'un geste si prompt.[e]

Depuis un instant, des bruits confus venaient de derrière les coteaux, au milieu desquels se perd la route de Nice. C'étaient comme les cahots éloignés d'un convoi de charrettes. La Viorne, d'ailleurs, couvrait de son grondement ces bruits encore indistincts. Mais peu à peu ils s'accentuèrent, ils devinrent pareils aux piétinements d'une armée en marche. Puis on distingua, dans ce roulement continu et croissant, des brouhahas de foule, d'étranges souffles d'ouragan cadencés et rythmiques ; on aurait

---

1   La Fête-Dieu est la fête religieuse (surtout) catholique, célébrée le jeudi qui suit la Trinité, c'est-à-dire soixante jours après Pâques, et dont le nom officiel est «Solennité du corps et du sang du Christ». Dans «Souvenirs II», Zola raconte les cérémonies, les processions et l'importance de la Fête-Dieu dans une ville de Provence, qu'il ne nomme pas mais qui est sans aucun doute Aix-en-Provence. Ayant décrit en détail les aspects pittoresques, solennels, rituels, de la journée, il termine son article sur un ton léger en évoquant rapidement les activités de la soirée : «C'est l'heure où les galopins embrassent les jeunes coquines. L'orgue gronde au fond de l'église, le bon Dieu est rentré chez lui. Alors, les filles s'en vont avec un baiser sur le coup et un billet doux dans la poche». Le texte parut dans *La Cloche* du 1er juin 1872 et fut repris dans les *Nouveaux Contes à Ninon*, Paris, Charpentier, 1874. Voir *Émile Zola. Œuvres complètes*. Tome IX, éd. Henri Mitterand, Paris, Cercle du Livre Précieux, 1968, p. 409-412.

dit les coups de foudre d'un orage qui s'avançait rapidement, troublant déjà de son approche l'air endormi. Silvère écoutait, ne pouvant saisir ces voix de tempête que les coteaux empêchaient d'arriver nettement jusqu'à lui. Et, tout à coup, une masse noire apparut au coude de la route ; *la Marseillaise*, chantée avec une furie vengeresse, éclata, formidable[1]. [30]

– Ce sont eux ! s'écria Silvère dans un élan de joie et d'enthousiasme.

Il se mit à courir, montant la côte, entraînant Miette. Il y avait, à gauche de la route, un talus planté de chênes verts, sur lequel il grimpa avec la jeune fille, pour ne pas être emportés tous deux par le flot hurlant de la foule.[a]

Quand ils furent sur le talus, dans l'ombre des broussailles, l'enfant, un peu pâle, regarda tristement ces hommes dont les chants lointains avaient suffi pour arracher Silvère de ses bras. Il lui sembla que la bande entière venait se mettre entre elle et lui. Ils étaient si heureux, quelques minutes auparavant, si étroitement unis, si seuls, si perdus dans le grand silence et les clartés discrètes de la lune ! Et maintenant Silvère, la tête tournée, ne paraissant même plus savoir qu'elle était là, n'avait de regards que pour ces inconnus qu'il appelait du nom de frères.

La bande descendait avec un élan superbe, irrésistible. Rien de plus terriblement grandiose que l'irruption de ces quelques milliers d'hommes dans la paix morte et glacée de l'horizon[2]. La route, devenue torrent, roulait des flots vivants qui semblaient ne pas devoir s'épuiser ; toujours, au coude du chemin, se montraient de nouvelles masses noires, dont les chants enflaient de plus en plus la grande voix de cette tempête humaine.[b] Quand les derniers bataillons apparurent, il y eut un éclat assourdissant. *La Marseillaise* emplit le ciel, comme soufflée par des bouches géantes dans de monstrueuses trompettes qui la jetaient, vibrante, avec des sécheresses de cuivre, à tous les coins de la vallée. Et la campagne

---

1 *La Marseillaise*, composé en 1792 par Claude Joseph Rouget de l'Isle et devenu le chant national français depuis le décret du 26 Messidor an III (14 juillet 1795), se vit interdit par la suite sous des régimes conservateurs. Dès la proclamation de l'Empire, Napoléon III la proscrit, en substituant *Partant pour la Syrie*. Après beaucoup d'hésitations, en 1870, en temps de guerre, Napoléon III, de façon opportuniste, fera appel à *La Marseillaise* pour inspirer ses armées. Voir Frédéric Robert, « Émile Zola face à *La Marseillaise* », *Les Cahiers naturalistes*, XXVI, n° 54, 1980, p. 165-173.

2 Selon Ténot, les rassemblements, « qui montaient à près de trois mille hommes, passèrent à Vidauban la nuit du 6 au 7 » (édition de 1865, p. 223). [Comme c'est la première fois que Ténot est cité dans les notes au texte du roman, mieux vaudrait donner à nouveau la rérérence complète.]

endormie s'éveilla en sursaut ; elle frissonna tout entière, ainsi qu'un tambour que frappent les baguettes ; elle retentit jusqu'aux entrailles, répétant par tous ses échos les notes ardentes[c] du chant national. Alors ce ne fut plus seulement la bande qui chanta ; des bouts de l'horizon, des rochers lointains, des pièces de terre labourées, des prairies, des [31] bouquets d'arbres, des moindres broussailles, semblèrent sortir des voix humaines ; le large amphithéâtre qui monte de la rivière à Plassans, la cascade gigantesque sur laquelle coulaient les bleuâtres[a] clartés de la lune, étaient comme couverts par un peuple invisible et innombrable acclamant les insurgés ; et, au fond des creux de la Viorne, le long des eaux rayées de mystérieux reflets d'étain fondu, il n'y avait pas un trou de ténèbres où des hommes cachés ne parussent reprendre chaque refrain avec une colère plus haute. La campagne, dans l'ébranlement de l'air et du sol, criait vengeance et liberté. Tant que la petite armée descendit la côte, le rugissement populaire roula ainsi par ondes sonores traversées de brusques éclats, secouant jusqu'aux pierres du chemin[1].

Silvère, blanc d'émotion, écoutait et regardait toujours. Les insurgés qui marchaient en tête, traînant derrière eux cette longue coulée grouillante et mugissante, monstrueusement indistincte dans l'ombre, approchaient du pont à pas rapides.

— Je croyais, murmura Miette, que vous ne deviez pas traverser Plassans ?

— On aura modifié le plan de campagne, répondit[b] Silvère[2] ; nous devions, en effet, nous porter sur le chef-lieu par la route de Toulon, en prenant à gauche de Plassans et d'Orchères. Ils seront partis d'Alboise cet après-midi et auront passé aux Tulettes dans la soirée.

---

1   Devant ce spectacle présenté dans la perspective enthousiasmée de Silvère, il s'agit, comme l'écrit Maurice Agulhon, d'essayer de faire une synthèse entre « l'histoire descriptive et l'histoire explicative, entre l'hagiographie républicaine et le dénigrement conservateur » (*La République au village*, Paris, Plon, 1970, p. 436). En général, le récit de Zola, s'il ne fait pas de synthèse, présente admirablement les deux perspectives, tout en ne laissant aucun doute sur la prise de position du narrateur.

2   Ténot raconte l'hésitation des chefs des insurgés entre deux partis à prendre : revenir en masse et se retrancher sur Le Luc pour y attendre l'attaque des troupes ; le deuxième parti était « de quitter la route de Toulon à Draguignan [nom fictif Noiron] et de se porter sur le nord-ouest, vers Salernes, pour y rallier les insurgés de cette contrée et tous ceux de l'arrondissement de Brignoles [Faverolles] » (*ibid.*, p. 224). D'où le fait que la colonne, ayant quitté Vidauban [nom fictif : Alboise], passe par Lorgues [Plassans] en direction de Salernes [Orchères] au sud d'Aups [Sainte-Roure] où aura lieu la confrontation avec les troupes. Voir le plan ci-dessus, p. 100.

La tête de la colonne était arrivée devant les jeunes gens. Il régnait, dans la petite armée, plus d'ordre qu'on n'en aurait pu attendre d'une bande d'hommes indisciplinés. Les contingents de chaque ville, de chaque bourg, formaient des bataillons distincts qui marchaient à quelques pas les uns des autres. Ces bataillons paraissaient obéir à des chefs[1]. D'ailleurs, l'élan qui les précipitait en ce moment sur la pente de la côte, en faisait une masse compacte, solide, d'une [32] puissance invincible. Il pouvait y avoir là environ trois mille hommes unis et emportés d'un bloc par un vent de colère. On distinguait mal, dans l'ombre que les hauts talus jetaient le long de la route, les détails étranges de cette scène. Mais, à cinq ou six pas de la broussaille où s'étaient abrités Miette et Silvère, le talus de gauche s'abaissait pour laisser passer un petit chemin qui suivait la Viorne, et la lune, glissant par cette trouée, rayait la route d'une large bande lumineuse. Quand les premiers insurgés entrèrent dans ce rayon, ils se trouvèrent subitement éclairés d'une clarté dont les blancheurs aiguës découpaient avec une netteté singulière les moindres arêtes des visages et des costumes. À mesure que les contingents défilèrent, les jeunes gens les virent ainsi, en face d'eux, farouches, sans cesse renaissants, surgir brusquement des ténèbres.[a]

Aux premiers hommes qui entrèrent dans la clarté, Miette, d'un mouvement instinctif, se serra contre Silvère, bien qu'elle se sentît en sûreté, à l'abri même des regards. Elle passa le bras au cou du jeune homme,[b] appuya la tête contre son épaule. Le visage encadré par le capuchon de la pelisse, pâle, elle se tint debout, les yeux fixés sur ce carré de lumière que traversaient rapidement de si étranges faces, transfigurées par l'enthousiasme, la bouche ouverte et noire, toute pleine du cri vengeur de *la Marseillaise*[2].[c]

---

1 Ténot décrit le comportement de la colonne des insurgés à l'entrée de Lorgues : « Les bandes défilèrent sur le Cours. Elles se montrèrent assez convenables, dit M. Maquan, ne se livrant à aucune provocation et ne poussant aucun cri hostile. Les chefs avaient essayé de leur donner un commencement d'organisation. Le contingent de chaque bourg formait un bataillon. Le fusil de chasse était l'arme ordinaire. Des détachements armés de haches figuraient les sapeurs en tête de chaque bande. Les mouvements se faisaient avec plus de régularité qu'on n'eût imaginé » (*ibid.*, p. 233, éd. de 1865 ; p. 214-215, éd. de 1868).

2 Zola pensait sans doute au passage suivant de l'ouvrage de Ténot sur l'arrivée à Lorgues du contingent des Arcs : « Tout à coup, vers quatre heures, le tambour retentit au bas du Cours, et une nouvelle bande de quatre à cinq cents hommes défila au chant de la Marseillaise. C'était le contingent des Arcs qui rejoignait le gros des insurgés. Les rivalités

Silvère, qu'elle sentait frémir à son côté, se pencha alors à son oreille et lui nomma les divers contingents, à mesure qu'ils se présentaient.

La colonne marchait sur un rang de huit hommes. En tête, venaient de grands gaillards, aux têtes carrées, qui paraissaient[d] avoir une force herculéenne et une foi naïve de géants. La République devait trouver en eux[e] des défenseurs aveugles et intrépides. Ils portaient sur l'épaule de grandes haches dont le tranchant, fraîchement aiguisé, luisait au clair de lune. [33]

– Les bûcherons des forêts de la Seille[1], dit Silvère. On en a fait un corps de sapeurs… Sur un signe de leurs chefs, ces hommes iraient jusqu'à Paris, enfonçant les portes des villes à coups de cognée, comme ils abattent les vieux chênes-lièges de la montagne…[a]

Le jeune homme parlait orgueilleusement des gros poings de ses frères. Il continua, en voyant arriver, derrière les bûcherons, une bande d'ouvriers et d'hommes aux barbes rudes, brûlés par le soleil :

– Le contingent de la Palud[2]. C'est le premier bourg qui s'est mis en insurrection. Les hommes en blouse sont des ouvriers qui travaillent les chênes-lièges ; les autres, les hommes aux vestes de velours, doivent être des chasseurs et des charbonniers vivant dans les gorges de la Seille[3]… Les chasseurs ont connu ton père, Miette. Ils ont de bonnes armes qu'ils manient avec adresse.[b] Ah ! si tous étaient armés de la sorte ! Les fusils manquent. Vois, les ouvriers n'ont que des bâtons.

Miette regardait, écoutait, muette. Quand Silvère lui parla de son père, le sang lui monta violemment aux joues. Le visage brûlant, elle examina les chasseurs d'un air de colère et d'étrange sympathie. À partir de ce moment, elle parut peu à peu s'animer aux frissons de fièvre que les chants des insurgés lui apportaient.

---

de commune à commune sont fréquentes dans le Var. Or, il en existait une fort ancienne entre Lorgues et les Arcs » (*ibid.*, p. 234, éd. de 1865 ; p. 215, éd. de 1868).

1   C'est-à-dire la forêt des Maures. Sur les « sapeurs », voir ci-dessus la note 2 de la page précédente.

2   C'est-à dire le contingent de Garde-Freinet (Ténot écrit : Garde-Freynet).

3   Voir le passage suivant de l'ouvrage de Ténot : « La colonne de la Garde-Freynet avait un aspect redoutable. Elle était formée d'ouvriers en liège, de paysans, bûcherons, char-bonniers et chasseurs des forêts des Maures. Ces hommes ignorants, rudes, intrépides, indépendants, avaient embrassé les idées républicaines sans trop les comprendre, peut-être, mais avec une ardeur redoutable. Ils formaient le plus solide noyau de l'insurrection » (éd. de 1865, p. 222 ; éd. de 1868, p. 204). Voir, sur ce passage, notre introduction, p. 37.

La colonne, qui venait de recommencer *la Marseillaise*, descendait toujours, comme fouettée par les souffles âpres du mistral. Aux gens de la Palud avait succédé une autre troupe d'ouvriers, parmi lesquels on apercevait un assez grand nombre de bourgeois en paletot.

– Voici les hommes de Saint-Martin-de-Vaulx[1], reprit Silvère. Ce bourg s'est soulevé presque en même temps que la Palud... Les patrons se sont joints aux ouvriers. Il y a là des gens riches, Miette ; des riches qui pourraient vivre tranquilles chez eux et qui vont risquer leur vie pour la défense [34] de la liberté. Il faut aimer ces riches... Les armes manquent toujours ; à peine quelques fusils de chasse... Tu vois, Miette, ces hommes qui ont au coude gauche un brassard d'étoffe rouge ? Ce sont les chefs.

Mais Silvère s'attardait. Les contingents descendaient la côte, plus rapides que ses paroles. Il parlait encore des gens de Saint-Martin-de-Vaulx, que deux bataillons avaient déjà traversé la raie de clarté qui blanchissait la route.

– Tu as vu ? demanda-t-il ; les insurgés d'Alboise et des Tulettes viennent de passer. J'ai reconnu Burgat[a] le forgeron... Ils se seront joints à la bande aujourd'hui même... Comme ils courent !

Miette se penchait maintenant pour suivre plus longtemps du regard les petites troupes que lui désignait le jeune homme. Le frisson qui s'emparait d'elle lui montait dans la poitrine et la prenait à la gorge. À ce moment parut un bataillon plus nombreux et plus discipliné que les autres. Les insurgés qui en faisaient partie, presque tous vêtus de blouses bleues, avaient la taille serrée d'une ceinture rouge ; on les eût dit pourvus d'un uniforme. Au milieu d'eux marchait un homme à cheval, ayant un sabre au côté. Le plus grand nombre de ces soldats improvisés avaient des fusils, des carabines ou d'anciens mousquets de la garde nationale[2].

---

1 C'est-à-dire Le Luc.

2 Voir le passage suivant de l'ouvrage de Ténot sur l'entrée des insurgés à Digne : « Les hommes de chaque commune formaient une compagnie commandée par un chef reconnaissable à son brassard rouge ; les cantons formaient des bataillons ayant chacun leur commandant et leur drapeau. La blouse bleue avec la ceinture rouge, le chapeau ou casquette avec la cocarde de même couleur, étaient l'habillement général et donnaient une apparente uniformité à la troupe ». Quant aux armes, Zola reprend des renseignements trouvés dans la suite du même passage : « L'armement seul était pittoresque et varié. Les vieux mousquets de garde nationale à baïonnette rouillée, les fusils de chasse à deux coups, dominaient, parsemés çà et là de carabines, de fourches et de faux. L'ordre le plus surprenant régnait dans cette petite armée révolutionnaire » (éd. de 1865, p. 280 ; éd. de 1868, p. 258-259). La Garde nationale était la milice formée de citoyens dans chaque ville,

— Je ne connais pas ceux-là, dit Silvère. L'homme à cheval doit être le chef dont on m'a parlé[1]. Il a amené avec lui les contingents de Faverolles[2] et des villages voisins. Il faudrait que toute la colonne fût[b] équipée de la sorte.

Il n'eut pas le temps de reprendre haleine.

— Ah ! voici les campagnes ! cria-t-il.

Derrière les gens de Faverolles, s'avançaient de petits groupes composés chacun de dix à vingt hommes au plus. Tous portaient la veste courte[c] des paysans du Midi. Ils brandissaient en chantant des fourches et des faux ; quelques-uns [35] même n'avaient que de larges pelles de terrassier. Chaque hameau avait envoyé ses hommes valides.

Silvère, qui reconnaissait les groupes à leurs chefs, les énuméra d'une voix fiévreuse.

— Le contingent de Chavanoz ! dit-il. Il n'y a que huit hommes, mais ils sont solides ; l'oncle Antoine les connaît… Voici Nazères ! voici Poujols ! tous y sont, pas un n'a manqué à l'appel… Valqueyras ! Tiens, M. le curé est de la partie ; on m'a parlé de lui ; c'est un bon républicain[3].

suivant l'exemple de la Garde nationale à Paris, à l'époque de la Révolution française. Elle fut réformée et dissoute plusieurs fois. Sa participation à la Commune de Paris mena à sa suppression définitive, le 14 mars 1872.

1   Allusion indirecte à Camille Duteil, qui deviendra plus tard « l'homme au sabre », sans jamais être nommé. Il était rédacteur du *Peuple* de Marseille. Ténot le présente sous un jour fort négatif : « Il caressait le rôle de chef de parti. Le trouvant impossible à Marseille, il venait le tenter dans le Var » (*ibid.*, éd. de 1865, p. 218 ; passage supprimé dans l'éd. de 1868). Il se fait proclamer commandant en chef de l'armée insurrectionnelle. Après la déroute d'Aups, il se réfugie d'abord à Nice, puis s'exile en Argentine. Ténot écrira de lui : « Camille Duteil était bien l'homme du monde le moins propre à diriger une insurrection [1868 : une levée en masse]. Il n'avait rien de ce qui séduit les masses et leur impose l'obéissance. Caractère indécis et fantasque [fantasque omis dans l'éd. de 1868], passant en un instant de la colère à l'abattement, il était aussi incapable de se faire aimer que de se faire craindre. Il affectait les allures les plus rudes et ne savait pas faire respecter un de ses ordres. Son incapacité comme chef militaire était absolue et son courage douteux » (*ibid.*, éd. de 1865, p. 226 ; éd. de 1868, p. 207). Dans l'édition de 1868, Ténot ajoute la note suivante : « Dans ma première édition j'ai été trop sévère pour ce pauvre Camille Duteil, qui n'était pas, m'a-t-on assuré depuis, un homme sans mérite. J'avais peut-être trop facilement partagé l'impression de beaucoup de ses anciens compagnons de malheur du département du Var. Je supprime donc quelques lignes à son égard, qui sont inutiles au récit » (éd. de 1868, p. 207).

2   Nom fictif de Brignoles.

3   Selon Ténot : « Un des contingents qui les rejoignirent mérite une mention toute particulière, c'est celui du village de Sainte-Croix. Le chef de l'insurrection dans cette commune

Il se grisait. Maintenant que chaque bataillon ne comptait plus que quelques insurgés, il lui fallait[a] les nommer à la hâte, et cette précipitation lui donnait un air fou.[b]

– Ah! Miette, continua-t-il, le beau défilé! Rozan! Vernoux! Corbière! et il y en a encore, tu vas voir... Ils n'ont que des faux, ceux-là, mais ils faucheront la troupe aussi rase que l'herbe de leurs prés... Saint-Eutrope! Mazet! les Gardes! Marsanne! tout le versant nord de la Seille!... Va, nous serons vainqueurs! Le pays entier[c] est avec nous. Regarde les bras de ces hommes, ils sont durs et noirs comme du fer... Ça ne finit pas. Voici Pruinas! les Roches-Noires! Ce sont des contrebandiers, ces derniers; ils ont des carabines... Encore des faux et des fourches, les contingents des campagnes continuent. Castel-le-Vieux! Sainte-Anne! Graille! Estourmel! Murdaran[1]!

Et il acheva,[d] d'une voix étranglée par l'émotion, le dénombrement de ces hommes, qu'un tourbillon semblait prendre et enlever à mesure qu'il les désignait.[e] La taille grandie, le visage en feu, il montrait les contingents d'un geste nerveux.[f] Miette suivait ce geste. Elle se sentait attirée vers le bas de la route, comme par les profondeurs d'un précipice. Pour ne pas glisser le long du talus, elle se retenait au cou du jeune homme. Une ivresse singulière montait de cette foule grisée de bruit, de courage et de foi. Ces êtres entrevus dans un [36] rayon de lune, ces adolescents, ces hommes mûrs, ces vieillards brandissant des armes étranges, vêtus des costumes les plus divers, depuis le sarrau du manœuvre jusqu'à la redingote du bourgeois; cette file interminable de têtes, dont l'heure et la circonstance faisaient des masques inoubliables d'énergie et de ravissement fanatiques, prenaient à la longue devant les yeux de la jeune fille une impétuosité vertigineuse de torrent. À certains moments, il lui semblait qu'ils ne marchaient plus, qu'ils étaient

---

avait été le curé, M. Chassan » (éd. de 1865, p. 275 ; éd. de 1868, p. 254).

1   Dans cette suite de noms de villages, Zola mélange des noms fictifs, inventés avec des résonances méridionales, et des noms réels, appartenant pour la plupart à d'autres régions du pays : par exemple : Chavanoz dans le département de l'Isère dans la région Rhône-Alpes ; Vernoux dans le département de l'Ain et la même région ; Corbière(s), plusieurs exemples en France ; Saint-Eutrope située dans le département de la Charente (région Poitou-Charentes) et un quartier au nord d'Aix ; Le Mazet-Saint-Voy dans le département de la Haute-Loire et la région Auvergne ; les Gardes [la Garde] dans le Var ; Marsanne dans le département de la Drôme et la région Rhône-Alpes ; Sainte-Anne à l'ouest d'Aix ; (les) Graille(s) au nord-ouest de Vidauban ; Estourmel dans la région Nord-Pas-de-Calais. Voir aussi GGS, p. 473, note 45.

charriés par *la Marseillaise* elle-même, par ce chant rauque aux sonorités formidables. Elle ne pouvait distinguer les paroles, elle n'entendait qu'un grondement continu, allant de notes sourdes à des notes vibrantes, aiguës comme des pointes qu'on aurait, par saccades, enfoncées dans sa chair. Ce rugissement de la révolte, cet appel à la lutte et à la mort, avec ses secousses de colère, ses désirs brûlants de liberté, son étonnant mélange de massacres et d'élans sublimes, en la frappant au cœur, sans relâche, et plus profondément à chaque brutalité du rythme, lui causait une de ces angoisses voluptueuses de vierge martyre se redressant et souriant sous le fouet.[a] Et toujours, roulée dans le flot sonore, la foule coulait.[b] Le défilé, qui dura à peine quelques minutes, parut aux jeunes gens ne devoir jamais finir.

Certes, Miette était une enfant. Elle avait pâli à l'approche de la bande, elle avait pleuré ses tendresses envolées ; mais elle était une enfant de courage, une nature ardente que l'enthousiasme exaltait aisément. Aussi l'émotion qui l'avait peu à peu gagnée, la secouait-elle maintenant tout entière. Elle devenait un garçon. Volontiers elle eût[c] pris une arme et suivi les insurgés.[d] Ses dents blanches, à mesure que défilaient les fusils et les faux, se montraient plus longues et plus aiguës, entre ses lèvres rouges, pareilles aux crocs d'un jeune loup qui aurait des envies de mordre. Et lorsqu'elle entendit Silvère dénombrer d'une voix de plus en plus pressée les [37] contingents des campagnes, il lui sembla que l'élan de la colonne s'accélérait encore, à chaque parole du jeune homme. Bientôt ce fut un emportement, une poussière d'hommes balayée par une tempête. Tout se mit à tourner devant elle. Elle ferma les yeux. De grosses larmes chaudes coulaient sur ses joues.

Silvère avait, lui aussi, des pleurs au bord des cils.

— Je ne vois pas les hommes qui ont quitté Plassans cet après-midi, murmura-t-il.[a]

Il tâchait de distinguer le bout de la colonne, qui se trouvait encore dans l'ombre. Puis il cria avec une joie triomphante :

— Ah ! les voici !... Ils ont le drapeau, on leur a confié le drapeau !

Alors il voulut sauter du talus pour aller rejoindre ses compagnons ; mais, à ce moment, les insurgés s'arrêtèrent. Des ordres coururent le long de la colonne. *La Marseillaise* s'éteignit dans un dernier grondement, et l'on n'entendit plus que le murmure confus de la foule, encore toute vibrante. Silvère, qui écoutait, put comprendre[b] les ordres que les contingents se transmettaient, et qui appelaient les gens de Plassans en tête de la bande. Comme chaque bataillon se rangeait au bord de la route pour laisser passer le drapeau, le jeune homme, entraînant^c Miette, se mit à remonter le talus.

— Viens,^d lui dit-il, nous serons avant eux de l'autre côté du pont.

Et quand ils furent^e en haut, dans les terres labourées, ils coururent jusqu'à un moulin dont l'écluse barre la rivière. Là, ils traversèrent la Viorne^f sur une planche que les meuniers y ont jetée. Puis^g ils coupèrent en biais les prés Sainte-Claire, toujours se tenant par la main, toujours courant, sans échanger une parole. La colonne faisait, sur le grand chemin, une ligne sombre qu'ils suivirent le long des haies. Il [38] y avait des trous dans les aubépines. Silvère et Miette sautèrent sur la route par un de ces trous.

Malgré le détour qu'ils venaient de faire, ils arrivèrent en même temps que les gens de Plassans. Silvère échangea quelques poignées de main ; on dut^a penser qu'il avait appris la marche nouvelle des insurgés et qu'il était venu à leur rencontre. Miette, dont le visage était caché à demi par le capuchon de la pelisse, fut regardée curieusement.

— Eh ! c'est la Chantegreil, dit un homme du faubourg, la nièce de^b Rébufat, le méger du Jas-Meiffren[1].

— D'où sors-tu donc, coureuse ? cria une autre voix.

Silvère, gris d'enthousiasme, n'avait pas songé à la singulière figure que ferait son amoureuse devant les plaisanteries certaines des ouvriers. Miette, confuse,^c le regardait comme pour implorer aide et secours. Mais, avant même qu'il eût pu ouvrir les lèvres, une nouvelle voix s'éleva du groupe, disant avec brutalité :

— Son père est au bagne, nous ne voulons pas avec nous la fille d'un voleur et d'un assassin.

Miette pâlit affreusement.

— Vous mentez, murmura-t-elle ; si mon père a tué, il n'a pas volé.

Et comme Silvère serrait les poings, plus pâle et plus frémissant qu'elle :

— Laisse, reprit-elle, ceci me regarde…

Puis se retournant vers le groupe, elle répéta avec éclat :

— Vous mentez, vous mentez ! il n'a jamais^d pris un sou à personne. Vous le savez bien. Pourquoi l'insultez-vous, quand il ne peut être là ?

---

1   (Dauphiné-Provence). Fermier qui partage avec le propriétaire de la ferme les produits de la récolte. Synonyme de « métayer » (*Trésor de la langue française*).

Elle s'était redressée, superbe de colère. Sa nature ardente, à demi sauvage, paraissait accepter avec assez de calme l'accusation de meurtre ; mais l'accusation de vol l'exaspérait. On le savait, et c'est pourquoi la foule lui jetait souvent cette accusation à la face, par méchanceté bête. [39]

L'homme qui venait d'appeler son père voleur n'avait, d'ailleurs, répété que ce qu'il entendait dire depuis des années. Devant l'attitude violente de l'enfant, les ouvriers ricanèrent.ᵃ Silvère serrait toujours les poings. La chose allait mal tourner, lorsqu'un chasseur de la Seille, qui s'était assis sur un tas de pierres, au bord de la route, en attendant qu'on se remît en marche, vint au secours de la jeune fille.

– La petite a raison, dit-il. Chantegreil était un des nôtres. Je l'ai connu. Jamais on n'a bien vu clair dans son affaire. Moi, j'ai toujours cru à la vérité de ses déclarations devant les juges. Le gendarme qu'il a descendu, à la chasse, d'un coup de fusil, devait déjà le tenir lui-même au bout de sa carabine. On se défend, que voulez-vous ! Mais Chantegreil était un honnête homme, Chantegreil n'a pas volé[1].

Comme il arrive en pareil cas, l'attestation de ce braconnier suffit pour que Miette trouvât des défenseurs. Plusieurs ouvriers voulurent avoir également connu Chantegreil.

– Oui, oui, c'est vrai, dirent-ils. Ce n'était pas un voleur. Il y a, à Plassans, des canailles qu'il faudrait envoyer au bagne à sa place… Chantegreil était notre frère… Allons, calme-toi, petite.

Jamais Miette n'avait entendu dire du bien de son père. On le traitait ordinairement devant elle de gueux, de scélérat, et voilà qu'elle rencontrait de braves cœurs qui avaient pour lui des paroles de pardon et qui le déclaraient un honnête homme. Alors elle fondit en larmes, elle retrouva l'émotion que *la Marseillaise* avait fait monter à sa gorge, elle chercha comment elle pourrait remercier ces hommes doux aux malheureux. Un moment, il lui vint l'idée de leur serrer la main à tous, comme un garçon. Mais son cœur trouva mieux. À côté d'elle se

---

1 · Dans le premier chapitre du deuxième plan détaillé (plan E), Zola écrit : « Miette, jeune paysanne, fille d'un chasseur qui a tué un gendarme et qui est aux galères (Histoire du paysan de Gardanne) » (ms. 10303, fᵒ 5). Roger Ripoll explique l'allusion à la source de cet épisode : « Zola pensait à l'assassinat du gendarme Pécot, dans la campagne, aux environs de Gardanne, au début de novembre 1852, par un chasseur en situation irrégulière qu'il interpellait ; le coupable, Jean-Baptiste Daignan, avait été condamné aux travaux forcés à perpétuité par la cour d'assises d'Aix le 25 février 1853 » (« La vie aixoise dans *Les Rougon-Macquart* », *Les Cahiers naturalistes*, XVIII, nᵒ 43, 1972, p. 42).

tenait debout l'insurgé qui portait le drapeau. Elle toucha la hampe
du drapeau et, pour tout remerciement, elle dit d'une voix suppliante :

    — Donnez-le-moi, je le porterai. [40]

    Les ouvriers, simples d'esprit, comprirent le côté naïvement sublime
de ce remerciement.

    — C'est cela, crièrent-ils, la Chantegreil portera le drapeau.

    Un bûcheron fit[a] remarquer qu'elle se fatiguerait vite, qu'elle ne
pourrait aller[b] loin.

    — Oh ! je suis forte, dit-elle orgueilleusement en retroussant ses
manches,[c] et en montrant ses bras ronds, aussi gros déjà que ceux d'une
femme faite.

    Et comme on lui tendait le drapeau :

    — Attendez, reprit-elle.

    Elle retira vivement sa pelisse, qu'elle remit ensuite, après l'avoir
tournée du côté de la doublure rouge. Alors elle apparut, dans la blanche
clarté de la lune, drapée d'un large manteau de pourpre qui lui tombait
jusqu'aux pieds. Le capuchon, arrêté sur le bord de son chignon, la
coiffait d'une sorte de bonnet phrygien[1]. Elle prit le drapeau, en serra
la hampe contre sa poitrine, et se tint droite, dans les plis de cette bannière sanglante qui flottait derrière elle. Sa tête d'enfant exaltée, avec
ses cheveux crépus, ses grands yeux humides, ses lèvres entrouvertes
par un sourire, eut un élan d'énergique fierté, en se levant à demi vers
le ciel. À ce moment, elle fut la vierge Liberté[2].[d]

    Les insurgés éclatèrent en applaudissements. Ces Méridionaux, à
l'imagination vive, étaient saisis et enthousiasmés par la brusque apparition de cette grande fille toute rouge qui serrait si nerveusement leur
drapeau sur son sein[3]. Des cris partirent du groupe :

---

1   Symbole d'origine orientale, tirant aussi sa valeur symbolique de sa ressemblance avec le
« pileus » que portaient les esclaves affranchis de l'Empire romain, le bonnet phrygien
devient le symbole de la Révolution française, notamment pendant la période de la Terreur.
Depuis cette époque, il est porté par Marianne, figure allégorique de la République
française.

2   Comme l'indique Henri Mitterand, ce détail est tout à fait authentique, car les archives
régionales « conservent le souvenir d'une femme en rouge qui portait le drapeau d'un
des contingents formés par les insurgés de décembre 1851 » (O.C., vol. II, p. 283, note 6).

3   Voir l'ouvrage de Ténot sur la colonne de trois ou quatre cents hommes, « venue de
Saint-Tropez, Grimaud, Cagolin, Gassin, etc. », commandée par le docteur Campdoras
et dans laquelle Césarine Icard, épouse Ferrier de Grimaud, portait le drapeau rouge :
« Mme Ferrier, belle jeune femme, enthousiaste de la liberté, avait suivi son mari. Elle

– Bravo, la Chantegreil ! Vive la Chantegreil ! Elle restera avec nous, elle nous portera bonheur !

On l'eût acclamée longtemps[e] si l'ordre de se remettre en marche n'était arrivé. Et, pendant que la colonne s'ébranlait, Miette pressa la main de Silvère, qui venait de se placer à son côté, et lui murmura à l'oreille : [41]

– Tu entends ! je resterai avec toi. Tu veux bien[a] ?

Silvère, sans répondre, lui rendit son étreinte. Il acceptait. Profondément ému, il était d'ailleurs incapable de ne pas se laisser aller au même enthousiasme que ses compagnons. Miette lui était apparue si belle, si grande, si sainte ! Pendant toute la montée de la côte, il la revit devant lui, rayonnante, dans une gloire empourprée. Maintenant, il la confondait avec son autre maîtresse adorée, la République. Il aurait voulu être arrivé, avoir son fusil sur l'épaule.[b] Mais les insurgés montaient lentement. L'ordre était[c] donné de faire le moins de bruit possible. La colonne s'avançait entre les deux rangées d'ormes, pareille à un serpent gigantesque dont chaque anneau aurait eu d'étranges frémissements. La nuit glacée de décembre avait repris son silence, et seule la Viorne paraissait gronder d'une voix plus haute.

Dès les premières maisons du faubourg, Silvère courut en avant pour aller chercher son fusil à l'aire Saint-Mittre, qu'il retrouva endormie sous la lune. Quand il rejoignit les insurgés, ils étaient arrivés devant la porte de Rome. Miette se pencha et lui dit avec son sourire d'enfant :

– Il me semble que je suis à la procession de la Fête-Dieu, et que je porte la bannière de la Vierge. [42]

---

marchait en tête des insurgés portant le drapeau rouge, drapée dans un manteau bleu doublé d'écarlate, le bonnet phrygien sur la tête. Lorsqu'elle entra, ainsi vêtue, à Vidauban, cette foule provençale, amoureuse de tout ce qui est excentrique, pompeux ou théâtral, applaudit à outrance la nouvelle déesse de la liberté » (éd. de 1865, p. 222-223 ; éd. de 1868, p. 204-205).

II[1]

Plassans est une sous-préfecture d'environ dix mille âmes[2]. Bâtie sur
le plateau qui domine la Viorne, adossée au nord contre les collines des
Garrigues[3], une des dernières ramifications des Alpes, la ville est comme
située au fond d'un cul-de-sac. En 1851, elle ne communiquait avec les
pays voisins que par deux routes : la route de Nice, qui descend à l'est, et
la route de Lyon, qui monte à l'ouest, l'une continuant l'autre, sur deux
lignes presque parallèles. Depuis cette époque, on a construit un chemin
de fer dont la voie passe au sud de la ville, en bas du coteau qui va en pente
raide des anciens remparts à la rivière[4]. Aujourd'hui, quand on sort de la
gare, placée sur la rive droite du petit torrent[5], on aperçoit, en levant la
tête, les premières maisons de Plassans, dont les jardins forment terrasse. Il
faut monter pendant un bon quart d'heure avant d'atteindre ces[a] maisons.

---

1   En tête du plan du chapitre II (plan E) : « La ville de Rolleboise – Réactionnaires – Histoire
    des Rougon » (ms. 10303, f°9). Plus loin : « Ce chapitre devra être seulement des faits,
    une exposition des personnages *rétrospective* en s'arrêtant à 48 » (f° 13).
2   Les divers aspects de la ville de Plassans, ses quartiers, ses monuments, ses remparts, ses
    maisons, ses divisions politiques, etc., sont basés sur ceux d'Aix-en-Provence. Mais, dans
    le roman, la ville est bien plus petite que son modèle. Ainsi Zola écrit dans la suite du
    plan D : « Lorgues 5 à 6 mille âme[s], riche, bien située, maison de jésuite[s], de capucin[s],
    débris de la noblesse (une petite Aix) (141). Je la ferai plus démocratique – La bande y
    arrive le dimanche, 7. Belle journée d'hiver » (ms. 10303, f°s 34-35). En 1851, la ville d'Aix
    elle-même comptait 27 000 habitants. Zola limite la ville fictive aux quartiers compris
    à l'intérieur des remparts. Voir GGS, p. 474, note 48, et le plan de la ville esquissé par
    le romancier dans le dossier préparatoire de *La Conquête de Plassans* : ms. 10280, f°44.
3   Il s'agit des terrains arides de la région méditerranéenne jouxtant la montagne Sainte-
    Victoire près d'Aix-en-Provence.
4   La ligne d'Aix à Rognac fut ouverte en août 1856, ce qui relia Aix à la grande ligne de
    chemin de fer Paris-Marseille. Pour de plus amples renseignements, voir GGS, p. 474,
    note 50.
5   Zola modifie encore la topographie de la ville d'Aix : le romancier place la gare au sud
    de la ville, sur la rive de la Viorne, mais, comme l'indique Roger Ripoll, la gare de la
    seule ligne de chemin de fer desservant Aix à cette époque se trouvait au sud du centre
    de la ville, assez loin des bords de l'Arc (« La vie aixoise dans *Les Rougon-Macquart* », *Les
    Cahiers naturalistes*, XVIII, n°43, 1972, p. 40).

Il y a une vingtaine d'années, grâce sans doute au manque de communications, aucune ville n'avait mieux conservé le caractère dévot et aristocratique des anciennes cités [43] provençales. Elle avait, et a d'ailleurs encore aujourd'hui, tout un quartier de grands hôtels bâtis sous Louis XIV et sous Louis XV, une douzaine d'églises, des maisons de jésuites et de capucins, un nombre considérable de couvents[1]. La distinction des classes y est restée longtemps tranchée par la division des quartiers. Plassans en compte trois, qui forment chacun comme un bourg particulier et complet, ayant ses églises, ses promenades, ses mœurs, ses horizons.

Le quartier des nobles, qu'on nomme quartier Saint-Marc, du nom d'une des paroisses qui le desservent[2], un petit Versailles aux rues droites, rongées d'herbe, et dont les larges maisons carrées cachent de vastes jardins, s'étend[a] au sud, sur le bord du plateau ; certains hôtels, construits au ras même de la pente, ont une double rangée de terrasses, d'où l'on découvre toute la vallée de la Viorne, admirable point de vue très vanté dans le pays. Le vieux quartier, l'ancienne ville, étage au nord-ouest ses ruelles[b] étroites et tortueuses, bordées de masures branlantes ; là se trouvent la mairie,[c] le tribunal civil, le marché, la gendarmerie ; cette partie de Plassans, la plus populeuse, est occupée par les ouvriers, les commerçants, tout le menu peuple actif et misérable. La ville neuve, enfin, forme une sorte de carré long, au nord-est ; la bourgeoisie, ceux qui ont amassé sou à sou une fortune, et ceux qui exercent une profession libérale, y habitent des maisons bien alignées, enduites d'un badigeon jaune clair. Ce quartier, qu'embellit[d] la sous-préfecture, une laide bâtisse de plâtre ornée[e] de rosaces, comptait à peine cinq ou six rues en 1851 ; il est de création récente, et, surtout[f] depuis la construction du chemin de fer, il tend seul[g] à s'agrandir.[h]

Ce qui, de nos jours, partage encore Plassans[i] en trois parties indépendantes et distinctes, c'est que les quartiers sont seulement bornés

---

1   Zola dressa une liste du grand nombre d'ordres religieux dans Plassans dans les notes préparatoires de *La Faute de l'abbé Mouret* (ms. 10294, f°123) : les Pères de la retraite, les Sœurs de Saint Thomas de Villeneuve, les Sœurs de l'Espérance, les Sœurs de la Présentation, les Sœurs de Saint Vincent de Paul, les Sœurs de la Retraite, les Pères Jésuites, les Frères des écoles chrétiennes, les Frères de la Sainte Famille, les Religieuses Ursulines, les Religieuses Carmélites, les Pères Oblats, les Religieuses du Saint Sacrement, « Les pénitents de toutes les couleurs ». Voir GGS, p. 475, note 52.

2   Dans son plan de la ville de Plassans, Zola situe le quartier Saint-Marc (devenu le quartier Saint-Jean) au sud du cours Sauvaire, en indiquant « Le quartier des nobles ». Voir la note suivante et la page 156 de l'étude de Marcelle Chirac.

par de grandes voies.[j] Le cours Sauvaire[1] et la rue de Rome[2], qui en
est comme le prolongement étranglé, [44] vont de l'ouest à l'est, de la
Grand-Porte à la porte de Rome, coupant ainsi la ville[a] en deux morceaux,
séparant le quartier des nobles des deux autres quartiers. Ceux-ci sont
eux-mêmes délimités par la rue de la Banne[3] ; cette rue, la plus belle du
pays,[b] prend naissance à l'extrémité du cours Sauvaire et monte vers le
nord, en laissant[c] à gauche les masses noires du vieux quartier, à droite
les maisons jaune clair de la ville neuve. C'est là, vers le milieu de la
rue,[d] au fond d'une petite place plantée d'arbres maigres, que se dresse la
sous-préfecture, monument dont les bourgeois de Plassans sont très fiers.

Comme pour s'isoler davantage et se mieux enfermer chez elle, la
ville est entourée d'une ceinture d'anciens remparts qui ne servent
aujourd'hui qu'à la rendre plus noire et plus étroite. On démolirait
à coups de fusils ces fortifications ridicules, mangées de lierre et
couronnées de giroflées sauvages, tout au plus égales en hauteur et
en épaisseur aux murailles d'un couvent. Elles sont percées de plusieurs ouvertures, dont les deux principales, la porte de Rome et la
Grand-Porte, s'ouvrent, la première, sur la route de Nice, la seconde sur
la route de Lyon, à l'autre bout de la ville. Jusqu'en 1853, ces ouvertures
sont restées garnies d'énormes portes de bois à deux battants, cintrées
dans le haut, et que consolidaient des lames de fer[4]. À onze heures
en été, à dix heures en hiver, on fermait ces portes à double tour. La
ville, après avoir ainsi poussé les verrous comme une fille peureuse,
dormait tranquille. Un gardien, qui habitait une logette placée dans
un des angles intérieurs de chaque portail, avait charge d'ouvrir aux
personnes attardées. Mais il fallait parlementer longtemps. Le gardien
n'introduisait les gens qu'après avoir éclairé de sa lanterne et examiné
attentivement leur visage au travers d'un judas ; pour peu qu'on lui

---

1   Dans la réalité, Le Cours, devenu en 1869, par arrêté municipal, le cours Mirabeau, en
    l'honneur de Gabriel-Honoré de Riquetti, comte de Mirabeau. À partir de 1869, le café
    Sauvaire s'y trouvait, auquel Zola a peut-être emprunté le nom. Voir Marcelle Chirac,
    Aix-en-Provence à travers la littérature française ; de la chronique à la transfiguration, Marseille,
    M. Chirac, 1978, p. 157.

2   L'actuelle rue d'Italie à Aix.

3   C'est-à-dire la rue du Pont-Moreau à Aix-en-Provence, autrefois la Grande rue Saint-Jean,
    devenue en 1878 l'actuelle rue Thiers.

4   La ville d'Aix fut entourée de murailles percées de dix portes, détruites entre 1848 et
    1874 et remplacées par des grilles de fer que l'on fermait la nuit. Pour des précisions sur
    les diverses portes de la ville, voir GGS, p. 476, note 59.

déplut, on couchait dehors. Tout l'esprit de la ville, fait de poltronnerie, d'égoïsme, de routine, de la haine du dehors [45] et du désir religieux d'une vie cloîtrée, se trouvait dans ces tours de clef donnés aux portes chaque soir. Plassans, quand il s'était bien cadenassé, se disait : « Je suis chez moi », avec la satisfaction d'un bourgeois dévot, qui, sans crainte pour sa caisse, certain de n'être réveillé par aucun tapage, va réciter ses prières et se mettre voluptueusement au lit. Il n'y a pas de cité, je crois, qui se soit entêtée si tard à s'enfermer comme une nonne.

La population de Plassans se divise en trois groupes ; autant de quartiers, autant de petits mondes à part[1]. Il faut mettre en dehors les fonctionnaires, le sous-préfet, le receveur particulier[2], le conservateur des hypothèques, le directeur des postes,[c] tous gens étrangers à la contrée, peu aimés et très enviés, vivant à leur guise. Les vrais habitants, ceux qui ont poussé là et qui sont fermement décidés à y mourir, respectent trop les usages reçus et les démarcations établies pour ne pas se parquer d'eux-mêmes dans une des sociétés de la ville.

Les nobles se cloîtrent hermétiquement. Depuis la chute de Charles X[3], ils sortent à peine, se hâtent[d] de rentrer dans leurs grands hôtels silencieux, marchant furtivement, comme en pays ennemi. Ils ne vont chez personne, et ne se reçoivent même pas entre eux. Leurs salons ont pour seuls habitués quelques prêtres. L'été, ils habitent les châteaux qu'ils possèdent aux environs ; l'hiver, ils restent au coin de leur feu. Ce sont des morts s'ennuyant dans la vie. Aussi leur quartier a-t-il le calme lourd d'un cimetière. Les portes et les fenêtres sont soigneusement barricadées ; on dirait une suite de couvents fermés à tous les bruits du dehors. De loin en loin, on voit passer un abbé dont la démarche discrète met un silence de plus le long des maisons closes, et qui disparaît comme une ombre dans l'entrebâillement d'une porte.

---

1   « À l'intérieur des murs », écrit Marcelle Chirac, « la répartition des quartiers correspond à une division des classes sociales, plus proche du XVIIIᵉ que du XIXᵉ siècle » (*op. cit.*, p. 156).

2   Dans chaque arrondissement, le receveur particulier, poste qui sera convoité par Pierre Rougon, était chargé de « recevoir les impôts perçus par les élus et les produits du domaine », et de verser le tout entre les mains d'un receveur général. Il percevait les contributions directes et les amendes. Il recevait, outre son traitement fixe, une commission sur les recettes. Voir aussi ci-dessous, p. 191, note 1.

3   Après les 27, 28 et 29 juillet, dites les « Trois Glorieuses », Charles X est obligé d'abdiquer, le 2 août 1830, en faveur de son petit-fils le duc de Bordeaux, en confiant la régence au duc d'Orléans. Celui-ci refuse. Charles X doit partir en exil. La ville légitimiste d'Aix fut ébranlée par la fin des Bourbons.

La bourgeoisie, les commerçants retirés, les avocats, les notaires, tout le petit monde aisé et ambitieux qui peuple [46] la ville neuve, tâche de donner quelque vie à Plassans. Ceux-là vont aux soirées de M. le sous-préfet et rêvent de rendre[a] des fêtes pareilles. Ils font volontiers de la popularité, appellent un ouvrier « mon brave », parlent des récoltes aux paysans, lisent les journaux, se promènent le dimanche avec leurs dames. Ce sont les esprits avancés de l'endroit, les seuls qui se permettent de rire en parlant des remparts ; ils ont même plusieurs fois réclamé de « l'édilité » la démolition de ces vieilles murailles, « vestige d'un autre âge ». D'ailleurs, les plus sceptiques d'entre eux reçoivent une violente commotion de joie chaque fois qu'un marquis ou un comte veut bien les honorer d'un léger salut. Le rêve de tout bourgeois de la ville neuve est d'être admis dans un salon du quartier Saint-Marc. Ils savent bien que ce rêve est irréalisable, et c'est ce qui leur fait crier très haut qu'ils sont libres penseurs, des libres penseurs tout de paroles, fort amis de l'autorité, se jetant dans les bras du premier sauveur venu, au moindre grondement du peuple.[b]

Le groupe qui travaille et végète dans le vieux quartier n'est pas aussi nettement déterminé. Le peuple, les ouvriers, y sont en majorité ;[c] mais on y compte aussi les petits détaillants et même quelques gros négociants. À la vérité,[d] Plassans est loin d'être un centre de commerce ; on y trafique juste assez pour se débarrasser des productions du pays : les huiles, les vins, les amandes. Quant à l'industrie, elle n'y est guère représentée que par trois ou quatre tanneries qui empestent une des rues du vieux quartier, des manufactures de chapeaux de feutre[1] et une fabrique de savon reléguée dans un coin du faubourg. Ce petit monde commercial et industriel,[e] s'il fréquente, aux grands jours, les bourgeois de la ville neuve, vit surtout au milieu des travailleurs de l'ancienne ville. Commerçants, détaillants, ouvriers, ont des intérêts communs qui les unissent en une seule famille. Le dimanche seulement, les patrons se lavent les mains et font [47] bande à part. D'ailleurs,[a] la population ouvrière, qui compte pour un cinquième à peine, se perd au milieu des oisifs du pays.[b]

Une seule fois par semaine, dans la belle saison, les trois quartiers de Plassans se rencontrent face à face. Toute la ville se rend au cours Sauvaire, le dimanche après les vêpres ; les nobles eux-mêmes se hasardent. Mais,

---

1   Comme le note Henri Mitterand, le père de Cézanne s'était enrichi en fabriquant des chapeaux (HM, 1548).

sur cette sorte de boulevard planté de deux allées de platanes, il s'établit trois courants bien distincts. Les bourgeois de la ville neuve ne font que passer ; ils sortent par la Grand-Porte et prennent, à droite, l'avenue du Mail[1], le long de laquelle ils vont et viennent, jusqu'à la tombée de la nuit. Pendant ce temps, la noblesse et le peuple se partagent le cours Sauvaire. Depuis plus d'un siècle, la noblesse a choisi l'allée placée au sud, qui est bordée d'une rangée de grands hôtels et que le soleil quitte la première ; le peuple a dû se contenter de l'autre allée, celle du nord, côté où se trouvent les cafés, les hôtels, les débits de tabac. Et, tout l'après-midi,[c] peuple et noblesse se promènent, montant et descendant le cours, sans que jamais un ouvrier ou un noble ait la pensée de changer d'avenue. Six à huit mètres les séparent, et ils restent à mille lieues les uns des autres, suivant avec scrupule deux lignes parallèles, comme ne devant pas se rencontrer en ce bas monde. Même aux époques révolutionnaires, chacun a gardé son allée. Cette promenade réglementaire du dimanche et les tours de clef donnés le soir aux portes, sont des faits du même ordre, qui suffisent pour juger les dix mille âmes de la ville.[d]

Ce fut dans ce milieu particulier que végéta jusqu'en 1848 une famille obscure et peu estimée,[e] dont le chef, Pierre Rougon, joua plus tard un rôle important, grâce à certaines circonstances.

Pierre Rougon était un fils de paysan[2]. La famille de sa mère, les Fouque, comme on les nommait, possédait, vers [48] la fin du siècle dernier, un vaste terrain situé dans le faubourg, derrière l'ancien cimetière Saint-Mittre ; ce terrain a été plus tard réuni au Jas-Meiffren. Les Fouque étaient les plus riches maraîchers du pays ; ils fournissaient de légumes tout un quartier de Plassans. Le nom de cette famille s'éteignit quelques années avant la révolution. Une fille seule resta, Adélaïde, née en 1768,[a] et qui se trouva orpheline à l'âge de dix-huit ans.[b] Cette enfant, dont le père mourut fou, était une grande créature, mince, pâle, aux regards effarés, d'une singularité d'allures qu'on put prendre pour de la sauvagerie tant qu'elle resta petite fille. Mais, en grandissant, elle

---

1   C'est-à-dire, probablement, l'actuel boulevard de la République, qui rejoint l'avenue Bonaparte.

2   Sur le premier arbre généalogique des Rougon-Macquart, Pierre Rougon est né en 1791, mais, dans les deux états subséquents (1878 et 1893), il est né quatre ans plus tôt, en 1787. Sur les états de 1869 de l'arbre généalogique, son père porte un prénom Théodore et Eustache, puis Marius, pour devenir Guillaume dans les notes préparatoires de *La Fortune des Rougon* (ms. 10303, f° 10). Mais il n'y a plus de prénom dans le roman lui-même.

devint plus bizarre encore ; elle commit certaines actions que les plus fortes têtes du faubourg ne purent raisonnablement expliquer et, dès lors, le bruit courut qu'elle avait le cerveau fêlé comme son père[1]. Elle se trouvait seule dans la vie, depuis six mois à peine, maîtresse d'un bien qui faisait d'elle une héritière recherchée, quand on apprit son mariage avec un garçon jardinier, un nommé Rougon, paysan mal dégrossi, venu des Basses-Alpes. Ce Rougon, après la mort du dernier des Fouque, qui l'avait loué pour une saison, était resté au service de la fille du défunt. De serviteur à gages, il passait brusquement au titre envié de mari. Ce mariage fut un premier étonnement pour l'opinion ; personne ne put comprendre pourquoi Adélaïde préférait ce pauvre diable, épais, lourd, commun, sachant à peine parler français, à tels et tels jeunes gens, fils de cultivateurs aisés, qu'on voyait rôder autour d'elle depuis longtemps. Et comme en province rien ne doit rester inexpliqué, on voulut voir un mystère quelconque au fond de cette affaire, on prétendit même que le mariage était devenu d'une absolue nécessité entre les jeunes gens. Mais les faits démentirent ces médisances. Adélaïde eut un fils au bout de douze grands mois. Le faubourg se fâcha ; il ne pouvait admettre qu'il se fût trompé, il entendait pénétrer le prétendu secret ; aussi toutes les [49] commères se mirent-elles à espionner les Rougon. Elles ne tardèrent pas à avoir une ample matière à bavardages. Rougon mourut presque subitement, quinze mois après son mariage, d'un coup de soleil qu'il reçut, un après-midi, en sarclant un plant de carottes. Une année s'était à peine écoulée que la jeune veuve donna lieu à un scandale inouï ; on sut d'une façon certaine qu'elle avait un amant ; elle ne paraissait pas s'en cacher ; plusieurs personnes affirmaient l'avoir entendue tutoyer publiquement le successeur du pauvre Rougon. Un an de veuvage au plus, et un amant ! Un pareil oubli des convenances parut monstrueux, en dehors de la saine raison. Ce qui rendit le scandale plus éclatant, ce fut l'étrange choix d'Adélaïde. Alors demeurait au fond de l'impasse Saint-Mittre, dans une masure dont les derrières donnaient sur le terrain des Fouque, un homme mal famé, que l'on désignait d'habitude sous cette locution : « ce gueux de Macquart[2] ». Cet homme disparaissait pendant

---

1   On se réfère souvent à Adélaïde comme la source de la folie héréditaire transmise dans le sang de la famille de Rougon-Macquart. Mais on voit ici qu'elle en est elle-même la victime et que la véritable « source » est perdue dans la nuit des temps.

2   Sur les états de l'arbre généalogique de 1878 et 1893, Zola fait un changement en indiquant qu'Adélaïde avait pris Macquart pour amant en 1789, ce qui, selon Gérard Gengembre, a

des semaines entières ; puis on le voyait reparaître, un beau soir, les bras vides, les mains dans les poches, flânant ; il sifflait, il semblait revenir d'une petite promenade. Et les femmes, assises sur le seuil de leur porte, disaient en le voyant passer : « Tiens ! ce gueux de Macquart ! il aura caché ses ballots et son fusil dans quelque creux de la Viorne. » La vérité était que Macquart n'avait pas de rentes, et qu'il mangeait et buvait en heureux fainéant, pendant ses courts séjours à la ville. Il buvait surtout avec un entêtement farouche ; seul à une table, au fond d'un cabaret, il s'oubliait chaque soir, les yeux fixés stupidement sur son verre, sans jamais écouter ni regarder autour de lui. Et quand le marchand de vin fermait sa porte, il se retirait d'un pas ferme, la tête plus haute, comme redressé par l'ivresse. « Macquart marche bien droit, il est ivre mort », disait-on en le voyant rentrer. D'ordinaire,[b] lorsqu'il n'avait pas bu, il allait légèrement courbé, évitant les regards des curieux, avec une sorte de timidité sauvage. [50] Depuis la mort de son père, un ouvrier tanneur, qui lui avait laissé pour tout héritage la masure de l'impasse Saint-Mittre, on ne lui connaissait ni parents ni amis. La proximité des frontières et le voisinage des forêts de la Seille avaient fait de ce paresseux et singulier garçon un contrebandier doublé d'un braconnier[1], un de ces êtres à figure louche dont les passants disent : « Je ne voudrais pas rencontrer cette tête-là, à minuit, au coin d'un bois. » Grand, terriblement barbu, la face maigre, Macquart était la terreur des bonnes femmes du faubourg ; elles l'accusaient de manger des petits enfants tout crus. À peine âgé de trente ans,[a] il paraissait en avoir cinquante. Sous les broussailles de sa barbe et les mèches de ses cheveux, qui lui couvraient le visage,[b] pareilles aux touffes de poils d'un caniche, on ne distinguait que le luisant de ses yeux bruns, le regard furtif et triste d'un homme aux instincts vagabonds, que le vin et une vie de paria ont rendu mauvais. Bien qu'on ne pût préciser aucun de ses crimes, il ne se commettait pas un vol, pas un assassinat

---

une signification importante, d'autant plus que la Révolution est « un non-dit du texte » et « l'aire Saint-Mittre et la famille Rougon-Macquart sont toutes deux des produits de 1789 » (« *La Fortune des Rougon*, roman des origines », dans *Analyses & réflexions sur Zola : « La Fortune des Rougon » : figures du pouvoir*. Ouvrage collectif. Paris, Éditions Marketing, 1994, p. 23). Voir, dans le même ouvrage, l'étude psychanalytique de Paul-Laurent Assoun sur la faute de la mère, sorte de « péché originel », et ses conséquences néfastes dans le roman (« Puissance maternelle et inconscient du pouvoir. L'infortune des Rougon », p. 25-33).

1   Rappelons qu'Aix-en-Provence et Lorgues surtout étaient plus proches de la frontière italienne avant l'annexion du duché de Savoie et du comté de Nice à la France par Napoléon III en 1860, ce qui aurait favorisé le « commerce » de Macquart.

dans le pays, sans que le premier soupçon se portât sur lui. Et c'était cet ogre, ce brigand, ce gueux de Macquart qu'Adélaïde avait choisi ! En vingt mois, elle eut[c] deux enfants, un garçon, puis une fille. De mariage entre eux, il n'en fut pas un instant question. Jamais le faubourg n'avait vu une pareille audace dans l'inconduite. La stupéfaction fut si grande, l'idée que Macquart avait pu trouver une maîtresse jeune et riche renversa à un tel point les croyances des commères, qu'elles furent presque douces pour Adélaïde.

« La pauvre ! elle est devenue complètement folle, disaient-elles ; si elle avait une famille, il y a longtemps qu'elle serait enfermée. » Et, comme on ignora toujours l'histoire de ces amours étranges, ce fut encore cette canaille de Macquart qui fut accusé d'avoir abusé du cerveau faible d'Adélaïde pour lui voler son argent.

Le fils légitime, le petit Pierre Rougon, grandit avec [51] les bâtards de sa mère[1]. Adélaïde garda auprès d'elle ces derniers, Antoine et Ursule, les louveteaux, comme on les nommait dans le quartier, sans d'ailleurs les traiter ni plus ni moins tendrement que son enfant du premier lit. Elle paraissait n'avoir pas une conscience bien nette de la situation faite dans la vie à ces deux pauvres créatures. Pour elle, ils étaient ses enfants au même titre que son premier-né ; elle sortait parfois tenant Pierre d'une main et Antoine de l'autre, ne s'apercevant pas de la façon déjà profondément différente dont on regardait les chers petits.

Ce fut une singulière maison.

Pendant près d'une vingtaine d'années[2], chacun y vécut à son caprice, les enfants comme la mère. Tout y poussa librement. En devenant femme, Adélaïde était restée la grande fille étrange qui passait à quinze ans pour une sauvage ; non pas qu'elle fût folle, ainsi que le prétendaient les gens du faubourg, mais il y avait en elle un manque d'équilibre entre le sang et les nerfs, une sorte de détraquement du cerveau et du cœur, qui la faisait vivre en dehors de la vie ordinaire, autrement que tout le monde[3]. Elle

---

1   Le romancier présente les trois personnages, Pierre Rougon, Antoine Macquart et Ursule Macquart, qui constituent la première génération de la famille des Rougon-Macquart, lesquels, à travers les trois générations subséquentes de ces trois branches, produiront vingt-huit rejetons.

2   Les enfants d'Adélaïde Fouque naissent en 1787 (Pierre Rougon), en 1789 (Antoine Macquart) et en 1791 (Ursule Macquart). Leur père est tué par un douanier en 1810.

3   Dans ce chapitre, Zola a recours à ses sources physiologiques pour expliquer le tempérament et le comportement de ses personnages. Le sang et les nerfs, ainsi que le tempérament,

était certainement très naturelle, très logique avec elle-même ; seulement sa logique devenait de la pure démence aux yeux des voisins. Elle semblait vouloir s'afficher, chercher méchamment à ce que tout, chez elle, allât de mal en pis, lorsqu'elle obéissait avec une grande naïveté aux seules poussées de son tempérament.

Dès ses premières couches, elle fut sujette à des crises nerveuses qui la jetaient[a] dans des convulsions terribles. Ces crises revenaient périodiquement tous les deux ou trois mois[1]. Les médecins qui furent consultés répondirent qu'il n'y avait rien à faire, que l'âge calmerait ces accès. On la mit seulement au régime des viandes saignantes et du vin de quinquina[2]. Ces secousses répétées achevèrent de la détraquer. Elle vécut au jour le jour, comme une enfant, comme une [52] bête caressante qui cède à ses instincts. Quand Macquart était en tournée, elle passait ses journées, oisive, songeuse, ne s'occupant de ses enfants que pour les embrasser et jouer avec eux. Puis, dès le retour de son amant, elle disparaissait.

Derrière la masure de Macquart, il y avait une petite cour qu'une muraille séparait du terrain des Fouque. Un matin, les voisins furent très surpris en voyant cette muraille percée d'une porte, qui la veille au soir n'était pas là. En une heure, le faubourg entier défila aux fenêtres

---

en sont des notions clefs, notamment dans l'ouvrage d'Émile Deschanel, *Physiologie des écrivains et des artistes, ou Essai de critique naturelle*,Paris, Hachette, 1864. Selon Deschanel : « La plupart des physiologistes admettent quatre tempéraments principaux, qu'on appelle, d'après l'élément qui prédomine dans chacun d'eux : Tempérament nerveux, Tempérament sanguin, Tempérament bilieux, Tempérament lymphatique. Les nerfs, le sang, la bile, la lymphe, se combinant en proportions diverses et se *tempérant* les uns les autres, c'est ce qu'ils nomment tempéraments » (p. 82). Il énumère les traits principaux des tempéraments nerveux, sanguin, bilieux, lymphatique.

1   Cette maladie dérive, dans une certaine mesure, des souvenirs personnels de Zola, selon Gina Gourdin Servenière, qui cite un extrait de l'ouvrage du docteur Édouard Toulouse, *L'Enquête médico-psychologique sur les rapports de la supériorité intellectuelle avec la névropathie, tome I. Introduction générale. Émile Zola*, Paris, Société d'éditions scientifiques,1896, dans lequel il s'agit des crises nerveuses et des convulsions de la mère du romancier, qui diminuèrent d'intensité avec l'âge (p. 112). Voir GGS, p. 478, note 72.

2   Vin de quinquina : « vin apéritif préparé avec de l'écorce de quinquina » (*Trésor de la langue française*). Timothée Colani, dans son article de *La Nouvelle Revue* (voir ci-dessus, notre introduction, p. 56-58, ironise sur ce détail : « Mais aussi à Plassans on est souvent bien en avance sur le siècle avant 89, on y sait déjà mettre les malades au régime reconstituant "des viandes saignantes et du vin de quinquina" ». Mais, Henri Mitterand cite le *Grand Dictionnaire universel du XIXᵉ siècle* de P. Larousse (1875), selon lequel les vins de quinquina « ont pris une place considérable dans la thérapeutique » (HM, *O.C.*, II, p. 282).

voisines.[a] Les amants avaient dû travailler toute la nuit pour creuser l'ouverture et pour poser la porte. Maintenant, ils pouvaient aller librement de l'un chez l'autre. Le scandale recommença ; on fut moins doux pour Adélaïde, qui décidément était la honte du faubourg ; cette porte, cet aveu tranquille et brutal de vie commune lui fut plus violemment reproché que ses deux enfants. « On sauve au moins les apparences », disaient les femmes les plus tolérantes. Adélaïde ignorait ce qu'on appelle « sauver les apparences » ; elle était très heureuse, très fière de sa porte ; elle avait aidé Macquart à arracher les pierres du mur, elle lui avait même gâché du plâtre pour que la besogne allât plus vite ; aussi vint-elle, le lendemain, avec une joie d'enfant, regarder son œuvre, en plein jour, ce qui parut le comble du dévergondage à trois commères, qui l'aperçurent, contemplant la maçonnerie encore fraîche. Dès lors, à chaque apparition de Macquart, on pensa, en ne voyant plus la jeune femme, qu'elle allait vivre avec lui dans la masure de l'impasse Saint-Mittre.

Le contrebandier venait très irrégulièrement, presque toujours à l'improviste. Jamais on ne sut au juste quelle était la vie des amants, pendant les deux ou trois jours qu'il passait à la ville, de loin en loin. Ils s'enfermaient, le petit logis paraissait inhabité. Le faubourg ayant décidé que Macquart avait séduit Adélaïde uniquement pour lui manger son argent, [53] on s'étonna, à la longue, de voir cet homme vivre comme par le passé, sans cesse par monts et par vaux, aussi mal équipé qu'auparavant. Peut-être la jeune femme l'aimait-elle d'autant plus qu'elle le voyait à de plus longs intervalles ; peut-être avait-il résisté à ses supplications, éprouvant l'impérieux besoin d'une existence aventureuse. On inventa mille fables, sans pouvoir expliquer raisonnablement une liaison qui s'était nouée et se prolongeait en dehors de tous les faits ordinaires. Le logis de l'impasse Saint-Mittre resta hermétiquement clos et garda ses secrets. On devina seulement que Macquart devait battre Adélaïde, bien que jamais le bruit d'une querelle ne sortît de la maison[1]. À plusieurs reprises, elle reparut, la face meurtrie, les cheveux arrachés. D'ailleurs, pas le moindre accablement de souffrance ni même de tristesse, pas le

---

1 Néanmoins, il y aura des conséquences nuisibles sur leur fille, Gervaise, par exemple. Voici le début de la fiche du personnage dans le dossier préparatoire de *L'Assommoir* : « née en 1828, 22 ans en 1850, bancale de naissance, la cuisse droite déviée et amaigrie, reproduction héréditaire des brutalités que sa mère avait eues à endurer dans une heure de lutte et de soûlerie furieuse, [..] » (ms. 10270, f° 120).

moindre souci de cacher ses meurtrissures. Elle souriait, elle semblait heureuse. Sans doute, elle se laissait assommer sans souffler mot. Pendant plus de quinze ans, cette existence dura.

Lorsque[a] Adélaïde rentrait chez elle, elle trouvait la maison au pillage, sans s'émouvoir le moins du monde. Elle manquait absolument du sens pratique de la vie. La valeur exacte des choses,[b] la nécessité de l'ordre lui échappaient.

Elle laissa croître ses enfants comme ces pruniers[c] qui poussent le long des routes, au bon plaisir de la pluie et du soleil.[d] Ils portèrent leurs fruits naturels, en sauvageons que la serpe n'a point greffés ni taillés. Jamais la nature ne fut moins contrariée, jamais petits êtres malfaisants ne grandirent plus franchement dans le sens de leurs instincts.[e] En attendant, ils se roulaient dans les plants de légumes, passant leur vie en plein air, à jouer et à se battre comme des vauriens. Ils volaient les provisions du logis, ils dévastaient les quelques arbres fruitiers de l'enclos, ils étaient les démons familiers, pillards et criards, de cette étrange maison de la folie lucide. [54] Quand leur mère disparaissait pendant des journées entières, leur vacarme devenait tel, ils trouvaient des inventions si diaboliques pour molester les gens, que les voisins devaient les menacer d'aller leur donner le fouet. Adélaïde, d'ailleurs, ne les effrayait guère ; lorsqu'elle était là, s'ils devenaient moins insupportables aux autres, c'est qu'ils la prenaient pour victime, manquant l'école régulièrement cinq ou[a] six fois par semaine, faisant tout au monde pour s'attirer une correction qui leur eût permis de brailler à leur aise. Mais jamais elle ne les frappait, ni même ne s'emportait ; elle vivait très bien au milieu du bruit, molle, placide, l'esprit perdu. À la longue même, l'affreux tapage de ces garnements lui devint nécessaire pour emplir le vide de son cerveau. Elle souriait doucement, quand elle entendait dire : « Ses enfants la battront, et ce sera bien fait. » À toutes choses, son allure indifférente semblait répondre : « Qu'importe ! » Elle s'occupait de son bien encore moins que de ses enfants. L'enclos des Fouque, pendant les longues[b] années que dura cette singulière existence, serait devenu un terrain vague, si la jeune femme n'avait eu la bonne chance de confier la culture de ses légumes à un habile maraîcher. Cet homme, qui devait partager les bénéfices avec elle, la volait impudemment, ce dont elle ne s'aperçut jamais. D'ailleurs, cela eut un heureux côté : pour la voler davantage, le maraîcher tira le plus grand parti possible du terrain, qui doubla presque de valeur.

Soit qu'il fût averti par un instinct secret, soit qu'il eût déjà conscience de la façon différente dont l'accueillaient les gens du dehors, Pierre, l'enfant légitime, domina dès le bas âge son frère et sa sœur. Dans leurs querelles, bien qu'il fût beaucoup plus faible qu'Antoine, il le battait en maître. Quant à Ursule, pauvre petite créature chétive et pâle, elle était frappée aussi rudement par l'un que par l'autre. D'ailleurs, jusqu'à l'âge de quinze ou[c] seize ans, les trois enfants [55] se rouèrent de coups fraternellement, sans s'expliquer leur haine vague, sans comprendre d'une manière nette combien ils étaient étrangers[1]. Ce fut seulement à cet âge qu'ils se trouvèrent face à face, avec leur personnalité consciente et arrêtée.

À seize ans, Antoine était un grand galopin, dans lequel les défauts de Macquart et d'Adélaïde se montraient déjà comme fondus. Macquart dominait cependant, avec son amour du vagabondage, sa tendance à l'ivrognerie, ses emportements de brute[2]. Mais, sous l'influence nerveuse d'Adélaïde, ces vices qui, chez le père, avaient une sorte de franchise sanguine, prenaient, chez le fils, une sournoiserie pleine d'hypocrisie et de lâcheté. Antoine appartenait à sa mère par un manque absolu de volonté digne, par un égoïsme de femme voluptueuse qui lui faisait accepter n'importe quel lit d'infamie, pourvu qu'il s'y vautrât à l'aise et qu'il y dormît chaudement. On disait de lui : « Ah ! le brigand ! il n'a même pas, comme Macquart, le courage de sa gueuserie ; s'il assassine jamais, ce sera à coups d'épingle. » Au physique, Antoine n'avait que les lèvres charnues d'Adélaïde ; ses autres traits étaient ceux du contrebandier, mais adoucis, rendus fuyants et mobiles.

Chez Ursule, au contraire, la ressemblance physique et morale de la jeune femme l'emportait ; c'était toujours un mélange intime ; seulement la pauvre petite, née la seconde, à l'heure où les tendresses d'Adélaïde

---

1   Avant l'intervention de la querelle sur l'héritage familial dont il sera question plus loin dans le roman, on voit que la rivalité farouche entre le clan des Rougon et le clan des Macquart a des origines plus lointaines et plus mystérieuses.

2   Dans cette présentation des divers membres de la famille des Rougon-Macquart, Zola a recours aux catégories du *Traité de l'hérédité naturelle* du Dr Prosper Lucas. Voir notre introduction, p. 11-13. Ainsi, sur le premier arbre généalogique (1869), Antoine Macquart est présenté comme un cas de « *mélange* avec prédominance du père (fusion). [ress. physique du père dominant] ». La mention sur l'état de l'arbre de 1878 est plus explicite : « Fusion. *Prédominance morale et ressemblance physique du père. Hérédité de l'ivrognerie de père en fils* ». En 1893, Zola se contente d'écrire : « [Mélange fusion. Prédominance morale et ressemblance physique du père] ».

dominaient l'amour déjà plus calme de Macquart, semblait avoir reçu avec son sexe l'empreinte plus profonde du tempérament de sa mère. D'ailleurs, il n'y avait plus ici une fusion des deux natures, mais plutôt une juxtaposition, une soudure singulièrement étroite[1]. Ursule, fantasque, montrait par moments des sauvageries, des tristesses, des emportements de paria; puis, le plus souvent, elle riait par éclats nerveux, elle rêvait avec mollesse, en femme folle du cœur et de la tête. Ses yeux, où [56] passaient les regards effarés d'Adélaïde, étaient d'une limpidité de cristal, comme ceux des jeunes chats qui doivent mourir d'étisie[2].[a]

En face des deux bâtards, Pierre semblait un étranger, il différait d'eux profondément, pour quiconque ne pénétrait pas les racines mêmes de son être. Jamais enfant ne fut à pareil point la moyenne équilibrée des deux créatures qui l'avaient engendré. Il était un juste milieu entre le paysan Rougon et la fille nerveuse Adélaïde[3]. Sa mère avait en lui dégrossi son père. Ce sourd travail des tempéraments qui détermine à la longue l'amélioration ou la déchéance d'une race, paraissait obtenir chez Pierre un premier résultat. Il n'était toujours qu'un paysan, mais un paysan à la peau moins rude, au masque moins épais, à l'intelligence plus large et plus souple. Même son père et sa mère s'étaient chez lui corrigés l'un par l'autre. Si la nature d'Adélaïde, que la rébellion des nerfs affinait d'une façon exquise, avait combattu et amoindri les lourdeurs sanguines de Rougon, la masse pesante de celui-ci s'était opposée à ce

---

1 Sur le premier arbre généalogique (1869), Ursule se situe dans la catégorie « *Mélange. Soudure avec prédominance de la mère et ressemblance physique de la mère* ». En 1878 et 1893, Zola précise : « Mélange soudure. *Prédominance morale et ressemblance physique de la mère* ».

2 Étisie (terme désuet) : « maladie qui produit un amaigrissement extrême » (*Trésor de la langue française*). Dans *Madame Gervaisais* (1869), texte qui eut une certaine influence sur *La Fortune des Rougon*, les frères Goncourt donnent une description bien plus explicite de cette maladie : « la lente maladie qui éteignait presque doucement la vie de Madame Gervaisais, la phtisie, aidait singulièrement le mysticisme, l'extatisme, l'aspiration de ce corps, devenant un esprit, vers le surnaturel de la spiritualité. L'amaigrissement de l'étisie, la diminution et la consomption du muscle, la mort commençante et graduelle de la chair sous le ravage caverneux du mal, la dématérialisation croissante de l'être physique l'enlevaient toujours un peu plus vers les folies saintes et les délices hallucinés de l'amour religieux » (Paris, Charpentier, 1882, p. 263).

3 Zola développe, dans la suite du paragraphe, les indications rapides qu'on trouve sur les arbres généalogiques sur l'enfant d'Adélaïde et de son mari, Rougon : (1869) « Leur fils Pierre est leur *moyenne*. *Mélange équilibre* » ; (1878 et 1893) « Mélange équilibre. *Moyenne morale et ressemblance physique du père et de la mère* ».

que l'enfant reçût le contrecoup des détraquements de la jeune femme. Pierre ne connaissait ni les emportements ni les rêveries maladives des louveteaux de Macquart. Fort mal élevé, tapageur comme tous les enfants lâchés librement dans la vie, il possédait néanmoins un fond de sagesse raisonnée qui devait toujours l'empêcher de commettre une folie improductive. Ses vices, sa fainéantise, ses appétits de jouissance, n'avaient pas l'élan instinctif des vices d'Antoine ; il entendait les cultiver et les contenter au grand jour, honorablement. Dans sa personne grasse, de taille moyenne, dans sa face longue, blafarde, où les traits de son père avaient pris certaines finesses du visage d'Adélaïde, on lisait déjà l'ambition sournoise et rusée, le besoin insatiable d'assouvissement, le cœur sec et l'envie haineuse d'un fils de paysan, dont la fortune et les nervosités de sa mère ont fait un bourgeois. [57]

Lorsque, à dix-sept ans, Pierre apprit et put comprendre les désordres d'Adélaïde et la singulière situation d'Antoine et d'Ursule, il ne parut ni triste ni indigné, mais simplement très préoccupé du parti que ses intérêts lui conseillaient de prendre. Des trois enfants, lui seul avait suivi l'école avec une certaine assiduité. Un paysan qui commence à sentir la nécessité de l'instruction, devient le plus souvent un calculateur féroce. Ce fut à l'école que ses camarades, par leurs huées et la façon insultante dont ils traitaient son frère,[a] lui donnèrent les premiers soupçons. Plus tard, il s'expliqua bien des regards, bien des paroles. Il vit enfin claire-ment la maison au pillage.[b] Dès lors, Antoine et Ursule furent pour lui des parasites éhontés, des bouches qui dévoraient son bien.[c] Quant à sa mère, il la regarda du même œil que le faubourg, comme une femme bonne à enfermer, qui finirait par manger son argent, s'il n'y mettait ordre. Ce qui acheva de le navrer, ce furent les vols du maraîcher. L'enfant tapageur se transforma,[d] du jour au lendemain, en un garçon[e] économe et égoïste, mûri hâtivement dans le sens de ses instincts par l'étrange vie de gaspillage qu'il ne pouvait voir maintenant[f] autour de lui sans en avoir le cœur crevé. C'était à lui ces légumes sur la vente desquels le maraîcher prélevait[g] les plus gros bénéfices ; c'était à lui ce vin bu, ce pain mangé par les bâtards de sa mère. Toute la maison, toute la for-tune était à lui. Dans sa logique de paysan, lui seul, fils légitime, devait hériter. Et comme les biens périclitaient, comme tout le monde mordait avidement à sa fortune future, il chercha le moyen de jeter ces gens à la porte, mère, frère, sœur, domestiques, et d'hériter immédiatement.

La lutte fut cruelle. Le jeune homme[h] comprit qu'il devait avant tout frapper sa mère.[i] Il exécuta pas à pas, avec une patience tenace, un plan dont il avait longtemps mûri chaque détail. Sa[j] tactique fut de se dresser devant Adélaïde comme [58] un reproche vivant ; non pas qu'il s'emportât ni qu'il lui adressât des paroles amères sur son inconduite ; mais il avait trouvé une certaine façon de la regarder, sans mot dire, qui la terrifiait. Lorsqu'elle reparaissait, après un court séjour au logis de Macquart, elle ne levait plus les yeux sur son fils qu'en frissonnant ; elle sentait ses regards, froids et aigus comme des lames d'acier, qui la poignardaient, longuement, sans pitié. L'attitude sévère[a] et silencieuse de Pierre, de cet enfant d'un homme qu'elle avait si vite oublié, troublait étrangement son pauvre cerveau malade. Elle se disait que Rougon ressuscitait pour la punir de ses désordres. Toutes les semaines, maintenant, elle était prise d'une de ces attaques nerveuses qui la brisaient ; on la laissait se débattre ; quand elle revenait à elle, elle rattachait ses vêtements, elle se traînait, plus faible[1]. Souvent, elle sanglotait, la nuit, se serrant[b] la tête entre les mains, acceptant les blessures de Pierre comme les coups d'un dieu vengeur. D'autres fois, elle le reniait ;[c] elle ne reconnaissait pas le sang de ses entrailles dans ce garçon épais, dont le calme glaçait si douloureusement sa fièvre. Elle eût mieux aimé mille fois être battue que[d] d'être ainsi regardée en face. Ces regards implacables qui la suivaient partout, finirent par la secouer d'une façon si insupportable, qu'elle forma, à plusieurs reprises, le projet de ne plus revoir son amant[e] ; mais, dès que Macquart arrivait, elle oubliait ses serments, elle courait à lui. Et la lutte recommençait à son retour, plus muette, plus terrible. Au bout de quelques mois, elle appartint à son fils. Elle était devant lui comme une petite fille qui n'est pas certaine de sa sagesse et qui craint

---

1   Rappelons que les troubles nerveux de la femme hystérique constituent un *topos* familier du roman naturaliste, notamment dans les textes des Goncourt *Germinie Lacerteux* (1865) et – on l'a vu – *Madame Gervaisais* (1869), dans *L'Hystérique* (1885) de Camille Lemonnier, et *Lourdes* (1894) de Zola lui-même. Le thème et les attitudes qui l'accompagnent s'inspirèrent dans une certaine mesure de l'ouvrage du Dr Jean-Louis Brachet, *Traité de l'hystérie* (Paris, Baillière, 1847), qui écrit au début de l'avant-propos : « L'hystérie est pour ainsi dire la maladie nerveuse des femmes ; elle est même, selon quelques auteurs, l'apanage exclusif de leur sexe, sa maladie spéciale. Aucune question ne pouvait donc mieux remplir les intentions philanthropiques de la douloureuse victime des affections nerveuses. Par cela même, la question est belle et importante. On ne saurait porter trop d'attention à une maladie qui vient si souvent empoisonner l'existence de cette moitié si délicate et si intéressante de l'espèce humaine » (p. 1).

toujours d'avoir mérité le fouet. Pierre, en habile garçon, lui avait lié les pieds et les mains, s'en était fait une servante soumise, sans ouvrir les lèvres, sans entrer dans des explications difficiles et compromettantes.

Quand le jeune homme sentit sa mère en sa possession, [59] qu'il put la traiter en esclave, il commença à exploiter dans son intérêt les faiblesses de son cerveau et la terreur folle qu'un seul de ses regards lui inspirait. Son premier soin, dès qu'il fut maître au logis, fut de congédier le maraîcher,[a] et de le remplacer par une créature à lui. Il prit la haute direction de la maison, vendant, achetant, tenant la caisse. Il ne chercha, d'ailleurs, ni à régler la conduite d'Adélaïde ni à corriger Antoine et Ursule de leur paresse. Peu lui importait, car il comptait se débarrasser de ces gens à la première occasion. Il se contenta de leur mesurer le pain et l'eau. Puis, ayant déjà toute la fortune dans les mains, il attendit un événement qui lui permît d'en disposer à son gré.

Les circonstances le servirent singulièrement.[b] Il échappa à la conscription, à titre de fils aîné d'une femme veuve. Mais, deux ans plus tard,[c] Antoine tomba au sort. Sa mauvaise chance le toucha peu ; il comptait que sa mère lui achèterait un homme[1]. Adélaïde, en effet, voulut le sauver du service. Pierre, qui tenait l'argent, fit la sourde oreille. Le départ forcé de son frère était un heureux événement servant trop bien ses projets. Quand sa mère lui parla de cette affaire, il la regarda d'une telle façon qu'elle n'osa même pas achever. Son[d] regard disait : « Vous voulez donc me ruiner pour votre bâtard ? » Elle abandonna Antoine, égoïstement, ayant avant tout besoin de paix et de liberté. Pierre, qui n'était pas pour les moyens violents, et qui se réjouissait de pouvoir mettre son frère à la porte sans querelle, joua alors le rôle d'un homme désespéré : l'année avait été mauvaise, l'argent manquait à la maison, il faudrait vendre un coin de terre, ce qui était le commencement de la ruine. Puis il donna sa parole à Antoine qu'il le rachèterait l'année suivante, bien décidé à n'en rien faire. Antoine partit, dupé, à demi content.

Pierre[e] se débarrassa d'Ursule d'une façon encore plus inattendue. Un ouvrier chapelier du faubourg, nommé Mouret, [60] se prit d'une belle tendresse pour la jeune fille, qu'il trouvait frêle et blanche comme une

---

1   Allusion au système selon lequel, jusqu'à l'année 1872, le service militaire fut déterminé par le tirage au sort ; ceux qui tirèrent un « bon numéro » furent exemptés, tandis que les autres, pour éviter une absence de sept ans, pouvaient recourir au remplacement en « achetant un homme ». Pour de plus amples renseignements, voir GGS, p. 479, note 79.

demoiselle du quartier Saint-Marc. Il l'épousa[1]. Ce fut de sa part un mariage d'amour, un véritable coup de tête, sans calcul aucun. Quant à Ursule, elle accepta ce mariage pour fuir une maison où son frère aîné[a] lui rendait la vie intolérable. Sa mère, enfoncée dans ses jouissances, mettant ses dernières énergies à se défendre elle-même, en était arrivée à une indifférence complète ; elle fut même[b] heureuse de son départ, espérant[c] que Pierre, n'ayant plus aucun sujet de mécontentement, la laisserait vivre en paix, à sa guise. Dès que les jeunes gens furent mariés, Mouret comprit qu'il devait quitter Plassans, s'il ne voulait entendre chaque jour des paroles désobligeantes sur sa femme et sur sa belle-mère. Il partit, il emmena Ursule à Marseille, où il travailla de son état. D'ailleurs, il n'avait pas demandé un sou de dot.[d] Comme Pierre, surpris de ce désintéressement, s'était mis à balbutier, cherchant à lui donner des explications, il lui avait fermé la bouche en disant qu'il préférait gagner le pain de sa femme. Le digne fils du paysan Rougon demeura[e] inquiet ; cette façon d'agir lui sembla cacher quelque piège.[f]

Restait Adélaïde. Pour rien au monde, Pierre ne voulait continuer à demeurer avec elle.[g] Elle le compromettait. C'était par elle qu'il aurait désiré commencer. Mais il se trouvait pris entre deux alternatives fort embarrassantes : la garder, et alors recevoir les éclaboussures de sa honte, s'attacher au pied un boulet qui arrêterait l'élan de son ambition ; la chasser, et à coup sûr se faire montrer au doigt comme un mauvais fils, ce qui aurait dérangé ses calculs de bonhomie. Sentant qu'il allait avoir besoin de tout le monde, il souhaitait[h] que son nom rentrât en grâce auprès de Plassans entier. Un seul moyen était à prendre, celui d'amener Adélaïde à s'en aller d'elle-même. Pierre ne négligeait rien pour obtenir ce résultat. Il se croyait parfaitement excusé de [61] ses duretés par l'inconduite de sa mère. Il la punissait comme on punit un enfant. Les rôles étaient renversés. Sous cette férule toujours levée, la pauvre femme se courbait. Elle était à peine âgée de quarante-deux ans, et elle avait des balbutiements d'épouvante, des airs vagues et humbles de vieille femme tombée en enfance. Son fils continuait à la tuer[a] de ses regards sévères, espérant qu'elle s'enfuirait, le jour où elle serait à

---

1   Sur les deux états du 1er arbre généalogique (1869), le mariage a lieu en 1816. Sur le deuxième état de l'arbre de 1869, Zola attribue à Mouret le prénom de Firmin. Sur les états de l'arbre de 1878 et 1893, Ursule épouse le chapelier Mouret en 1810. Le couple aura trois enfants : François (*La Conquête de Plassans*), né en 1817 ; Hélène (*Une page d'amour*), née en 1824 ; et Silvère, né en 1834.

bout de courage. La malheureuse souffrait horriblement de honte, de désirs contenus, de lâchetés acceptées, recevant passivement les coups et retournant quand même à Macquart, prête à mourir sur la place plutôt que de céder.[b] Il y avait des nuits où elle se serait levée pour courir se jeter dans la Viorne, si sa chair faible de femme nerveuse n'avait eu une peur atroce de la mort. Plusieurs fois, elle rêva de fuir, d'aller retrouver son amant à la frontière. Ce qui la retenait au logis, dans les silences méprisants et les secrètes brutalités de son fils, c'était de ne savoir où se réfugier. Pierre sentait que depuis longtemps elle l'aurait quitté, si elle avait eu un asile.[c] Il attendait l'occasion de lui louer quelque part un petit logement, lorsqu'un accident, sur lequel il n'osait compter, brusqua la réalisation de ses désirs.[d] On apprit, dans le faubourg, que Macquart venait d'être tué à la frontière par le coup de feu d'un douanier, au moment où il entrait en France toute une cargaison de montres de Genève[1]. L'histoire était vraie. On ne ramena pas même le corps du contrebandier, qui fut enterré dans le cimetière d'un petit village des montagnes. La douleur d'Adélaïde fut stupide. Son fils, qui l'observa curieusement, ne lui vit pas verser une larme. Macquart l'avait faite sa légataire. Elle hérita de la masure de l'impasse Saint-Mittre[2] et de la carabine du défunt, qu'un contrebandier, échappé aux balles des douaniers, lui rapporta loyalement. Dès le lendemain, elle se retira dans la petite maison ; elle pendit la carabine au-dessus de la cheminée, [62] et vécut là, étrangère au monde, solitaire, muette.[a]

Enfin, Pierre Rougon était seul maître au logis. L'enclos des Fouque lui appartenait en fait, sinon légalement.[b] Jamais il n'avait compté s'y établir. C'était un champ[c] trop étroit pour son ambition. Travailler à la terre, soigner des légumes, lui semblait grossier, indigne de ses

---

1   Ayant été annexée à la France en 1798, Genève fut intégrée dans la Confédération suisse par le Traité de Paris (1814) et le Congrès de Vienne (1815).

2   Dans son étude sur les liens entre la topographie du roman et la réalité, Armand Lunel identifie l'aire Saint-Mittre, sur la route de Plassans à Nice en 1851, avec « le quartier du jardin de Grassi » dans les faubourgs d'Aix. Quant au cimetière désaffecté dans le roman de Zola, il y avait, dans la réalité, des ruines d'une villa gallo-romaine. D'ailleurs, Lunel ajoute que « la ruelle qu'il [Zola] évoque à droite, s'achevant en cul de sac entre une rangée de masures où il loge la Tante Dide, c'est bel et bien la traversée Sylvacanne où, au numéro 10, s'élève encore dans un enclos la modeste maison à un étage précédée d'une tonnelle, où le futur romancier passa sa toute première enfance, pendant que son père François travaillait à la construction du Barrage et du Canal, auxquels il devait laisser son nom. » Voir « Le puits mitoyen. Un souvenir d'enfance d'Émile Zola », *L'Arc. Cahiers méditerranéens*, n° 12, automne 1960, p. 86.

facultés. Il avait hâte de n'être plus un paysan. Sa nature, affinée par le
tempérament nerveux de sa mère, éprouvait des besoins irrésistibles de
jouissances bourgeoises. Aussi, dans chacun de ses calculs, avait-il vu,
comme dénouement, la vente de l'enclos des Fouque. Cette vente, en lui
mettant dans les mains une somme assez ronde, devait lui permettre
d'épouser la fille de quelque négociant qui le prendrait comme associé.
En ce temps-là, les guerres de l'Empire éclaircissaient[d] singulièrement
les rangs des jeunes hommes à marier[1]. Les parents se montraient
moins difficiles dans le choix d'un gendre. Pierre se disait que l'argent
arrangerait tout, et qu'on passerait aisément sur les commérages du
faubourg ; il entendait se poser en victime, en brave cœur qui souffre
des hontes de sa famille, qui les déplore, sans en être atteint et sans
les excuser.[e] Depuis plusieurs mois, il avait jeté ses vues sur la fille
d'un marchand d'huile, Félicité Puech[2]. La maison Puech et Lacamp,
dont les magasins se trouvaient dans une des ruelles les plus noires du
vieux quartier, était loin de prospérer. Elle avait un crédit douteux sur
la place, on parlait vaguement de faillite. Ce fut justement à cause de
ces mauvais bruits que Rougon dressa ses batteries de ce côté. Jamais
un commerçant à son aise ne lui eût donné sa fille. Il comptait arriver
lorsque le vieux Puech ne saurait plus par où passer, lui acheter Félicité
et relever ensuite la maison par son intelligence et son énergie[3]. C'était
une façon habile de gravir un échelon, de s'élever d'un cran au-dessus
de sa classe. Il voulait, avant tout, fuir cet affreux faubourg où l'on
clabaudait[4] sur sa famille, faire oublier les sales légendes, [63] en effa-
çant jusqu'au nom de l'enclos des Fouque. Aussi les rues puantes du
vieux quartier lui semblaient-elles un paradis. Là seulement il devait
faire peau neuve.[a]

---

1   Il s'agit de la période entre le 2 décembre 1804, date du sacre de Napoléon Ier, et 1810,
    année du mariage de Pierre Rougon.
2   Nom typique de la région. Voir GGS, p. 480, note 83, où il est question d'un prêtre
    nommé Louis-Scipion Puech.
3   Dans le plan détaillé du roman (plan E), Zola prête à Pierre, ayant vendu à ses propres
    fins l'enclos des Fouque, l'intention de s'établir dans le commerce d'huile et d'amandes
    pour lui permettre d'épouser « une fille de bourgeois à peu près ruiné Félicité Lecamp »
    (ms. 10303, f° 11). Mais ce plan est légèrement modifié par la suite : « Pierre ne voulant
    pas travailler la terre est entré chez les Puech et Lacamp, assez forte maison de commerce
    [pour] l'huile. Il sait que Lacamp lui donnera sa fille Félicité s'il apporte de l'argent dans
    la maison de commerce. Il met dans la maison ses quarante mille fr. en réservant les 10
    mille de sa femme » (f°s 11-12).
4   Clabauder : critiquer injustement une personne, médire (*Trésor de la langue française*).

Bientôt le moment qu'il guettait arriva. La maison Puech et Lacamp râlait. Le jeune homme négocia alors son mariage avec une adresse prudente. Il fut accueilli, sinon comme un sauveur, du moins comme un expédient nécessaire et acceptable. Le mariage arrêté, il s'occupa activement de la vente de l'enclos. Le propriétaire du Jas-Meiffren, désirant arrondir ses terres, lui avait déjà fait des offres à plusieurs reprises ; un mur mitoyen, bas et mince, séparait seul les deux propriétés. Pierre spécula sur les désirs de son voisin, homme fort riche, qui, pour contenter un caprice, alla jusqu'à donner cinquante mille francs de l'enclos. C'était le payer deux fois sa valeur. D'ailleurs, Pierre se faisait tirer l'oreille avec une sournoiserie de paysan, disant qu'il ne voulait pas vendre, que sa mère ne consentirait jamais à se défaire d'un bien où les Fouque, depuis près de deux siècles, avaient vécu de père en fils. Tout en paraissant hésiter, il préparait la vente. Des inquiétudes lui étaient venues. Selon sa logique brutale, l'enclos lui appartenait, il avait le droit d'en disposer à son gré. Cependant, au fond de cette assurance, s'agitait le vague pressentiment des complications du Code[1]. Il se décida à consulter indirectement un huissier du faubourg.

Il en apprit de belles. D'après l'huissier, il avait les mains absolument liées. Sa mère seule pouvait aliéner l'enclos, ce dont il se doutait. Mais ce qu'il ignorait, ce qui fut pour lui un coup de massue, c'était qu'Ursule et Antoine, les bâtards, les louveteaux, eussent des droits sur cette propriété. Comment ! ces canailles allaient le dépouiller, le voler, lui, l'enfant légitime ! Les explications de l'huissier étaient claires et précises : Adélaïde avait, il est vrai, épousé Rougon sous le régime de la communauté ; mais toute la fortune consistant en biens-fonds, la jeune femme, selon la loi, était rentrée en [64] possession de cette fortune, à la mort de son mari ; d'un autre côté, Macquart et Adélaïde avaient reconnu leurs enfants, qui dès lors devaient hériter de leur mère. Comme unique consolation, Pierre apprit que le Code rognait la part des bâtards au profit des enfants légitimes. Cela ne le consola nullement. Il voulait tout. Il n'aurait pas partagé dix sous entre Ursule et Antoine. Cette échappée sur les complications du Code lui ouvrit de nouveaux horizons, qu'il

---

1   C'est-à-dire le « Code Napoléon » ou le « Code civil des Français », appelé habituellement le « Code civil », promulgué le 21 mars 1804 (30 ventôse an XII), qui constitue un ensemble de règles du droit civil français, lesquelles déterminent le statut des personnes, des biens et des relations entre les personnes.

sonda d'un air singulièrement songeur. Il comprit vite qu'un homme
habile doit toujours mettre la loi de son côté. Et voici ce qu'il trouva,
sans consulter personne, pas même l'huissier, auquel il craignait de
donner l'éveil. Il savait pouvoir disposer de sa mère comme d'une chose.
Un matin, il la mena chez un notaire et lui fit signer un acte de vente.
Pourvu qu'on lui laissât son taudis de l'impasse Saint-Mittre, Adélaïde
aurait vendu Plassans. Pierre lui assurait, d'ailleurs, une rente annuelle
de six cents francs, et lui jurait ses grands dieux qu'il veillerait sur son
frère et sa sœur. Un tel serment suffisait à la bonne femme. Elle récita
au notaire la leçon qu'il plut à son fils de lui souffler. Le lendemain,
le jeune homme lui fit mettre son nom au bas d'un reçu, dans lequel
elle reconnaissait avoir touché cinquante mille francs, comme prix de
l'enclos. Ce fut là son coup de génie, un acte de fripon. Il se contenta
de dire à sa mère, étonnée d'avoir à signer un pareil reçu, lorsqu'elle
n'avait pas vu un centime des cinquante mille francs, que c'était une
simple formalité ne tirant pas à conséquence. En glissant le papier dans
sa poche, il pensait : « Maintenant, les louveteaux peuvent me demander des comptes. Je leur dirai que la vieille a tout mangé. Ils n'oseront
jamais me faire un procès. » Huit jours après, le mur mitoyen n'existait
plus, la charrue avait retourné la terre des plants de légumes ; l'enclos
des Fouque, selon le désir du jeune Rougon, allait devenir un[a] souvenir
légendaire. Quelques mois plus tard, le [65] propriétaire du Jas-Meiffren
fit même démolir l'ancien logis des maraîchers, qui tombait en ruine.

Quand Pierre eut les cinquante mille francs entre les mains, il[a] épousa
Félicité Puech, dans les délais strictement nécessaires. Félicité était une
petite femme noire, comme on en voit en Provence. On eût dit une de
ces cigales brunes, sèches, stridentes, aux vols brusques, qui se cognent
la tête dans les amandiers. Maigre, la gorge plate, les épaules pointues,
le visage en museau de fouine, singulièrement fouillé et accentué, elle
n'avait pas d'âge ; on lui eût donné quinze ans ou trente ans, bien
qu'elle en eût en réalité dix-neuf, quatre[b] de moins que son mari[1]. Il y

---

1   Elle ne changera que très peu d'un bout à l'autre de la série des *Rougon-Macquart*. Voici la
     description du personnage au début du dernier roman de la série : « Vivement, la vieille
     madame Rougon entra. Malgré ses quatre-vingts ans, elle venait de monter l'escalier avec
     une légèreté de jeune fille ; elle restait la cigale brune, maigre et stridente d'autrefois.
     Très élégante, maintenant, vêtue de soie noire, elle pouvait encore être prise, par derrière,
     grâce à la finesse de sa taille, pour quelque amoureuse, quelque ambitieuse courant à sa
     passion. De face, dans son visage séché, ses yeux gardaient leur flamme, et elle souriait

avait une ruse de chatte au fond de ses yeux noirs, étroits, pareils à des trous de vrille. Son front bas et bombé ; son nez légèrement déprimé à la racine, et dont les narines s'évasaient ensuite, fines et frémissantes, comme pour mieux goûter les odeurs ; la mince ligne rouge de ses lèvres, la proéminence de son menton qui se rattachait aux joues par des creux étranges ; toute cette physionomie de naine futée était comme le masque vivant de l'intrigue, de l'ambition active et envieuse. Avec sa laideur, Félicité avait une grâce à elle, qui la rendait séduisante. On disait d'elle qu'elle était jolie ou laide à volonté. Cela devait dépendre de la façon dont elle nouait ses cheveux, qui étaient superbes ; mais cela dépendait[c] plus encore du sourire triomphant qui illuminait son teint doré, lorsqu'elle croyait l'emporter sur quelqu'un. Née avec une sorte de mauvaise chance, se jugeant mal partagée par la fortune, elle consentait le plus souvent à n'être qu'un laideron. D'ailleurs, elle n'abandonnait pas la lutte, elle s'était promis de faire un jour crever d'envie la ville entière par l'étalage d'un bonheur et d'un luxe insolents. Et si elle avait pu jouer sa vie sur une scène plus vaste, où son esprit délié se fût développé à l'aise, elle aurait à coup sûr réalisé promptement son rêve. Elle était d'une intelligence fort supérieure à celle [66] des filles de sa classe et de son instruction[1]. Les méchantes langues prétendaient que sa mère, morte quelques années après sa naissance, avait, dans les premiers temps[a] de son mariage, été intimement liée avec le marquis de Carnavant, un jeune noble du quartier Saint-Marc. La vérité était que Félicité avait des pieds et des mains de marquise, et qui semblaient ne pas devoir appartenir à la race de travailleurs dont elle descendait.

Le vieux quartier s'étonna, un mois durant,[b] de lui voir épouser Pierre Rougon, ce paysan à peine dégrossi, cet homme du faubourg dont la famille n'était guère en odeur de sainteté. Elle laissa clabauder, accueillant par de singuliers sourires les félicitations contraintes de ses amies. Ses calculs étaient faits, elle choisissait[c] Rougon en fille qui

---

d'un joli sourire, quand elle le voulait bien » (*Le Docteur Pascal*, Paris, Charpentier, 1893, p. 10).

1   Félicité poursuivra avec acharnement ses ambitions tout au long de la série. Dans *La Conquête de Plassans* (1874), elle règne sur la ville dans son « salon vert » ; elle réapparaît dans *Son Excellence Eugène Rougon* (1876), où elle appuie les Charbonnel ; dans *Le Docteur Pascal* (1893), c'est elle qui brûle tous les dossiers du docteur pour préserver la réputation de la famille et emploie sa fortune « à la construction et à la dotation d'un Asile pour les vieillards, qui s'appellerait l'Asile Rougon ».

prend un mari comme on prend un complice. Son père, en acceptant[d] le jeune homme, ne voyait que l'apport des cinquante mille francs qui allaient le sauver de la faillite. Mais Félicité avait de meilleurs yeux. Elle regardait au loin dans l'avenir, et elle se sentait le besoin d'un homme bien portant, un peu rustre même, derrière lequel elle pût se cacher, et dont elle fit aller à son gré les bras et les jambes. Elle avait une haine raisonnée pour les petits messieurs de province, pour ce peuple efflanqué de clercs de notaire, de[e] futurs avocats qui grelottent dans l'espérance d'une clientèle. Sans la moindre dot,[f] désespérant d'épouser le fils d'un gros négociant, elle préférait mille fois un paysan qu'elle comptait employer comme un instrument passif, à quelque maigre bachelier qui l'écraserait de sa supériorité de collégien et la traînerait misérablement toute la vie à la recherche de vanités creuses. Elle pensait que la femme doit faire l'homme. Elle se croyait de force à tailler un ministre dans un vacher. Ce qui l'avait séduite chez Rougon, c'était la carrure de la poitrine, le torse trapu et[g] ne manquant pas d'une certaine élégance. Un garçon ainsi bâti devait porter avec aisance et [67] gaillardise le monde d'intrigues qu'elle rêvait de lui mettre sur les épaules. Si elle appréciait la force et la santé de son mari, elle avait d'ailleurs su deviner qu'il était loin d'être un imbécile ; sous la chair épaisse, elle avait[a] flairé les souplesses sournoises de l'esprit ; mais elle était loin de connaître son Rougon, elle le jugeait encore plus bête qu'il n'était. Quelques jours après son mariage, ayant fouillé par hasard dans le tiroir d'un secrétaire, elle trouva le reçu des cinquante mille francs signé par Adélaïde. Elle comprit et fut effrayée : sa nature, d'une honnêteté moyenne, répugnait à ces sortes de moyens. Mais, dans son effroi, il y eut de[b] l'admiration. Rougon devint à ses yeux un homme très fort.

Le jeune ménage se mit bravement à la conquête de la fortune. La maison Puech et Lacamp se trouvait moins compromise que Pierre ne le pensait. Le chiffre des dettes était faible, l'argent seul manquait. En province, le commerce a des allures prudentes qui le sauvent des grands désastres. Les Puech et Lacamp étaient sages parmi les plus sages ; ils risquaient un millier d'écus en tremblant ; aussi leur maison, un véritable trou, n'avait-elle que très peu d'importance. Les cinquante mille francs que Pierre apporta suffirent pour payer les dettes et pour donner au commerce une plus large extension. Les commencements furent heureux. Pendant trois années consécutives, la récolte des oliviers donna abondamment. Félicité, par un coup d'audace qui effraya singulièrement Pierre et le vieux Puech, leur fit acheter une quantité considérable d'huile qu'ils amassèrent et[c] gardèrent en magasin. Les deux[d] années suivantes, selon les pressentiments de la jeune femme, la récolte manqua, il y eut une hausse considérable,[e] ce qui leur permit de réaliser de gros bénéfices en écoulant leur provision.

Peu de temps après ce coup de filet, Puech et le sieur Lacamp se retirèrent de l'association, contents des quelques [68] sous qu'ils venaient de gagner, mordus par l'ambition de mourir rentiers.

Le jeune ménage, resté seul maître de la maison,[a] pensa qu'il avait enfin fixé la fortune.

– Tu as vaincu mon guignon, disait parfois Félicité à son mari.

Une des rares faiblesses de cette nature énergique était de se croire frappée de malchance. Jusque-là, prétendait-elle, rien ne leur avait réussi, à elle ni à son père, malgré leurs efforts. La superstition méridionale aidant[1], elle s'apprêtait à lutter contre la destinée, comme on lutte contre une personne en chair et en os qui chercherait à vous étrangler.

Les faits ne tardèrent pas à justifier étrangement ses appréhensions. Le guignon revint, implacable. Chaque année, un nouveau désastre ébranla la maison Rougon. Un banqueroutier lui emportait quelques milliers de francs ; les calculs probables sur l'abondance des récoltes devenaient faux par suite de circonstances incroyables ; les spéculations les plus sûres échouaient misérablement. Ce fut un combat sans trêve ni merci.

– Tu vois bien que je suis née sous une mauvaise étoile, disait amèrement Félicité.

Et elle s'acharnait cependant, furieuse, ne comprenant pas pourquoi elle, qui avait eu le flair si délicat pour une première spéculation, ne donnait plus à son mari que des conseils déplorables.

Pierre, abattu, moins tenace, aurait vingt fois liquidé sans l'attitude crispée et opiniâtre de sa femme. Elle voulait être riche.[b] Elle comprenait que son ambition ne pouvait bâtir que sur la fortune. Quand ils auraient quelques centaines de mille francs, ils seraient les maîtres de la ville ;

---

1   Zola lui-même était très superstitieux, comme son personnage pessimiste (en partie auto-biographique) Lazare Chanteau dans *La Joie de vivre*. Chez le romancier, cette tendance se manifestait surtout, selon les observations du Dr Toulouse (voir ci-dessus, p. 144, note 1) par l'arithmomanie. « Pendant longtemps les multiples de 3 lui ont paru bons ; aujourd'hui, ce sont les multiples de 7 qui le rassurent (*op. cit.*, p. 251). Voir GGS, p. 481, note 90.

elle ferait nommer son mari à un[c] poste important, elle gouvernerait. Ce n'était pas la conquête des honneurs qui l'inquiétait ; elle se sentait merveilleusement armée pour cette [69] lutte. Mais elle restait sans force devant les premiers sacs d'écus à gagner. Si le maniement des hommes ne l'effrayait pas,[a] elle éprouvait une sorte de rage impuissante en face de ces pièces de cent sous, inertes, blanches et froides, sur lesquelles son esprit d'intrigue n'avait pas de prise, et qui se refusaient stupidement à elle.

Pendant plus de trente ans la bataille dura. Lorsque Puech mourut, ce fut un nouveau coup de massue. Félicité, qui comptait hériter d'une quarantaine de mille francs, apprit que le vieil égoïste, pour mieux dorloter ses vieux jours, avait placé sa petite fortune à fonds perdu[1].[b] Elle en fit une maladie. Elle s'aigrissait peu à peu, elle devenait plus sèche, plus stridente. À la voir tourbillonner, du matin au soir, autour des jarres d'huile, on eût dit qu'elle croyait activer la vente par ces vols continuels de mouche inquiète. Son mari, au contraire, s'appesantissait ; le guignon l'engraissait, le rendait plus épais et plus mou.[c] Ces trente années de lutte ne les menèrent cependant pas à la ruine. À chaque inventaire annuel, ils joignaient à peu près les deux bouts ; s'ils éprouvaient des pertes pendant une saison, ils les réparaient à la saison suivante. C'était cette[d] vie au jour le jour qui exaspérait Félicité. Elle eût préféré une belle et bonne faillite. Peut-être auraient-ils pu alors recommencer leur vie, au lieu de s'entêter dans l'infiniment petit, de se brûler le sang pour ne gagner que leur strict nécessaire. En un tiers de siècle, ils ne mirent pas cinquante mille francs de côté.

Il faut dire que, dès les premières années de leur mariage, il poussa chez eux une famille nombreuse qui devint à la longue une très lourde charge. Félicité, comme certaines petites femmes, eut une fécondité qu'on n'aurait jamais supposée, à voir la structure chétive de son corps. En cinq années,[e] de 1811 à 1815, elle eut trois garçons, un tous les deux ans. Pendant les quatre années qui suivirent, elle accoucha encore de deux filles[2]. Rien ne fait mieux pousser les [70] enfants que la vie

---

1   Capital aliéné moyennant une rente qui s'éteint à la mort de celui qui a déposé le fonds. « Capital aliéné sans retour, moyennant un revenu » (*Trésor de la langue française*).

2   C'est-à-dire : Eugène, né en 1811 (voir surtout *Son Excellence Eugène Rougon*) ; Pascal, né en 1813 (voir surtout *Le Docteur Pascal*) ; Aristide, dit Saccard, né en 1815 (voir surtout *La Curée* et *L'Argent*) ; Sidonie, née en 1818 (voir surtout *La Curée*), Marthe Mouret, née en 1820 (voir surtout *La Conquête de Plassans*). La fécondité de Félicité n'est pas sans rappeler celle de Maria Letizia Bonaparte, fondatrice, elle aussi, d'une dynastie.

placide et bestiale de la province. Les époux accueillirent fort mal les deux dernières venues ; les filles, quand les dots manquent, deviennent de terribles embarras. Rougon déclara à qui voulut l'entendre que c'était assez, que le diable serait bien fin s'il lui envoyait un sixième enfant. Félicité, effectivement, en demeura là. On ne sait pas à quel chiffre elle se serait arrêtée.

D'ailleurs, la jeune femme ne regarda pas cette marmaille comme une cause de ruine. Au contraire, elle reconstruisit sur la tête de ses fils l'édifice de sa fortune, qui s'écroulait entre ses mains. Ils n'avaient pas dix ans, qu'elle escomptait déjà en rêve leur avenir. Doutant de jamais réussir par elle-même, elle se mit à espérer en eux pour vaincre l'acharnement du sort. Ils satisferaient ses vanités déçues, ils lui donneraient cette position riche et enviée qu'elle poursuivait en vain. Dès lors, sans abandonner la lutte soutenue par la maison de commerce, elle eut une seconde tactique pour arriver à contenter ses instincts de domination. Il lui semblait impossible que, sur ses trois fils, il n'y eût pas un homme supérieur qui les enrichirait tous. Elle sentait cela, disait-elle. Aussi soigna-t-elle les marmots avec une ferveur où il y avait des sévérités de mère et des tendresses d'usurier. Elle se plut à les engraisser amoureusement comme un capital qui devait plus tard rapporter de gros intérêts.

– Laisse donc ! criait Pierre, tous les enfants sont des ingrats. Tu les gâtes, tu nous ruines.

Quand Félicité parla d'envoyer les petits au collège, il se fâcha. Le latin était un luxe inutile, il suffirait de leur faire suivre les classes d'une petite pension voisine. Mais la jeune femme tint bon ; elle avait des instincts plus élevés qui lui faisaient mettre un grand orgueil à se parer d'enfants instruits ; d'ailleurs, elle sentait que ses fils ne pouvaient rester aussi illettrés que son mari, si elle voulait les voir un jour des hommes supérieurs. Elle les rêvait tous trois à Paris, dans [71] de hautes positions qu'elle ne précisait pas[1]. Lorsque Rougon eut cédé et que les trois gamins furent entrés en huitième, Félicité goûta les plus vives jouissances de vanité qu'elle eût encore ressenties. Elle les écoutait avec ravissement parler entre eux de leurs professeurs et de leurs études. Le jour où l'aîné fit devant elle

---

1   Ses rêves se réaliseront dans les cas d'Eugène, ministre de l'Intérieur dans le gouvernement impérial, et d'Aristide, brasseur d'affaires et fondateur de la Banque universelle à Paris. Pascal la décevra en restant simple médecin à Plassans.

décliner *rosa, la rose*, à un de ses[a] cadets, elle crut entendre une musique
délicieuse[1]. Il faut le dire à sa louange, sa joie fut alors pure de tout calcul.
Rougon lui-même se laissa prendre à ce contentement de l'homme illettré qui voit ses enfants devenir plus savants que lui. La camaraderie qui
s'établit naturellement entre leurs fils et ceux des plus gros bonnets de
la ville acheva de griser les époux[2]. Les petits tutoyaient le fils du maire,
celui du sous-préfet, même deux ou trois jeunes gentilshommes que le
quartier Saint-Marc avait daigné mettre au collège de Plassans. Félicité ne
croyait pouvoir trop payer un tel honneur. L'instruction des trois gamins
greva terriblement le budget de la maison Rougon.

Tant que les enfants ne furent pas bacheliers, les époux, qui les maintenaient au collège, grâce à d'énormes sacrifices, vécurent dans l'espérance
de leur succès. Et même, lorsqu'ils eurent obtenu leur diplôme, Félicité
voulut achever son œuvre ; elle décida son mari à les envoyer tous trois
à Paris. Deux firent leur droit, le troisième suivit les cours de l'École
de médecine[3]. Puis, quand ils furent hommes, quand ils eurent mis la
maison Rougon à bout de ressources et qu'ils se virent obligés de revenir
se fixer en province, le désenchantement commença pour les pauvres
parents. La province sembla reprendre sa proie. Les trois jeunes gens
s'endormirent, s'épaissirent. Toute l'aigreur de sa malchance remonta à
la gorge de Félicité. Ses fils lui faisaient banqueroute. Ils l'avaient ruinée,
ils ne lui servaient pas les intérêts du capital qu'ils représentaient. Ce
dernier coup de la destinée lui fut d'autant plus sensible qu'il l'atteignait
à la fois dans ses [72] ambitions de femme et dans ses vanités de mère.
Rougon lui répéta du matin au soir : « Je te l'avais bien dit ! », ce qui
l'exaspéra encore davantage.

Un jour, comme elle reprochait amèrement à son aîné les sommes
d'argent que lui avait coûtées son instruction, il lui dit avec non moins
d'amertume :

---

1   Zola prend le même exemple dans un article de *La Tribune* du 15 août 1869, à l'époque
    précisément où il composait *La Fortune des Rougon*, pour critiquer le système éducatif
    en France, trop théorique et trop peu pratique : « Nous sacrifions fatalement aux grâces
    des esprits cultivés. [..], car il n'est pas chez nous une famille qui ne s'ôte le pain de la
    bouche afin d'envoyer ses enfants décliner *rosa, la rose*. Nos voisins commencent à raisonner
    autrement » (*O.C.*, XIII, p. 239). Voir aussi GGS, p. 481, note 93.
2   Il se peut que Zola remue des souvenirs de ses années au Collège d'Aix entre 1852 et
    1858. Voir HM, 1553.
3   Le jeune Zola avait l'ambition de faire son droit, s'il avait été reçu au baccalauréat. Voir
    HM, 1553.

– Je vous rembourserai plus tard, si je puis. Mais, puisque vous n'aviez pas de fortune, il fallait faire de nous des travailleurs. Nous sommes des déclassés, nous souffrons plus que vous.

Félicité comprit la profondeur de ces paroles. Dès lors, elle cessa d'accuser ses enfants, elle tourna sa colère contre le sort, qui ne se lassait pas de la frapper. Elle recommença ses doléances, elle se mit à geindre de plus belle sur le manque de fortune qui la faisait échouer au port. Quand Rougon lui disait : « Tes fils sont des fainéants, ils nous grugeront jusqu'à la fin », elle répondait aigrement : « Plût à Dieu que j'eusse encore de l'argent à leur donner. S'ils végètent, les pauvres garçons, c'est qu'ils n'ont pas le sou. »

Au commencement de l'année 1848, à la veille de la révolution de février, les trois fils Rougon avaient à Plassans des positions fort précaires[1]. Ils offraient alors des types curieux, profondément dissemblables, bien que parallèlement issus de la même souche. Ils valaient mieux en somme que leurs parents. La race des Rougon devait s'épurer par les femmes. Adélaïde avait fait de Pierre un esprit moyen, apte aux ambitions basses ; Félicité venait de donner à ses fils des intelligences plus hautes, capables de grands vices et de grandes vertus.

À cette époque, l'aîné, Eugène, avait près de[a] quarante ans[2]. C'était un garçon de taille moyenne, légèrement chauve, tournant déjà à l'obésité. Il avait le visage de son père, un visage long, aux traits larges ; sous la peau, on devinait la [73] graisse qui amollissait les rondeurs et donnait à la face une blancheur jaunâtre de cire. Mais si l'on sentait encore le paysan dans la structure massive et carrée de la tête, la physionomie se transfigurait, s'éclairait en dedans, lorsque le regard s'éveillait, en soulevant les paupières appesanties. Chez le fils, la lourdeur du père était devenue de la gravité. Ce gros garçon avait d'ordinaire une attitude de sommeil puissant ; à certains gestes larges et fatigués, on eût dit un géant qui se détirait les membres en attendant l'action. Par un de ces prétendus caprices de la nature où la science commence à distinguer des lois[3], si la ressemblance

---

1   Dans ce roman, 1848 est une année charnière pour l'avenir des Rougon comme pour le sort du pays, point tournant pour la fortune des Rougon comme pour le destin de Louis-Bonaparte.

2   Né en 1811, il avait plus précisément trente-sept ans en 1848.

3   Dans l'introduction de son *Traité philosophique et physiologique de l'hérédité naturelle*, source principale de la science de Zola, le Dr Lucas insiste sur le caractère provisoire et expérimental de la science de l'hérédité : « Il nous a donc semblé que le temps était venu de sortir de

physique de Pierre était complète chez Eugène, Félicité semblait avoir contribué à fournir la matière pensante. Eugène offrait le cas curieux de certaines qualités morales et intellectuelles de sa mère enfouies dans les chairs épaisses de son père[1]. Il avait des ambitions hautes, des instincts autoritaires, un mépris singulier pour les petits moyens et les petites fortunes. Il était la preuve que Plassans ne se trompait peut-être pas en soupçonnant[a] que Félicité avait dans les veines quelques gouttes de sang noble. Les appétits de jouissance qui se développaient furieusement chez les Rougon, et qui étaient comme la caractéristique de cette famille, prenaient en lui une de leurs faces les plus élevées ; il voulait jouir, mais par les voluptés de l'esprit, en satisfaisant ses besoins de domination[2]. Un tel homme n'était pas fait pour réussir en province. Il y végéta quinze ans, les yeux tournés vers Paris, guettant les occasions. Dès son retour dans sa petite ville, pour ne pas manger le pain de ses parents, il s'était fait inscrire au tableau des avocats. Il plaida de temps à autre, gagnant maigrement sa vie, sans paraître s'élever au-dessus d'une honnête médiocrité. À Plassans, on lui trouvait la voix pâteuse, les gestes lourds. Il était rare qu'il réussît à gagner la cause d'un client ; il sortait le plus souvent de la question, il divaguait, selon l'expression des fortes têtes de l'endroit. Un jour surtout, [74] plaidant une affaire de dommages et intérêts, il s'oublia, il s'égara dans des considérations politiques, à ce point que le président lui coupa la parole. Il s'assit immédiatement en souriant d'un singulier sourire. Son client fut condamné à payer une somme considérable, ce qui ne parut pas lui faire regretter ses digressions le moins du monde. Il semblait regarder ses plaidoyers comme de simples exercices qui lui serviraient plus tard.[a] C'était là ce que ne comprenait pas et ce qui désespérait Félicité ; elle

---

l'empirisme, afin de s'éclairer sur l'empirisme même, devenu aussi fécond en doutes, en hypothèses, en contradictions que la spéculation la plus arbitraire ; il nous a semblé que le temps était venu de faire une tentative pour rendre, en quelque sorte, à l'ordre et à la vie ces lambeaux déchirés d'un magnifique système de lois naturelles » (*op. cit.*, p. xx).

1 Ainsi, sur les arbres généalogiques, ce personnage est un cas de « Mélange fusion. *Prépondérance morale, ambition de la mère. Ressemblance physique du père* ».

2 Dans *Son Excellence Eugène Rougon*, le mot « force », attribué à Eugène Rougon, devient un leitmotiv du roman. Par exemple : « Sans vice aucun, il faisait en secret des orgies de toute-puissance. S'il tenait de son père la carrure lourde des épaules, l'empâtement du masque, il avait reçu de sa mère, cette terrible Félicité qui gouvernait Plassans, une flamme de volonté, une passion de la force, dédaigneuse des petits moyens et des petites joies ; et il était certainement le plus grand des Rougon ». *Cf.* la dernière phrase du roman, prononcée par Clorinde : « Vous êtes tout de même d'une jolie force, vous ! » (Paris, Charpentier, 1876, p. 155, et p. 462).

aurait voulu que son fils dictât des lois au tribunal civil de Plassans. Elle finit par se faire une opinion très défavorable sur son fils aîné[b]; selon elle, ce ne pouvait être ce garçon endormi qui serait la gloire de la famille. Pierre, au contraire, avait en lui une confiance absolue, non qu'il eût des yeux plus pénétrants que sa femme, mais parce qu'il s'en tenait à la surface, et qu'il se flattait lui-même en croyant au génie d'un fils qui était son vivant portrait. Un mois avant les journées de février, Eugène devint inquiet; un flair particulier lui fit deviner la crise. Dès lors, le pavé de Plassans lui brûla les pieds. On le vit rôder sur les promenades comme une âme en peine. Puis il se décida brusquement, il partit pour Paris. Il n'avait pas cinq cents francs dans sa poche.

Aristide, le plus jeune des fils Rougon, était opposé à Eugène, géométriquement pour ainsi dire. Il avait le visage de sa mère et des avidités, un caractère sournois, apte aux intrigues vulgaires, où les instincts de son père dominaient. La nature a souvent des besoins de symétrie[1]. Petit, la mine chafouine, pareille à une pomme de canne curieusement taillée en tête de Polichinelle, Aristide furetait, fouillait partout, peu scrupuleux, pressé de jouir. Il aimait l'argent comme son frère aîné aimait le pouvoir. Tandis qu'Eugène rêvait de plier un peuple à sa volonté et s'enivrait de sa toute-puissance future, lui se voyait dix fois millionnaire, logé dans une demeure princière, mangeant et buvant bien, savourant [75] la vie par tous les sens et tous les organes de son corps. Il voulait surtout une fortune rapide. Lorsqu'il bâtissait un château en Espagne, ce château s'élevait magiquement dans son esprit; il avait des tonneaux d'or du soir au lendemain; cela plaisait à ses paresses, d'autant plus qu'il ne s'inquiétait jamais des moyens, et que les plus prompts lui semblaient les meilleurs. La race des Rougon, de ces paysans épais et avides, aux appétits de brute, avait mûri trop vite; tous les besoins de jouissance matérielle s'épanouissaient chez Aristide, triplés par une éducation hâtive, plus insatiables et dangereux depuis qu'ils devenaient raisonnés. Malgré ses délicates intuitions de femme, Félicité préférait ce garçon; elle ne sentait pas combien Eugène lui appartenait davantage; elle excusait les sottises et les paresses de son fils cadet, sous prétexte qu'il serait l'homme

---

1   En fait, la symétrie est partout présente dans la nature; elle est constitutive de notre monde (voir l'ouvrage de Boris Zilinskii et Guillaume Dhont, *Symétrie dans la nature*, Presses universitaires de Grenoble, 2011). Zola peut ainsi s'autoriser à juste titre des lois de la nature.

supérieur de la famille, et qu'un homme supérieur a le droit de mener une vie débraillée, jusqu'au jour où la puissance de ses facultés se révèle. Aristide mit rudement son indulgence à l'épreuve. À Paris, il mena une vie sale et oisive ; il fut un de ces étudiants qui prennent leurs inscriptions dans les brasseries du Quartier latin. D'ailleurs, il n'y resta que deux années ; son père, effrayé, voyant qu'il n'avait pas encore passé un seul examen, le retint à Plassans et parla de lui chercher une femme, espérant que les soucis du ménage en feraient un homme rangé. Aristide se laissa marier[1]. À cette époque, il ne voyait pas clairement dans ses ambitions ; la vie de province ne lui déplaisait pas ; il se trouvait à l'engrais dans sa petite ville, mangeant, dormant, flânant. Félicité plaida sa cause avec tant de chaleur que Pierre consentit à nourrir et à loger le ménage, à la condition que le jeune homme s'occuperait activement de la maison de commerce. Dès lors commença pour ce dernier une belle existence de fainéantise ; il passa au cercle ses journées et la plus grande partie de ses nuits, s'échappant du bureau de son père comme un [76] collégien, allant jouer les quelques louis[a] que sa mère lui donnait en cachette. Il faut avoir vécu au fond d'un[b] département, pour bien comprendre quelles furent les quatre[c] années d'abrutissement que ce garçon passa de la sorte. Il y a ainsi, dans chaque petite ville, un groupe d'individus vivant aux crochets[d] de leurs parents, feignant parfois de travailler, mais cultivant en réalité leur paresse avec une sorte de religion[2]. Aristide fut le type de ces flâneurs incorrigibles que l'on voit se traîner voluptueusement dans le vide de la province. Il joua à l'écarté[3] pendant quatre[e] ans. Tandis qu'il vivait au cercle, sa femme, une blonde molle et placide, aidait à la ruine de la maison Rougon par un goût prononcé pour les toilettes voyantes et par un appétit formidable, très curieux chez une créature aussi frêle. Angèle adorait les rubans bleu ciel et le filet de bœuf rôti. Elle était fille d'un capitaine retraité, qu'on nommait le commandant

---

1   Le mariage a lieu en 1836. Le couple aura deux enfants : Maxime (personnage important dans *La Curée* et dans *L'Argent*) et Clotilde (personnage principal du *Docteur Pascal*). Blonde, de nature placide, elle suivra son mari Aristide à Paris, mais mourra à peu près deux mois après leur arrivée.

2   Zola écrit sans doute en connaissance de cause, ayant connu de pareils cas quand il vivait à Aix.

3   « Jeu se jouant avec 32 cartes (généralement à deux) et dans lequel chaque partenaire a la possibilité d'écarter ses cartes en tout ou en partie afin d'effectuer le maximum de levées » (*Trésor de la langue française*).

Sicardot, bonhomme qui lui avait donné pour dot dix mille francs, toutes ses économies. Aussi[f] Pierre, en choisissant Angèle pour son fils, avait-il pensé[g] conclure une affaire inespérée, tant il estimait Aristide à bas prix. Cette dot de dix mille francs, qui le décida, devint justement par la suite un pavé attaché à son cou. Son fils était déjà un rusé fripon ; il lui remit les dix mille francs, en s'associant avec lui, ne voulant pas garder un sou, affichant le plus grand dévouement.

– Nous n'avons besoin de rien, disait-il ; vous nous entretiendrez, ma femme et moi, et nous compterons plus tard.

Pierre était gêné, il accepta, un peu inquiet du désintéressement d'Aristide. Celui-ci se disait que de longtemps peut-être son père n'aurait pas dix mille francs liquides à lui rendre, et que lui et sa femme vivraient largement à ses dépens, tant que l'association ne pourrait être rompue. C'était là quelques billets de banque admirablement placés. Quand le marchand d'huile comprit quel marché de dupe il avait fait, il [77] ne lui était plus permis de se débarrasser d'Aristide ; la dot d'Angèle se trouvait engagée dans des spéculations qui tournaient mal. Il dut garder le ménage chez lui, exaspéré, frappé au cœur par le gros appétit de sa belle-fille et par les fainéantises de son fils. Vingt fois, s'il avait pu les désintéresser,[a] il aurait mis à la porte cette vermine qui lui suçait le sang, selon son énergique expression. Félicité les soutenait sourdement ; le jeune homme, qui avait pénétré ses rêves d'ambition, lui exposait chaque soir d'admirables plans de fortune qu'il devait prochainement réaliser.[b] Par un hasard assez rare, elle était au mieux avec sa bru ; il faut dire qu'Angèle n'avait pas une volonté et qu'on pouvait disposer d'elle comme d'un meuble. Pierre s'emportait, quand sa femme lui parlait des succès futurs de leur fils cadet ; il l'accusait plutôt de devoir être un jour la ruine de leur maison.[c] Pendant les quatre années que le ménage resta chez lui, il tempêta ainsi, usant en querelles sa rage impuissante, sans qu'Aristide ni Angèle sortissent le moins du monde de leur calme souriant. Ils s'étaient posés là, ils y restaient, comme des masses. Enfin, Pierre eut une heureuse chance ; il put rendre à son fils ses dix mille francs. Quand il voulut compter avec lui, Aristide chercha tant de chicanes, qu'il dut le laisser partir sans lui retenir un sou pour ses frais de nourriture et de logement. Le ménage alla s'établir à quelques pas, sur une petite place du vieux quartier, nommée la place Saint-Louis. Les dix mille francs furent vite mangés. Il fallut s'établir. Aristide, d'ailleurs, ne changea rien à sa vie tant qu'il y eut de l'argent à la maison. Lorsqu'il en fut à son dernier billet de cent francs, il devint nerveux. On le vit[d] rôder dans la ville d'un air louche ; il ne prit plus sa demi-tasse au cercle ; il regarda jouer, fiévreusement, sans toucher une carte. La misère le rendit pire encore qu'il n'était. Longtemps[e] il tint le coup, il s'entêta à ne rien faire. Il eut un enfant, en 1840, le petit Maxime, que sa grand-mère Félicité fit [78] heureusement entrer au collège, et dont elle paya[a] secrètement la pension[1]. C'était une bouche de moins chez Aristide ; mais la pauvre Angèle mourait de faim,[b] le mari dut enfin chercher une place. Il réussit à entrer à la sous-préfecture. Il y resta près de dix années, et n'arriva qu'aux appointements de dix-huit cents francs.[c] Dès lors, haineux, amassant le fiel, il vécut dans l'appétit continuel des jouissances dont il était sevré. Sa position infime l'exaspérait ; les misérables cent cinquante francs qu'on lui mettait[d] dans la main, lui semblaient une ironie de la fortune. Jamais pareille soif d'assouvir sa chair ne brûla un homme. Félicité, à laquelle il contait ses souffrances, ne fut pas fâchée de le voir affamé ; elle pensa que la misère fouetterait ses paresses. L'oreille au guet, en embuscade, il se mit à regarder autour de lui, comme un voleur qui cherche un bon coup à faire. Au commencement de l'année 1848, lorsque son frère partit pour Paris, il eut un instant l'idée de le suivre. Mais Eugène était garçon ; lui ne pouvait traîner sa femme si loin, sans avoir en poche une forte somme. Il attendit, flairant une catastrophe, prêt à étrangler la première proie venue.

L'autre fils Rougon, Pascal, celui qui était né entre Eugène et Aristide, ne paraissait pas appartenir à la famille[2]. C'était un de ces cas fréquents

---

1   Maxime incarnera la décadence de la famille. Voir la description du personnage vers le
début de *La Curée* : « Cependant, Maxime avait grandi. C'était maintenant un jeune homme
mince et joli, qui avait gardé les joues roses et les yeux bleus de l'enfant. Ses cheveux
bouclés achevaient de lui donner cet "air fille" qui enchantait les dames. Il ressemblait à
la pauvre Angèle, avait sa douceur de regard, sa pâleur blonde. Mais il ne valait pas même
cette femme indolente et nulle. La race des Rougon s'affinait en lui, devenait délicate et
vicieuse. Né d'une mère trop jeune, apportant un singulier mélange, heurté et comme
disséminé, des appétits furieux de son père et des abandons, des mollesses de sa mère, il
était un produit défectueux, où les défauts des parents se complétaient et s'empiraient.
Cette famille vivait trop vite ; elle se mourait déjà dans cette créature frêle chez laquelle
le sexe avait dû hésiter, qui n'était plus une volonté âpre au gain et à la jouissance, comme
Saccard, mais une lâcheté mangeant les fortunes faites ; hermaphrodite étrange venu à
son heure dans une société qui pourrissait » (Paris, Lacroix, 1872, p. 140).
2   Sur l'arbre généalogique de 1878, la description de Pascal est assez sommaire : « *né en 1823.*
– Innéité. Aucune ressemblance morale ni physique avec les parents » ; celle de 1893 est bien plus

qui font mentir les lois de l'hérédité. La nature donne souvent ainsi nais-sance, au milieu d'une race, à un être dont elle puise tous les éléments dans ses forces créatrices. Rien au moral ni au physique ne rappelait les Rougon chez Pascal. Grand, le visage doux et sévère, il avait une droiture d'esprit, un amour de l'étude, un besoin de modestie, qui contrastaient singulièrement avec les fièvres d'ambition et les menées peu scrupuleuses de sa famille. Après avoir fait à Paris d'excellentes études médicales, il s'était retiré à Plassans par goût, malgré les offres de ses professeurs. Il aimait la vie calme de la province ; il soutenait que cette vie est pré-férable pour un savant au [79] tapage parisien. Même à Plassans, il ne s'inquiéta nullement de grossir sa clientèle. Très sobre, ayant un beau mépris pour la fortune, il sut se contenter des quelques malades que le hasard seul[a] lui envoya. Tout son luxe consista dans une petite maison claire de la ville neuve, où il s'enfermait religieusement, s'occupant avec amour d'histoire naturelle[1]. Il se prit surtout d'une belle passion pour la physiologie. On sut dans la ville qu'il achetait souvent des cadavres au fossoyeur de l'hospice, ce qui le fit prendre en horreur par les dames délicates et certains bourgeois poltrons. On n'alla pas heureusement jusqu'à le traiter de sorcier ; mais sa clientèle se restreignit encore, on le regarda comme un original auquel les personnes de la bonne société ne devaient pas confier le bout de leur petit doigt, sous peine de se compromettre. On entendit la femme du maire dire un jour :

– J'aimerais mieux mourir que de me faire soigner par ce monsieur. Il sent le mort.

Pascal, dès lors, fut jugé. Il parut heureux de cette peur sourde qu'il inspirait. Moins il avait de malades, plus il pouvait s'occuper de ses chères sciences. Comme il avait mis ses visites à un prix très modique, le peuple lui demeurait fidèle. Il gagnait juste de quoi vivre, et vivait satisfait, à mille lieues des gens du pays, dans la joie pure de ses recherches et de ses découvertes. De temps à autre, il envoyait un mémoire à l'Académie des sciences de Paris. Plassans ignorait absolument que cet original, ce

---

détaillée : « *né en 1813 ; célibataire ; a un enfant posthume de sa nièce Clothilde Rougon, en 1874 ; meurt d'une maladie de cœur, le 7 novembre 1873.* [Innéité. Combinaison où se confondent les caractères physiques et moraux des parents, sans que rien d'eux semble se retrouver dans le nouvel être]. *Médecin.* » Sur « l'innéité », voir notre introduction ci-dessus, p. 13.

1   Il s'agit de la Souleiade, où se dérouleront dans *Le Docteur Pascal* les amours de Pascal et de sa nièce, Clothilde, ainsi que la lutte entre Pascal et Félicité autour des dossiers scientifiques sur la famille.

monsieur qui sentait le mort, fût un homme très connu et très écouté du monde savant. Quand on le voyait, le dimanche, partir pour une excursion dans les collines des Garrigues, une boîte de botaniste pendue au cou et un marteau de géologue à la main, on haussait les épaules, on le comparait à tel autre docteur de la ville, si bien cravaté, si mielleux avec les dames, et dont les vêtements exhalaient toujours une délicieuse odeur de violette. [80] Pascal n'était pas davantage compris par ses parents. Lorsque[a] Félicité lui vit arranger sa vie d'une façon si étrange et si mesquine, elle fut stupéfaite et lui reprocha de tromper ses espérances. Elle qui tolérait les paresses d'Aristide, qu'elle croyait fécondes, ne put voir sans colère le train médiocre de Pascal, son amour de l'ombre, son dédain de la richesse, sa ferme résolution de rester à l'écart. Certes, ce ne serait pas cet enfant qui contenterait jamais ses vanités !

— Mais d'où sors-tu ?[b] lui disait-elle parfois. Tu n'es pas à nous. Vois tes frères, ils cherchent, ils tâchent de tirer profit de l'instruction que nous leur avons donnée. Toi, tu ne fais que des sottises. Tu nous récompenses bien mal, nous qui nous sommes ruinés pour t'élever. Non, tu n'es pas à nous.

Pascal, qui préférait rire chaque fois qu'il avait à se fâcher, répondait gaiement, avec une fine ironie :

— Allons, ne vous plaignez pas, je ne veux point vous faire entièrement banqueroute : je vous soignerai tous pour rien, quand vous serez malades.

D'ailleurs, il voyait sa famille rarement,[c] sans afficher la moindre répugnance, obéissant malgré lui à ses instincts particuliers. Avant qu'Aristide[d] fût entré à la sous-préfecture, il vint plusieurs fois à son secours. Il était resté garçon. Il ne se douta seulement pas des graves événements qui se préparaient. Depuis deux ou trois ans, il s'occupait du grand problème de l'hérédité, comparant les races animales à la race humaine, et il s'absorbait dans les curieux résultats qu'il obtenait. Les observations qu'il avait faites sur lui et sur sa famille avaient été comme le point de départ de ses études[1]. Le peuple comprenait si bien, avec

---

1   Dans ce roman, les recherches du docteur Pascal, qui est comme l'*alter ego* scientifique du romancier, s'inspirent surtout des réflexions de Balzac au sujet de l'homme et de l'animal, inspirées à leur tour par des philosophes naturalistes comme Buffon et Geoffroy Saint-Hilaire. Selon Balzac, l'« idée première de *La Comédie humaine* lui vint d'une comparaison entre l'Humanité et l'Animalité ». Comme chez Balzac, c'est à l'imitation des naturalistes que le docteur Pascal pratique le classement des personnages du roman en espèces. Dans *Le Docteur Pascal* (1893), ses idées scientifiques auront évolué pour incorporer une

son intuition inconsciente, à quel point il différait des Rougon, qu'il le nommait M. Pascal, sans jamais ajouter son nom de famille. [81]

Trois ans avant la révolution de 1848, Pierre et Félicité quittèrent leur maison de commerce. L'âge venait, ils avaient tous deux dépassé la cinquantaine, ils étaient las de lutter. Devant leur peu de chance, ils eurent peur de se mettre absolument sur la paille, s'ils s'entêtaient. Leurs fils, en trompant leurs espérances, leur avaient porté le coup de grâce. Maintenant qu'ils doutaient d'être jamais enrichis par eux, ils voulaient au moins se garder un morceau de pain pour leurs vieux jours. Ils se retiraient avec une quarantaine de mille francs, au plus. Cette somme leur constituait une rente de deux mille francs, juste de quoi vivre la vie mesquine de province. Heureusement,[a] ils restaient seuls, ayant réussi à marier leurs filles, Marthe et Sidonie, dont l'une était fixée à Marseille et l'autre à Paris[1].

En liquidant, ils auraient bien voulu aller habiter la ville neuve, le quartier des commerçants retirés ; mais ils n'osèrent. Leurs rentes étaient trop modiques ; ils craignirent d'y faire mauvaise figure. Par une sorte de compromis, ils louèrent un logement rue de la Banne, la rue qui sépare le vieux quartier du quartier neuf. Leur demeure se trouvant dans la rangée de maisons qui bordent le vieux quartier, ils habitaient bien encore la ville de la canaille ; seulement ils voyaient de leurs fenêtres, à quelques pas, la ville des gens riches ; ils étaient sur le seuil de la terre promise.

Leur logement, situé au deuxième étage, se composait de trois grandes pièces ;[b] ils en avaient fait une salle à manger, un salon et une chambre à coucher. Au premier, demeurait le propriétaire, un marchand de cannes et de parapluies, dont le magasin occupait le rez-de-chaussée. La maison, étroite et peu profonde, n'avait que deux étages. Quand Félicité emménagea, elle eut un affreux serrement de cœur. Demeurer chez les autres, en province, est un aveu de pauvreté. Chaque famille bien posée à Plassans a sa maison, les immeubles s'y vendant à très bas prix. Pierre

---

thérapeutique et une étude de sa propre maladie, ainsi que des observations sur sa famille dans la perspective des lois sur l'hérédité.

1   Marthe Mouret quitte Plassans avec son mari, François Mouret, en 1845 pour s'établir à Marseille. Ils ont trois enfants : Octave (né en 1840), Serge (né en 1841) et Désirée (née en 1844). Sidonie (née en 1818) épouse en 1838 un clerc d'avoué à Plassans, Touche ; ils établissent à Paris un commerce des fruits du Midi. Son mari meurt en 1850. Elle en vient à exercer des métiers louches.

tint serrés les [82] cordons de sa bourse ; il ne voulut pas entendre parler d'embellissements ; l'ancien mobilier, fané, usé, éclopé, dut servir sans être seulement réparé. Félicité, qui sentait vivement, d'ailleurs, les raisons de cette ladrerie, s'ingénia pour donner un nouveau lustre à toutes ces ruines ; elle recloua elle-même certains meubles plus endommagés que les autres ; elle reprisa le velours éraillé des fauteuils.

La salle à manger, qui se trouvait sur le derrière, ainsi que la cuisine, resta presque vide ; une table et une douzaine de chaises se perdirent dans l'ombre de cette vaste pièce, dont la fenêtre s'ouvrait sur le mur gris d'une maison voisine. Comme jamais personne n'entrait dans la chambre à coucher, Félicité y avait caché les meubles hors de service ; outre le lit, une armoire, un secrétaire et une toilette, on y voyait deux berceaux mis l'un sur l'autre, un buffet dont les portes manquaient, et une bibliothèque entièrement vide, ruines respectables que la vieille femme n'avait pu se décider à jeter. Mais tous ses soins furent pour le salon. Elle réussit presque à en faire un lieu habitable. Il était garni d'un meuble de velours jaunâtre, à fleurs satinées. Au milieu se trouvait un guéridon à tablette de marbre ;[a] des consoles, surmontées de glaces, s'appuyaient aux deux bouts de la pièce. Il[b] y avait même un tapis qui ne couvrait que le milieu du parquet, et un lustre garni d'un étui de mousseline blanche que les mouches avaient piqué de chiures noires. Aux[c] murs, étaient pendues six lithographies représentant les grandes batailles de Napoléon[1]. Cet ameublement datait des premières années de l'Empire. Pour tout embellissement, Félicité obtint qu'on tapissât la pièce d'un papier orange à grands ramages. Le salon avait ainsi pris une étrange couleur jaune qui l'emplissait d'un jour faux et aveuglant ; le meuble, le papier, les rideaux de fenêtre étaient jaunes ; le tapis et jusqu'aux marbres du guéridon et des consoles tiraient eux-mêmes sur le jaune[2]. Quand les rideaux étaient fermés, les [83] teintes devenaient cependant assez harmonieuses,[a] le salon paraissait presque propre. Mais Félicité avait rêvé un autre luxe. Elle voyait avec un désespoir muet cette misère mal dissimulée. D'habitude, elle se tenait dans le salon, la plus

1   Dans une des premières notes du dossier préparatoire du roman, Zola fait de ce personnage un bonapartiste de longue date : « Pierre Richaud a rendu un service à Napoléon Ier, lors du retour de l'île d'Elbe. Il compte sur la dynastie des Bonaparte pour arriver » (ms. 10303, f° 69). Il est plus opportuniste dans le roman définitif.
2   Sur le « salon jaune » et l'influence possible du *Curé de Tours* de Balzac, voir ci-dessus, p. 42.

belle pièce du logis. Une de ses distractions les plus douces et les plus amères à la fois était de se mettre à l'une des fenêtres de cette pièce, qui donnaient sur la rue de la Banne. Elle apercevait de biais la place de la Sous-Préfecture. C'était là son paradis rêvé. Cette petite place, nue, proprette, aux maisons claires, lui semblait un Éden. Elle eût donné dix ans de sa vie pour posséder une de ces habitations.[b] La maison qui formait le coin de gauche, et dans laquelle logeait le receveur particulier, la tentait surtout furieusement. Elle la contemplait avec des envies de femme grosse. Parfois, lorsque les fenêtres de cet appartement[c] étaient ouvertes, elle apercevait des coins de meubles riches, des échappées de luxe qui lui tournaient le sang.

À cette époque, les Rougon traversaient une curieuse crise de vanité et d'appétits inassouvis. Leurs quelques bons sentiments s'aigrissaient. Ils se posaient en victimes du guignon, sans résignation aucune, plus âpres et plus décidés à ne pas mourir avant de s'être contentés. Au fond, ils n'abandonnaient aucune de leurs espérances, malgré leur âge avancé ; Félicité prétendait avoir le pressentiment qu'elle mourrait riche. Mais chaque jour de misère leur pesait davantage. Quand ils récapitulaient leurs efforts inutiles, quand ils se rappelaient leurs trente années de lutte, la défection de leurs enfants, et qu'ils voyaient leurs châteaux en Espagne aboutir à ce salon jaune dont il fallait tirer les rideaux pour en cacher la laideur, ils étaient pris de rages sourdes.[d] Et alors, pour se consoler, ils bâtissaient des plans de fortune colossale, ils cherchaient des combinaisons ; Félicité rêvait qu'elle gagnait à une loterie le gros lot de cent mille francs ; Pierre s'imaginait qu'il allait inventer quelque spéculation merveilleuse. [84] Ils vivaient dans une pensée unique : faire fortune, tout de suite, en quelques heures ; être riches, jouir, ne fût-ce que pendant une année. Tout leur être tendait à cela, brutalement, sans relâche. Et ils comptaient encore vaguement sur leurs fils, avec cet égoïsme particulier des parents qui ne peuvent s'habituer à la pensée d'avoir envoyé leurs enfants au collège sans aucun bénéfice personnel.[a]

Félicité semblait ne pas avoir vieilli ; c'était toujours la même petite femme noire, ne pouvant rester en place, bourdonnante comme une cigale. Un passant qui l'eût vue de dos, sur un trottoir, l'eût[b] prise pour une fillette de quinze ans, à sa marche leste, aux sécheresses de ses épaules et de sa taille. Son visage lui-même n'avait guère changé, il s'était seulement creusé davantage, se rapprochant de plus en plus du

museau de la fouine ; on aurait dit la tête d'une petite fille qui se serait
parcheminée sans changer de traits.

Quant à Pierre Rougon, il avait pris du ventre ; il était devenu un
très respectable bourgeois, auquel il ne manquait que de grosses rentes
pour paraître tout à fait digne. Sa face empâtée et blafarde, sa lourdeur,
son air assoupi, semblaient suer l'argent. Il avait entendu dire un jour
à un paysan qui ne le connaissait pas : « C'est quelque richard, ce gros-
là ; allez, il n'est pas inquiet de son dîner ! » réflexion qui l'avait frappé
au cœur, car il regardait comme une atroce moquerie d'être resté un
pauvre diable, tout en prenant la graisse et la gravité satisfaite d'un
millionnaire. Lorsqu'il se rasait, le dimanche, devant un petit miroir
de cinq sous pendu à l'espagnolette d'une fenêtre, il se disait que, en
habit et en cravate blanche, il ferait, chez M. le Sous-Préfet, meilleure
figure que tel ou^c tel fonctionnaire de Plassans. Ce fils de paysan, blêmi
dans les soucis du commerce, gras de vie sédentaire, cachant ses appétits haineux sous la placidité naturelle de ses traits, avait en effet l'air
nul et solennel, la carrure imbécile qui pose un homme dans un salon
officiel. [85] On prétendait que sa femme le menait^a à la baguette, et
l'on se trompait. Il était d'un entêtement de brute ; devant une volonté
étrangère, nettement formulée, il se serait emporté grossièrement jusqu'à
battre les gens. Mais Félicité était trop souple pour le contrecarrer ; la
nature vive, papillonnante de cette naine n'avait pas pour tactique de
se heurter de front aux obstacles ; quand elle voulait obtenir quelque
chose de son mari ou le pousser dans la voie qu'elle croyait la meilleure,
elle l'entourait de ses vols brusques de cigale, le piquait de tous les
côtés, revenait cent fois à la charge, jusqu'à ce qu'il cédât, sans trop s'en
apercevoir lui-même. Il la sentait, d'ailleurs, plus intelligente que lui
et supportait assez patiemment ses conseils. Félicité, plus utile que la
mouche du coche^1, faisait parfois toute la besogne en bourdonnant aux
oreilles de Pierre. Chose rare, les époux ne se jetaient presque jamais^b
leurs insuccès à la tête. La question de l'instruction des enfants déchaî-
nait seule des tempêtes^c dans le ménage.^{d}

La révolution de 1848 trouva donc tous les Rougon sur le qui-vive,
exaspérés par leur mauvaise chance et disposés à violer la fortune, s'ils

---

1   Allusion à la fable de La Fontaine, « Le Cocher et la Mouche », dont voici la morale :
     « Ainsi certaines gens, faisant les empressés, / S'introduisent dans les affaires : / Ils font
     partout les nécessaires, / Et, partout importuns, devraient être chassés ».

la rencontraient jamais au détour d'un sentier. C'était une famille de bandits à l'affût, prêts à détrousser les événements. Eugène surveillait Paris ; Aristide rêvait d'égorger Plassans ; le père et la mère, les plus âpres peut-être, comptaient travailler pour leur compte et profiter en outre de la besogne de leurs fils ; Pascal seul, cet amant discret de la science, menait la belle vie indifférente d'un amoureux, dans sa petite maison claire de la ville neuve. [86]

III

À Plassans, dans cette ville close où la division des classes se trouvait si nettement marquée en 1848, le contrecoup des événements politiques était très sourd. Aujourd'hui même, la voix du peuple s'y étouffe ; la bourgeoisie y met sa prudence, la noblesse son désespoir muet, le clergé sa fine sournoiserie. Que des rois se volent un[a] trône ou que des républiques se fondent, la ville s'agite à peine. On dort à Plassans, quand on se bat à Paris. Mais la surface a beau paraître[b] calme et indifférente, il y a, au fond, un travail caché très curieux à étudier. Si les coups de fusil sont rares dans les rues, les intrigues dévorent les salons de la ville neuve et du quartier Saint-Marc. Jusqu'en 1830, le peuple n'a pas compté. Encore aujourd'hui, on agit comme s'il n'était pas. Tout se passe entre le clergé, la noblesse et la bourgeoisie. Les prêtres, très nombreux, donnent le ton à la politique de l'endroit ; ce sont des mines souterraines, des coups dans l'ombre, une tactique savante et peureuse qui permet à peine[c] de faire un pas en avant ou en arrière tous les dix ans. Ces luttes secrètes d'hommes qui veulent avant tout éviter le [87] bruit, demandent[d] une finesse particulière, une aptitude aux petites choses, une patience de gens privés de passions. Et c'est ainsi que les[a] lenteurs provinciales, dont on se moque volontiers à Paris, sont[b] pleines de traîtrises, d'égorgillements[1] sournois, de défaites et de victoires cachées. Ces bonshommes, surtout quand leurs intérêts sont en jeu, tuent à domicile, à coups de chiquenaudes, comme nous tuons à coups de canon, en place publique.

L'histoire politique de Plassans, ainsi que celle de[c] toutes les petites villes de la Provence, offre une curieuse particularité. Jusqu'en 1830, les habitants restèrent catholiques pratiquants et fervents royalistes ; le peuple lui-même ne jurait que par Dieu et que par ses rois légitimes. Puis un étrange revirement eut lieu ; la foi s'en alla, la population ouvrière

---

1 Égorgillements : le *Trésor de la langue française* explique ce terme rare – « Machination sournoise pour éliminer quelqu'un, le perdre de réputation » – et cite la phrase de Zola comme exemple.

et bourgeoise, désertant la cause de la légitimité, se donna peu à peu au
grand mouvement démocratique de notre époque[1]. Lorsque la révolution
de 1848 éclata, la noblesse et le clergé se trouvèrent seuls à travailler au
triomphe d'Henri V[2]. Longtemps, ils avaient regardé l'avènement des
Orléans comme un essai ridicule qui ramènerait tôt ou tard les Bourbons ;
bien que leurs espérances fussent singulièrement ébranlées, ils n'en enga-
gèrent pas moins la lutte, scandalisés par la défection de leurs anciens
fidèles et s'efforçant de les ramener à eux. Le quartier Saint-Marc, aidé de
toutes les paroisses, se mit à l'œuvre. Dans la bourgeoisie, dans le peuple
surtout, l'enthousiasme fut grand au lendemain des journées de février ;
ces apprentis républicains avaient hâte de dépenser leur fièvre révolutionnaire. Mais pour les rentiers de la ville neuve, ce beau feu eut l'éclat et la
durée d'un feu de paille. Les petits propriétaires, les commerçants retirés,
ceux qui avaient dormi leurs grasses matinées ou arrondi leur fortune
sous la monarchie, furent bientôt pris de panique ; la République, avec
sa vie de secousses, les fit trembler pour leur caisse et pour leur chère
[88] existence d'égoïstes. Aussi, lorsque la réaction cléricale de 1849 se
déclara[3], presque toute la bourgeoisie de Plassans passa-t-elle au parti
conservateur. Elle y fut reçue à bras ouverts. Jamais la ville neuve n'avait
eu des rapports si étroits avec le quartier Saint-Marc ; certains nobles

---

1   Conviction chère à Zola, qui parcourt dans une grande mesure toute la série des *Rougon-
    Macquart*. D'ailleurs, le romancier aurait trouvé dans l'ouvrage de Ténot quelques
    indications sur l'évolution des dispositions politiques dans le Midi pour confirmer ses
    propres expériences. Ainsi, Ténot note : « Singulièrement soumise à l'influence cléri-
    cale, la Provence avait été, jusqu'en 1830, l'une des terres classiques du royalisme et de
    l'orthodoxie catholique. C'est dans la période parlementaire de 1830 à 1848, que se fit,
    dans les villes et les bourgs de la Provence, ce travail intellectuel, sourd, inappréciable,
    inconscient, mais profond, qui allait déterminer un si prodigieux revirement d'opinion.
    1848 arriva, et, presque subitement, les trois quarts du peuple et de la bourgeoisie se
    jetèrent dans le parti démocratique avec toute la fougue et toute l'ardeur méridionales.
    Là, non plus, on ne connut guère que deux partis révolutionnaires et légitimistes. Ces
    derniers, répandus un peu partout, dominant dans quelques villes, envahirent, à la faveur
    de la réaction cléricale de 1849 et 1850, toutes les positions officielles. La défense de
    l'ordre et de la société ne furent pour eux que le prétexte d'une lutte à outrance contre
    leur ennemi traditionnel » (*op. cit.*, éd. de 1865, p. 207 ; éd. de 1868, p. 189-190).
2   Henri V : Nom donné par les légitimistes au comte de Chambord (1820-1883), petit-fils
    de Charles X et ainsi prétendant Bourbon au trône.
3   Allusion sans doute au soutien apporté par la France au pape, Pie IX, forcé, le 24 novembre
    1848, de quitter son palais par les partisans de Giuseppe Mazzini et se réfugier à Gaète.
    Rome devient une république. La France envoie un corps expéditionnaire commandé par
    le général Oudinot qui occupe Rome et chasse les révolutionnaires en juillet 1849. Voir
    aussi ci-dessous, p. 194.

allèrent jusqu'à toucher la main à des avoués et à d'anciens marchands d'huile. Cette familiarité inespérée enthousiasma le nouveau quartier, qui fit, dès lors, une guerre acharnée au gouvernement républicain. Pour^a amener un pareil rapprochement, le clergé dut dépenser des trésors d'habileté et de patience. Au fond, la noblesse de Plassans se trouvait plongée, comme une moribonde, dans une prostration invincible ; elle gardait sa foi, mais elle était prise du sommeil de la terre,^b elle préférait ne pas agir, laisser faire le ciel ; volontiers, elle aurait protesté par son silence seul, sentant vaguement peut-être que ses dieux étaient morts et qu'elle n'avait plus qu'à aller les rejoindre. Même à cette époque de bouleversement, lorsque la catastrophe de 1848[1] put lui faire espérer un instant le retour des Bourbons, elle se montra engourdie, indifférente, parlant de se jeter dans la mêlée et ne quittant qu'à regret le coin de son feu. Le clergé combattit sans relâche ce sentiment d'impuissance et de résignation. Il y mit une sorte de passion.^c Un prêtre, lorsqu'il désespère, n'en lutte que plus âprement ; toute la politique de l'Église est d'aller droit devant elle, quand même, remettant la réussite de ses projets à plusieurs siècles, s'il est nécessaire, mais ne perdant pas une heure,^d se poussant toujours en avant, d'un effort continu. Ce fut donc le clergé qui, à Plassans, mena la réaction[2]. La noblesse devint son prête-nom, rien de plus ; il se cacha derrière elle, il la gourmanda, la dirigea, parvint même à lui rendre une vie factice. Quand il l'eut amenée à vaincre ses répugnances au point de faire cause commune avec la bourgeoisie, il se crut certain de la victoire. Le terrain était merveilleusement préparé ; [89] cette ancienne ville royaliste, cette population de bourgeois paisibles et de commerçants poltrons devait fatalement se ranger tôt ou tard dans le parti de l'ordre. Le clergé, avec sa tactique savante, hâta la conversion. Après avoir gagné les propriétaires de la ville neuve, il sut même convaincre les petits détaillants du vieux quartier. Dès lors, la réaction fut maîtresse de la ville. Toutes les opinions étaient représentées dans cette réaction ; jamais on ne vit un^a pareil mélange de libéraux tournés à l'aigre, de légitimistes, d'orléanistes, de bonapartistes, de cléricaux. Mais peu importait, à cette heure. Il s'agissait uniquement de tuer la République. Et la République

---

1   Allusion à la chute de la Monarchie de Juillet de Louis-Philippe et à la proclamation de la IIe République, le 24 février 1848 ; « catastrophe » donc pour les monarchistes.

2   C'est le sujet principal du quatrième roman de la série des *Rougon-Macquart*, *La Conquête de Plassans* (1874).

agonisait. Une fraction du peuple, un millier d'ouvriers au plus, sur les dix mille âmes de la ville, saluaient encore l'arbre de la liberté[1], planté au milieu de la place de la Sous-Préfecture.

Les plus fins politiques de Plassans, ceux qui dirigeaient le mouvement réactionnaire, ne flairèrent l'Empire que fort tard. La popularité du prince Louis-Napoléon leur parut un engouement passager de la foule dont on aurait facilement raison. La personne même du prince leur inspirait une admiration médiocre. Ils le jugeaient nul, songe-creux, incapable de mettre la main sur la France et surtout de se maintenir au pouvoir. Pour eux, ce n'était qu'un instrument dont ils comptaient se servir, qui ferait la place nette, et qu'ils mettraient à la porte, lorsque l'heure serait venue où le vrai prétendant devrait se montrer. Cependant les mois s'écoulèrent, ils devinrent inquiets. Alors seulement ils eurent vaguement conscience qu'on les dupait. Mais on ne leur laissa pas le temps de prendre un parti ; le coup d'État éclata sur leurs têtes,[b] et ils durent applaudir[2]. La grande impure, la République, venait d'être assassinée. C'était un triomphe quand même. Le clergé et la noblesse acceptèrent les faits avec résignation, remettant à plus tard la réalisation de leurs espérances,[c] se vengeant de leur mécompte en [90] s'unissant aux bonapartistes pour écraser les derniers républicains.

Ces événements fondèrent la fortune des Rougon. Mêlés aux diverses phases de cette crise,[a] ils grandirent sur les ruines de la liberté. Ce fut la République que volèrent ces bandits à l'affût ; après qu'on l'eut égorgée, ils aidèrent à la détrousser.

Au lendemain des journées de février, Félicité, le nez le plus fin de la famille, comprit qu'ils étaient enfin sur la bonne piste.[b] Elle se mit à

---

1   Cette tradition, dont les origines sont obscures, fut très répandue surtout pendant la période de la Révolution française, qui vit s'élever des milliers d'arbres dans les communes. L'arbre de la liberté, planté avec cérémonie dans un lieu fréquenté, symbolisait l'affranchissement, l'égalité et la République française. On eut largement recours à cette pratique plus tard, pendant la Révolution de 1848. Mais, peu après, le préfet de Paris et, par la suite, Napoléon III (en 1852) firent abattre les arbres de la liberté pour débarrasser le pays de ces rappels de la Deuxième République.

2   En gros, la situation politique du salon jaune est un reflet en miniature de celle de Paris, où les différentes factions du parti de l'Ordre, incapables de se mettre d'accord sur un candidat dynastique, désignent Louis-Napoléon Bonaparte comme candidat à la Présidence de la République. Comme le remarquent Patricia Carles et Béatrice Desgranges, Zola escamote « curieusement » l'élection de Louis-Napoléon au suffrage universel à la Présidence (le 10 décembre 1848), ce dont il ne fait qu'une courte mention. Voir « *La Fortune des Rougon* » *d'Émile Zola*, Paris, Nathan, 1995, p. 50-51.

tourner autour de son mari, à l'aiguillonner, pour qu'il se remuât. Les premiers bruits de révolution avaient effrayé Pierre. Lorsque sa femme lui eut fait entendre qu'ils avaient peu à perdre et beaucoup à gagner dans un bouleversement, il se rangea vite à son opinion.

— Je ne sais ce que tu peux faire, répétait Félicité, mais il me semble qu'il y a quelque chose à faire. M. de Carnavant ne nous disait-il pas, l'autre jour, qu'il serait riche si jamais Henri V revenait, et que ce roi récompenserait magnifiquement ceux qui auraient travaillé à son retour. Notre fortune est peut-être là. Il serait temps d'avoir la main heureuse.ᶜ

Le marquis de Carnavant, ce noble qui, selon la chronique scandaleuse de la ville, avait connu intimement la mère de Félicité, venait, en effet, de temps à autre rendre visite aux époux. Les méchantes langues prétendaient que Mme Rougon lui ressemblait. C'était un petit homme, maigre,ᵈ actif, alors âgé de soixante-quinze ans, dont cette dernière semblait avoir pris, en vieillissant, les traits et les allures. On racontait que les femmes lui avaient dévoré les débris d'une fortune déjà fort entamée par son père au temps de l'émigration¹. Il avouait d'ailleurs sa pauvreté de fort bonne grâce. Recueilli par un de ses parents, le comte de Valqueyras, il vivait en parasite, mangeant à la table du [91] comte, habitant un étroit logement situé sous les comblesᵃ de son hôtel.

— Petite, disait-il souvent en tapotant les joues de Félicité, si jamais Henri V me rend une fortune, je te ferai mon héritière.

Félicité avait cinquante ans qu'il l'appelait encore « petite ». C'étaitᵇ à ces tapes familières et à ces continuelles promesses d'héritage que Mme Rougon pensait en poussant son mari dans la politique. Souvent M. de Carnavant s'était plaint amèrement de ne pouvoir lui venir en aide. Nul doute qu'il ne se conduisît enᶜ père à son égard, le jour où il serait puissant. Pierre, auquel sa femme expliqua la situation à demi-mots, se déclara prêt à marcher dans le sens qu'on lui indiquerait.

La position particulière du marquis fit de lui, à Plassans, dès les premiers jours de la République, l'agent actif du mouvement réactionnaire. Ce petit homme remuant, qui avait tout à gagner au retour de ses rois légitimes, s'occupa avec fièvre du triomphe de leur cause². Tandis que

---

1   C'est-à-dire le grand nombre d'aristocrates et de prêtres qui quittèrent la France lors de la Révolution française.

2   Sur le rôle de ce personnage machiavélique, discret mais important, dans le roman, voir l'article de Robert Dumas, « Le lion, le renard et les loups », dans *Analyses & réflexions*

la noblesse riche du quartier Saint-Marc s'endormait dans son désespoir muet, craignant peut-être de se compromettre et de se voir de nouveau condamnée à l'exil, lui se multipliait, faisait de la propagande, racolait des fidèles. Il fut une arme dont une main invisible tenait la poignée. Dès lors, ses visites chez les Rougon devinrent quotidiennes. Il lui fallait un centre d'opérations. Son parent, M. de Valqueyras, lui ayant défendu d'introduire des affiliés dans son hôtel, il avait choisi le salon jaune de Félicité. D'ailleurs, il ne tarda pas à trouver dans Pierre un aide précieux. Il ne pouvait aller prêcher lui-même la cause de la légitimité aux petits détaillants et aux ouvriers du vieux quartier ; on l'aurait hué. Pierre, au contraire, qui avait vécu au milieu de ces gens-là, parlait leur langue, connaissait leurs besoins, arrivait à les catéchiser en douceur. Il devint ainsi l'homme indispensable. [92] En moins de quinze jours, les Rougon furent plus royalistes que le roi. Le marquis, en voyant le[a] zèle de Pierre, s'était finement abrité derrière lui. À quoi bon se mettre en vue, quand un homme à fortes épaules veut bien endosser toutes les sottises d'un parti ? Il laissa Pierre trôner, se gonfler d'importance, parler en maître, se contentant de le retenir ou de le jeter en avant, selon les nécessités de la cause. Aussi l'ancien marchand d'huile fut-il bientôt un personnage.[b] Le soir, quand ils se retrouvaient seuls, Félicité[c] lui disait :

– Marche, ne crains rien. Nous sommes en bon chemin. Si cela continue, nous serons riches, nous aurons un salon pareil à celui du receveur, et nous donnerons des soirées.

Il s'était formé chez les Rougon un noyau de conservateurs qui se réunissaient chaque soir dans le salon jaune pour déblatérer contre la République[1].

Il y avait là trois ou quatre négociants retirés qui tremblaient pour leurs rentes, et qui appelaient de tous leurs vœux un gouvernement sage

---

sur Zola : La Fortune des Rougon : *figures du pouvoir*, Paris, Éditions Marketing, 1994, p. 72-77.

1   Dans son plan détaillé (plan E), Zola esquisse rapidement les habitués du « salon jaune » : « Dans la réaction un membre influent du conseil municipal (propriétaire orléaniste) qui offre la mairie à Rougon et qui le servira – Le marquis de Carnavant, carliste enragé – Un vieux colonel de l'empire retraité, et un commerçant tuffeur [*sic*] : en tout 5 réactionnaires chefs – Un journaliste dans la bande » (ms. 10303, f°s 13-14). Comme l'écrit Henri Mitterand, à propos de ce groupe : « Ce n'est qu'au moment de rédiger, que Zola imagina de faire épouser la fille de l'officier retraité par Aristide Rougon, et de laisser supposer que Félicité Rougon est la fille naturelle du marquis. Innovation habile, dont il tira plusieurs effets d'intrigue » (HM, 1555-1556).

et fort. Un ancien marchand d'amandes, membre du conseil municipal, M. Isidore Granoux[1], était comme le chef de ce groupe. Sa bouche en bec de lièvre, fendue à cinq ou six centimètres du nez, ses yeux ronds, son air à la fois satisfait et ahuri, le faisaient ressembler à une oie grasse qui digère dans la salutaire crainte du cuisinier. Il parlait peu, ne pouvant trouver les mots ; il n'écoutait que lorsqu'on accusait les républicains de vouloir piller les maisons des riches, se contentant alors de devenir rouge à faire craindre une apoplexie, et de murmurer des invectives sourdes, au milieu desquelles revenaient les mots « fainéants, scélérats, voleurs, assassins ».

Tous les habitués[d] du salon jaune, à la vérité,[e] n'avaient pas l'épaisseur de cette oie grasse. Un riche propriétaire, [93] M. Roudier, au visage grassouillet et insinuant, y discourait des heures entières, avec la passion d'un orléaniste que la chute de Louis-Philippe avait dérangé dans ses calculs. C'était un bonnetier de Paris retiré à Plassans, ancien fournisseur de la cour, qui avait fait de son fils un magistrat, comptant sur les[a] Orléans pour pousser ce garçon aux plus hautes dignités. La révolution ayant tué ses espérances, il s'était jeté dans la réaction à corps perdu. Sa fortune, ses anciens rapports commerciaux avec les Tuileries, dont il semblait faire des rapports de bonne amitié, le prestige que prend en province tout homme qui a gagné de l'argent à Paris et qui daigne venir le manger au fond d'un département, lui donnaient une très grande influence dans le pays ; certaines gens l'écoutaient parler comme un oracle.

Mais la plus forte tête du salon jaune était à coup sûr[b] le commandant Sicardot, le beau-père d'Aristide. Taillé en hercule, le visage[c] rouge brique, couturé et planté de bouquets de poil gris, il comptait parmi les plus glorieuses ganaches de la Grande Armée. Dans les journées de février, la guerre des rues[2] seule l'avait exaspéré ; il ne tarissait pas sur ce sujet, disant avec colère qu'il était honteux de se battre de la sorte ; et il rappelait avec orgueil le grand règne de Napoléon.

On voyait aussi, chez les Rougon, un personnage aux mains humides, aux regards louches, le sieur Vuillet, un libraire qui fournissait d'images saintes et de chapelets toutes les dévotes de la ville. Vuillet tenait la

---

1   Selon Patricia Carles et Béatrice Desranges, Isidore est un des nombreux sobriquets de Napoléon III (*La Fortune des Rougon*, dans *Émile Zola : Œuvres complètes. Tome 4. La guerre et la Commune (1870-1871)*, Paris, Nouveau Monde Éditions, 2003, p. 19).

2   C'est-à-dire les soulèvements de la révolution du 22 au 24 février 1848.

librairie classique et[d] la librairie religieuse ; il était catholique pratiquant, ce qui lui assurait la clientèle des nombreux couvents et des paroisses[1]. Par un coup de génie, il avait joint à son commerce la publication d'un petit journal bi-hebdomadaire, *la Gazette de Plassans*[2], dans lequel il s'occupait exclusivement des intérêts du clergé. Ce journal lui mangeait chaque année un millier de francs ; mais il faisait de lui le champion de l'Église et [94] l'aidait à écouler les rossignols[3] sacrés de sa boutique. Cet homme illettré, dont l'orthographe était douteuse, rédigeait lui-même les articles de *la Gazette* avec une humilité et un fiel qui lui tenaient lieu de talent. Aussi le marquis, en se mettant en campagne, avait-il été frappé du parti qu'il pourrait tirer de cette figure plate de sacristain, de cette plume grossière et intéressée. Depuis février, les articles de *la Gazette* contenaient moins de fautes ; le marquis les revoyait.

On peut imaginer, maintenant, le singulier spectacle que le salon jaune des Rougon offrait chaque soir. Toutes les opinions se coudoyaient et aboyaient à la fois contre la République. On[a] s'entendait dans la haine. Le marquis, d'ailleurs, qui ne manquait pas une réunion, apaisait par sa présence les petites querelles qui s'élevaient entre le commandant et les autres adhérents. Ces[b] roturiers étaient secrètement flattés des poignées de main qu'il voulait bien leur distribuer à l'arrivée et au départ. Seul, Roudier, en libre penseur de la rue Saint-Honoré[4], disait que le marquis n'avait pas un sou, et qu'il se moquait du marquis. Ce dernier gardait un aimable sourire de gentilhomme ; il s'encanaillait avec ces bourgeois, sans une seule des grimaces de mépris que tout autre habitant du quartier Saint-Marc aurait cru devoir faire. Sa vie de parasite l'avait

---

1   Ce personnage est manifestement basé sur Louis Veuillot, journaliste, catholique militant, polémiste, et, à partir de 1840, directeur du journal catholique *L'Univers*. Comme l'a démontré Benoît Le Roux, Zola, en suivant l'exemple de Victor Hugo, transforme le modèle en un personnage répugnant et caricatural. Voir *Analyses & réflexions sur Zola :* La Fortune des Rougon *: figures du pouvoir*, Paris, Éditions Marketing, 1994, p. 57-60. Voir aussi l'article de Roger Ripoll, qui cite le libraire Aubin, directeur du *Mémorial d'Aix*, accusé de vendre des ouvrages immoraux, comme une source possible du personnage (« La vie aixoise dans *Les Rougon-Macquart* », *Les Cahiers naturalistes*, XVIII, n° 43, 1972, p. 52). Voir aussi ci-dessous, p. 375.

2   Variation circonstancielle de *La Gazette du Midi*.

3   Rossignol : « livre sans valeur, qui date, reste longtemps sur les rayons des libraires » (*Trésor de la langue française*).

4   Rue de Paris connue pour ses liens avec les mouvements révolutionnaires ; site des premiers combats des « Trois Glorieuses » (1830) ; pendant la révolution de 1848, plusieurs clubs y organisèrent leurs assemblées.

assoupli. Il[c] était l'âme du groupe. Il commandait au nom de personnages inconnus, dont il ne livrait jamais les noms. « Ils veulent ceci, ils ne veulent pas cela », disait-il. Ces dieux cachés, veillant aux destinées de Plassans du fond de leur nuage, sans paraître se mêler directement des affaires publiques, devaient être certains prêtres, les grands[d] politiques du pays. Quand le marquis prononçait cet « ils » mystérieux, qui inspirait à l'assemblée un merveilleux respect, Vuillet confessait par une attitude béate qu'il les connaissait parfaitement.

La personne la plus heureuse dans tout cela était Félicité. [95] Elle commençait enfin à avoir du monde dans son salon. Elle se sentait bien un peu honteuse de son vieux meuble de velours jaune ; mais elle se consolait en pensant au riche mobilier qu'elle achèterait, lorsque la bonne cause aurait triomphé. Les Rougon avaient fini par prendre leur royalisme au sérieux. Félicité allait jusqu'à dire, quand Roudier n'était pas là, que, s'ils n'avaient pas fait fortune dans leur commerce d'huile, la faute en était à la monarchie de Juillet. C'était une façon de donner une couleur politique à leur pauvreté. Elle trouvait des caresses pour tout le monde, même pour Granoux, inventant chaque soir une nouvelle façon polie de le réveiller, à l'heure du départ.

Le[a] salon, ce noyau de conservateurs appartenant à tous les partis, et qui grossissait journellement, eut bientôt une grande influence. Par la diversité de ses membres, et surtout grâce[b] à l'impulsion secrète que chacun d'eux recevait du clergé, il devint le centre réactionnaire qui rayonna sur Plassans entier. La tactique du marquis, qui s'effaçait, fit regarder Rougon[c] comme le chef de la bande. Les réunions avaient lieu chez lui, cela suffisait aux yeux peu clairvoyants du plus grand nombre pour le mettre à la tête du groupe et le désigner à l'attention publique. On lui attribua toute la besogne ; on le crut le principal ouvrier de ce mouvement qui, peu à peu, ramenait au parti conservateur les républicains enthousiastes de la veille.[d] Il est certaines situations dont bénéficient seuls les gens tarés. Ils fondent leur fortune là où des hommes mieux posés et plus influents n'auraient point osé risquer la leur.[e] Certes, Roudier, Granoux et les autres, par leur position d'hommes riches et respectés, semblaient devoir être mille fois préférés à Pierre comme chefs actifs du parti conservateur. Mais aucun d'eux n'aurait consenti à faire de son salon un centre politique ; leurs convictions n'allaient pas jusqu'à se compromettre ouvertement ; en somme, ce n'étaient que des

braillards, des commères de [96] province, qui voulaient bien cancaner[a]
chez un voisin contre la République, du moment où le voisin endossait
la responsabilité de leurs cancans. La partie était trop chanceuse. Il n'y
avait pour la jouer, dans la bourgeoisie de Plassans, que les Rougon, ces
grands appétits inassouvis et poussés aux résolutions extrêmes.

En avril 1849, Eugène quitta brusquement Paris et vint passer
quinze jours auprès de son père. On ne connut jamais bien le but de ce
voyage. Il est à croire qu'Eugène vint tâter sa ville natale pour savoir
s'il y poserait avec succès sa candidature de représentant à l'Assemblée
législative[1], qui devait remplacer prochainement la Constituante[2]. Il était
trop fin pour risquer un échec. Sans doute, l'opinion publique lui parut
peu favorable, car il s'abstint de toute tentative. On ignorait, d'ailleurs,
à Plassans, ce qu'il était devenu, ce qu'il faisait à Paris. À son arrivée,
on le trouva moins gros, moins endormi.[b] On l'entoura, on tâcha de le
faire causer. Il feignit l'ignorance, ne se livrant pas, forçant les autres
à se livrer. Des esprits plus souples eussent trouvé, sous son apparente
flânerie, un grand souci des opinions politiques de la ville. Il semblait
sonder le terrain plus encore pour un parti que pour son propre compte.

Bien qu'il eût renoncé à toute espérance personnelle, il n'en resta pas
moins à Plassans jusqu'à la fin du mois, très assidu surtout aux réunions
du salon jaune. Dès le premier coup de sonnette, il s'asseyait dans le
creux d'une fenêtre, le plus loin possible de la lampe. Il demeurait là
toute la soirée, le menton sur la paume de la main droite, écoutant
religieusement. Les plus grosses niaiseries le laissaient impassible. Il
approuvait tout de la tête, jusqu'aux grognements effarés de Granoux.
Quand on lui demandait son avis, il répétait poliment l'opinion de
la majorité. Rien ne parvint à lasser sa patience, ni les rêves creux du
marquis qui parlait des Bourbons comme au lendemain de 1815[3],[c] ni les
effusions [97] bourgeoises de Roudier, qui s'attendrissait en comptant
le nombre de paires de chaussettes qu'il avait fournies jadis au roi

---

1   Le parlement, institué par la constitution de 1848, qui entra en fonction le 28 mai 1849.
    Les élections des 13 et 14 mai avaient donné une large majorité au « Parti de l'Ordre »
    (légitimistes, orléanistes et bonapartistes). L'assemblée fut dissoute lors du coup d'État
    du 2 décembre 1851.
2   L'Assemblée nationale constituante, issue des élections du 23 avril 1848, siège du 4 mai au
    26 avril 1848. Elle élabore et vote le texte de la constitution de la Deuxième République.
3   C'est-à-dire avec la nostalgie de l'époque de la Seconde Restauration de la monarchie
    Bourbon, de 1815 à 1830, sous les règnes de Louis XVIII et son frère, Charles X.

citoyen[1]. Au contraire, il paraissait fort à l'aise au milieu de cette tour de Babel. Parfois, quand tous ces grotesques tapaient à bras raccourcis sur la République, on voyait ses yeux rire sans que ses lèvres perdissent leur moue d'homme grave. Sa façon recueillie d'écouter, sa complaisance inaltérable lui avaient concilié toutes les sympathies. On le jugeait nul, mais bon enfant. Lorsqu'un ancien marchand d'huile ou d'amandes ne pouvait placer, au milieu du tumulte, de quelle façon il sauverait la France, s'il était le maître, il se réfugiait auprès d'Eugène et lui criait ses plans merveilleux à l'oreille. Eugène hochait doucement la tête, comme ravi des choses élevées qu'il entendait. Vuillet seul le regardait d'un air louche. Ce libraire, doublé d'un sacristain et d'un journaliste, parlant moins que les autres, observait davantage. Il avait remarqué que l'avocat causait parfois dans les coins avec le commandant Sicardot. Il se promit de les surveiller, mais il ne put jamais surprendre une seule de leurs paroles. Eugène faisait taire le commandant d'un clignement d'yeux, dès qu'il approchait. Sicardot, à partir de cette époque, ne parla plus des Napoléon qu'avec un mystérieux sourire.

Deux jours avant son retour à Paris, Eugène rencontra sur le cours Sauvaire son frère Aristide, qui l'accompagna quelques instants, avec l'insistance d'un homme en quête d'un conseil. Aristide était dans une grande perplexité. Dès la proclamation de la République, il avait affiché le plus vif enthousiasme pour le gouvernement nouveau. Son intelligence, assouplie par ses deux années de séjour à Paris, voyait plus loin que les cerveaux épais de Plassans ; il devinait l'impuissance des légitimistes et des orléanistes, sans distinguer[a] avec netteté quel serait le troisième larron qui viendrait voler la République. À tout hasard, il s'était mis du côté des vainqueurs. Il avait rompu [98] tout rapport avec son père, le qualifiant en public de vieux fou, de vieil imbécile enjôlé par la noblesse.

– Ma mère est pourtant une femme intelligente, ajoutait-il. Jamais je ne l'aurais crue capable de pousser son mari dans un parti dont les espérances sont chimériques. Ils vont achever de se mettre sur la paille. Mais les femmes n'entendent rien à la politique.

Lui, voulait se vendre, le plus cher possible.[a] Sa grande inquiétude fut dès lors de prendre le vent, de se mettre toujours du côté de ceux qui pourraient,[b] à l'heure du triomphe, le récompenser magnifiquement. Par

---

1   Roi citoyen : appellatif qu'on donne souvent à Louis-Philippe Ier, avec le titre de « roi des Français », parmi les nombreux sobriquets dont on le qualifiait.

malheur, il marchait en aveugle ; il se sentait perdu, au fond de sa province, sans boussole, sans indications précises. En attendant que le cours
des événements lui traçât une voie sûre, il garda l'attitude de républicain
enthousiaste prise par lui dès le premier jour. Grâce à cette attitude,
il resta à la sous-préfecture ; on augmenta même ses appointements.
Mordu bientôt par le désir de jouer un rôle, il détermina un libraire,
un rival de Vuillet, à fonder un journal démocratique, dont il devint un
des rédacteurs les plus âpres. *L'Indépendant* fit, sous son impulsion, une
guerre sans merci aux réactionnaires. Mais le courant l'entraîna peu à
peu, malgré lui, plus loin qu'il ne voulait aller ; il en arriva à écrire des
articles incendiaires[c] qui lui donnaient des frissons lorsqu'il les relisait.
On remarqua beaucoup, à Plassans, une série d'attaques dirigées par le
fils contre les personnes que le père recevait chaque soir dans le fameux
salon jaune. La richesse des Roudier et des Granoux exaspérait Aristide au
point de lui faire perdre toute prudence. Poussé par ses aigreurs jalouses
d'affamé, il s'était fait de la bourgeoisie une ennemie irréconciliable,
lorsque l'arrivée d'Eugène et la façon dont il se comporta à Plassans
vinrent le consterner. Il accordait à son frère une grande habileté. Selon
lui, ce gros garçon endormi ne sommeillait [99] jamais que d'un œil,
comme les chats à l'affût devant un trou de souris. Et voilà qu'Eugène
passait les soirées entières dans le salon jaune, écoutant religieusement
ces grotesques que lui, Aristide, avait si impitoyablement raillés. Quand
il sut, par les bavardages de la ville, que son frère donnait des poignées
de main à Granoux et en recevait du marquis, il se demanda avec anxiété
ce qu'il devait croire. Se serait-il trompé à ce point ? Les légitimistes ou
les orléanistes auraient-ils quelque chance de succès ? Cette pensée le
terrifia. Il perdit son équilibre, et, comme il arrive souvent, il tomba sur
les conservateurs avec plus de rage, pour se venger de son aveuglement.

La veille du jour où il arrêta Eugène sur le cours Sauvaire, il avait
publié, dans *l'Indépendant*, un article terrible sur les menées du clergé,
en réponse à un entrefilet de Vuillet, qui accusait les républicains de
vouloir démolir les églises. Vuillet était la bête noire d'Aristide. Il ne se
passait pas de semaine sans que les deux journalistes échangeassent les
plus grossières injures. En province, où l'on cultive encore la périphrase,
la polémique met le catéchisme poissard en beau langage[1] : Aristide

---

1 Ouvrage de Jean-Joseph Vadé, publié en 1758, le *Catéchisme poissard* est un inventaire
d'injures et de grossièretés dans le langage des femmes de la Halle, notamment des

appelait son adversaire « frère Judas », ou encore « serviteur de saint Antoine », et Vuillet répondait galamment en traitant le républicain de « monstre gorgé de sang dont la guillotine était l'ignoble pourvoyeuse ».

Pour sonder son frère, Aristide, qui n'osait paraître inquiet ouvertement, se contenta de lui demander :

— As-tu lu mon article d'hier ? Qu'en penses-tu ?

Eugène eut un léger mouvement d'épaules.

— Vous êtes un niais, mon frère, répondit-il simplement.

— Alors, s'écria le journaliste en pâlissant, tu donnes raison à Vuillet, tu crois au triomphe de Vuillet.

— Moi !... Vuillet... [100]

Il allait certainement ajouter : « Vuillet est un niais comme toi. » Mais en apercevant la face grimaçante de son frère qui se tendait anxieusement vers lui, il parut pris d'une subite défiance.

— Vuillet a du bon, dit-il avec tranquillité.

En quittant son frère, Aristide se sentit encore plus perplexe qu'auparavant. Eugène avait dû se moquer de lui, car Vuillet était bien le plus sale personnage qu'on pût imaginer. Il se promit d'être prudent, de ne pas se lier davantage, de façon à avoir les mains libres, s'il lui fallait un jour aider un parti à étrangler la République.

Le matin même de son départ, une heure avant de monter en diligence, Eugène emmena son père dans la chambre à coucher et eut avec lui un long entretien. Félicité, restée dans le salon, essaya vainement d'écouter. Les deux hommes parlaient bas, comme s'ils eussent redouté qu'une seule de leurs paroles pût être entendue du dehors. Quand ils sortirent enfin de la chambre, ils paraissaient très animés. Après avoir embrassé son père et sa mère, Eugène, dont la voix traînait d'habitude, dit avec une vivacité émue :

— Vous m'avez bien compris, mon père ? Là est notre fortune. Il faut travailler de toutes nos forces, dans ce sens. Ayez foi en moi.

— Je suivrai tes instructions fidèlement, répondit Rougon. Seulement n'oublie pas ce que je t'ai demandé[a] comme prix de mes efforts.

— Si nous réussissons, vos désirs seront satisfaits, je vous le jure. D'ailleurs, je vous écrirai, je vous guiderai, selon la direction que prendront les événements. Pas de panique ni d'enthousiasme. Obéissez-moi en aveugle.

---

marchandes de poissons. Il eut de nombreuses éditions au XIXᵉ siècle.

— Qu'avez-vous donc comploté ? demanda curieusement Félicité.

— Ma chère mère, répondit Eugène avec un sourire, vous [101] avez trop douté de moi pour que je vous confie aujourd'hui mes espérances, qui ne reposent encore que sur des calculs de probabilité. Il vous faudrait la foi pour me comprendre. D'ailleurs, mon père vous instruira, quand l'heure sera venue[1].

Et comme Félicité prenait l'attitude d'une femme piquée, il ajouta à son oreille, en l'embrassant de nouveau :

— Je tiens de toi, bien que tu m'aies renié. Trop d'intelligence nuirait en ce moment. Lorsque la crise arrivera, c'est toi qui devras conduire l'affaire.

Il s'en alla ; puis il rouvrit la porte, et dit encore d'une voix impérieuse :

— Surtout défiez-vous d'Aristide, c'est un brouillon qui gâterait tout. Je l'ai assez étudié pour être certain qu'il retombera toujours sur ses[a] pieds. Ne vous apitoyez pas ; car, si nous faisons fortune, il saura[b] nous voler sa part.

Quand Eugène fut parti, Félicité essaya de pénétrer le secret qu'on lui cachait. Elle connaissait trop son mari pour l'interroger ouvertement ; il lui aurait répondu avec colère que cela ne la regardait pas. Mais, malgré la tactique savante qu'elle déploya, elle n'apprit absolument rien. Eugène, à cette heure trouble où la plus grande discrétion était nécessaire, avait bien choisi son confident. Pierre, flatté de la confiance de son fils, exagéra encore cette lourdeur passive qui faisait de lui une masse grave et impénétrable. Lorsque Félicité eut compris qu'elle ne saurait rien, elle cessa de tourner autour de lui. Une seule curiosité lui resta, la plus âpre. Les deux hommes avaient parlé d'un prix stipulé par Pierre lui-même. Quel pouvait être ce prix ? Là était le grand intérêt pour Félicité, qui se moquait parfaitement des questions politiques. Elle savait que son mari avait dû se vendre cher, mais elle brûlait de connaître la nature du marché. Un soir, voyant Pierre de belle humeur, comme ils venaient de se mettre au lit, elle amena la conversation sur les ennuis de leur pauvreté. [102]

---

1   Déjà, dans le premier plan détaillé (plan C), Zola anticipe sur cette situation : « Si Pierre Goiraud [Rougon] se trouve à la tête du groupe de réactionnaires de Rolleboise [Plassans], il le doit à Alfred [Eugène] qui rend des services au prince président et qui dirige de loin la conduite de son père. C'est ainsi qu'il l'avertit du coup d'État auquel il travaille lui-même. Pierre Goiraud veut se rendre utile autant que possible à l'établissement du prochain empire » (ms. 10303, f°40).

– Il est bien temps que cela finisse, dit-elle ; nous nous ruinons en bois et en huile, depuis que ces messieurs viennent ici. Et qui payera la note ? Personne peut-être.

Son mari tomba[a] dans le piège. Il eut un sourire de supériorité complaisante.

– Patience, dit-il.

Puis, il ajouta d'un air fin, en regardant sa femme dans les yeux :

– Serais-tu contente d'être la femme d'un receveur particulier[1] ?

Le visage de Félicité s'empourpra d'une joie chaude. Elle se mit sur son séant, frappant comme une enfant dans ses mains sèches de petite vieille.

– Vrai ?... balbutia-t-elle. À Plassans ?...

Pierre, sans répondre, fit un long signe affirmatif. Il jouissait de l'étonnement de sa compagne. Elle étranglait d'émotion.

– Mais, reprit-elle enfin, il faut un cautionnement énorme. Je me suis laissé dire que notre voisin, M. Peirotte, avait dû déposer quatre-vingt mille francs au trésor.

– Eh ! dit l'ancien marchand d'huile, ça ne me regarde pas. Eugène se charge de tout. Il me fera avancer le cautionnement par un banquier de Paris... Tu comprends, j'ai choisi une place qui rapporte gros. Eugène a commencé par faire la grimace. Il me disait qu'il fallait être riche pour occuper ces positions-là, qu'on choisissait d'habitude des gens influents. J'ai tenu bon, et il a cédé. Pour être receveur, on n'a pas besoin de savoir le latin ni le grec ; j'aurai, comme M. Peirotte, un fondé de pouvoir qui fera toute la besogne.

Félicité l'écoutait avec ravissement.

– J'ai bien deviné, continua-t-il, ce qui inquiétait notre cher fils. Nous sommes peu aimés ici. On nous sait sans fortune, [103] on clabaudera. Mais baste ! dans les moments de crise, tout arrive. Eugène voulait me faire nommer dans une autre ville. J'ai refusé, je veux rester à Plassans.

---

1   Dans le dossier préparatoire de *La Conquête de Plassans*, ms. 10280, f°s 45-46, se trouve une série de notes sur la charge de receveur particulier, dont voici l'essentiel : il « est un banquier chargé de toutes les recettes de l'État et pouvant même lui faire des avances de ses propres fonds sur les impôts » ; il a « un petit traitement fixe » (seulement 2 à 300 francs par mois), « tant pour cent sur les recettes qu'il encaisse » et des bonifications sur les rentrées d'impôt ou sur les avances qu'il offre ; il peut « faire la banque pour son compte personnel » ; il peut avoir 60 à 200.000 francs de cautionnement ; le revenu d'une recette peut varier de 6 à 30.000 francs ; il dirige entre autres « les poursuites judiciaires pour la rentrée des impôts ». Voir aussi ci-dessus, p. 138, note 2, et GGS, p. 558, 560.

– Oui, oui, il faut rester, dit vivement la vieille femme. C'est ici que nous avons souffert, c'est ici que nous devons triompher. Ah! je les écraserai, toutes ces belles promeneuses du Mail[1] qui toisent dédaigneusement mes robes de laine!... Je n'avais pas songé à la place de[a] receveur; je croyais que tu voulais devenir maire[2].

– Maire, allons donc!... La place est gratuite!... Eugène aussi m'a parlé de la mairie. Je lui ai répondu : « J'accepte, si tu me constitues une rente de quinze mille francs ».

Cette conversation, où de gros chiffres partaient comme des fusées, enthousiasmait Félicité. Elle frétillait, elle éprouvait une sorte de démangeaison intérieure. Enfin elle prit une pose dévote, et, se recueillant :

– Voyons, calculons, dit-elle. Combien gagneras-tu ?

– Mais, dit Pierre, les appointements fixes[b] sont, je crois, de trois mille francs.

– Trois mille, compta Félicité.

– Puis, il y a le tant pour cent sur les recettes, qui, à Plassans, peut produire une somme de douze mille francs.

– Ça fait quinze mille.

– Oui, quinze mille francs environ. C'est ce que gagne[c] Peirotte. Ce n'est pas tout. Peirotte fait de la banque pour son compte personnel. C'est permis. Peut-être me risquerai-je dès que je sentirai la chance venue.

– Alors mettons vingt mille... Vingt mille francs de rente ! répéta Félicité ahurie par ce chiffre.

– Il faudra rembourser les avances, fit remarquer Pierre.

– N'importe, reprit Félicité, nous serons plus riches que [104] beaucoup de ces messieurs... Est-ce que le marquis et les autres doivent partager le gâteau avec toi ?

– Non, non, tout sera pour nous.

Et, comme elle insistait, Pierre crut qu'elle voulait lui arracher son secret. Il fronça les sourcils.

---

1 Voir ci-dessus, p. 140, note 1. En général, le Mail est « la promenade publique dans certaines villes, généralement bordée d'arbres (où l'on jouait au mail autrefois) ». Le mail est « un jeu de maillet de bois à long manche flexible avec lequel on pousse une boule de bois » (*Trésor de la langue française*).

2 C'est la première idée du romancier : « Pierre Richaud ambitieux qui convoite la mairie » (ms. 10303, f° 68).

— Assez causé, dit-il brusquement. Il est tard, dormons. Ça nous portera malheur de faire des calculs à l'avance. Je ne tiens pas encore la place. Surtout, sois discrète.

La lampe éteinte, Félicité ne put dormir. Les yeux fermés, elle faisait de merveilleux châteaux en Espagne. Les vingt mille francs de rente dansaient devant elle, dans l'ombre, une danse diabolique. Elle habitait un bel appartement de la ville neuve, avait le luxe de M. Peirotte, donnait des soirées, éclaboussait de sa fortune la ville entière. Ce qui chatouillait le plus ses vanités, c'était la belle position que son mari occuperait alors. Ce serait lui qui payerait leurs rentes à Granoux, à Roudier, à tous ces bourgeois qui venaient aujourd'hui chez elle comme on va dans un café, pour parler haut et savoir les nouvelles du jour. Elle s'était parfaitement aperçue de la façon cavalière dont ces gens entraient dans son salon, ce qui les lui avait fait prendre en grippe. Le marquis lui-même, avec sa politesse ironique, commençait à lui déplaire. Aussi, triompher seuls, garder tout le gâteau, suivant son expression, était une vengeance qu'elle caressait amoureusement. Plus tard, quand ces grossiers personnages se présenteraient le chapeau bas chez M. le receveur Rougon, elle les écraserait à son tour. Toute la nuit elle remua ces pensées. Le lendemain, en ouvrant ses persiennes, son premier regard se porta instinctivement de l'autre côté de la rue, sur les fenêtres de M. Peirotte ; elle sourit en contemplant les larges rideaux de damas[1] qui pendaient derrière les vitres.

Les espérances de Félicité, en se déplaçant, ne furent que plus âpres. Comme toutes les femmes, elle ne détestait pas [105] une pointe de mystère. Le but caché que poursuivait son mari la passionna plus que ne l'avaient jamais fait les menées légitimistes de M. de Carnavant. Elle abandonna sans trop de regret les calculs fondés sur la réussite du marquis, du moment que, par d'autres moyens, son mari prétendait pouvoir garder les gros bénéfices.[a] Elle fut, d'ailleurs, admirable de discrétion et de prudence.

Au fond, une curiosité anxieuse continuait à la torturer ; elle étudiait les moindres gestes de Pierre,[b] elle tâchait de comprendre. S'il allait faire fausse route ? Si Eugène l'entraînait à sa suite dans quelque casse-cou d'où ils sortiraient plus affamés et plus pauvres ? Cependant la foi lui venait. Eugène avait commandé avec une telle autorité, qu'elle finissait

---

1 Damas : « étoffe monochrome, à double face, généralement en soie, ornée de dessins satinés, en relief sur fond mat, formés par le tissage » (*Trésor de la langue française*).

par croire en lui. Là encore agissait la puissance de l'inconnu. Pierre lui parlait mystérieusement des hauts personnages que son fils aîné fréquentait à Paris ; elle-même ignorait ce qu'il pouvait y faire, tandis qu'il lui était impossible de fermer les yeux sur les coups de tête commis par Aristide à Plassans. Dans son propre salon, on ne se gênait guère pour traiter le journaliste démocrate avec la dernière sévérité. Granoux l'appelait brigand entre ses dents, et Roudier, deux ou trois fois par semaine, répétait à Félicité :

— Votre fils en écrit de belles. Hier encore il attaquait notre ami Vuillet avec un cynisme révoltant.[c]

Tout le salon faisait chorus. Le commandant Sicardot parlait de calotter son gendre. Pierre reniait nettement son fils. La pauvre mère baissait la tête, dévorant ses larmes. Par instants, elle avait envie d'éclater, de crier à Roudier que son cher enfant, malgré ses fautes, valait encore mieux que lui et les autres ensemble. Mais elle était liée, elle ne voulait pas compromettre la position si laborieusement acquise. En voyant toute la ville accabler Aristide,[d] elle pensait avec désespoir que le malheureux se perdait. À deux reprises, elle [106] l'entretint secrètement, le conjurant de revenir à eux, de ne pas irriter davantage le salon jaune. Aristide lui répondit qu'elle n'entendait rien à ces choses-là, et que c'était elle qui avait commis une grande faute en mettant son mari au service du marquis. Elle dut l'abandonner, se promettant bien, si Eugène réussissait, de le forcer à partager la proie avec le pauvre garçon,[a] qui restait son enfant préféré.

Après le départ de son fils aîné, Pierre Rougon continua à vivre en pleine réaction. Rien ne parut changé dans les opinions du fameux salon jaune. Chaque soir, les mêmes hommes vinrent y faire la même propagande en faveur d'une monarchie, et le maître du logis les approuva et les aida avec autant de zèle que par le passé. Eugène avait quitté Plassans le 1er mai[1]. Quelques jours plus tard, le salon jaune était dans l'enthousiasme. On y commentait la lettre du président de la République au général Oudinot, dans laquelle le siège de Rome était décidé[2]. Cette lettre fut regardée comme une victoire éclatante, due à

---

1   C'est-à-dire le 1er mai 1849.
2   Voir ci-dessus, p. 178, note 3. La République romaine, instaurée en 1849 après la fuite du pape Pie IX, ne dura que cinq mois, du 8 février au 4 juillet 1849, à la suite de l'intervention d'une expédition française, menée par le général Nicolas Oudinot, qui visait

la ferme attitude du parti réactionnaire. Depuis 1848, les Chambres discutaient la question romaine ; il était réservé à un Bonaparte d'aller étouffer une République naissante par une intervention dont la France libre ne se fût jamais rendue coupable.[b] Le marquis déclara qu'on ne pouvait mieux travailler pour la cause de la légitimité. Vuillet écrivit un article superbe. L'enthousiasme n'eut plus de bornes, lorsque, un mois plus tard, le commandant Sicardot entra un soir chez les Rougon, en annonçant à la société que l'armée française se battait sous les murs de Rome. Pendant que tout le monde s'exclamait, il alla serrer la main à Pierre d'une façon significative. Puis, dès qu'il se fut assis, il entama l'éloge du président de la République, qui, disait-il, pouvait seul sauver la France de l'anarchie.

– Qu'il la sauve donc au plus tôt, interrompit le marquis, et [107] qu'il comprenne ensuite son devoir en la remettant entre les mains de ses maîtres légitimes ![a]

Pierre sembla approuver vivement cette belle réponse. Quand il eut ainsi fait preuve d'ardent royalisme, il osa dire que le prince Louis Bonaparte avait ses sympathies, dans cette affaire. Ce fut alors, entre lui et le commandant, un échange de courtes phrases qui célébraient les excellentes intentions du président et qu'on eût dites préparées et apprises à l'avance. Pour la première fois, le bonapartisme entrait ouvertement dans le salon jaune. D'ailleurs, depuis l'élection du 10 décembre[1], le

à protéger le pape des troubles révolutionnaires. Le 3 juillet, Rome tomba et, le 14 juillet, le général Oudinot proclama la fin de la République romaine et rétablit le gouvernement pontifical de Pie IX. Voici le texte de la lettre de Louis-Napoléon adressée au général Oudinot : « Elysée-National, 8 mai 1849. Mon cher général, La nouvelle télégraphique qui annonce la résistance imprévue que vous avez rencontrée sous les murs de Rome, m'a vivement peiné. J'espérais, vous le savez, que les habitants de Rome, ouvrant les yeux à l'évidence, recevraient avec empressement une armée qui venait accomplir chez eux une mission bienveillante et désintéressée. Il en a été autrement ; nos soldats ont été reçus en ennemis ; notre honneur militaire est engagé ; je ne souffrirai pas qu'il reçoive aucune atteinte. Les renforts ne vous manqueront pas. Dites à vos soldats que j'apprécie leur bravoure, que je partage leurs peines, et qu'ils pourront toujours compter sur mon appui et sur ma reconnaissance. Recevez, mon cher général, l'assurance de mes sentiments de haute estime. LOUIS-NAPOLÉON BONAPARTE. »

1   Aux élections du 10 décembre 1848, Louis-Napoléon (qui siège à la Constituante depuis le 17 septembre) obtient au suffrage universel 5,434, 226 [74.33%] votes sur 7,300,000 contre les candidats suivants (surtout républicains) : Louis Eugène Cavaignac, Républicanisme modéré, 19,81% ; Alexandre Ledru-Rollon, Républicanisme démocrate-socialiste, 5.06% ; François-Vincent Raspail, Républicanisme socialiste, 0.51% ; Alphonse de Lamartine, Républicanisme libéral, 0,23% ; Nicolas Changarnier, Monarchisme, 0,06%.

prince y était traité avec une certaine douceur. On le préférait mille fois à Cavaignac[1], et toute la bande réactionnaire avait voté pour lui. Mais on le regardait plutôt comme un complice que comme un ami ; encore se défiait-on de ce complice, que l'on commençait à accuser de vouloir garder pour lui les marrons après les avoir tirés du feu.[b] Ce soir-là, cependant, grâce à la campagne de Rome, on écouta avec faveur les éloges de Pierre et du commandant.

Le groupe de Granoux et de Roudier demandait déjà que le président fît fusiller tous ces scélérats de républicains. Le marquis, appuyé contre la cheminée, regardait d'un air méditatif une rosace déteinte du tapis. Lorsqu'il leva enfin la tête, Pierre, qui semblait suivre à la dérobée sur son visage l'effet de ses paroles, se tut subitement. M. de Carnavant se contenta de sourire en regardant Félicité d'un air fin. Ce jeu rapide échappa aux bourgeois[c] qui se trouvaient là. Vuillet seul dit d'une voix aigre :

— J'aimerais mieux voir votre Bonaparte à Londres qu'à Paris. Nos affaires marcheraient plus vite.

L'ancien marchand d'huile pâlit légèrement, craignant[d] de s'être trop avancé.

— Je ne tiens pas à « mon » Bonaparte, dit-il avec assez de fermeté ; vous savez où je l'enverrais, si j'étais le maître ; [108] je prétends simplement que l'expédition de Rome est une bonne chose.[a]

Félicité avait suivi cette scène avec un étonnement curieux. Elle n'en reparla pas à son mari, ce qui prouvait qu'elle la prit pour base d'un secret travail d'intuition. Le sourire du marquis, dont le sens exact lui échappait, lui donnait beaucoup[b] à penser.

À partir de ce jour, Rougon, de loin en loin, lorsque l'occasion se présentait, glissait[c] un mot en faveur du président de la République. Ces soirs-là, le commandant Sicardot jouait le rôle d'un compère complaisant. D'ailleurs, l'opinion cléricale dominait encore en souveraine[d] dans le salon jaune. Ce fut surtout l'année suivante[e] que ce groupe de réactionnaires prit dans la ville une influence décisive, grâce au mouvement rétrograde qui s'accomplissait à Paris. L'ensemble de mesures antilibérales qu'on nomma l'expédition de Rome à l'intérieur, assura définitivement à

Plassans le triomphe du parti Rougon[1]. Les derniers bourgeois enthousiastes virent la République agonisante et se hâtèrent de se rallier aux conservateurs. L'heure des Rougon était venue. La ville neuve leur fit presque une ovation le jour où l'on scia l'arbre de la liberté planté sur la place de la Sous-préfecture. Cet arbre, un jeune peuplier apporté des bords de la Viorne, s'était desséché peu à peu, au grand désespoir des ouvriers républicains qui venaient chaque dimanche constater les progrès du mal, sans pouvoir comprendre les causes de cette mort lente. Un apprenti chapelier prétendit enfin avoir vu une femme sortir de la maison Rougon et venir verser un seau d'eau empoisonnée au pied de l'arbre. Il fut dès lors acquis à l'histoire que Félicité en personne se levait chaque nuit pour arroser[f] le peuplier de vitriol. L'arbre mort, la municipalité déclara que la dignité de la République commandait de l'enlever. Comme on redoutait le mécontentement de la population ouvrière, on choisit[g] une heure avancée de [109] la soirée. Les rentiers conservateurs de la ville neuve eurent vent de la petite fête ; ils descendirent tous sur la place de la Sous-Préfecture, pour voir comment tomberait un arbre de la liberté. La société du salon jaune s'était mise aux fenêtres. Quand le peuplier craqua sourdement et s'abattit[a] dans l'ombre avec la raideur tragique d'un héros frappé à mort,[b] Félicité crut devoir agiter un mouchoir blanc. Alors il y eut des applaudissements dans la foule, et les spectateurs répondirent au salut en agitant également[c] leurs mouchoirs. Un groupe vint même sous la fenêtre,[d] criant :

– Nous l'enterrerons, nous l'enterrerons !

Ils parlaient sans doute de la République[2]. L'émotion faillit donner une crise de nerfs à Félicité. Ce fut une belle soirée pour le salon jaune.

Cependant, le marquis gardait toujours son mystérieux sourire en regardant Félicité. Ce petit vieux était bien trop fin pour ne pas comprendre où allait la France. Un des premiers, il flaira l'Empire. Plus tard, quand l'Assemblée législative s'usa en vaines querelles, quand les orléanistes et les légitimistes eux-mêmes acceptèrent tacitement la pensée d'un coup d'État, il se dit que décidément la partie était

---

1 Allusion à la série de mesures réactionnaires comme la destruction des arbres de la liberté, la loi Falloux (15 mars 1850), qui favorisa l'enseignement confessionnel, et la privation du droit électoral pour trois millions d'électeurs.

2 Cet épisode s'ajoute aux nombreuses manifestations du thème primordial du roman : la mort de la République.

perdue[1]. D'ailleurs, lui seul vit clair. Vuillet sentit bien que la cause
d'Henri V, défendue par son journal, devenait détestable ; mais peu
lui importait ; il lui suffisait d'être la créature obéissante du clergé ;
toute sa politique tendait à écouler le plus possible de chapelets et
d'images saintes. Quant à Roudier et à Granoux, ils vivaient dans un
aveuglement effaré ; il n'était pas certain qu'ils eussent une opinion ; ils
voulaient manger et dormir en paix, là se bornaient leurs aspirations
politiques. Le marquis, après avoir dit adieu à ses espérances, n'en vint
pas moins[e] régulièrement chez les Rougon. Il s'y amusait. Le heurt
des ambitions, l'étalage des sottises bourgeoises, avaient fini par lui
offrir chaque soir un spectacle des plus réjouissants. Il grelottait [110]
à la pensée de se renfermer dans son petit logement, dû à la charité
du comte de Valqueyras.[a] Ce fut avec une joie malicieuse qu'il garda
pour lui la conviction que l'heure des Bourbons n'était pas venue. Il
feignit l'aveuglement, travaillant comme par le passé au triomphe de
la légitimité, restant toujours aux ordres du clergé et de la noblesse.
Dès le premier jour, il avait pénétré la nouvelle tactique de Pierre, et
il croyait que Félicité était sa complice.

Un soir, étant arrivé le premier, il trouva la vieille femme seule dans
le salon.

— Eh bien ! petite, lui demanda-t-il avec sa familiarité souriante, vos
affaires marchent ?… Pourquoi, diantre ! fais-tu la cachottière avec moi ?

— Je ne fais pas la cachottière, répondit Félicité intriguée.

— Voyez-vous, elle croit tromper un vieux renard de mon espèce !
Eh ! ma chère enfant, traite-moi en ami. Je suis tout prêt à vous aider
secrètement… Allons, sois franche.

Félicité eut un éclair d'intelligence. Elle n'avait rien à dire, elle allait
peut-être tout apprendre, si elle savait se taire.

— Tu souris ? reprit M. de Carnavant. C'est le commencement d'un
aveu. Je me doutais bien que tu devais être derrière ton mari ! Pierre
est trop lourd pour inventer la jolie[b] trahison que vous préparez… Vrai,
je souhaite de tout mon cœur que les Bonaparte vous donnent ce que
j'aurais demandé pour toi aux Bourbons.

Cette simple phrase confirma les soupçons que la vieille femme avait
depuis quelque temps.

---

1   C'est ce que Zola appelle, dans le dossier préparatoire de *Son Excellence Eugène Rougon*,
     l'« Intrigue de la légitimité et de l'orléanisme » (ms. 10292, f° 278).

– Le prince Louis a toutes les chances, n'est-ce pas ? demanda-t-elle vivement.

– Me trahiras-tu si je te dis que je le crois ? répondit en riant le marquis. J'en ai fait mon deuil, petite. Je suis un [111] vieux bonhomme fini et enterré. C'est pour toi, d'ailleurs, que je travaillais. Puisque tu as su trouver sans moi le bon chemin, je me consolerai en te voyant triompher de ma défaite… Surtout ne joue plus le mystère. Viens à moi, si tu es embarrassée.

Et il ajouta, avec le sourire sceptique du gentilhomme encanaillé :

– Bast ! je puis bien trahir un peu, moi aussi.

À ce moment arriva le clan des anciens marchands d'huile et d'amandes.

– Ah ! les chers réactionnaires ! reprit à voix basse M. de Carnavant. Vois-tu, petite, le grand art en[a] politique consiste à avoir deux bons yeux, quand les autres sont aveugles. Tu as toutes les belles cartes dans ton jeu.

Le lendemain, Félicité, aiguillonnée par cette conversation, voulut avoir une certitude. On était alors dans les premiers jours de l'année 1851. Depuis plus de dix-huit mois, Rougon recevait régulièrement, tous les quinze jours, une lettre de son fils Eugène[1]. Il s'enfermait dans la chambre à coucher pour lire ces lettres, qu'il cachait ensuite au fond d'un vieux secrétaire, dont il gardait soigneusement la clef dans une poche de son gilet. Lorsque sa femme l'interrogeait, il se contentait de répondre : « Eugène m'écrit qu'il se porte bien. » Il y avait longtemps que[b] Félicité rêvait de mettre la main sur les lettres de son fils. Le lendemain matin, pendant que Pierre dormait encore, elle se leva et alla, sur la pointe des pieds, substituer à la clef du secrétaire, dans la poche du gilet, la clef de la commode, qui était de la même grandeur.[c] Puis, dès que son mari fut sorti, elle s'enferma à son tour, vida le tiroir et lut les lettres avec une curiosité fébrile.

M. de Carnavant ne s'était pas trompé, et ses propres soupçons se confirmaient. Il y avait là une quarantaine de lettres, dans lesquelles elle put suivre le grand mouvement [112] bonapartiste qui devait aboutir à l'Empire. C'était une sorte de journal succinct, exposant les faits à

---

1   Dès les premiers plans du roman, Zola attribue ce rôle à Alfred Goiraud, c'est-à-dire à Eugène Rougon : « Alfred est un avocat de province sans cause, un peu avant 51 il est venu à Paris flairant les événements. De là il écrit à son père et le dirige » (ms. 10303, f° 67).

mesure qu'ils s'étaient présentés, et tirant de chacun d'eux des espérances et des conseils. Eugène avait la foi. Il parlait à son père du prince Louis Bonaparte comme de l'homme nécessaire et fatal qui seul pouvait dénouer la situation. Il avait cru en lui avant même son retour en France, lorsque le bonapartisme était traité de chimère ridicule. Félicité comprit que son fils était depuis 1848 un agent[a] secret très actif. Bien qu'il ne s'expliquât pas nettement sur sa situation à Paris, il était évident qu'il travaillait à l'Empire, sous les ordres de personnages qu'il nommait avec une sorte de familiarité. Chacune de ses lettres constatait les progrès de la cause et faisait prévoir[b] un dénouement prochain. Elles se terminaient généralement par l'exposé de la ligne de conduite que Pierre devait tenir à Plassans. Félicité s'expliqua alors certaines paroles et certains actes de son mari dont l'utilité lui avait échappé ; Pierre obéissait à son fils, il suivait aveuglément ses recommandations.

Quand la vieille femme eut terminé sa lecture, elle était convaincue. Toute la pensée d'Eugène lui apparut clairement. Il comptait faire sa fortune politique dans la bagarre, et, du coup, payer à ses parents la dette de son instruction, en leur jetant un lambeau de la proie, à l'heure de la curée[1]. Pour peu que son père l'aidât, se rendît utile à la cause, il lui serait facile de le faire nommer receveur particulier. On ne pourrait rien lui refuser, à lui qui aurait mis les deux mains dans les plus secrètes besognes. Ses lettres étaient une simple prévenance de sa part, une façon d'éviter bien des sottises aux Rougon. Aussi Félicité éprouva-t-elle une vive reconnaissance. Elle relut certains passages des lettres, ceux dans lesquels Eugène parlait en termes vagues de la catastrophe finale. Cette catastrophe, dont elle ne devinait pas bien le genre ni la portée, devint pour elle une sorte de fin du[c] monde ; [113] le Dieu rangerait les élus à sa droite et les damnés à sa gauche, et elle se mettait parmi les élus.

Lorsqu'elle eut réussi, la nuit suivante, à remettre la clef du secrétaire dans la poche du gilet, elle se promit d'user du même moyen pour lire chaque nouvelle lettre qui arriverait. Elle résolut également de faire l'ignorante.[a] Cette tactique était excellente. À partir de ce jour, elle aida d'autant plus son mari qu'elle parut le faire en aveugle. Lorsque

---

1   Terme appartenant au vocabulaire de la chasse : Zola l'utilise fréquemment pour caractériser la rapacité des partisans du Second Empire, notamment dans le deuxième roman de la série des *Rougon-Macquart*, *La Curée*, que le romancier avait commencé à préparer avant de terminer *La Fortune des Rougon*.

Pierre croyait travailler seul, c'était elle qui, le plus souvent, amenait la conversation sur le terrain voulu,[b] qui recrutait des partisans pour le moment décisif. Elle souffrait de la méfiance d'Eugène. Elle voulait pouvoir lui dire, après la réussite : « Je savais tout, et, loin de rien gâter, j'ai assuré le triomphe. » Jamais complice ne fit moins de bruit et plus de besogne. Le marquis, qu'elle avait pris pour confident, en était émerveillé.

Ce qui l'inquiétait toujours, c'était le sort de son cher Aristide. Depuis qu'elle partageait la foi de son fils aîné, les articles rageurs de *l'Indépendant* l'épouvantaient davantage encore.[c] Elle désirait vivement convertir le malheureux républicain aux idées napoléoniennes ; mais elle ne savait comment le faire d'une façon prudente. Elle se rappelait avec quelle insistance Eugène leur avait dit de se défier d'Aristide.[d] Elle soumit le cas à M. de Carnavant, qui fut absolument du même avis.

— Ma petite, lui dit-il, en politique il faut savoir être égoïste. Si vous convertissiez votre fils et que *l'Indépendant* se mît à défendre le bonapartisme, ce serait porter un rude coup au parti. *L'Indépendant* est jugé ; son titre seul suffit pour mettre en fureur les bourgeois de Plassans. Laissez le cher Aristide patauger, cela forme les jeunes gens. Il me paraît taillé de façon à ne pas jouer longtemps le rôle de martyr.[e]

Dans sa rage d'indiquer aux siens la bonne voie, maintenant [114] qu'elle croyait posséder la vérité, Félicité alla jusqu'à vouloir endoctriner son fils Pascal. Le médecin, avec l'égoïsme du savant enfoncé dans ses recherches, s'occupait fort peu de politique. Les empires[a] auraient pu crouler, pendant qu'il faisait une expérience, sans qu'il daignât tourner la tête. Cependant il avait fini par céder aux instances de sa mère, qui l'accusait plus que jamais de vivre en loup-garou.

— Si tu fréquentais le beau monde, lui disait-elle, tu aurais des clients dans la haute société. Viens au moins passer les soirées dans notre salon. Tu feras la connaissance de MM. Roudier, Granoux, Sicardot, tous gens bien posés qui te payeront tes visites quatre et cinq francs. Les pauvres ne t'enrichiront pas.

L'idée de réussir, de voir toute sa famille arriver à la fortune, était devenue une monomanie chez Félicité. Pascal, pour ne pas la chagriner, vint donc passer quelques soirées dans le salon jaune. Il s'y ennuya moins qu'il ne le craignait. La première fois, il fut stupéfait du degré d'imbécillité auquel un homme bien portant peut descendre. Les anciens marchands d'huile et d'amandes, le marquis et le commandant eux-mêmes, lui parurent des animaux curieux qu'il n'avait pas eu jusque-là l'occasion d'étudier. Il regarda avec l'intérêt d'un naturaliste leurs masques figés dans une grimace, où il retrouvait leurs occupations et leurs appétits; il écouta leurs bavardages[b] vides, comme il aurait cherché à surprendre le sens du miaulement d'un chat ou de l'aboiement d'un chien. À cette époque, il s'occupait beaucoup d'histoire naturelle comparée, ramenant à la race humaine les observations qu'il lui était permis de faire sur la façon dont l'hérédité se comporte chez les animaux. Aussi, en se trouvant dans le salon jaune, s'amusa-t-il à se croire tombé dans une ménagerie[1]. Il établit des ressemblances entre chacun de ces grotesques et quelque animal de sa connaissance. [115] Le marquis lui rappela exactement une grande sauterelle verte, avec sa maigreur, sa tête mince et futée. Vuillet lui fit l'impression blême et visqueuse d'un crapaud. Il fut plus doux pour Roudier, un mouton gras, et pour le commandant, un vieux dogue édenté. Mais son continuel étonnement était le prodigieux Granoux. Il passa[a] toute une soirée à mesurer son angle facial. Quand il l'écoutait bégayer quelque vague injure contre les républicains, ces buveurs de sang, il s'attendait toujours à l'entendre geindre comme un veau; et il ne pouvait le voir se lever, sans s'imaginer qu'il allait se mettre à quatre pattes pour sortir du salon.

— Cause donc, lui disait tout bas sa mère, tâche d'avoir la clientèle de ces messieurs.

— Je ne suis pas vétérinaire, répondit-il enfin, poussé à bout.

Félicité le prit, un soir, dans un coin, et essaya de le catéchiser. Elle était heureuse de le voir venir chez elle avec une certaine assiduité. Elle le croyait gagné au monde, ne pouvant supposer un instant les singuliers amusements qu'il goûtait à ridiculiser des gens riches. Elle nourrissait le secret projet de faire de lui, à Plassans, le médecin à la mode. Il suffirait que des hommes comme Granoux et Roudier consentissent à le lancer. Avant[b] tout, elle voulait lui donner les idées politiques de la famille, comprenant qu'un médecin avait tout à gagner en se faisant le chaud partisan du régime qui devait succéder à la République.

— Mon ami, lui dit-elle, puisque te voilà devenu raisonnable, il te faut songer à l'avenir…[c] On t'accuse d'être républicain, parce que tu

---

1   Sur ce trait satirique du romancier, qui rappelle l'œuvre du caricaturiste Paul Hadol, *La Ménagerie impériale*, voir ci-dessus notre introduction, p. 77.

es assez bête pour soigner tous les gueux de la ville sans te faire payer. Sois franc, quelles^d sont tes véritables opinions ?

Pascal regarda sa mère avec un étonnement naïf.^{e} Puis, souriant :

– Mes véritables opinions ? répondit-il, je ne sais trop… [116]^a On m'accuse d'être républicain,^{b} dites-vous ? Eh bien ! je ne m'en trouve nullement blessé. Je le suis sans doute,^{c} si l'on entend par ce mot un homme qui souhaite le bonheur de tout le monde.

– Mais tu n'arriveras à rien, interrompit vivement Félicité. On te grugera.^{d} Vois tes frères, ils cherchent à faire leur chemin.

Pascal comprit qu'il n'avait point à se défendre de ses égoïsmes de savant. Sa mère l'accusait simplement de ne pas spéculer sur la situation politique. Il se mit à rire, avec quelque tristesse, et il détourna la conversation. Jamais Félicité^e ne put l'amener à calculer les chances des partis, ni à s'enrôler dans celui qui paraissait devoir l'emporter. Il continua cependant à venir de temps à autre passer une soirée dans le salon jaune. Granoux l'intéressait comme un animal antédiluvien.

Cependant les événements marchaient. L'année 1851 fut, pour les politiques de Plassans, une année d'anxiété et d'effarement dont la cause secrète des Rougon profita. Les nouvelles les plus contradictoires arrivaient de Paris ; tantôt les républicains l'emportaient, tantôt le parti conservateur écrasait la République. L'écho des querelles qui déchiraient l'Assemblée législative parvenait au fond de la province, grossi un jour, affaibli le lendemain,^{f} changé au point que les plus clairvoyants marchaient en pleine nuit. Le seul sentiment général était qu'un dénouement approchait[1]. Et c'était l'ignorance de ce dénouement qui tenait dans une inquiétude ahurie ce peuple de bourgeois poltrons. Tous^g souhaitaient d'en finir. Ils étaient malades d'incertitude, ils se seraient jetés dans les bras du Grand Turc, si le Grand Turc eût daigné sauver la France de l'anarchie.^{h}

---

1   Depuis son élection à la Présidence de la République, Louis-Napoléon Bonaparte se retrouva constamment en opposition avec les députés de l'Assemblée nationale. Il demanda plusieurs fois une augmentation de son traitement, refusée par l'Assemblée. En 1851, le président demanda, d'une part, des réformes de la constitution afin qu'il soit rééligible et que son mandat passe de 4 à 10 ans et, d'autre part, l'abrogation de la loi électorale du 31 mai 1850 qui supprima le suffrage universel. Dès le début de l'année 1851, il y eut des rumeurs de coup d'État, surtout à partir de l'échec de la révision constitutionnelle. La proposition d'abrogation de la loi électorale est rejetée par l'Assemblée le 12 novembre 1851. « L'opération Rubicon » était depuis longtemps prête à être mise en vigueur.

Le sourire du marquis devenait plus aigu. Le soir, dans le salon jaune, lorsque l'effroi rendait indistincts les grognements de Granoux, il s'approchait de Félicité, il lui disait à l'oreille : [117]

— Allons, petite, le fruit est mûr...[a] Mais il faut vous rendre utile.

Souvent Félicité, qui continuait à lire les lettres d'Eugène, et qui savait que, d'un jour à l'autre, une crise décisive pouvait avoir lieu, avait compris cette nécessité : se rendre utile, et s'était demandé de quelle façon les Rougon s'emploieraient. Elle finit par consulter le marquis.

— Tout dépend des événements, répondit le petit vieillard. Si le département reste calme, si quelque insurrection ne vient pas effrayer Plassans, il vous sera difficile de vous mettre en vue et de rendre des services au gouvernement nouveau. Je vous conseille alors de rester chez vous et d'attendre en paix les bienfaits de votre fils Eugène. Mais si le peuple se lève et que nos braves bourgeois se croient menacés, il y aura un bien joli rôle à jouer... Ton mari est un peu épais...

— Oh! dit Félicité, je me charge de l'assouplir... Pensez-vous[b] que le département se révolte ?

— C'est chose certaine, selon moi. Plassans ne bougera peut-être pas ; la réaction y a triomphé trop largement. Mais[c] les villes voisines, les bourgades et les campagnes surtout, sont travaillées depuis longtemps par des sociétés secrètes et appartiennent au parti républicain avancé[1]. Qu'un coup d'État éclate, et l'on entendra le tocsin dans toute la contrée, des forêts de la Seille au plateau de Sainte-Roure.

Félicité se recueillit.

— Ainsi, reprit-elle, vous pensez qu'une insurrection est nécessaire pour assurer notre fortune ?

— C'est mon avis, répondit M. de Carnavant.

Et il ajouta avec un sourire légèrement ironique :

---

1   Sur les sociétés secrètes montagnardes, dont la pénétration dans les communautés rurales était très importante, car elles regroupaient une partie significative de la population masculine, la politisant et la rendant militante, voir l'ouvrage de Ténot, qui écrit : « La société des Montagnards couvrait ces quatre départements de ses ramifications [le Var, Vaucluse, les Bouches-du-Rhône, les Basses-Alpes]. Les affiliés en étaient innombrables. Marseille était la vraie capitale de cette partie du Midi. Le parti révolutionnaire, surtout, en recevait l'impulsion et la direction. Dans le plan des sociétés secrètes pour 1852, Marseille devait être la base et le point d'appui de la levée en masse du Midi. [..] Marseille insurgée, les autorités des départements voisins, privées de secours eussent été impuissantes à se défendre contre un soulèvement dont l'influence de Marseille eût décuplé l'énergie » (op. cit., éd. de 1865, p. 208 ; éd. de 1868, p. 190-191).

– On ne fonde une nouvelle dynastie que dans une bagarre. Le sang est un bon engrais. Il sera beau que les Rougon, comme certaines illustres familles, datent d'un massacre. [118]

Ces mots, accompagnés d'un ricanement, firent courir un frisson froid dans le dos de Félicité. Mais elle était femme de tête, et la vue des beaux rideaux de M. Peirotte, qu'elle regardait religieusement chaque matin, entretenait son courage. Quand elle se sentait faiblir, elle se mettait à la fenêtre et contemplait la maison du receveur. C'était ses Tuileries, à elle. Elle était décidée aux actes les plus extrêmes pour entrer dans la ville neuve, cette terre promise sur le seuil de laquelle elle brûlait de désirs depuis tant d'années.

La conversation qu'elle avait eue avec le marquis acheva de lui montrer clairement la situation. Peu de jours après, elle put lire une lettre d'Eugène dans laquelle l'employé au coup d'État semblait également compter sur une insurrection pour donner quelque importance à son père. Eugène connaissait son département. Tous ses conseils avaient tendu à faire mettre entre les mains des réactionnaires du salon jaune le plus d'influence possible, pour que les Rougon pussent tenir la ville au moment critique. Selon ses vœux, en novembre 1851, le salon jaune était maître de Plassans. Roudier y représentait la bourgeoisie riche ; sa conduite déciderait à coup sûr celle de toute la ville neuve. Granoux était plus précieux encore ; il avait derrière lui le conseil municipal, dont il était le membre le plus influent, ce qui donne une idée des autres membres. Enfin, par le commandant Sicardot, que le marquis était parvenu[a] à faire nommer chef de la garde nationale, le salon jaune disposait de la force armée. Les Rougon, ces pauvres hères mal famés, avaient donc réussi à grouper autour d'eux les outils de leur fortune.[b] Chacun, par lâcheté ou par bêtise, devait leur obéir et travailler aveuglément à leur élévation. Ils n'avaient qu'à redouter les autres influences qui pouvaient agir dans le sens de la leur, et enlever, en partie, à leurs efforts le mérite de la victoire. C'était là leur grande crainte, car ils[c] entendaient jouer à eux seuls le rôle de sauveurs[1]. À [119] l'avance, ils savaient qu'ils seraient plutôt aidés qu'entravés par le clergé et la noblesse. Mais, dans[a] le cas où le sous-préfet, le maire et les autres fonctionnaires se mettraient en avant et étoufferaient immédiatement l'insurrection, ils se trouveraient diminués,[b]

---

1   Un des thèmes répétés de la propagande bonapartiste était de présenter Louis-Napoléon comme le « sauveur » de la nation ou de la société.

arrêtés même dans leurs exploits ; ils n'auraient ni le temps ni les moyens de se rendre utiles. Ce qu'ils rêvaient, c'était l'abstention complète, la panique générale des fonctionnaires. Si toute administration régulière disparaissait, et s'ils étaient alors un seul jour les maîtres des destinées de Plassans, leur fortune était solidement fondée. Heureusement pour eux, il n'y avait pas dans l'administration un homme assez convaincu ou assez besogneux pour risquer la partie. Le sous-préfet était un esprit libéral que le pouvoir exécutif avait oublié à Plassans, grâce sans doute au bon renom de la ville ; timide de caractère, incapable d'un excès de pouvoir, il devait se montrer fort embarrassé devant une insurrection. Les Rougon, qui le savaient favorable à la cause démocratique, et qui, par conséquent, ne redoutaient pas son zèle, se demandaient simplement^c avec curiosité quelle attitude il prendrait. La municipalité ne leur donnait guère plus de crainte. Le maire, M. Garçonnet, était un légitimiste que le quartier Saint-Marc avait réussi à faire nommer en 1849 ; il détestait les républicains et les traitait^d d'une façon fort dédaigneuse ; mais il se trouvait trop lié d'amitié avec certains membres du clergé, pour prêter activement la main à un coup d'État bonapartiste. Les autres fonctionnaires étaient dans le même cas. Les juges de paix, le directeur de la poste, le percepteur, ainsi que le receveur particulier, M. Peirotte, tenant leur place de la réaction cléricale,^{e} ne pouvaient accepter l'Empire avec de grands élans d'enthousiasme. Les Rougon, sans bien voir comment ils se débarrasseraient de ces gens-là et feraient ensuite place nette pour se mettre seuls en vue, se livraient pourtant à de grandes espérances, en ne [120] trouvant personne qui leur disputât leur rôle de sauveurs.

Le dénouement approchait. Dans les derniers jours de novembre, comme le bruit d'un coup d'État courait et qu'on accusait le prince président de vouloir se faire nommer empereur :

– Eh ! nous le nommerons ce qu'il voudra, s'était écrié Granoux, pourvu qu'il fasse fusiller ces gueux de républicains !

Cette exclamation de Granoux, qu'on croyait endormi, causa une grande émotion. Le marquis feignit de ne pas avoir entendu ; mais tous les bourgeois approuvèrent de la tête l'ancien marchand d'amandes. Roudier, qui ne craignait pas d'applaudir tout haut, parce qu'il était riche, déclara même, en regardant M. de Carnavant du coin de l'œil, que la position n'était plus tenable, et que la France devait être corrigée au plus tôt par n'importe quelle main.

Le marquis garda encore le silence, ce qui fut pris pour un acquies-cement. Le clan des conservateurs, abandonnant la légitimité, osa[a] alors faire des vœux pour l'Empire.

— Mes amis, dit le commandant Sicardot en se levant, un Napoléon peut seul aujourd'hui protéger les personnes et les propriétés menacées... Soyez sans crainte, j'ai pris les précautions nécessaires pour que l'ordre règne à Plassans.

Le commandant avait, en effet, de concert avec Rougon, caché, dans une sorte d'écurie, près des remparts, une provision[b] de cartouches et un nombre assez considérable de fusils ; il s'était en même temps assuré le concours[c] de gardes nationaux sur lesquels il croyait pouvoir compter[1]. Ses paroles produisirent une très heureuse impression. Ce soir-là, en se séparant, les paisibles bourgeois du salon jaune parlaient de massacrer « les rouges », s'ils osaient bouger.[d]

Le 1er décembre, Pierre Rougon reçut une lettre d'Eugène qu'il alla lire dans la chambre à coucher, selon sa prudente [121] habitude. Félicité remarqua qu'il était fort agité en sortant de la chambre. Elle tourna toute la journée autour du secrétaire. La nuit venue, elle ne put patienter davantage. Son mari fut à peine endormi, qu'elle se leva doucement, prit la clef du secrétaire dans la poche du gilet, et s'empara de la lettre, en faisant le moins de bruit possible. Eugène, en dix lignes, prévenait son père que la crise allait avoir lieu et lui conseillait de mettre sa mère au courant de la situation. L'heure était venue de l'instruire ; il pourrait avoir besoin de ses conseils.

Le lendemain, Félicité attendit une confidence qui ne vint pas. Elle n'osa pas avouer ses curiosités,[a] elle continua à feindre l'ignorance, en enrageant contre les sottes défiances de son mari, qui la jugeait sans doute bavarde et faible comme les autres femmes. Pierre, avec cet orgueil marital qui donne à un homme la croyance de sa supériorité

---

1   Mesures prises par le maire et le juge de paix de Donjon selon Ténot : « Le maire, M. de Laboutresse, et le juge de paix, M. Dollivier, étaient les deux chefs du parti conservateur. [..] Prévoyant dès longtemps l'éventualité d'une lutte, il avait essayé d'y préparer les hommes de son opinion. Quelques jours avant le 2 décembre, il [Dollivier] avait fait enlever de la mairie les meilleurs fusils de la garde nationale et il les avait fait transporter dans la maison de M. de Laboutresse. Le sous-préfet de la Palisse, averti, avait envoyé deux cents cartouches. Armes et munitions étaient donc prêtes, et tous les citoyens du parti de l'ordre avaient promis de se réunir, au premier symptôme de trouble, chez M. de Laboutresse, bien résolus à combattre » (op. cit., éd. de 1865, p. 26-27 ; éd. de 1868, p. 16-17). Voir aussi GGS, p. 493, note 161.

dans le ménage, avait fini par attribuer à sa femme toutes les[b] mauvaises chances passées. Depuis qu'il s'imaginait[c] conduire seul leurs affaires, tout lui semblait marcher à souhait. Aussi avait-il résolu de se passer entièrement des conseils de sa femme,[d] et de ne lui rien confier, malgré les recommandations de son fils.

Félicité fut piquée, au point qu'elle aurait mis des bâtons dans les roues, si elle n'avait pas désiré le triomphe aussi ardemment que Pierre. Elle continua[e] de travailler activement au succès, mais en cherchant quelque vengeance.[f]

– Ah ! s'il pouvait avoir une bonne peur, pensait-elle, s'il commettait une grosse bêtise !... Je le verrais venir me demander humblement conseil, je ferais la loi à mon tour.[g]

Ce qui l'inquiétait, c'était l'attitude de maître tout-puissant que Pierre prendrait nécessairement, s'il triomphait sans son aide. Quand elle avait épousé ce fils de paysan, de préférence à quelque clerc de notaire, elle avait entendu s'en servir comme d'un pantin solidement bâti, dont elle tirerait les [122] ficelles à sa guise. Et voilà qu'au jour décisif, le pantin, dans sa lourdeur aveugle, voulait marcher seul ! Tout l'esprit de ruse, toute l'activité fébrile de la petite vieille protestaient. Elle savait Pierre très capable d'une décision brutale, pareille à celle qu'il avait prise en faisant signer à sa mère le reçu de cinquante mille francs ; l'instrument était bon, peu scrupuleux ; mais elle sentait le besoin de le diriger, surtout dans les circonstances présentes qui demandaient beaucoup de souplesse.

La nouvelle officielle du coup d'État n'arriva à Plassans que dans l'après-midi du 3 décembre, un jeudi[1]. Dès sept heures du soir, la réunion était au complet dans le salon jaune. Bien que la crise fût vivement désirée, une vague inquiétude se peignait sur la plupart des visages. On commenta les événements, au milieu de bavardages sans fin. Pierre, légèrement pâle comme les autres, crut devoir, par un luxe de prudence, excuser l'acte décisif du prince Louis devant les légitimistes et les orléanistes qui étaient présents.

---

1   En fait, le 3 décembre était un mercredi. Zola avait écrit dans son plan détaillé (plan E) : « Ce furent les préfets qui firent afficher la proclamation du 2 décembre. Le préfet envoie au maire de Rolleboise – Toute l'armée administrative suivit doucement l'impulsion du Ministre de l'Intérieur » (ms. 10303, f⁰9). Le ministre de l'intérieur avait envoyé une « dépêche télégraphique », le 2 décembre, qui commence par les deux phrases suivantes : « Le 2 décembre était l'anniversaire d'Austerlitz ; M. Louis Bonaparte a voulu le célébrer en dissolvant l'Assemblée Nationale » !

– On parle d'un appel au peuple, dit-il ; la nation sera libre de choisir le gouvernement qui lui plaira… Le président[a] est homme à se retirer devant nos maîtres légitimes.

Seul, le marquis, qui avait tout son sang-froid de gentilhomme, accueillit ces paroles par un[b] sourire. Les autres, dans la fièvre de l'heure présente, se moquaient bien de ce qui arriverait ensuite ! Toutes les opinions sombraient. Roudier, oubliant sa tendresse d'ancien boutiquier pour les Orléans, interrompit Pierre avec brusquerie. Tous crièrent :

– Ne raisonnons pas. Songeons à maintenir l'ordre.

Ces braves gens avaient une peur horrible des républicains. Cependant la ville n'avait[c] éprouvé qu'une légère émotion à l'annonce des événements de Paris. Il y avait eu des [123] rassemblements[a] devant les affiches collées à la porte de la sous-préfecture ; le bruit courait aussi que quelques centaines d'ouvriers venaient de quitter leur travail et cherchaient à organiser la résistance. C'était tout. Aucun trouble grave ne paraissait devoir éclater. L'attitude que prendraient les villes et les campagnes voisines était bien autrement inquiétante ; mais on ignorait encore la façon dont elles avaient accueilli le coup d'État.

Vers neuf heures, Granoux arriva,[b] essoufflé ; il sortait d'une séance du conseil municipal, convoqué d'urgence. D'une voix étranglée par l'émotion, il dit que le maire, M. Garçonnet, tout en faisant ses réserves, s'était montré décidé à maintenir l'ordre par les moyens les plus énergiques. Mais la nouvelle qui fit le plus clabauder le salon jaune, fut celle de la démission du sous-préfet ; ce fonctionnaire avait absolument refusé de communiquer aux habitants de Plassans les dépêches du ministre de l'Intérieur ; il venait, affirmait Granoux, de quitter la ville, et c'était par les soins du maire que les dépêches se trouvaient affichées. C'est peut-être[c] le seul sous-préfet, en France, qui ait eu le courage de ses opinions démocratiques[1].[d]

---

1   Ténot indique la source de ce cas : « Le département de Tarn et-Garonne offrit exemple unique d'un préfet refusant d'adhérer à l'acte du 2 décembre. Voici comment M. Pardeilhan-Mezin l'annonçait à ses administrés : "Un grand événement vous est annoncé : les circonstances vous demandent plus que jamais l'ordre, l'union, la paix. Vos intérêts les plus chers et les plus sacrés vous y convient [sic]. Cependant la conscience a des appréciations souveraines et des lois inflexibles. J'ai donc demandé un successeur ; mais jusqu'à son arrivée, je veillerai sur tous vos intérêts ; j'associerai mes efforts, à ceux des magistrats élus par vous." [..] Montauban, le 3 décembre 1851. » (*op. cit.*, éd. de 1865, p. 94 ; éd. de 1868, p. 82). Comme l'explique Gina Gourdin Servenière, la modification apportée par

Si l'attitude ferme de M. Garçonnet inquiéta secrètement les Rougon, ils firent des gorges chaudes sur la fuite du sous-préfet, qui leur laissait la place libre. Il fut décidé, dans cette mémorable soirée, que le groupe du salon jaune acceptait le coup d'État et se déclarait[e] ouvertement en faveur des faits accomplis. Vuillet fut chargé d'écrire immédiatement un article dans ce sens, que la *Gazette* publierait le lendemain. Lui et le marquis ne firent aucune objection. Ils avaient sans doute reçu les instructions des personnages mystérieux auxquels ils faisaient parfois une dévote allusion. Le clergé et la noblesse se résignaient déjà à prêter main-forte aux vainqueurs pour écraser l'ennemie commune, la République. [124]

Ce soir-là, pendant que le salon jaune délibérait, Aristide eut des sueurs froides d'anxiété. Jamais joueur qui risque son dernier louis sur une carte n'a éprouvé une pareille angoisse. Dans la journée, la démission de son chef lui donna beaucoup à réfléchir. Il lui entendit répéter à plusieurs reprises que le coup d'État devait échouer. Ce fonctionnaire, d'une honnêteté bornée, croyait au triomphe définitif de la démocratie, sans avoir cependant le courage de travailler à ce triomphe en résistant. Aristide écoutait d'ordinaire aux portes de la sous-préfecture, pour avoir des renseignements précis ; il sentait qu'il marchait en aveugle, et il se raccrochait aux nouvelles qu'il volait à l'administration. L'opinion du sous-préfet le frappa ; mais il resta très perplexe.[a] Il pensait : « Pourquoi s'éloigne-t-il, s'il est certain de l'échec du prince président ? » Toutefois, forcé de prendre un parti, il résolut de continuer son opposition. Il écrivit un article très hostile au coup d'État, qu'il porta le soir même à *l'Indépendant*, pour le numéro du lendemain matin. Il avait corrigé les épreuves de cet article, et il revenait chez lui, presque tranquillisé, lorsque, en passant par la rue de la Banne, il leva machinalement la tête et regarda les fenêtres des Rougon. Ces fenêtres étaient vivement éclairées.

– Que peuvent-ils comploter là-haut ? se demanda le journaliste avec une curiosité inquiète.

Une envie furieuse lui vint[b] alors de connaître l'opinion du salon jaune sur les derniers événements. Il accordait à ce groupe réactionnaire une médiocre intelligence ; mais ses doutes revenaient, il était dans une

---

Zola au titre du fonctionnaire vient du fait que la ville d'Aix était depuis la Révolution une sous-préfecture (GGS, p. 494, note 164).

de ces heures où l'on prendrait conseil d'un enfant de quatre ans. Il ne pouvait songer à entrer chez son père en ce moment, après la campagne qu'il avait faite contre Granoux et les autres. Il monta cependant, tout en songeant à la singulière mine qu'il ferait, si l'on venait à le surprendre dans l'escalier. Arrivé à la porte des Rougon, il ne put saisir qu'un bruit confus de voix. [125]

— Je suis un enfant, dit-il ; la peur me rend bête.

Et il allait redescendre, quand il entendit sa mère qui reconduisait quelqu'un. Il n'eut que le temps de se jeter dans un trou noir que formait un petit escalier menant aux combles de la maison. La porte s'ouvrit, le marquis parut, suivi de Félicité. M. de Carnavant se retirait d'habitude avant les rentiers de la ville neuve, sans doute pour ne pas avoir à leur distribuer des poignées de main dans la rue.

— Eh ! petite, dit-il sur le palier, en étouffant sa voix, ces gens sont encore plus poltrons que je ne l'aurais cru. Avec de pareils hommes, la France sera toujours à qui osera la prendre.

Et il ajouta avec amertume, comme se parlant à lui-même :

— La monarchie est décidément devenue trop honnête pour les temps modernes. Son temps est fini.

— Eugène avait annoncé la crise à son père, dit Félicité. Le triomphe du prince Louis lui paraît assuré.

— Oh ! vous pouvez marcher hardiment, répondit le marquis en descendant les premières marches. Dans deux ou trois jours, le pays sera bel et bien garrotté. À demain, petite.

Félicité referma la porte. Aristide, dans son trou noir, venait d'avoir un éblouissement. Sans attendre que le marquis eût gagné la rue, il dégringola quatre à quatre l'escalier et s'élança dehors[a] comme un fou ; puis il prit sa course vers l'imprimerie de *l'Indépendant*. Un flot de pensées battait dans sa tête. Il enrageait, il accusait sa famille de l'avoir dupé. Comment ! Eugène tenait ses parents au courant de la situation, et jamais sa mère ne lui avait fait lire les lettres de son frère aîné, dont il aurait suivi aveuglément les conseils ! Et c'était à cette heure qu'il apprenait par hasard que ce frère aîné regardait le succès du coup d'État comme certain ! Cela, [126] d'ailleurs, confirmait en lui certains pressentiments que cet imbécile de sous-préfet lui avait empêché d'écouter. Il était surtout exaspéré[a] contre son père, qu'il avait cru assez sot pour être légitimiste, et qui se révélait bonapartiste au bon moment.

– M'ont-ils laissé commettre[b] assez de bêtises, murmurait-il en courant. Je suis un joli monsieur, maintenant. Ah ! quelle école ! Granoux est plus fort que moi.

Il[c] entra dans les bureaux de *l'Indépendant*, avec un bruit de tempête, en demandant son article d'une voix étranglée. L'article était déjà mis en page. Il fit desserrer la forme, et ne se calma qu'après avoir décomposé lui-même l'article, en mêlant furieusement les lettres comme un jeu de dominos. Le libraire qui dirigeait le journal le regarda faire d'un air stupéfait. Au fond, il était heureux de l'incident, car l'article lui avait paru dangereux. Mais il lui fallait absolument de la matière, s'il voulait que *l'Indépendant* parût.[d]

– Vous allez me donner autre chose ? demanda-t-il.

– Certainement, répondit Aristide.

Il se mit à une table et commença un panégyrique très chaud du coup d'État. Dès la première ligne, il jurait[e] que le prince Louis venait de sauver la République. Mais il n'avait pas écrit une page, qu'il s'arrêta et parut chercher la suite. Sa face de fouine devenait[f] inquiète.

– Il faut que je rentre chez moi, dit-il enfin. Je vous enverrai cela tout à l'heure. Vous paraîtrez un peu plus tard, s'il est nécessaire.[g]

En revenant chez lui, il marcha lentement, perdu dans ses réflexions. L'indécision le reprenait. Pourquoi se rallier si vite ? Eugène était un garçon intelligent, mais peut-être sa mère avait-elle exagéré la portée d'une simple phrase de sa lettre. En tout cas, il fallait mieux attendre et se taire.

Une heure plus tard, Angèle arriva chez le libraire, en feignant une vive émotion. [127]

– Mon mari vient de se blesser cruellement, dit-elle. Il s'est pris en rentrant les quatre doigts dans une porte. Il m'a, au milieu des plus vives souffrances, dicté cette petite note qu'il vous prie de publier demain.

Le lendemain, *l'Indépendant*, presque entièrement composé de faits divers, parut avec ces quelques lignes en tête de la première colonne :

« Un regrettable accident survenu à notre éminent collaborateur, M. Aristide Rougon, va nous priver de ses articles pendant quelque temps. Le silence lui sera cruel dans les graves circonstances présentes. Mais aucun de nos lecteurs ne doutera des vœux que ses sentiments patriotiques font pour le bonheur de la France. »

Cette note amphigourique avait été mûrement étudiée. La dernière phrase pouvait s'expliquer en faveur de tous les partis. De cette façon, après la victoire, Aristide se ménageait une superbe rentrée par un panégyrique des vainqueurs. Le lendemain, il se montra dans toute la ville, le bras en écharpe. Sa mère étant accourue, très effrayée par la note du journal, il refusa de lui montrer sa main et lui parla avec une amertume qui éclaira la vieille femme.

— Ce ne sera rien, lui dit-elle en le quittant, rassurée et légèrement railleuse. Tu n'as besoin que de repos.

Ce fut sans doute grâce à ce prétendu accident et au départ du sous-préfet, que *l'Indépendant* dut de n'être pas inquiété, comme le furent la plupart des journaux démocratiques des départements.

La journée du 4 se passa à Plassans dans un calme relatif. Il y eut, le soir, une manifestation populaire que la vue des gendarmes suffit à disperser. Un groupe d'ouvriers vint demander la communication des dépêches de Paris à M. Garçonnet, qui refusa avec hauteur ; en se retirant, le groupe poussa les cris de : *Vive la République ! Vive la Constitution !* Puis, tout rentra dans l'ordre.[a] Le salon jaune, après [128] avoir commenté longuement cette innocente promenade, déclara que les choses allaient[a] pour le mieux.

Mais les journées du 5 et du 6 furent plus inquiétantes[1]. On apprit successivement l'insurrection des petites villes voisines ; tout le sud du département prenait les armes ; la Palud et Saint-Martin-de-Vaulx s'étaient soulevés les premiers, entraînant à leur suite les villages, Chavanoz, Nazères, Poujols, Valqueyras, Vernoux. Alors le salon jaune commença à être sérieusement pris de panique. Ce qui l'inquiétait surtout, c'était de sentir Plassans isolé au sein même de la révolte. Des bandes d'insurgés devaient battre les campagnes et interrompre toute communication. Granoux

---

1   Ténot donne, dans son avant-propos, une liste, en trois groupes distincts, des départe-
     ments « où se produisirent des résistances plus ou moins sérieuses » : « Au Centre et à
     l'Est : le Loiret, le Cher, l'Allier, la Nièvre, l'Yonne, Saône-et-Loire, le Jura et l'Ain ; au
     Sud-Ouest : Lot-et-Garonne, Lot, Tarn-et-Garonne, Aveyron, Haute-Garonne, Gironde
     et Gers ; au Midi : Pyrénées-Orientales, Hérault, Gard, Bouches-du-Rhône, Var, Basses-
     Alpes, Vaucluse, Drôme et Ardèche » (*op. cit.*, éd. de 1865, p. 8). Il est intéressant de
     comparer cette liste à celle que donne Victor Hugo dans *Napoléon le petit*, où il inclut
     des départements du nord-est et du nord : la Côte d'Or, la Marne, la Meurthe, le Nord,
     le Bas-Rhin, le Jura, ainsi que le Puy-de-Dôme. Hugo justifie ces soulèvements en des
     termes susceptibles de plaire à Zola : « C'est cette résistance légale, constitutionnelle,
     vertueuse, cette résistance dans laquelle l'héroïsme fut du côté des citoyens et l'atrocité
     du côté du pouvoir, c'est là ce que le coup d'état a appelé la Jacquerie. Répétons-le, un
     peu de spectre rouge était utile » (*Napoléon le petit*, éd. Sheila Gaudon, *Œuvres complètes.
     Histoire*, Paris, Robert Laffont, 1987, p. 85).

répétait d'un air effaré que M. le maire était sans nouvelles. Et des gens commençaient à dire[b] que le sang coulait à Marseille et qu'une formidable révolution avait éclaté à Paris.[c] Le commandant Sicardot, furieux de la poltronnerie des bourgeois,[d] parlait de mourir à la tête de ses hommes.

Le 7, un dimanche, la terreur fut à son comble. Dès six heures, le salon jaune, où une sorte de comité réactionnaire[e] se tenait en permanence, fut encombré par une foule de bonshommes pâles et frissonnants, qui causaient[f] entre eux à voix basse, comme dans la chambre d'un mort. On avait su, dans la journée, qu'une colonne d'insurgés, forte environ de trois mille hommes, se trouvait réunie à Alboise, un bourg éloigné au plus de trois lieues. On prétendait, à la vérité, que cette colonne devait se diriger sur le chef-lieu, en laissant Plassans à[g] sa gauche ; mais le plan de campagne pouvait être changé, et il suffisait, d'ailleurs, aux rentiers poltrons de sentir les insurgés à quelques kilomètres, pour s'imaginer que des mains rudes d'ouvriers les serreraient déjà à la gorge. Ils avaient eu, le matin,[h] un avant-goût de la révolte : les quelques républicains de Plassans, voyant qu'ils ne sauraient rien tenter de sérieux dans la ville, avaient résolu [129] d'aller rejoindre leurs frères de la Palud et de Saint-Martin-de-Vaulx ; un premier groupe était parti, vers onze heures, par la porte de Rome, en chantant la *Marseillaise* et en cassant quelques vitres. Une des fenêtres de Granoux se trouvait endommagée. Il racontait le fait avec des balbutiements d'effroi.[a]

Le salon jaune, cependant, s'agitait dans une vive anxiété[1].[b] Le commandant avait envoyé son domestique[c] pour être renseigné sur la marche exacte des insurgés, et l'on attendait le retour de cet homme, en faisant les suppositions les plus étonnantes.[d] La réunion était au[e] complet. Roudier et Granoux, affaissés dans leurs fauteuils, se jetaient des regards lamentables, tandis que,[f] derrière eux, geignait le groupe

---

1   Dans le premier plan détaillé (plan C), Zola dépeint rapidement les réactions du salon jaune dans cet épisode : « Pierre Goiraud veut se rendre utile autant que possible à l'établissement du prochain empire, sachant qu'il sera récompensé. Il se contente de convoiter pour le moment la place du receveur des contributions. Lui et ses amis cherchent donc à organiser la défense, en vue des troubles que pourrait soulever à Rolleboise le Coup d'état. Ils doutent des autorités. Malheureusement le coup d'état les surprend trop tôt. Averti par une lettre de son fils, Pierre Goiraud n'a que le temps de décider avec ses amis qu'il leur faut avant tout se cacher s'ils veulent profiter des événements ; ils craignent d'être arrêtés dès le début de l'insurrection qu'ils savent être imminente. Pierre Goiraud se réfugie en hâte chez sa mère, Tante Dide, comme on la nomme dans le pays » (ms. 10303, f°s 40-41).

ahuri des commerçants retirés. Vuillet, sans paraître trop effrayé, réfléchissait aux dispositions qu'il prendrait pour protéger sa boutique et
sa personne ; il délibérait s'il se cacherait dans son grenier ou dans sa
cave, et il penchait pour la cave. Pierre et le commandant marchaient de
long en large, échangeant un mot de temps à autre. L'ancien marchand
d'huile se raccrochait[g] à son ami Sicardot, pour lui emprunter un peu
de son courage. Lui qui attendait la crise depuis si longtemps, il tâchait
de faire bonne contenance, malgré l'émotion qui l'étranglait.[h] Quant
au marquis, plus pimpant et plus souriant que de coutume, il causait
dans un coin avec Félicité, qui paraissait fort[i] gaie.

Enfin, on sonna. Ces messieurs[j] tressaillirent comme s'ils avaient
entendu un coup de fusil. Pendant que Félicité allait ouvrir, un silence
de mort régna dans le salon ; les faces, blêmes et anxieuses, se tendaient[k]
vers la porte. Le domestique du commandant parut sur le seuil, tout
essoufflé, et dit brusquement à son maître :

— Monsieur, les insurgés seront ici dans une heure.

Ce fut[l] un coup de foudre. Tout le monde se dressa en s'exclamant ; des
bras se levèrent[m] au plafond. Pendant plusieurs [130] minutes, il fut impossible de s'entendre. On entourait le messager, on le pressait de questions.

— Sacré tonnerre ! cria enfin le commandant, ne braillez donc pas
comme ça. Du calme, ou je ne réponds plus de rien !

Tous retombèrent sur leurs sièges, en poussant de gros soupirs.[a] On
put alors avoir quelques détails. Le messager avait rencontré la colonne
aux Tulettes[1], et s'était empressé de revenir.

— Ils sont au moins trois mille, dit-il. Ils marchent comme des soldats,
par bataillons. J'ai cru voir des prisonniers au milieu d'eux.

— Des prisonniers ! crièrent les bourgeois épouvantés.

— Sans doute ! interrompit le marquis de sa voix flûtée. On m'a dit
que les insurgés arrêtaient les[b] personnes connues pour leurs opinions
conservatrices.

Cette nouvelle acheva de consterner le salon jaune. Quelques bourgeois
se levèrent et gagnèrent furtivement la porte, songeant qu'ils n'avaient
pas trop de temps devant eux pour trouver une cachette sûre.

L'annonce des arrestations opérées par les républicains parut frapper
Félicité. Elle prit le marquis à part et lui demanda :

— Que font donc ces hommes des gens qu'ils arrêtent ?

---

1   C'est-à-dire entre Alboise [Vidaubon] et Plassans [Lorgues].

– Mais, ils les emmènent à leur suite, répondit M. de Carnavant. Ils doivent les regarder comme d'excellents[c] otages.

– Ah ! répondit la vieille femme d'une voix singulière.

Elle se remit à suivre d'un air pensif la curieuse scène de panique qui se passait dans le salon. Peu à peu, les bourgeois s'éclipsèrent ; il ne resta bientôt plus que Vuillet et Roudier, auxquels l'approche du danger rendait quelque courage. Quant à Granoux, il demeura également dans son coin, ses jambes lui refusant tout service. [131]

– Ma foi ! j'aime mieux cela, dit Sicardot en remarquant la fuite des autres adhérents. Ces poltrons finissaient par m'exaspérer. Depuis plus de deux ans, ils parlent de fusiller tous les républicains de la contrée, et aujourd'hui[a] ils ne leur tireraient seulement pas sous le nez un pétard d'un sou.

Il prit son chapeau et se dirigea vers la porte.

– Voyons, continua-t-il, le temps presse… Venez, Rougon.

Félicité semblait attendre ce moment. Elle se jeta entre la porte et son mari, qui, d'ailleurs, ne s'empressait guère de suivre le terrible Sicardot.

– Je ne veux pas que tu sortes, cria-t-elle, en feignant un subit désespoir. Jamais je ne te laisserai me quitter. Ces gueux te tueraient.

Le commandant s'arrêta, étonné.

– Sacrebleu ! gronda-t-il, si les femmes se mettent à pleurnicher, maintenant… Venez donc, Rougon.

– Non, non, reprit la vieille femme en affectant une terreur de plus en plus croissante, il ne vous suivra pas ; je m'attacherai plutôt à ses vêtements.

Le marquis, très surpris de cette scène, regardait curieusement Félicité. Était-ce bien cette femme qui, tout à l'heure, causait si gaiement ?[b] Quelle comédie jouait-elle donc ? Cependant Pierre, depuis que sa femme le retenait, faisait mine de vouloir sortir à toute force.

– Je te dis que tu ne sortiras pas, répétait la vieille, qui se cramponnait à l'un de ses bras.

Et, se tournant vers le commandant :

– Comment pouvez-vous songer à résister ? Ils sont trois mille et vous ne réunirez pas cent hommes de courage. Vous allez vous faire égorger inutilement.

– Eh ! c'est notre devoir, dit Sicardot impatienté.

Félicité éclata en sanglots. [132]

— S'ils ne me le tuent pas, ils le feront prisonnier, poursuivit-elle, en regardant son mari fixement. Mon Dieu! que deviendrai-je, seule, dans une ville abandonnée !ᵃ

— Mais, s'écria le commandant, croyez-vous que nous n'en serons pas moins arrêtés, si nous permettons aux insurgés d'entrer tranquillement chez nous ? Je jure bien qu'au bout d'une heure, le maire et tous les fonctionnaires se trouverontᵇ prisonniers, sans compter votre mari et les habitués de ce salon.

Le marquis crut voir un vague sourire passer sur les lèvres de Félicité, pendant qu'elle répondait d'un air épouvanté :

— Vous croyez ?

— Pardieu! reprit Sicardot, les républicains ne sont pas assez bêtes pour laisser des ennemis derrière eux. Demain, Plassans sera vide de fonctionnaires et de bons citoyens.ᶜ

À ces paroles, qu'elle avaitᵈ habilement provoquées, Félicité lâcha le bras de son mari. Pierre ne fit plus mine de sortir. Grâce à sa femme, dont la savante tactique lui échappa d'ailleurs, et dont il ne soupçonna pas un instant la secrète complicité, il venait d'entrevoir tout un plan de campagne.

— Il faudrait délibérer avant de prendre une décision, dit-il au commandant. Ma femme n'a peut-être pas tort, en nous accusant d'oublier les véritables intérêts de nos familles.ᵉ

— Non, certes, madame n'a pas tort, s'écria Granoux, qui avait écouté les cris terrifiés de Félicité avec le ravissement d'un poltron.

Le commandant enfonça son chapeau sur sa tête, d'un geste énergique, et dit, d'une voix nette :

— Tort ou raison, peu m'importe. Je suis commandantᶠ de la garde nationale, je devrais déjà être à la mairie. Avouez que vous avez peur et que vous me laissez seul… Alors, bonsoir. [133]

Il tournait le bouton de la porte, lorsque Rougon le retint vivement.

— Écoutez, Sicardot, dit-il.

Et il l'entraîna dans un coin, en voyant que Vuillet tendait ses larges oreilles. Là, à voix basse, il lui expliqua qu'il était de bonne guerre de laisser derrière les insurgés quelques hommes énergiques, qui pourraient rétablir l'ordre dans la ville. Et comme le farouche commandant s'entêtait à ne pas vouloir déserter son poste, il s'offrit pour se mettre à la tête du corps de réserve.

— Donnez-moi, lui dit-il, la clef du hangar où sont les armes et les munitions,[a] et faites dire à une cinquantaine de nos hommes de ne pas bouger jusqu'à ce que je les appelle.

Sicardot finit par consentir à ces mesures prudentes. Il lui confia la clef du hangar, comprenant lui-même l'inutilité présente de la résistance, mais voulant quand même payer de sa personne.

Pendant cet entretien, le marquis murmura quelques mots d'un air fin à l'oreille de Félicité. Il la complimentait sans doute sur son coup de théâtre. La vieille femme ne put réprimer un léger sourire. Et comme Sicardot donnait une poignée de main[b] à Rougon et se disposait à sortir :

— Décidément, vous nous quittez ? lui demanda-t-elle en reprenant son air bouleversé.

— Jamais un vieux soldat de Napoléon, répondit-il, ne se laissera intimider par la canaille.

Il était déjà sur le palier, lorsque Granoux se précipita et lui cria :

— Si vous allez à la mairie, prévenez le maire de ce qui se passe. Moi, je cours chez ma femme pour la rassurer.

Félicité s'était à son tour penchée à l'oreille du marquis, en murmurant avec une joie discrète :

— Ma foi ! j'aime mieux que ce diable de commandant aille se faire arrêter. Il a trop de zèle.[c] [134]

Cependant Rougon avait ramené Granoux dans le salon. Roudier, qui, de son coin, suivait[a] silencieusement la scène, en appuyant de signes énergiques les propositions de mesures prudentes, vint les retrouver. Quand le marquis et Vuillet se[b] furent également levés :

— À présent, dit Pierre, que nous sommes seuls, entre gens paisibles, je vous propose de nous cacher, afin d'éviter une arrestation certaine, et d'être libres, lorsque nous redeviendrons les plus forts.

Granoux faillit l'embrasser ; Roudier et Vuillet respirèrent plus à l'aise.[c]

— J'aurai prochainement besoin de vous, messieurs, continua le[d] marchand d'huile avec importance. C'est à nous qu'est réservé l'honneur[e] de rétablir l'ordre à Plassans.

— Comptez sur nous, s'écria Vuillet avec un enthousiasme qui inquiéta Félicité.

L'heure pressait. Les singuliers défenseurs de Plassans qui se cachaient pour mieux défendre la ville, se hâtèrent chacun d'aller s'enfouir au fond de quelque trou. Resté seul avec sa femme, Pierre lui recommanda de ne pas commettre la faute de se barricader, et de répondre, si l'on venait la questionner, qu'il était parti pour un petit voyage. Et comme elle faisait la niaise, feignant quelque terreur et lui demandant ce que tout cela allait devenir, il lui répondit brusquement :

— Ça ne te regarde pas. Laisse-moi conduire seul nos affaires. Elles n'en iront que mieux.

Quelques minutes après, il filait rapidement le long de la rue de la Banne. Arrivé au cours Sauvaire, il vit sortir du vieux quartier une bande d'ouvriers armés qui chantaient *la Marseillaise*.

— Fichtre ! pensa-t-il, il était temps. Voilà la ville qui s'insurge, maintenant.

Il hâta sa marche, qu'il dirigea vers la porte de Rome. Là, [135] il eut des sueurs froides, pendant les lenteurs que le gardien mit à lui ouvrir cette porte. Dès ses premiers pas sur la route, il aperçut, au clair de lune, à l'autre bout du faubourg, la colonne des insurgés, dont les fusils jetaient de petites flammes blanches. Ce fut en courant qu'il s'engagea dans l'impasse Saint-Mittre et qu'il arriva chez sa mère, où il n'était pas allé depuis de longues années.[a] [136]

IV

Antoine Macquart revint à Plassans après la chute de Napoléon[1]. Il avait eu l'incroyable chance de ne faire aucune des dernières et meurtrières campagnes de l'Empire. Il s'était traîné de dépôt en dépôt, sans que rien[a] le tirât de sa vie hébétée de soldat. Cette vie acheva de développer ses vices naturels. Sa paresse devint raisonnée ; son ivrognerie, qui lui valut un nombre incalculable de punitions, fut dès lors à ses yeux une religion véritable. Mais ce qui fit surtout de lui le pire des garnements, ce fut le beau dédain qu'il contracta pour les pauvres diables qui gagnaient le matin leur pain du soir.

— J'ai de l'argent au pays, disait-il souvent à ses camarades ; quand j'aurai fait mon temps, je pourrai vivre bourgeois.

Cette croyance et son ignorance crasse l'empêchèrent d'arriver même au grade de caporal.[b]

Depuis son départ, il n'était pas venu passer un seul jour de congé à Plassans, son frère inventant mille prétextes pour l'en tenir éloigné.[c] Aussi ignorait-il complètement la façon [137] adroite dont Pierre s'était emparé de la fortune de leur mère. Adélaïde, dans l'indifférence profonde où elle vivait, ne lui écrivit pas trois fois, pour lui dire simplement qu'elle se portait bien. Le silence qui accueillait le plus souvent ses nombreuses demandes d'argent ne lui donna aucun soupçon ; la ladrerie de Pierre suffit pour lui expliquer la difficulté qu'il éprouvait à arracher, de loin en loin, une misérable pièce de vingt francs. Cela ne fit, d'ailleurs,[a] qu'augmenter sa rancune contre son frère, qui le laissait

---

1 Dans le dernier plan détaillé (plan E), l'histoire d'Antoine Macquart figure dans le chapitre III, dont voici le contenu prévu : « Antoine Machard. Commencement d'émeute dans la ville. Le commencement d'émeute a lieu le dimanche soir 7. Depuis le 3 le coup d'état est connu, mais ce n'est qu'à la nouvelle de l'insurrection du Luc et de la Garde, que la ville s'agite. – La bande qui devait partir le lendemain est dans Rolleboise, et c'est elle qui fait un commencement d'émeute » (ms. 10303, f° 15). Quand Zola coupe en deux le plan du premier chapitre, l'histoire des Macquart et le récit de l'arrivée des insurgés à Plassans sont reportés au chapitre IV.

se morfondre au service, malgré sa promesse formelle de le racheter[1]. Il se jurait, en rentrant au logis, de ne plus obéir en petit garçon et de réclamer carrément sa part de fortune, pour vivre à sa guise. Il rêva, dans la diligence qui le ramenait, une délicieuse existence de paresse. L'écroulement de ses châteaux en Espagne fut terrible. Quand il arriva dans le faubourg et qu'il ne reconnut plus l'enclos des Fouque, il resta stupide.[b] Il lui fallut demander la nouvelle adresse de sa mère. Là, il y eut une scène épouvantable. Adélaïde lui apprit tranquillement la vente des biens. Il s'emporta, allant jusqu'à lever la main.

La pauvre femme[c] répétait :

— Ton frère a tout pris ; il aura soin de toi, c'est convenu.

Il sortit enfin et courut chez Pierre, qu'il avait prévenu de son retour, et qui s'était préparé à le recevoir de façon à en finir avec lui, au premier mot grossier.[d]

— Écoutez, lui dit le marchand d'huile qui affecta de ne plus le tutoyer, ne m'échauffez pas la bile ou je vous jette à la porte. Après tout, je ne vous connais pas. Nous ne portons pas le même nom. C'est déjà bien assez malheureux pour moi que ma mère se soit mal conduite, sans que ses bâtards viennent ici m'injurier. J'étais bien disposé pour vous ; mais, puisque vous êtes insolent, je ne ferai rien, absolument rien. [138]

Antoine faillit étrangler de colère.

— Et mon argent, criait-il, me le rendras-tu, voleur, ou faudra-t-il que je te traîne devant les tribunaux ?

Pierre haussait les épaules :

— Je n'ai pas d'argent à vous, répondit-il, de plus en plus calme. Ma mère a disposé de sa fortune comme elle l'a entendu. Ce n'est pas moi qui irai mettre le nez dans ses affaires. J'ai renoncé volontiers à toute espérance d'héritage. Je suis à l'abri de vos sales accusations.

Et, comme son frère bégayait, exaspéré par ce sang-froid et ne sachant plus que croire, il lui mit sous les yeux le reçu qu'Adélaïde avait signé. La lecture de cette pièce acheva d'accabler Antoine.

— C'est bien, dit-il d'une voix presque calmée, je sais ce qu'il me reste à faire.

La vérité était qu'il ne savait quel parti prendre. Son impuissance à trouver un moyen immédiat d'avoir sa part et de se venger, activait encore

---

1   Sur le système du service militaire à l'époque, voir ci-dessus, p. 151, note 1.

sa fièvre furieuse. Il revint chez sa mère, il[a] lui fit subir un interrogatoire honteux. La malheureuse femme ne pouvait que le renvoyer chez Pierre.

— Est-ce que vous croyez, s'écria-t-il insolemment, que vous allez me faire aller comme une navette ? Je saurai bien qui de vous deux a le magot. Tu l'as peut-être déjà croqué,[b] toi ?...

Et, faisant allusion à son ancienne inconduite, il lui demanda si elle n'avait pas quelque canaille d'homme auquel elle donnait[c] ses derniers sous. Il n'épargna même pas son père, cet ivrogne de Macquart, disait-il, qui devait l'avoir grugée jusqu'à sa mort, et qui laissait ses enfants sur la paille. La pauvre[d] femme écoutait, d'un air hébété. De grosses larmes coulaient sur ses joues. Elle se défendit avec une terreur d'enfant, répondant aux questions de son fils comme à celles d'un juge, jurant qu'elle se conduisait bien, et répétant toujours avec insistance qu'elle n'avait pas eu un [139] sou, que Pierre avait tout pris. Antoine finit presque par la croire.

— Ah ! quel gueux ! murmura-t-il ; c'est pour cela qu'il ne me rachetait pas.[a]

Il dut coucher chez sa mère, sur une paillasse jetée dans un coin. Il était revenu les poches absolument vides, et ce qui l'exaspérait, c'était surtout de se sentir sans aucune ressource, sans feu ni lieu, abandonné comme un chien sur le pavé, tandis que son frère, selon lui, faisait de belles affaires, mangeait et dormait grassement. N'ayant pas de quoi acheter des vêtements, il sortit le lendemain avec son pantalon et son képi d'ordonnance[1]. Il eut la chance de trouver, au fond d'une armoire, une vieille veste de velours jaunâtre, usée et rapiécée, qui avait appartenu à Macquart. Ce fut dans ce singulier accoutrement qu'il courut la ville, contant son histoire et demandant justice.

Les gens qu'il alla consulter le reçurent avec un mépris qui lui fit verser des larmes de rage. En province, on est implacable pour les familles déchues. Selon l'opinion commune, les Rougon-Macquart chassaient de race en se dévorant entre eux ; la galerie, au lieu de les séparer, les aurait plutôt excités à se mordre. Pierre, d'ailleurs, commençait à se laver de sa

---

1   Parmi les inexactitudes que Timothée Colani reproche au romancier dans son article de *La Nouvelle Revue* de mars 1880, il cite l'exemple d'un soldat qui rentre en 1815 coiffé d'un « képi d'ordonnance », dont l'origine est africaine, un produit de la légion étrangère. Cet article est repris dans *Essais de critique historique, philosophique et littéraire*, Paris, Chailley, 1895. Voir p. 171.

tache originelle. On rit de sa friponnerie ; des personnes allèrent jusqu'à dire qu'il avait bien fait, s'il s'était réellement emparé de l'argent, et que cela serait une bonne leçon pour les personnes débauchées de la ville.

Antoine rentra découragé. Un avoué lui avait conseillé, avec des mines dégoûtées, de laver son linge sale en famille, après s'être habilement informé s'il possédait la somme nécessaire pour soutenir un procès. Selon cet homme, l'affaire paraissait bien embrouillée, les débats seraient très longs, et le succès était douteux. D'ailleurs, il fallait de l'argent, beaucoup d'argent.

Ce soir-là, Antoine fut encore plus dur pour sa mère ; ne [140] sachant sur qui se venger, il reprit ses accusations de la veille ; il tint la malheureuse[a] jusqu'à minuit, toute frissonnante de honte et d'épouvante. Adélaïde lui ayant appris que Pierre lui servait une[b] pension, il devint certain pour lui que son frère avait empoché les cinquante mille francs. Mais, dans son irritation, il feignit de douter encore, par un raffinement de méchanceté qui le soulageait. Et il ne cessait de l'interroger[c] d'un air soupçonneux, en paraissant continuer à croire qu'elle avait mangé sa fortune avec des amants.

– Voyons, mon père n'a pas été le seul, dit-il enfin avec grossièreté.

À ce dernier coup, elle alla se jeter chancelante sur un vieux coffre, où elle resta toute la nuit à sangloter.

Antoine comprit bientôt qu'il ne pouvait, seul et sans ressources, mener à bien une campagne contre son frère. Il essaya d'abord d'intéresser Adélaïde à sa cause ; une accusation, portée par elle, devait[d] avoir de graves conséquences. Mais la pauvre femme, si molle et si endormie, dès les premiers mots d'Antoine, refusa avec énergie d'inquiéter son fils aîné.[e]

– Je suis une malheureuse, balbutiait-elle. Tu as raison de te mettre en colère. Mais, vois-tu, ce serait trop de remords, si je faisais conduire[f] un de mes enfants en prison. Non, j'aime mieux que tu me battes.

Il sentit qu'il n'en tirerait que des larmes, et il se contenta d'ajouter[g] qu'elle était justement punie et qu'il n'avait aucune pitié d'elle. Le soir,[h] Adélaïde, secouée par les querelles successives que lui cherchait son fils, eut une de ces crises nerveuses qui la tenaient roidie, les yeux ouverts, comme morte. Le jeune homme la jeta sur son lit ; puis, sans même la délacer, il se mit à fureter dans la maison, cherchant si la malheureuse n'avait pas des économies cachées quelque part. Il trouva une quarantaine

de francs. Il s'en empara, et, tandis que sa mère restait là, rigide et sans
[141] souffle, il alla prendre tranquillement la diligence pour Marseille.

Il venait de songer que Mouret, cet ouvrier chapelier qui avait épousé
sa sœur Ursule, devait être indigné de la friponnerie de Pierre, et qu'il
voudrait sans doute[a] défendre les intérêts de sa femme. Mais il ne trouva
pas l'homme sur lequel il comptait. Mouret lui dit nettement qu'il s'était
habitué à regarder Ursule comme une orpheline, et qu'il ne voulait, à
aucun prix, avoir des démêlés avec sa famille. Les affaires du ménage
prospéraient.[b] Antoine, reçu très froidement, se hâta de reprendre la
diligence. Mais, avant de partir, il voulut se venger du secret mépris
qu'il lisait dans les regards de l'ouvrier; sa sœur lui ayant paru pâle et
oppressée, il eut la cruauté sournoise de dire au mari, en s'éloignant :

– Prenez garde, ma sœur a toujours été chétive, et je l'ai trouvée
bien changée; vous pourriez la perdre.

Les larmes qui montèrent aux yeux de Mouret lui prouvèrent qu'il
avait mis le doigt sur une plaie vive. Ces ouvriers étalaient aussi par
trop leur bonheur.

Quand il fut revenu à Plassans, la certitude qu'il avait les mains liées
rendit Antoine plus menaçant encore. Pendant un mois, on ne vit que
lui dans la ville. Il courait les rues, contant son histoire à qui voulait
l'entendre. Lorsqu'il avait réussi à se faire donner une pièce de vingt
sous par sa mère, il allait la boire dans quelque cabaret, et là criait tout
haut que son frère était une canaille qui aurait bientôt de ses nouvelles.
En de pareils endroits, la douce fraternité qui règne entre ivrognes lui
donnait un auditoire sympathique; toute la crapule de la ville épousait
sa querelle; c'étaient des invectives sans fin contre ce gueux de Rougon
qui laissait sans pain un brave soldat, et la séance se terminait d'ordinaire
par la condamnation générale de tous les riches. Antoine, par un raffinement de vengeance, continuait à se promener [142] avec son képi,
son pantalon d'ordonnance et sa vieille veste de velours jaune, bien que
sa mère lui eût offert de lui acheter des vêtements plus convenables. Il
affichait ses guenilles, les étalait le dimanche, en plein cours Sauvaire.[a]

Une de ses plus délicates jouissances fut de passer dix fois par jour
devant le magasin de Pierre. Il agrandissait les trous de la veste avec les
doigts, il ralentissait le pas, se mettait[b] parfois à causer devant la porte,
pour rester davantage dans la rue. Ces jours-là, il emmenait quelque
ivrogne de ses amis, qui lui servait de compère; il lui racontait le vol des

cinquante mille francs, accompagnant son récit d'injures et de menaces, à voix haute, de façon à ce que toute la rue l'entendît, et que[c] ses gros mots allassent à leur adresse, jusqu'au fond de la boutique.

– Il finira, disait Félicité désespérée, par venir mendier devant notre maison.

La vaniteuse petite femme souffrait horriblement de ce scandale. Il lui arriva même, à cette époque, de regretter en secret d'avoir épousé Rougon ; ce dernier avait aussi une famille par trop terrible. Elle eût donné tout au monde pour qu'Antoine cessât de promener ses haillons. Mais Pierre, que la conduite de son frère affolait, ne voulait seulement pas qu'on prononçât son nom devant lui. Lorsque sa femme lui faisait entendre qu'il vaudrait peut-être mieux s'en débarrasser en donnant quelques sous :

– Non, rien, pas un liard, criait-il avec fureur. Qu'il crève !

Cependant, il finit lui-même par confesser que l'attitude d'Antoine devenait intolérable. Un jour, Félicité, voulant en finir, appela cet homme, comme elle le nommait en faisant une moue dédaigneuse. «Cet homme» était en train de la traiter de coquine au milieu de la rue, en compagnie d'un sien camarade encore plus déguenillé que lui. Tous deux étaient gris. [143]

– Viens donc, on nous appelle là-dedans, dit Antoine à son compagnon d'une voix goguenarde.

Félicité recula en murmurant :

– C'est à vous seul que nous désirons parler.

– Bah ! répondit le jeune homme, le camarade est un bon enfant. Il peut tout entendre. C'est mon témoin.

Le témoin s'assit lourdement sur une chaise. Il ne se découvrit pas et se mit à regarder autour de lui, avec ce sourire hébété des ivrognes et des gens grossiers qui se sentent insolents. Félicité, honteuse, se plaça devant la porte de la boutique, pour qu'on ne vît pas du dehors quelle singulière compagnie elle recevait. Heureusement que son mari arriva à son secours. Une violente querelle s'engagea entre lui et son frère. Ce dernier, dont la langue épaisse s'embarrassait dans les injures, répéta à plus de vingt reprises les mêmes griefs. Il finit même par se mettre à pleurer, et peu s'en fallut que son émotion ne gagnât son camarade. Pierre s'était défendu d'une façon très digne.

– Voyons, dit-il enfin, vous êtes malheureux et j'ai pitié de vous. Bien que vous m'ayez cruellement insulté, je n'oublie pas que nous avons la même mère. Mais si je vous donne quelque chose, sachez que je le fais par bonté et non par crainte… Voulez-vous cent francs pour vous tirer d'affaire ?

Cette offre brusque de cent francs éblouit le camarade d'Antoine. Il regarda ce dernier d'un air ravi qui signifiait clairement : « Du moment que le bourgeois offre cent francs, il n'y a plus de sottises à lui dire. » Mais Antoine entendait spéculer sur les bonnes dispositions de son frère. Il lui demanda s'il se moquait de lui ; c'était sa part, dix mille francs,[a] qu'il exigeait.

— Tu as tort, tu as tort, bégayait son ami.

Enfin, comme Pierre impatienté parlait de les jeter tous les deux à la porte, Antoine abaissa ses prétentions et, d'un [144] coup, ne réclama plus que mille francs. Ils se querellèrent encore un grand quart d'heure sur ce chiffre. Félicité intervint. On commençait à se rassembler devant la boutique.

— Écoutez, dit-elle vivement, mon mari vous donnera deux cents francs, et moi je me charge de vous acheter un vêtement complet et de vous louer un logement pour une année.

Rougon se fâcha. Mais le camarade d'Antoine, enthousiasmé, cria :
— C'est dit, mon ami accepte.

Et Antoine déclara, en effet, d'un air rechigné, qu'il acceptait. Il sentait qu'il n'obtiendrait pas davantage. Il fut convenu qu'on lui enverrait l'argent et le vêtement le lendemain, et que peu de jours après, dès que Félicité lui aurait trouvé un logement, il pourrait s'installer chez lui. En se retirant, l'ivrogne qui accompagnait le jeune homme fut aussi respectueux qu'il venait d'être insolent ; il salua plus de dix fois la compagnie, d'un air humble et gauche, bégayant des remerciements vagues, comme si les dons de Rougon lui eussent été destinés.

Une semaine plus tard, Antoine occupait une grande chambre du vieux quartier, dans laquelle Félicité, tenant plus que ses promesses, sur l'engagement formel du jeune homme de les laisser tranquilles désormais, avait fait mettre un lit, une table et des chaises. Adélaïde vit sans aucun regret partir son fils[a] ; elle était condamnée à plus de trois mois de pain et d'eau par le court séjour qu'il avait fait chez elle.[b] Antoine eut vite bu et mangé les deux cents francs. Il n'avait pas songé un instant à les mettre dans quelque petit commerce qui l'eût aidé à vivre. Quand il fut de nouveau sans le sou, n'ayant aucun métier, répugnant d'ailleurs à toute besogne suivie, il voulut puiser encore dans la bourse des Rougon. Mais les circonstances n'étaient plus les [145] mêmes, il ne réussit pas à les effrayer. Pierre profita même de cette occasion pour le jeter à la porte, en lui défendant de jamais remettre les pieds chez lui. Antoine eut beau reprendre ses accusations : la ville qui connaissait la munificence de son frère, dont Félicité avait fait grand bruit, lui donna tort et le traita de fainéant. Cependant la faim le pressait. Il menaça de se faire contrebandier comme son père, et de commettre quelque mauvais coup qui déshonorerait sa famille. Les Rougon haussèrent les épaules ; ils le savaient trop lâche pour risquer sa peau. Enfin, plein d'une rage sourde contre ses proches[a] et contre la société tout entière, Antoine se décida à chercher du travail.

Il avait fait connaissance, dans un cabaret du faubourg, d'un ouvrier vannier qui travaillait en chambre. Il lui offrit de l'aider. En peu de temps, il apprit à tresser des corbeilles et des paniers, ouvrages grossiers et à bas prix, d'une vente facile. Bientôt il travailla pour son compte. Ce métier peu fatigant lui plaisait. Il restait maître de ses paresses, et c'était là surtout ce qu'il demandait.[b] Il se mettait à la besogne lorsqu'il ne pouvait plus faire autrement, tressant à la hâte une douzaine de corbeilles qu'il allait vendre au marché. Tant que l'argent durait, il flânait, courant les marchands de vin, digérant au soleil ; puis, quand il avait jeûné pendant un jour, il reprenait ses brins d'osier avec de sourdes invectives, accusant les riches, qui, eux, vivent[c] sans rien faire. Le métier de vannier, ainsi entendu, est fort ingrat ; son travail n'aurait pu suffire à payer ses soûleries, s'il ne s'était arrangé de façon à se procurer de l'osier à bon compte. Comme il n'en achetait jamais à Plassans, il disait qu'il allait faire chaque mois sa provision dans une ville voisine, où il prétendait qu'on le vendait meilleur marché. La vérité était qu'il se fournissait dans les oseraies de la Viorne, par les nuits sombres. Le garde champêtre l'y surprit même une fois, ce qui lui valut quelques jours de prison. Ce fut à partir [146] de ce moment qu'il se posa dans la ville en républicain farouche. Il affirma qu'il fumait tranquillement sa pipe au bord de la rivière, lorsque le garde champêtre l'avait arrêté. Et il ajoutait :

— Ils voudraient se débarrasser de moi, parce qu'ils savent quelles sont mes opinions. Mais je ne les crains pas, ces gueux de riches !

Cependant, au bout de dix ans de fainéantise,[a] Macquart trouva qu'il travaillait trop. Son continuel rêve était d'inventer une façon de bien vivre sans rien faire. Sa paresse ne se serait pas contentée de pain et d'eau, comme celle de certains fainéants qui consentent à rester sur leur faim, pourvu qu'ils puissent se croiser les bras. Lui, il voulait de bons repas et de belles journées d'oisiveté. Il parla un instant d'entrer comme domestique chez quelque noble du quartier Saint-Marc. Mais un palefrenier de ses amis[b] lui fit peur en lui racontant les exigences de ses maîtres. Macquart, dégoûté de ses corbeilles, voyant venir le jour où il lui faudrait acheter l'osier nécessaire, allait se vendre comme remplaçant et reprendre la vie de soldat, qu'il préférait mille fois à celle d'ouvrier, lorsqu'il fit la connaissance d'une femme dont la rencontre modifia ses plans.

Joséphine Gavaudan, que toute la ville connaissait sous le diminutif familier de Fine, était une grande et grosse gaillarde d'une trentaine d'années. Sa face carrée, d'une ampleur masculine, portait au menton et aux lèvres des poils rares, mais terriblement longs. On la nommait comme une maîtresse femme, capable à l'occasion de faire le coup de poing. Aussi ses larges épaules, ses bras énormes imposaient-ils un merveilleux respect aux gamins, qui n'osaient seulement pas sourire de ses moustaches. Avec cela, Fine avait une toute petite voix, une voix d'enfant, mince et claire. Ceux qui la fréquentaient affirmaient que, malgré son air terrible, elle était d'une douceur de mouton. Très courageuse à la [147] besogne, elle aurait pu mettre quelque argent de côté, si elle n'avait aimé les liqueurs ; elle adorait l'anisette. Souvent, le dimanche soir, on était obligé de la rapporter chez elle.

Toute la semaine, elle travaillait avec un entêtement de bête. Elle faisait trois ou quatre métiers, vendait des fruits ou des châtaignes bouillies à la halle, suivant la saison, s'occupait des ménages de quelques rentiers, allait laver la vaisselle chez les bourgeois les jours de gala, et employait ses loisirs à rempailler les vieilles chaises. C'était surtout comme rempailleuse qu'elle était connue de la ville entière. On fait, dans le Midi, une grande consommation de chaises de paille, qui y sont d'un usage commun.

Antoine Macquart lia connaissance avec Fine à la halle. Quand il allait y vendre ses corbeilles, l'hiver, il se mettait, pour avoir chaud, à côté du fourneau sur lequel elle faisait cuire ses châtaignes. Il fut émerveillé de son courage, lui que la moindre besogne épouvantait. Peu à peu, sous l'apparente rudesse de cette forte commère, il découvrit des timidités, des bontés secrètes. Souvent il lui voyait donner des poignées de châtaignes aux marmots en guenilles qui s'arrêtaient en extase devant sa marmite fumante. D'autres fois, lorsque l'inspecteur du marché la bousculait, elle pleurait presque, sans paraître avoir conscience de ses gros poings. Antoine finit par se dire que c'était la femme qu'il lui fallait. Elle travaillerait pour deux, et il ferait la loi au logis. Ce serait sa bête de somme, une bête infatigable et obéissante. Quant à son goût pour les liqueurs, il le trouvait tout naturel. Après avoir bien pesé les avantages d'une pareille union, il se déclara. Fine fut ravie. Jamais aucun homme n'avait osé s'attaquer à elle. On eut beau lui dire qu'Antoine était le pire des chenapans, elle ne se sentit pas le courage de se refuser au mariage que sa forte nature réclamait depuis longtemps[1]. Le soir même des noces, le jeune homme vint habiter le [148] logement de sa femme, rue Civadière, près de la halle ; ce logement, composé de trois pièces, était beaucoup plus confortablement meublé que le sien, et ce fut avec un soupir de contentement qu'il s'allongea sur les deux excellents matelas qui garnissaient le lit.

Tout[a] marcha bien pendant les premiers jours. Fine vaquait, comme par le passé, à ses besognes multiples ; Antoine, pris d'une sorte d'amour-propre marital qui l'étonna[b] lui-même, tressa en une semaine plus de corbeilles qu'il n'en avait jamais fait en un mois. Mais, le dimanche, la guerre éclata. Il y avait à la maison une somme assez ronde que les époux entamèrent fortement. La nuit, ivres tous deux, ils se battirent comme plâtre, sans qu'il leur fût possible, le lendemain, de se souvenir comment la querelle avait commencé. Ils étaient restés fort tendres jusque vers les dix heures ; puis Antoine s'était mis à cogner brutalement sur Fine, et Fine, exaspérée, oubliant sa douceur, avait rendu autant de coups de poing qu'elle recevait de gifles.[c] Le lendemain, elle se remit bravement au travail, comme si de rien n'était. Mais son mari, avec une sourde rancune, se leva tard et alla le restant du jour fumer sa pipe au soleil.

À partir de ce moment, les Macquart prirent le genre de vie qu'ils devaient continuer à mener. Il fut comme entendu tacitement entre eux que la femme suerait sang et eau pour entretenir le mari. Fine, qui aimait le travail par instinct, ne protesta pas. Elle était d'une patience angélique, tant qu'elle n'avait pas bu, trouvant tout naturel que son

---

1   Selon les divers arbres généalogiques, le mariage eut lieu en 1826.

homme fût paresseux, et tâchant de lui éviter même les plus petites besognes. Son péché mignon, l'anisette, la rendait non pas méchante, mais juste ; les soirs où elle s'était oubliée devant une bouteille de sa liqueur favorite, si Antoine lui cherchait querelle, elle tombait sur lui à bras raccourcis, en lui reprochant sa fainéantise et son ingratitude. Les voisins étaient [149] habitués aux tapages périodiques qui éclataient dans la chambre des époux. Ils[a] s'assommaient consciencieusement ; la femme tapait en mère qui corrige son galopin ; mais le mari, traître et haineux, calculait ses coups, et, à plusieurs reprises, il faillit estropier la malheureuse.

— Tu seras bien avancé, quand tu m'auras cassé une jambe ou un bras, lui disait-elle. Qui te nourrira, fainéant ?

À part ces scènes de violence, Antoine commençait à trouver supportable son existence nouvelle. Il était bien vêtu,[b] mangeait à sa faim, buvait à sa soif. Il avait complètement mis de côté la vannerie ; parfois, quand il s'ennuyait par trop, il se promettait de tresser, pour le prochain marché, une douzaine de corbeilles ; mais, souvent, il ne terminait seulement pas la première. Il garda, sous un canapé, un paquet d'osier qu'il n'usa pas en vingt ans.

Les Macquart eurent trois enfants : deux filles[c] et un garçon[1].

Lisa, née la première, en 1827, un an après le mariage, resta peu au logis. C'était une grosse et belle enfant, très saine, toute sanguine, qui ressemblait beaucoup à sa mère[2]. Mais elle ne devait pas avoir son dévouement[d] de bête de somme. Macquart avait mis en elle un besoin de bien-être très arrêté. Tout enfant, elle consentait à travailler[e] une journée entière pour avoir un gâteau. Elle n'avait pas sept ans, qu'elle fut prise en[f] amitié par la directrice des postes, une voisine. Celle-ci en fit une petite bonne. Lorsqu'elle[g] perdit son mari, en 1839, et qu'elle alla se retirer à Paris, elle emmena Lisa avec elle. Les parents la lui avaient comme donnée.

---

1   L'aînée, Lisa, née en 1827, devient charcutière aux Halles dans *Le Ventre de Paris*, épouse Quenu en 1852 ; leur fille, Pauline, naît la même année ; Lisa meurt en 1863. Sa sœur, Gervaise, née en 1828, sera blanchisseuse dans *L'Assommoir*, aura trois enfants d'un amant (Claude, Jacques et Étienne Lantier) et une fille (Nana) de son mari, Coupeau ; elle meurt à la fin de *L'Assommoir* en 1869. Son frère, Jean Macquart, né en 1831, soldat et paysan, figurera dans *La Terre* et *La Débâcle* ; on apprend dans *Le Docteur Pascal* qu'il a épousé une paysanne et qu'il aura au moins deux enfants.

2   Sur l'arbre généalogique : « Élection de la mère. Ressemblance physique de la mère ».

La seconde fille, Gervaise, née l'année suivante,[h] était bancale de naissance. Conçue dans l'ivresse, sans doute pendant une de ces nuits honteuses où les époux s'assommaient, elle avait la cuisse droite déviée et amaigrie, étrange reproduction [150] héréditaire des brutalités que sa mère avait eu à endurer dans une heure de lutte et de soûlerie furieuse[1]. Gervaise resta chétive, et Fine, la voyant toute pâle et toute faible, la mit au régime de l'anisette, sous prétexte qu'elle avait besoin de prendre des forces. La pauvre créature se dessécha davantage[2].[a] C'était une grande fille fluette dont les robes, toujours trop larges, flottaient comme vides. Sur son corps émacié et contrefait, elle avait une délicieuse tête de poupée, une petite face ronde et blême d'une exquise délicatesse. Son infirmité était presque une grâce ; sa taille fléchissait doucement à chaque pas, dans une sorte de balancement cadencé.[b]

Le fils des Macquart, Jean, naquit trois ans plus tard.[c] Ce fut un fort gaillard, qui ne rappela en rien les maigreurs de Gervaise. Il tenait de sa mère, comme la fille aînée, sans avoir[d] sa ressemblance physique[3]. Il apportait, le premier, chez les Rougon-Macquart, un visage aux traits réguliers,[e] et qui avait la froideur grasse d'une nature sérieuse et peu intelligente. Ce garçon grandit avec la volonté tenace de se créer un jour une position[f] indépendante. Il fréquenta assidûment l'école et s'y cassa la tête, qu'il avait fort dure, pour y faire entrer un peu d'arithmétique et d'orthographe. Il se mit ensuite en apprentissage, en renouvelant les mêmes efforts, entêtement d'autant plus méritoire qu'il lui fallait un jour pour apprendre ce que d'autres savaient en une heure.

---

1   Zola se réclame ici de l'ouvrage du Dr Lucas, *Traité philosophique et physiologique…*, *op. cit.*
    Il écrit dans ses notes sur cet ouvrage : « Une violence mécanique exercée sur la mère dans la copulation peut se transmettre au produit » (ms. 10345, f° 102). Mais, comme l'indique Gina Gourdin Servenière, le romancier est moins catégorique plus tard dans le dossier préparatoire du *Docteur Pascal* parmi ses notes sur l'hérédité : « L'influence de l'état au moment de la conception est nulle (Gervaise bancale). Il n'y a d'acceptable que l'influence des états acquis » (ms. 10290, f° 205). Voir aussi GGS, p. 495, note 172.

2   Sur les arbres généalogiques, le cas de Gervaise est intéressant : en 1869, elle est présentée comme « Représentation de sa mère au moment de la conception. Conçue dans l'ivresse ». En 1878, elle est devenue un cas social plutôt que médical : « Conçue dans l'ivresse. Boiteuse – Représentation de la misère au moment de la conception ». En 1893, elle a acquis une mention plus conventionnelle : « [Élection du père. Conçue dans l'ivresse. Boiteuse] ».

3   Sur les arbres généalogiques, il y a aussi des variations dans son cas : en 1869 : « (*Élection de la mère sans ressemblance physique*.) Toutes les bonnes qualités de la mère. » ; en 1878 : « *Élection de la mère*. Ressemblance physique du père » ; en 1893 : « [Innéité. Combinaison où se confondent les caractères physiques et moraux des parents, sans que rien d'eux semble se retrouver dans le nouvel être]. »

Tant que les pauvres petits restèrent à la charge de la maison, Antoine grogna. C'étaient des bouches inutiles qui lui rognaient sa part. Il avait juré, comme son frère, de ne plus avoir d'enfants, ces mange-tout qui mettent leurs parents sur la paille. Il fallait l'entendre se désoler, depuis qu'ils étaient cinq[g] à table, et que la mère donnait les meilleurs morceaux à Jean, à Lisa[h] et à Gervaise.

– C'est ça, grondait-il, bourre-les, fais-les crever !

À chaque vêtement, à chaque paire de souliers que Fine [151] leur achetait, il restait maussade pour plusieurs jours. Ah ! s'il avait su, il n'aurait jamais eu cette marmaille qui le forçait à ne plus fumer que quatre sous de tabac par jour, et qui ramenait par trop souvent, au dîner, des ragoûts de pommes de terre, un plat qu'il méprisait profondément.

Plus tard, dès les premières pièces de vingt sous que Jean et Gervaise lui rapportèrent, il trouva que les enfants avaient du bon. Lisa n'était déjà plus là. Il se fit nourrir par les deux qui restaient[a] sans le moindre scrupule, comme il se faisait déjà nourrir par leur mère. Ce fut, de sa part, une spéculation très arrêtée. Dès l'âge de huit ans, la petite Gervaise alla casser des amandes chez un négociant voisin ; elle gagnait dix sous par jour, que le père mettait royalement dans sa poche, sans que Fine elle-même osât[b] demander où cet argent passait. Puis, la jeune fille entra en apprentissage chez une blanchisseuse, et, quand elle fut ouvrière et qu'elle toucha deux francs par jour, les deux francs s'égarèrent de la même façon entre les mains de Macquart.[c] Jean, qui avait appris l'état de menuisier, était également dépouillé les jours de paye, lorsque Macquart[d] parvenait à l'arrêter au passage, avant qu'il eût remis son argent à sa mère. Si cet argent lui échappait, ce qui arrivait quelquefois, il[e] était d'une terrible maussaderie. Pendant une semaine, il regardait ses enfants et sa femme d'un air furieux, leur cherchant querelle pour un rien, mais ayant encore la pudeur de ne pas avouer la cause de son irritation. À la paye suivante, il faisait le guet et disparaissait des journées entières, dès qu'il avait réussi à escamoter le gain des petits.[f]

Gervaise,[g] battue[1], élevée dans la rue avec les garçons du voisinage, devint grosse à l'âge de quatorze ans. Le père de l'enfant n'avait pas

---

1 Dans ces deux paragraphes, où il est question de Gervaise, Zola présente la « préhistoire » de *L'Assommoir* (1877), roman dans lequel les épreuves et les tribulations du personnage se poursuivront inexorablement.

dix-huit ans. C'était un ouvrier tanneur[1], nommé Lantier. Macquart
s'emporta. Puis, quand il sut que la mère de Lantier, qui était une brave
femme, voulait bien prendre l'enfant avec elle, il se calma. Mais il garda
Gervaise, [152] elle gagnait déjà vingt-cinq sous, et il évita de parler
mariage. Quatre ans plus tard, elle eut un second garçon que la mère
de Lantier réclama encore[2]. Macquart, cette fois-là, ferma absolument
les yeux. Et comme Fine lui disait timidement qu'il serait bon de faire
une démarche auprès du tanneur pour régler une situation qui faisait
clabauder, il déclara très carrément que sa fille ne le quitterait pas, et
qu'il la donnerait à son séducteur plus tard, « lorsqu'il serait digne d'elle,
et qu'il aurait de quoi acheter un mobilier ».

Cette époque fut le meilleur temps d'Antoine Macquart. Il s'habilla
comme un bourgeois, avec des redingotes et des pantalons de drap fin.
Soigneusement rasé, devenu presque gras, ce ne fut plus ce chenapan
hâve et déguenillé qui courait les cabarets. Il fréquenta les cafés, lut
les journaux, se promena sur le cours Sauvaire. Il jouait au monsieur,
tant qu'il avait de l'argent en poche. Les jours de misère, il restait
chez lui, exaspéré d'être retenu dans son taudis et de ne pouvoir aller
prendre sa demi-tasse[3] ; ces jours-là, il accusait le genre humain tout
entier de sa pauvreté, il se rendait malade de colère et d'envie, au point
que Fine, par pitié, lui donnait souvent la dernière pièce blanche de la
maison, pour qu'il pût passer sa soirée au café. Le cher homme était
d'un égoïsme féroce. Gervaise apportait jusqu'à soixante francs par mois
dans la maison, et elle mettait de minces robes d'indienne,[a] tandis qu'il
se commandait des gilets de satin noir chez un des bons tailleurs de
Plassans. Jean, ce grand garçon qui gagnait de trois à quatre francs par
jour, était peut-être dévalisé avec plus d'impudence[b] encore. Le café où
son père restait des journées entières se trouvait justement en face de la
boutique de son patron, et, pendant qu'il manœuvrait le rabot ou[c] la
scie, il pouvait voir, de l'autre côté de la place, « monsieur » Macquart

---

1   Lantier est chapelier de métier dans *L'Assommoir*.
2   En fait, à cause des exigences de la série, Gervaise finira par avoir quatre enfants : Claude
    Lantier (né en 1842 ; voir *Le Ventre de Paris* et *L'Œuvre*) et Étienne Lantier (né en 1846 ;
    voir *Germinal*), dont il est question ici ; un troisième fils, Jacques Lantier (né en 1844 ;
    inventé pour *La Bête humaine*) ; et Anna Coupeau, sa fille légitime (née en 1852 ; person-
    nage légendaire de *Nana*).
3   « Tasse plus petite qu'une tasse ordinaire et dans laquelle se sert ordinairement le café à
    l'eau » (*Trésor de la langue française*).

sucrant sa demi-tasse en[d] faisant un piquet avec quelque petit rentier. [153] C'était son argent que le vieux fainéant jouait. Lui n'allait jamais au café, il n'avait pas les cinq sous nécessaires pour prendre un gloria[1]. Antoine le traitait en jeune fille, ne lui laissant pas un centime et lui demandant compte de l'emploi exact de son temps. Si le malheureux, entraîné par des camarades, perdait une journée dans quelque partie de campagne, au bord de la Viorne ou sur les pentes des Garrigues, son père s'emportait, levait la main, lui gardait longtemps rancune pour les quatre francs qu'il trouvait en moins à la fin de la quinzaine. Il tenait ainsi son fils dans un état de dépendance intéressée, allant parfois jusqu'à regarder comme siennes les maîtresses que le jeune menuisier courtisait. Il venait, chez les Macquart, plusieurs amies de Gervaise, des ouvrières de seize à dix-huit ans, des filles hardies et rieuses dont la puberté s'éveillait avec des ardeurs provocantes, et qui, certains soirs, emplissaient la chambre de jeunesse et de gaieté. Le pauvre Jean, sevré de tout plaisir, retenu au logis par le manque d'argent, regardait ces filles avec des yeux luisants de convoitise ; mais la vie de petit garçon qu'on lui faisait mener lui donnait une timidité invincible ; il jouait avec les camarades de sa sœur, osant à peine les effleurer du bout des doigts. Macquart haussait les épaules de pitié :

– Quel innocent ! murmurait-il d'un air de supériorité ironique.

Et c'était lui qui embrassait les jeunes filles sur le cou, quand sa femme avait le dos tourné. Il poussa même les choses plus loin avec une petite blanchisseuse que Jean poursuivait plus vigoureusement que les autres. Il la lui vola un beau soir, presque entre les bras. Le vieux coquin se piquait de galanterie.

Il est des hommes qui vivent d'une maîtresse. Antoine Macquart vivait ainsi de sa femme et de ses enfants, avec autant de honte et d'impudence. C'était sans la moindre [154] vergogne qu'il[a] pillait la maison et allait festoyer au dehors, quand la maison était vide. Et il prenait encore une attitude d'homme supérieur ; il ne revenait du café que[b] pour railler amèrement la misère qui l'attendait au logis ; il trouvait le dîner détestable ; il déclarait[c] que Gervaise était une sotte et que Jean ne serait jamais un homme. Enfoncé dans ses jouissances égoïstes, il se frottait les mains, quand il avait mangé le meilleur morceau ; puis il

---

1   *Gloria* : « Café (ou parfois thé) sucré, additionné d'eau-de-vie ou de rhum » (*Trésor de la langue française*).

fumait sa pipe à petites bouffées, tandis que les deux pauvres enfants, brisés de fatigue, s'endormaient sur la table. Ses journées passaient, vides et heureuses. Il lui semblait tout naturel qu'on l'entretînt, comme une fille, à vautrer ses paresses sur les banquettes d'un estaminet, à les promener, aux heures fraîches, sur le Cours ou sur le Mail. Il finit par raconter ses escapades amoureuses devant son fils qui l'écoutait avec des yeux ardents d'affamé. Les enfants ne protestaient pas, accoutumés à voir leur mère l'humble servante de son mari. Fine, cette gaillarde qui le rossait d'importance, quand ils étaient ivres tous deux, continuait à trembler devant lui, lorsqu'elle avait son bon sens, et le laissait régner en despote au logis. Il lui volait la nuit les gros sous qu'elle gagnait au marché dans la journée, sans qu'elle se permît autre chose que des reproches voilés. Parfois, lorsqu'il^d avait mangé à l'avance l'argent de la semaine, il accusait cette malheureuse, qui se tuait de travail, d'être une pauvre tête,^{e} de ne pas savoir se tirer d'affaire. Fine, avec une douceur d'agneau, répondait de cette petite voix claire qui faisait un si singulier effet en sortant de ce grand corps, qu'elle n'avait plus ses vingt ans, et que l'argent devenait bien dur à gagner. Pour se consoler, elle achetait un litre d'anisette,^{f} elle buvait le soir des petits verres avec sa fille, tandis qu'Antoine retournait au café. C'était là leur débauche. Jean allait se coucher ; les deux femmes restaient attablées, prêtant l'oreille, pour faire disparaître la bouteille et les petits [155] verres au moindre bruit. Lorsque Macquart s'attardait, il arrivait qu'elles se soûlaient ainsi, à légères doses, sans en avoir conscience. Hébétées, se regardant avec un sourire vague, cette mère et cette fille finissaient par balbutier. Des taches roses montaient aux joues de Gervaise ; sa petite face de poupée, si délicate, se noyait dans un air de béatitude stupide, et rien n'était plus navrant que cette enfant chétive et blême, toute brûlante d'ivresse, ayant sur ses lèvres humides le rire idiot des ivrognes. Fine, tassée sur sa chaise, s'appesantissait. Elles oubliaient parfois de faire le guet, ou ne se sentaient plus la force d'enlever la bouteille et les verres, quand elles entendaient les pas d'Antoine dans l'escalier. Ces jours-là, on s'assommait chez les Macquart. Il fallait que Jean se levât pour séparer son père et sa mère, et pour aller coucher sa sœur, qui, sans lui, aurait dormi sur le carreau.

Chaque parti a ses grotesques et ses infâmes. Antoine Macquart, rongé d'envie et de haine, rêvant des vengeances contre la société entière, accueillit la République comme une ère bienheureuse où il lui serait permis d'emplir ses poches dans la caisse du voisin, et même d'étrangler le voisin, s'il témoignait le moindre mécontentement. Sa vie de café, les articles de journaux qu'il avait lus sans les comprendre, avaient fait de lui un terrible bavard qui émettait en politique les théories les plus étranges du monde. Il faut avoir entendu, en province, dans quelque estaminet, pérorer un de ces envieux qui ont mal digéré leurs lectures, pour s'imaginer à quel degré de sottise méchante en était arrivé Macquart. Comme il parlait beaucoup, qu'il avait servi et qu'il passait naturellement pour être un homme d'énergie, il était très entouré, très écouté par les naïfs. Sans être un chef de parti, il avait su réunir autour de lui un petit groupe d'ouvriers qui prenaient ses fureurs jalouses pour des indignations honnêtes et convaincues. [156]

Dès février, il s'était dit que Plassans lui appartenait, et la façon goguenarde dont il regardait, en passant dans les rues, les petits détaillants qui se tenaient, effarés, sur le seuil de leur boutique, signifiait clairement : « Notre jour est arrivé,[a] mes agneaux, et nous allons vous faire danser une drôle de danse ! » Il était devenu d'une insolence incroyable ; il jouait son rôle de conquérant et de despote, à ce point qu'il cessa de payer ses consommations au café, et que le maître de l'établissement, un niais qui tremblait devant ses roulements d'yeux, n'osa jamais lui présenter sa note. Ce qu'il but de demi-tasses, à cette époque, fut incalculable ; il invitait parfois les amis, et pendant des heures il criait que le peuple mourait de faim et que les riches devaient partager. Lui n'aurait pas donné un sou à un pauvre.

Ce qui fit surtout de lui un républicain féroce, ce fut l'espérance de se venger enfin des Rougon, qui se rangeaient franchement du côté de la réaction.[b] Ah ! quel triomphe ! s'il pouvait un jour tenir Pierre et Félicité à sa merci ! Bien que ces derniers eussent fait d'assez mauvaises affaires, ils étaient devenus des bourgeois, et lui, Macquart, était resté ouvrier. Cela l'exaspérait. Chose plus mortifiante peut-être, ils avaient un de leurs fils avocat, un autre médecin, le troisième employé, tandis que son Jean travaillait chez un menuisier, et sa Gervaise, chez une blanchisseuse. Quand il comparait les Macquart aux Rougon, il éprouvait encore[c] une grande honte à voir sa femme vendre des châtaignes à la halle et rempailler, le soir, les vieilles chaises graisseuses du quartier. Cependant, Pierre était son frère, il n'avait pas plus droit que lui à vivre grassement de ses rentes. Et, d'ailleurs, c'était avec l'argent qu'il lui avait volé, qu'il jouait au monsieur aujourd'hui. Dès qu'il entamait ce sujet, tout son être entrait en rage ; il clabaudait pendant des heures, répétant ses anciennes accusations à satiété, ne se lassant pas de dire : [157]

– Si mon frère était où il devrait être, c'est moi qui serais rentier à cette heure.

Et quand on lui demandait où devrait être son frère, il répondait : « Au bagne ! » d'une voix terrible.

Sa haine s'accrut encore, lorsque les Rougon eurent groupé les conservateurs autour d'eux, et qu'ils prirent, à Plassans, une certaine influence. Le fameux salon jaune devint, dans ses bavardages ineptes de café, une caverne de bandits, une réunion de scélérats qui juraient chaque soir sur des poignards d'égorger le peuple.[a] Pour exciter contre Pierre les affamés, il alla jusqu'à[b] faire courir le bruit que l'ancien marchand d'huile n'était pas aussi pauvre qu'il le disait, et qu'il cachait ses trésors par avarice et par crainte des voleurs. Sa tactique tendit ainsi à ameuter les pauvres gens, en leur contant des histoires à dormir debout, auxquelles il finissait souvent par croire lui-même. Il cachait assez mal ses rancunes personnelles et ses désirs de vengeance sous le voile du patriotisme le plus pur ; mais il se multipliait tellement, il avait une voix si tonnante, que personne n'aurait alors osé douter de ses convictions.[c]

Au fond, tous les membres de cette famille avaient la même rage d'appétits brutaux.[d] Félicité, qui comprenait que les opinions exaltées de Macquart[e] n'étaient que des colères rentrées et des jalousies tournées à l'aigre, aurait désiré vivement l'acheter pour le faire taire. Malheureusement l'argent lui manquait,[f] et elle n'osait l'intéresser à la dangereuse partie que jouait son mari. Antoine leur causait le plus grand tort auprès des rentiers de la ville neuve. Il suffisait qu'il fût leur parent. Granoux et Roudier leur reprochaient, avec de continuels mépris, d'avoir un pareil homme dans leur famille. Aussi Félicité se demandait-elle avec angoisse comment ils arriveraient à se laver de cette tache.

Il lui semblait monstrueux et indécent que, plus tard, M. Rougon eût un frère dont la femme vendait des châtaignes, [158] et qui lui-même vivait dans une oisiveté crapuleuse. Elle finit par trembler pour le succès de leurs secrètes menées, qu'Antoine compromettait comme à plaisir ; lorsqu'on lui rapportait les diatribes que cet homme déclamait en public contre le salon jaune, elle frissonnait en pensant qu'il était capable de s'acharner et de tuer leurs espérances par le scandale.

Antoine sentait à quel point son attitude devait consterner les Rougon, et c'était uniquement pour les mettre à bout de patience, qu'il affectait, de jour en jour, des convictions plus farouches. Au café, il appelait Pierre « mon frère », d'une voix qui faisait retourner tous les consommateurs ; dans la rue, s'il venait à rencontrer quelque réactionnaire du salon jaune, il murmurait de sourdes injures que le digne[a] bourgeois, confondu de tant d'audace, répétait le soir aux Rougon en paraissant les rendre responsables de la mauvaise rencontre qu'il avait faite.

Un jour, Granoux arriva furieux.

— Vraiment, cria-t-il dès le seuil de la porte, c'est intolérable ; on est insulté à chaque pas.

Et, s'adressant à Pierre :

— Monsieur, quand on a un frère comme le vôtre, on en débarrasse la société.[b] Je venais tranquillement par la place de la Sous-Préfecture, lorsque ce misérable, en passant à côté de moi, a murmuré quelques paroles au milieu desquelles j'ai parfaitement distingué le mot[c] de vieux coquin.

Félicité pâlit et crut devoir présenter des excuses à Granoux ; mais le bonhomme ne voulait rien entendre, il parlait de rentrer chez lui. Le marquis s'empressa d'arranger les choses.

— C'est bien étonnant, dit-il, que ce malheureux vous ait appelé vieux coquin ; êtes-vous sûr que l'injure s'adressait à vous ?

Granoux devint perplexe ; il finit par convenir qu'Antoine [159] avait bien pu murmurer : « Tu vas encore chez ce vieux coquin. »

M. de Carnavant se caressa le menton pour cacher le sourire qui montait malgré lui à ses lèvres.

Rougon dit alors avec le plus beau sang-froid :

— Je m'en doutais, c'est moi qui devais être le vieux coquin. Je suis heureux que le malentendu soit expliqué. Je vous en prie, messieurs, évitez l'homme dont il vient d'être question, et que je renie formellement.

Mais Félicité ne prenait pas aussi froidement les choses, elle se rendait malade, à chaque esclandre de Macquart ; pendant des nuits entières, elle se demandait ce que ces messieurs devaient penser.

Quelques mois avant le coup d'État, les Rougon reçurent une lettre anonyme, trois pages d'ignobles injures, au milieu desquelles on les menaçait, si jamais leur parti triomphait, de publier dans un journal l'histoire scandaleuse des anciennes amours d'Adélaïde et du vol dont Pierre s'était rendu coupable, en faisant signer un reçu de[a] cinquante mille francs à sa mère, rendue idiote par la débauche. Cette lettre fut un coup de massue pour Rougon lui-même. Félicité ne put s'empêcher de reprocher à son mari sa honteuse et sale famille ; car les époux ne doutèrent pas un instant que la lettre fût l'œuvre d'Antoine.

– Il faudra, dit Pierre d'un air sombre, nous débarrasser à tout prix de cette canaille.[b] Il est par trop gênant.

Cependant Macquart, reprenant son ancienne tactique, cherchait des complices contre les Rougon, dans la famille même. Il avait d'abord compté sur Aristide, en lisant ses terribles articles de *l'Indépendant*. Mais le jeune homme, bien qu'aveuglé par ses rages jalouses, n'était point assez sot pour faire cause commune avec un homme tel que son oncle. Il ne prit même pas la peine de le ménager et le tint toujours à distance, ce qui le fit traiter de suspect par Antoine ; dans [160] les estaminets où régnait ce dernier, on alla jusqu'à dire que le journaliste était un agent provocateur. Battu de ce côté, Macquart n'avait plus qu'à sonder les enfants de sa sœur.

Ursule était morte en 1839,[a] réalisant ainsi la sinistre prophétie de son frère[1]. Les névroses de sa mère s'étaient changées chez elle en une phtisie lente qui l'avait peu à peu consumée. Elle laissait trois enfants : une fille de dix-huit ans, Hélène[2], mariée à un employé, et deux garçons, le fils aîné, François[3], jeune homme de vingt-trois ans, et le dernier venu, pauvre créature à peine âgée[b] de six ans, qui se nommait Silvère. La mort de sa femme, qu'il adorait, fut pour Mouret un coup de foudre. Il se traîna une année, ne s'occupant plus de ses affaires, perdant l'argent qu'il avait amassé. Puis, un matin, on le trouva pendu dans un cabinet où étaient encore accrochées les robes d'Ursule. Son fils aîné, auquel il avait pu faire donner une bonne instruction commerciale, entra, à titre de commis, chez son oncle Rougon,[c] où il remplaça Aristide qui venait de quitter la maison.

---

1   Elle est morte en 1840 dans la variante du manuscrit, du feuilleton et de la première édition, ainsi que sur les arbres généalogiques de 1878 et 1893, mais en 1838 sur l'arbre généalogique de 1869.

2   Hélène : personnage principal d'*Une page d'amour* (1878) sous le nom d'Hélène Grandjean.

3   François : personnage principal de *La Conquête de Plassans* (1874).

Rougon, malgré sa haine profonde pour les Macquart, accueillit très volontiers son neveu, qu'il savait laborieux et sobre. Il[d] sentait le besoin d'un garçon dévoué qui l'aidât à relever ses affaires.[e] D'ailleurs, pendant la prospérité des Mouret, il avait éprouvé une grande estime pour ce ménage qui gagnait de l'argent, et du coup il s'était raccommodé avec sa sœur. Peut-être aussi voulait-il, en acceptant François comme employé, lui offrir une compensation ; il avait dépouillé la mère, il s'évitait tout remords en donnant du travail au fils ; les fripons ont de ces calculs d'honnêteté. Ce fut pour lui une bonne affaire. Il trouva chez son neveu l'aide qu'il cherchait. Si, à cette époque, la maison[f] Rougon ne fit pas fortune, on ne put en accuser ce garçon paisible et méticuleux, qui semblait né pour passer sa vie derrière un comptoir d'épicier, entre une jarre d'huile et un paquet de morue [161] sèche. Bien qu'il eût une grande ressemblance physique avec sa mère, il tenait de son père un cerveau étroit et juste, aimant d'instinct la vie réglée, les calculs certains du petit commerce[1]. Trois mois après son entrée chez lui, Pierre, continuant son système de compensation, lui donna en mariage, sa fille cadette, dont il ne savait comment se débarrasser. Les deux jeunes gens s'étaient aimés tout d'un coup, en quelques jours. Une circonstance singulière avait sans doute déterminé et grandi leur tendresse : ils se ressemblaient étonnamment, d'une ressemblance étroite de frère et de sœur. François, par Ursule, avait le visage d'Adélaïde, l'aïeule. Le cas de Marthe était plus curieux, elle était également tout le portrait d'Adélaïde, bien que Pierre Rougon n'eût aucun trait de sa mère nettement accusé ; la ressemblance physique avait ici sauté par-dessus Pierre, pour reparaître chez sa fille, avec plus d'énergie[2]. D'ailleurs, la fraternité des jeunes époux s'arrêtait au visage ; si l'on retrouvait dans François le digne fils du chapelier Mouret, rangé et un peu lourd de sang, Marthe avait l'effarement, le détraquement intérieur de sa grand-mère, dont elle était à distance l'étrange et exacte reproduction. Peut-être fut-ce à la fois leur ressemblance physique et

---

1   François sur l'arbre généalogique de 1893 : « [Élection du père. Ressemblance physique de la mère. François et Marthe, les deux époux, se ressemblent] ».

2   Marthe sur l'arbre généalogique de 1893 : « [Hérédité en retour sautant une génération. Hystérique. Ressemblance morale et physique d'Adélaïde Fouque. Marthe et François, les deux époux, se ressemblent] ». Zola a eu recours, dans le cas de Marthe, au phénomène de l' « hérédité en retour » évoqué par le Dr Prosper Lucas, qui se définit comme « la représentation des ascendants, à une ou plusieurs générations de distance ». Voir son *Traité philosophique et physiologique…*, *op. cit.* vol. II, p. 762.

leur dissemblance morale qui les jetèrent aux bras l'un de l'autre. De 1840 à 1844, ils eurent trois enfants[1].[a] François resta chez son oncle jusqu'au jour où celui-ci se retira. Pierre voulait lui céder son fonds, mais le jeune homme savait à quoi s'en tenir sur les chances de fortune que le commerce présentait à Plassans ; il refusa et alla s'établir à Marseille, avec ses quelques économies.

Macquart dut vite renoncer à entraîner dans sa campagne contre les Rougon ce gros garçon laborieux, qu'il traitait d'avare et de sournois, par une rancune de fainéant. Mais il crut découvrir le complice qu'il cherchait dans le second fils Mouret[2], Silvère, un enfant âgé de quinze ans. Lorsqu'on trouva Mouret pendu dans les jupes de sa femme, le petit [162] Silvère n'allait pas même encore à l'école.[a] Son frère aîné, ne sachant que faire de ce pauvre être, l'emmena avec lui chez son oncle.[b] Celui-ci fit la grimace en voyant arriver l'enfant ; il n'entendait pas pousser ses compensations jusqu'à nourrir une bouche inutile. Silvère, que Félicité prit également en grippe, grandissait dans les larmes, comme un malheureux[c] abandonné, lorsque sa grand-mère, dans une des rares visites qu'elle faisait aux Rougon, eut pitié de lui et demanda à l'emmener. Pierre fut ravi ; il laissa partir l'enfant, sans même parler d'augmenter la faible pension qu'il servait à Adélaïde, et qui désormais devrait suffire pour deux[3].

Adélaïde avait alors près de soixante-quinze ans.[d] Vieillie dans une existence monacale, elle n'était plus la maigre et ardente fille qui courait jadis se jeter au cou du braconnier Macquart. Elle s'était[e] roidie et figée, au fond de sa masure de l'impasse Saint-Mittre, ce trou silencieux et morne où elle vivait absolument seule, et dont elle ne sortait pas une fois par mois, se nourrissant de pommes de terre et de légumes secs. On

---

1 Octave, né en 1840 (voir *Pot-Bouille* [1882] et *Au Bonheur des Dames* [1883]) ; Serge, né en 1841, et Désirée, née en 1844 (voir *La Conquête de Plassans* [1874] et surtout *La Faute de l'abbé Mouret* [1875]).

2 C'est-à-dire le second fils de François Mouret.

3 Zola récupère dans ce chapitre certains éléments de l'intrigue destinés dans les premiers plans à des chapitres subséquents, par un souci, sans doute, de consolider autant que possible « l'exposition » : (ancien chapitre 5 du plan C) : « Silvère adore sa grand'mère qui a soulagé ses souffrances d'enfant. Récit de cette vie en commun d'une vieille femme avec un enfant, dans une petite maison de Rolleboise » (ms. 10303, f⁰ 44) ; (ancien chapitre 6 du plan C) : « bien que n'étant jamais allé au collège, l'enfant a une demi-instruction qu'il s'est faite lui-même. Il trouve un jour un tome dépareillé des *Hommes illustres* de Plutarque et s'enthousiasme pour la république » (*ibid.*, f⁰ˢ 44-45). Voir aussi HM, 1560.

eût dit, à la voir passer, une de ces vieilles religieuses, aux blancheurs molles, à la démarche automatique, que le cloître a désintéressées de ce monde. Sa face blême, toujours correctement encadrée d'une coiffe blanche, était comme une face de mourante, un masque vague, apaisé, d'une indifférence suprême. L'habitude d'un long silence l'avait[f] rendue muette ; l'ombre de sa demeure, la vue continuelle des mêmes objets, avaient éteint ses regards et donné à ses yeux une limpidité d'eau de source.[g] C'était un renoncement absolu, une lente mort physique et morale, qui avait fait peu à peu de l'amoureuse détraquée une matrone grave. Quand ses yeux se fixaient, machinalement, regardant sans voir,[h] on apercevait par ces trous clairs et profonds un grand vide intérieur. Rien ne restait de ses anciennes ardeurs voluptueuses qu'un amollissement des chairs, un tremblement [163] sénile des mains. Elle avait aimé avec une brutalité[a] de louve, et de son pauvre être usé, assez décomposé déjà pour le cercueil, ne s'exhalait plus qu'une senteur fade de feuille sèche. Étrange travail des nerfs, des âpres désirs qui s'étaient rongés eux-mêmes, dans une impérieuse et involontaire chasteté. Ses besoins d'amour, après la mort de Macquart, cet homme nécessaire à sa vie, avaient brûlé en elle, la dévorant comme une fille cloîtrée, et sans qu'elle songeât un instant à les contenter. Une[b] vie de honte l'aurait laissée peut-être moins lasse, moins hébétée, que cet inassouvissement[c] achevant de se satisfaire par des ravages lents et secrets, qui modifiaient son organisme.

Parfois encore, dans cette morte, dans cette vieille femme blême qui paraissait n'avoir plus une goutte de sang, des crises nerveuses passaient, comme des courants électriques, qui la galvanisaient et lui rendaient pour une heure une vie atroce d'intensité. Elle demeurait sur son lit, rigide, les yeux ouverts ; puis des hoquets la prenaient, et elle se débattait ; elle avait la force effrayante de ces folles hystériques, qu'on est obligé d'attacher, pour qu'elles ne se brisent pas la tête contre les murs. Ce retour à ses anciennes ardeurs, ces brusques attaques, secouaient d'une façon navrante son pauvre corps endolori. C'était comme toute sa jeunesse de passion chaude qui éclatait honteusement dans ses froideurs de sexagénaire[1]. Quand elle se relevait, stupide, elle chancelait, elle

---

1   Au début du paragraphe précédent, Zola a pourtant donné l'âge de Tante Dide à « près de soixante-quinze ans » ; la variante était : « avait alors *dépassé la soixantaine* ». Zola a négligé de modifier la deuxième allusion à son âge.

reparaissait si effarée, que les commères du faubourg disaient : « Elle a
bu, la vieille folle ! »

Le sourire enfantin du petit Silvère fut pour elle un dernier rayon pâle
qui rendit quelque chaleur à ses membres glacés. Elle avait demandé
l'enfant, lasse de solitude, terrifiée par la pensée de mourir seule, dans
une crise. Ce bambin qui tournait autour d'elle la rassurait contre la
mort. Sans sortir de son mutisme, sans assouplir ses mouvements auto-
matiques, elle se prit pour lui d'une tendresse ineffable.[164] Roide,
muette, elle le regardait jouer pendant des heures, écoutant avec ravissement le tapage intolérable dont il emplissait la vieille masure. Cette
tombe était toute vibrante de bruit, depuis que Silvère la parcourait à
califourchon sur un manche à balai, se cognant dans les portes, pleurant
et criant. Il ramenait Adélaïde sur cette terre ; elle s'occupait de lui avec
des maladresses adorables ; elle qui avait dans sa jeunesse oublié d'être
mère pour être amante, éprouvait les voluptés divines d'une nouvelle
accouchée, à le débarbouiller, à l'habiller, à veiller sans cesse sur sa frêle
existence. Ce fut[a] un réveil d'amour, une dernière passion adoucie que
le ciel accordait à cette femme toute dévastée par le besoin d'aimer.
Touchante agonie de ce cœur qui avait vécu dans les désirs les plus
âpres et qui se mourait dans l'affection d'un enfant.

Elle était trop morte déjà pour avoir les effusions bavardes des
grand-mères bonnes et grasses ; elle adorait l'orphelin secrètement, avec
des pudeurs de jeune fille, sans pouvoir trouver des caresses. Parfois,
elle le prenait sur ses genoux, elle le regardait longuement de ses yeux
pâles. Lorsque le petit, effrayé par ce visage blanc et muet, se mettait
à sangloter, elle paraissait confuse de ce qu'elle venait de faire, elle le
remettait vite sur le sol sans l'embrasser. Peut-être lui trouvait-elle une
lointaine ressemblance avec le braconnier Macquart.

Silvère grandit dans un continuel tête-à-tête avec Adélaïde. Par
une cajolerie d'enfant, il l'appelait tante Dide, nom qui finit par rester
à la vieille femme ; le nom de tante, ainsi employé, est en Provence
une simple caresse[1]. L'enfant eut pour sa grand-mère une singulière
tendresse mêlée d'une terreur respectueuse. Quand il était tout petit
et qu'elle avait une crise nerveuse, il se sauvait en pleurant, épouvanté
par la décomposition de son visage ; puis il revenait timidement après

---

1   Voir ci-dessus, p. 110, note 1, sur le diminutif.

l'attaque, prêt à se sauver encore, comme si la [165] pauvre vieille eût été capable de le battre. Plus tard, à douze ans, il demeura courageusement, veillant[a] à ce qu'elle ne se blessât pas en tombant de son lit. Il resta des heures à la tenir étroitement entre ses bras pour maîtriser les brusques secousses qui tordaient ses membres. Pendant les intervalles de calme, il regardait avec de grandes pitiés sa face convulsionnée, son corps amaigri, sur lequel les jupes plaquaient, pareilles à un linceul. Ces drames secrets, qui revenaient chaque mois, cette vieille femme rigide comme un cadavre, et cet enfant penché sur elle, épiant en silence le retour de la vie, prenaient, dans l'ombre de la masure, un étrange caractère de morne épouvante et de bonté[b] navrée. Lorsque tante Dide revenait à elle, elle se levait péniblement, rattachait ses jupes, se remettait à vaquer dans le logis, sans même questionner Silvère ; elle ne se souvenait de rien, et l'enfant, par un instinct de prudence, évitait de faire la moindre allusion à la scène qui venait de se passer. Ce furent surtout ces crises renaissantes qui attachèrent profondément le petit-fils à sa grand-mère. Mais, de même qu'elle l'adorait sans effusions bavardes, il eut pour elle une affection cachée[c] et comme honteuse. Au fond, s'il lui était reconnaissant de l'avoir recueilli et élevé, il continuait à voir en elle une créature extraordinaire, en proie à des maux inconnus, qu'il fallait plaindre et respecter. Il n'y avait sans doute plus assez d'humanité dans Adélaïde, elle était trop blanche et trop roide pour que Silvère osât se pendre à son cou. Ils[d] vécurent ainsi dans un silence triste, au fond duquel ils entendaient le frissonnement d'une tendresse infinie.

Cet air grave et mélancolique qu'il respira dès son enfance donna à Silvère une âme forte, où s'amassèrent tous les enthousiasmes. Ce fut de bonne heure un petit homme sérieux, réfléchi, qui rechercha l'instruction avec une sorte d'entêtement. Il n'apprit qu'un peu d'orthographe et d'arithmétique à l'école des frères, que les nécessités de son apprentissage [166] lui firent quitter à douze ans. Les premiers éléments lui manquèrent toujours. Mais il lut tous les volumes dépareillés qui lui tombèrent sous la main, et se composa ainsi un étrange bagage ; il avait des données sur une foule de choses, données incomplètes, mal digérées, qu'il ne réussit jamais à classer nettement dans sa tête. Tout petit, il était allé jouer chez un maître charron, un brave homme nommé Vian, dont l'atelier se trouvait au commencement de l'impasse, en face de l'aire Saint-Mittre, où le charron déposait son bois. Il montait sur les roues des carrioles en réparation, il s'amusait à traîner les lourds outils que ses petites mains pouvaient à peine soulever ; une de ses grandes joies était alors d'aider les ouvriers, en maintenant quelque pièce de bois ou en leur apportant les ferrures dont ils avaient besoin. Quand il eut grandi, il entra naturellement en apprentissage chez Vian, qui s'était pris d'amitié pour ce galopin qu'il rencontrait sans cesse dans ses jambes, et qui le demanda à Adélaïde sans vouloir accepter la moindre pension. Silvère accepta avec empressement, voyant déjà le moment où il rendrait à la pauvre tante Dide ce qu'elle avait dépensé pour lui. En peu de temps, il devint un excellent ouvrier. Mais il se sentait des ambitions plus hautes. Ayant aperçu, chez un carrossier de Plassans, une belle calèche neuve, toute luisante de vernis, il s'était dit qu'il construirait un jour des voitures semblables. Cette calèche resta dans son esprit comme un objet d'art rare et unique, comme un idéal vers lequel tendirent ses aspirations d'ouvrier. Les carrioles auxquelles il travaillait chez Vian, ces carrioles qu'il avait soignées amoureusement, lui semblaient maintenant indignes de ses tendresses. Il se mit à fréquenter l'école de dessin, où il se lia avec un jeune échappé du collège qui lui prêta son ancien traité de géométrie. Et il[a] s'enfonça dans l'étude, sans guide, passant des semaines à se creuser la tête pour comprendre les choses les plus simples du monde. Il devint ainsi un de ces ouvriers savants [167] qui savent à peine signer leur nom et qui parlent de l'algèbre comme d'une personne de leur connaissance. Rien ne détraque autant un esprit qu'une pareille instruction, faite à bâtons rompus, ne reposant sur aucune base solide. Le plus souvent, ces miettes de science donnent une idée absolument fausse des hautes vérités, et rendent les pauvres d'esprit insupportables de carrure bête. Chez Silvère, les bribes de savoir volé[a] ne firent qu'accroître les exaltations généreuses. Il eut conscience des horizons qui lui restaient fermés. Il se fit une idée sainte de ces choses qu'il n'arrivait pas à toucher de la main, et il vécut dans une profonde et innocente religion des grandes pensées et des grands mots vers lesquels il se haussait, sans toujours les comprendre. Ce fut un naïf, un naïf sublime, resté sur le seuil du temple, à genoux devant des cierges qu'il prenait de loin pour des étoiles.[b]

La masure de l'impasse Saint-Mittre se composait d'abord d'une grande salle sur laquelle s'ouvrait directement la porte de la rue[1] ; cette

---

1   Voir GGS, p. 497, note 192, sur les ressemblances entre la masure de l'impasse Saint-Mittre et la modeste maison de l'impasse Sylvacanne, habitée par la famille Zola entre 1842 et 1850.

salle, dont le sol était pavé, et qui servait à la fois de cuisine et de salle à manger,[c] avait pour uniques meubles des chaises de paille, une table posée sur des tréteaux, et un vieux coffre qu'Adélaïde avait transformé en canapé, en étalant sur le couvercle un lambeau d'étoffe de laine ; dans une encoignure, à gauche d'une vaste cheminée, se trouvait une Sainte Vierge en plâtre, entourée de fleurs artificielles, la bonne mère traditionnelle des vieilles femmes provençales, si peu dévotes qu'elles soient. Un couloir menait de la salle à la petite cour, située derrière la maison, et dans laquelle se trouvait un puits.[d] À gauche du couloir, était la chambre de tante Dide, une étroite pièce meublée d'un lit en fer et d'une chaise ; à droite, dans une pièce plus étroite encore, où il y avait juste la place d'un lit de sangle, couchait Silvère, qui avait dû imaginer tout un système de planches, montant jusqu'au plafond, pour garder auprès de lui ses [168] chers volumes dépareillés, achetés sou à sou dans la boutique d'un fripier du voisinage. La nuit, quand il lisait, il accrochait sa lampe à un clou, au chevet de son lit. Si quelque crise prenait sa grand-mère, il n'avait, au premier râle, qu'un saut à faire pour être auprès d'elle.

La vie du jeune homme resta celle de l'enfant. Ce fut dans ce coin perdu qu'il fit tenir toute son existence. Il éprouvait[a] les répugnances de son père pour les cabarets et les flâneries du dimanche. Ses camarades blessaient ses délicatesses par leurs joies brutales. Il préférait lire, se casser la tête à quelque problème bien simple de géométrie. Depuis que tante Dide[b] le chargeait des petites commissions du ménage, elle ne sortait plus, elle vivait étrangère même à sa famille.[c] Parfois, le jeune homme songeait à cet abandon ; il regardait la pauvre vieille qui demeurait à deux pas de ses enfants, et que ceux-ci cherchaient à oublier, comme si elle fût[d] morte ; alors il l'aimait davantage, il l'aimait pour lui et pour les autres. S'il avait, par moments, vaguement conscience que tante Dide expiait d'anciennes fautes, il pensait : « Je suis né pour lui pardonner. »

Dans un pareil esprit, ardent et contenu, les idées républicaines s'exaltèrent naturellement. Silvère, la nuit, au fond de son taudis, lisait et relisait un volume de Rousseau, qu'il avait découvert chez le fripier voisin, au milieu de vieilles serrures[1]. Cette lecture le tenait éveillé jusqu'au matin. Dans le rêve cher aux malheureux du bonheur universel,

---

1   Il s'agit, vraisemblablement, de la lecture du *Contrat social* de Rousseau.

les mots de liberté, d'égalité, de fraternité, sonnaient à ses oreilles avec ce bruit sonore et sacré des cloches qui fait tomber les fidèles à genoux. Aussi, quand il apprit que la République venait d'être proclamée en France, crut-il que tout le monde allait vivre dans une béatitude céleste. Sa demi-instruction lui faisait voir plus loin que les autres ouvriers, ses aspirations ne s'arrêtaient pas au pain de chaque jour ; mais ses naïvetés profondes, son ignorance complète des hommes, le [169] maintenaient en plein rêve théorique, au milieu d'un Éden où régnait l'éternelle justice. Son paradis fut longtemps un lieu de délices dans lequel il s'oublia. Quand il crut s'apercevoir que tout n'allait pas pour le mieux dans la meilleure des républiques, il éprouva une douleur immense ; il fit un autre rêve, celui de contraindre les hommes à être heureux, même par la force. Chaque acte qui lui parut blesser les intérêts du peuple excita en lui une indignation vengeresse. D'une douceur d'enfant, il eut des haines politiques farouches. Lui qui n'aurait pas écrasé une mouche, il parlait à toute heure de prendre les armes. La liberté fut sa passion, une passion irraisonnée, absolue, dans laquelle il mit toutes les fièvres de son sang. Aveuglé d'enthousiasme, à la fois trop ignorant et trop instruit pour être tolérant, il ne voulut pas compter avec les hommes ; il lui fallait un gouvernement idéal d'entière justice et d'entière liberté. Ce fut à cette époque que son oncle Macquart songea à le jeter sur les Rougon. Il se disait que ce jeune fou[a] ferait une terrible besogne[1], s'il parvenait à l'exaspérer convenablement. Ce calcul ne manquait pas d'une certaine finesse.

Antoine chercha donc à attirer Silvère chez lui, en affichant une admiration immodérée pour les idées du jeune homme. Dès le début, il faillit tout compromettre : il avait une façon intéressée de considérer le triomphe de la République, comme une ère d'heureuse fainéantise et de mangeailles sans fin, qui froissa les aspirations purement morales de son neveu[2]. Il comprit qu'il faisait fausse route, il se jeta dans un pathos étrange, dans une enfilade de mots creux et sonores, que Silvère accepta comme une preuve suffisante de civisme. Bientôt l'oncle et le

---

1 Dans le manuscrit et dans le feuilleton, le mot « fou » ne figure pas ; Zola écrit : « ce jeune *enthousiaste* ferait [..] ». Il s'agit, bien entendu, d'un exemple de discours indirect libre.

2 Les deux représentants principaux du républicanisme dans le roman montrent que Zola, tout en valorisant l'idéologie républicaine, n'est pas aveugle à ses excès possibles et ses altérations. À l'excès d'idéalisme de Silvère correspond la démesure d'égoïsme d'Antoine.

neveu se virent deux et trois fois par semaine. Pendant leurs longues discussions, où le sort du pays était carrément décidé, Antoine essaya de persuader au jeune homme que le salon des Rougon était le principal obstacle au bonheur de la France. Mais, de [170] nouveau, il fit fausse route en appelant sa mère « vieille coquine » devant Silvère. Il alla jusqu'à lui raconter les anciens scandales de la pauvre vieille. Le jeune homme, rouge de honte, l'écouta sans l'interrompre. Il ne lui demandait pas ces choses, il fut navré d'une pareille confidence, qui le blessait dans ses tendresses respectueuses pour tante Dide. À partir de ce jour, il entoura sa grand-mère de plus de soins, il eut pour elle de bons sourires et de bons regards de pardon. D'ailleurs, Macquart s'était aperçu qu'il avait commis une bêtise, et il s'efforçait d'utiliser les tendresses de Silvère en accusant les Rougon de l'isolement et de la pauvreté d'Adélaïde. À l'entendre, lui avait toujours été le meilleur des fils, mais son frère s'était conduit d'une façon ignoble ; il avait dépouillé sa mère, et aujourd'hui qu'elle n'avait plus le sou, il rougissait d'elle. C'était, sur ce sujet, des bavardages sans fin. Silvère s'indignait contre l'oncle[a] Pierre, au grand contentement de l'oncle Antoine.

À chaque visite du jeune homme, les mêmes scènes se reproduisaient. Il arrivait, le soir, pendant le dîner de la famille Macquart. Le père avalait quelque ragoût de pommes de terre en grognant. Il triait les morceaux de lard, et suivait des yeux le plat, lorsqu'il passait aux mains de Jean et de Gervaise.

– Tu vois, Silvère, disait-il avec une rage sourde qu'il cachait mal sous un air d'indifférence ironique, encore des pommes de terre, toujours des pommes de terre ! Nous ne mangeons plus que de ça. La viande, c'est pour les riches. Il devient impossible de joindre les deux bouts, avec des enfants qui ont un appétit de tous les diables.

Gervaise et Jean baissaient le nez dans leur assiette, n'osant plus se couper du pain. Silvère, vivant au ciel dans son rêve, ne se rendait nullement compte de la situation. Il prononçait d'une voix tranquille ces paroles grosses d'orage : [171]

– Mais, mon oncle, vous devriez travailler.

– Ah ! oui, ricanait Macquart touché au vif de sa plaie, tu veux que je travaille, n'est-ce pas ? pour que ces gueux de riches spéculent encore sur moi. Je gagnerais peut-être vingt sous à m'exterminer le tempérament. Ça vaut bien la peine !

– On gagne ce qu'on peut, répondait le jeune homme. Vingt sous, c'est vingt sous, et ça aide dans une maison… D'ailleurs vous êtes un ancien soldat, pourquoi ne cherchez-vous pas un emploi ?

Fine intervenait alors, avec une étourderie dont elle se repentait bientôt.

– C'est ce que je lui répète tous les jours, disait-elle. Ainsi l'inspecteur du marché a besoin d'un aide ; je lui ai parlé de mon mari, il paraît bien disposé pour nous…

Macquart l'interrompait en la foudroyant d'un regard.

– Eh ! tais-toi, grondait-il avec une colère contenue. Ces femmes ne savent pas ce qu'elles disent ! On ne voudrait pas de moi. On connaît trop bien mes opinions.

À chaque place qu'on lui offrait, il entrait ainsi dans une irritation profonde. Il ne cessait cependant de demander des emplois, quitte à refuser ceux qu'on lui trouvait, en alléguant les plus singulières raisons. Quand on le poussait sur ce point, il devenait terrible.

Si Jean, après le dîner, prenait un journal :

– Tu ferais mieux d'aller te coucher.[a] Demain tu te lèveras tard, et ce sera encore une journée de perdue… Dire que ce galopin-là a rapporté huit francs de moins la semaine dernière ! Mais j'ai prié[b] son patron de ne plus lui remettre son argent. Je le toucherai moi-même.

Jean allait se coucher, pour ne pas entendre les récriminations de son père. Il sympathisait peu avec Silvère ; la politique l'ennuyait, et il trouvait que son cousin était « toqué ». Lorsqu'il ne restait plus que les femmes, si par [172] malheur elles causaient à voix basse, après avoir desservi la table :

– Ah ! les fainéantes !, criait Macquart. Est-ce qu'il n'y a rien à raccommoder ici ? Nous sommes tous en loques… Écoute, Gervaise, j'ai passé chez ta maîtresse, où j'en ai appris de belles. Tu es une coureuse et une propre à rien.

Gervaise, grande fille de vingt ans passés,[a] rougissait d'être ainsi grondée devant Silvère. Celui-ci, en face d'elle, éprouvait un malaise.[b] Un soir, étant venu tard, pendant une absence de son oncle, il avait trouvé la mère et la fille ivres mortes devant une bouteille vide[1]. Depuis ce moment, il ne pouvait revoir sa cousine[c] sans se rappeler le spectacle honteux de cette enfant, riant d'un rire épais, ayant de larges plaques

---

1   Anticipation de son sort dans *L'Assommoir* (1877).

rouges sur sa pauvre petite figure pâlie. Il était aussi intimidé par les vilaines histoires qui couraient sur son compte. Grandi dans une chasteté de cénobite, il la[d] regardait parfois à la dérobée, avec l'étonnement craintif d'un collégien mis en face d'une fille.

Quand les deux femmes avaient pris leur aiguille et se tuaient les yeux à lui raccommoder ses vieilles chemises, Macquart, assis sur le meilleur siège, se renversait voluptueusement, sirotant et fumant, en homme qui savoure sa fainéantise. C'était l'heure où le vieux coquin accusait les riches de boire la sueur du peuple. Il avait des emportements superbes contre ces messieurs de la ville neuve, qui vivaient dans la paresse et se faisaient entretenir par le pauvre monde. Les lambeaux d'idées communistes qu'il avait pris[e] le matin dans les journaux devenaient grotesques et monstrueux en passant par sa bouche. Il parlait d'une époque prochaine où personne ne serait plus obligé de travailler. Mais il gardait pour les Rougon ses haines les plus féroces. Il n'arrivait pas à digérer les pommes de terre qu'il avait mangées.

– J'ai vu, disait-il, cette gueuse de Félicité qui achetait [173] ce matin un poulet à la halle… Ils mangent du poulet, ces voleurs d'héritage ![a]

– Tante Dide, répondait Silvère, prétend que mon oncle Pierre a été bon pour vous, à votre retour du service. N'a-t-il pas dépensé une forte somme pour vous habiller et vous loger ?

– Une forte somme ! hurlait Macquart exaspéré. Ta grand-mère est folle !… Ce sont ces brigands qui ont fait courir ces bruits-là, afin de me fermer la bouche. Je n'ai rien reçu.

Fine intervenait encore maladroitement, rappelant à son mari qu'il avait eu deux cents francs, plus un vêtement complet et une année de loyer. Antoine lui criait de se taire, il continuait avec une furie croissante :

– Deux cents francs ! la belle affaire ! c'est mon dû que je veux, c'est dix mille francs. Ah ! oui, parlons du bouge où ils m'ont jeté comme un chien, et de la vieille redingote que Pierre m'a donnée, parce qu'il n'osait plus la mettre, tant elle était sale et trouée !

Il mentait ; mais personne, devant sa colère, ne protestait plus. Puis, se tournant vers Silvère :

– Tu es encore bien naïf, toi, de les défendre ! ajoutait-il. Ils ont dépouillé ta mère, et la brave femme ne serait pas morte, si elle avait eu de quoi se soigner.

— Non, vous n'êtes pas juste, mon oncle, disait le jeune homme, ma
mère n'est pas[b] morte faute de soins, et je sais que jamais mon père
n'aurait accepté un sou de la famille de sa femme.

— Baste ! laisse-moi donc tranquille ! Ton père aurait pris l'argent tout
comme un autre. Nous avons été dévalisés indignement, nous devons
rentrer dans notre bien.

Et Macquart recommençait pour la centième fois l'histoire des cinquante mille francs. Son neveu, qui la savait par cœur, ornée de[c] toutes
les variantes dont il l'enjolivait, l'écoutait avec quelque impatience. [174]

— Si tu étais un homme, disait Antoine en finissant, tu viendrais un
jour avec moi, et nous ferions un beau vacarme chez les Rougon. Nous
ne sortirions pas sans qu'on nous donnât[a] de l'argent.

Mais Silvère devenait grave et répondait d'une voix nette :

— Si ces misérables nous ont dépouillés, tant pis pour eux ! Je ne
veux pas de leur argent. Voyez-vous, mon oncle, ce n'est pas à nous
qu'il appartient de frapper notre famille. Ils ont mal agi, ils seront
terriblement punis un jour.

— Ah ! quel grand innocent ! criait l'oncle. Quand nous serons les
plus forts, tu verras si je ne fais pas mes petites affaires moi-même. Le
bon Dieu s'occupe bien de nous ! La sale famille, la sale famille que la
nôtre ! Je crèverais de faim, que pas un de ces gueux-là ne me jetterait
un morceau de pain sec.

Lorsque Macquart entamait ce sujet, il ne tarissait pas. Il montrait à
nu les blessures saignantes de son envie. Il voyait rouge, dès qu'il venait
à songer que lui seul n'avait pas eu de chance dans la famille, et qu'il
mangeait des pommes de terre, quand les autres avaient de la viande à
discrétion. Tous ses parents, jusqu'à ses petits-neveux, passaient alors par
ses mains, et il trouvait des griefs et des menaces contre chacun d'eux.

— Oui, oui, répétait-il avec amertume, ils me laisseraient crever
comme un chien.

Gervaise,[b] sans lever la tête, sans cesser de tirer son aiguille, disait
parfois timidement :

— Pourtant, papa, mon cousin Pascal a été bon pour nous, l'année
dernière, quand tu étais malade.

— Il t'a soigné sans jamais demander un sou, reprenait Fine, venant
au secours de sa fille, et souvent il m'a glissé des pièces de cinq francs
pour te faire du bouillon.

— Lui ! il m'aurait fait crever, si je n'avais pas eu une bonne constitution ! s'exclamait Macquart. Taisez-vous, [175] bêtes ! Vous vous laisseriez entortiller comme des enfants. Ils voudraient tous me voir mort. Lorsque je serai malade, je vous prie de ne plus aller chercher mon neveu, car je n'étais pas déjà si tranquille que ça, de me sentir entre ses mains. C'est un médecin de quatre sous, il n'a pas une personne comme il faut dans sa clientèle.

Puis Macquart, une fois lancé, ne s'arrêtait plus.

— C'est comme cette petite vipère d'Aristide, disait-il, c'est un faux frère, un traître. Est-ce que tu te laisses prendre à ses articles de *l'Indépendant*, toi, Silvère ? Tu serais un fameux niais. Ils ne sont pas même écrits en français, ses articles. J'ai toujours dit que ce républicain de contrebande s'entendait avec son digne père pour se moquer de nous. Tu verras comme il retournera sa veste… Et son frère, l'illustre Eugène, ce gros bêta dont les Rougon font tant d'embarras ! Est-ce qu'ils n'ont pas le toupet de prétendre qu'il a à Paris une belle position ! Je la connais, moi, sa position. Il est employé à la rue de Jérusalem[1] ; c'est un mouchard…

— Qui vous l'a dit ? Vous n'en savez rien, interrompait[a] Silvère, dont l'esprit droit finissait par être blessé des accusations mensongères de son oncle.

— Ah ! je n'en sais rien ? Tu crois cela ? Je te dis que c'est un mouchard… Tu te feras tondre comme un agneau, avec ta bienveillance. Tu n'es pas un homme. Je ne veux pas dire du mal de ton frère François[2] ; mais, à ta place, je serais joliment vexé de la façon pingre dont il se conduit à ton égard ; il gagne de l'argent gros comme lui, à Marseille, et il ne t'enverrait jamais une misérable pièce de vingt francs pour tes menus plaisirs. Si tu tombes un jour dans la misère, je ne te conseille pas de t'adresser à lui.

— Je n'ai besoin de personne, répondait le jeune homme d'une voix fière et légèrement altérée. Mon travail nous suffit, à moi et à tante Dide. Vous êtes cruel, mon oncle.

— Moi, je dis la vérité, voilà tout… Je voudrais t'ouvrir [176] les yeux. Notre famille est une sale famille ; c'est triste, mais c'est comme ça. Il

---

1   Rue de Jérusalem : iste de l'entrée de la Préfecture de Police avant 1854.
2   Il s'agit de François Mouret, personnage principal de *La Conquête de Plassans*, qui mourra fou en 1864 dans l'incendie qu'il a allumé dans sa maison.

n'y a pas jusqu'au petit Maxime, le fils d'Aristide, ce mioche de neuf ans, qui ne me tire la langue, quand il me rencontre. Cet enfant battra sa mère un jour, et ce sera bien fait. Va, tu as beau dire, tous ces gens-là ne méritent pas leur chance ; mais ça[a] se passe toujours ainsi dans les familles : les bons pâtissent et les mauvais font fortune.

Tout ce linge sale que Macquart lavait avec tant de complaisance devant son neveu écœurait profondément le jeune homme. Il aurait voulu remonter dans son rêve. Dès qu'il donnait des signes trop vifs d'impatience, Antoine employait les grands moyens[b] pour l'exaspérer contre leurs parents.

— Défends-les ! défends-les ! disait-il en paraissant se calmer. Moi, en somme, je me suis arrangé de façon à ne plus avoir affaire à eux. Ce que je t'en dis, c'est par tendresse pour ma pauvre[c] mère, que toute cette clique traite vraiment d'une façon révoltante.

— Ce sont des misérables ! murmurait Silvère.

— Oh ! tu ne sais rien, tu n'entends rien, toi. Il n'y a pas d'injures que les Rougon ne disent[d] contre la brave femme. Aristide a défendu à son fils de jamais la saluer.[e] Félicité parle de la faire enfermer dans une maison de folles[1].

Le jeune homme, pâle comme un linge, interrompait brusquement son oncle.

— Assez ! criait-il, je ne veux pas en savoir davantage. Il faudra que tout cela finisse.

— Je me tais, puisque ça te contrarie, reprenait le vieux coquin en faisant le bonhomme. Il y a des choses pourtant que tu ne dois pas ignorer, à moins que tu ne veuilles jouer le rôle d'un imbécile.

Macquart, tout en s'efforçant de jeter Silvère sur les Rougon, goûtait une joie exquise à mettre des larmes de douleur [177] dans les yeux du jeune homme. Il le détestait peut-être plus que les autres, parce qu'il était excellent ouvrier et qu'il ne buvait jamais. Aussi aiguisait-il ses plus fines cruautés à inventer des mensonges atroces qui frappaient au cœur le pauvre garçon ; il jouissait alors de sa pâleur, du tremblement de ses mains, de ses regards navrés, avec la volupté d'un esprit méchant qui calcule ses coups et qui a touché sa victime au bon endroit. Puis,

---

1   Témoin de l'exécution de Silvère à la fin de *La Fortune des Rougon* (voir ci-dessous, p. 423), Félicité subira un détraquement du cerveau ; elle sera enfermée dans l'asile d'aliénés des Tulettes.

quand il croyait avoir suffisamment blessé et exaspéré Silvère, il abordait enfin la politique.

— On m'a assuré, disait-il en baissant la voix, que les Rougon préparent un mauvais coup.

— Un mauvais coup ? interrogeait Silvère devenu attentif.

— Oui, on doit saisir, une de ces nuits prochaines, tous les bons citoyens de la ville et les jeter en prison.

Le jeune homme commençait par douter. Mais son oncle donnait des détails précis : il parlait de listes dressées, il nommait les personnes qui se trouvaient sur ces listes, il indiquait de quelle façon, à quelle heure et dans quelles circonstances s'exécuterait le complot. Peu à peu Silvère se laissait prendre à ce conte de bonne femme, et bientôt il délirait contre les ennemis de la République.

— Ce sont eux, criait-il, que nous devrions réduire à l'impuissance, s'ils continuent à trahir le pays. Et que comptent-ils faire des citoyens qu'ils arrêteront ?

— Ce qu'ils comptent en faire ! répondait Macquart avec un petit rire sec, mais ils les fusilleront dans les basses fosses des prisons.

Et comme le jeune homme, stupide d'horreur, le regardait sans pouvoir trouver une parole :

— Et ce ne sera pas les premiers qu'on y assassinera, continuait-il. Tu n'as qu'à aller rôder le soir, derrière le palais de justice, tu y entendras des coups de feu et des gémissements. [178]

— Ô les infâmes !, murmurait Silvère.[a]

Alors, l'oncle et le neveu se lançaient dans la haute politique. Fine et Gervaise, en les voyant aux prises, allaient se coucher doucement, sans qu'ils s'en aperçussent. Jusqu'à minuit, les deux hommes restaient ainsi à commenter les nouvelles de Paris, à parler de la lutte prochaine et inévitable. Macquart déblatérait amèrement[b] contre les hommes de son parti ; Silvère rêvait tout haut, et pour lui seul, son rêve de liberté idéale. Étranges entretiens, pendant lesquels l'oncle se versait un nombre incalculable de petits verres, et dont le neveu sortait gris d'enthousiasme. Antoine ne put cependant jamais obtenir du jeune républicain un calcul perfide, un plan de guerre contre les Rougon ; il eut beau le pousser, il n'entendit sortir de sa bouche que des appels à la justice éternelle, qui tôt ou tard punirait les méchants.

Le généreux enfant parlait bien avec fièvre de prendre les armes et de massacrer les ennemis de la République ; mais, dès que ces ennemis sortaient du rêve et se personnifiaient dans son oncle Pierre ou dans toute autre personne de sa connaissance, il comptait sur le ciel pour lui éviter l'horreur du sang versé. Il est à croire qu'il aurait même cessé de fréquenter Macquart, dont les fureurs jalouses lui causaient une sorte de malaise, s'il n'avait goûté la joie de parler librement chez lui de sa chère République. Toutefois, son oncle eut sur sa destinée une influence décisive[c] ; il irrita ses nerfs par ses continuelles diatribes ; il acheva de lui faire souhaiter âprement la lutte armée, la conquête violente du bonheur universel.

Comme[d] Silvère atteignait sa seizième année, Macquart le fit initier à la société secrète des Montagnards, cette association puissante qui couvrait tout le Midi[1]. Dès ce moment, le jeune républicain couva des yeux la carabine du contrebandier, qu'Adélaïde avait accrochée sur le manteau de la cheminée. Une nuit, pendant que sa grand-mère dormait, il la [179] nettoya, la remit en état. Puis il la replaça à son clou et attendit.[a] Et il se berçait dans ses rêveries d'illuminé, il bâtissait des épopées gigantesques, voyant en plein idéal des luttes homériques, des sortes de tournois chevaleresques, dont les défenseurs de la liberté sortaient vainqueurs, et acclamés par le monde entier[2].

Macquart, malgré l'inutilité de ses efforts, ne se découragea pas. Il se dit qu'il suffirait seul à étrangler les Rougon, s'il pouvait jamais les tenir dans un petit coin. Ses rages de fainéant envieux et affamé s'accrurent encore, à la suite d'accidents successifs qui l'obligèrent à se remettre au travail. Vers les premiers jours de l'année 1850,[b] Fine mourut presque subitement d'une fluxion de poitrine, qu'elle avait prise en allant laver un soir le linge de la famille à la Viorne, et en le rapportant mouillé sur son dos ; elle était rentrée trempée d'eau et de sueur, écrasée par ce fardeau qui pesait un poids énorme, et ne s'était plus relevée. Cette mort

---

1   Sur ces sociétés secrètes, voir ci-dessus notre introduction, p. 65. Il se peut, comme l'explique Henri Mitterand (HM, p. 1560-1561), que Ténot, la source de Zola sur ce sujet, ait exagéré l'importance de l'action des sociétés secrètes, en assimilant, sous l'influence de la propagande alarmiste des conservateurs, des comités électoraux et d'autres groupes républicains à des sociétés de comploteurs.

2   Le donquichottisme de Silvère figure dans le plan extraordinairement bref de l'ancien chapitre v du dernier plan détaillé (plan E) : « L'aïeule Tante Dide. Ses rapports avec Silvère – Souffrances d'enfant et enthousiasmes d'enfant de Silvère » (ms. 10303, f° 17).

consterna Macquart. Son revenu le plus assuré lui échappait. Quand il vendit, au bout de quelques jours, le chaudron dans lequel sa femme faisait bouillir ses châtaignes et le chevalet qui lui servait à rempailler ses vieilles[c] chaises, il accusa grossièrement le bon Dieu de lui avoir pris la défunte, cette forte commère dont il avait eu honte et dont il sentait à cette heure tout le prix. Il se rabattit sur le gain de ses enfants avec plus d'avidité. Mais, un mois plus tard, Gervaise, lasse de ses continuelles exigences, s'en alla avec ses deux enfants et Lantier, dont la mère était morte. Les amants se réfugièrent à Paris[1].[d] Antoine, atterré, s'emporta ignoblement contre sa fille, en lui souhaitant de crever à l'hôpital, comme ses pareilles. Ce débordement d'injures n'améliora pas sa situation qui, décidément, devenait mauvaise. Jean suivit bientôt l'exemple de sa sœur[2]. Il attendit un jour de paye et s'arrangea de façon à toucher lui-même son argent. Il dit en partant à un de ses amis, qui le répéta à Antoine, qu'il ne voulait [180] plus nourrir son fainéant de père, et que si ce dernier[a] s'avisait de le faire ramener par les gendarmes, il était décidé à ne plus toucher une scie ni un rabot. Le lendemain, lorsque Antoine l'eut cherché inutilement et qu'il se trouva seul, sans un sou, dans le logement où, pendant vingt ans, il s'était fait grassement entretenir, il entra dans une rage atroce, donnant des coups de pied aux meubles, hurlant les imprécations les plus monstrueuses. Puis il s'affaissa, il se mit à traîner les pieds, à geindre comme un convalescent. La crainte d'avoir à gagner son pain le rendait positivement malade. Quand Silvère vint le voir, il se plaignit avec des larmes de l'ingratitude des enfants. N'avait-il pas toujours été un bon père ? Jean et Gervaise étaient des monstres qui le récompensaient bien mal de tout ce qu'il avait fait pour eux. Maintenant, ils l'abandonnaient, parce qu'il était vieux et qu'ils ne pouvaient plus rien tirer de lui.

---

1   *Cf.* le récit de Gervaise au premier chapitre de *L'Assommoir* : « Il faut vous dire que sa mère est morte l'année dernière, en lui laissant quelque chose, dix-sept cents francs à peu près. Il voulait partir pour Paris. Alors, comme le père Macquart m'envoyait toujours des gifles sans crier gare, j'ai consenti à m'en aller avec lui ; nous avons fait le voyage avec les deux enfants. Il devait m'établir blanchisseuse et travailler de son état de chapelier. Nous aurions été très heureux… *Les Rougon-Macquart*, II. Éd. Henri Mitterand. Paris, Gallimard, « Bibliothèque de la Pléiade », 1961, p. 389. Il n'est pas encore question d'inventer pour Gervaise un troisième fils, Jacques. Voir ci-dessus, p. 234, note 2.

2   Né en 1831, Jean quitte Plassans à l'âge de 19 ans, six mois après la mort de sa mère. Sur ce personnage, voir ci-dessus, la note 3, p. 232.

– Mais, mon oncle, dit Silvère, vous êtes encore d'un âge à travailler.

Macquart, toussant, se courbant, hocha lugubrement la tête, comme pour dire[b] qu'il ne résisterait pas longtemps à la moindre fatigue. Au moment où son neveu allait se retirer, il lui emprunta dix francs. Il vécut un mois, en portant un à un chez un fripier les vieux effets de ses enfants et en vendant également peu à peu tous les menus objets du ménage. Bientôt il n'eut plus qu'une table, une chaise, son lit et les vêtements qu'il portait. Il finit même par troquer la couchette de noyer contre un simple lit de sangle. Quand il fut à bout de ressources, pleurant de rage, avec la pâleur farouche d'un homme qui se résigne au suicide, il alla chercher le paquet d'osier oublié dans un coin depuis un quart de siècle. En le prenant, il parut soulever une montagne. Et il se remit à tresser des corbeilles et des paniers, accusant le genre humain de son abandon. Ce fut alors surtout qu'il parla de partager avec les riches. Il se montra[c] terrible. Il incendiait [181] de ses discours l'estaminet, où ses regards furibonds lui assuraient un crédit illimité. D'ailleurs, il ne travaillait que lorsqu'il n'avait pu[a] soutirer une pièce de cent sous à Silvère ou à un camarade. Il ne fut plus « monsieur » Macquart, cet ouvrier rasé et endimanché tous les jours, qui jouait au bourgeois ; il redevint le grand diable malpropre qui avait spéculé jadis sur ses haillons. Maintenant qu'il se trouvait presque à chaque marché pour vendre ses corbeilles, Félicité n'osait plus aller à la halle. Il lui fit une fois une scène atroce. Sa haine pour les Rougon croissait avec sa misère. Il jurait, en proférant[b] d'effroyables menaces, de se faire justice lui-même, puisque les riches s'entendaient pour le forcer au travail.

Dans ces dispositions d'esprit, il accueillit le coup d'État avec la joie chaude et bruyante d'un chien qui flaire la curée[1].[c] Les quelques libéraux honorables de la ville n'ayant pu s'entendre et se tenant à l'écart, il se trouva naturellement un des agents les plus en vue de l'insurrection. Les ouvriers, malgré l'opinion déplorable qu'ils avaient fini par avoir de ce paresseux, devaient le prendre à l'occasion comme un drapeau de ralliement. Mais les premiers jours, la ville restant paisible, Macquart crut ses plans déjoués. Ce fut seulement à la nouvelle du soulèvement des campagnes, qu'il se remit à espérer[2]. Pour rien au monde, il n'aurait

---

1   Cette image revient souvent dans l'œuvre de Zola, journalistique et romanesque, pour désigner la ruée sans scrupules vers les places et la fortune qui caractérisait le régime impérial selon lui. Voir aussi ci-dessus p. 20.

2   Voir ci-dessus, p. 221, note 1.

quitté Plassans ; aussi inventa-t-il un prétexte pour ne pas suivre les ouvriers qui allèrent, le dimanche matin, rejoindre la bande insurrectionnelle de la Palud et de Saint-Martin-de-Vaulx[1]. Le soir du même jour, il était avec quelques fidèles dans un estaminet borgne du vieux quartier, lorsqu'un camarade accourut les prévenir que les insurgés se trouvaient à quelques kilomètres de Plassans. Cette nouvelle venait d'être apportée par une estafette qui avait réussi à pénétrer dans la ville, et qui était chargée d'en faire ouvrir les portes à la colonne[2]. Il y eut une explosion de triomphe. Macquart surtout [182] parut délirer d'enthousiasme. L'arrivée imprévue des insurgés lui sembla une attention délicate de la Providence à son égard. Et ses mains tremblaient à la pensée qu'il tiendrait bientôt les Rougon à la gorge.

Cependant Antoine et ses amis sortirent en hâte du café.[a] Tous les républicains qui n'avaient pas encore quitté la ville se trouvèrent bientôt réunis sur le cours Sauvaire. C'était cette bande que Rougon avait aperçue en courant se cacher chez sa mère. Lorsque la bande fut arrivée à la hauteur de la rue de la Banne, Macquart, qui s'était mis à la queue, fit rester en arrière quatre de ses compagnons, grands gaillards de peu de cervelle qu'il dominait de tous ses bavardages de café. Il leur persuada aisément qu'il fallait arrêter sur-le-champ les ennemis de la République, si l'on voulait éviter les plus grands malheurs. La vérité était qu'il craignait de voir Pierre lui échapper, au milieu du trouble que l'entrée des insurgés allait causer. Les quatre grands gaillards le suivirent avec une docilité exemplaire et vinrent heurter violemment à la porte des Rougon. Dans cette circonstance critique, Félicité fut admirable de courage. Elle descendit ouvrir[b] la porte de la rue.

— Nous voulons monter chez toi, lui dit brutalement Macquart.

— C'est bien, messieurs, montez, répondit-elle avec une politesse ironique, en feignant de ne pas reconnaître son beau-frère.

---

1   Voir ci-dessus le plan de la marche des insurgés, p. 100.

2   Selon Gina Gourdin-Servenière, il s'agit plutôt de l'arrivée à Lorgues d'une estafette qui réclama des vivres pour la troupe de Camille Duteil. Voir GGS, p. 499, note 206. Il en est question dans un incident qui eut lieu à Lorgues selon Ténot : « Quelques minutes après, parut sur le cours un jeune homme à cheval, en costume de spahis. Il fendit la foule qui le regardait avec curiosité. M. Courdouan, maire de Lorgues, M. d'Agnel-Bourbon, conseiller général du canton et M. Courdouan juge de paix, s'avancèrent au-devant de l'excentrique insurgé. Il déclara être l'aide de camp du général Camille Duteil, commandant l'armée démocratique du Var, et annonça qu'on eût à préparer des vivres pour sa troupe » (op. cit., éd. de 1865, p. 231 ; éd. de 1868, p. 212-213).

En haut, Macquart lui ordonna d'aller chercher son mari.

– Mon mari n'est pas ici, dit-elle de plus en plus calme, il est en voyage pour ses affaires ; il a pris la diligence de Marseille, ce soir à six heures.

Antoine, à cette déclaration faite d'une voix nette, eut un geste de rage. Il entra violemment dans le salon, passa[c] dans la chambre à coucher, bouleversa[d] le lit, regardant derrière [183] les rideaux et sous les meubles. Les quatre grands gaillards l'aidaient. Pendant un quart d'heure, ils fouillèrent l'appartement. Félicité s'était paisiblement assise sur le canapé du salon et s'occupait à renouer les cordons de ses jupes, comme une personne qui vient d'être surprise dans son sommeil, et qui n'a pas eu le temps de se vêtir convenablement.

– C'est pourtant vrai, il s'est sauvé, le lâche ! bégaya Macquart en revenant dans le salon.

Il continua pourtant de[a] regarder autour de lui d'un air soupçonneux. Il avait le pressentiment que Pierre ne pouvait avoir abandonné la partie au moment décisif. Il s'approcha de Félicité qui bâillait.

– Indique-nous l'endroit où ton mari est caché, lui dit-il, et je te promets qu'il ne lui sera fait aucun mal.

– Je vous ai dit la vérité, répondit-elle avec impatience. Je ne puis pourtant pas vous livrer mon mari, puisqu'il n'est pas ici. Vous avez regardé partout, n'est-ce pas ? Laissez-moi tranquille maintenant.[b]

Macquart, exaspéré par son sang-froid, allait certainement la battre, lorsqu'un bruit sourd monta de la rue. C'était la colonne des insurgés qui s'engageait dans la rue de la Banne.

Il dut quitter le salon jaune, après avoir montré le poing à sa belle-sœur, en la traitant de vieille gueuse et en la menaçant de revenir bientôt.[c] Au bas[d] de l'escalier, il prit à part un des hommes qui l'avait accompagné, un terrassier nommé Cassoute, le plus épais des quatre, et lui ordonna de s'asseoir sur la première marche et de n'en pas bouger jusqu'à nouvel ordre.

– Tu viendrais m'avertir, lui dit-il, si tu voyais rentrer la canaille d'en haut.

L'homme s'assit pesamment. Quand il fut sur le trottoir, Macquart, levant les yeux, aperçut Félicité accoudée à une [184] fenêtre du salon jaune et regardant curieusement le défilé des insurgés, comme s'il se fût agi d'un régiment traversant la ville, musique en tête. Cette dernière preuve de tranquillité parfaite l'irrita au point qu'il fut tenté de remonter pour jeter la vieille femme dans la rue. Il suivit la colonne en murmurant d'une voix sourde :

– Oui, oui, regarde-nous passer. Nous verrons si demain tu te mettras à ton balcon.

Il était près de onze heures du soir, lorsque les insurgés entrèrent dans la ville par la porte de Rome[1]. Ce furent les ouvriers restés à Plassans qui leur ouvrirent cette porte à deux battants, malgré les lamentations du gardien, auquel on n'arracha les clefs que par la force. Cet homme, très jaloux de ses fonctions, demeura anéanti devant ce flot de foule, lui qui ne laissait entrer qu'une personne à la fois, après l'avoir longuement regardée au visage ; il murmurait[a] qu'il était déshonoré. À la tête de la colonne, marchaient toujours les hommes de Plassans, guidant les autres ; Miette, au premier rang, ayant Silvère à sa gauche, levait le drapeau avec plus de crânerie, depuis qu'elle sentait, derrière les persiennes closes, des regards effarés de bourgeois réveillés en sursaut. Les insurgés suivirent avec une prudente lenteur les rues de Rome et de la Banne[2] ; à chaque carrefour, ils craignaient d'être accueillis à coups de fusil, bien qu'ils connussent le tempérament calme des habitants. Mais la ville semblait morte ; à peine entendait-on aux fenêtres des exclamations étouffées. Cinq ou six persiennes seulement s'ouvrirent ; quelque vieux rentier se montrait, en chemise, une bougie à la main, se penchant pour mieux voir ; puis, dès que le bonhomme distinguait la grande fille rouge qui paraissait traîner derrière elle cette[b] foule de démons noirs, il refermait précipitamment sa fenêtre, terrifié par cette apparition diabolique. Le[c] silence de la ville endormie tranquillisa les insurgés, qui osèrent s'engager dans les ruelles du vieux [185] quartier, et qui arrivèrent

---

1 Dans le chapitre VI de son ouvrage, consacré aux départements du Midi, Marseille et le Var, Ténot raconte l'arrivée des insurgés à Lorgues, la réaction des autorités légitimistes, la scène de la mairie, le départ de « l'armée démocratique » avec des otages (*op. cit.*, p. 230-236). Zola emprunte certains éléments de son récit à cette source. Voici le début de l'évocation de cette ville ultra conservatrice par Ténot : « Cette dernière ville était, peut-être, la moins démocratique de la Provence. C'est une localité de cinq à six mille âmes, riche et bien située. Elle renfermait, dès cette époque, maison de jésuites, maison de capucins, couvents de religieuses, confréries de pénitents de toutes couleurs et nombreux clergé. Les débris de l'ancienne noblesse y étaient aussi assez nombreux, riches et influents. Lorgues, en 1851, était un échantillon fort bien conservé de la petite ville Provençale de 1817. Il va sans dire que nulle tentative d'insurrection ne s'était produite dans un pareil milieu. [..] Les insurgés commençaient à paraître, débouchant par le chemin du Plan » (p. 230).

2 Voir ci-dessus, p. 137 sur les rues de Rome et de la Banne.

ainsi sur la place du Marché et sur la place de l'Hôtel-de-Ville, qu'une rue courte et large relie entre elles. Les deux places, plantées d'arbres maigres, se trouvaient vivement éclairées par la lune. Le bâtiment de l'hôtel de ville, fraîchement restauré, faisait, au bord du ciel clair, une grande tache[a] d'une blancheur crue sur laquelle le balcon du premier étage détachait en minces lignes noires ses arabesques de fer forgé. On distinguait nettement[b] plusieurs personnes debout sur ce balcon, le maire, le commandant Sicardot, trois ou quatre conseillers municipaux, et d'autres fonctionnaires. En bas, les portes étaient fermées. Les trois mille républicains, qui emplissaient les deux places, s'arrêtèrent, levant la tête, prêts à enfoncer les portes d'une poussée.

L'arrivée de la colonne insurrectionnelle, à pareille heure, surprenait l'autorité à l'improviste. Avant de se rendre à la mairie, le commandant Sicardot avait pris le temps d'aller endosser son uniforme. Il fallut ensuite courir éveiller le maire. Quand le gardien de la porte de Rome, laissé libre par les insurgés, vint annoncer que les scélérats étaient dans la ville, le commandant n'avait encore réuni à grand-peine qu'une vingtaine de gardes nationaux. Les gendarmes, dont la caserne était cependant voisine, ne purent même[c] être prévenus[1]. On dut fermer les portes à la hâte pour délibérer. Cinq minutes plus tard, un roulement sourd et continu annonçait l'approche de la colonne.

M. Garçonnet, par haine de la République, aurait vivement souhaité de se défendre. Mais c'était un homme prudent qui comprit l'inutilité de la lutte, en ne voyant autour de lui que quelques hommes pâles et à peine éveillés. La délibération ne fut pas longue. Seul Sicardot s'entêta ; il voulait se battre, il prétendait que vingt hommes suffiraient pour mettre ces trois mille canailles à la raison. M. Garçonnet haussa les épaules et déclara que l'unique parti à prendre était de [186] capituler d'une façon honorable. Comme les brouhahas de la foule croissaient, il

---

1   Reflet de la situation à Lorgues, dont Ténot décrit avec ironie le manque de résistance et les prétentions du maire : « Ce langage était fier et excellent, si le maire de Lorgues eût pu compter sur sa garde nationale pour le soutenir. M. Maquan ne tarit pas sur l'héroïsme des *volontaires Lorguiens*. Il faut, cependant, avouer qu'il ne brilla pas en cette circonstance. Sur une population, comptant plus de mille hommes valides, deux cents, à peine, restaient encore à la mairie. Une demi-heure après, ils étaient réduits à trente. Le conseiller général et le juge de paix, qui jugeaient mieux la situation, coururent au-devant des insurgés et demandèrent à parlementer avec Duteil » (*op. cit.*, p. 231-232, éd. de 1865 ; p. 213, éd. de 1868).

se rendit sur le balcon, où toutes les personnes présentes le suivirent. Peu à peu le silence se fit. En bas, dans la masse noire et frissonnante des insurgés, les fusils et les faux luisaient au clair de lune.

— Qui êtes-vous et que voulez-vous ? cria le maire d'une voix forte.

Alors, un homme en paletot, un propriétaire de la Palud, s'avança.

— Ouvrez la porte, dit-il sans répondre aux questions de M. Garçonnet. Évitez une lutte fratricide.

— Je vous somme de vous retirer, reprit le maire. Je proteste au nom de la loi.

Ces paroles soulevèrent dans la foule des clameurs assourdissantes. Quand le tumulte fut un peu calmé, des interpellations véhémentes montèrent jusqu'au balcon. Des voix crièrent :

— C'est au nom de la loi que nous sommes venus.

— Votre devoir, comme fonctionnaire, est de faire respecter la loi fondamentale du pays, la Constitution, qui vient d'être outrageusement violée.

— Vive la Constitution ! vive la République !

Et comme M. Garçonnet essayait de se faire entendre et continuait à invoquer sa qualité de fonctionnaire, le propriétaire de la Palud, qui était resté au bas du balcon, l'interrompit avec une grande énergie.

— Vous n'êtes plus, dit-il, que le fonctionnaire d'un fonctionnaire déchu ; nous venons vous casser de vos fonctions[1].

Jusque-là, le commandant Sicardot avait terriblement mordu ses moustaches, en mâchant de sourdes injures. La vue des bâtons et des faux l'exaspérait ; il faisait des efforts inouïs pour ne pas traiter comme ils le méritaient ces soldats de quatre sous qui n'avaient pas même chacun un fusil. Mais [187] quand il entendit un monsieur en simple paletot[a] parler de casser un maire ceint de son écharpe, il ne put se taire davantage, il cria :

— Tas de gueux ! si j'avais seulement quatre hommes et un caporal, je descendrais vous tirer les oreilles pour vous rappeler au respect !

---

1 L'épisode de l'arrestation de Garçonnet, maire de Plassans, s'inspire d'un incident comparable raconté par Ténot : l'arrestation du sous-préfet de Forcalquier (Basses-Alpes). Quand les insurgés s'approchent, le vendredi, le sous-préfet se trouve seul avec un certain M. Paulmier, fait barricader la porte de la sous-préfecture, se revêt de son uniforme et se place au balcon pour leur faire face. Les insurgés s'avancent avec ordre, mais, dans la confrontation, menacent le sous-préfet, en criant « Vous n'êtes que le magistrat d'un magistrat déchu ». Il leur tient tête mais il est forcé de descendre ; il est blessé dans la mêlée. Voir Ténot, *op. cit.*, éd. de 1865, p. 269-271 ; éd. de 1868, p. 248-251.

Il n'en fallait pas tant pour occasionner les plus graves accidents. Un long cri courut dans la foule, qui se rua contre les portes de la mairie. M. Garçonnet, consterné, se hâta de quitter le balcon, en suppliant Sicardot d'être raisonnable, s'il ne voulait pas les faire massacrer. En deux minutes, les portes cédèrent, le peuple envahit la mairie et désarma les gardes nationaux. Le maire et les autres fonctionnaires présents furent arrêtés. Sicardot, qui voulut refuser son épée, dut être protégé par le chef du contingent des Tulettes, homme d'un grand sang-froid, contre l'exaspération de certains insurgés. Quand l'hôtel de ville fut au pouvoir des républicains, ils conduisirent les prisonniers dans un petit café de la place du Marché, où ils furent gardés à vue[1].

L'armée insurrectionnelle aurait évité de traverser Plassans, si les chefs n'avaient jugé qu'un peu de nourriture et quelques heures de repos étaient[b] pour leurs hommes d'une absolue nécessité. Au lieu de se porter directement sur le chef-lieu, la colonne, par une inexpérience et une faiblesse inexcusables du général improvisé qui la commandait, accomplissait alors une conversion à gauche, une sorte de large détour qui devait la mener à sa perte[2]. Elle se dirigeait[c] vers les plateaux de Sainte-Roure, éloignés encore d'une dizaine de lieues, et c'était la perspective de cette longue marche qui l'avait décidée[d] à pénétrer dans la ville, malgré l'heure avancée. Il pouvait être alors onze heures et demie.

1　Ténot raconte que, vers quatre heures le 7 décembre, une nouvelle bande de quatre à cinq cents hommes, le contingent des Arcs, défila au chant de la *Marseillaise* à Lorgues. En apprenant qu'on n'avait pas désarmé les gardes nationaux, ils se précipitèrent vers la mairie, enfoncèrent la porte, désarmèrent les gardes et prirent des prisonniers. « Aucun des Lorguiens ne fut cependant maltraité. Les insurgés les conduisirent dans un café voisin où ils attendirent le départ, [..]. » Parmi les prisonniers se trouvèrent le maire de Lorgues, son frère, le juge de paix, des propriétaires ou conseillers municipaux, un instituteur, et Maquan, rédacteur de l'*Union du Var*. « La plupart de ces messieurs étaient d'ardents légitimistes » (*ibid.*, éd. de 1865, p. 234-235 ; éd. de 1868, p. 215-216).

2　Zola reprend indirectement la critique sévère que fait Ténot des décisions stratégiques du chef des insurgés, Camille Duteil. Après le soulèvement de l'arrondissement de Brignoles, « un chef intelligent qui aurait réuni les quatre ou cinq mille hommes armés qui s'étaient levés, eût pu, en descendant sur Aubagne, par les gorges de Saint-Zacharie, menacer Marseille et retenir, dans les Bouches-dû-Rhône, les troupes qui furent détachées contre les départements voisins » (*ibid.*, p. 219). Mais il prit la décision de marcher sur Salernes, en passant par Lorgues pour donner du repos et des vivres à ses hommes. Comme l'ajoute Ténot sur l'arrivée des insurgés à Aups (Sainte-Roure dans le roman) après la longue marche : « Leur arrivée ne contribua guère à relever le moral des insurgés. Il était évident qu'ils reculaient devant les troupes envoyées contre eux » (*ibid.*, p. 242 ; éd. de 1865).

Lorsque M. Garçonnet sut que la bande réclamait des vivres, il s'offrit pour lui en procurer. Ce fonctionnaire montra, en cette circonstance difficile, une intelligence très nette [188] de la situation. Ces trois mille affamés devaient être satisfaits ; il ne fallait pas que Plassans, à son réveil,[a] les trouvât encore assis sur les trottoirs de ses rues ; s'ils partaient avant le jour, ils auraient simplement passé au milieu de la ville endormie comme un mauvais rêve, comme un de ces cauchemars que l'aube dissipe. Bien qu'il restât prisonnier, M. Garçonnet, suivi par deux gardiens, alla frapper aux portes des boulangers et fit distribuer aux insurgés toutes les provisions qu'il put découvrir[1].

Vers une heure, les trois mille hommes, accroupis à terre, tenant leurs armes entre leurs jambes, mangeaient. La place du Marché et celle de l'Hôtel-de-Ville étaient transformées en de vastes réfectoires. Malgré le froid vif, il y avait des traînées de gaieté dans cette foule grouillante, dont les clartés vives[b] de la lune dessinaient vivement les moindres groupes. Les pauvres affamés dévoraient joyeusement leur part, en soufflant dans leurs doigts ; et, du fond des rues voisines, où l'on distinguait de vagues formes noires assises sur le seuil blanc des maisons, venaient aussi des rires brusques qui coulaient de l'ombre et se perdaient dans la grande cohue. Aux fenêtres, les curieuses enhardies, des bonnes femmes coiffées de foulards, regardaient manger ces terribles insurgés, ces buveurs de sang allant à tour de rôle boire à la pompe du marché, dans le creux de leur main[2].

Pendant que l'hôtel de ville était envahi, la gendarmerie, située à deux pas, dans la rue Canquoin, qui donne sur la halle, tombait également au pouvoir du peuple. Les gendarmes furent surpris[c] dans leur

---

1   *Cf.* l'épisode comparable à Lorgues dans le récit de Ténot : « La petite armée se massa sur le Cours et fit halte. M. Courdouan, le juge de paix, et M. d'Agnel-Bourbon présidèrent à une grande distribution de pain, de vin et de fromage » (*ibid.*, p. 233, éd. de 1865 ; p. 215, éd. de 1868).

2   Le récit de l'occupation de Plassans par les insurgés ne correspond pas exactement aux particularités du chapitre IV du plan détaillé (plan E) : « À Lorgues : le contingent des Arcs en arrivant désarme les gardes nationaux (les gendarmes) la colonne de Detheil [*sic*] était massée sur la place de la mairie (143). La porte fut enfoncée et les prisonniers conduits dans un café. Éclairage de la ville, au gaz ou à l'huile. – Les prisonniers de Lorgues furent réunis à ceux du Luc et de la Garde Freynet – Tout cela se passait dans la journée du dimanche – Nuit du dimanche au lundi, du 7 au 8. [..] La lutte avec les gendarmes. Le receveur particulier peut être forcé de remettre l'argent de sa caisse. "Vous n'êtes plus que le magistrat d'un magistrat déchu" (75). Conversation égale (76) » (ms. 10303, f° 16).

lit et désarmés en quelques minutes. Les poussées de la foule avaient entraîné Miette et Silvère de ce côté. L'enfant, qui serrait toujours la hampe du drapeau contre sa poitrine, fut collée contre le mur de la caserne, tandis que le jeune homme, emporté par le flot humain, pénétrait à l'intérieur et aidait ses compagnons à arracher aux gendarmes les[d] carabines qu'ils avaient saisies [189] à la hâte. Silvère, devenu farouche, grisé par l'élan de la bande, s'attaqua à un grand diable de gendarme nommé Rengade[1],[a] avec lequel il lutta quelques instants. Il parvint d'un mouvement brusque à lui enlever sa carabine. Le canon de l'arme alla frapper violemment Rengade[b] au visage et lui creva l'œil droit. Le sang coula, des éclaboussures jaillirent sur les mains de Silvère, qui fut subitement dégrisé. Il regarda ses mains, il lâcha la carabine; puis il sortit en courant, la tête perdue, secouant les doigts[2].

— Tu es blessé! cria Miette.

— Non, non, répondit-il d'une voix étouffée, c'est un gendarme que je viens de tuer.

— Est-ce qu'il est mort?

— Je ne sais pas, il avait du sang plein la figure. Viens vite.

Il entraîna la jeune fille. Arrivé à la halle, il la fit asseoir sur un banc de pierre. Il lui dit de l'attendre là. Il regardait toujours ses mains, il balbutiait. Miette finit par comprendre, à ses paroles entrecoupées, qu'il voulait aller embrasser sa grand-mère avant de partir.

— Eh bien! va, dit-elle. Ne t'inquiète pas de moi. Lave tes mains.

Il s'éloigna rapidement, tenant ses doigts écartés, sans songer à les tremper dans les fontaines auprès desquelles il passait. Depuis qu'il avait senti sur sa peau la tiédeur du sang de Rengade,[c] une seule idée le poussait, courir auprès de tante Dide et se laver les mains dans l'auge du puits, au fond de la petite cour. Là seulement, il croyait pouvoir effacer ce sang. Toute son enfance paisible et tendre s'éveillait, il éprouvait un besoin irrésistible de se réfugier dans les jupes[d] de sa grand-mère, ne fût-ce que pendant une minute. Il arriva haletant. Tante Dide n'était pas couchée, ce qui aurait surpris Silvère en tout autre moment. Mais il ne vit pas même, en entrant, son oncle Rougon, assis

---

1   Dans le manuscrit du roman et dans le feuilleton du *Siècle*, ce personnage s'appelle Delmas.

2   Pour la source de cet incident et de ses suites dans le roman, voir ci-dessous dans le dossier documentaire (p. 511) l'extrait du texte d'Hippolyte Maquan, *Insurrection de décembre 1851 dans le Var. Trois jours au pouvoir des insurgés. Pensées d'un prisonnier* (Draguignan, 1853).

dans un [190] coin, sur le vieux coffre. Il n'attendit pas les questions de la pauvre vieille.

— Grand-mère, dit-il rapidement, il faut me pardonner… Je vais partir avec les autres… Vous voyez, j'ai du sang… Je crois que j'ai tué un gendarme.

— Tu as tué un gendarme ! répéta tante Dide d'une voix étrange.

Des clartés aiguës s'allumaient dans ses yeux fixés sur les taches rouges.[a] Brusquement, elle se tourna vers le manteau de la cheminée.

— Tu as pris le fusil, dit-elle ; où est le fusil ?

Silvère, qui avait laissé la carabine auprès de Miette, lui jura que l'arme était en sûreté. Pour la première fois, Adélaïde fit allusion au contrebandier Macquart devant son petit-fils.

— Tu rapporteras le fusil ? Tu me le promets ! dit-elle avec une singulière énergie… C'est tout ce qui me reste de lui… Tu as tué un gendarme ; lui, ce sont les gendarmes qui l'ont tué.

Elle continuait à regarder Silvère fixement, d'un air de cruelle satisfaction, sans paraître songer à le retenir.[b] Elle ne lui demandait aucune explication, elle ne pleurait point, comme ces bonnes grand-mères qui voient leurs petits-enfants à l'agonie pour la moindre égratignure. Tout son être se tendait vers une même pensée, qu'elle finit par formuler avec une curiosité ardente.

— Est-ce que c'est avec le fusil que tu as tué le gendarme ? demanda-t-elle.

Sans doute Silvère entendit mal ou ne comprit pas.

— Oui, répondit-il… Je vais me laver les mains.

Ce ne fut qu'en revenant du puits[c] qu'il aperçut son oncle. Pierre avait entendu en pâlissant les paroles du jeune homme. Vraiment, Félicité avait raison, sa famille prenait plaisir à le compromettre. Voilà maintenant qu'un de ses neveux [191] tuait les gendarmes ! Jamais il n'aurait la place de receveur, s'il n'empêchait ce fou furieux de rejoindre les insurgés. Il se mit devant la porte, décidé à ne pas le laisser sortir.

— Écoutez, dit-il à Silvère, très surpris de le trouver là, je suis le chef de la famille, je vous défends de quitter cette maison. Il y va de votre honneur et du nôtre. Demain, je tâcherai de vous faire gagner la frontière.

Silvère haussa les épaules.

— Laissez-moi passer, répondit-il tranquillement. Je ne suis pas un mouchard ; je ne ferai pas connaître votre cachette, soyez tranquille.

Et comme Rougon continuait de[a] parler de la dignité de la famille et de l'autorité que lui donnait sa qualité d'aîné :

— Est-ce que je suis de votre famille ! continua le jeune homme. Vous m'avez toujours renié… Aujourd'hui, la peur vous a poussé ici, parce que vous sentez bien que le jour de la justice est venu.[b] Voyons, place ! je ne me cache pas, moi ; j'ai un devoir à accomplir.

Rougon ne bougeait pas. Alors tante Dide, qui écoutait les paroles véhémentes de Silvère avec une sorte de ravissement, posa sa main sèche sur le bras de son fils.

— Ôte-toi, Pierre, dit-elle, il faut que l'enfant sorte.

Le jeune homme poussa légèrement son oncle et s'élança dehors. Rougon, en refermant la porte avec soin, dit à sa mère d'une voix pleine de colère et de menaces :

— S'il lui arrive malheur, ce sera de votre faute… Vous êtes une vieille folle, vous ne savez pas ce que vous venez de faire.

Mais Adélaïde ne parut pas l'entendre ; elle alla jeter un sarment dans le feu qui s'éteignait, en murmurant avec un vague sourire :

— Je connais ça… Il restait des mois entiers dehors ; puis il me revenait mieux portant. [192]

Elle parlait sans doute de Macquart.

Cependant Silvère regagna la halle en courant. Comme il approchait[a] de l'endroit où il avait laissé Miette, il entendit un bruit violent de voix et vit un rassemblement qui lui firent hâter le pas. Une scène cruelle venait de se passer. Des curieux circulaient dans la foule des insurgés, depuis que ces derniers s'étaient tranquillement mis à manger.[b] Parmi ces curieux se trouvait Justin, le fils du méger Rébufat,[c] un garçon d'une vingtaine d'années, créature chétive et louche qui nourrissait contre sa cousine Miette une haine implacable[1]. Au logis, il lui reprochait le pain qu'elle mangeait, il la traitait comme une misérable ramassée par charité au coin d'une borne. Il est à croire que l'enfant avait refusé d'être sa maîtresse. Grêle, blafard, les membres trop longs, le visage de travers, il se vengeait sur elle de sa propre laideur et des mépris que la belle et puissante fille avait dû lui témoigner. Son rêve caressé était de

---

1   Rappelons que Marie-Miette, orpheline de mère au berceau et dont le père avait été envoyé au bagne quand elle n'avait guère neuf ans, a été recueillie par sa tante, Eulalie Rébufat. Quand celle-ci meurt deux ans plus tard, Miette est laissée à la merci de Rébufat, qui la maltraite, et de Justin, son fils, qui la méprise.

la faire jeter à la porte par son père. Aussi l'espionnait-il sans relâche. Depuis quelque temps, il avait surpris ses rendez-vous avec Silvère ; il n'attendait[d] qu'une occasion décisive pour tout rapporter à Rébufat. Ce soir-là, l'ayant vue s'échapper de la maison vers huit heures, la haine l'emporta,[e] il ne put se taire davantage. Rébufat, au récit qu'il lui fit, entra dans une colère terrible et dit qu'il chasserait cette coureuse à coups de pied, si elle avait l'audace de revenir. Justin se coucha, savourant à l'avance la belle scène qui aurait lieu le lendemain. Puis il éprouva un âpre désir de prendre immédiatement un avant-goût de sa vengeance. Il se rhabilla et sortit. Peut-être rencontrerait-il Miette. Il se promettait d'être très insolent. Ce fut ainsi qu'il assista à l'entrée des insurgés et qu'il les suivit jusqu'à l'hôtel de ville, avec le vague pressentiment qu'il allait retrouver les amoureux de ce côté.[f] Il finit, en effet, par apercevoir sa cousine sur le banc où elle attendait Silvère. En la voyant vêtue de sa [193] grande pelisse[a] et ayant à côté d'elle le drapeau rouge, appuyé contre un pilier de la halle, il se mit à ricaner, à la plaisanter grossièrement. La jeune fille, saisie à sa vue, ne trouva pas une parole. Elle sanglotait sous les injures. Et tandis qu'elle était toute secouée par les sanglots, la tête basse, se cachant la face, Justin l'appelait fille de forçat et lui criait que le père Rébufat[b] lui ferait danser une fameuse danse si jamais elle s'avisait de rentrer au Jas-Meiffren. Pendant un quart d'heure, il la tint ainsi frissonnante et meurtrie. Des gens avaient fait cercle, riant bêtement de cette scène douloureuse. Quelques insurgés intervinrent[c] enfin et menacèrent le jeune homme de lui administrer une correction exemplaire, s'il ne laissait pas Miette tranquille. Mais Justin, tout en reculant, déclara qu'il ne les craignait pas.[d] Ce fut à ce moment que parut Silvère. Le jeune Rébufat, en l'apercevant, fit un saut brusque, comme pour prendre la fuite ; il le redoutait, le sachant beaucoup plus vigoureux que lui. Il ne put cependant résister à la cuisante volupté d'insulter une dernière fois la jeune fille devant son amoureux.

– Ah ! je savais bien, cria-t-il, que le charron ne devait pas être loin ! C'est pour suivre ce toqué, n'est-ce pas, que tu nous as quittés ? La malheureuse ! elle n'a pas seize ans ! À quand le baptême ?

Il fit encore quelques pas en arrière, en voyant Silvère serrer les poings.

– Et surtout, continua-t-il avec un ricanement ignoble, ne viens pas faire tes couches chez nous. Tu n'aurais pas besoin de sage-femme. Mon père te délivrerait à coups de pied, entends-tu ?

Il se sauva, hurlant, le visage meurtri. Silvère, d'un bond, s'était jeté sur lui et lui avait porté en pleine figure un terrible coup de poing. Il ne le poursuivit pas. Quand il revint auprès de Miette, il la trouva debout, essuyant fiévreusement ses larmes avec la paume de sa main. Comme il la regardait [194] doucement, pour la consoler, elle eut un geste de brusque énergie.

– Non, dit-elle, je ne pleure plus, tu vois... J'aime mieux ça. Maintenant, je n'ai plus de remords d'être partie. Je suis libre.

Elle reprit le drapeau, et ce fut elle qui ramena Silvère au milieu des insurgés. Il était alors près de deux heures du matin. Le froid devenait tellement vif, que les républicains s'étaient levés, achevant leur pain debout et cherchant à se réchauffer en marquant le pas gymnastique sur place. Les chefs donnèrent enfin l'ordre du départ[1]. La colonne se reforma.[a] Les prisonniers furent placés au milieu ; outre M. Garçonnet et le commandant Sicardot, les insurgés avaient arrêté et emmenaient M. Peirotte, le receveur, et plusieurs autres fonctionnaires.

À ce moment, on vit circuler Aristide parmi les groupes. Le cher garçon, devant ce soulèvement formidable, avait pensé qu'il était imprudent de ne pas rester l'ami des républicains[b] ; mais comme, d'un autre côté, il ne voulait pas trop se compromettre avec eux, il était venu leur faire ses adieux, le bras en écharpe, en se plaignant amèrement de cette maudite blessure qui l'empêchait de tenir une arme. Il rencontra dans la foule son frère Pascal, muni d'une trousse et d'une petite caisse de secours. Le médecin lui annonça, de sa voix tranquille,[c] qu'il allait suivre les insurgés. Aristide le traita tout bas de grand innocent. Il finit par s'esquiver, craignant qu'on ne lui confiât la garde de la ville, poste qu'il jugeait singulièrement périlleux.

Les insurgés[d] ne pouvaient songer à conserver Plassans en leur pouvoir. La ville était animée d'un esprit trop réactionnaire, pour qu'ils cherchassent même à y établir une commission démocratique, comme ils l'avaient déjà fait ailleurs[2].[e] Ils se seraient éloignés simplement, si Macquart, poussé et enhardi par ses haines, n'avait offert de tenir

---

1   Voici le récit par Ténot de l'épisode équivalent à Lorgues : « Le départ eut lieu à la tombée
     de la nuit. Les prisonniers de Lorgues furent réunis à ceux du Luc, de la Garde-Freynet.
     Quelques-uns étaient en voiture. M. de Commandairc, prétextant des rhumatismes, obtint
     d'aller ainsi et en profita pour s'évader pendant la nuit » (*op. cit.*, éd. de 1865, p. 236 ; éd.
     de 1868, p. 217).
2   Voir ci-dessus, sur le conservatisme de la ville, la page 178, note 1.

Plassans en [195] respect, à la condition qu'on laissât sous ses ordres une vingtaine d'hommes[a] déterminés. On lui donna les vingt hommes, à la tête desquels il alla triomphalement occuper la mairie. Pendant ce temps, la colonne descendait le cours Sauvaire et sortait par la Grand-Porte, laissant derrière elle, silencieuses et désertes, ces rues qu'elle avait traversées comme un coup de tempête. Au loin s'étendaient les routes toutes blanches de lune. Miette avait refusé le bras de Silvère ; elle marchait bravement, ferme et droite, tenant le drapeau rouge à deux mains, sans se plaindre de l'onglée qui lui bleuissait les doigts. [196]

V

Au loin s'étendaient les routes toutes blanches de lune. La bande insurrectionnelle, dans la campagne froide et claire, reprit sa marche héroïque. C'était comme un large courant d'enthousiasme. Le souffle d'épopée qui emportait Miette et Silvère, ces grands enfants avides d'amour et de liberté, traversait avec une générosité sainte les honteuses comédies des Macquart et des Rougon.[a] La voix haute du peuple, par intervalles, grondait, entre les bavardages du salon jaune et les diatribes de l'oncle Antoine. Et la farce vulgaire, la farce ignoble, tournait au grand drame de l'histoire.[b]

Au sortir de Plassans, les insurgés avaient pris la route d'Orchères. Ils devaient arriver à cette ville vers dix heures du matin[1]. La route remonte le cours de la Viorne, en suivant à mi-côte les détours des collines aux pieds desquelles coule le torrent. À gauche, la plaine s'élargit, immense tapis vert, piqué de loin en loin par les taches grises des villages. À droite, la chaîne des Garrigues dresse ses pics désolés, ses champs de pierres, ses blocs couleur de rouille, comme roussis par le soleil. Le grand chemin, formant chaussée du [197] côté de la rivière, passe au milieu de rocs énormes, entre lesquels se montrent, à chaque pas, des bouts de la vallée. Rien n'est plus sauvage, plus étrangement grandiose, que cette route taillée dans le flanc même des collines.[a] La nuit surtout, ces lieux ont une horreur sacrée. Sous la lumière pâle, les insurgés s'avançaient comme dans une avenue de ville détruite, ayant aux deux bords des débris de temples ; la lune faisait de chaque rocher un fût de colonne tronqué, un chapiteau écroulé, une muraille trouée de mystérieux portiques. En haut, la masse des Garrigues dormait, à peine blanchie d'une teinte laiteuse,

---

1   « Duteil aurait voulu camper à Lorgues, mais les chefs s'y opposèrent, craignant une attaque de nuit de la garnison de Draguignan. Il fut décidé que, malgré la distance et la fatigue des hommes, on pousserait jusqu'à Salernes. Le départ eut lieu à la tombée de la nuit » (Ténot, éd. de 1865, p. 236 ; éd. de 1868, p. 217). Voir ci-dessous le plan de la marche des insurgés, p. 100.

pareille à une immense cité cyclopéenne dont les tours, les obélisques, les maisons aux terrasses hautes, auraient caché une moitié du ciel ; et, dans les fonds, du côté de la plaine, se creusait, s'élargissait un océan de clartés diffuses, une étendue vague, sans bornes, où flottaient des nappes de brouillard lumineux. La bande insurrectionnelle aurait[b] pu croire qu'elle suivait une chaussée gigantesque, un chemin de ronde construit au bord d'une mer phosphorescente et tournant autour d'une Babel inconnue.

Cette nuit-là, la Viorne, au bas des rochers de la route, grondait d'une voix rauque. Dans ce roulement continu du torrent, les insurgés distinguaient des lamentations aigres de tocsin. Les villages épars dans la plaine, de l'autre côté de la rivière, se soulevaient, sonnant l'alarme, allumant des feux. Jusqu'au matin, la colonne en marche, qu'un glas funèbre semblait suivre dans la nuit d'un tintement obstiné,[c] vit ainsi l'insurrection courir le long de la vallée comme une traînée de poudre.[d] Les feux tachaient l'ombre de points sanglants ; des chants lointains venaient, par souffles affaiblis ; toute la vague étendue, noyée sous les buées blanchâtres de la lune, s'agitait confusément, avec de brusques frissons de colère. Pendant des lieues, le spectacle resta le même.[198]

Ces hommes, qui marchaient dans l'aveuglement de la fièvre que les événements de Paris avaient mise au cœur des républicains, s'exaltaient au spectacle de cette longue bande de terre toute[a] secouée de révolte. Grisés par l'enthousiasme du soulèvement général qu'ils rêvaient, ils croyaient que la France les suivait, ils s'imaginaient voir, au-delà de la Viorne, dans[b] la vaste mer de clartés diffuses, des files d'hommes interminables qui couraient, comme eux,[c] à la défense de la République[1]. Et leur esprit rude, avec cette naïveté et cette illusion des foules, concevait une victoire facile et certaine. Ils auraient saisi et fusillé comme traître quiconque leur aurait dit, à cette heure, que seuls ils avaient le courage du devoir, tandis que le reste du pays, écrasé de terreur, se laissait lâchement garrotter[2].

---

1   « À dix heures du matin, elle [l'armée de l'insurrection] fit son entrée à Digne. Le spectacle était vraiment extraordinaire. Cette multitude persuadée que la France entière se levait comme elle, rayonnait d'enthousiasme. Elle s'était pliée aux allures militaires avec cette facilité si remarquable dans la race française » (*ibid.*, p. 278-279).

2   Rappelons que, suite au coup d'État, la plupart des grandes villes provinciales, contrôlées par les militaires, ne se soulevèrent pas. Par contre, des révoltes éclatèrent dans les petites villes, les bourgs et les campagnes d'une vingtaine de départements situés pour la plupart

Ils puisaient encore[d] un continuel entraînement de courage dans
l'accueil que leur faisaient les quelques bourgs bâtis sur le penchant
des Garrigues, au bord de la route. Dès l'approche de la petite armée,
les habitants se levaient en masse ; les femmes accouraient en leur souhaitant une prompte victoire ; les hommes, à demi vêtus, se joignaient
à eux, après avoir pris la première arme qui leur tombait sous la main.
C'était, à chaque village, une nouvelle ovation, des cris de bienvenue,
des adieux longuement répétés.[e]

Vers le matin, la lune disparut derrière les Garrigues ; les insurgés
continuèrent leur marche rapide dans le noir épais d'une nuit d'hiver ;
ils ne distinguaient plus ni la vallée, ni les coteaux ; ils entendaient
seulement les plaintes sèches des cloches, battant au fond des ténèbres,
comme des tambours invisibles, cachés ils ne savaient où, et dont les
appels désespérés les fouettaient sans relâche.

Cependant Miette et Silvère allaient[f] dans l'emportement de la bande.
Vers le matin, la jeune fille était brisée de fatigue. Elle ne marchait plus
qu'à petits pas pressés, ne pouvant[g] suivre les grandes enjambées des
gaillards qui l'entouraient. [199] Mais elle mettait tout son courage à
ne pas se plaindre ; il lui eût trop coûté d'avouer qu'elle n'avait pas la
force d'un garçon. Dès les premières lieues, Silvère lui avait donné le
bras ; puis, voyant que le drapeau glissait peu à peu de ses mains roidies,
il avait voulu le prendre, pour la soulager ; et[a] elle s'était fâchée, elle
lui avait seulement permis de soutenir le drapeau d'une main, tandis
qu'elle continuerait à le porter sur son épaule. Elle garda ainsi son attitude héroïque avec une opiniâtreté d'enfant, souriant au jeune homme
chaque fois qu'il lui jetait un regard de tendresse inquiète. Mais quand
la lune se cacha, elle s'abandonna dans le noir. Silvère la sentait devenir
plus lourde à son bras. Il dut porter le drapeau et la prendre à la taille,
pour l'empêcher de trébucher. Elle ne se plaignait toujours pas.

– Tu es bien lasse, ma pauvre Miette ? lui demanda son compagnon.

– Oui, un peu lasse, répondit-elle d'une voix oppressée.

– Veux-tu que nous nous reposions ?

Elle ne dit rien ; seulement il comprit qu'elle chancelait.[b] Alors il
confia le drapeau à un des insurgés et sortit des rangs, en emportant[c]

---

dans le Centre et le Midi. Ces soulèvements étaient pourtant isolés les uns des autres et
furent rapidement écrasés. En fait, ces insurrections servirent la cause du président, qui
pouvait se présenter dès le 8 décembre comme le sauveur de la société.

presque l'enfant dans ses bras. Elle se débattit un peu, elle était confuse d'être si petite fille. Mais il la calma, il lui dit qu'il connaissait un chemin de traverse qui abrégeait la route de moitié. Ils pouvaient se reposer une bonne heure et arriver à Orchères en même temps que la bande.

Il était alors environ six heures. Un léger brouillard devait monter de la Viorne. La nuit semblait s'épaissir encore. Les jeunes gens grimpèrent à tâtons le long de la pente des Garrigues, jusqu'à un rocher, sur lequel ils s'assirent. Autour d'eux se creusait un abîme de ténèbres. Ils étaient comme perdus sur la pointe d'un récif, au-dessus du vide. Et dans ce vide, quand le roulement sourd de la petite armée se fut [200] perdu, ils n'entendirent plus que deux cloches, l'une vibrante, sonnant sans doute à leurs pieds, dans quelque village bâti au bord[a] de la route, l'autre éloignée, étouffée, répondant aux plaintes fébriles de la première par de lointains sanglots. On eût dit que ces cloches se racontaient, dans le néant, la fin sinistre d'un monde.

Miette et Silvère, échauffés par leur course rapide, ne sentirent pas d'abord le froid. Ils gardèrent le silence, écoutant avec une tristesse indicible ces bruits de tocsin dont frissonnait la nuit. Ils ne se voyaient même pas. Miette eut peur ; elle chercha la main de Silvère et la garda dans la sienne. Après l'élan fiévreux qui, pendant des heures, venait de les emporter hors d'eux-mêmes, la pensée perdue, cet arrêt brusque, cette solitude dans laquelle ils se retrouvaient côte à côte, les laissaient brisés et étonnés, comme éveillés en sursaut d'un rêve tumultueux. Il leur semblait qu'un flot les avait jetés sur le bord de la route et que la mer s'était ensuite retirée. Une réaction invincible les plongeait dans une stupeur inconsciente ; ils oubliaient leur enthousiasme ; ils ne songeaient plus à cette bande d'hommes qu'ils devaient rejoindre ; ils étaient tout au charme triste de se sentir seuls, au milieu de l'ombre farouche, la main dans la main.

— Tu ne m'en veux pas ?, demanda enfin la jeune fille. Je marcherais bien toute la[b] nuit avec toi ; mais ils couraient trop fort, je ne pouvais plus souffler.

— Pourquoi t'en voudrais-je ? dit le jeune homme.

— Je ne sais pas. J'ai peur que tu ne m'aimes plus. J'aurais voulu faire de grands pas, comme toi, aller toujours sans m'arrêter. Tu vas croire que je suis une enfant.

Silvère eut dans l'ombre un sourire que Miette devina. Elle continua d'une voix décidée :

– Il ne faut pas toujours me traiter comme une[c] sœur ; je veux être ta femme.

Et, d'elle-même, elle attira Silvère contre sa poitrine.[201]

Elle le tint serré entre ses bras, en murmurant :

– Nous allons avoir froid, réchauffons-nous comme cela.

Il y eut un silence. Jusqu'à cette heure trouble, les jeunes gens s'étaient aimés d'une tendresse fraternelle. Dans leur ignorance, ils continuaient à prendre pour une[a] amitié vive l'attrait qui les poussait à se serrer sans cesse entre les bras, et à se garder dans leurs étreintes, plus longtemps que ne se gardent les frères et les sœurs. Mais, au fond de ces amours naïves, grondaient, plus hautement, chaque jour, les tempêtes du sang ardent de Miette et de Silvère. Avec[b] l'âge, avec la science, une passion chaude, d'une fougue méridionale, devait naître de cette idylle.[c] Toute fille qui se pend au cou d'un garçon est femme déjà, femme incons-ciente, qu'une caresse peut éveiller. Quand les amoureux[d] s'embrassent sur les joues, c'est qu'ils tâtonnent et cherchent les lèvres. Un baiser fait des amants. Ce fut par cette noire et froide nuit de décembre, aux lamentations aigres du tocsin, que Miette et Silvère échangèrent un de ces baisers qui appellent à la bouche tout le sang du cœur[1].

Ils restaient muets, étroitement serrés l'un contre l'autre. Miette avait dit : « Réchauffons-nous comme cela », et ils attendaient innocemment d'avoir chaud. Des tiédeurs leur vinrent bientôt à travers leurs vêtements ; ils sentirent peu à peu leur étreinte les brûler,[e] ils entendirent leurs poi-trines se soulever d'un même souffle. Une langueur les envahit, qui les plongea dans une somnolence fiévreuse. Ils avaient chaud maintenant ; des lueurs passaient devant leurs paupières closes, des bruits confus montaient à leur cerveau. Cet état de bien-être douloureux, qui dura[f] quelques minutes, leur parut sans fin. Et alors ce fut dans une sorte de rêve, que leurs lèvres se rencontrèrent. Leur baiser fut long, avide. Il leur sembla que jamais ils [202] ne s'étaient embrassés. Ils souffraient,

1 Dans les plans détaillés de l'ancien chapitre VI, malgré sa complexité et son importance, Zola se contente de quelques indications rapides sur cet épisode romanesque : (plan C) « Amours de Silvère et de Miette. Récit rétrospectif de la liaison de ce garçon de dix-sept ans avec cette jeune fille de quinze ans [*sic*]. Idylle jetée dans le sombre drame de l'insurrection. Puis l'amour de Miette conduit Silvère à l'amour de la liberté » (ms. 10303, f° 44) ; (plan E) « Amours de Silvère et de Miette » (f° 18).

ils se séparèrent. Puis, quand le froid de la nuit eut glacé leur fièvre, ils demeurèrent à quelque distance l'un de l'autre, dans une grande confusion.

Les deux cloches causaient toujours sinistrement entre elles, dans l'abîme noir qui se creusait autour des jeunes gens. Miette, frissonnante, effrayée, n'osa pas se rapprocher de Silvère. Elle ne savait même plus s'il était là, elle ne l'entendait plus faire un[a] mouvement. Tous deux étaient pleins de la sensation âcre de leur baiser ; des effusions leur montaient aux lèvres, ils auraient voulu se remercier, s'embrasser encore ; mais ils étaient si honteux de leur bonheur cuisant, qu'ils eussent mieux aimé ne jamais le goûter une seconde fois, que d'en parler tout haut. Longtemps encore, si leur marche rapide n'avait fouetté leur sang,[b] si la nuit épaisse ne s'était faite complice, ils se seraient embrassés sur les joues, comme de bons camarades. La pudeur venait à Miette. Après l'ardent baiser de Silvère, dans ces heureuses ténèbres où son cœur s'ouvrait, elle se rappela[c] les grossièretés de Justin. Quelques heures auparavant, elle avait écouté sans rougir ce garçon, qui la traitait de fille perdue ; il demandait à quand le baptême, il lui criait que son père la délivrerait à coups de pied, si jamais elle s'avisait de rentrer au Jas-Meiffren, et elle avait pleuré sans comprendre, elle avait pleuré[d] parce qu'elle devinait que tout cela devait être ignoble. Maintenant qu'elle devenait femme, elle se disait, avec ses innocences dernières, que le baiser, dont elle sentait encore la brûlure en elle, suffisait peut-être[e] pour l'emplir de cette honte dont son cousin l'accusait. Alors elle fut prise de douleur, elle sanglota.

– Qu'as-tu ? pourquoi pleures-tu ? demanda Silvère d'une voix inquiète.

– Non, laisse, balbutia-t-elle, je ne sais pas. [203]

Puis, comme malgré elle, au milieu de ses larmes :

– Ah ! je suis une malheureuse. J'avais dix ans, on me jetait des pierres. Aujourd'hui, on me traite comme la dernière des créatures. Justin a eu raison de me mépriser devant le monde. Nous venons de faire le mal, Silvère.

Le jeune homme, consterné, la reprit entre ses bras, essayant de la consoler.

– Je t'aime ! murmurait-il. Je suis ton frère. Pourquoi dis-tu que nous venons de faire le mal ? Nous nous sommes embrassés parce que nous avions froid. Tu sais bien que nous nous embrassions tous les soirs en nous séparant.

— Oh ! pas comme tout à l'heure, dit-elle d'une voix très basse. Il ne faut plus faire cela, vois-tu ; ça doit être défendu, car je me suis sentie toute singulière. Maintenant, les hommes vont rire, quand je passerai. Je n'oserai plus me défendre, ils seront dans leur droit.

Le jeune homme se taisait, ne trouvant pas une parole pour tranquilliser l'esprit effaré de cette grande enfant de treize[a] ans, toute frémissante et toute peureuse, à son premier baiser d'amour. Il la serrait doucement contre lui, il devinait qu'il la calmerait, s'il pouvait lui rendre le tiède engourdissement de leur étreinte. Mais elle se débattait, elle continuait :

— Si tu voulais, nous nous en irions, nous quitterions le pays. Je ne puis plus rentrer à Plassans ; mon oncle me battrait, toute la ville me montrerait au doigt…

Puis, comme prise d'une irritation brusque :[b]

— Non, je suis maudite, je te défends de quitter tante Dide pour me suivre. Il faut m'abandonner sur une grande route.

— Miette, Miette, implora Silvère, ne dis pas cela !

— Si, je te débarrasserai de moi.[c] Sois raisonnable. On m'a chassée comme une vaurienne. Si je revenais avec toi, tu te battrais tous les jours. Je ne veux pas. [204]

Le jeune homme lui donna un nouveau baiser sur la bouche, en murmurant :

— Tu seras ma femme, personne n'osera plus te nuire.

— Oh ! je t'en supplie, dit-elle avec un faible cri, ne m'embrasse pas comme cela. Ça me fait mal.

Puis, au bout d'un silence :

— Tu sais bien que je ne puis être ta femme. Nous sommes trop jeunes. Il me faudrait attendre, et je mourrais de honte. Tu as tort de te révolter, tu seras bien forcé de me laisser dans quelque coin.

Alors Silvère, à bout de force, se mit à pleurer. Les sanglots d'un homme ont des sécheresses navrantes. Miette, effrayée de sentir le pauvre garçon[a] secoué dans ses bras, le baisa au visage, oubliant qu'elle brûlait ses lèvres. C'était sa faute. Elle était une niaise de n'avoir pu supporter la douceur cuisante d'une caresse. Elle ne savait pas pourquoi elle avait songé à des choses tristes, juste au moment où son amoureux l'embrassait comme il ne l'avait jamais fait encore. Et elle le pressait contre sa poitrine pour lui demander pardon de l'avoir chagriné. Les enfants, pleurant, se serrant de[b] leurs bras inquiets, mettaient un désespoir de plus dans l'obscure nuit de décembre. Au loin, les cloches continuaient à se plaindre sans relâche, d'une voix plus haletante.

— Il vaut mieux mourir, répétait Silvère au milieu de ses sanglots, il vaut mieux mourir...

— Ne pleure plus, pardonne-moi, balbutiait Miette. Je serai forte, je ferai ce que tu voudras.

Quand le jeune homme eut essuyé ses larmes :

— Tu as raison, dit-il, nous ne pouvons retourner à Plassans. Mais l'heure n'est pas venue d'être lâche. Si nous sortons vainqueurs de la lutte, j'irai chercher tante Dide, nous l'emmènerons bien loin avec nous. Si nous sommes vaincus... [205]

Il s'arrêta.

— Si nous sommes vaincus ?... répéta Miette doucement.

— Alors, à la grâce de Dieu ! continua Silvère d'une voix plus basse. Je ne serai plus là sans doute, tu consoleras la pauvre vieille. Ça vaudrait mieux.

— Oui, tu le disais tout à l'heure, murmura[a] la jeune fille, il vaut mieux mourir.

À ce désir de mort, ils eurent une étreinte plus étroite. Miette comptait bien mourir avec Silvère ; celui-ci n'avait parlé que de lui, mais elle sentait qu'il l'emporterait avec joie dans la terre. Ils s'y aimeraient plus librement qu'au grand soleil. Tante Dide mourrait, elle aussi, et viendrait les rejoindre. Ce fut comme un pressentiment rapide, un souhait d'une étrange volupté que le ciel, par les voix désolées du tocsin, leur promettait de bientôt[b] satisfaire. Mourir ! mourir ! les cloches répétaient ce mot avec un emportement croissant, et les amoureux se laissaient aller à ces appels de l'ombre ; ils croyaient prendre un avant-goût du dernier sommeil, dans cette somnolence où les replongeaient la tiédeur de leurs membres et les brûlures de leurs lèvres, qui venaient encore de se rencontrer.

Miette ne se défendait plus. C'était elle, maintenant, qui collait sa bouche sur celle de Silvère,[c] qui cherchait avec une muette ardeur cette joie dont elle n'avait pu d'abord supporter l'amère cuisson. Le rêve d'une mort prochaine l'avait enfiévrée ; elle ne se sentait plus rougir, elle s'attachait à son amant, elle semblait vouloir épuiser, avant de se coucher dans la terre, ces voluptés nouvelles, dans lesquelles elle venait à peine de tremper les lèvres, et dont elle s'irritait[d] de ne pas pénétrer sur-le-champ tout le poignant inconnu. Au-delà du baiser, elle devinait autre chose qui l'épouvantait et l'attirait, dans le vertige de ses sens éveillés. Et elle s'abandonnait ; elle eût supplié Silvère de déchirer [206] le voile, avec l'impudique naïveté des vierges. Lui, fou de la caresse qu'elle lui donnait, empli d'un bonheur parfait, sans force, sans autres désirs, ne paraissait pas même croire à des voluptés plus grandes.

Quand Miette n'eut plus d'haleine, et qu'elle sentit faiblir le plaisir âcre de la première étreinte :

— Je ne veux pas mourir sans que tu m'aimes, murmura-t-elle ; je veux que tu m'aimes encore davantage…

Les mots lui manquaient, non[a] qu'elle eût conscience de la honte, mais parce qu'elle ignorait ce qu'elle désirait. Elle était simplement secouée par une sourde révolte intérieure et par un besoin d'infini dans la joie. Elle eût, dans son innocence,[b] frappé du pied comme un enfant auquel on refuse un jouet.

— Je t'aime, je t'aime, répétait Silvère défaillant.[c]

Miette hochait la tête, elle semblait dire que ce n'était pas vrai, que le jeune homme lui cachait quelque chose. Sa nature puissante et libre avait le secret instinct des fécondités de la vie. C'est ainsi qu'elle refusait la mort,[d] si elle devait mourir ignorante. Et, cette rébellion de son sang et de ses nerfs, elle l'avouait[e] naïvement, par ses mains brûlantes et égarées, par ses balbutiements, par ses supplications.

Puis, se calmant, elle posa la tête sur l'épaule du jeune homme, elle garda le silence. Silvère se baissait et l'embrassait longuement. Elle goûtait ces baisers avec lenteur, en cherchait[f] le sens, la saveur secrète. Elle les interrogeait, les écoutait courir dans ses veines, leur demandait[g] s'ils étaient tout l'amour, toute la passion. Une langueur la prit, elle s'endormit doucement, sans cesser de goûter dans son sommeil les caresses de Silvère. Celui-ci l'avait enveloppée dans la grande pelisse rouge, dont il avait également ramené un pan sur lui. Ils ne sentaient plus le froid. Quand Silvère, à la respiration régulière de Miette, eut compris qu'elle [207] sommeillait, il fut heureux de ce repos qui allait leur permettre de continuer gaillardement leur chemin. Il se promit de la laisser dormir une[a] heure. Le ciel était toujours noir ; à peine, au levant, une ligne blanchâtre indiquait-elle l'approche du jour. Il devait y avoir, derrière les amants, un bois de pins, dont le jeune homme entendait le réveil musical, aux souffles de l'aube. Et les lamentations des cloches devenaient plus vibrantes dans l'air frissonnant, berçant le sommeil de Miette, comme elles avaient accompagné ses fièvres d'amoureuse.

Les jeunes gens, jusqu'à cette nuit de trouble, avaient vécu une de ces naïves idylles qui naissent[b] au milieu de la classe ouvrière, parmi ces déshérités, ces simples d'esprit, chez lesquels on retrouve encore parfois[c] les amours primitives des anciens contes grecs[1].

Miette avait à peine neuf[d] ans, lorsque son père fut envoyé au bagne, pour avoir tué un gendarme d'un coup de feu[2]. Le procès de Chantegreil était resté célèbre dans le pays. Le braconnier avoua hautement le meurtre ; mais il jura que le gendarme le tenait lui-même au bout de son fusil. « Je n'ai fait que le prévenir, dit-il ; je me suis défendu ; c'est un duel et non un assassinat. » Il ne sortit pas de ce raisonnement. Jamais le président des assises ne parvint à lui faire entendre que, si un gendarme a le droit de tirer sur un braconnier, un braconnier n'a pas celui de tirer sur un gendarme. Chantegreil échappa à la guillotine, grâce à son attitude convaincue et à ses bons antécédents. Cet homme pleura comme un enfant, lorsqu'on lui amena sa fille, avant son départ pour Toulon. La petite, qui avait perdu sa mère au berceau, demeurait avec son grand-père à Chavanoz, un village des gorges de la Seille. Quand le braconnier ne fut plus là, le vieux et la fillette vécurent d'aumônes. Les habitants de Chavanoz, tous chasseurs, vinrent en aide aux pauvres créatures que le forçat laissait derrière [208] lui. Cependant le vieux mourut de chagrin. Miette, restée seule, aurait mendié sur les routes, si les voisines ne s'étaient souvenues qu'elle avait une tante à Plassans. Une âme charitable voulut bien la conduire chez cette tante, qui l'accueillit assez mal.

Eulalie Chantegreil, mariée au méger Rébufat, était une grande diablesse noire et volontaire qui gouvernait au logis. Elle menait son mari par le bout du nez, disait-on dans le faubourg. La vérité était que Rébufat, avare, âpre à la besogne et au gain, avait une sorte de respect pour cette grande diablesse, d'une vigueur peu commune, d'une sobriété et d'une économie rares.

---

1   Sur cet aspect du roman, voir ci-dessus notre introduction, p. 38, 81.

2   La première idée de Zola était de faire de Miette la « fille d'un condamné politique contumace » (ms. 10303, f° 39 ; plan C). Dans le deuxième plan détaillé, elle est présentée comme « la fille d'un chasseur qui a tué un gendarme et qui est aux galères (Histoire du paysan de Gardanne) » (ms. 10303, f° 5 ; plan E).

Grâce à elle, le ménage prospérait. Le méger grogna le soir où, en rentrant du travail, il trouva Miette installée. Mais sa femme lui ferma la bouche, en lui disant de sa voix rude :

– Bah ! la petite est bien constituée ; elle nous servira de servante ; nous la nourrirons et nous économiserons les gages.

Ce calcul sourit à Rébufat. Il alla jusqu'à tâter les bras de l'enfant, qu'il déclara avec satisfaction très forte pour son âge. Miette avait alors neuf[a] ans. Dès le lendemain, il l'utilisa. Le travail des paysannes, dans le Midi, est beaucoup plus doux que dans le Nord. On y voit rarement les[b] femmes occupées à bêcher la terre, à porter les fardeaux, à faire des besognes d'hommes. Elles lient les gerbes, cueillent les olives et les feuilles de mûrier ; leur occupation la plus pénible est d'arracher les mauvaises herbes. Miette travailla gaiement. La vie en plein air était sa joie et sa santé. Tant que sa tante vécut, elle n'eut que des rires. La brave femme, malgré ses brusqueries, l'aimait comme son enfant ; elle lui défendait de faire les gros travaux[c] dont son mari tentait parfois de la charger, et elle criait à ce dernier :

– Ah ! tu es un habile homme ! Tu ne comprends donc [209] pas, imbécile, que si tu la fatigues trop aujourd'hui, elle ne pourra rien faire demain !

Cet argument était décisif. Rébufat baissait la tête et portait lui-même le fardeau qu'il voulait mettre sur les épaules de la jeune fille.

Celle-ci eût vécu parfaitement heureuse, sous la protection secrète de sa tante Eulalie, sans les taquineries de son cousin, alors âgé de seize ans, qui occupait ses paresses à la détester et à la persécuter sourdement. Les meilleures heures de Justin étaient celles où il parvenait à la faire gronder par quelque rapport gros de mensonges. Quand il pouvait lui marcher sur les pieds ou la pousser avec brutalité, en feignant de ne pas l'avoir aperçue, il riait, il goûtait cette volupté sournoise des gens qui jouissent béatement du mal des autres. Miette le regardait alors, avec ses grands yeux noirs d'enfant, d'un regard luisant de colère et de fierté muette, qui arrêtait[a] les ricanements du lâche galopin. Au fond, il avait une peur atroce de sa cousine.

La jeune fille allait atteindre sa onzième[b] année, lorsque sa tante Eulalie mourut brusquement. Dès ce jour, tout changea au logis. Rébufat se laissa peu à peu aller à traiter Miette en valet de ferme. Il l'accabla de besognes grossières, se servit d'elle comme d'une bête de somme. Elle ne se plaignit même pas, elle croyait avoir une dette de reconnaissance à payer. Le soir, brisée de fatigue, elle pleurait sa tante, cette terrible femme dont elle sentait maintenant toute la bonté cachée. D'ailleurs, le travail même dur ne lui déplaisait pas ; elle aimait la force, elle avait l'orgueil de ses gros bras et de ses solides épaules. Ce qui la navrait, c'était la surveillance méfiante de son oncle, ses continuels reproches, son attitude de maître irrité. À cette heure, elle était une étrangère dans la maison. Même une étrangère n'aurait pas été aussi maltraitée[c] qu'elle. Rébufat abusait sans scrupule de cette petite parente pauvre qu'il gardait [210] auprès de lui par une charité bien entendue. Elle payait dix fois de son travail cette[a] dure hospitalité, et il ne se passait pas de journée qu'il ne lui reprochât le pain qu'elle mangeait. Justin, surtout,[b] excellait à la blesser. Depuis que sa mère n'était plus là, voyant l'enfant sans défense, il mettait tout son mauvais esprit à lui rendre le logis[c] insupportable. La plus ingénieuse torture qu'il inventa fut de parler[d] à Miette de son père. La pauvre fille, ayant vécu hors du monde, sous la protection de sa tante, qui avait défendu qu'on prononçât[e] devant elle les mots de bagne et de forçat, ne comprenait guère le sens de ces mots. Ce fut Justin qui le lui apprit, en lui racontant à sa manière le meurtre du gendarme et la condamnation de Chantegreil. Il ne tarissait pas en détails odieux : les forçats avaient un boulet au pied, ils travaillaient quinze heures par jour, ils mouraient tous à la peine ; le bagne était un lieu sinistre dont il décrivait minutieusement toutes les horreurs. Miette l'écoutait, hébétée, les yeux en larmes. Parfois des violences brusques la soulevaient, et Justin se hâtait de faire un saut en arrière, devant ses poings crispés. Il savourait en gourmand cette cruelle initiation. Quand son père, pour la moindre négligence, s'emportait contre l'enfant, il se mettait de la partie, heureux de pouvoir l'insulter sans danger. Et si elle essayait de se défendre :

— Va, disait-il,[f] bon sang ne peut mentir : tu finiras au bagne, comme ton père.

Miette sanglotait, frappée au cœur, écrasée de honte, sans force.

À cette époque, Miette devenait femme déjà. D'une puberté précoce, elle résista au martyre avec une énergie[g] extraordinaire. Elle s'abandonnait rarement, seulement aux heures où ses fiertés natives mollissaient sous les outrages de son cousin. Bientôt elle supporta d'un œil sec les blessures incessantes de cet être lâche, qui la surveillait en parlant, [211] de peur qu'elle ne lui sautât au visage. Puis, elle savait le faire taire, en le regardant fixement.[a] Elle eut à plusieurs reprises l'envie de se sauver du Jas-Meiffren. Mais elle[b] n'en fit rien, par courage, pour ne pas s'avouer vaincue sous les persécutions qu'elle endurait. En somme, elle gagnait son pain, elle ne volait pas l'hospitalité des Rébufat ; cette certitude suffisait à son orgueil. Elle resta ainsi pour lutter, se roidissant, vivant dans une continuelle pensée de résistance. Sa ligne de conduite[c] fut de faire sa besogne en silence et de se venger des mauvaises paroles par un mépris muet. Elle savait que son oncle abusait trop d'elle pour écouter aisément les insinuations de Justin, qui rêvait de la faire jeter à la porte. Aussi, mettait-elle[d] une sorte de défi à ne pas s'en aller d'elle-même.

Ses longs silences volontaires furent pleins d'étranges rêveries. Passant ses journées dans l'enclos, séparée du monde, elle grandit en révoltée, elle se fit des opinions qui auraient singulièrement effarouché les bonnes gens du faubourg. La destinée de son père l'occupa surtout. Toutes les mauvaises paroles de Justin lui revinrent ; elle finit par accepter l'accusation d'assassinat,[e] par se dire que son père avait bien fait de tuer le gendarme qui voulait le tuer. Elle connaissait l'histoire vraie de la bouche d'un[f] terrassier qui avait travaillé au Jas-Meiffren. À partir de ce moment, elle ne tourna même plus la tête, les rares fois qu'elle sortait, lorsque les vauriens du faubourg la suivaient en criant :

— Eh ! la Chantegreil !

Elle pressait le pas, les lèvres serrées, les yeux d'un noir farouche. Quand elle refermait la grille, en rentrant, elle jetait un seul et long[g] regard sur la bande des galopins. Elle serait devenue mauvaise, elle aurait glissé à la sauvagerie cruelle des parias, si parfois toute son enfance ne lui était revenue au cœur. Ses onze[h] ans la jetaient à des faiblesses de petite fille qui la soulageaient. Alors elle pleurait, elle [212] était honteuse d'elle et de son père. Elle courait se cacher au fond d'une écurie pour sangloter à l'aise, comprenant que, si l'on voyait ses larmes, on la martyriserait davantage. Et quand elle avait bien pleuré, elle allait baigner ses yeux dans la cuisine,[a] elle reprenait son visage muet. Ce n'était pas son intérêt seul qui la faisait se cacher ; elle poussait l'orgueil de ses forces précoces jusqu'à ne plus vouloir paraître une enfant. À la longue, tout devait s'aigrir en elle. Elle fut heureusement sauvée, en retrouvant les tendresses de sa nature aimante.

Le puits qui se trouvait dans la[b] cour de la maison habitée par tante Dide et Silvère était un puits mitoyen[1]. Le mur du Jas-Meiffren le coupait en deux. Anciennement, avant que l'enclos des Fouque fût réuni à la grande propriété voisine, les maraîchers se servaient journellement de ce puits. Mais depuis l'achat du terrain, comme il était éloigné des communs, les habitants du Jas, qui avaient à leur disposition de vastes réservoirs, n'y puisaient pas un seau d'eau dans un mois. De l'autre côté, au contraire, chaque matin, on entendait grincer la poulie ; c'était Silvère qui tirait pour tante Dide l'eau nécessaire au ménage.

Un jour, la poulie se fendit. Le jeune charron tailla[d] lui-même une belle et forte poulie de chêne qu'il posa le soir, après sa journée. Il lui fallut monter sur le mur. Quand il eut fini son travail, il resta à califourchon sur le chaperon du mur, se reposant, regardant curieusement la large étendue du Jas-Meiffren. Une paysanne qui arrachait les mauvaises herbes à quelques pas de lui finit par fixer son attention. On était en juillet, l'air brûlait, bien que le soleil fût déjà au bord de l'horizon. La paysanne avait retiré sa casaque. En corset blanc, un fichu de couleur noué sur les épaules, les manches de chemise retroussées jusqu'aux coudes, elle était accroupie dans les plis de sa jupe de cotonnade bleue, que retenaient deux bretelles croisées derrière [213] le dos[2].

---

1   Le puits mitoyen : « Puits situé sur la ligne commune de deux propriétés contiguës, et qui est à l'usage de l'une et de l'autre » (*Trésor de la langue française*). D'après Gina Gourdin Servenière (GGS, p. 501-502), le puits mitoyen était très rare. Elle cite, pourtant, l'article d'Armand Lunel (« Le puits mitoyen. Un souvenir d'enfance d'Émile Zola », *L'Arc*, n° 12, automne 1960, p. 85-89), qui a réussi à identifier, impasse Sylvacanne, la source du puits dans le roman de Zola. En fait, comme l'explique Henri Mitterand, Zola a connu deux puits mitoyens : celui de la traverse Sylvacanne à Aix-en-Provence et un autre à Gloton dans la cour d'une auberge où Zola et Cézanne séjournèrent à plusieurs reprises (*O.C.*, II, p. 285, note 32). Typiquement, Zola a su prêter à cet objet banal une signification fabuleuse.

2   Ces détails viennent directement d'une lettre envoyée par Marie Cézanne, qui fournit à Zola, par l'intermédiaire de son frère, Paul, des renseignements sur l'habit des paysannes. Cette lettre se trouve dans le dossier préparatoire de *La Conquête de Plassans*, ms. 10280, f° 53 (recto et verso) : « Aix, 5 avril 69. Mon cher Paul, Les paysannes lorsqu'elles travaillent aux champs ont une jupe généralement bleue, plus foncée lorsque l'étoffe est en coton et s'appelle alors cotonnade, plus pâle lorsque l'étoffe est en fil et s'appellent alors un cotillon fait sur la toile. Elles ont pour corsage une *casaque* qui est tout bonnement un corsage à fond, auquel on ajoute une basque droite à fond et d'égale longueur tout autour de la ceinture et s'appelle (la basque) *loupendis* ou le parasol. Lorsque la chaleur les oblige à ôter ce corsage alors seulement se voient les bretelles, elles sont faites avec des attaches de coton d'un peu plus d'un doigt de large. Elles sont cousues au jupon ; derrière elles partent toutes deux du même point, au milieu de la taille (comme ceci x) passent dessus les épaules et devant rester un peu écourtés de chaque côté de la taille et

Elle marchait sur les genoux, arrachant activement l'ivraie qu'elle jetait dans un couffin[1]. Le jeune homme ne voyait d'elle que ses bras nus, brûlés par le soleil, s'allongeant à droite, à gauche, pour saisir quelque herbe oubliée. Il suivait complaisamment ce jeu rapide des bras de la paysanne, goûtant un singulier plaisir à les voir si fermes et si prompts. Elle s'était légèrement redressée en ne l'entendant plus travailler, et avait baissé de nouveau la tête, avant qu'il eût pu même distinguer ses traits. Ce mouvement effarouché le retint. Il se questionnait sur cette femme, en garçon curieux, sifflant machinalement et battant la mesure avec un ciseau à froid qu'il tenait à la main, lorsque le ciseau lui échappa. L'outil tomba du côté du Jas-Meiffren, sur la margelle du puits, et alla rebondir à quelques pas de la muraille. Silvère le regarda, se penchant, hésitant à descendre. Mais il paraît que la paysanne examinait le jeune homme du coin de l'œil, car elle se leva sans mot dire, et vint ramasser le ciseau à froid qu'elle tendit à Silvère. Alors ce dernier vit que la paysanne était une enfant. Il resta surpris et un peu intimidé. Dans les clartés rouges du couchant, la jeune fille se haussait vers lui. Le mur, à cet endroit, était bas, mais la hauteur se trouvait encore trop grande. Silvère se coucha sur le chaperon, la petite paysanne se dressa sur la pointe des pieds. Ils ne disaient rien, ils se regardaient d'un air confus et souriant. Le jeune homme eût, d'ailleurs, voulu prolonger l'attitude de l'enfant. Elle levait vers lui une adorable tête, de grands yeux noirs, une bouche rouge, qui l'étonnaient et le remuaient singulièrement. Jamais il n'avait vu une fille de si près ; il ignorait qu'une bouche et des yeux pussent être si plaisants à regarder. Tout lui paraissait avoir un charme inconnu, le fichu de couleur, le corset blanc, la jupe de cotonnade bleue, que tiraient les bretelles, tendues par le mouvement des épaules. Son regard glissa le long du bras qui lui présentait l'outil ; jusqu'au [214] coude, le bras était d'un brun doré, comme vêtu de hâle ; mais plus loin, dans l'ombre de la manche de chemise retroussée, Silvère apercevait une

---

ne se rejoignent pas comme derrière. Lorsqu'elles ont ôté la casaque on voit alors leur corset qui est généralement bleu ou blanc, elles sont en bras de chemises, les manches relevées et repliées jusqu'au coude ; un fichu de couleur [f° 53 verso] autour du cou dont les bouts sont enfermés devant dans le corset. Pour coiffure un chapeau de feutre de laine noir à grands bords ; ceci est ancien on voit plutôt maintenant des chapeaux de paille… Ta sœur Marie. »

1   *Couffin* : « *Région.* (Provence et pourtour de la Méditerranée). Panier souple en vannerie légère, muni d'anses, utilisé pour l'ensemble des petits transports » (*Trésor de la langue française*).

rondeur nue, d'une blancheur de lait. Il se troubla, se pencha davantage, et put enfin saisir le ciseau. La petite paysanne commençait à être[a]
embarrassée. Puis ils restèrent là, à se sourire encore, l'enfant en bas, la
face toujours levée, le jeune garçon à demi couché sur le chaperon du
mur. Ils ne savaient comment se séparer. Ils n'avaient pas échangé une
parole. Silvère oubliait même de dire merci.

— Comment t'appelles-tu ? demanda-t-il.

— Marie, répondit la paysanne ; mais tout le monde m'appelle Miette.

Elle se haussa légèrement, et de sa voix nette :

— Et toi ? demanda-t-elle à son tour.

— Moi, je m'appelle Silvère, répondit le jeune ouvrier.

Il y eut un silence, pendant lequel ils parurent écouter complaisamment
la musique de leurs noms.

— Moi j'ai quinze[b] ans, reprit Silvère. Et toi ?

— Moi, dit Miette, j'aurai onze ans à la Toussaint.

Le jeune ouvrier fit un geste de surprise.

— Ah ! bien, dit-il en riant, moi qui t'avais prise pour une femme !...
Tu as de gros bras.

Elle se mit à rire, elle aussi, en baissant les yeux sur ses bras. Puis
ils ne se dirent plus rien. Ils demeurèrent encore un bon moment, à se
regarder et à sourire. Comme Silvère semblait n'avoir plus de questions
à lui adresser, Miette s'en alla tout simplement et se remit à arracher
les mauvaises herbes, sans lever la tête. Lui, resta un instant sur le mur.
Le soleil se couchait ; une nappe de rayons obliques coulait sur les terres
jaunes du Jas-Meiffren ; les terres flambaient, on eût dit un incendie
courant au ras du sol. Et, dans cette nappe flambante, Silvère regardait
la petite paysanne accroupie et dont les bras nus avaient repris leur [215]
jeu rapide ; la jupe de cotonnade bleue blanchissait, des lueurs couraient
le long des bras cuivrés. Il finit par éprouver une sorte de honte à rester
là. Il descendit du mur[1].

Le soir, Silvère, préoccupé de son aventure, essaya de questionner
tante Dide. Peut-être saurait-elle qui était cette Miette qui avait des
yeux si noirs et une bouche si rouge. Mais, depuis qu'elle habitait la
maison de l'impasse, tante Dide n'avait plus jeté un seul coup d'œil

---

1   C'est fort probablement cet épisode que Zola lut lors d'une « matinée musico-littéraire »
     organisée par Ivan Tourguéniev, le 22 avril 1876, pour des étudiants russes nécessiteux
     qui se trouvaient à Paris. Voir *Corr.* II, 447-448.

derrière le mur de la petite cour. C'était, pour elle, comme un rempart infranchissable, qui murait son passé. Elle ignorait, elle voulait ignorer ce qu'il y avait maintenant de l'autre côté de cette muraille, dans cet ancien enclos des Fouque, où elle avait enterré son amour, son cœur et sa chair. Aux premières questions de Silvère, elle le regarda avec un effroi d'enfant. Allait-il donc lui aussi remuer les cendres de ces jours éteints et la faire pleurer comme son fils Antoine ?

– Je ne sais, dit-elle d'une voix rapide, je ne sors plus, je ne vois personne...

Silvère attendit le lendemain avec quelque impatience. Dès qu'il fut arrivé chez son patron, il fit causer ses camarades d'atelier. Il ne raconta pas son entrevue avec Miette ; il parla vaguement d'une fille qu'il avait aperçue de loin, dans le Jas-Meiffren.

– Eh ! c'est la Chantegreil ! cria un des ouvriers.

Et, sans que Silvère eût besoin de les interroger, ses camarades lui racontèrent l'histoire du braconnier Chantegreil et de sa fille Miette, avec cette haine aveugle des foules contre les parias. Ils traitèrent surtout cette dernière d'une sale façon ; et toujours l'insulte de fille de galérien leur venait aux lèvres, comme une raison sans réplique qui condamnait la chère innocente à une éternelle honte.

Le charron Vian, un brave et digne homme, finit par leur imposer silence.

– Eh ! taisez-vous, mauvaises langues ! dit-il en lâchant [216] un brancard de carriole qu'il examinait. N'avez-vous pas honte de vous acharner après une enfant ? Je l'ai vue, moi, cette petite. Elle a un air très honnête. Puis on m'a dit qu'elle ne boudait pas devant le travail et qu'elle faisait déjà la besogne d'une femme de trente ans. Il y a ici des fainéants qui ne la valent pas. Je lui souhaite pour plus tard un bon mari qui fasse taire les méchants propos.

Silvère, que les plaisanteries et les injures grossières des ouvriers avaient glacé, sentit des larmes lui monter aux yeux, à cette dernière parole de Vian. D'ailleurs, il n'ouvrit pas les lèvres. Il reprit son marteau, qu'il avait posé auprès de lui, et se mit à taper de toutes ses forces sur le moyeu d'une roue qu'il ferrait.

Le soir, dès qu'il fut rentré de l'atelier, il courut grimper sur le mur. Il trouva Miette à sa besogne de la veille. Il l'appela. Elle vint à lui, avec son sourire embarrassé, son adorable sauvagerie d'enfant grandie dans les larmes.

– Tu es la Chantegreil, n'est-ce pas ? lui demanda-t-il brusquement.

Elle recula, elle cessa de sourire, et ses yeux devinrent d'un noir dur, luisant de défiance. Ce garçon allait donc l'insulter comme les autres ! Elle tournait le dos sans répondre, lorsque Silvère, consterné du subit changement de son visage, se hâta d'ajouter :

– Reste, je t'en prie... Je ne veux pas te faire de la peine... J'ai tant de choses à te dire !

Elle revint, méfiante encore. Silvère, dont le cœur était plein et qui s'était promis de le vider longuement, resta muet, ne sachant par où commencer, craignant de commettre quelque nouvelle maladresse. Tout son cœur se mit enfin dans une phrase :

– Veux-tu que je sois ton ami ? dit-il d'une voix émue.

Et comme Miette, toute surprise, levait vers lui ses yeux redevenus humides et souriants, il continua avec vivacité : [217]

– Je sais qu'on te fait du chagrin. Il faut que cela cesse. C'est moi qui te défendrai maintenant. Veux-tu ?

L'enfant rayonnait. Cette amitié qui s'offrait à elle la tirait de tous ses mauvais rêves de haines muettes. Elle hocha la tête, elle répondit :

– Non, je ne veux pas que tu te battes pour moi. Tu aurais trop à faire. Puis il est des gens contre lesquels tu ne peux[a] me défendre.

Silvère voulut crier qu'il la défendrait contre le monde entier, mais elle lui ferma la bouche, d'un[b] geste câlin, en ajoutant :

– Il me suffit que tu sois mon ami.

Alors ils causèrent quelques minutes, en baissant la voix le plus possible. Miette parla à Silvère de son oncle et de son cousin. Pour rien au monde, elle n'aurait voulu qu'ils le vissent ainsi à califourchon sur le chaperon du mur. Justin serait implacable s'il avait une arme contre elle. Elle disait ses craintes avec l'effroi d'une écolière qui rencontre une amie que sa mère lui a défendu de fréquenter. Silvère comprit seulement qu'il ne pourrait voir Miette à son aise. Cela l'attrista beaucoup. Il promit cependant de ne plus remonter sur le mur. Ils cherchaient tous deux un moyen pour se revoir, lorsque Miette le supplia de s'en aller ; elle venait d'apercevoir Justin qui traversait la propriété, en se dirigeant du côté du puits. Silvère se hâta de descendre. Quand il fut dans la petite cour, il resta au pied du mur, prêtant l'oreille, irrité de sa fuite. Au bout de quelques minutes, il se hasarda à grimper de nouveau et à jeter un coup d'œil dans le Jas-Meiffren ; mais il vit Justin qui causait avec Miette, il retira vite la tête. Le lendemain, il ne put voir son amie, pas même de loin ; elle devait avoir fini sa besogne dans cette partie du Jas. Huit jours se passèrent ainsi, sans que les deux camarades eussent l'occasion d'échanger une seule parole. Silvère [218] était désespéré ; il songeait à aller carrément demander Miette chez les Rébufat.

Le puits mitoyen était un grand puits très peu profond. De chaque côté du mur, les margelles s'arrondissaient en un[a] large demi-cercle. L'eau se trouvait à trois ou quatre mètres, au plus. Cette eau dormante reflétait les deux ouvertures du puits, deux demi-lunes que l'ombre de la muraille séparait d'une raie noire. En se penchant, on eût cru apercevoir, dans le jour vague, deux glaces d'une netteté et d'un éclat singuliers. Par les matinées de soleil, lorsque l'égouttement des cordes ne troublait pas la surface de l'eau, ces glaces, ces reflets du ciel se découpaient, blancs sur l'eau verte, en reproduisant avec une étrange exactitude les feuilles d'un pied de lierre qui avait poussé le long de la muraille, au-dessus du puits.

Un matin, de fort bonne heure, Silvère, en venant tirer la provision d'eau de tante Dide, se pencha machinalement, au moment où il saisissait la corde. Il eut un tressaillement, il resta courbé, immobile. Au fond du puits, il avait cru distinguer une tête de jeune fille qui le regardait en souriant ; mais il avait ébranlé la corde, l'eau agitée n'était plus qu'un miroir trouble sur lequel rien ne se reflétait nettement. Il attendit que l'eau se fût rendormie, n'osant bouger, le cœur battant à grands coups. Et à mesure que les rides de l'eau s'élargissaient et se mouraient, il vit l'apparition se reformer. Elle oscilla longtemps dans un balancement qui donnait à ses traits une grâce vague de fantôme. Elle se fixa, enfin. C'était le visage souriant de Miette, avec son buste, son fichu de couleur, son corset blanc, ses bretelles bleues. Silvère s'aperçut à son tour dans l'autre glace. Alors, sachant tous deux qu'ils se voyaient, ils firent des signes de tête. Dans le premier moment, ils ne songèrent même pas à parler. Puis ils se saluèrent.

– Bonjour, Silvère. [219]

– Bonjour, Miette.

Le son étrange de leurs voix les étonna[1]. Elles avaient pris une sourde et singulière douceur dans ce trou humide. Il leur semblait

---

1 Cet épisode touchant des amours de Miette et Silvère, digne de *Roméo et Juliette*, avec la nature complice, ne figure pas dans les plans du roman.

qu'elles venaient de très loin, avec ce chant léger des voix entendues le soir dans la campagne. Ils comprirent qu'il leur suffirait de parler bas pour s'entendre. Le puits résonnait au moindre souffle. Accoudés aux margelles, penchés et se regardant, ils causèrent. Miette dit combien elle avait eu du chagrin depuis huit jours. Elle travaillait à l'autre bout du Jas et ne pouvait s'échapper que le matin de bonne heure. En disant cela, elle faisait une moue de dépit que Silvère distinguait parfaitement, et à laquelle il répondait par un balancement de tête irrité. Ils se faisaient leurs confidences, comme s'ils se fussent trouvés face à face, avec les gestes et les expressions de physionomie que demandaient les paroles. Peu leur importait le mur qui les séparait, maintenant qu'ils se voyaient là-bas, dans ces profondeurs discrètes.

— Je savais, continua Miette avec une mine futée, que tu tirais de l'eau chaque jour à la même heure. J'entends, de la maison, grincer la poulie. Alors j'ai inventé un prétexte, j'ai prétendu que l'eau de ce puits cuisait mieux les légumes. Je me disais que je viendrais en puiser tous les matins en même temps que toi, et que je pourrais te dire bonjour, sans que personne s'en doutât.

Elle eut un rire d'innocente qui s'applaudit de sa ruse, et elle termina en disant :

— Mais je ne m'imaginais pas que nous nous verrions dans l'eau.

C'était là, en effet, la joie inespérée qui les ravissait. Ils ne parlaient guère que pour voir remuer leurs lèvres, tant ce jeu nouveau amusait l'enfance qui était encore en eux. Aussi se promirent-ils sur tous les tons de ne jamais manquer au rendez-vous matinal. Quand Miette eut déclaré qu'il [220] lui fallait s'en aller, elle dit à Silvère qu'il pouvait tirer son seau d'eau. Mais Silvère n'osait remuer la corde : Miette était restée penchée, il voyait toujours son visage souriant, et il lui en coûtait trop d'effacer[a] ce sourire. À un léger ébranlement qu'il donna au seau, l'eau frémit, le sourire de Miette pâlit. Il s'arrêta, pris d'une étrange crainte : il s'imaginait qu'il venait de la contrarier et qu'elle pleurait. Mais l'enfant lui cria : « Va donc ! va donc ! » avec un rire que l'écho lui renvoyait plus prolongé et plus sonore. Et elle fit elle-même descendre un seau bruyamment. Il y eut une tempête. Tout disparut sous l'eau noire. Silvère alors se décida à emplir ses deux cruches, en écoutant les pas de Miette, qui s'éloignait, de l'autre côté de la muraille.

À partir de ce jour, les jeunes gens ne manquèrent pas une fois de se trouver au rendez-vous. L'eau dormante, ces glaces blanches où ils contemplaient leur image, donnaient à leurs entrevues un charme infini[b] qui suffit longtemps à leur imagination joueuse d'enfants. Ils n'avaient aucun désir de se voir face à face, cela leur semblait bien plus amusant de prendre un puits pour miroir et de confier à son écho leur bonjour matinal[1]. Ils connurent bientôt le puits comme un vieil ami. Ils aimaient à se pencher sur la nappe lourde et immobile, pareille à de l'argent en fusion. En bas, dans un demi-jour mystérieux, des lueurs vertes couraient, qui paraissaient changer le trou humide en une cachette perdue au fond des taillis. Ils s'apercevaient ainsi dans une sorte de nid verdâtre, tapissé de mousse, au milieu de la fraîcheur de l'eau et du feuillage. Et tout l'inconnu de cette source profonde, de cette tour creuse sur laquelle ils se courbaient, attirés, avec de petits frissons, ajoutait à leur joie de se sourire une peur inavouée et délicieuse. Il leur prenait la folle idée de descendre, d'aller s'asseoir sur une rangée de grosses pierres qui formaient une espèce de banc circulaire, à quelques centimètres de la nappe ; ils tremperaient [221] leurs pieds dans l'eau, ils causeraient pendant des heures, sans qu'on s'avisât jamais de les venir chercher en cet endroit. Puis, quand ils se demandaient ce qu'il pouvait bien y avoir là-bas, leurs frayeurs vagues revenaient, et ils pensaient que c'était[a] assez déjà d'y laisser descendre leur image, tout au fond, dans ces lueurs vertes qui moiraient les pierres d'étranges reflets, dans ces[b] bruits singuliers qui montaient des coins noirs. Ces bruits surtout, venus de l'invisible, les inquiétaient ; souvent il leur semblait que des voix répondaient aux leurs ; alors ils se taisaient, et ils entendaient mille petites plaintes qu'ils ne s'expliquaient pas : travail sourd de l'humidité, soupirs de l'air, gouttes d'eau glissant sur les pierres et dont la chute avait la sonorité grave d'un sanglot. Pour se rassurer, ils se faisaient des signes de tête affectueux. L'attrait qui les retenait accoudés aux margelles avait ainsi, comme tout charme poignant, sa pointe d'horreur secrète. Mais le puits restait leur vieil ami. Il était un si excellent prétexte à leur[c] rendez-vous ! Jamais Justin, qui espionnait chaque pas de Miette, ne se défia de son empressement à aller tirer de l'eau, le matin. Parfois il la regardait de

---

1 Les évocations de l'eau dans le récit des amours des deux jeunes protagonistes, avec son aspect profond qui suggère la mort, avec ses surfaces capricieuses qui désignent l'amour, invitent à une interprétation bachelardienne de la poétique de l'eau et des rêves.

loin se pencher, s'attarder. « Ah ! la fainéante ! murmurait-il, dire qu'elle
s'amuse à faire des ronds ! » Comment soupçonner que, de l'autre côté du
mur, il y avait un galant qui regardait dans l'eau le sourire de la jeune
fille, en lui disant : « Si cet âne rouge de Justin te maltraite, dis-le-moi,
il aura de mes nouvelles ! ».

Pendant plus d'un mois, ce jeu dura. On était en juillet ; les matinées
brûlaient, blanches de soleil, et c'était une volupté d'accourir là, dans
ce coin humide. Il faisait bon de recevoir au visage l'haleine glacée du
puits, de s'aimer dans cette eau de source, à l'heure où l'incendie du ciel
s'allumait. Miette arrivait tout essoufflée, traversant les chaumes ; dans
sa course, les petits cheveux de son front et de ses tempes s'échevelaient ;
elle prenait à peine le temps de poser sa cruche ; [222] elle se penchait,
rouge, décoiffée, vibrante de rires. Et Silvère, qui se trouvait presque
toujours le premier au rendez-vous, éprouvait, en la voyant apparaître
dans l'eau, avec cette rieuse et folle hâte, la sensation vive qu'il aurait
ressentie, si elle s'était jetée brusquement dans ses bras, au détour d'un
sentier. Autour d'eux, les gaietés de la radieuse matinée chantaient, un
flot de lumière chaude, toute sonore d'un bourdonnement d'insectes,
battait la vieille muraille, les piliers et les margelles.[a] Mais eux ne
voyaient plus la matinale ondée de soleil, n'entendaient plus les mille
bruits qui montaient du sol : ils étaient au fond de leur cachette verte,
sous la terre, dans ce trou mystérieux et vaguement effrayant, s'oubliant
à jouir de la fraîcheur et du demi-jour, avec une joie frissonnante.

Certains matins, Miette, dont le tempérament ne s'accommodait pas
d'une longue contemplation, se montrait taquine ; elle remuait la corde,
elle faisait tomber exprès des gouttes d'eau qui ridaient les clairs miroirs
et déformaient les images. Silvère la suppliait de se tenir tranquille. Lui,
d'une ardeur plus concentrée, ne connaissait pas de plus vif plaisir que de
regarder le visage de son amie, réfléchi dans toute la pureté de ses traits.
Mais elle ne l'écoutait pas, elle plaisantait, elle faisait la grosse voix, une
voix de croque-mitaine, à laquelle l'écho donnait une douceur rauque.[b]

— Non, non, grondait-elle, je ne t'aime pas aujourd'hui, je te fais la
grimace ; vois comme je suis laide.

Et elle s'égayait à voir les formes bizarres que prenaient leurs figures
élargies, dansantes sur l'eau.

Un matin, elle se fâcha pour tout de bon. Elle ne trouva pas Silvère
au rendez-vous, et elle l'attendit près d'un quart d'heure, en faisant

vainement grincer la poulie. Elle allait s'éloigner, exaspérée, lorsqu'il arriva enfin. Dès qu'elle l'aperçut, elle déchaîna une véritable tempête dans le puits ; elle agitait le seau d'une main irritée, l'eau noirâtre tourbillonnait [223] avec des jaillissements sourds contre les pierres. Silvère eut beau lui expliquer que tante Dide l'avait retenu. À toutes les excuses, elle répondait :

– Tu m'as fait de la peine, je ne veux pas te voir.

Le pauvre garçon interrogeait avec désespoir ce trou sombre, plein de bruits lamentables, où l'attendait, les autres jours, une si claire vision, dans le silence de l'eau morte. Il dut se retirer sans avoir vu Miette. Le lendemain, ayant devancé l'heure du rendez-vous, il regardait mélancoliquement dans le puits, n'entendant rien, se disant que la mauvaise tête ne viendrait peut-être pas, lorsque l'enfant, qui était déjà de l'autre côté, où elle guettait sournoisement son arrivée, se pencha tout d'un coup, en éclatant de rire. Tout fut oublié.

Il y eut ainsi des drames et des comédies dont le puits fut complice. Ce bienheureux trou, avec ses glaces blanches et son écho musical, hâta singulièrement leur tendresse. Ils lui donnèrent une vie étrange, ils l'emplirent à tel point de leurs jeunes amours que, longtemps après, lorsqu'ils ne vinrent plus s'accouder aux margelles, Silvère, chaque matin, en tirant de l'eau, croyait y voir apparaître la figure rieuse de Miette, dans le demi-jour, frissonnant et ému encore de toute la joie qu'ils avaient mise là.

Ce mois de tendresse joueuse sauva Miette de ses désespoirs muets. Elle sentit se réveiller ses affections, ses insouciances heureuses d'enfant, que la solitude haineuse où elle vivait avait comprimées en elle. La certitude qu'elle était aimée par quelqu'un, qu'elle ne se trouvait plus seule au monde, lui rendit tolérables les persécutions de Justin et des gamins du faubourg. Il y avait maintenant une chanson dans son cœur qui l'empêchait d'entendre les huées. Elle pensait à son père avec une pitié attendrie, elle ne s'abandonnait plus aussi souvent à des rêveries d'implacable vengeance. Ses amours naissantes étaient comme une aube fraîche dans laquelle [224] se calmaient ses mauvaises fièvres. Et en même temps une rouerie de fille amoureuse lui venait. Elle s'était dit qu'elle devait garder son attitude muette et révoltée, si elle voulait que Justin n'eût aucun soupçon. Mais, malgré ses efforts, lorsque ce garçon la blessait, il lui restait de la douceur plein les yeux ; elle ne savait plus où prendre le regard noir et dur d'autrefois. Il l'entendait aussi chantonner entre ses dents, le matin, au déjeuner.

– Eh ! tu es bien gaie, la Chantegreil ! lui disait-il avec méfiance, en l'examinant de son air louche. Je parie que tu as fait quelque mauvais coup.

Elle haussait les épaules, mais elle tremblait intérieurement ; elle s'efforçait vite de jouer son rôle de martyre révoltée. D'ailleurs, bien qu'il flairât les joies secrètes de sa victime, Justin chercha longtemps avant d'apprendre de quelle façon elle lui avait échappé.

Silvère, de son côté, goûtait des bonheurs profonds. Ses rendez-vous quotidiens avec Miette suffisaient pour remplir les heures vides qu'il passait au logis. Sa vie solitaire, ses longs tête-à-tête silencieux avec tante Dide furent employés à reprendre un à un ses souvenirs de la matinée, à en jouir dans leurs moindres détails. Il éprouva dès lors une plénitude de sensations qui le mura davantage dans l'existence cloîtrée qu'il s'était faite auprès de sa grand-mère. Par tempérament, il aimait les coins cachés, les solitudes où il pouvait à son aise vivre avec ses pensées. À cette époque, il s'était déjà jeté avidement dans la lecture de tous les bouquins dépareillés qu'il trouvait chez les brocanteurs du faubourg, et qui devaient le mener à une généreuse et étrange religion sociale. Cette instruction, mal digérée,[a] sans base solide, lui ouvrait sur le monde, sur les femmes surtout, des échappées de vanité, de volupté ardente,[b] qui auraient singulièrement troublé son esprit, si son cœur était resté inassouvi. Miette vint, il la prit d'abord comme une camarade, [225] puis comme la joie et l'ambition de sa vie. Le soir, retiré dans le réduit où il couchait, après avoir accroché sa lampe au chevet de son lit de sangle, il retrouvait Miette à chaque page du vieux volume poudreux qu'il avait pris au hasard sur une planche, au-dessus de sa tête, et qu'il lisait dévotement. Il ne pouvait être question, dans ses lectures, d'une jeune fille, d'une créature belle et bonne, sans qu'il la remplaçât immédiatement par son amoureuse. Et lui-même il se mettait en scène. S'il lisait une histoire romanesque, il épousait Miette au dénouement ou mourait avec elle. S'il lisait, au contraire, quelque pamphlet politique, quelque grave dissertation sur l'économie sociale, livres qu'il préférait aux romans, par ce singulier amour que les demi-savants ont pour les lectures difficiles, il trouvait encore moyen[a] de l'intéresser aux choses mortellement ennuyeuses que souvent il ne parvenait même pas à comprendre ; il croyait apprendre la façon d'être bon et aimant pour elle, quand ils seraient mariés. Il la mêlait ainsi à ses songeries les plus creuses[1]. Protégé par cette pure tendresse contre les gravelures de certains contes du dix-huitième siècle qui lui tombèrent entre les mains, il se plut surtout à s'enfermer avec elle dans les utopies humanitaires que de grands esprits, affolés par la chimère du bonheur universel, ont rêvées de nos jours. Miette, dans son esprit, devenait nécessaire à l'abolissement du paupérisme[2] et au triomphe définitif de la révolution. Nuits de lectures fiévreuses, pendant lesquelles son esprit tendu ne pouvait se détacher du volume qu'il quittait et reprenait vingt fois ; nuits pleines, en somme, d'un voluptueux énervement, dont il jouissait jusqu'au jour, comme d'une ivresse défendue, le corps serré par les murs de l'étroit cabinet, la vue troublée par la lueur jaune et louche de la lampe, se livrant à plaisir aux brûlures de l'insomnie et bâtissant des projets de société nouvelle, absurdes de générosité, où la femme, toujours sous les traits de Miette, était adorée par [226] les nations à genoux. Il se trouvait[a] prédisposé à l'amour de l'utopie par certaines influences héréditaires ; chez lui, les troubles nerveux de sa grand-mère tournaient à l'enthousiasme chronique, à des élans vers tout ce qui était grandiose et impossible[3]. Son enfance solitaire, sa demi-instruction, avaient singulièrement développé les tendances de sa nature. Mais il n'était pas encore à l'âge où l'idée fixe plante son clou dans le cerveau d'un homme. Le matin, dès qu'il avait rafraîchi sa tête dans un seau d'eau, il ne se souvenait plus que confusément des fantômes de sa veille, il gardait seulement de ses rêves une sauvagerie pleine de foi naïve et d'ineffable tendresse. Il redevenait enfant. Il courait au puits, avec le seul besoin de retrouver le sourire de son amoureuse, de goûter les joies de la radieuse matinée. Et, dans la journée, si des pensées[b] d'avenir le rendaient songeur, souvent aussi, cédant à des effusions subites, il embrassait sur les deux joues tante Dide, qui le regardait alors dans les yeux, comme prise d'inquiétude, à les voir si clairs et si profonds d'une joie qu'elle croyait reconnaître.

---

1   On voit dans quelle mesure chez Silvère le socialisme utopique est doublé de bovarysme, ce qui est loin d'être préconisé par le romancier.

2   Allusion ironique (sans doute involontaire) à l'ouvrage de Louis-Napoléon Bonaparte, *De l'extinction du paupérisme* (1844).

3   Ce lien établi entre la névrose originelle de la grand-mère et l'utopisme du petit-fils est plus commode que convaincant. Pourtant, plus loin dans ce chapitre, le docteur Pascal Rougon fait une analogie entre les deux personnages sous l'aspect de leur nervosité : « Hystérie ou enthousiasme, folie honteuse ou folie sublime. Toujours ces diables de nerfs ! » (voir ci-dessous, p. 322).

Cependant Miette et Silvère se lassaient un peu de n'apercevoir que leur ombre. Ils avaient usé leur jouet, ils rêvaient des plaisirs plus vifs, que le puits ne pouvait leur donner. Dans ce besoin de réalité qui les prenait, ils auraient voulu se voir face à face, courir en pleins champs, revenir essoufflés, les bras à la taille, serrés l'un contre l'autre, pour mieux sentir leur amitié. Silvère parla un matin de franchir tout simplement le mur et d'aller se promener dans le Jas, avec Miette. Mais l'enfant le supplia de ne pas faire cette folie, qui la livrerait à la merci de Justin. Il promit de chercher un autre moyen.

La muraille, dans laquelle le puits était enclavé, formait, à quelques pas, un coude brusque qui ménageait une espèce d'enfoncement où les amoureux se seraient trouvés à l'abri des regards, s'ils étaient parvenus à s'y réfugier.[c] Il s'agissait [227] d'arriver à cet enfoncement. Silvère ne pouvait plus songer à son projet d'escalade, dont Miette avait paru si effrayée. Il nourrissait secrètement un autre projet. La petite porte que Macquart et Adélaïde avaient jadis ouverte en une nuit était restée oubliée, dans ce coin perdu de la vaste propriété voisine ; on n'avait pas même songé à la condamner ; noire d'humidité, verte de mousse, la serrure et les gonds rongés de rouille, elle faisait comme partie de la vieille muraille. Sans doute la clef était perdue ; les herbes, poussées au bas des planches, contre lesquelles s'étaient formés de légers talus, prouvaient suffisamment que personne ne passait plus par là depuis de longues années. C'était cette clef perdue que comptait retrouver Silvère. Il savait avec quelle dévotion tante Dide laissait pourrir sur place les reliques du passé. Cependant il fouilla la maison pendant huit jours sans aucun résultat. Il allait toutes les nuits, à pas de loup, voir s'il avait enfin, dans la journée, mis la main sur la bonne clef. Il en essaya ainsi plus de trente,[a] provenant sans doute de l'ancien enclos des Fouque, et qu'il ramassa un peu partout, le long des murs, sur les planches, au fond des tiroirs. Il commençait à se décourager, lorsqu'il trouva enfin la bienheureuse clef. Elle était tout simplement attachée par une ficelle au passe-partout de la porte d'entrée, qui restait toujours dans la serrure. Elle pendait là depuis près de quarante ans[1]. Chaque jour tante Dide avait dû la toucher de la main, sans se décider jamais[b] à la faire disparaître, maintenant qu'elle ne pouvait que la reporter douloureusement à

---

1   C'est-à-dire depuis la mort de Macquart, le contrebandier, tué en 1810.

ses voluptés mortes. Quand Silvère[c] se fut assuré qu'elle ouvrait bien la petite porte, il attendit le lendemain, en rêvant aux joies de la surprise qu'il ménageait à Miette. Il lui avait caché ses recherches.

Le lendemain, dès qu'il entendit l'enfant poser sa cruche, il ouvrit doucement la porte, dont il déblaya d'une poussée le seuil couvert de longues herbes. En allongeant la tête, il aperçut [228] Miette penchée sur la margelle, regardant dans le puits, tout absorbée par l'attente. Alors, il gagna en deux enjambées l'enfoncement formé par le mur, et, de là, il appela : « Miette ! Miette ! » d'une voix adoucie qui la fit tressaillir. Elle leva la tête, le croyant sur le chaperon du mur. Puis, quand elle le vit dans le Jas, à quelques pas d'elle, elle eut un léger cri d'étonnement,[a] elle accourut. Ils se prirent les mains ; ils se contemplaient, ravis d'être si près l'un de l'autre, se trouvant bien plus beaux ainsi, dans la lumière chaude du soleil. C'était la mi-août, le jour de l'Assomption[1] ; au loin les cloches sonnaient, dans cet air limpide des grandes fêtes, qui semble avoir des souffles particuliers de gaietés blondes.

– Bonjour, Silvère !
– Bonjour, Miette !

Et la voix dont ils échangèrent leur salut matinal les étonna. Ils n'en connaissaient les sons que voilés par l'écho du puits. Elle leur parut claire comme un chant d'alouette. Ah ! qu'il faisait bon dans ce coin tiède, dans cet air de fête ! Ils se tenaient toujours les mains, Silvère le dos appuyé contre le mur, Miette penchée un peu en arrière. Entre eux, leur sourire mettait une clarté. Ils allaient se dire toutes les bonnes choses qu'ils n'avaient point osé confier aux sonorités sourdes du puits, lorsque Silvère, tournant la tête à un léger bruit, pâlit et lâcha les mains de Miette. Il venait de voir[b] tante Dide devant lui, droite, arrêtée sur le seuil de la porte.

La grand-mère était venue par hasard au puits. En apercevant, dans la vieille muraille noire, la trouée blanche de la porte que Silvère avait ouverte toute grande, elle reçut au cœur un coup violent. Cette trouée blanche lui semblait[c] un abîme de lumière creusé brutalement dans son passé. Elle se revit au milieu des clartés du matin, accourant, passant le seuil avec tout l'emportement de ses amours nerveuses. [229] Et

1   « *Assomption de la Vierge Marie*. Croyance chrétienne, [..] suivant laquelle la Vierge Marie
    a été enlevée corps et âme au ciel ; fête célébrée en cet honneur le 15 août selon une très
    ancienne tradition » (*Trésor de la langue française*).

Macquart était là qui l'attendait. Elle se pendait à son cou, elle restait sur sa poitrine, tandis que le soleil levant, entrant avec elle dans la cour par la porte qu'elle ne prenait pas le temps de refermer, les baignait de ses rayons obliques. Vision brusque qui la tirait cruellement du sommeil de sa vieillesse, comme un châtiment suprême, en réveillant en elle les cuissons brûlantes du souvenir. Jamais l'idée ne lui était venue que cette porte pût encore s'ouvrir. La mort de Macquart, pour elle, l'avait murée. Le puits, la muraille entière auraient disparu sous terre, qu'elle ne se serait pas sentie frappée d'une stupeur plus grande. Et, dans son étonnement, montait sourdement une révolte contre la main sacrilège qui, après avoir violé ce seuil, avait laissé derrière elle la trouée blanche comme une tombe ouverte. Elle s'avança, attirée par une sorte de fascination. Elle se tint immobile, dans l'encadrement de la porte.

Là, elle regarda devant elle, avec une surprise douloureuse. On lui avait bien dit que l'enclos des Fouque se trouvait réuni au Jas-Meiffren ; mais[a] elle n'aurait jamais pensé que sa jeunesse fût morte à ce point. Un grand vent semblait avoir emporté tout ce qui était resté cher à sa mémoire. Le vieux logis, le vaste jardin potager, avec ses carrés verts de légumes, avaient disparu. Pas une pierre, pas un arbre d'autrefois. Et, à la place de ce coin, où elle avait grandi, et que la veille elle revoyait encore en fermant les yeux, s'étendait un lambeau de sol nu, une large pièce de chaume désolée comme une lande déserte. Maintenant, lorsque, les paupières closes, elle voudrait évoquer les choses du passé, toujours ce chaume lui apparaîtrait, pareil à un linceul de bure jaunâtre jeté sur la terre où sa jeunesse était ensevelie. En face de cet horizon banal et indifférent, elle crut que son cœur mourait une seconde fois. Tout, à cette heure, était bien fini. On lui prenait jusqu'aux rêves de ses souvenirs. Alors elle regretta d'avoir cédé à la fascination de la[b] trouée [230] blanche, de cette porte béante[a] sur les jours à jamais disparus.

Elle allait se retirer, fermer la[b] porte maudite, sans chercher même à connaître la main qui l'avait violée, lorsqu'elle aperçut Miette et Silvère. La vue des deux enfants amoureux qui attendaient son regard, confus, la tête baissée, la retint sur le seuil, prise d'une douleur plus vive. Elle comprenait maintenant. Jusqu'au bout, elle devait se retrouver, elle et Macquart, aux bras l'un de l'autre, dans la claire matinée. Une seconde fois, la porte était complice. Par où l'amour avait passé, l'amour passait de[c] nouveau. C'était l'éternel recommencement, avec ses joies présentes et ses larmes futures[1]. Tante Dide ne vit que les larmes, et[d] elle eut comme un pressentiment rapide qui lui montra les deux enfants saignants, frappés au cœur. Toute[e] secouée par le souvenir des souffrances de sa vie, que ce lieu venait de réveiller en elle, elle pleura son cher Silvère. Elle seule était coupable ; si elle n'avait pas jadis troué la muraille, Silvère ne serait point dans ce coin perdu, aux pieds d'une fille, à se griser d'un bonheur qui irrite la mort et la rend jalouse.

Au bout d'un silence, elle vint, sans dire un mot, prendre le jeune homme par la main. Peut-être les eût-elle laissés là, à jaser au pied du mur, si elle ne s'était sentie complice de ces douceurs mortelles. Comme elle rentrait avec Silvère, elle[f] se retourna, en entendant le pas léger de Miette qui s'était hâtée de reprendre sa cruche et de fuir à travers le chaume. Elle courait follement, heureuse d'en être quitte à si bon marché. Tante Dide eut un sourire involontaire, à la voir traverser le champ comme une chèvre échappée.

— Elle est bien jeune, murmura-t-elle. Elle a le temps.

Sans doute, elle voulait dire que Miette avait le temps de souffrir et de pleurer. Puis,[g] reportant ses yeux sur Silvère, qui avait suivi avec extase la course de l'enfant dans le soleil limpide,[h] elle ajouta simplement : [231]

— Prends garde, mon garçon, on en meurt.

Ce furent les seules paroles qu'elle prononça en cette aventure, qui remua toutes les douleurs endormies au fond de son être. Elle s'était fait une religion du silence. Quand Silvère fut rentré, elle ferma la porte à double tour et jeta la clef dans le puits. Elle était certaine, de cette façon, que la porte ne la rendrait plus complice. Elle revint l'examiner un instant, heureuse de lui voir reprendre son air sombre et immuable. La tombe était refermée, la trouée blanche se trouvait à jamais bouchée par ces quelques planches noires d'humidité, vertes de mousse,[a] sur lesquelles les escargots avaient pleuré des larmes d'argent.

Le soir, tante Dide eut une de ces crises nerveuses qui la secouaient encore de loin en loin. Pendant ces attaques, elle parlait souvent à voix haute, sans suite, comme dans un cauchemar. Ce soir-là, Silvère, qui la maintenait sur son lit, navré d'une pitié[b] poignante pour ce pauvre corps tordu, l'entendit prononcer en haletant les mots de douanier, de coup de feu, de meurtre. Et elle se débattait, elle demandait grâce, elle rêvait

---

1   Sur le thème mythique de l'éternel retour, voir ci-dessus dans notre introduction, p. 82.

de vengeance. Quand la crise toucha à sa fin, elle eut, comme il arrivait toujours, une épouvante singulière, un frisson d'effroi qui faisait claquer ses dents. Elle se soulevait à moitié, elle regardait avec un étonnement hagard dans les coins de la pièce, puis se laissait retomber sur l'oreiller en poussant de longs soupirs. Sans doute elle était prise d'hallucination. Alors elle attira Silvère sur sa poitrine, elle parut commencer à le reconnaître, tout en le confondant par instants avec une autre personne.

— Ils sont là, bégaya-t-elle. Vois-tu, ils vont te prendre, ils te tueront encore... Je ne veux pas... Renvoie-les, dis-leur que je ne veux pas,[c] qu'ils me font mal, à fixer ainsi leurs regards sur moi...

Et elle se tourna vers la ruelle, pour ne plus voir les gens dont elle parlait.[d] Au bout d'un silence : [232]

— Tu es auprès de moi, n'est-ce pas, mon enfant ? continua-t-elle. Il ne faut pas me quitter... J'ai cru que j'allais mourir, tout à l'heure... Nous avons eu tort de percer le mur. Depuis ce jour, j'ai souffert. Je savais bien que cette porte nous porterait encore malheur... Ah ! les chers innocents, que de larmes ! On les tuera, eux aussi, à coups de fusil, comme des chiens.

Elle retombait dans son état de catalepsie, elle ne savait même plus que Silvère était là. Brusquement elle se redressa, elle regarda au pied de son lit, avec une horrible expression de terreur.

— Pourquoi ne les as-tu pas renvoyés ? cria-t-elle en cachant sa tête blanchie dans le sein du jeune homme. Ils sont toujours là. Celui qui a le fusil me fait signe qu'il va tirer...

Peu après, elle s'endormit du sommeil lourd qui terminait les crises. Le lendemain, elle parut avoir tout oublié. Jamais elle ne reparla à Silvère de la matinée où elle l'avait trouvé avec une amoureuse, derrière le mur.

Les jeunes gens restèrent deux jours sans se voir. Quand Miette osa revenir au puits, ils se promirent de ne plus recommencer l'équipée de l'avant-veille. Cependant leur entrevue, si brusquement coupée, leur avait donné un vif désir de se retrouver seule à seul, au fond de quelque heureuse solitude. Las des joies que le puits leur offrait, et ne voulant pas chagriner tante Dide, en revoyant Miette de l'autre côté du mur, Silvère supplia l'enfant de lui donner des rendez-vous autre part. Elle ne se fit guère prier, d'ailleurs ; elle accepta cette idée avec des rires satisfaits de gamine qui ne songe pas encore au mal ; ce qui la faisait rire, c'était l'idée qu'elle allait jouer de finesse avec cet espion de Justin. Lorsque les

amoureux furent d'accord, ils discutèrent pendant longtemps le choix
d'un lieu de rencontre. Silvère proposa des cachettes impossibles; il
rêvait de faire de véritables voyages, ou bien de rejoindre la jeune fille,
à minuit, dans [233] les greniers du Jas-Meiffren. Miette, plus pratique,
haussa les épaules, en déclarant qu'elle chercherait à son tour. Le lendemain, elle ne demeura qu'une minute au puits, le temps de sourire
à Silvère et de lui dire de se trouver le soir, vers dix heures, au fond de
l'aire Saint-Mittre. On pense si le jeune homme fut exact! Tout le jour,
le choix de Miette l'avait fort intrigué. Sa curiosité augmenta, lorsqu'il
se fut engagé dans l'étroite allée que les tas de planches ménagent au
fond du terrain. « Elle viendra par là », se disait-il en regardant du côté
de la route de Nice. Puis il entendit un grand[a] bruit de branches derrière le mur, et il vit apparaître, au-dessus du chaperon, une tête rieuse,
ébouriffée, qui lui cria joyeusement :
    – C'est moi !
    Et c'était Miette, en effet, grimpée comme un gamin sur un des
mûriers qui longent encore aujourd'hui la clôture du Jas. En deux
sauts, elle atteignit la pierre tombale, à demi enterrée dans l'angle de
la muraille, au fond de l'allée. Silvère la regarda descendre avec un
étonnement ravi, sans songer seulement à l'aider. Il lui prit les deux
mains, il lui dit :
    – Comme tu es leste! tu grimpes mieux que moi.
    Ce fut ainsi qu'ils se rencontrèrent pour la première fois dans ce
coin perdu où ils devaient passer de si bonnes heures. À partir de
cette soirée, ils se virent là presque chaque nuit. Le puits ne leur servit
plus qu'à s'avertir des obstacles imprévus mis à leurs rendez-vous, des
changements d'heure, de toutes les petites nouvelles, grosses à leurs
yeux, et ne souffrant pas de retard; il suffisait que celui qui avait à
faire une communication à l'autre, mît en mouvement la poulie, dont
le bruit strident s'entendait de fort loin. Mais bien que, certains jours,
ils s'appelassent deux ou trois fois pour se dire des riens d'une énorme
importance, ils ne goûtaient leurs vraies joies que le soir, dans l'allée
discrète. Miette était [234] d'une ponctualité rare. Elle couchait heureusement au-dessus de la cuisine, dans une chambre où l'on serrait,
avant son arrivée, les provisions d'hiver, et à laquelle conduisait un petit
escalier particulier. Elle pouvait ainsi sortir à toute heure sans être vue
du père Rébufat ni de Justin. Elle comptait d'ailleurs, si ce dernier la

voyait jamais rentrer, lui faire quelque histoire, en le regardant de cet air dur qui lui fermait la bouche.

Ah ! quelles heureuses et tièdes soirées ! On était alors dans les premiers jours de septembre, mois de clair soleil en Provence. Les amoureux ne pouvaient guère se rejoindre que vers neuf heures.[a] Miette arrivait par son mur. Elle acquit bientôt une telle habileté à franchir cet obstacle, qu'elle était presque toujours sur l'ancienne pierre tombale avant que Silvère lui eût tendu les bras. Et elle riait de son tour de force, elle restait là un instant, essoufflée, décoiffée, donnant de petites tapes sur sa jupe pour la faire retomber. Son amoureux l'appelait en riant « méchant galopin ». Au fond, il aimait la crânerie de l'enfant. Il la regardait sauter son mur avec la complaisance d'un frère aîné qui assiste aux exercices d'un de ses jeunes frères. Il y avait tant de puérilité dans leur tendresse naissante ! À plusieurs reprises, ils firent le projet d'aller un jour dénicher des oiseaux, au bord de la Viorne.

— Tu verras comme je monte aux arbres ! disait Miette orgueilleusement. Quand j'étais à Chavanoz, j'allais jusqu'en haut des noyers du père André. Est-ce que tu as jamais déniché des pies, toi ? C'est ça qui est difficile !

Et une discussion s'engageait sur la façon de grimper le long des peupliers. Miette donnait son avis nettement, comme un garçon.

Mais Silvère, la prenant par les genoux, l'avait descendue à terre, et ils marchaient côte à côte, les bras à la taille. Tout en se querellant sur la manière dont on doit poser les pieds [235] et les mains à la naissance des branches, ils se serraient davantage, ils sentaient sous leurs étreintes des chaleurs inconnues les brûler d'une étrange joie. Jamais le puits ne leur avait procuré de pareils plaisirs. Ils restaient enfants, ils avaient des jeux et des causeries de gamins, et goûtaient des jouissances d'amoureux sans savoir seulement parler d'amour, rien qu'à se tenir par le bout des doigts. Ils cherchaient la tiédeur de leurs mains, pris d'un besoin instinctif, ignorant où allaient leurs sens et leur cœur. À cette heure d'heureuse naïveté, ils se cachaient même la singulière émotion qu'ils se donnaient mutuellement, au moindre contact. Souriants, étonnés parfois des douceurs qui coulaient en eux, dès qu'ils se touchaient, ils s'abandonnaient secrètement aux mollesses de leurs sensations nouvelles, tout en continuant à causer, comme deux écoliers, des nids de pie qui sont si difficiles à atteindre.

Et ils allaient, dans le silence du sentier, entre les tas de planches et le mur du Jas-Meiffren. Jamais ils ne dépassaient le bout de ce cul-de-sac étroit, revenant sur leurs pas, à chaque fois.[a] Ils étaient chez eux. Souvent, Miette, heureuse de se sentir si bien cachée, s'arrêtait et se complimentait de sa découverte :

– Ai-je eu la main chanceuse ! disait-elle avec ravissement. Nous ferions une lieue, sans trouver une si bonne cachette !

L'herbe épaisse étouffait le bruit de leurs pas. Ils étaient noyés dans un flot de ténèbres, bercés entre deux rives sombres, ne voyant qu'une bande d'un bleu foncé, semée d'étoiles, au-dessus de leur tête. Et, dans ce vague du sol qu'ils foulaient, dans cette ressemblance de l'allée à un ruisseau d'ombre coulant sous le ciel noir et or, ils éprouvaient une émotion indéfinissable, ils baissaient la voix, bien que personne ne pût les entendre. Se livrant[b] à ces ondes silencieuses de la nuit, la chair et l'esprit flottants, ils se contaient, [236] ces soirs-là, les mille riens de leur journée, avec des frissons d'amoureux.

D'autres fois, par les soirées claires, lorsque la lune découpait nette-ment les lignes de la muraille et des tas de planches, Miette et Silvère gardaient leur insouciance d'enfant. L'allée s'allongeait, éclairée de raies blanches, toute gaie, sans inconnu. Et les deux camarades se poursui-vaient, riaient comme des gamins en récréation, se hasardant même à grimper sur les tas de planches. Il fallait que Silvère effrayât Miette, en lui disant que Justin était peut-être derrière le mur, qui la guettait. Alors, encore essoufflés, ils marchaient côte à côte, en se promettant d'aller un jour courir dans les prés Sainte-Claire, pour savoir lequel des deux attraperait l'autre le plus vite.

Leurs amours naissantes[a] s'accommodaient ainsi des nuits obscures et des nuits limpides. Toujours leur cœur était en éveil, et il suffisait d'un peu d'ombre pour que leur étreinte fût plus douce et leur rire plus mollement voluptueux. La[b] chère retraite, si joyeuse au clair de lune, si étrangement émue par les temps sombres, leur semblait inépuisable en éclats de gaieté et en silences frissonnants. Et jusqu'à minuit ils res-taient là, tandis que la ville s'endormait et que les fenêtres du faubourg s'éteignaient une à une.

Jamais ils ne furent troublés dans leur solitude. À cette heure avancée, les gamins ne jouaient plus à cache-cache derrière les tas de planches. Parfois, lorsque les jeunes gens entendaient quelque bruit, un chant

d'ouvriers passant sur la route, des voix venant des trottoirs voisins, ils
se hasardaient à jeter un regard sur l'aire Saint-Mittre. Le champ des[c]
poutres s'étendait, vide, peuplé de rares ombres. Par les soirées tièdes,
ils y voyaient des couples vagues d'amoureux, des vieillards assis sur
des[d] madriers, au bord du grand chemin. Quand les soirées devenaient
plus fraîches, ils [237] n'apercevaient plus, dans l'aire mélancolique et
déserte, qu'un feu de bohémiens, devant lequel passaient de grandes
ombres noires. L'air calme[a] de la nuit leur apportait des paroles et des
sons perdus, le bonsoir d'un bourgeois fermant sa porte, le claquement
d'un volet, l'heure grave des horloges, tous ces bruits mourants d'une
ville de province qui se couche. Et lorsque[b] Plassans était endormi, ils
entendaient encore les querelles des bohémiens, les pétillements de leur
feu, au milieu desquels s'élevaient brusquement des voix gutturales de
jeunes filles chantant en une langue inconnue, pleine d'accents rudes[1].

Mais les amoureux ne regardaient pas longtemps au dehors, dans
l'aire Saint-Mittre ; ils se hâtaient de rentrer chez eux, ils se remettaient
à marcher le long de leur cher sentier clos et discret. Ils se souciaient
bien des autres, de la ville entière ! Les quelques planches qui les séparaient des méchantes gens leur semblaient, à la longue, un rempart
infranchissable. Ils étaient si seuls, si libres dans ce coin situé en plein
faubourg, à cinquante pas de la porte de Rome, qu'ils s'imaginaient
parfois être bien loin, au fond de quelque creux de la Viorne, en rase
campagne. De tous les bruits qui venaient à eux, ils n'en écoutaient
qu'un avec une émotion inquiète, celui des horloges battant lentement
dans la nuit. Quand l'heure sonnait, parfois ils feignaient de ne pas
entendre, parfois ils s'arrêtaient net, comme pour protester. Cependant,
ils avaient beau s'accorder dix minutes de grâce, il leur fallait se dire
adieu. Ils auraient joué, ils auraient bavardé jusqu'au matin, les bras
enlacés, afin d'éprouver ce singulier étouffement, dont ils goûtaient en
secret les délices, avec de continuelles surprises. Miette se décidait enfin
à remonter sur son mur. Mais ce n'était point fini, les adieux traînaient
encore un bon quart d'heure. Quand l'enfant avait enjambé le mur, elle
restait là, les coudes sur le chaperon, retenue par les branches du mûrier
[238] qui lui servait d'échelle. Silvère, debout sur la pierre tombale,
pouvait lui reprendre les mains, se remettre à causer à demi-voix. Ils

---

1   Sur les « bohémiens », voir ci-dessus, p. 80, et les extraits de l'article de Zola dans notre
    dossier documentaire, p. 519.

répétaient plus de dix fois : « À demain ! » et trouvaient toujours de nouvelles paroles. Silvère grondait.

— Voyons, descends, il est plus de minuit.

Mais, avec des entêtements de fille, Miette voulait qu'il descendît le premier ; elle désirait le voir s'en aller. Et, comme le jeune homme tenait bon, elle finissait par dire brusquement, pour le punir, sans doute :

— Je vais sauter, tu vas voir.

Et elle sautait du mûrier, au grand effroi de Silvère. Il entendait le bruit sourd de sa chute ; puis elle s'enfuyait avec un éclat de rire, sans vouloir répondre à son dernier adieu. Il restait quelques instants à regarder son ombre vague s'enfoncer dans le noir, et lentement il descendait à son tour, il regagnait l'impasse Saint-Mittre.

Pendant deux années, ils vinrent là chaque jour.[a] Ils y jouirent, lors de leurs premiers rendez-vous, de quelques belles nuits encore toutes tièdes. Les amoureux purent se croire en mai, au mois des frissons de la sève, lorsqu'une bonne odeur de terre et de feuilles nouvelles traîne dans l'air chaud. Ce renouveau, ce printemps tardif fut pour eux comme une grâce du ciel, qui leur permit de courir librement dans l'allée et d'y resserrer leur amitié d'un lien étroit.

Puis arrivèrent les pluies, les neiges, les gelées. Ces mauvaises humeurs de l'hiver ne les retinrent pas. Miette ne vint plus sans sa grande pelisse brune, et ils se moquèrent tous deux des vilains temps. Quand la nuit était sèche et claire, que de petits souffles soulevaient sous leurs pas une poussière blanche de gelée, et les frappaient au visage comme à coups de baguettes minces, ils se gardaient bien de s'asseoir ; ils allaient et venaient plus vite, enveloppés [239] dans la pelisse, les joues bleuies, les yeux pleurant de froid ; et ils riaient, tout secoués de gaieté par leur marche rapide dans l'air glacé. Un soir de neige, ils s'amusèrent à faire une énorme boule qu'ils roulèrent dans un coin ; elle resta là un grand mois, ce qui les fit s'étonner à chaque nouveau rendez-vous. La pluie ne les effrayait pas davantage. Ils se virent par de terribles averses qui les mouillaient jusqu'aux os. Silvère accourait en se disant que Miette ne ferait pas la folie de venir ; et quand Miette arrivait à son tour, il ne savait plus comment la gronder. Au fond, il l'attendait. Il finit par chercher un abri contre le mauvais temps, sentant bien qu'ils sortiraient quand même, malgré leur promesse mutuelle de ne pas mettre les pieds dehors lorsqu'il pleuvait. Pour trouver un toit, il n'eut qu'à creuser un des tas de planches ; il en retira quelques morceaux de bois, qu'il rendit mobiles, de façon à pouvoir les déplacer et les replacer aisément. Dès lors, les amoureux eurent à leur disposition une sorte de guérite basse et étroite, un trou carré, où ils ne pouvaient tenir que serrés l'un contre l'autre, assis sur le bout d'un[a] madrier, qu'ils laissaient au fond de la logette. Quand l'eau tombait, le premier arrivé se réfugiait là ; et, lorsqu'ils s'y trouvaient réunis, ils écoutaient avec une jouissance infinie l'averse qui battait sur le tas de planches de sourds roulements de tambour. Devant eux, autour d'eux, dans le noir d'encre de la nuit, il y avait un grand ruissellement qu'ils ne voyaient pas, et dont le bruit continu ressemblait à la voix haute d'une foule. Ils étaient bien seuls cependant, au bout du monde, au fond des eaux. Jamais ils ne se sentaient aussi heureux, aussi séparés des autres, qu'au milieu de ce déluge, dans ce tas de planches, menacés à chaque instant d'être emportés par les torrents du ciel. Leurs genoux repliés arrivaient presque au ras de l'ouverture, et ils s'enfonçaient le plus possible, les joues et les mains baignées [240] d'une fine poussière de pluie. À leurs pieds, de grosses gouttes tombées des planches clapotaient à temps égaux. Et ils avaient chaud dans la pelisse brune ; ils étaient si à l'étroit,[a] que Miette se trouvait à demi sur les genoux de Silvère. Ils bavardaient ; puis ils se taisaient, pris d'une langueur, assoupis par la tiédeur de leur embrassement et par le roulement monotone de l'averse. Pendant des heures, ils restaient là, avec cet amour de la pluie qui fait marcher gravement les petites filles, par les[b] temps d'orage, une ombrelle ouverte à la main. Ils finirent par préférer les soirées pluvieuses. Seule, leur séparation devenait alors plus pénible. Il fallait que Miette franchît son mur sous la pluie battante, et qu'elle traversât les flaques du Jas-Meiffren en pleine obscurité. Dès qu'elle quittait ses bras, Silvère la perdait dans les ténèbres, dans la clameur de l'eau. Il écoutait vainement, assourdi, aveuglé. Mais l'inquiétude où les laissait tous deux cette brusque séparation était un charme de plus ; jusqu'au lendemain, ils se demandaient s'il ne leur était rien arrivé, par ce temps à ne pas mettre un chien dehors ; ils avaient peut-être glissé, ils pouvaient s'être égarés, craintes qui les occupaient tyranniquement l'un de l'autre, et qui rendaient plus tendre leur entrevue suivante.

Enfin les beaux jours revinrent, avril amena des nuits douces, l'herbe de l'allée verte grandit follement. Dans ce flot de vie coulant du ciel et montant du sol, au milieu des ivresses de la jeune saison, parfois les amoureux regrettèrent leur solitude d'hiver, les soirs de pluie, les nuits glacées, pendant lesquels ils étaient si perdus, si loin de tous bruits humains. Maintenant le jour ne tombait plus assez vite ; ils maudissaient les longs crépuscules et lorsque la nuit était devenue assez noire pour que Miette pût grimper sur le mur sans danger d'être vue, lorsqu'ils étaient enfin parvenus à se glisser dans leur cher sentier, [241] ils n'y trouvaient plus l'isolement[a] qui plaisait à leur sauvagerie d'enfants amoureux. L'aire Saint-Mittre se peuplait, les gamins du faubourg restaient sur les poutres à se poursuivre, à crier, jusqu'à onze heures ; il arriva même parfois qu'un d'entre eux vint se cacher derrière les tas de planches, en jetant à Miette et à Silvère le rire effronté d'un vaurien de dix ans. La crainte d'être surpris, le réveil, les bruits de la vie qui grandissaient autour d'eux, à mesure que la saison devenait plus chaude, rendirent leurs entrevues inquiètes.

Puis ils commençaient à étouffer dans l'allée étroite. Jamais elle n'avait frissonné d'un si ardent frisson ; jamais le sol, ce terreau où dormaient les derniers ossements de l'ancien cimetière, n'avait laissé échapper des haleines plus troublantes. Et ils avaient encore trop d'enfance pour goûter le charme voluptueux de ce trou perdu, tout enfiévré par le printemps. Les herbes leur montaient aux genoux ; ils allaient et venaient difficilement, et, quand ils écrasaient les jeunes pousses, certaines plantes exhalaient des odeurs âcres qui les grisaient. Alors, pris d'étranges lassitudes, troublés et vacillants, les pieds comme liés par les herbes, ils s'adossaient contre la muraille, les yeux demi-clos, ne pouvant plus avancer. Il leur semblait que toute la langueur du ciel entrait en eux.

Leur pétulance d'écolier s'accommodant mal de ces faiblesses subites, ils finirent par accuser leur retraite de manquer d'air et par se décider à aller promener leur tendresse plus loin, en pleine campagne. Alors ce furent, chaque soir, de nouvelles escapades. Miette vint avec sa pelisse ; tous deux s'enfouissaient dans le large vêtement, ils filaient le long des murs, ils gagnaient la grand-route, les champs libres, les champs larges où l'air roulait puissamment comme les vagues de la haute mer. Et ils n'étouffaient plus, ils retrouvaient là leur enfance, ils sentaient se dissiper les tournoiements [242] de tête, les ivresses que leur causaient les herbes hautes[a] de l'aire Saint-Mittre.

Ils battirent pendant deux étés ce coin de[b] pays. Chaque bout de rocher, chaque banc de gazon les connut bientôt ; et il n'était pas un bouquet d'arbres, une haie, un buisson, qui ne devînt leur ami. Ils réalisèrent leurs rêves : ce furent des courses folles dans les prés Sainte-Claire, et Miette courait joliment, et il fallait que Silvère fît ses plus grandes enjambées pour l'attraper. Ils allèrent aussi dénicher des nids de pie ; Miette, entêtée, voulant montrer comment elle grimpait[c] aux arbres, à Chavanoz, se liait les jupes avec un bout de ficelle, et montait[d] sur les plus hauts peupliers ; en bas, Silvère frissonnait, les bras en avant, comme pour la recevoir, si elle venait à glisser. Ces jeux apaisaient leurs sens, au point qu'un soir ils faillirent se battre comme deux galopins qui sortent de l'école. Mais, dans la campagne large, il y avait encore des trous qui ne leur valaient rien. Tant qu'ils marchaient, c'était des rires bruyants, des poussées, des taquineries ; ils faisaient des lieues, allaient parfois jusqu'à la chaîne des Garrigues,[e] suivaient les sentiers les plus étroits, et souvent coupaient à travers champs ; la contrée leur appartenait, ils y vivaient comme en pays conquis, jouissant de la terre et du ciel. Miette, avec cette conscience large des femmes, ne se gênait même pas pour cueillir une grappe de raisins, une branche d'amandes vertes, aux vignes, aux amandiers, dont les rameaux la fouettaient au passage ; ce qui contrariait les idées absolues de Silvère, sans qu'il osât d'ailleurs gronder la jeune fille, dont les rares bouderies le désespéraient. « Ah ! la mauvaise ! pensait-il en dramatisant puérilement la situation, elle ferait de moi un voleur. » Et Miette lui mettait dans la bouche sa part du[f] fruit volé. Les ruses qu'il employait – la tenant à la taille, évitant les arbres fruitiers, se faisant poursuivre le long des plants de vignes, – pour la détourner de ce besoin [243] instinctif de maraude, le mettaient vite à bout d'imagination. Et il la forçait à s'asseoir. C'était alors qu'ils recommençaient à étouffer. Les creux de la Viorne, surtout, étaient pour eux pleins d'une ombre fiévreuse.[a] Quand la fatigue[b] les ramenait au bord du torrent, ils perdaient leurs belles gaietés de gamins. Sous les saules, des ténèbres grises flottaient, pareilles aux crêpes musqués d'une toilette de femme. Les enfants sentaient ces crêpes, comme parfumés et tièdes encore des épaules voluptueuses de la nuit, les caresser aux tempes, les envelopper d'une langueur invincible.[c] Au loin, les grillons chantaient dans les prés Sainte-Claire, et la Viorne avait à leurs pieds des voix chuchotantes d'amoureux, des bruits adoucis de lèvres humides. Du ciel endormi tombait une pluie chaude d'étoiles. Et, sous[d] le frisson de ce ciel, de ces eaux, de cette ombre, les enfants, couchés sur le dos, en pleine herbe, côte à côte, pâmés et les regards perdus dans le noir, cherchaient leur main, échangeaient une étreinte courte.

Silvère, qui comprenait vaguement le danger de ces extases, se levait parfois d'un bond en proposant de passer dans une des petites îles que les eaux basses découvraient au milieu de la rivière. Tous deux, les pieds nus, s'aventuraient ; Miette se moquait des cailloux, elle ne voulait pas que Silvère la soutînt, et il lui arriva une fois de s'asseoir au beau milieu du courant ; mais il n'y avait pas vingt centimètres d'eau, elle en fut quitte pour faire sécher sa première jupe. Puis, quand ils étaient dans l'île, ils se couchaient à plat ventre sur une langue de sable, les yeux au niveau de la surface de l'eau, dont ils regardaient au loin, dans la nuit claire, frémir les écailles d'argent. Alors Miette déclarait qu'elle était en bateau, l'île marchait pour sûr ; elle la sentait bien qui l'emportait ; ce vertige que leur donnait le grand ruissellement dont leurs yeux s'emplissaient les amusait un instant, les tenait là, sur le bord, chantant à [244] demi-voix, ainsi que les bateliers dont les rames battent l'eau. D'autres fois, quand l'île avait une berge basse, ils s'y asseyaient comme sur un banc de verdure, laissant pendre leurs pieds nus dans le courant. Et, pendant des heures, ils causaient, faisant jaillir l'eau à coups de talon, balançant les jambes, prenant plaisir à déchaîner des tempêtes dans le bassin paisible dont la fraîcheur calmait leur fièvre.

Ces bains de pieds firent naître dans l'esprit de Miette un caprice qui faillit gâter leurs belles amours innocentes. Elle voulut à toute force prendre de grands bains[1]. Un peu en dessus du pont de la Viorne, il y avait un trou, très convenable, disait-elle, à peine profond de trois à quatre pieds,[a] et très sûr ; il faisait si chaud, on serait si bien dans l'eau jusqu'aux épaules ; puis elle mourait depuis si longtemps du désir de savoir nager, Silvère lui apprendrait. Silvère élevait des objections : la nuit, ce n'était pas prudent, on pouvait les voir, ça leur ferait peut-être du mal ; mais il ne disait pas la vraie raison, il était instinctivement très alarmé à la pensée de ce nouveau jeu, il se demandait comment ils se déshabilleraient, et de quelle façon il s'y prendrait pour tenir Miette sur l'eau, dans ses bras nus. Celle-ci ne semblait pas se douter de ces difficultés.

---

1 Encore une fois, Zola puise dans ses souvenirs pour se rappeler sans doute les grandes parties de nage prises pendant sa jeunesse avec Paul Cézanne et Jean-Baptistin Baille dans les trous d'eau aux environs d'Aix au pied de la montagne Sainte-Victoire. Voir Henri Mitterand, *Zola. Tome I. Sous le regard d'Olympia (1840-1871)*, Paris, Fayard, 1999, p. 132-135, et « Souvenirs III », dans *Nouveaux Contes à Ninon*, *O.C.*, IX, p. 415-416.

Un soir, elle apporta un costume de bain qu'elle s'était taillé dans une vieille robe. Il fallut que Silvère retournât chez tante Dide chercher son caleçon. La partie fut toute naïve. Miette ne s'écarta même pas ; elle se déshabilla, naturellement, dans l'ombre d'un saule, si épaisse que son corps d'enfant n'y mit pendant quelques secondes qu'une blancheur vague.[b] Silvère, de peau brune, apparut dans la nuit comme le tronc assombri d'un jeune chêne, tandis que les jambes et les bras de la jeune fille, nus et arrondis, ressemblaient aux tiges laiteuses des bouleaux de la rive. Puis tous deux, comme vêtus des taches sombres que les hauts feuillages laissaient tomber sur eux, entrèrent dans l'eau gaiement, [245] s'appelant, se récriant, surpris par la fraîcheur. Et les scrupules, les hontes inavouées, les pudeurs secrètes, furent oubliés[1]. Ils restèrent là une grande heure, barbotant, se jetant de l'eau au visage, Miette se fâchant, puis éclatant de rire, et Silvère lui donnant sa première leçon, lui enfonçant de temps à autre la tête, pour l'aguerrir. Tant qu'il la tenait d'une main par la ceinture de son costume, en lui passant l'autre main sous le ventre, elle faisait aller furieusement les jambes et les bras, elle croyait nager ; mais, dès qu'il la lâchait, elle se débattait en criant, et, les mains tendues, frappant l'eau, elle se rattrapait où elle pouvait, à la taille du jeune homme, à l'un de ses poignets. Elle s'abandonnait un instant contre lui, elle se reposait, essoufflée, toute ruisselante,[a] tandis que son costume mouillé dessinait les grâces de son buste de vierge. Puis elle criait :

— Encore une fois ; mais tu le fais exprès, tu ne me tiens pas.

Et rien de honteux ne leur venait de ces embrassements de Silvère penché pour la soutenir, de ces sauvetages éperdus de Miette se pendant au cou du jeune homme. Le froid du bain les mettait dans une pureté de cristal. C'était, sous la nuit tiède, au milieu des feuillages pâmés, deux innocences nues qui riaient. Silvère, après les premiers bains, se reprocha secrètement d'avoir rêvé le mal. Miette se déshabillait si vite, et elle était si fraîche dans ses bras, si sonore de rires !

Mais, au bout de quinze jours, l'enfant sut nager. Libre de ses membres, bercée par le flot, jouant avec lui, elle se laissait envahir par les souplesses molles de la rivière, par le silence du ciel, par les rêveries des berges mélancoliques.

---

1   Cette assimilation des jeunes amoureux à la nature crée une situation édénique d'innocence tout à fait mythique.

Quand tous deux ils nageaient sans bruit, Miette croyait voir, aux deux bords, les feuillages s'épaissir, se pencher vers eux, draper leur retraite de rideaux énormes. Et les jours de lune, des lueurs[b] glissaient entre les troncs, des [246] apparitions douces se promenaient le long des rives en robe blanche. Miette n'avait pas peur. Elle éprouvait une émotion indéfinissable à suivre les jeux de l'ombre. Tandis qu'elle avançait, d'un mouvement ralenti, l'eau calme, dont la lune faisait un clair miroir, se froissait à son approche comme une étoffe lamée d'argent ; les ronds s'élargissaient, se perdaient dans les ténèbres des bords, sous les branches pendantes des saules,[a] où l'on entendait des clapotements mystérieux ; et, à chaque brassée, elle trouvait ainsi des trous pleins de voix, des enfoncements noirs devant lesquels elle passait avec plus de hâte, des bouquets, des rangées d'arbres, dont les masses sombres changeaient de forme, s'allongeaient, avaient l'air de la suivre du haut de la berge. Quand elle se mettait sur le dos, les profondeurs du ciel l'attendrissaient encore. De la campagne, des horizons qu'elle ne voyait plus, elle entendait alors monter une voix grave, prolongée, faite de tous les soupirs de la nuit.

Elle n'était point de nature rêveuse, elle jouissait par tout son corps, par tous ses sens, du ciel, de la rivière, des ombres, des clartés. La rivière surtout, cette eau, ce terrain mouvant, la portait avec des caresses infinies. Elle éprouvait, quand elle remontait le courant, une grande jouissance à sentir le flot filer plus rapide[b] contre sa poitrine et contre ses jambes ; c'était un long chatouillement, très doux, qu'elle pouvait supporter sans rire nerveux. Elle s'enfonçait davantage, se mettait de l'eau jusqu'aux lèvres, pour que le courant passât sur ses épaules, l'enveloppât d'un trait, du menton aux pieds, de son baiser fuyant. Elle avait des langueurs qui la laissaient immobile à la surface, tandis que de petits flots glissaient mollement entre son costume et sa peau, gonflant l'étoffe[c] ; puis elle se roulait dans les nappes mortes, ainsi qu'une chatte sur un tapis ; et elle allait de l'eau lumineuse, où se baignait la lune, dans l'eau noire, assombrie par les feuillages, avec des frissons, comme si elle eût quitté une [247] plaine ensoleillée et senti le froid des branches lui tomber sur la nuque.[a]

Maintenant, elle s'écartait pour se déshabiller, elle se cachait. Dans l'eau, elle demeurait silencieuse ; elle ne voulait plus que Silvère la touchât ; elle se coulait doucement à son côté, nageant avec le petit bruit

d'un oiseau dont le vol traverse un taillis ; ou parfois elle tournait autour
de lui, prise de craintes vagues qu'elle ne s'expliquait pas. Lui-même
s'éloignait, quand il frôlait un de ses membres.[b] La rivière n'avait plus
pour eux qu'une ivresse amollie, un engourdissement voluptueux, qui les
troublait étrangement. Quand ils sortaient du bain, surtout, ils éprouvaient des somnolences, des éblouissements. Ils étaient comme épuisés.
Miette mettait une grande heure à s'habiller. Elle ne passait d'abord
que sa chemise et une jupe ; puis elle restait là, étendue sur l'herbe, se
plaignant de fatigue, appelant Silvère, qui se tenait[c] à quelques pas, la
tête vide, les membres pleins d'une étrange et excitante lassitude. Et, au
retour, il y avait plus d'ardeur[d] dans leur étreinte, ils sentaient mieux, à
travers leurs vêtements,[e] leur corps assoupli par le bain, ils s'arrêtaient
en poussant de gros soupirs. Le chignon énorme de Miette, encore tout
humide, sa nuque, ses épaules avaient une senteur fraîche, une odeur
pure, qui achevaient de griser le jeune homme. L'enfant, heureusement,
déclara un soir qu'elle ne prendrait plus de bains, que l'eau froide lui
faisait monter le sang à la tête. Sans doute elle donna cette raison en
toute vérité, en toute innocence.

Ils reprirent leurs longues causeries. Il ne resta dans l'esprit de Silvère,
du danger que venaient de courir leurs amours ignorantes, qu'une grande
admiration pour la vigueur physique de Miette. En quinze jours, elle
avait appris à nager, et souvent, quand ils luttaient de vitesse, il l'avait
vue couper le courant d'un bras aussi rapide que le sien. Lui, qui adorait
la force, les exercices corporels, se sentait le [248] cœur attendri en la
voyant si forte, si puissante et si adroite de corps. Il entrait, dans son
cœur,[a] une estime singulière pour ses gros bras. Un soir, après un de
ces premiers bains qui les laissaient si rieurs, ils s'étaient empoignés
par la taille, sur une bande de sable, et pendant de longues minutes, ils
avaient lutté, sans que Silvère parvînt à renverser Miette ; puis le jeune
homme, ayant perdu l'équilibre, c'était l'enfant qui était restée debout.
Son amoureux la traitait en garçon, et ce furent[b] ces marches forcées, ces
courses folles à travers les prés, ces nids dénichés à la cime des arbres,
ces luttes, tous ces jeux[c] violents, qui les protégèrent si longtemps et
les empêchèrent de salir leurs tendresses. Il y avait encore dans l'amour
de Silvère, outre son admiration pour la crânerie de son amoureuse, les
douceurs de son cœur tendre aux malheureux. Lui qui ne pouvait voir un
être abandonné, un pauvre homme, un enfant marchant nu-pieds dans

la poussière des routes, sans éprouver à la gorge un serrement de pitié, il aimait Miette, parce que personne ne l'aimait, parce qu'elle menait une existence rude de paria. Quand il la voyait rire, il était profondément ému de cette joie qu'il lui donnait.[d] Puis, l'enfant était une sauvage comme lui, ils s'entendaient dans la haine des commères du faubourg. Le rêve qu'il faisait, lorsque, dans la journée, il cerclait chez son patron les roues des carrioles, à grands coups de marteau, était plein de folie généreuse. Il pensait à Miette en rédempteur.[e] Toutes ses lectures lui remontaient au cerveau ; il voulait[f] épouser un jour son amie pour la relever aux yeux du monde ; il se donnait une mission sainte, le rachat, le salut de la fille du forçat. Et il avait la tête tellement bourrée de certains plaidoyers, qu'il ne se disait pas ces choses simplement ; il s'égarait en plein mysticisme social, il imaginait des réhabilitations d'apothéose, il voyait Miette assise sur un trône, au bout du cours Sauvaire, et toute la ville s'inclinant, demandant pardon, chantant des [249] louanges. Heureusement qu'il oubliait ces belles choses, dès que Miette sautait son mur et qu'elle lui disait sur la grande route :

— Courons, veux-tu ? je parie que tu ne m'attraperas pas.

Mais si le jeune homme rêvait tout éveillé la glorification de son amoureuse, il avait de tels besoins de justice, qu'il la faisait souvent pleurer en lui parlant de son père. Malgré les attendrissements profonds que l'amitié[a] de Silvère avait mis en elle, elle avait encore de loin en loin des réveils brusques, des heures mauvaises, où les entêtements, les rébellions de sa nature sanguine la roidissaient, les yeux durs, les lèvres serrées. Alors elle soutenait que son père avait bien fait de tuer le gendarme, que la terre appartient à tout le monde, qu'on a le droit de tirer des coups de fusil où l'on veut et quand on veut. Et Silvère, de sa voix grave, lui expliquait le code comme il le comprenait, avec des commentaires étranges qui auraient fait bondir toute la magistrature de Plassans. Ces causeries avaient lieu, le plus souvent, dans quelque coin perdu des prés Sainte-Claire. Les tapis d'herbe, d'un noir verdâtre, s'étendaient à perte de vue, sans qu'un seul arbre tachât l'immense nappe, et le ciel semblait énorme, emplissant de ses étoiles la rondeur nue de l'horizon. Les enfants étaient comme bercés dans cette mer de verdure. Miette luttait longtemps ; elle demandait à Silvère s'il eût mieux valu que son père se laissât tuer par le gendarme, et Silvère gardait un instant le silence ; puis il disait que, dans un tel cas, il valait mieux être

la victime que le meurtrier, et que c'était un grand malheur, lorsqu'on
tuait son semblable, même en état de légitime défense. Pour lui, la loi
était chose sainte, les juges avaient eu raison d'envoyer Chantegreil au
bagne. La jeune fille s'emportait, elle aurait battu son ami, elle lui criait
qu'il avait aussi mauvais cœur que les autres. Et comme il continuait à
défendre fermement [250] ses idées de justice, elle finissait par éclater
en sanglots, en balbutiant qu'il rougissait sans doute d'elle, puisqu'il lui
rappelait toujours le crime de son père. Ces discussions se terminaient
dans les larmes, dans une émotion commune. Mais l'enfant avait beau
pleurer, reconnaître qu'elle avait peut-être tort, elle gardait tout au fond
d'elle sa sauvagerie, son emportement sanguin. Une fois, elle raconta
avec de longs rires comment un gendarme devant elle, en tombant de
cheval, s'était cassé la jambe. D'ailleurs Miette ne vivait plus que pour
Silvère. Quand celui-ci la questionnait sur son oncle et sur son cousin,
elle répondait « qu'elle ne savait pas », et s'il insistait, par crainte qu'on
la rendît trop malheureuse au Jas-Meiffren, elle disait qu'elle travaillait
beaucoup, que rien n'était changé. Elle croyait pourtant que Justin
avait fini par savoir ce qui la faisait chanter le matin et lui mettait de
la douceur plein les yeux. Mais elle ajoutait :

— Qu'est-ce que ça fait ? S'il vient jamais nous déranger, nous le
recevrons, n'est-ce pas, de telle façon, qu'il n'aura plus l'envie de se
mêler de nos affaires.

Cependant, la campagne libre, les longues marches en plein air, les
lassaient parfois. Ils revenaient toujours à l'aire Saint-Mittre, à l'allée
étroite, d'où les avaient chassés les soirées d'été bruyantes, les odeurs
trop fortes des herbes foulées, les souffles chauds et troublants. Mais,
certains soirs, l'allée se faisait plus douce, des vents la rafraîchissaient, ils
pouvaient demeurer là sans éprouver de vertige. Ils goûtaient alors des
repos délicieux. Assis sur la pierre tombale, l'oreille fermée au tapage
des enfants et des bohémiens, ils se retrouvaient chez eux. Silvère avait
ramassé à plusieurs reprises des fragments d'os, des débris de crâne, et
ils aimaient à parler de l'ancien cimetière. Vaguement, avec leur imagination vive, ils se disaient que leur amour avait poussé, comme une belle
plante robuste et grasse, dans ce terreau, dans ce coin de terre fertilisé
par la mort. Il y [251] avait grandi ainsi que ces herbes folles ; il y^a avait
fleuri comme ces coquelicots que la moindre brise faisait battre sur leurs
tiges, pareils à des cœurs ouverts et saignants. Et ils s'expliquaient les

haleines tièdes passant sur leur front, les chuchotements entendus dans l'ombre, le long frisson qui secouait l'allée : c'étaient les morts qui leur soufflaient leurs passions disparues au visage, les morts qui leur contaient leur nuit de noces, les morts qui se retournaient dans la terre, pris du furieux désir d'aimer, de recommencer l'amour. Ces ossements, ils le sentaient bien, étaient pleins de tendresse pour eux ; les crânes brisés se réchauffaient aux flammes de leur jeunesse, les moindres débris les entouraient d'un murmure ravi, d'une sollicitude inquiète, d'une jalousie frémissante. Et[b] quand ils s'éloignaient, l'ancien cimetière pleurait. Ces herbes, qui leur liaient les pieds par les nuits de feu, et qui les faisaient vaciller, c'étaient des doigts minces, effilés par la tombe, sortis de terre pour les retenir, pour les jeter aux bras l'un de l'autre. Cette odeur âcre et pénétrante qu'exhalaient les tiges brisées, c'était la senteur fécondante, le suc puissant de la vie, qu'élaborent lentement les cercueils et qui grisent de désirs les amants égarés dans la solitude des sentiers. Les morts, les vieux morts, voulaient les noces de Miette et de Silvère[1].

Jamais les enfants ne furent pris d'effroi. La tendresse flottante qu'ils devinaient autour d'eux les touchait, leur faisait aimer les êtres invisibles dont ils croyaient souvent sentir le frôlement, pareil à un léger battement d'ailes. Ils étaient simplement attristés parfois d'une tristesse douce, et ils ne comprenaient pas ce que les morts voulaient d'eux. Ils continuaient à vivre leurs amours ignorantes, au milieu de ce flot de sève, dans ce bout de cimetière abandonné, où la terre engraissée suait la vie, et qui exigeait impérieusement leur union. Les voix bourdonnantes qui faisaient sonner leurs oreilles, les chaleurs subites qui leur poussaient tout le[c] sang [252] au visage, ne leur disaient rien de distinct. Il y avait des jours où la clameur des morts devenait si haute, que Miette, fiévreuse, alanguie, couchée à demi sur la pierre tombale, regardait Silvère de ses yeux noyés, comme pour lui dire : « Que demandent-ils donc ? pourquoi soufflent-ils ainsi de la flamme dans mes veines ? » Et Silvère, brisé, éperdu, n'osait répondre, n'osait répéter les mots ardents qu'il croyait saisir dans l'air, les conseils fous que lui donnaient les grandes herbes, les supplications de l'allée entière,

---

1 Ici convergent deux thèmes typiquement zoliens : la complicité de la nature dans les passions des jeunes amants (voir, par exemple, *La Faute de l'abbé Mouret*, livre II) et l'animation des cimetières (voir, notamment, « Souvenirs VI », *Nouveaux Contes à Ninon*, *O.C.*, vol. IX, p. 422-424).

des tombes mal fermées brûlant de servir de couche aux amours de
ces deux enfants.

Ils se questionnaient souvent sur les ossements qu'ils découvraient.
Miette, avec son instinct de femme, adorait les sujets lugubres. À chaque
nouvelle trouvaille, c'étaient des suppositions sans fin. Si l'os était petit,
elle parlait d'une belle jeune fille poitrinaire, ou emportée par une fièvre
la veille de son mariage ; si l'os était gros, elle rêvait quelque grand
vieillard, un soldat, un juge, quelque homme terrible. La pierre tombale
surtout les occupa longtemps. Par un beau clair de lune, Miette avait
distingué, sur une des faces, des caractères à demi rongés. Il fallut que
Silvère, avec son couteau, enlevât la mousse. Alors ils lurent l'inscription
tronquée : *Cy gist... Marie... morte...* Et Miette, en trouvant son nom
sur cette pierre, était restée toute saisie. Silvère l'appela « grosse bête ».
Mais elle ne put retenir ses larmes. Elle dit qu'elle avait reçu un coup
dans la poitrine, qu'elle mourrait bientôt, que cette pierre était pour
elle[1]. Le jeune homme se sentit glacé à son tour. Cependant il réussit à
faire honte à l'enfant. Comment ! elle, si courageuse, rêvait de pareils
enfantillages ! Ils finirent par rire. Puis ils évitèrent de reparler de cela.
Mais, aux heures de mélancolie, lorsque le ciel voilé attristait l'allée,
Miette ne pouvait s'empêcher de nommer cette morte, cette Marie
inconnue dont la tombe avait si longtemps facilité leurs rendez-vous.
Les os de la [253] pauvre fille étaient peut-être encore là. Elle eut un soir
l'étrange fantaisie de vouloir que Silvère retournât la pierre pour voir
ce qu'il y avait dessous. Il s'y refusa comme à un sacrilège, et ce refus
entretint les rêveries de Miette sur le cher fantôme qui portait son nom.
Elle[a] voulait absolument qu'elle fût morte à son âge, à treize[b] ans, en
pleine tendresse. Elle s'apitoyait jusque sur la pierre, cette pierre qu'elle
enjambait si lestement, où[c] ils s'étaient tant de fois assis, pierre glacée
par la mort et qu'ils avaient réchauffée de leur amour. Elle ajoutait :

— Tu verras, ça nous portera malheur... Moi, si tu mourais, je viendrais mourir ici,[d] et je voudrais qu'on roulât ce bloc sur mon corps.

Silvère, la gorge serrée, la grondait de songer à des choses tristes.

---

1   Voir, sur l'interprétation de cette scène, l'article de Véronique Cnockaert, « "Speculo
     oratio" : le puits-tombeau dans *La Fortune des Rougon* d'Émile Zola », *French Forum*, XXIV,
     n°1, janvier 1999, p. 47-56. Elle montre que ce « face à face amoureux », transformé en
     « une tête à tête avec la mort », est un acte de transposition inscrit « au cœur du livre » et
     constitue « la réactualisation d'un genre ancien de la littérature funéraire : le tombeau »
     (p. 50). Voir aussi ci-dessus, notre introduction, p. 82.

Et ce fut ainsi que, pendant près de[e] deux années, ils s'aimèrent dans l'allée étroite, dans la campagne large. Leur idylle traversa les pluies glacées de décembre et les brûlantes sollicitations de juillet, sans glisser à la honte des amours communes ; elle garda son charme exquis de conte grec, son ardente pureté, tous ses balbutiements naïfs de la chair qui désire et qui ignore. Les morts, les vieux morts eux-mêmes, chuchotèrent vainement à leurs oreilles. Et ils n'emportèrent de l'ancien cimetière qu'une mélancolie attendrie, que le pressentiment vague d'une vie courte ; une voix leur disait qu'ils s'en iraient, avec leurs tendresses vierges, avant les noces, le jour où ils voudraient se donner l'un à l'autre. Sans doute ce fut là, sur la pierre tombale, au milieu des ossements cachés sous les herbes grasses, qu'ils respirèrent leur amour de la mort, cet âpre désir de se coucher ensemble dans la terre,[f] qui les faisait balbutier au bord de la route d'Orchères, par cette nuit de décembre,[g] tandis que les deux cloches se renvoyaient leurs appels lamentables.

Miette dormait paisible, la tête sur la poitrine de Silvère, [254] pendant qu'il rêvait aux rendez-vous lointains, à ces[a] belles années de continuel enchantement. Au jour, l'enfant se réveilla. Devant eux, la vallée s'étendait toute claire sous le ciel blanc. Le soleil était encore derrière les coteaux. Une clarté de cristal, limpide et glacée comme une eau de source, coulait des horizons pâles. Au loin, la Viorne, pareille à un ruban de satin blanc, se perdait au milieu des terres rouges et jaunes. C'était une échappée sans bornes, des mers grises d'oliviers, des vignobles pareils à de vastes pièces d'étoffe rayée, toute une contrée agrandie par la netteté de l'air et la paix du froid. Le vent qui soufflait par courtes brises avait glacé le visage des enfants. Ils se levèrent vivement, ragaillardis, heureux des blancheurs de la matinée. Et, la nuit ayant emporté leurs tristesses effrayées, ils regardaient d'un œil ravi le cercle immense de la plaine, ils écoutaient les tintements des deux cloches, qui leur semblaient sonner joyeusement l'aube d'un jour de fête.

– Ah ! que j'ai bien dormi ! s'écria Miette. J'ai rêvé que tu m'embrassais... Est-ce que tu m'as embrassée, dis ?

– C'est bien possible, répondit Silvère en riant. Je n'avais pas chaud. Il fait un froid de loup.

– Moi, je n'ai froid qu'aux pieds.

– Eh bien ! courons... Nous avons deux bonnes lieues à faire. Tu te réchaufferas.

Et ils descendirent la côte, ils regagnèrent la route en courant. Puis, quand ils furent en bas, ils levèrent la tête, comme pour dire adieu à cette roche sur laquelle ils avaient pleuré, en se brûlant les lèvres d'un baiser. Mais ils ne reparlèrent point[b] de cette caresse ardente qui avait mis dans leur tendresse un besoin nouveau, vague encore, et qu'ils n'osaient formuler. Ils ne se donnèrent même pas le bras, sous prétexte de marcher plus vite. Et ils marchaient gaiement, un peu confus, sans savoir pourquoi, quand ils venaient [255] à se regarder. Autour d'eux, le jour grandissait.[a] Le jeune homme, que son patron envoyait parfois à Orchères, choisissait sans hésiter les bons sentiers,[b] les plus directs. Ils firent ainsi plus de deux lieues, dans des chemins creux, le long de haies et de murailles interminables. Miette accusait Silvère de l'avoir égarée. Souvent,[c] pendant des quarts d'heure entiers, ils ne voyaient pas un bout du pays, ils n'apercevaient, au-dessus des murailles et des haies, que de longues files d'amandiers dont les branches maigres se détachaient sur la pâleur du ciel.

Brusquement, ils débouchèrent juste en face d'Orchères. De grands cris de joie, des brouhahas de foule leur arrivaient, clairs dans l'air limpide. La bande insurrectionnelle entrait à peine dans la ville. Miette et Silvère y pénétrèrent avec les traînards. Jamais ils n'avaient vu un enthousiasme pareil. Dans les rues, on eût dit un jour de procession, lorsque le passage du dais met les plus belles draperies aux fenêtres.[d] On fêtait les insurgés comme on fête des libérateurs. Les hommes les embrassaient, les femmes leur apportaient des vivres. Et il y avait, sur les portes,[e] des vieillards qui pleuraient. Allégresse toute méridionale qui s'épanchait d'une façon bruyante, chantant, dansant, gesticulant. Comme Miette passait, elle fut prise dans une immense farandole qui tournait sur la Grand-Place[1]. Silvère la suivit. Ses idées de mort, de

---

1   Zola emprunte l'essentiel de cette description de la réception joyeuse réservée aux insurgés à Orchères au récit par Ténot de la situation analogue à Salernes : « Ces naïfs républicains crurent que cet événement allait être la cause infaillible de l'avènement de la république démocratique et sociale. Ils protestèrent donc par … une joyeuse farandole. Il est vrai, que le tambourin et le galoubet traditionnels ne conduisaient pas la danse chère aux Provençaux ; on les avait remplacés par *la Marseillaise*. Le dimanche soir, on annonça l'arrivée de l'armée démocratique. Le crieur public fit savoir qu'on eût à faire la soupe et à préparer des logements pour trois mille hommes. L'enthousiasme qui s'empara de cette population est indescriptible. Cabriolets, char-à-bancs, charrettes, véhicules de toute espèce partirent pour recueillir les traînards. Les ménagères s'empressèrent de préparer le repas, tandis que les hommes couraient à la rencontre. À onze heures du soir, les insurgés

découragement, étaient loin à cette heure. Il voulait se battre, vendre du moins chèrement sa vie. L'idée de la lutte le grisait de nouveau. Il[f] rêvait la victoire, la vie heureuse avec Miette, dans la grande paix de la République universelle.

Cette réception fraternelle des habitants d'Orchères fut la dernière joie des insurgés[1]. Ils passèrent la journée dans une confiance rayonnante, dans un espoir sans bornes. Les prisonniers, le commandant Sicardot, MM. Garçonnet, Peirotte et les autres, qu'on avait enfermés dans une salle [256] de la Mairie, dont les fenêtres donnaient sur la Grand-Place, regardaient, avec une surprise effrayée, ces farandoles, ces grands courants d'enthousiasme qui passaient devant eux.[a]

– Quels gueux ! murmurait le commandant, appuyé à la rampe d'une fenêtre, comme sur le velours d'une loge de théâtre ; et dire qu'il ne viendra pas une ou deux batteries pour me nettoyer toute cette canaille ![b]

Puis il aperçut Miette, il ajouta, en s'adressant à M. Garçonnet :

– Voyez donc, monsieur le maire, cette grande fille rouge, là-bas. C'est une honte. Ils ont traîné leurs créatures avec eux. Pour peu que cela continue, nous allons assister à de belles choses.

M. Garçonnet hochait la tête, parlant « des passions déchaînées » et[c] « des plus mauvais jours de notre histoire ». M. Peirotte, blanc comme un linge, restait silencieux ; il ouvrit une seule fois les lèvres, pour dire à Sicardot, qui continuait à déblatérer amèrement :

– Plus bas donc, monsieur ! vous allez nous faire massacrer.

La vérité était que les insurgés traitaient ces messieurs avec la plus grande douceur. Ils leur firent même servir, le soir, un excellent dîner[2]. Mais, pour des trembleurs comme le receveur particulier, de pareilles

---

firent une entrée de lumière. Les acclamations, les poignées de main, les accolades n'en finissaient pas. Les habitants se disputaient les insurgés pour leur donner la plus cordiale hospitalité. [..]. Les gens du Luc et de la Garde racontent encore avec émotion la fraternelle réception de Salernes » (*op. cit.*, éd. de 1865, p. 238-239 ; éd. de 1868, p. 219-220).

1   C'est que, le lendemain, l'arrivée des troupes balayera leur optimisme.

2   Voir l'ouvrage de Ténot sur la façon dont les insurgés traitèrent leurs prisonniers : « Leur escorte était commandée par un républicain du Luc, homme convaincu et homme de cœur, M. P. David. Les prisonniers ont été unanimes, dans leur reconnaissance, pour les égards qu'il leur témoigna. Aucun d'eux n'était attaché ; ils marchaient librement, causant entre eux et avec leurs gardiens et plus d'une fois avec gaîté. À Salernes, ils furent conduits d'abord, à la mairie dans une salle bien chauffée et, bientôt après, transférés à l'hôtel Basset. Le lendemain, dit M. Maquan, on nous servit un repas somptueux pour la situation » (*op. cit.*, éd. de 1865, p. 236 ; éd. de 1868, p. 217-218).

attentions devenaient effrayantes : les insurgés ne devaient les traiter si bien que dans le but de les trouver plus gras et plus tendres, le jour où ils les mangeraient.

Au crépuscule, Silvère se rencontra face à face[d] avec son cousin, le docteur Pascal. Le savant avait suivi la bande à pied, causant au milieu des ouvriers, qui le vénéraient. Il s'était d'abord efforcé de les détourner de la lutte ; puis, comme gagné par leurs discours :

— Vous avez peut-être raison, mes amis, leur avait-il dit [257] avec son sourire d'indifférent affectueux ; battez-vous, je suis là pour vous raccommoder les bras et les jambes.

Et, le matin, il s'était tranquillement mis à ramasser le long de la route des cailloux et des plantes. Il se désespérait de ne pas avoir emporté son marteau de géologue et sa boîte à herboriser. À cette heure, ses poches, pleines de pierres, crevaient, et sa trousse, qu'il tenait sous le bras, laissait passer des paquets de longues herbes.

— Tiens, c'est toi, mon garçon ! s'écria-t-il en apercevant Silvère. Je croyais être ici le seul de la famille.

Il prononça ces derniers mots avec quelque ironie, raillant doucement les menées de son père et de l'oncle Antoine.[a] Silvère fut heureux de rencontrer son cousin ; le docteur était le seul des Rougon qui lui serrât la main dans les rues et qui[b] lui témoignât une sincère amitié. Aussi, en le voyant couvert encore de la poussière de la route, et le croyant acquis à la cause républicaine, le jeune homme montra-t-il une vive joie. Il lui parla des droits du peuple, de sa cause sainte, de son triomphe assuré, avec une emphase juvénile. Pascal l'écoutait en souriant ; il examinait avec curiosité ses gestes, les jeux ardents de sa physionomie, comme s'il eût étudié un sujet, disséqué un enthousiasme, pour voir ce qu'il y a au fond de cette fièvre généreuse.

— Comme tu vas ! comme tu vas ![c] Ah ! que tu es bien le petit-fils de ta grand-mère !

Et il ajouta, à voix basse, du ton d'un chimiste qui prend des notes :

— Hystérie ou enthousiasme, folie honteuse ou folie sublime. Toujours ces diables de nerfs !

Puis, concluant tout haut, résumant sa pensée :

— La famille est complète, reprit-il. Elle aura un héros.

Silvère n'avait pas entendu. Il continuait à parler de sa chère République. À quelques pas, Miette s'était arrêtée, [258] toujours vêtue de sa grande pelisse rouge ; elle ne quittait plus Silvère, ils avaient couru la ville aux bras l'un de l'autre. Cette grande fille rouge finit par intriguer Pascal ; il interrompit brusquement son cousin, il lui demanda :

— Quelle est[a] cette enfant qui est avec toi ?

— C'est ma femme, répondit gravement Silvère.

Le docteur ouvrit de grands yeux. Il ne comprit pas. Et, comme il était[b] timide avec les femmes, il envoya à Miette, en s'éloignant, un large coup de chapeau.

La nuit fut inquiète. Il passa un vent de malheur sur les insurgés. L'enthousiasme, la confiance de la veille furent comme emportés dans les ténèbres. Au matin, les figures étaient sombres ; il y avait des échanges de regards tristes, des silences longs de découragement. Des bruits effrayants couraient ; les mauvaises nouvelles, que les chefs avaient réussi à cacher depuis la veille, s'étaient répandues sans que personne eût parlé, soufflées par cette bouche invisible qui jette d'une haleine la panique dans les foules. Des voix disaient que Paris était vaincu, que la province avait tendu les pieds et les poings ; et ces voix ajoutaient que des troupes nombreuses[c] parties de Marseille, sous les ordres du colonel Masson et de M. de Blériot, le préfet du département, s'avançaient à marches forcées pour détruire les bandes insurrectionnelles[1]. Ce fut un écroulement, un réveil plein de colère et de désespoir. Ces hommes, brûlant la veille de fièvre patriotique,[d] se sentirent frissonner dans le grand froid de la France soumise, honteusement agenouillée. Eux seuls avaient donc eu l'héroïsme du devoir ! Ils étaient, à cette heure, perdus au milieu de l'épouvante de tous, dans le silence de mort du pays ; ils devenaient des rebelles ; on allait les chasser à coups de fusil, comme des bêtes fauves. Et ils avaient rêvé une grande guerre, la révolte d'un peuple, la conquête glorieuse du droit ![e] Alors, dans une telle déroute, dans un tel

---

1   Sur la source de ces détails et les changements de noms, voir le récit de Ténot : « Le mardi soir, toutes les bandes se portèrent donc sur Aups, occupé déjà par les insurgés de Salernes et une foule de paysans des communes voisines. Le nombre des insurgés réunis autour de ce point dépassait six mille. Au moment où Camille Duteil marchait sur Aups, le préfet et le colonel Trauers prenaient la résolution d'occuper cette ville, le lendemain. M. de Sercey devait atteindre Barjols ce jour-là. Les insurgés que l'on supposait toujours à Salernes allaient être serrés dans cette ville par le colonel Trauers à Aups, et le colonel de Sercey à Barjols. Un mouvement concentrique devait les mettre entre deux feux et les écraser infailliblement. Le mercredi matin, 10 décembre, le préfet Pastoureau et le colonel Trauers se mirent en marche avec onze compagnies du 50e de ligne, 50 gendarmes à cheval et 25 cavaliers du train » (éd. de 1865, p. 243).

abandon,[f] cette poignée d'hommes [259] pleura[a] sa foi morte, son rêve de justice évanoui. Il y en eut qui, en injuriant la France entière de sa lâcheté, jetèrent leurs armes et allèrent s'asseoir sur le bord des routes ; ils disaient[b] qu'ils attendraient là les balles de la troupe, pour montrer comment mouraient des républicains.[c] Bien que ces hommes n'eussent plus devant eux que l'exil ou la mort, il y eut peu de désertions.[d] Une admirable solidarité unissait ces bandes. Ce fut contre les chefs que la colère se tourna. Ils étaient réellement incapables. Des fautes irréparables avaient été commises ; et maintenant, lâchés, sans discipline, à peine protégés par quelques sentinelles, sous les ordres d'hommes irrésolus, les insurgés se trouvaient à la merci des premiers soldats qui se présenteraient[e1].

Ils passèrent deux jours encore à Orchères, le mardi et le mercredi[2], perdant le temps, aggravant leur situation. Le général, l'homme au sabre, que Silvère avait montré à Miette sur la route de Plassans, hésitait, pliait sous la terrible responsabilité qui pesait sur lui. Le jeudi, il jugea que décidément la position d'Orchères était dangereuse. Vers une heure, il donna l'ordre du départ, il conduisit sa[f] petite armée sur les hauteurs de Sainte-Roure[3]. C'était là, d'ailleurs, une position inexpugnable, pour qui aurait su la défendre. Sainte-Roure étage ses maisons sur le flanc d'une colline ; derrière la ville, d'énormes blocs de rochers ferment l'horizon ; on ne peut monter à cette sorte de citadelle que par la plaine des Nores, qui s'élargit au bas du plateau. Une esplanade, dont on a fait un cours, planté d'ormes superbes, domine la plaine. Ce fut sur cette esplanade que les insurgés campèrent. Les otages eurent pour prison une auberge,

---

1   *Cf.* le passage suivant de Ténot : « La démoralisation faisait des progrès. Beaucoup d'insurgés comprenaient qu'ils jouaient une partie déjà perdue. Tous, au reste, sentaient qu'ils n'avaient à leur tête qu'un chef sans force et sans talent. Duteil avait achevé d'user le peu d'autorité qui lui restait. Ses menaces continuelles de faire fusiller les insubordonnés, menaces jamais suivies d'effet, le discréditaient complètement. Il était évident qu'il n'avait aucun plan de conduite et que sous sa direction, le mouvement était sans but. Comme il arrive toujours en pareil cas, des bruits de trahison circulaient dans cette foule soupçonneuse. Parmi les chefs, il fut question de le déposer. On offrit le commandement au docteur Campdoras. Mais celui-ci qui voyait la mauvaise tournure des affaires, refusa en prétextant sa jeunesse » (éd. de 1865, p. 242 ; éd. de 1868, p. 223).

2   Dans la réalité, les insurgés passèrent le lundi et le mardi (le 8 et le 9 décembre) à Salernes plutôt que le mardi et le mercredi (le 9 et le 10). Les insurgés furent établis à Aups le 9 décembre. La bataille d'Aups eut lieu le mercredi, 10 décembre.

3   C'est-à-dire Aups.

l'hôtel de la Mule-Blanche[1], située au milieu du cours. La nuit se passa lourde et noire. On parla de trahison. Dès le matin, l'homme au sabre, qui avait [260] négligé de prendre les plus simples précautions, passa une revue[2]. Les contingents étaient alignés, tournant le dos à la plaine, avec le tohu-bohu étrange des costumes, vestes brunes, paletots foncés, blouses bleues,[a] serrées par des ceintures rouges ; les armes, bizarrement mêlées, luisaient au soleil clair, les faux aiguisées de frais, les larges pelles de terrassier, les canons brunis des fusils de chasse : lorsque, au moment où le général improvisé passait à cheval devant la petite armée, une[c] sentinelle, qu'on avait oubliée dans un champ d'oliviers, accourut en gesticulant, en criant :

– Les soldats ! les[d] soldats[3] !

Ce fut une émotion inexprimable. On crut d'abord à une fausse alerte. Les insurgés, oubliant toute discipline, se jetèrent en avant, coururent au bout de l'esplanade, pour voir les soldats. Les rangs furent rompus. Et quand la ligne sombre de la troupe apparut, correcte, avec le large éclair des baïonnettes, derrière le rideau grisâtre des oliviers, il y eut un mouvement de recul, une confusion qui fit passer un frisson de panique d'un bout à l'autre du plateau.

Cependant, au milieu du cours, La Palud et Saint-Martin-de-Vaulx, s'étant reformés, se tenaient farouches et debout. Un bûcheron, un géant dont la tête dépassait celle de ses compagnons, criait, en agitant sa cravate rouge : « À nous, Chavanoz, Graille, Poujols, Saint-Eutrope ! à nous, les Tulettes[4] ! à nous, Plassans ! »

De grands courants de foule traversaient l'esplanade. L'homme au sabre, entouré des gens de Faverolles, s'éloigna, avec plusieurs contingents des campagnes, Vernoux, Corbière, Marsanne, Pruinas, pour tourner l'ennemi et le prendre de flanc. D'autres, Valqueyras, Nazères, Castel-le-Vieux,

---

1   Cette auberge est basée sur l'hôtel Crouzet, mentionné par Ténot, *op. cit.*, p. 245. Sur le nom de la Mule Blanche (et Noire) à Aix, voir GGS, p. 504, note 245.

2   Zola semble avoir adapté le passage suivant de Ténot : « Les insurgés restés à Aups, dont le nombre dépassait quatre mille, se massèrent sur l'esplanade pour la revue qui devait précéder le départ. [.] Il n'eût pas été difficile de défendre cette position ; [.] Mais Duteil sans méfiance s'était bien gardé de faire les moindres dispositions. Il haranguait ses hommes qui, le dos tourné au parapet, l'écoutaient avec distraction, lorsqu'un cri s'éleva : "Voilà les soldats !" » (éd. de 1865, p. 248-249 ; éd. de 1868, p. 229-230).

3   Voir sur l'action qui va suivre le récit par Ténot de la bataille d'Aups, que nous avons reproduit ci-dessous dans le dossier documentaire, p. 523-526.

4   C'est-à-dire Les Arcs.

les Roches-Noires, Murdaran, se jetèrent à gauche, se dispersèrent en tirailleurs dans la plaine des Nores. [261]

Et, tandis que le cours se vidait, les villes, les villages que le bûcheron avait appelés à l'aide se réunissaient,[a] formaient sous les ormes une masse sombre, irrégulière, groupée en dehors de toutes les règles de la stratégie, mais qui avait roulé là, comme un bloc, pour barrer le chemin ou mourir. Plassans se trouvait au milieu de ce bataillon héroïque. Dans la teinte grise des blouses et des vestes, dans l'éclat bleuâtre des armes, la pelisse de Miette, qui tenait le drapeau à deux mains, mettait une large tache rouge, une tache de blessure fraîche et saignante.

Il y eut brusquement un grand silence. À une[b] des fenêtres de la Mule-Blanche, la tête blafarde de M. Peirotte apparut. Il parlait, il faisait des gestes.

— Rentrez, fermez les volets, crièrent les insurgés furieusement ; vous allez vous faire tuer.

Les volets se fermèrent en toute hâte, et l'on n'entendit plus que les pas cadencés des soldats qui approchaient.

Une minute s'écoula, interminable. La troupe avait disparu ; elle était cachée dans un pli de terrain, et bientôt les insurgés aperçurent, du côté de la plaine, au ras du sol, des pointes de baïonnettes qui poussaient, grandissaient, roulaient sous le soleil levant, comme un champ de blé aux épis d'acier. Silvère, à ce moment, dans la fièvre qui le secouait, crut voir[c] passer devant lui l'image du gendarme dont le sang lui avait taché les mains ; il savait, par les récits de ses compagnons, que Rengade[d] n'était pas mort, qu'il avait simplement un œil crevé ; et il le distinguait nettement, avec son orbite vide, saignant, horrible. La pensée aiguë de cet homme, auquel il n'avait plus songé depuis son départ de Plassans, lui fut insupportable. Il craignit d'avoir peur. Il serrait violemment sa carabine, les yeux voilés par un brouillard, brûlant de décharger son arme, de chasser l'image du borgne à coups de feu. Les baïonnettes montaient toujours, lentement. [262]

Quand[a] les têtes des soldats apparurent au bord de l'esplanade, Silvère, d'un mouvement instinctif, se tourna vers Miette. Elle était là, grandie, le visage rose, dans les plis du drapeau rouge ; elle se haussait sur la pointe des[b] pieds, pour voir la troupe ; une attente nerveuse faisait battre ses narines, montrait ses dents blanches de jeune loup dans la rougeur de ses lèvres. Silvère lui sourit. Et il n'avait pas tourné la tête, qu'une fusillade éclata. Les soldats, dont on ne voyait encore que les épaules, venaient de lâcher leur premier feu. Il lui sembla qu'un grand vent passait sur sa tête, tandis qu'une pluie de feuilles coupées par les balles tombaient des ormes. Un bruit sec, pareil à celui d'une branche morte qui se casse, le fit regarder à sa droite. Il vit par terre le grand bûcheron, celui dont la tête dépassait celles des autres, avec un petit trou noir au milieu du front. Alors il déchargea sa carabine devant lui, sans viser, puis il rechargea, tira de nouveau. Et cela, toujours, comme un furieux, comme une bête qui ne pense à rien, qui se dépêche de tuer. Il ne distinguait même plus les soldats ; des fumées flottaient sous les ormes, pareilles à des lambeaux de mousseline grise. Les feuilles continuaient à pleuvoir sur les insurgés, la troupe tirait trop haut. Par instants, dans les bruits déchirants de la fusillade, le jeune homme entendait un soupir, un râle sourd ; et il y avait dans la petite bande une[c] poussée, comme pour faire de la place au malheureux qui tombait en se cramponnant aux épaules de ses voisins. Pendant dix minutes, le feu dura.

Puis, entre deux décharges, un homme cria : « Sauve qui peut ! » avec un accent terrible de terreur. Il[d] y eut des grondements, des murmures de rage, qui disaient : « Les lâches ! oh ! les lâches ! » Des phrases sinistres couraient : le général avait fui ; la cavalerie sabrait les tirailleurs dispersés dans la plaine des Nores[1]. Et les coups de feu ne cessaient pas, ils partaient irréguliers, rayant la fumée de flammes brusques. [263] Une voix rude répétait qu'il fallait mourir là. Mais la voix affolée, la voix de terreur, criait plus haut : « Sauve qui peut ! sauve qui peut ! »[a] Des hommes s'enfuirent, jetant leurs armes, sautant par-dessus les morts. Les autres serrèrent les rangs. Il resta une dizaine d'insurgés. Deux prirent encore la fuite, et, sur les huit autres, trois furent[b] tués d'un coup.

Les deux enfants étaient restés machinalement, sans rien[c] comprendre. À mesure que le bataillon diminuait, Miette élevait le drapeau davantage ; elle le tenait, comme un grand cierge, devant elle, les poings fermés. Il était criblé de balles. Quand Silvère n'eut plus de cartouches dans les poches, il cessa de tirer, il regarda sa carabine d'un air stupide. Ce fut

---

1   Zola modifie légèrement le récit d'un épisode que Ténot situe tout au début de la bataille : « Le bruit se répandit comme l'éclair, parmi la foule encore rangée sur l'esplanade, que Duteil venait de s'enfuir en criant : *sauve qui peut* ! Les tirailleurs commençant le feu du milieu des prairies augmentaient la confusion, lorsque tout à coup, la cavalerie débouchant au galop, par la porte Saint-Sébastien, se rue sur les insurgés. Le contingent du Luc veut tenir bon. Il est sabré. » (éd. de 1865, p. 250-251 ; éd. de 1868, p. 231).

alors qu'une ombre lui passa sur la face, comme si un oiseau colossal eût effleuré son front d'un battement d'aile. Et, levant les yeux, il vit le drapeau qui tombait des mains de Miette. L'enfant, les deux poings serrés sur sa^d poitrine, la tête renversée, avec une expression atroce de souffrance, tournait lentement sur elle-même. Elle ne poussa pas un cri ; elle s'affaissa en arrière, sur la nappe rouge du drapeau.

— Relève-toi, viens vite, dit Silvère lui tendant la main, la tête perdue.

Mais elle resta par terre, les yeux tout grands ouverts, sans dire un mot. Il comprit, il se jeta à genoux.

— Tu es blessée, dis ? Où es-tu blessée ?

Elle ne disait toujours rien ; elle étouffait ; elle le regardait de ses yeux agrandis, secouée par de courts frissons. Alors il lui écarta les mains.

— C'est là, n'est-ce pas ? c'est là.

Et il déchira son corsage,^e mit à nu sa poitrine. Il chercha, il ne vit rien. Ses yeux s'emplissaient de larmes. Puis, sous le sein gauche, il aperçut un petit trou rose ; une seule goutte de sang tachait la plaie. [264]

— Ça ne sera rien, balbutia-t-il ; je vais aller chercher Pascal, il te guérira. Si tu pouvais te relever… Tu ne peux pas te relever ?

Les soldats ne tiraient plus ; ils s'étaient jetés à gauche, sur les contingents emmenés par l'homme au sabre. Au milieu de l'esplanade vide, il n'y avait que Silvère agenouillé devant le corps de Miette. Avec l'entêtement du désespoir, il l'avait prise dans ses bras. Il voulait la mettre debout ; mais l'enfant eut une telle secousse de douleur qu'il la recoucha. Il^a la suppliait :

— Parle-moi, je t'en prie. Pourquoi ne me dis-tu rien ?

Elle ne pouvait pas. Elle agita les mains, d'un mouvement doux et lent, pour dire que ce n'était pas sa faute. Ses lèvres serrées s'amincissaient déjà sous le doigt de la mort. Les cheveux dénoués, la tête roulée dans les plis sanglants du drapeau, elle n'avait plus que ses yeux de vivants, des yeux noirs, qui luisaient dans son visage blanc. Silvère sanglota. Les regards de ces grands yeux navrés lui faisaient mal. Il y voyait un immense regret de la vie.^b Miette lui disait qu'elle partait seule, avant les noces, qu'elle s'en allait sans être sa femme ; elle lui disait encore que c'était lui qui avait voulu cela, qu'il aurait dû l'aimer comme tous les garçons aiment les filles. À son agonie, dans cette lutte rude que sa nature sanguine livrait à la mort, elle pleurait sa virginité. Silvère, penché sur elle, comprit les sanglots amers de cette chair ardente. Il

entendit au loin les sollicitations des vieux ossements ; il se rappela
ces caresses qui avaient brûlé leurs lèvres, dans la nuit, au bord de la
route : elle se pendait à son cou, elle lui demandait tout l'amour, et lui,
il n'avait pas su, il la laissait partir petite fille, désespérée de n'avoir
pas goûté aux voluptés[c] de la vie. Alors, désolé de la voir n'emporter de
lui qu'un souvenir d'écolier et de bon camarade, il baisa sa poitrine de
vierge, cette gorge pure et chaste qu'il venait de découvrir. Il ignorait ce
buste frissonnant, [265] cette puberté admirable. Ses larmes trempaient
ses lèvres. Il collait sa bouche sanglotante sur la peau de l'enfant. Ces
baisers d'amant mirent une dernière joie dans les yeux de Miette.[a] Ils
s'aimaient, et leur idylle se dénouait dans la mort.

Mais lui ne pouvait croire qu'elle allait mourir. Il disait :

— Non, tu vas voir, ça n'est rien... Ne parle pas, si tu souffres...
Attends, je vais te soulever la tête ; puis je te réchaufferai, tu as les
mains glacées.

La fusillade reprenait, à gauche, dans les champs d'oliviers. Des[b]
galops sourds de cavalerie montaient de la plaine des Nores. Et, par
instants,[c] il y avait de grands cris d'hommes qu'on égorge. Des fumées
épaisses arrivaient, traînaient sous les ormes de l'esplanade. Mais Silvère
n'entendait plus, ne voyait plus. Pascal, qui descendait en courant vers
la plaine, l'aperçut, vautré à terre, et s'approcha, le croyant blessé. Dès
que le jeune homme l'eut reconnu, il se cramponna à lui. Il lui montrait Miette.

— Voyez donc, disait-il, elle est blessée, là, sous le sein... Ah ! que
vous êtes bon d'être venu ; vous la sauverez.

À ce moment, la mourante eut une légère convulsion. Une ombre
douloureuse passa sur son visage, et, de ses lèvres serrées qui s'ouvrirent,
sortit un petit souffle. Ses yeux, tout grands ouverts, restèrent fixés sur
le jeune homme.

Pascal, qui s'était penché, se releva en disant à demi-voix :

— Elle est morte.

Morte ! ce mot fit chanceler Silvère. Il s'était remis à genoux ; il tomba
assis, comme renversé par le petit souffle de Miette.

— Morte ! morte ! répéta-t-il, ce n'est pas vrai, elle me regarde... Vous
voyez bien qu'elle me regarde. [266]

Et il saisit le médecin par son vêtement, le conjurant de ne pas s'en
aller, lui affirmant qu'il se trompait, qu'elle n'était pas morte, qu'il

la sauverait, s'il voulait. Pascal lutta doucement,[a] disant de sa voix affectueuse :

— Je ne puis rien,[b] d'autres m'attendent… Laisse, mon pauvre enfant ; elle est bien morte, va.

Il lâcha prise, il retomba. Morte ! morte ! encore ce mot, qui sonnait comme un glas dans sa tête vide ! Quand il fut seul, il se traîna auprès du cadavre. Miette le regardait toujours. Alors il se jeta sur elle, roula sa tête sur sa gorge nue, baigna[c] sa peau de ses larmes. Ce fut un emportement. Il[d] posait furieusement les lèvres sur la rondeur naissante de ses seins,[e] il lui soufflait dans un baiser toute sa flamme, toute sa vie, comme pour la ressusciter. Mais l'enfant devenait froide sous ses caresses. Il sentait ce corps inerte s'abandonner dans ses bras. Il fut pris d'épouvante ; il s'accroupit, la face bouleversée, les bras pendants, et il resta là, stupide, répétant[f] :

— Elle est morte, mais elle me regarde ; elle ne ferme pas les yeux, elle me voit toujours.

Cette idée l'emplit d'une grande douceur. Il ne bougea plus. Il échangea avec Miette un long regard, lisant encore,[g] dans ces yeux que la mort rendait plus profonds, les derniers regrets de l'enfant pleurant sa virginité.

Cependant, la cavalerie sabrait toujours les fuyards, dans la plaine des Nores ;[h] les galops des chevaux, les cris des mourants, s'éloignaient, s'adoucissaient, comme une musique lointaine, apportée par l'air limpide. Silvère ne savait plus qu'on se battait. Il ne vit pas son cousin, qui remontait la pente et qui traversait de nouveau le cours. En passant, Pascal ramassa la carabine de Macquart, que Silvère avait jetée ; il la connaissait pour l'avoir vue pendue à la cheminée de tante Dide, et songeait à[i] la sauver des mains des vainqueurs. Il était à peine entré dans l'hôtel de la Mule Blanche, où l'on [267] avait porté un grand nombre de blessés, qu'un flot d'insurgés, chassés par la troupe comme une bande de bêtes, envahit l'esplanade. L'homme au sabre avait fui ; c'étaient les derniers contingents des campagnes que l'on traquait. Il y eut là un effroyable massacre. Le colonel Masson et le préfet, M. de Blériot, pris de pitié, ordonnèrent vainement la retraite. Les soldats, furieux,[a] continuaient à tirer dans le tas, à clouer les fuyards contre les murailles, à coups de baïonnette. Quand ils n'eurent plus d'ennemis devant eux,[b] ils criblèrent de balles la façade de la Mule-Blanche. Les volets partaient en éclats ; une fenêtre, laissée entrouverte, fut arrachée, avec un bruit retentissant de verre cassé. Des voix lamentables criaient à l'intérieur : « Les prisonniers ! les prisonniers ! » Mais la troupe n'entendait pas, elle tirait toujours. On vit, à un moment, le commandant Sicardot, exaspéré, paraître sur le seuil, parler en agitant les bras. À côté de lui, le receveur particulier, M. Peirotte, montra sa taille mince, son visage effaré. Il y eut encore une décharge. Et M. Peirotte tomba par terre, le nez en avant, comme une masse.

Silvère et Miette se regardaient.[c] Le jeune homme était resté penché sur la morte, au milieu de la fusillade et des hurlements d'agonie, sans même tourner la tête. Il sentit seulement des hommes autour de lui, et il fut pris d'un sentiment de pudeur : il ramena les plis du drapeau rouge sur Miette, sur sa gorge nue. Puis ils continuèrent à se regarder.

Mais la lutte était finie. Le meurtre du receveur particulier avait assouvi les soldats. Des hommes couraient, battant tous les coins de l'esplanade, pour ne pas laisser échapper un seul insurgé. Un gendarme, qui aperçut Silvère sous les arbres, accourut ; et, voyant qu'il avait à faire à un enfant :

– Que fais-tu là, galopin ? lui demanda-t-il.

Silvère, les yeux sur les yeux de Miette, ne répondit pas. [268]

– Ah ! le bandit, il a les mains noires de poudre, s'écria l'homme, qui s'était baissé. Allons, debout, canaille ! Ton compte est bon.

Et comme Silvère, souriant vaguement,[a] ne bougeait pas, l'homme s'aperçut que le cadavre qui se trouvait là, dans le drapeau, était un cadavre de femme :

– Une belle fille, c'est dommage ! murmura-t-il... Ta maîtresse, hein ? crapule !

Puis il ajouta avec un rire de gendarme :

– Allons, debout !... Maintenant qu'elle est morte, tu ne veux peut-être pas coucher avec.

Il tira violemment Silvère, il le mit debout, il l'emmena comme un chien qu'on traîne par une patte. Silvère se laissa traîner, sans une parole, avec une obéissance d'enfant. Il se retourna, il regarda Miette. Il était désespéré de la laisser toute seule, sous les arbres. Il la vit de loin, une dernière fois. Elle restait là, chaste, dans le drapeau rouge, la tête légèrement penchée, avec[b] ses grands yeux qui regardaient en l'air. [269]

VI

Rougon, vers cinq heures du matin[1], osa enfin sortir de chez sa
mère. La vieille s'était endormie sur une chaise. Il s'aventura doucement
jusqu'au bout de l'impasse Saint-Mittre. Pas un bruit, pas une ombre.
Il poussa jusqu'à la porte de Rome. Le trou de la porte, ouverte à deux
battants, béante, s'enfonçait dans le noir de la ville endormie. Plassans
dormait[a] à poings fermés, sans paraître se douter de l'imprudence énorme
qu'il commettait en dormant ainsi les portes ouvertes. On eût dit une
cité morte. Rougon, prenant confiance, s'engagea dans la rue de Nice.
Il surveillait de loin les coins des ruelles ; il frissonnait, à chaque creux
de porte, croyant toujours voir une bande d'insurgés lui sauter aux
épaules. Mais il arriva au cours Sauvaire sans mésaventure. Décidément,
les insurgés s'étaient évanouis dans les ténèbres, comme un cauchemar.

Alors Pierre s'arrêta un instant sur le trottoir désert. Il poussa un
gros soupir de soulagement et de triomphe. Ces gueux de républicains
lui abandonnaient donc Plassans. La[b] ville lui appartenait, à cette heure :
elle dormait comme [270] une sotte[a] ; elle était là, noire et paisible,
muette et confiante, et il n'avait qu'à étendre la main pour la prendre.
Cette courte halte, ce regard d'homme supérieur jeté sur le sommeil
de toute une sous-préfecture, lui causèrent des jouissances ineffables. Il
resta là, croisant les bras, prenant, seul dans la nuit, une pose de grand
capitaine à la veille d'une victoire. Au loin, il n'entendait que le chant
des fontaines du cours, dont les filets d'eau sonores tombaient dans les
bassins.

Puis des inquiétudes lui vinrent.[b] Si, par malheur, on avait fait
l'Empire sans lui ! si les Sicardot, les Garçonnet, les Peirotte, au lieu d'être
arrêtés et emmenés par la bande insurrectionnelle, l'avaient jetée tout
entière dans les prisons de la ville ! Il eut une sueur froide, il se remit en

---

1   Après le récit de la bataille du 10 décembre, Zola revient en arrière pour présenter l'action
    à Plassans à partir du lundi matin, 8 décembre. Le romancier combine, avec des ajouts,
    le contenu des chapitres VII et VIII des plans primitifs.

marche,[c] espérant que Félicité lui donnerait des renseignements exacts. Il avançait plus rapidement, filant le long des maisons de la rue de la Banne, lorsqu'un spectacle étrange, qu'il aperçut en levant la tête, le cloua net sur le pavé. Une des fenêtres du salon jaune était vivement éclairée, et, dans la lueur, une forme noire qu'il reconnut pour être sa femme, se penchait, agitait les bras d'une façon désespérée. Il s'interrogeait, ne comprenait pas, effrayé, lorsqu'un objet dur vint rebondir sur le trottoir, à ses pieds. Félicité lui jetait la clef du hangar, où il avait caché une réserve de fusils. Cette clef signifiait clairement qu'il fallait prendre les armes. Il rebroussa chemin, ne s'expliquant pas pourquoi sa femme l'avait empêché de monter, s'imaginant des choses terribles.[d]

Il alla droit chez Roudier, qu'il[e] trouva debout, prêt à marcher, mais dans une ignorance complète des événements de la nuit. Roudier demeurait à l'extrémité de la ville neuve, au fond d'un désert où le passage des insurgés n'avait envoyé aucun écho. Pierre lui proposa d'aller chercher Granoux, dont la maison faisait un angle de la place des Récollets[1], et sous les fenêtres duquel la bande avait dû passer. La bonne du [271] conseiller municipal parlementa longtemps avant de les introduire, et ils entendaient la voix tremblante du pauvre homme, qui criait du premier étage :

— N'ouvrez pas, Catherine ! les rues sont infestées de brigands.

Il était dans sa chambre à coucher, sans lumière. Quand il reconnut ses deux bons amis, il fut soulagé ; mais il ne voulut pas que la bonne apportât une lampe, de peur que la clarté ne lui attirât quelque balle. Il semblait croire que la ville était encore pleine d'insurgés. Renversé sur[a] un fauteuil, près de la fenêtre, en caleçon et la tête enveloppée d'un foulard, il geignait :

— Ah ! mes amis, si vous saviez !... J'ai essayé de me coucher ; mais ils faisaient un tapage ! Alors je me suis jeté dans ce fauteuil. J'ai tout vu, tout. Des figures atroces, une bande de forçats échappés. Puis ils ont repassé ; ils entraînaient le brave commandant Sicardot, le digne M. Garçonnet, le directeur des postes, tous ces messieurs, en poussant des cris de cannibales !...

---

1   Dans la réalité, la place des Prêcheurs, où se situe l'église de la Madeleine, à Aix-en-Provence. Le nom des Récollets renvoie aux Frères mineurs récollets, membres d'un ordre franciscain. Il existe une Place des Récollets sur le Cours du Tribunal à Digne-les-Bains, préfecture du département des Alpes-de-Haute-Provence, au nord-est d'Aix en Provence.

Rougon eut une joie chaude. Il fit répéter à Granoux qu'il avait bien vu le maire et les autres au milieu de ces brigands.

— Quand je vous le dis ! pleurait le bonhomme ; j'étais derrière ma persienne… C'est comme M. Peirotte, ils sont venus l'arrêter ; je l'ai entendu qui disait, en passant sous ma fenêtre : « Messieurs, ne me faites pas de mal. » Ils devaient le martyriser… C'est une honte, une honte…

Roudier calma Granoux en lui affirmant[b] que la ville était libre. Aussi le digne homme fut-il pris d'une belle ardeur guerrière, lorsque Pierre lui apprit[c] qu'il venait le chercher pour sauver Plassans.[d] Les trois sauveurs délibérèrent. Ils résolurent d'aller éveiller chacun leurs amis et de leur donner[e] rendez-vous dans le hangar, l'arsenal secret de la réaction. Rougon songeait toujours aux grands gestes de Félicité, flairant[f] [272] un péril quelque part. Granoux, assurément le plus bête des trois, fut le premier à trouver qu'il devait être resté des républicains dans la ville. Ce fut un trait de lumière, et Rougon, avec un pressentiment qui ne le trompa pas, se dit en lui-même :

— Il y a[a] du Macquart là-dessous.

Au bout d'une heure, ils se retrouvèrent dans le hangar, situé au fond[b] d'un quartier perdu. Ils étaient allés discrètement, de porte en porte, étouffant le bruit[c] des sonnettes et des marteaux, racolant le plus d'hommes possible. Mais ils n'avaient pu en réunir qu'une quarantaine, qui arrivèrent à la file, se glissant dans l'ombre, sans cravate, avec les mines blêmes et encore tout endormies de bourgeois effarés. Le hangar, loué à un tonnelier, se trouvait encombré de vieux cercles, de barils effondrés, qui s'entassaient dans les coins.[d] Au milieu, les fusils étaient couchés dans trois caisses longues. Un rat de cave, posé sur une pièce de bois, éclairait cette scène étrange d'une lueur de veilleuse qui vacillait. Quand Rougon eut retiré les couvercles des trois caisses, ce fut un spectacle d'un sinistre grotesque. Au-dessus des fusils, dont les canons luisaient, bleuâtres et comme phosphorescents, des cous s'allongeaient, des têtes se penchaient avec une sorte d'horreur secrète, tandis que, sur les murs, la clarté jaune du rat de cave dessinait l'ombre de nez énormes et de[e] mèches de cheveux roidies.

Cependant la bande réactionnaire se compta, et, devant son petit nombre, elle eut une hésitation. On n'était que trente-neuf, on allait pour sûr se faire massacrer ; un père de famille parla de ses enfants ; d'autres, sans alléguer de prétexte, se dirigèrent vers la porte. Mais deux conjurés arrivèrent encore ; ceux-là demeuraient sur la place de l'Hôtel-de-Ville, ils savaient qu'il restait, à la mairie, au plus une vingtaine de républicains[1]. On délibéra de nouveau. Quarante et un contre vingt parut un chiffre possible. La distribution [273] des armes se fit au milieu d'un petit frémissement. C'était Rougon qui puisait dans les caisses, et chacun, en recevant son fusil, dont le canon, par cette nuit de décembre, était glacé, sentait un grand froid le pénétrer et le geler jusqu'aux entrailles. Les ombres, sur les murs, prirent des attitudes bizarres de conscrits embarrassés, écartant leurs dix doigts. Pierre referma les caisses avec regret ; il laissait là cent neuf fusils qu'il aurait distribués de bon cœur ; ensuite il passa au partage des cartouches. Il y en avait, au fond de la remise, deux grands tonneaux, pleins jusqu'aux bords, de quoi défendre Plassans contre une armée. Et, comme ce coin[a] n'était pas éclairé, et qu'un de ces messieurs apportait le rat de cave, un autre des conjurés – c'était un gros charcutier qui avait des poings de géant – se fâcha, disant qu'il n'était pas du tout prudent d'approcher ainsi la lumière. On l'approuva fort. Les cartouches furent distribuées en pleine obscurité. Ils s'en emplirent les poches à les faire crever.[b] Puis, quand ils furent prêts, quand ils eurent chargé leurs armes avec des précautions infinies, ils restèrent là un instant, à se regarder d'un air louche, en échangeant des regards où de la cruauté lâche luisait dans de la bêtise.

Dans les rues, ils s'avancèrent le long des maisons, muets, sur une seule file, comme des sauvages qui partent pour la guerre. Rougon avait tenu à honneur de marcher en tête ; l'heure était venue où il devait payer de sa personne, s'il voulait le succès de ses plans ; il avait des gouttes de sueur au front, malgré le froid, mais il gardait une allure très martiale. Derrière lui, venaient immédiatement Roudier et Granoux. À deux reprises, la colonne s'arrêta net ; elle avait cru entendre des bruits lointains de bataille ; ce n'était que les petits plats à barbe de cuivre, pendus par des chaînettes, qui servent d'enseigne aux perruquiers du

---

1 Détail emprunté à l'ouvrage de Ténot : « Cependant le préfet et le colonel Trauers quittaient le Luc, le lundi matin, et assez mal informés par les gens du pays, se portaient sur Lorgnes où ils croyaient les insurgés en position. Après le départ de ceux-ci, une commission révolutionnaire s'était installée à la mairie, soutenue par les rares démocrates de la localité. Il faut bien le dire, cette héroïque population, comme l'appelle M. Maquan, n'avait pas eu le facile héroïsme de l'en empêcher. Il fallut les douze cents baïonnettes du colonel Trauers pour y rétablir l'autorité » (*op. cit.*, éd. de 1865, p. 239 ; éd. de 1868, p. 220.

Midi, et que des souffles de vent agitaient. Après[c] chaque halte, les sauveurs de Plassans reprenaient leur marche prudente dans le noir, [274] avec leur allure de héros effarouchés. Ils arrivèrent ainsi sur la place de l'Hôtel-de-Ville. Là, ils se groupèrent autour de Rougon, délibérant une fois de plus. En face d'eux, sur la façade noire de la mairie, une seule fenêtre était éclairée. Il était près de sept heures, le jour allait paraître.

Après dix bonnes minutes de discussion, il fut décidé qu'on avancerait jusqu'à la porte, pour voir ce que signifiait cette ombre et ce silence inquiétants. La porte était entrouverte. Un des conjurés passa la tête et la retira vivement, disant qu'il y avait, sous le porche, un homme assis contre le mur, avec un fusil entre les jambes, et qui dormait. Rougon, voyant qu'il pouvait débuter par un exploit, entra le premier, s'empara de l'homme et le maintint, pendant que Roudier le bâillonnait. Ce premier succès, remporté dans le silence, encouragea singulièrement la petite troupe, qui avait rêvé une fusillade très meurtrière. Et Rougon faisait des signes impériaux pour que la joie de ses soldats n'éclatât pas trop bruyamment.

Ils continuèrent à avancer sur la pointe des pieds. Puis, à gauche, dans le poste de police qui se trouvait[a] là, ils aperçurent une quinzaine d'hommes couchés sur un lit de camp, ronflant[b] dans la lueur mourante d'une lanterne accrochée au mur. Rougon, qui décidément devenait un grand général, laissa devant le poste la moitié de ses hommes, avec l'ordre de ne pas réveiller les dormeurs, mais de les tenir en respect et de les faire prisonniers, s'ils bougeaient[1]. Ce qui l'inquiétait, c'était cette fenêtre éclairée qu'ils avaient vue de la place ; il flairait toujours Macquart dans l'affaire, et comme il sentait qu'il fallait d'abord s'emparer de ceux qui veillaient[c] en haut, il n'était pas fâché d'opérer par surprise, avant que le bruit d'une lutte les fît se barricader. Il monta doucement, suivi des vingt héros dont il disposait encore. Roudier commandait le détachement resté dans la cour.

Macquart, en effet, se carrait en haut, dans le cabinet du maire,[d] [275] assis dans son fauteuil, les coudes sur son bureau. Après le départ des insurgés, avec cette belle confiance d'un homme d'esprit grossier,

---

1   Gina Gourdin Servenière interprète cet épisode comme « une parodie burlesque » de l'arrestation des représentants, Christophe Louis Léon Juchault de Lamoricière, le général Marie-Alphonse Bedeau, Adolphe Thiers, les deux questeurs de l'Assemblée, etc., « surpris dans leur sommeil, à l'aube du 2 décembre » (GGS, p. 505, note 259).

tout à son idée fixe et tout à sa victoire, il s'était dit qu'il était le maître
de Plassans et qu'il allait s'y conduire en triomphateur. Pour lui, cette
bande de trois mille hommes qui venait de traverser la ville était une
armée invincible, dont le voisinage suffirait pour tenir ses[a] bourgeois
humbles et dociles sous sa main. Les insurgés avaient enfermé les gendarmes dans leur caserne, la garde nationale se trouvait démembrée, le
quartier noble devait crever de peur, les rentiers de la ville neuve n'avaient
certainement jamais touché un fusil de leur vie. Pas d'armes, d'ailleurs,
pas plus que de soldats. Il ne prit seulement pas la précaution de faire
fermer les portes, et tandis que ses hommes poussaient la confiance plus
loin encore, jusqu'à s'endormir, il attendait tranquillement le jour qui
allait, pensait-il, amener et grouper autour de lui tous les républicains
du pays.

Déjà il songeait aux grandes mesures révolutionnaires : la nomination
d'une Commune dont il serait le chef[1], l'emprisonnement des mauvais
patriotes et surtout des gens qui lui déplaisaient. La pensée des Rougon
vaincus, du salon jaune désert, de toute cette clique lui demandant grâce,
le plongeait dans une douce joie. Pour prendre patience,[b] il avait résolu
d'adresser une proclamation aux habitants de Plassans. Ils s'étaient mis
quatre pour rédiger cette affiche.[c] Quand elle fut terminée, Macquart,
prenant une pose digne dans le fauteuil du[d] maire, se la fit lire, avant
de l'envoyer à l'imprimerie de *l'Indépendant*, sur le civisme de laquelle
il comptait. Un des rédacteurs commençait avec emphase : « Habitants
de Plassans, l'heure de l'indépendance a sonné, le règne de la justice
est venu[2]... » lorsqu'un bruit se fit entendre à la porte du cabinet, qui
s'ouvrait lentement. [276]

— C'est toi, Cassoute ? demanda Macquart en[a] interrompant la lecture.

On ne répondit pas ; la porte s'ouvrait toujours.

— Entre donc ! reprit-il avec impatience. Mon brigand de frère est
chez lui ?

---

1   Dans cet épisode, qui présente les deux camps sur le mode burlesque, la folie des grandeurs
     de Macquart l'entraîne à s'illusionner en évoquant le gouvernement révolutionnaire de
     Paris, établi après la prise de la Bastille, le 14 juillet 1789.
2   Parodie probable de la proclamation par De Maupas, le préfet de police, le 2 décembre
     1851 : « Habitants de Paris, Le Président de la République, par une courageuse initia-
     tive, vient de déjouer les machinations des partis et de mettre un terme aux angoisses
     du pays. C'est au nom du Peuple, dans son intérêt et pour le maintien de la République,
     que l'événement s'est accompli. [.] » ! Voir GGS, p. 506, note 261.

Alors, brusquement, les deux battants de la porte, poussés avec violence, claquèrent contre les murs, et un flot d'hommes armés, au milieu desquels marchait Rougon, très rouge, les yeux hors des orbites, envahirent le cabinet en brandissant leurs fusils comme des bâtons.

– Ah! les canailles, ils ont des armes! hurla Macquart.

Il voulut prendre une paire de pistolets posés sur le bureau; mais il avait déjà cinq hommes à la gorge qui le maintenaient. Les quatre rédacteurs de la proclamation luttèrent un instant. Il y eut des poussées, des trépignements sourds, des bruits de chute. Les combattants étaient singulièrement embarrassés par leurs fusils, qui ne leur servaient à rien, et qu'ils ne voulaient pas lâcher. Dans la lutte, celui de Rougon, qu'un insurgé cherchait à lui arracher, partit tout seul, avec une détonation épouvantable, en emplissant le cabinet de fumée; la balle alla briser une superbe glace, montant de la cheminée au plafond, et qui avait la réputation d'être une des plus belles glaces de la ville. Ce coup de feu, tiré on ne savait pourquoi, assourdit tout le monde et mit fin à la bataille.

Alors, pendant que ces messieurs soufflaient, on entendit trois détonations qui venaient de la cour. Granoux courut à une des fenêtres du cabinet. Les visages s'allongèrent, et tous, penchés anxieusement, attendirent, peu soucieux d'avoir à recommencer la lutte avec les hommes du poste, qu'ils avaient oubliés dans leur victoire. Mais la voix de Roudier cria que tout allait bien. Granoux referma la fenêtre, rayonnant. La vérité était que le coup de feu de Rougon [277] avait réveillé les dormeurs; ils s'étaient rendus, voyant toute résistance impossible. Seulement, dans la hâte aveugle qu'ils avaient d'en finir, trois des hommes de Roudier avaient déchargé leurs armes en l'air, comme pour répondre à la détonation d'en haut, sans bien savoir ce qu'ils faisaient. Il y a de ces moments où les fusils partent d'eux-mêmes dans les mains des poltrons.

Cependant Rougon fit lier solidement les poings de Macquart avec les embrasses des grands rideaux verts du cabinet. Celui-ci ricanait, pleurant de rage.

– C'est cela, allez toujours... balbutiait-il. Ce soir ou demain, quand les autres reviendront, nous réglerons nos comptes!

Cette allusion à la bande insurrectionnelle fit passer un frisson dans le dos des vainqueurs. Rougon surtout éprouva un léger étranglement. Son frère, qui était exaspéré d'avoir été surpris comme un enfant par ces

bourgeois effarés, qu'il traitait d'abominables pékins[1], à titre d'ancien
soldat, le regardait, le bravait avec des yeux luisants de haine.

– Ah! j'en sais de belles, j'en sais de belles! reprit-il sans le quitter
du regard. Envoyez-moi donc un peu devant la cour d'assises pour que
je raconte aux juges des histoires qui feront rire.

Rougon devint blême. Il eut une peur atroce que Macquart ne par-
lât et ne le perdît dans l'estime des messieurs qui venaient de l'aider
à sauver Plassans. D'ailleurs, ces messieurs, tout ahuris de la rencontre
dramatique des deux frères, s'étaient retirés dans un coin du cabinet,
en voyant qu'une explication orageuse allait avoir lieu. Rougon prit une
décision héroïque. Il s'avança vers le groupe et dit d'un ton très noble :

– Nous garderons cet homme ici. Quand il aura réfléchi à sa situation,
il pourra nous donner des renseignements utiles. [278]

Puis, d'une voix encore plus digne :

– J'accomplirai mon devoir, messieurs. J'ai juré de sauver la ville
de l'anarchie, et je la sauverai, dussé-je être le bourreau de mon plus
proche parent.

On eût dit un vieux Romain sacrifiant sa famille sur l'autel de la
patrie. Granoux, très ému, vint lui serrer la main d'un air larmoyant
qui signifiait[a] : « Je vous comprends, vous êtes sublime ! » Il lui rendit
ensuite le service d'emmener tout le monde, sous le prétexte de conduire
dans la cour les quatre prisonniers qui étaient là.

Quand Pierre fut seul avec son frère,[b] il sentit tout son aplomb lui
revenir. Il reprit :

– Vous ne m'attendiez guère, n'est-ce pas ? Je comprends maintenant :
vous deviez avoir dressé quelque guet-apens chez moi. Malheureux !
voyez où vous ont conduit vos vices et vos désordres !

Macquart haussa les épaules.

– Tenez, répondit-il, fichez-moi la paix. Vous êtes un vieux coquin.
Rira bien qui rira le dernier.

Rougon, qui n'avait pas de plan arrêté à son égard, le poussa dans
un cabinet de toilette où M. Garçonnet[c] venait se reposer parfois. Ce
cabinet, éclairé par en haut, n'avait d'autre issue que la porte d'entrée.
Il était meublé de quelques fauteuils, d'un divan et d'un lavabo de
marbre. Pierre ferma la porte à double tour, après avoir délié à moitié

---

1   *Pékin* : terme péjoratif dans l'argot militaire, qui dénote un civil ou bourgeois (*Trésor de
la langue française*).

les mains de son frère. On entendit ce dernier[d] se jeter sur le divan, et il entonna le *Ça ira*[1] ! d'une voix formidable, comme pour se bercer.

Rougon, seul enfin, s'assit à son tour dans le fauteuil du maire.[e] Il poussa un soupir, il s'essuya le front. Que la conquête de la fortune et des honneurs était rude ! Enfin,[f] il touchait au but, il sentait le fauteuil moelleux s'enfoncer sous lui, il caressait de la main, d'un geste machinal, le bureau d'acajou, qu'il trouvait soyeux et délicat comme la peau [279] d'une jolie femme. Et il se carra davantage, il prit la pose digne que Macquart avait un instant auparavant, en écoutant la lecture de la proclamation. Autour de lui, le silence du cabinet lui semblait prendre une gravité religieuse qui lui pénétrait l'âme d'une divine volupté.[a] Il n'était pas jusqu'à l'odeur de poussière et de vieux papiers, traînant dans les coins, qui ne montât comme un encens à ses narines dilatées.[b] Cette pièce, aux tentures fanées, puant les affaires étroites, les soucis misérables d'une municipalité de troisième ordre,[c] était un temple dont il devenait le dieu. Il entrait dans quelque chose de sacré. Lui qui, au fond, n'aimait pas les prêtres, il se rappela l'émotion délicieuse de sa première communion quand il avait cru avaler Jésus.

Mais, dans son ravissement, il éprouvait de petits soubresauts nerveux, à chaque éclat de voix de Macquart. Les mots d'aristocrate, de lanterne, les menaces de pendaison, lui arrivaient par souffles violents à travers la porte, et coupaient d'une façon désagréable son rêve triomphant. Toujours cet homme ! Et son rêve, qui lui montrait Plassans à ses pieds, s'achevait par la vision brusque de la cour d'assises, des juges, des jurés et du public, écoutant les révélations honteuses de Macquart, l'histoire des cinquante mille francs et les autres ; ou bien, tout en goûtant la mollesse du fauteuil de M. Garçonnet,[d] il se voyait tout d'un coup pendu à une lanterne de la rue de la Banne. Qui donc le débarrasserait de ce misérable ? Enfin Antoine s'endormit. Pierre eut dix bonnes minutes d'extase pure.

Roudier et Granoux vinrent le tirer de cette béatitude. Ils arrivaient de la prison, où ils avaient conduit les insurgés.[e] Le jour grandissait, la ville allait s'éveiller, il s'agissait de prendre un parti. Roudier déclara qu'avant tout il serait bon d'adresser une proclamation aux habitants. Pierre, justement, lisait celle que les insurgés avaient laissée sur une table. [280]

---

1   *Ça ira !* : chant révolutionnaire composé en 1790 par un certain Ladré, ancien soldat chanteur des rues.

– Mais, s'écria-t-il, voilà qui nous convient parfaitement. Il n'y a que quelques mots à changer.

Et, en effet, un quart d'heure suffit, au bout duquel Granoux lut, d'une voix émue :

– Habitants de Plassans, l'heure de la résistance a sonné, le règne de l'ordre est revenu…

Il fut décidé que l'imprimerie de *la Gazette* imprimerait la proclamation, et qu'on l'afficherait à tous les coins de rue.

– Maintenant, écoutez, dit Rougon, nous allons nous rendre chez moi ; pendant ce temps, M. Granoux réunira ici les membres du conseil municipal qui n'ont pas été arrêtés, et leur racontera les terribles événements de cette nuit.

Puis il ajouta, avec majesté :

– Je suis tout prêt à accepter la responsabilité de mes actes. Si ce que j'ai déjà fait paraît un gage suffisant de mon amour de l'ordre, je consens à me mettre à la tête d'une commission municipale, jusqu'à ce que les autorités régulières puissent être rétablies. Mais, pour qu'on ne m'accuse pas d'ambition, je ne rentrerai à la mairie que rappelé par les instances de mes concitoyens.

Granoux et Roudier se récrièrent. Plassans ne serait pas ingrat. Car enfin leur ami avait sauvé la ville. Et ils rappelèrent tout ce qu'il avait fait pour la cause de l'ordre : le salon jaune toujours ouvert aux amis du pouvoir, la bonne parole portée dans les trois quartiers, le dépôt d'armes dont l'idée lui appartenait, et surtout cette nuit mémorable, cette nuit de prudence et d'héroïsme, dans laquelle il s'était illustré[a] à jamais. Granoux ajouta qu'il était sûr d'avance[b] de l'admiration et de la reconnaissance de messieurs les conseillers municipaux. Il conclut en disant :

– Ne bougez pas de chez vous ; je veux aller vous chercher et vous ramener en triomphe.

Roudier[c] dit encore qu'il comprenait, d'ailleurs, le tact, [281] la modestie de leur ami, et qu'il l'approuvait. Personne, certes, ne songerait à l'accuser d'ambition, mais on sentirait la délicatesse qu'il mettait à ne vouloir rien être sans l'assentiment de ses concitoyens. Cela était très digne, très noble, tout à fait grand.

Sous cette pluie d'éloges, Rougon baissait humblement la tête. Il murmurait : « Non, non, vous allez trop loin », avec de petites pâmoisons d'homme chatouillé voluptueusement. Chaque phrase du[a] bonnetier retiré et de l'ancien marchand d'amandes, placés l'un à sa droite, l'autre à sa gauche, lui passait suavement sur la face ; et, renversé dans le fauteuil du[b] maire, pénétré par les senteurs administratives du cabinet, il saluait à gauche, à droite, avec des allures de prince prétendant dont un coup d'État va faire un empereur[1].

Quand ils furent las de s'encenser,[c] ils descendirent. Granoux partit à la recherche du conseil municipal. Roudier dit à Rougon d'aller en avant ; il le rejoindrait chez lui, après avoir donné les ordres nécessaires pour la garde de la mairie. Le jour grandissait. Pierre gagna la rue de la Banne, en faisant sonner militairement ses talons sur les trottoirs encore déserts. Il tenait son chapeau à la main, malgré le froid vif ; des bouffées d'orgueil lui jetaient tout le sang au visage.

Au bas de l'escalier, il trouva Cassoute. Le terrassier n'avait pas bougé, n'ayant vu rentrer personne. Il était là, sur la première marche, sa grosse tête entre les mains, regardant fixement devant lui, avec le regard vide et l'entêtement muet d'un chien fidèle.

– Vous m'attendiez, n'est-ce pas ? lui dit Pierre, qui comprit tout en l'apercevant. Eh bien ! allez dire à M. Macquart que je suis rentré. Demandez-le à la mairie.

Cassoute se leva et se retira, en saluant gauchement. Il alla se faire arrêter comme un mouton, pour la grande [282] réjouissance de Pierre, qui riait tout seul en montant l'escalier, surpris de lui-même, ayant vaguement cette pensée :

– J'ai du courage, aurais-je de l'esprit ?

Félicité ne s'était pas couchée. Il la trouva endimanchée, avec son bonnet à rubans citron, comme une femme qui attend du monde. Elle était vainement restée à la fenêtre, elle n'avait rien entendu ; elle se mourait de curiosité.

– Eh bien ? demanda-t-elle, en se précipitant au-devant de son mari.

Celui-ci, soufflant, entra dans le salon jaune, où elle[a] le suivit, en fermant soigneusement les portes derrière elle. Il se laissa aller dans un fauteuil, il dit d'une voix étranglée :

– C'est fait, nous serons receveur particulier.

Elle lui sauta au cou ; elle l'embrassa.

---

1   De manière comique (et doublement ironique), Zola rend plus explicite le parallélisme entre Rougon et Louis-Napoléon.

— Vrai? vrai? cria-t-elle. Mais je n'ai rien entendu. Ô mon petit homme, raconte-moi ça, raconte-moi tout.

Elle avait quinze ans, elle se faisait chatte, elle tourbillonnait, avec ses[b] vols brusques de cigale ivre de lumière et de chaleur. Et Pierre, dans l'effusion de sa victoire, vida son cœur. Il n'omit pas un détail. Il expliqua même ses projets futurs, oubliant que, selon lui, les femmes n'étaient bonnes à rien, et que la sienne devait tout ignorer, s'il voulait rester le maître. Félicité, penchée, buvait ses paroles. Elle lui fit recommencer certaines parties du récit, disant qu'elle n'avait pas entendu ;[c] en effet, la joie faisait un tel vacarme dans sa tête que, par moments, elle devenait comme sourde, l'esprit perdu en pleine jouissance. Quand Pierre raconta l'affaire[d] de la mairie, elle fut prise de rires, elle changea trois fois de fauteuil, roulant les meubles, ne pouvant tenir en place. Après quarante années d'efforts continus,[e] la fortune se laissait enfin prendre à la gorge. [283] Elle en devenait folle, à ce point qu'elle oublia elle-même toute prudence.

— Hein![a] c'est à moi que tu dois tout cela! s'écria-t-elle avec une explosion de triomphe. Si je t'avais laissé agir, tu te serais fait bêtement pincer par les insurgés. Nigaud, c'était le Garçonnet, le Sicardot et les autres, qu'il fallait jeter à ces bêtes féroces.

Et, montrant ses dents branlantes de vieille, elle ajouta avec un rire de gamine :

— Eh! vive la République! elle a fait place nette.

Mais Pierre était devenu maussade.

— Toi, toi, murmura-t-il, tu crois toujours avoir tout prévu. C'est moi qui ai eu l'idée de me cacher. Avec cela que les femmes entendent quelque chose à la politique! Va, ma pauvre vieille, si tu conduisais la barque, nous ferions vite naufrage.

Félicité pinça les lèvres. Elle s'était trop avancée, elle avait oublié son rôle de bonne fée muette. Mais il lui vint une de ces rages sourdes, qu'elle éprouvait quand son mari l'écrasait de sa supériorité. Elle se promit de nouveau, lorsque l'heure serait venue, quelque vengeance exquise qui lui livrerait le bonhomme[b] pieds et poings liés.

— Ah! j'oubliais, reprit Rougon, M. Peirotte est de la danse. Granoux l'a vu qui se débattait entre les mains des insurgés.

Félicité eut un tressaillement. Elle était justement à la fenêtre, qui regardait avec amour les croisées du receveur particulier. Elle venait d'éprouver le besoin de les revoir, car l'idée du[c] triomphe se confondait en elle avec l'envie de ce bel appartement, dont elle usait les meubles du regard, depuis si longtemps.[d]

Elle se retourna, et, d'une voix étrange :

— M. Peirotte est arrêté ? dit-elle.

Elle sourit complaisamment ; puis une vive rougeur lui [284] marbra la face. Elle venait, au fond d'elle, de faire ce souhait brutal : « Si les insurgés pouvaient le massacrer ! » Pierre lut sans doute cette pensée dans ses yeux.

— Ma foi ! s'il attrapait quelque balle, murmura-t-il, ça arrangerait nos affaires... On ne serait pas obligé de le déplacer,[a] n'est-ce pas ? et il n'y aurait rien de notre faute.

Mais Félicité, plus nerveuse, frissonnait. Il lui semblait qu'elle venait de condamner un homme à mort. Maintenant, si M. Peirotte était tué, elle le reverrait la nuit, il viendrait lui tirer les pieds. Elle ne jeta plus sur les fenêtres d'en face que des coups d'œil sournois, pleins d'une horreur voluptueuse. Et il y eut, dès lors, dans ses jouissances, une pointe d'épouvante criminelle qui les rendit plus aiguës.

D'ailleurs, Pierre, le cœur vidé, voyait à présent le mauvais côté de la situation. Il parla[b] de Macquart. Comment se débarrasser de ce chenapan ? Mais Félicité, reprise par la fièvre du succès,[c] s'écria :

— On ne peut pas tout faire à la fois. Nous le bâillonnerons, parbleu ! Nous trouverons bien quelque moyen...

Elle allait et venait,[d] rangeant les fauteuils, époussetant les dossiers. Brusquement, elle s'arrêta au milieu de la pièce et, jetant un long regard sur le mobilier fané :

— Bon Dieu ! dit-elle, que c'est laid ici ! Et tout ce monde qui va venir !

— Baste ! répondit Pierre avec une superbe indifférence, nous changerons tout cela.

Lui qui, la veille, avait un respect religieux pour les fauteuils et le canapé, il serait monté dessus à pieds joints. Félicité, éprouvant le même dédain, alla jusqu'à bousculer un fauteuil dont une roulette manquait et qui ne lui obéissait pas assez vite.

Ce fut à ce moment que Roudier entra. Il sembla à la [285] vieille femme qu'il était d'une bien plus grande politesse. Les « monsieur », les « madame » roulaient, avec une musique délicieuse. D'ailleurs, les habitués arrivaient à la file, le salon s'emplissait. Personne ne connaissait encore, dans leurs détails, les événements de la nuit, et tous accouraient, les yeux hors de la tête, le sourire aux lèvres, poussés par les rumeurs qui commençaient à courir la ville. Ces messieurs qui, la veille au soir, avaient quitté si précipitamment le salon jaune, à la nouvelle de l'approche des insurgés, revenaient, bourdonnants, curieux et importuns, comme un essaim de mouches qu'aurait dispersé un coup de vent. Certains n'avaient pas même pris le temps de mettre leurs bretelles. Leur impatience était grande,[a] mais il était visible que Rougon attendait quelqu'un pour parler. À chaque minute, il tournait vers la porte un regard anxieux. Pendant une heure, ce furent des poignées de main expressives, des félicitations vagues, des chuchotements admiratifs, une joie contenue, sans cause certaine, et qui ne demandait qu'un mot pour devenir de l'enthousiasme.

Enfin Granoux parut. Il s'arrêta un instant sur le seuil, la main droite dans sa redingote boutonnée ; sa grosse face blême, qui jubilait, essayait vainement de cacher son émotion sous un grand air de dignité. À son apparition, il se fit un silence ; on sentit qu'une chose extraordinaire allait se passer. Ce[b] fut au milieu d'une haie que Granoux marcha droit vers Rougon. Il lui tendit la main.

— Mon ami, lui dit-il, je vous apporte l'hommage du conseil municipal. Il vous appelle à sa tête, en attendant que notre maire nous soit rendu. Vous avez sauvé Plassans. Il faut, dans l'époque abominable que nous traversons, des hommes qui allient votre intelligence à votre courage. Venez…

Granoux, qui récitait là un petit discours qu'il avait [286] préparé avec grand-peine, de la mairie à la rue de la Banne, sentit sa mémoire se troubler. Mais Rougon, gagné par l'émotion, l'interrompit, en lui serrant les mains, en répétant :

— Merci, mon cher Granoux, je vous remercie bien.

Il ne trouva rien autre chose. Alors il y eut une explosion de voix assourdissante. Chacun se précipita, lui tendit la main, le couvrit d'éloges et de compliments, le questionna avec âpreté. Mais lui, digne déjà comme un magistrat,[a] demanda quelques minutes pour conférer avec MM. Granoux et Roudier. Les affaires avant tout. La ville se trouvait dans une situation si critique ! Ils se retirèrent tous trois dans un coin du salon, et là, à voix basse, ils se partagèrent le pouvoir, tandis que les habitués, éloignés de quelques pas, et jouant la discrétion, leur jetaient à la dérobée des coups d'œil où l'admiration se mêlait à la curiosité. Rougon prendrait le titre de président de la commission municipale ; Granoux serait secrétaire ; quant à Roudier, il devenait commandant[b]en chef de la garde nationale réorganisée. Ces messieurs se jurèrent un appui mutuel, d'une solidité à toute épreuve.

Félicité, qui s'était approchée d'eux, leur demanda brusquement :

– Et Vuillet ?

Ils se regardèrent. Personne n'avait aperçu Vuillet. Rougon eut une légère grimace d'inquiétude.

– Peut-être qu'on l'a emmené avec les autres..., dit-il pour se tranquilliser.

Mais Félicité secoua la tête. Vuillet n'était pas un homme à se laisser prendre. Du moment qu'on ne le voyait pas, qu'on ne l'entendait pas, c'est qu'il faisait[c] quelque chose de mal.

La porte s'ouvrit, Vuillet entra. Il salua humblement, avec son clignement de paupières, son sourire pincé de sacristain. [287] Puis il vint tendre sa main humide à Rougon et aux deux autres. Vuillet avait fait ses petites affaires tout seul. Il s'était taillé lui-même sa part du gâteau, comme aurait dit Félicité. Il avait vu, par le soupirail de sa cave, les insurgés venir arrêter le directeur des postes, dont les bureaux étaient voisins de[a] sa librairie. Aussi, dès le matin, à l'heure même où Rougon s'asseyait dans le fauteuil du[b] maire, était-il allé s'installer tranquillement dans le cabinet du directeur. Il connaissait les employés ; il les avait reçus à leur arrivée, en leur disant qu'il remplacerait leur chef jusqu'à son retour, et qu'ils n'eussent à s'inquiéter de rien. Puis il avait fouillé le courrier du matin avec une curiosité mal dissimulée ; il flairait les lettres ; il semblait en chercher une particulièrement. Sans doute sa situation nouvelle répondait à un de ses plans secrets, car il alla, dans son contentement, jusqu'à donner à un de ses[c] employés un exemplaire des *Œuvres badines* de Piron[1]. Vuillet avait un fonds très assorti de livres obscènes, qu'il cachait dans un grand tiroir, sous une couche de chapelets et d'images saintes ; c'était lui qui inondait la ville de photographies et de gravures honteuses, sans que cela nuisît le moins du monde à la

---

1   Il s'agit des *Poésies : badines & facétieuses* (ou des *Œuvres badines*) d'Alexis Piron (1689-1773), poète et auteur dramatique, « gai causeur, homme de verve et de mimique », « la gaîté même », selon Sainte-Beuve ; il écrivit des épigrammes satiriques, dirigées contre Voltaire et l'Académie.

vente des paroissiens. Cependant il dut s'effrayer, dans la matinée,[d] de la façon cavalière dont il s'était emparé de l'hôtel des postes. Il songea à faire ratifier son usurpation. Et c'est pourquoi il accourait chez Rougon, qui devenait décidément un puissant personnage.

— Où êtes-vous donc passé ? lui demanda Félicité d'un air méfiant.

Alors il conta son histoire, qu'il enjoliva. Selon lui, il avait sauvé l'hôtel des postes du pillage.

— Eh bien ! c'est entendu, restez-y ! dit Pierre après avoir réfléchi un moment. Rendez-vous utile.

Cette dernière phrase indiquait la grande terreur des Rougon ; ils avaient peur qu'on ne se rendît trop utile, qu'on ne sauvât la ville plus qu'eux. Mais Pierre n'avait trouvé aucun [288] péril sérieux à laisser Vuillet directeur intérimaire des postes ; c'était même une façon de s'en débarrasser. Félicité eut un vif mouvement de contrariété.

Le conciliabule terminé, ces messieurs revinrent se mêler aux groupes qui emplissaient le salon. Ils durent enfin satisfaire la curiosité générale. Il leur fallut détailler par le menu[a] les événements de la matinée. Rougon fut magnifique. Il amplifia encore, orna et dramatisa le récit qu'il avait conté à sa femme. La distribution des fusils et des cartouches fit haleter tout le monde. Mais ce fut la marche dans les rues désertes et la prise de la mairie qui foudroyèrent ces bourgeois de stupeur. À chaque nouveau détail, une interruption partait.

— Et vous n'étiéz que quarante et un, c'est prodigieux !

— Ah bien ! merci, il devait faire diablement noir.

— Non, je l'avoue, jamais je n'aurais osé cela !

— Alors, vous l'avez pris, comme ça, à[b] la gorge !

— Et les insurgés, qu'est-ce qu'ils ont dit ?

Mais ces courtes phrases ne faisaient que fouetter la verve de Rougon. Il répondait à tout le monde. Il mimait l'action. Ce gros homme, dans l'admiration de ses propres exploits, retrouvait des souplesses d'écolier, il revenait, se répétait, au milieu des paroles croisées, des cris de surprise, des conversations particulières qui s'établissaient brusquement pour la discussion d'un détail ; et il allait ainsi en s'agrandissant, emporté par un souffle épique. D'ailleurs, Granoux et Roudier étaient là qui lui soufflaient des faits, de petits faits imperceptibles qu'il omettait. Ils brûlaient, eux aussi, de placer un mot, de conter un épisode, et parfois ils lui volaient la parole. Ou bien ils parlaient tous les trois ensemble. Mais lorsque,[c] pour garder comme dénouement, comme bouquet, l'épisode homérique de la glace cassée, Rougon voulut dire ce qui s'était passé en bas dans la cour, lors de l'arrestation du poste, Roudier l'accusa de nuire au récit en changeant [289] l'ordre des événements. Et ils se disputèrent un instant avec quelque aigreur. Puis Roudier, voyant l'occasion bonne pour lui, s'écria d'une voix prompte :

— Eh bien, soit ! Mais vous n'y étiez pas... Laissez-moi dire...

Alors il expliqua longuement comment les insurgés s'étaient réveillés et comment on les avait mis en joue pour les réduire à l'impuissance. Il ajouta que le sang n'avait pas coulé, heureusement. Cette dernière phrase désappointa l'auditoire qui comptait sur son cadavre.

— Mais vous avez tiré, je crois, interrompit Félicité, voyant que le drame était pauvre.

— Oui, oui, trois coups de feu, reprit l'ancien bonnetier. C'est le charcutier Dubruel, M. Liévin et M. Massicot qui ont déchargé leurs armes avec une vivacité coupable.

Et, comme il y eut quelques murmures :

— Coupable, je maintiens le mot, reprit-il. La guerre a déjà de bien cruelles nécessités, sans qu'on y verse du sang inutile. J'aurais voulu vous voir à ma place... D'ailleurs, ces messieurs m'ont juré que ce n'était pas leur faute ; ils ne s'expliquent pas comment leurs fusils sont partis... Et pourtant il y a eu une balle perdue qui, après avoir ricoché, est allée faire un bleu sur la joue d'un insurgé...

Ce bleu, cette blessure inespérée satisfit l'auditoire. Sur quelle joue le bleu se trouvait-il, et comment une balle, même perdue, peut-elle frapper une joue sans la trouer ? Cela donna sujet à de longs commentaires.

— En haut, continua Rougon de sa voix la plus forte, sans laisser à l'agitation le temps de se calmer, en haut, nous avions fort à faire. La lutte a été rude...

Et il décrivit l'arrestation de son frère et des quatre autres insurgés, très largement, sans nommer Macquart, qu'il appelait « le chef ». Les mots : « Le cabinet de M. le maire, le fauteuil, le bureau de M. le maire », revenaient à chaque [290] instant dans sa bouche et donnaient, pour les auditeurs, une grandeur merveilleuse à cette terrible scène. Ce n'était plus chez le portier, mais chez le premier magistrat de la ville qu'on se battait. Roudier était enfoncé. Rougon arriva enfin à l'épisode qu'il préparait depuis le commencement, et qui devait décidément le poser en héros.

— Alors, dit-il, un insurgé se précipite sur moi. J'écarte le fauteuil de M. le maire, je prends mon homme à la gorge. Et je le serre, vous pensez! Mais mon fusil me gênait. Je ne voulais pas le lâcher, on ne lâche jamais son fusil. Je le tenais, comme cela, sous le bras gauche. Brusquement, le coup part…

Tout l'auditoire était pendu aux lèvres de Rougon. Granoux, qui allongeait les lèvres, avec une démangeaison féroce de parler, s'écria :

— Non, non, ce n'est pas cela… Vous n'avez pu voir, mon ami; vous vous battiez comme un lion… Mais moi qui aidais à garrotter un des prisonniers, j'ai tout vu… L'homme a voulu vous assassiner; c'est lui qui a fait partir le coup de fusil; j'ai parfaitement aperçu ses doigts noirs qu'il glissait sous votre bras…

— Vous croyez ?, dit Rougon devenu blême.

Il ne savait pas qu'il eût couru un pareil danger, et le récit de l'ancien marchand d'amandes le glaçait d'effroi… Granoux ne mentait pas d'ordinaire; seulement, un jour de bataille, il est bien permis de voir les choses dramatiquement.

— Quand je vous le dis, l'homme a voulu vous assassiner, répéta-t-il avec conviction.

— C'est donc cela, dit Rougon, d'une voix éteinte, que j'ai entendu la balle siffler à mon oreille.

Il y eut une violente émotion; l'auditoire parut frappé de respect devant ce héros. Il avait entendu siffler une balle à son oreille ! Certes, aucun des bourgeois qui étaient là n'aurait pu en dire autant. Félicité crut devoir se jeter dans [291] les bras de son mari, pour mettre l'attendrissement de l'assemblée à son comble. Mais Rougon se dégagea tout d'un coup et termina son récit par cette phrase héroïque qui est restée célèbre à Plassans :

— Le coup part, j'entends siffler la balle à mon oreille, et, paf! la balle va casser la glace de M. le maire.

Ce fut une consternation. Une si belle glace ! incroyable, vraiment ! Le malheur arrivé à la glace balança dans la sympathie de ces messieurs l'héroïsme de Rougon. Cette glace devenait une personne, et l'on parla d'elle pendant un quart d'heure avec des exclamations, des apitoiements, des effusions de regret, comme si elle eût été blessée au cœur. C'était le bouquet tel que Pierre l'avait ménagé, le dénouement de cette odyssée prodigieuse. Un grand murmure de voix remplit[a] le salon jaune. On refaisait entre soi le récit qu'on venait d'entendre, et, de temps à autre, un monsieur se détachait d'un groupe pour aller demander aux trois héros la version exacte de quelque fait contesté. Les héros rectifiaient le fait avec une minutie scrupuleuse ; ils sentaient qu'ils parlaient pour l'histoire.

Cependant Rougon et ses deux lieutenants dirent qu'ils étaient attendus à la mairie. Il se fit un silence respectueux ; on se salua avec des sourires graves. Granoux crevait d'importance ; lui seul avait vu l'insurgé presser la détente et casser la glace ; cela le grandissait, le faisait éclater dans sa peau. En quittant le salon, il prit le bras de Roudier, d'un air de grand capitaine brisé de fatigue, en murmurant :

— Il y a trente-six heures que je suis debout, et Dieu sait quand je me coucherai !

Rougon, en s'en allant, prit Vuillet à part et lui dit que le parti de l'ordre comptait plus que jamais sur lui et sur *la Gazette*. Il fallait qu'il publiât un bel article pour rassurer la population et traiter comme elle le méritait cette bande de scélérats qui avait[b] traversé Plassans. [292]

— Soyez tranquille ! répondit Vuillet. *La Gazette* ne devait paraître que demain matin, mais je vais la lancer dès ce soir.

Quand ils furent sortis, les habitués du salon jaune restèrent encore un instant, bavards comme des commères qu'un serin envolé[a] réunit sur un trottoir. Ces négociants retirés, ces marchands d'huile, ces fabricants de chapeaux[b] nageaient en plein drame féerique. Jamais pareille secousse ne les avait remués.[c] Ils ne revenaient pas de ce qu'il se fût révélé, parmi eux, des héros tels que Rougon, Granoux et Roudier.[d] Puis, étouffant dans le salon, las de se raconter entre eux la même histoire, ils éprouvèrent une vive démangeaison d'aller publier la grande nouvelle ; ils disparurent un à un, piqués chacun par l'ambition d'être le premier à tout savoir, à tout dire ; et Félicité, restée seule, penchée à la fenêtre, les vit qui se dispersaient dans la rue de la Banne, effarouchés, battant des bras comme de grands oiseaux maigres, soufflant l'émotion aux quatre coins de la ville.

Il était dix heures. Plassans, éveillé, courait les rues, ahuri de la rumeur qui montait. Ceux qui avaient vu ou entendu la bande insurrectionnelle racontaient des histoires à dormir debout, se contredisaient, avançaient des suppositions atroces. Mais le plus grand nombre ne savait même pas ce dont il s'agissait ; ceux-là demeuraient aux extrémités de la ville, et ils écoutaient, bouche béante, comme un conte de nourrice, cette histoire de plusieurs milliers de bandits envahissant les rues et disparaissant avant le jour, ainsi qu'une armée de fantômes. Les plus sceptiques disaient : « Allons donc ! » Cependant certains détails étaient précis. Plassans finit par être convaincu qu'un épouvantable malheur avait passé sur lui pendant son sommeil, sans le toucher. Cette catastrophe mal définie empruntait aux ombres de la nuit, aux contradictions des divers renseignements, un [293] caractère vague, une horreur insondable qui faisaient frissonner les plus braves. Qui donc avait détourné la foudre ? Cela tenait du prodige. On parlait de sauveurs inconnus, d'une petite bande d'hommes qui avaient coupé la tête de l'hydre, mais sans détails, comme d'une chose à peine croyable, lorsque les habitués du salon jaune se répandirent dans les rues, semant les nouvelles, refaisant devant chaque porte le même récit.

Ce fut une traînée de poudre. En quelques minutes, d'un bout à l'autre de la ville, l'histoire courut. Le nom de Rougon vola de bouche en bouche, avec des exclamations de surprise dans la ville neuve, des cris d'éloge dans le vieux quartier. L'idée qu'ils étaient sans sous-préfet,[a] sans maire, sans directeur des postes, sans receveur particulier, sans autorités d'aucune sorte, consterna d'abord les habitants.[b] Ils restaient stupéfaits d'avoir pu achever leur somme et de s'être réveillés comme à l'ordinaire, en dehors de tout gouvernement établi. La première stupeur passée, ils se jetèrent avec abandon dans les bras des libérateurs. Les quelques républicains haussaient les épaules ; mais les petits détaillants, les petits rentiers, les conservateurs de toute espèce bénissaient ces héros modestes dont les ténèbres avaient caché les exploits. Quand on sut que Rougon avait arrêté son propre frère, l'admiration ne connut plus de bornes ; on parla de Brutus[1] ; cette indiscrétion qu'il redoutait tourna[c] à sa gloire. À cette heure d'effroi mal dissipé, la reconnaissance fut unanime. On acceptait le sauveur Rougon sans le discuter.[d]

— Songez donc ! disaient les poltrons, ils n'étaient que quarante et un !

Ce chiffre de quarante et un bouleversa la ville. C'est ainsi que naquit à Plassans la légende des quarante et un bourgeois faisant mordre la

---

1   Allusion facétieuse à Lucius Junius Brutus, héros semi-légendaire, censé être le fondateur de la République romaine. Dans sa fonction officielle, il prononça la sentence condamnant à mort ses deux fils, impliqués dans une conspiration royaliste, et assista stoïquement à leur exécution.

poussière à trois mille insurgés. Il n'y eut que quelques esprits envieux de la ville neuve, des [294] avocats sans causes, d'anciens militaires, honteux d'avoir dormi cette nuit-là, qui élevèrent certains doutes. En somme, les insurgés étaient peut-être partis tout seuls. Il n'y avait aucune preuve de combat, ni cadavres, ni taches de sang. Vraiment[a] ces messieurs avaient eu la besogne facile.

– Mais la glace, la glace ! répétaient les fanatiques. Vous ne pouvez pas nier que la glace de M. le maire soit[b] cassée. Allez donc la voir.

Et, en effet, jusqu'à la nuit, il y eut une procession d'individus[c] qui, sous mille prétextes, pénétrèrent dans le cabinet, dont Rougon laissait, d'ailleurs, la porte grande ouverte ; ils se plantaient devant la glace, dans laquelle la balle avait fait un trou rond, d'où partaient de larges cassures ; puis tous murmuraient la même phrase :

– Fichtre ! la balle avait une fière force !

Et ils s'en allaient, convaincus.

Félicité, à sa fenêtre, humait avec délices ces bruits, ces voix élogieuses et reconnaissantes qui montaient de la ville. Tout Plassans, à cette heure, s'occupait de son mari ; elle sentait les deux quartiers, sous elle, qui frémissaient, qui lui envoyaient l'espérance d'un prochain triomphe. Ah ! comme elle allait écraser cette ville qu'elle mettait si tard sous ses talons ! Tous ses griefs lui revinrent, ses amertumes passées redoublèrent ses appétits de jouissance immédiate.

Elle quitta la fenêtre, elle fit lentement le tour du salon.[d] C'était là que, tout à l'heure, les mains se tendaient vers eux. Ils avaient vaincu, la bourgeoisie était à leurs pieds. Le salon jaune lui parut sanctifié. Les meubles éclopés, le velours éraillé, le lustre noir de chiures, toutes ces ruines prirent à ses yeux un aspect de débris glorieux traînant sur un champ de bataille. La plaine d'Austerlitz ne lui eût pas causé une émotion aussi profonde[1].

Comme elle se remettait à la fenêtre, elle aperçut Aristide [295] qui rôdait sur la place de la Sous-Préfecture, le nez en l'air. Elle lui fit signe de monter. Il semblait n'attendre que cet appel.

---

1 Zola multiplie, à des fins satiriques, des allusions classiques et historiques. Certaines, comme celle-ci et la suivante (ci-dessous, p. 356, note 1), sont plus pertinentes par rapport au contexte historique du roman. Rappelons que Louis-Napoléon, fidèle à sa nature superstitieuse, avait choisi le 2 décembre, anniversaire de la victoire d'Austerlitz, pour déclencher le coup d'État.

— Entre donc, lui dit sa mère sur le palier en voyant qu'il hésitait. Ton père n'est pas là.

Aristide avait l'air gauche d'un enfant prodigue. Depuis près de quatre ans, il n'était plus entré dans le salon jaune. Il tenait encore son bras en écharpe.

— Ta main te fait[a] toujours souffrir ? lui demanda railleusement Félicité.

Il rougit, il répondit avec embarras :

— Oh ! ça va beaucoup mieux, c'est presque guéri.

Puis il resta là, tournant, ne sachant que dire. Félicité vint à son secours.

— Tu as entendu parler de la belle conduite de ton père ? reprit-elle.

Il dit que toute la ville en causait. Mais son aplomb revenait ; il rendit à sa mère sa raillerie ; il la regarda en face, en ajoutant :

— J'étais venu voir si papa n'était pas blessé.

— Tiens, ne fais pas la bête ! s'écria Félicité, avec sa pétulance. Moi, à ta place, j'agirais très carrément. Tu t'es trompé, là, avoue-le, en t'enrôlant avec tes gueux de républicains. Aujourd'hui tu ne serais pas fâché de les lâcher et de revenir avec nous, qui sommes les plus forts. Hé ! la maison t'est ouverte !

Mais Aristide protesta. La République était une grande idée. Puis les insurgés pouvaient l'emporter.

— Laisse-moi donc tranquille ! continua la vieille femme irritée. Tu as peur que ton père[b] te reçoive mal. Je me charge de l'affaire… Écoute-moi : tu vas aller à ton journal, tu rédigeras d'ici à demain un numéro très favorable au coup d'État, et demain soir, quand ce numéro aura paru, tu reviendras ici, tu seras accueilli à bras ouverts. [296]

Et, comme le jeune homme restait silencieux :

— Entends-tu ? poursuivit-elle d'une voix plus basse et plus ardente ; c'est de notre fortune, c'est de la tienne,[a] qu'il s'agit. Ne va pas recommencer tes bêtises. Tu es déjà assez compromis comme cela.

Le jeune homme fit un geste, le geste de César passant le Rubicon[1]. De cette façon, il ne prenait aucun engagement verbal. Comme il allait se retirer, sa mère ajouta, en cherchant le nœud de son écharpe :

— Et d'abord, il faut m'ôter ce chiffon-là. Ça devient ridicule, tu sais !

---

1 Le dossier secret de Louis-Napoléon – futur auteur d'une vie de Jules César – qui contenait les plans du coup d'État portait le titre de « Rubicon ».

Aristide la laissa faire. Quand le foulard fut dénoué, il le plia proprement et le mit dans sa poche. Puis il embrassa sa mère en disant :
— À demain !

Pendant ce temps, Rougon prenait officiellement possession de la mairie. Il n'était resté que huit conseillers municipaux ; les autres se trouvaient entre les mains des insurgés, ainsi que le maire et les deux adjoints. Ces huit messieurs, de la force de Granoux, eurent des sueurs d'angoisse, lorsque ce dernier leur expliqua la situation critique de la ville. Pour comprendre avec quel effarement ils vinrent[b] se jeter dans les bras de Rougon, il faudrait connaître les bonshommes dont sont composés les conseils municipaux de certaines petites villes. À Plassans, le maire avait sous la main d'incroyables buses,[c] de purs instruments d'une complaisance passive. Aussi, M. Garçonnet n'étant[d] plus là, la machine municipale devait se détraquer et appartenir à quiconque saurait en ressaisir les ressorts. À cette heure, le sous-préfet[e] ayant quitté le pays, Rougon se trouvait naturellement, par la force des circonstances, le maître unique et absolu de la ville ; crise étonnante, qui mettait[f] le pouvoir entre les mains d'un homme taré, auquel, la veille, pas un de ses concitoyens n'aurait prêté cent[g] francs. [297]

Le premier acte de Pierre fut de déclarer en permanence la commission provisoire. Puis il s'occupa de la réorganisation de la garde nationale, et réussit à mettre sur pied trois cents hommes ; les cent neuf fusils restés dans le hangar furent distribués, ce qui porta à cent cinquante le nombre des hommes armés par la réaction ; les cent cinquante autres gardes nationaux étaient des bourgeois de bonne volonté et des soldats à Sicardot. Quand le commandant Roudier passa la petite armée en revue sur la place de l'Hôtel-de-Ville, il fut désolé de voir que les marchands[a] de légumes riaient en dessous ; tous n'avaient pas d'uniforme, et certains se tenaient bien drôlement, avec leur chapeau noir, leur redingote et leur fusil. Mais, au fond, l'intention était bonne. Un poste fut laissé à la mairie. Le reste de la petite armée fut dispersé, par peloton, aux différentes portes de la ville. Roudier se réserva le commandement du poste de la Grand-Porte, la plus menacée.

Rougon, qui se sentait très fort en[b] ce moment, alla lui-même rue Canquoin, pour prier les gendarmes de rester chez eux, de ne se mêler de rien. Il fit, d'ailleurs, ouvrir les portes de la gendarmerie, dont les insurgés avaient emporté les clefs. Mais il voulait triompher seul, il n'entendait pas que les gendarmes pussent lui voler une part de sa gloire. S'il avait absolument besoin d'eux, il les appellerait. Et il leur expliqua que leur présence, en irritant peut-être les ouvriers, ne ferait qu'aggraver la situation. Le brigadier le complimenta beaucoup sur sa prudence. Lorsqu'il apprit qu'il y avait un homme blessé dans la caserne, Rougon voulut se rendre populaire, il demanda à le voir. Il trouva Rengade[c] couché, l'œil couvert d'un bandeau, avec ses grosses moustaches qui passaient sous le linge. Il réconforta, par de belles paroles sur le devoir, le borgne jurant et soufflant, exaspéré de sa blessure, qui allait le forcer à quitter le service. Il promit de lui envoyer un médecin. [298]

— Je vous remercie bien, monsieur, répondit Rengade[a]; mais, voyez-vous, ce qui me soulagerait mieux que tous les remèdes, ce serait de tordre le cou au misérable[b] qui m'a crevé l'œil. Oh! je le reconnaîtrai; c'est un petit maigre, pâlot, tout jeune…

Pierre se souvint du sang qui couvrait les mains de Silvère. Il eut un léger mouvement de recul, comme s'il eût craint que Rengade[c] ne lui sautât à la gorge, en disant : « C'est ton neveu qui m'a éborgné; attends, tu vas payer pour lui! » Et, tandis qu'il maudissait tout bas son indigne famille, il déclara[d] solennellement que, si le coupable était retrouvé, il serait puni avec toute la rigueur des lois.

— Non, non, ce n'est pas la peine, répondit le borgne; je lui tordrai le cou.

Rougon s'empressa de regagner la mairie. L'après-midi fut employé à prendre diverses mesures. La proclamation, affichée vers une heure, produisit une impression excellente[1]. Elle se terminait par un appel au

---

1   Il s'agit, probablement, de la proclamation du Président de la République du 2 décembre 1851, intitulée « Appel au Peuple », dont voici les premières phrases : « Français ! La situation actuelle ne peut durer plus longtemps. Chaque jour qui s'écoule aggrave les dangers du pays. L'Assemblée qui devait être le plus ferme appui de l'ordre est devenue un foyer de complots. Le patriotisme de trois cents de ses membres n'a pu arrêter ses fatales tendances. Au lieu de faire des lois dans l'intérêt général, elle forge des armes pour la guerre civile; elle attente aux pouvoirs que je tiens directement du Peuple; elle encourage toutes les mauvaises passions; elle compromet le repos de la France; je l'ai dissoute, et je rends le Peuple entier juge entre elle et moi. La Constitution, vous le savez, avait été faite dans le but d'affaiblir d'avance le pouvoir que vous alliez me confier. Six millions de suffrages furent une éclatante protestation contre elle, et cependant je l'ai fidèlement observée. Les provocations, les calomnies, les outrages m'ont trouvé impassible. Mais aujourd'hui que le pacte fondamental n'est plus respecté de ceux-là mêmes qui l'invoquent sans cesse, et que les hommes qui ont perdu deux monarchies veulent me lier les mains, afin de renverser la République, mon devoir est de déjouer leurs perfides projets, de maintenir

bon esprit des citoyens, et donnait la ferme assurance que l'ordre ne serait plus troublé. Jusqu'au crépuscule, les rues,[e] en effet, offrirent l'image d'un soulagement général, d'une confiance entière. Sur les trottoirs, les groupes qui lisaient la proclamation disaient :

— C'est fini, nous allons voir passer les[f] troupes envoyées à la poursuite des insurgés.

Cette croyance que des soldats approchaient devint telle que les oisifs du cours Sauvaire se portèrent sur la route de Nice pour aller au-devant de la musique. Ils revinrent, à la nuit, désappointés, n'ayant rien vu. Alors, une inquiétude sourde courut la ville.

À la mairie, la commission provisoire avait tant parlé pour ne rien dire que les membres, le ventre vide, effarés par leurs propres bavardages, sentaient la peur les reprendre. Rougon les envoya dîner, en les convoquant de nouveau pour neuf heures du soir. Il allait lui-même quitter le cabinet, [299] lorsque Macquart s'éveilla et frappa violemment à la porte de sa prison. Il déclara qu'il avait faim, puis il demanda l'heure, et quand son frère lui eut dit qu'il était cinq heures, il murmura,[a] avec une méchanceté diabolique, en feignant un vif étonnement, que les insurgés lui avaient promis de revenir plus tôt et qu'ils tardaient bien à le délivrer. Rougon, après lui avoir fait servir à manger, descendit, agacé par cette insistance de Macquart à parler du retour de la bande insurrectionnelle.

Dans les rues, il éprouva un malaise. La ville lui parut changée. Elle prenait un air singulier ; des ombres filaient rapidement le long des trottoirs, le vide et le silence se faisaient, et, sur les maisons mornes, semblait tomber, avec le crépuscule, une peur grise, lente et opiniâtre comme une pluie fine. La confiance bavarde de la journée aboutissait fatalement à cette panique sans cause, à cet effroi de la nuit naissante[b] ; les habitants étaient las, rassasiés de leur triomphe, à ce point qu'il ne leur restait des forces que pour rêver des représailles terribles de la part des insurgés. Rougon frissonna dans ce courant d'effroi.[c] Il hâta le pas, la gorge serrée. En passant devant un café de la place des Récollets, qui venait d'allumer ses lampes, et où se réunissaient les petits rentiers de la ville neuve, il entendit un bout de conversation très effrayant.

— Eh bien ! monsieur Picou, disait une voix grasse, vous savez la nouvelle ? le régiment qu'on attendait n'est pas arrivé.

---

la République et de sauver le pays en invoquant le jugement solennel du seul souverain que je reconnaisse en France : le Peuple. »

— Mais on n'attendait pas de régiment, monsieur Touche, répondait une voix aigre.

— Faites excuse. Vous n'avez donc pas lu la proclamation ?

— C'est vrai, les affiches promettent que l'ordre sera maintenu par la force, s'il est nécessaire.

— Vous voyez bien ; il y a la force ; la force armée, cela s'entend. [300]

— Et que dit-on ?

— Mais, vous comprenez, on a peur, on dit que ce retard des soldats n'est pas naturel, et que les insurgés pourraient bien les avoir massacrés.[a]

Il y eut un cri d'horreur dans le café. Rougon eut envie d'entrer pour dire à ces bourgeois que jamais la proclamation n'avait annoncé l'arrivée d'un régiment, qu'il ne fallait pas forcer les textes à ce point ni colporter de pareils bavardages. Mais lui-même, dans le trouble qui s'emparait de lui, n'était pas bien sûr de ne pas avoir compté sur un envoi de troupes, et il en venait à trouver étonnant, en effet, que pas un soldat n'eût paru. Il rentra chez lui très inquiet. Félicité, toute pétulante et pleine de courage, s'emporta, en le voyant bouleversé par de telles niaiseries. Au dessert, elle le réconforta.

— Eh ! grande bête, dit-elle, tant mieux, si le préfet nous oublie ! Nous sauverons la ville à nous tout seuls. Moi je voudrais voir revenir les insurgés, pour les recevoir à coups de fusil et nous couvrir de gloire… Écoute, tu vas[b] fermer les portes de la ville, puis tu ne te coucheras pas ; tu te donneras beaucoup de mouvement toute la nuit ; ça te sera compté plus tard.

Pierre retourna[c] à la mairie, un peu ragaillardi. Il lui fallut du courage pour rester ferme au milieu des doléances de ses collègues. Les membres de la commission provisoire rapportaient dans leurs vêtements la panique, comme on rapporte avec soi une odeur de pluie, par les temps d'orage. Tous prétendaient avoir compté sur l'envoi d'un régiment, et ils[d] s'exclamaient, en disant qu'on n'abandonnait pas de la sorte de braves citoyens aux fureurs de la démagogie. Pierre, pour[e] avoir la paix, leur promit presque leur régiment pour le lendemain. Puis il déclara avec solennité qu'il allait faire fermer les portes. Ce fut un soulagement. Des gardes nationaux durent se rendre immédiatement à chaque porte, avec ordre [301] de donner un double tour aux serrures. Quand ils furent de retour, plusieurs[a] membres avouèrent qu'ils étaient vraiment plus tranquilles ; et lorsque Pierre eut dit que la situation critique de la ville leur faisait un devoir de rester à leur poste, il y en eut qui prirent leurs petites dispositions pour passer la nuit dans un fauteuil. Granoux mit une calotte de soie noire, qu'il avait apportée par précaution. Vers onze heures, la moitié de ces messieurs dormaient autour du bureau de M. Garçonnet.[b] Ceux qui tenaient encore les yeux ouverts faisaient le rêve, en écoutant les pas cadencés des gardes nationaux, sonnant[c] dans la cour, qu'ils étaient des braves et qu'on les décorait. Une grande lampe, posée sur le bureau, éclairait cette étrange veillée d'armes. Rougon, qui semblait sommeiller, se leva brusquement et envoya chercher Vuillet. Il venait de se rappeler qu'il n'avait point reçu *la Gazette*.

Le libraire se montra rogue, de très méchante humeur.

— Eh bien ! lui demanda Rougon en le prenant à part, et l'article que vous m'aviez promis ? je n'ai pas vu le journal.

— C'est pour cela que vous me dérangez ? répondit Vuillet avec colère. Parbleu ! *la Gazette* n'a pas paru ; je n'ai pas envie de me faire massacrer demain, si les insurgés reviennent.

Rougon s'efforça de sourire, en disant que, Dieu merci ! on ne massacrerait personne. C'était justement parce que des bruits faux et inquiétants couraient, que l'article en question aurait rendu un grand service à la bonne cause.

— Possible, reprit Vuillet, mais la meilleure des causes, en ce moment, est de garder sa tête sur les épaules.

Et il ajouta, avec une méchanceté aiguë :

— Moi qui croyais que vous aviez tué tous les insurgés ! Vous en avez trop laissé, pour que je me risque.

Rougon, resté seul, s'étonna de cette révolte d'un homme [302] si humble, si plat d'ordinaire. La conduite de Vuillet lui parut louche. Mais il n'eut pas le temps de chercher une explication. Il s'était à peine allongé de nouveau dans son fauteuil, que Roudier entra, en faisant sonner terriblement, sur sa cuisse, un grand[a] sabre qu'il avait attaché à sa ceinture. Les dormeurs se réveillèrent effarés. Granoux crut à un appel aux armes.

— Hein ? quoi ? qu'est-ce qu'il y a ? demanda-t-il, en remettant précipitamment sa calotte de soie noire dans la[b] poche.

— Messieurs, dit Roudier essoufflé,[c] sans songer à prendre aucune précaution oratoire, je crois qu'une bande d'insurgés s'approche[d] de la ville.

Ces mots furent accueillis par un silence épouvanté. Rougon seul eut la force de dire :

— Vous les avez vus ?

— Non, répondit l'ancien bonnetier ; mais nous[e] entendons d'étranges bruits dans la campagne ; un de mes hommes m'a affirmé qu'il avait aperçu des feux courant sur la pente des Garrigues.

Et, comme tous ces messieurs se regardaient avec des visages blancs et muets :

— Je retourne à mon poste, reprit-il[f] ; j'ai peur de quelque attaque. Avisez de votre côté.

Rougon voulut courir après lui, avoir d'autres renseignements ; mais il était déjà loin. Certes, la commission n'eut pas envie de se rendormir. Des bruits étranges ! des feux ! une attaque ! et cela, au milieu de la nuit ! Aviser, c'était facile à dire, mais que faire ? Granoux faillit conseiller la même tactique qui leur avait réussi la veille : se cacher, attendre que les insurgés eussent traversé Plassans, et triompher ensuite dans les rues désertes. Pierre, heureusement, se souvenant des conseils de sa femme, dit que Roudier avait pu se tromper, et que le mieux était d'aller voir. [303] Certains membres firent la grimace ; mais quand il fut convenu qu'une escorte armée accompagnerait la commission, tous descendirent avec un grand courage. En bas, ils ne laissèrent que quelques hommes ; ils se firent entourer par une trentaine de gardes nationaux ; puis ils s'aventurèrent dans la ville endormie. La lune seule, glissant au ras des toits, allongeait ses ombres lentes. Ils allèrent vainement le long des remparts, de porte en porte, l'horizon muré, ne voyant rien, n'entendant rien. Les gardes nationaux des différents postes leur dirent bien que des souffles particuliers leur venaient de la campagne, par-dessus les portails fermés ; ils tendirent l'oreille sans saisir autre chose qu'un bruissement lointain, que Granoux prétendit reconnaître pour la clameur de la Viorne.

Cependant, ils restaient inquiets ; ils allaient rentrer à la mairie très préoccupés, tout en feignant de hausser les épaules et tout en traitant Roudier de poltron et de visionnaire, lorsque Rougon, qui avait à cœur de rassurer pleinement ses amis, eut l'idée de leur offrir le spectacle de la plaine, à plusieurs lieues. Il conduisit la petite troupe[a] dans le quartier Saint-Marc et vint frapper à l'hôtel Valqueyras.

Le comte, dès les premiers troubles, était parti pour son château de Corbière. Il n'y avait à l'hôtel que le marquis de Carnavant. Depuis la veille, il s'était prudemment tenu à l'écart, non pas qu'il eût peur, mais parce qu'il lui répugnait d'être vu, tripotant avec les Rougon, à l'heure décisive. Au fond, la curiosité le brûlait ; il avait dû s'enfermer, pour ne pas courir se donner l'étonnant spectacle des intrigues du salon jaune. Quand un valet de chambre vint lui dire, au milieu de la nuit, qu'il y avait en bas des messieurs qui le demandaient, il ne put rester sage plus longtemps, il se leva et descendit en toute hâte.

— Mon cher marquis, dit Rougon en lui présentant les [304] membres de la commission municipale, nous avons un service à vous demander. Pourriez-vous nous faire conduire dans le jardin de l'hôtel ?

— Certes, répondit le marquis étonné, je vais vous y mener moi-même.

Et, chemin faisant, il se fit conter le cas. Le jardin se terminait par une terrasse qui dominait la plaine ; en cet endroit, un large pan des remparts s'était écroulé, l'horizon s'étendait sans bornes. Rougon avait compris que ce serait là un excellent poste d'observation. Les gardes nationaux étaient restés à la porte. Tout en causant, les membres de la commission vinrent s'accouder sur le parapet de la terrasse.[a] L'étrange spectacle qui se déroula alors devant eux les rendit muets. Au loin, dans la vallée de la Viorne, dans ce creux immense qui s'enfonçait, au couchant, entre la chaîne des Garrigues et les montagnes de la Seille, les lueurs de la lune coulaient comme un fleuve de lumière pâle. Les bouquets d'arbres, les rochers sombres faisaient, de place en place, des îlots, des langues de terre, émergeant de la mer lumineuse. Et l'on distinguait, selon les coudes de la Viorne, des bouts, des tronçons de rivière, qui se montraient, avec des reflets d'armures, dans la fine poussière d'argent qui tombait du ciel. C'était un océan, un monde, que la nuit, le froid, la peur secrète, élargissaient à l'infini. Ces messieurs n'entendirent, ne virent d'abord rien. Il y avait dans le ciel un frisson de lumière et de voix lointaines qui les assourdissait et les aveuglait. Granoux, peu poète de sa nature, murmura cependant,[b] gagné par la paix sereine de cette nuit d'hiver :

— La belle nuit, messieurs !

— Décidément, Roudier a rêvé, dit Rougon avec quelque dédain.

Mais le marquis tendait ses oreilles fines. [305]

— Eh ! dit-il de sa voix nette, j'entends le tocsin.

Tous se penchèrent sur le parapet, retenant leur souffle. Et, légers, avec des puretés de cristal, les tintements éloignés d'une cloche montèrent de la plaine. Ces messieurs ne purent nier. C'était bien le tocsin. Rougon prétendit reconnaître la cloche du Béage, un village[a] situé à une grande lieue de Plassans. Il disait cela pour rassurer ses collègues.

— Écoutez, écoutez, interrompit le marquis. Cette fois, c'est la cloche de Saint-Maur.

Et il leur désignait un autre point de l'horizon. En effet, une seconde[b] cloche pleurait dans la nuit claire. Puis bientôt ce furent dix cloches, vingt cloches, dont leurs oreilles, accoutumées au large frémissement de l'ombre, entendirent les tintements désespérés. Des appels sinistres montaient de toutes parts, affaiblis, pareils à des râles d'agonisant. La plaine entière sanglota bientôt. Ces messieurs ne plaisantaient plus Roudier. Le marquis, qui prenait une joie méchante à les effrayer, voulut bien leur expliquer la cause de toutes ces sonneries :

— Ce sont, dit-il, les villages voisins qui se réunissent pour venir attaquer Plassans au point du jour.

Granoux écarquillait les yeux.

— Vous n'avez rien vu, là-bas ? demanda-t-il tout à coup.

Personne ne regardait. Ces messieurs fermaient les yeux pour mieux entendre.

— Ah ! tenez ! reprit-il au bout d'un silence. Au-delà[c] de la Viorne, près de cette masse noire.

— Oui, je vois, répondit Rougon, désespéré ; c'est un feu qu'on allume.

Un autre feu fut allumé presque immédiatement en face du premier, puis un troisième, puis un quatrième. Des taches rouges apparurent ainsi sur toute la longueur de la [306] vallée, à des distances presque égales, pareilles aux lanternes de quelque avenue gigantesque. La lune, qui les éteignait à demi, les faisait s'étaler comme des mares de sang. Cette illumination sinistre acheva de consterner la commission municipale.

— Pardieu ! murmurait le marquis, avec son ricanement le plus aigu, ces brigands se font des signaux.

Et il compta complaisamment les feux, pour savoir, disait-il, à combien d'hommes environ aurait affaire « la brave garde nationale de Plassans ». Rougon voulut élever des doutes, dire que les villages prenaient les armes pour aller rejoindre l'armée des insurgés,[a] et non pour venir attaquer la ville. Ces messieurs, par leur silence consterné, montrèrent que leur opinion était faite et qu'ils refusaient toute consolation.

— Voilà maintenant que j'entends *la Marseillaise*, dit Granoux d'une voix éteinte.

C'était encore vrai. Une bande devait suivre la Viorne et passer, à ce moment, au bas même de la ville ; le cri : « Aux armes, citoyens ! formez vos bataillons ! » arrivait, par bouffées, avec une netteté vibrante. Ce fut une nuit atroce. Ces messieurs la passèrent, accoudés sur le parapet de la terrasse, glacés par le terrible froid qu'il faisait, ne pouvant s'arracher au spectacle de cette plaine toute secouée par le tocsin et *la Marseillaise*, tout enflammée par l'illumination[b] des signaux. Ils s'emplirent les yeux de cette mer lumineuse, piquée de flammes sanglantes ; ils se firent sonner les oreilles, à écouter cette clameur vague ;[c] au point que leurs sens se faussaient, qu'ils voyaient et entendaient d'effrayantes choses. Pour rien au monde, ils n'auraient quitté la place ; s'ils avaient tourné le dos, ils se seraient imaginé qu'une armée était à leurs trousses. Comme certains poltrons, ils voulaient voir venir le danger, sans doute pour prendre la fuite au bon moment. Aussi, vers le [307] matin, quand la lune fut couchée, et qu'ils n'eurent plus devant eux qu'un abîme noir, ils éprouvèrent[a] des transes horribles. Ils se croyaient entourés d'ennemis invisibles qui rampaient dans l'ombre, prêts à leur sauter à la gorge. Au moindre bruit,[b] c'étaient des hommes qui se consultaient au bas de la terrasse, avant de l'escalader. Et rien, rien que du noir, dans lequel ils fixaient éperdument leurs regards. Le marquis, comme pour les consoler, leur disait de sa voix ironique :[c]

— Ne vous inquiétez donc pas ! Ils attendront le point du jour.

Rougon maugréait. Il sentait la peur le reprendre. Les cheveux de Granoux achevèrent de blanchir. L'aube parut enfin avec des lenteurs mortelles. Ce fut encore un bien mauvais moment. Ces messieurs, au premier rayon, s'attendaient à voir une armée rangée en bataille devant la ville. Justement, ce matin-là, le jour avait des paresses, se[d] traînait au bord de l'horizon. Le cou tendu, l'œil en arrêt, ils interrogeaient les blancheurs vagues. Et, dans l'ombre indécise, ils entrevoyaient des profils monstrueux, la plaine se changeait en lac de sang, les rochers en cadavres flottant à la surface, les bouquets d'arbres en bataillons encore menaçants et debout. Puis, lorsque les clartés croissantes eurent effacé ces fantômes, le jour se leva, si pâle, si triste, avec des mélancolies telles, que le marquis lui-même eut le cœur serré. On n'apercevait point d'insurgés, les routes étaient libres ; mais la vallée, toute grise, avait un aspect désert et morne de coupe-gorge. Les feux étaient éteints, les cloches sonnaient encore. Vers huit heures, Rougon distingua seulement[e] une bande de quelques hommes qui s'éloignaient le long de la Viorne.

Ces messieurs étaient morts de froid et de fatigue. Ne voyant aucun péril immédiat, ils se décidèrent à aller prendre quelques heures de repos. Un garde national fut laissé [308] sur la terrasse en sentinelle, avec ordre de courir prévenir Roudier, s'il apercevait au loin quelque bande. Granoux et Rougon, brisés par les émotions de la nuit, regagnèrent[a] leurs demeures, qui étaient voisines, en se soutenant mutuellement.

Félicité coucha son mari avec toutes sortes de précautions. Elle l'appelait « pauvre chat » ; elle lui répétait qu'il ne devait pas se frapper l'imagination comme cela, et que tout finirait bien. Mais lui secouait la tête ; il avait des craintes sérieuses. Elle le laissa dormir jusqu'à onze heures. Puis, quand il eut mangé, elle le mit doucement dehors, en lui faisant entendre qu'il fallait aller jusqu'au bout. À la mairie, Rougon ne trouva que quatre membres de la commission ; les autres se firent excuser ; ils étaient réellement malades. La panique, depuis le matin, soufflait sur la ville avec une violence plus âpre. Ces messieurs n'avaient pu garder pour eux le récit de la nuit mémorable passée sur la terrasse de l'hôtel Valqueyras. Leurs bonnes s'étaient empressées d'en répandre la nouvelle, en l'enjolivant de détails dramatiques. À cette heure, c'était chose acquise à l'histoire,[b] qu'on avait vu dans la campagne, des hauteurs de Plassans, des danses de cannibales dévorant leurs prisonniers, des rondes de sorcières tournant autour de leurs marmites où bouillaient des enfants, d'interminables défilés de bandits dont les armes luisaient au clair de lune. Et l'on parlait des cloches qui sonnaient d'elles-mêmes le tocsin dans l'air désolé, et l'on affirmait que les insurgés avaient mis le feu aux forêts des environs, et que tout le pays flambait.

On était au mardi, jour de marché à Plassans[1] ; Roudier avait cru devoir faire ouvrir les portes toutes grandes pour laisser entrer les quelques

---

1   La panique des habitants de Plassans, le mardi 9 décembre, reflète celle de la popula-
    tion de Lorgues, décrite par Ténot : « La journée du mardi fut consacrée à s'informer
    de la position réelle des insurgés et à faire reposer les troupes. Ajoutons que dans cette
    journée du mardi, la ville de Lorgues fut de nouveau en proie à la plus affreuse panique.
    Sur le bruit de la marche d'une bande d'insurgés revenant de Salernes, la garde civique
    s'évanouit ; le nouveau maire et le nouveau commandant se trouvèrent presque seuls.
    Toute la population s'enfuit et se cacha dans la campagne » (*op. cit.*, éd. de 1865, p. 240 ;
    éd. de 1868, p. 221).

paysannes qui apportaient des légumes, du beurre et des œufs.[c] Dès qu'elle fut assemblée, la commission municipale, qui ne se composait plus que [309] de cinq membres, en comptant le président,[a] déclara que c'était là une imprudence impardonnable. Bien que la sentinelle laissée à l'hôtel Valqueyras n'eût rien vu, il fallait tenir la ville close. Alors Rougon décida que le crieur public, accompagné d'un tambour, irait par les rues proclamer la ville en état de siège et annoncer aux habitants que quiconque sortirait ne pourrait plus rentrer. Les portes furent officiellement fermées, en plein midi. Cette mesure, prise pour rassurer la population, porta l'épouvante à son comble. Et rien ne fut plus curieux que cette cité qui se cadenassait, qui poussait les verrous, sous le clair soleil, au beau milieu du dix-neuvième siècle.

Quand Plassans eut bouclé et serré autour de lui la ceinture usée de ses remparts, quand il se fut verrouillé comme une forteresse assiégée aux approches d'un assaut, une angoisse mortelle passa sur les maisons mornes. À chaque heure, du centre de la ville, on croyait entendre des fusillades éclater dans les faubourgs. On ne savait plus rien, on était au fond d'une cave, d'un trou muré, dans l'attente anxieuse de la délivrance ou du coup de grâce. Depuis deux jours, les bandes d'insurgés qui battaient la campagne, avaient interrompu toutes les communications. Plassans, acculé dans l'impasse où il est bâti, se trouvait séparé du reste de la France[1]. Il se sentait en plein pays de rébellion ; autour de lui, le tocsin sonnait, *la Marseillaise* grondait, avec des clameurs de fleuve débordé. La ville, abandonnée et frissonnante, était comme une proie promise aux vainqueurs, et les promeneurs du cours passaient, à chaque minute, de la terreur à l'espérance, en croyant apercevoir à la Grand-Porte, tantôt des blouses d'insurgés et tantôt des uniformes de soldats.

---

1 Zola écrit dans le plan détaillé de l'ancien chapitre VIII (plan E) : « Pour ce chapitre, Digne sera Rolleboise. Adossée à une montagne, elle n'a que deux grandes lignes (de communication) avec l'intérieur de la France, la route de Marseille et celle de Grenoble. Coupées l'une et l'autre par les colonnes d'insurgés. Absence de nouvelles, bruit que Paris en révolution, Lyon et Marseilles insurgés, tout le Midi en feu » (ms. 10303, f° 20). Zola suit de près la description suivante de Ténot : « Qu'on se figure la situation de la ville de Digne, pendant ces deux jours. Adossée aux montagnes qui la séparent du Piémont, elle n'a que deux grandes lignes de communication avec l'intérieur de la France, la grande route de Marseille et celle de Grenoble. Elles étaient coupées l'une et l'autre par les insurgés. Dans cette absence de nouvelles autres que celles du soulèvement général des campagnes, les bruits les plus alarmants circulaient. On disait Paris en révolution, Lyon et Marseille insurgés, tout le midi en feu. » (éd. de 1865, p. 276-277 ; éd. de 1868, p. 255-256).

Jamais sous-préfecture, dans son cachot de murs croulants, n'eut une agonie plus douloureuse.

Vers deux heures, le bruit se répandit que le coup d'État [310] avait manqué; le prince-président était au donjon de Vincennes; Paris se trouvait entre les mains de la démagogie la plus avancée;[a] Marseille, Toulon, Draguignan, tout le Midi appartenait à l'armée insurrectionnelle victorieuse. Les insurgés devaient arriver le soir et massacrer Plassans.

Une députation se rendit alors à la mairie pour reprocher à la commission municipale la fermeture des portes, bonne seulement à irriter les insurgés. Rougon, qui perdait la tête, défendit son ordonnance avec ses dernières énergies; ce double tour donné aux serrures lui semblait un des actes les plus ingénieux de son administration; il trouva pour le justifier des paroles convaincues. Mais on l'embarrassait, on lui demandait où étaient les soldats, le régiment qu'il avait promis. Alors il mentit, il dit très carrément qu'il n'avait rien promis du tout. L'absence de ce régiment légendaire, que les habitants désiraient au point d'en avoir rêvé l'approche, était la grande cause de la panique. Les gens bien informés citaient l'endroit exact de la route où les soldats avaient été égorgés.

À quatre heures, Rougon, suivi de Granoux, se rendit à l'hôtel Valqueyras. De petites bandes, qui rejoignaient les insurgés, à Orchères, passaient toujours au loin, dans la vallée de la Viorne. Toute la journée, des gamins avaient grimpé sur les remparts, des bourgeois étaient venus regarder par les meurtrières. Ces sentinelles volontaires entretenaient l'épouvante de la ville, en comptant tout haut les bandes, qui étaient prises pour autant de forts bataillons. Ce peuple poltron croyait assister, des créneaux, aux préparatifs de quelque massacre universel. Au crépuscule, comme la veille, la panique souffla, plus froide.

En rentrant à la mairie, Rougon et l'inséparable Granoux comprirent que la situation devenait intolérable. Pendant leur absence, un nouveau membre de la commission avait disparu. Ils n'étaient plus que quatre. Ils se sentirent ridicules, [311] la face blême, à se regarder, pendant des heures, sans rien dire. Puis ils avaient une peur atroce de passer une seconde nuit sur la terrasse de l'hôtel Valqueyras.

Rougon déclara gravement que, l'état des choses demeurant le même, il n'y avait pas lieu de rester en permanence. Si quelque événement grave se produisait, on irait les prévenir. Et, par une décision, dûment prise en conseil, il se déchargea sur Roudier des soins de son administration. Le pauvre Roudier, qui se souvenait d'avoir été garde national à Paris, sous Louis-Philippe, veillait à la Grand-Porte, avec conviction.

Pierre rentra l'oreille basse, se coulant dans l'ombre des maisons. Il sentait autour de lui Plassans lui devenir hostile. Il entendait, dans les groupes, courir son nom, avec des paroles de colère et de mépris. Ce fut en chancelant et la sueur aux tempes, qu'il monta l'escalier. Félicité le reçut, silencieuse, la mine consternée. Elle aussi commençait à désespérer. Tout leur rêve croulait. Ils se tinrent là, dans le salon jaune, face à face. Le jour tombait, un jour sale d'hiver qui donnait des teintes boueuses au papier orange à grands ramages ; jamais la pièce n'avait paru plus fanée, plus sordide, plus honteuse. Et, à cette heure, ils étaient seuls ; ils n'avaient plus, comme la veille, un peuple de courtisans qui les félicitaient. Une journée venait de suffire pour les vaincre, au moment où ils chantaient victoire. Si le lendemain la situation ne changeait pas, la partie était perdue. Félicité[b] qui, la veille, songeait aux plaines d'Austerlitz, en regardant les ruines du salon jaune, pensait maintenant, à le voir si morne et si désert, aux champs maudits de Waterloo[1].

Puis, comme son mari ne disait rien, elle alla machinalement à la fenêtre, à cette fenêtre où elle avait humé avec délice l'encens de toute une sous-préfecture. Elle aperçut des groupes nombreux en bas, sur la place ; elle ferma les persiennes, voyant des têtes se tourner vers leur maison, et [312] craignant d'être huée. On parlait d'eux ; elle en eut le pressentiment.

Des voix montaient dans le crépuscule. Un avocat clabaudait du ton d'un plaideur qui triomphe.

– Je l'avais bien dit, les insurgés sont partis tout seuls, et ils ne demanderont pas la permission des quarante et un pour revenir. Les quarante et un ! quelle bonne farce ! Moi je crois qu'ils étaient au moins deux cents.

– Mais non, dit un gros négociant, marchand d'huile et grand politique, ils n'étaient peut-être pas dix. Car, enfin, ils ne se sont pas battus ; on aurait bien vu le sang, le matin. Moi qui vous parle, je suis allé à la mairie, pour voir ; la cour était propre comme ma main.

Un ouvrier qui se glissait timidement dans le groupe, ajouta :

---

1   Voir ci-dessus p. 353, note 1.

— Il ne fallait pas[a] être malin pour prendre la mairie. La porte n'était pas même fermée.

Des rires accueillirent cette phrase, et l'ouvrier, se voyant encouragé, reprit :

— Les Rougon, c'est connu, c'est des pas grand-chose.

Cette insulte alla frapper Félicité au cœur. L'ingratitude de ce peuple la navrait, car elle finissait elle-même par croire à la mission des Rougon. Elle appela son mari ; elle voulut qu'il prît une leçon sur l'instabilité des foules.

— C'est comme leur glace, continua l'avocat ; ont-ils fait assez de bruit avec cette malheureuse glace cassée ! Vous savez que ce Rougon est capable d'avoir tiré un coup de fusil dedans, pour faire croire à une bataille.

Pierre retint un cri de douleur. On ne croyait même plus à sa glace. Bientôt on irait jusqu'à prétendre qu'il n'avait pas entendu siffler une balle à son oreille. La légende des Rougon s'effacerait, il ne resterait rien de leur gloire. Mais il n'était pas au bout de son calvaire. Les groupes[b] s'acharnaient aussi vertement qu'ils avaient applaudi la veille. Un [313] ancien fabricant de chapeaux, vieillard de soixante-dix ans, dont la fabrique se trouvait jadis dans le faubourg, fouilla le passé des Rougon. Il parla vaguement, avec les hésitations d'une mémoire qui se perd, de l'enclos des Fouque, d'Adélaïde, de ses amours avec un contrebandier. Il en dit assez pour donner aux commérages un nouvel élan. Les causeurs se rapprochèrent ; les mots de canailles, de voleurs, d'intrigants éhontés, montaient jusqu'à la persienne derrière laquelle Pierre et Félicité suaient la peur et la colère. On en vint sur la place à plaindre Macquart. Ce fut le dernier coup. Hier Rougon était un Brutus, une âme stoïque qui sacrifiait ses affections à la patrie ; aujourd'hui Rougon n'était plus qu'un vil ambitieux qui passait sur le ventre de son pauvre frère, et s'en servait comme d'un marchepied pour monter à la fortune.

— Tu entends, tu entends, murmurait Pierre d'une voix étranglée. Ah ! les gredins, ils nous tuent ; jamais nous ne nous en relèverons.

Félicité, furieuse, tambourinait sur la persienne du bout de ses doigts crispés et elle répondait :

— Laisse-les dire, va. Si nous redevenons les plus forts, ils verront de quel bois je me chauffe. Je sais d'où vient le coup. La ville neuve nous en veut.

Elle devinait juste. L'impopularité brusque des Rougon était l'œuvre d'un groupe d'avocats qui se trouvaient très vexés de l'importance qu'avait prise un ancien marchand d'huile, illettré, et dont la maison avait risqué la faillite. Le quartier Saint-Marc, depuis deux jours, était comme mort. Le vieux quartier et la ville neuve restaient seuls en présence. Cette dernière avait profité de la panique pour perdre le salon jaune dans l'esprit des commerçants et des ouvriers. Roudier et Granoux étaient d'excellents hommes, d'honorables citoyens, que ces intrigants de Rougon trompaient. On leur ouvrirait les yeux.[a] À la place de ce gros ventru, de ce [314] gueux qui n'avait pas le sou, M. Isidore Granoux n'aurait-il pas dû s'asseoir dans le fauteuil du maire ? Les envieux partaient de là pour reprocher à Rougon tous les actes de son administration qui ne datait que de la veille. Il n'aurait pas dû garder l'ancien conseil municipal ; il avait commis une sottise grave en faisant fermer les portes ; c'était par sa bêtise que cinq membres avaient pris une fluxion de poitrine sur la terrasse de l'hôtel Valqueyras. Et ils ne tarissaient pas. Les républicains, eux aussi, relevaient la tête.[a] On parlait d'un coup de main possible, tenté sur la mairie par les ouvriers du faubourg. La réaction râlait.

Pierre, dans cet écroulement de toutes ses espérances, songea aux quelques soutiens, sur lesquels, à l'occasion, il pourrait encore compter.[b]

— Est-ce qu'Aristide, demanda-t-il, ne devait pas venir ce soir pour faire la paix ?

— Oui, répondit Félicité. Il m'avait promis un bel article. *L'Indépendant* n'a pas paru…

Mais son mari l'interrompit en disant :

— Eh ! n'est-ce pas lui qui[c] sort de la sous-préfecture ?

La vieille femme ne jeta qu'un regard.

— Il a remis son écharpe ! cria-t-elle.

Aristide, en effet, cachait de nouveau sa main dans son foulard. L'Empire se gâtait, sans que la République triomphât, et il avait jugé prudent de reprendre son rôle de mutilé. Il traversa sournoisement la place, sans lever la tête ; puis, comme il entendit sans doute dans les groupes des paroles dangereuses et compromettantes, il se hâta de disparaître au coude de la rue de la Banne.

— Va, il ne montera pas, dit amèrement Félicité. Nous sommes à terre… Jusqu'à nos enfants qui nous abandonnent !

Elle ferma violemment la fenêtre, pour ne plus voir, pour ne plus entendre. Et quand elle eut allumé la lampe, ils dînèrent, [315] découragés, sans faim, laissant les morceaux sur leur assiette. Ils n'avaient que quelques heures pour prendre un parti. Il fallait qu'au réveil ils tinssent Plassans sous leurs talons et qu'ils lui fissent demander grâce, s'ils ne voulaient renoncer à la fortune rêvée. Le manque absolu de nouvelles certaines était l'unique cause de leur indécision anxieuse. Félicité, avec sa netteté d'esprit, comprit vite cela. S'ils avaient pu connaître le résultat du coup d'État, ils auraient payé d'audace et continué quand même leur rôle de sauveurs, ou ils se seraient hâtés de faire oublier le plus possible leur campagne malheureuse. Mais ils ne savaient rien de précis, ils perdaient la tête, ils avaient des sueurs froides, à jouer ainsi leur fortune, sur un coup de dés, en pleine ignorance des événements.[a]

– Et ce diable d'Eugène qui ne m'écrit pas ! s'écria Rougon dans un élan de désespoir, sans songer qu'il livrait à sa femme le secret de sa correspondance.

Mais Félicité feignit de ne pas avoir entendu. Le cri de son mari l'avait profondément frappée. En effet, pourquoi Eugène n'écrivait-il pas à son père ? Après l'avoir tenu si fidèlement au courant des succès de la cause bonapartiste, il aurait dû s'empresser de lui annoncer le triomphe ou la défaite du prince Louis. La simple prudence lui conseillait la communication de cette nouvelle. S'il se taisait, c'était que la République victorieuse l'avait envoyé rejoindre le prétendant dans les cachots de Vincennes. Félicité se sentit glacée ; le silence de son fils tuait ses dernières espérances.

À ce moment, on apporta *la Gazette*, encore toute fraîche.

– Comment ! dit Pierre très surpris, Vuillet a fait paraître son journal ?

Il déchira la bande, il lut l'article de tête et l'acheva, pâle comme un linge, fléchissant sur sa chaise.[b]

– Tiens, lis, reprit-il, en tendant le journal à Félicité. [316]

C'était un superbe article, d'une violence inouïe contre les insurgés. Jamais tant de fiel, tant de mensonges, tant d'ordures dévotes n'avaient coulé d'une plume. Vuillet commençait par faire le récit de l'entrée de la bande dans Plassans. Un pur chef-d'œuvre. On y voyait « ces bandits, ces faces patibulaires, cette écume des bagnes », envahissant la ville, « ivres d'eau-de-vie, de luxure et de pillage » ; puis il les montrait « étalant leur cynisme dans les rues, épouvantant la population par des cris sauvages, ne cherchant que le viol et l'assassinat ». Plus loin, la scène de l'hôtel de ville et l'arrestation des autorités devenaient tout un drame atroce : « Alors, ils ont pris à la gorge les hommes les plus respectables ; et, comme Jésus, le maire, le brave commandant de la garde nationale, le directeur des postes, ce fonctionnaire si bienveillant, ont été couronnés d'épines par ces misérables, et ont reçu leurs crachats au visage. » L'alinéa consacré à Miette et à sa pelisse rouge montait en plein lyrisme. Vuillet avait vu dix, vingt filles sanglantes : « Et qui n'a pas aperçu, au milieu de ces monstres, des créatures infâmes vêtues de rouge, et qui devaient s'être roulées dans le sang des martyrs que ces brigands ont assassinés le long des routes ? Elles brandissaient des drapeaux, elles s'abandonnaient, en pleins carrefours, aux caresses ignobles de la horde tout entière. » Et Vuillet[a] ajoutait avec une emphase biblique : « La République ne marche jamais qu'entre la prostitution et le meurtre. » Ce n'était là que la première partie de l'article ; le récit terminé, dans une péroraison virulente, le libraire demandait si le pays souffrirait plus longtemps « la honte de ces bêtes fauves qui ne respectaient ni les propriétés ni les personnes » ; il faisait un appel à tous les valeureux citoyens en disant qu'une plus longue tolérance serait un encouragement, et qu'alors les insurgés viendraient prendre « la fille dans les bras de la mère, l'épouse dans les bras de l'époux » ; enfin, après une phrase dévote dans laquelle [317] il déclarait que Dieu voulait l'extermination des méchants, il terminait par ce coup de trompette : « On affirme que ces misérables sont de nouveau à nos portes ; eh bien ! que chacun de nous prenne un fusil et qu'on les tue comme des chiens ; on me verra au premier rang, heureux de débarrasser la terre d'une pareille vermine. »

Cet article, où la lourdeur du journalisme de province enfilait des périphrases ordurières, avait consterné Rougon, qui murmura, lorsque Félicité posa *la Gazette* sur la table :

— Ah ! le malheureux ![a] il nous donne le dernier coup ; on croira que c'est moi qui ai inspiré cette diatribe.

— Mais, dit sa femme, songeuse, ne m'as-tu pas annoncé ce matin qu'il refusait absolument d'attaquer les républicains ? Les nouvelles l'avaient terrifié, et tu prétendais qu'il était pâle comme un mort.

— Eh ! oui, je n'y comprends rien. Comme j'insistais,[b] il est allé jusqu'à me reprocher de ne pas avoir tué tous les insurgés… C'était hier qu'il aurait dû écrire son article ; aujourd'hui, il va nous faire massacrer.

Félicité se perdait en plein étonnement. Quelle mouche avait donc piqué Vuillet ? L'image de ce bedeau manqué, un fusil à la main, faisant le coup de feu sur les remparts de Plassans, lui semblait une des choses les plus bouffonnes qu'on pût imaginer. Il y avait certainement là-dessous quelque cause déterminante qui lui échappait. Vuillet avait l'injure trop impudente et le courage trop facile, pour que la bande insurrectionnelle fût réellement si voisine des portes de la ville.

— C'est un méchant homme, je l'ai toujours dit, reprit Rougon qui venait de relire l'article. Il n'a peut-être voulu que nous faire du tort. J'ai été bien bon enfant de lui laisser la direction des postes.[c]

Ce fut un trait de lumière. Félicité se leva vivement, [318] comme éclairée par une pensée subite ; elle mit un bonnet, jeta un châle sur ses épaules.

— Où vas-tu donc ? demanda son mari étonné. Il est plus de neuf heures.

— Toi, tu vas te coucher, répondit-elle avec quelque rudesse. Tu es souffrant, tu te reposeras. Dors en m'attendant ; je te réveillerai s'il le faut, et nous causerons.

Elle sortit, avec ses allures lestes, et courut à l'hôtel des postes. Elle entra brusquement dans le cabinet où Vuillet travaillait encore. Il eut, à sa vue, un vif mouvement de contrariété.

Jamais Vuillet n'avait été plus heureux. Depuis qu'il pouvait glisser ses doigts minces dans le courrier, il goûtait des voluptés profondes, des voluptés de prêtre curieux, s'apprêtant à savourer les aveux de ses pénitentes. Toutes les indiscrétions sournoises, tous les bavardages vagues des sacristies chantaient à ses oreilles. Il approchait son long nez blême des lettres, il regardait amoureusement les suscriptions de ses yeux louches, il auscultait les enveloppes, comme les petits abbés fouillent l'âme des vierges. C'étaient des jouissances infinies,[a] des tentations pleines de chatouillements. Les mille secrets de Plassans étaient là ;[b] il touchait à l'honneur des femmes, à la fortune des hommes, et il n'avait qu'à briser les cachets, pour en savoir aussi long que le grand vicaire de la cathédrale, le confident des personnes comme il faut de la ville. Vuillet était une de ces terribles commères, froides, aiguës, qui savent tout, se font tout dire, et ne répètent les bruits que pour en assassiner les gens. Aussi avait-il fait souvent le rêve d'enfoncer son bras jusqu'à l'épaule dans la boîte aux lettres. Pour lui, depuis la veille, le cabinet du directeur des postes était un grand confessionnal plein d'une ombre et d'un mystère religieux, dans lequel il se pâmait en humant les murmures voilés, les aveux frissonnants qui s'exhalaient des correspondances. [319] D'ailleurs, le libraire faisait sa petite besogne[a] avec une impudence parfaite. La crise que traversait le pays lui assurait l'impunité. Si les lettres éprouvaient quelque retard, si d'autres s'égaraient même complètement, ce serait la faute de ces gueux de républicains, qui couraient la campagne et interrompaient[b] les communications. La fermeture des portes l'avait un instant contrarié ; mais il s'était entendu avec Roudier pour que les courriers pussent entrer et lui fussent apportés directement, sans passer par la mairie.

Il n'avait, à la vérité, décacheté que quelques lettres, les bonnes, celles que son flair de sacristain lui avait désignées comme contenant des nouvelles utiles à connaître avant tout le monde. Il s'était ensuite contenté de garder dans un tiroir, pour être distribuées plus tard, celles qui pourraient donner l'éveil et lui enlever le mérite d'avoir du courage, quand la ville entière tremblait. Le dévot personnage, en choisissant la direction des postes, avait singulièrement compris la situation.

Lorsque Mme Rougon entra, il faisait son choix dans un tas énorme de lettres et de journaux, sous prétexte sans doute de les classer. Il se leva, avec son sourire humble, avançant une chaise ; ses paupières rougies battaient d'une façon inquiète. Mais Félicité[c] ne s'assit pas ; elle dit brutalement :

— Je veux la lettre.

Vuillet écarquilla les yeux d'un air de grande innocence.

— Quelle lettre, chère dame ? demanda-t-il.

— La lettre que vous avez reçue ce matin pour mon mari… Voyons, monsieur Vuillet, je suis pressée.

Et comme il bégayait qu'il ne savait pas, qu'il n'avait rien vu, que c'était bien étonnant, Félicité reprit, avec une sourde menace dans la voix :

— Une lettre de Paris, de mon fils Eugène, vous savez [320] bien ce que je veux dire, n'est-ce pas ?… Je vais chercher moi-même.

Elle fit mine de mettre la main dans les divers paquets qui encombraient le bureau. Alors il s'empressa, il dit qu'il allait voir. Le service était forcément si mal fait ! Peut-être bien qu'il y avait une lettre, en effet. Dans ce cas, on la retrouverait. Mais, quant à lui, il jurait qu'il ne l'avait pas vue. En parlant, il tournait dans le cabinet, il bouleversait tous les papiers. Puis, il ouvrit les tiroirs, les cartons. Félicité attendait impassible.

— Ma foi, vous avez raison, voici une lettre pour vous, s'écria-t-il enfin, en tirant quelques papiers d'un carton. Ah ! ces diables d'employés, ils profitent de la situation pour ne rien faire comme il faut !

Félicité prit la lettre[a] et en examina le cachet attentivement, sans paraître s'inquiéter le moins du monde de ce qu'un pareil examen pouvait avoir de blessant pour Vuillet. Elle vit clairement qu'on avait dû ouvrir l'enveloppe ; le libraire, maladroit encore, s'était servi d'une cire plus foncée pour recoller le cachet. Elle eut soin de fendre l'enveloppe en gardant intact le cachet, qui devait être, à l'occasion, une preuve.[b] Eugène annonçait, en quelques mots, le succès complet du coup d'État ; il chantait victoire, Paris était dompté, la province ne bougeait pas, et il conseillait[c] à ses parents une attitude très ferme en face de l'insurrection partielle qui soulevait le Midi. Il leur disait, en terminant, que leur fortune était fondée, s'ils ne faiblissaient pas[1].[d]

Madame Rougon mit la lettre dans sa poche, et, lentement, elle s'assit, en regardant Vuillet en face. Celui-ci, comme très occupé, avait fiévreusement repris[e] son triage.

— Écoutez-moi, monsieur Vuillet, lui dit-elle.

Et, quand il eut relevé la tête :

— Jouons cartes sur table, n'est-ce pas ? Vous avez tort de [321] trahir, il pourrait vous arriver malheur. Si, au lieu de décacheter nos lettres…

Il se récria, se prétendit offensé. Mais elle, avec tranquillité :

— Je sais, je connais votre école, vous n'avouerez jamais… Voyons, pas de paroles inutiles, quel intérêt avez-vous à servir le coup d'État ?

Et, comme il parlait encore de sa parfaite honnêteté, elle finit par perdre patience.

---

1   Dans la conclusion de son ouvrage, Ténot présente une série de questions auxquelles les réponses, à la lumière de son récit, sont évidentes et tout à fait opposées à l'interprétation des événements donnée par les partisans du coup d'État : « Le parti de l'ordre n'avait-il pas dépassé toute mesure dans ses terreurs, à l'approche de 1852 ? La conduite du parti démocratique dans les lieux où il fut victorieux, justifie-t-elle les accusations qui lui ont été prodiguées ? Y a-t-il eu, en décembre 1851, une jacquerie dans l'acception mauvaise du mot ? Les bandes d'insurgés ont-elles, sous prétexte de défendre la Constitution, promené dans les provinces le pillage, le meurtre, le viol et l'incendie ? Tout homme de bonne foi qui aura lu ces pages ne peut hésiter à répondre » (*op. cit.*, éd. de 1865, p. 343-344 ; éd. de 1868, p. 318).

— Vous me prenez donc pour une bête ! s'écria-t-elle. J'ai lu votre article... Vous feriez bien mieux de vous entendre avec nous.

Alors, sans rien avouer, il confessa carrément qu'il voulait avoir la clientèle du collège. Autrefois, c'était lui qui fournissait l'établissement de livres classiques. Mais on avait appris qu'il vendait, sous le manteau, des pornographies[a] aux élèves, en si grande quantité, que les pupitres débordaient de gravures et d'œuvres obscènes. À cette occasion, il avait même failli passer en police correctionnelle[1]. Depuis cette époque, il rêvait de rentrer en grâce auprès de l'administration, avec des rages jalouses.

Félicité parut étonnée de la modestie de son ambition. Elle le lui fit même entendre. Violer des lettres, risquer le bagne, pour vendre quelques dictionnaires !

— Eh ! dit-il d'une voix aigre, c'est une vente assurée de quatre à cinq mille francs par an. Je ne rêve pas l'impossible, comme certaines personnes.

Elle ne releva pas le mot. Il ne fut plus question des lettres décachetées. Un traité d'alliance fut conclu, par lequel Vuillet s'engageait à n'ébruiter aucune nouvelle et à ne pas se mettre en avant, à la condition que les Rougon lui feraient avoir la[b] clientèle du collège. En le quittant, Félicité l'engagea à ne pas se compromettre davantage. Il suffisait qu'il gardât les lettres et ne les distribuât que le surlendemain. [322]

— Quel coquin ! murmura-t-elle, quand elle fut dans la rue, sans songer qu'elle-même venait de mettre un interdit sur les courriers.

Elle revint à pas lents, songeuse. Elle fit même un détour, passa par le cours Sauvaire, comme pour réfléchir plus longuement et plus à l'aise, avant de rentrer chez elle. Sous les arbres de la promenade, elle rencontra M. de Carnavant, qui profitait de la nuit pour fureter dans la ville sans se compromettre. Le clergé de Plassans, auquel répugnait l'action, gardait, depuis l'annonce du coup d'État, la neutralité la plus absolue[2]. Pour lui,

---

1   Selon Roger Ripoll (article cité, p. 52), il se peut que Zola fasse allusion indirectement au libraire Aubin, directeur du *Mémorial d'Aix*, accusé de vendre des ouvrages immoraux dans une polémique avec *La Provence*. En 1868, Zola eut une querelle avec *Le Mémorial d'Aix*, journal de la municipalité, à propos de l'indifférence de la municipalité et des Aixois à la mémoire de son père. Le gendre d'Aubin dirigeait *Le Mémorial d'Aix* à cette époque. S'agit-il d'un discret règlement de comptes ?

2   Par contre, dans *La Conquête de Plassans* (1874), dont l'intrigue se déroule entre 1858 et 1864, Zola dépeindra les ambitions et les complots politiques du clergé de la ville qui poussent Plassans dans le camp de l'Empereur.

l'Empire était fait, il attendait l'heure de reprendre, dans une direction nouvelle, ses intrigues séculaires. Le marquis, agent désormais inutile, n'avait plus qu'une curiosité : savoir comment la bagarre finirait et de quelle façon les Rougon iraient jusqu'au bout de leur rôle.

— C'est toi, petite, dit-il en reconnaissant Félicité. Je voulais aller te voir. Tes affaires s'embrouillent.

— Mais non, tout va bien, répondit-elle, préoccupée.

— Tant mieux, tu me conteras cela, n'est-ce pas ? Ah ! je dois me confesser, j'ai fait une peur affreuse, l'autre nuit, à ton mari et à ses collègues. Si tu avais vu[a] comme ils étaient drôles sur la terrasse, pendant que je leur faisais voir une bande d'insurgés dans chaque bouquet de la vallée !... Tu me pardonnes ?

— Je vous remercie, dit vivement Félicité. Vous auriez dû les faire crever de terreur. Mon mari est un gros sournois. Venez donc un de ces matins, lorsque je serai seule.

Elle s'échappa, marchant à pas rapides, comme décidée par la rencontre du marquis. Toute sa petite personne exprimait une volonté implacable.[b] Elle allait enfin se venger des cachotteries de Pierre, le tenir sous ses pieds, assurer pour jamais sa toute-puissance au logis. C'était un coup de scène nécessaire, une comédie dont elle goûtait à l'avance les railleries [323] profondes, et dont elle mûrissait le plan avec des raffinements de femme blessée.

Elle trouva Pierre couché, dormant d'un sommeil lourd ; elle approcha un instant la bougie, et regarda, d'un air de pitié, son visage épais, où couraient par moments de légers frissons ; puis elle s'assit au chevet du lit, ôta son bonnet, s'échevela, se donna la mine d'une personne désespérée, et se mit à sangloter très haut.

— Hein ! qu'est-ce que tu as, pourquoi pleures-tu ? demanda Pierre brusquement réveillé.

Elle ne répondit pas, elle pleura plus amèrement.

— Par grâce, réponds, reprit son mari que ce muet désespoir épouvantait. Où es-tu allée ? Tu as vu les insurgés ?

Elle fit signe que non ; puis, d'une voix éteinte :

— Je viens de l'hôtel Valqueyras, murmura-t-elle. Je voulais demander conseil à M. de Carnavant. Ah ! mon pauvre ami, tout est perdu.

Pierre se mit sur son séant, très pâle. Son cou de taureau que montrait sa chemise déboutonnée, sa chair molle était toute gonflée par la peur. Et, au milieu du lit défait, il s'affaissait comme un magot chinois, blême et pleurard.

— Le marquis, continua Félicité, croit que le prince Louis a succombé ; nous sommes ruinés, nous n'aurons jamais un sou.

Alors, comme il arrive aux poltrons, Pierre s'emporta. C'était la faute du marquis, la faute de sa femme, la faute de toute sa famille. Est-ce qu'il pensait à la politique, lui, quand M. de Carnavant et Félicité l'avaient jeté dans ces bêtises-là !

— Moi, je m'en lave les mains, cria-t-il. C'est vous deux qui avez fait la sottise. Est-ce qu'il n'était pas plus sage de manger tranquillement nos petites rentes ? Toi, tu [324] as toujours voulu dominer. Tu vois où cela nous a conduits.

Il perdait la tête, il ne se rappelait plus qu'il s'était montré aussi âpre que sa femme. Il n'éprouvait qu'un immense désir, celui de soulager sa colère en accusant les autres de sa défaite.

— Et, d'ailleurs, continua-t-il, est-ce que nous pouvions réussir avec des enfants comme les nôtres[a] ! Eugène nous lâche à l'instant décisif ; Aristide nous a traînés dans la boue, et il n'y a pas jusqu'à ce grand innocent de Pascal qui ne nous compromette, en faisant de la philanthropie à la suite des insurgés… Et dire que nous nous sommes mis sur la paille pour leur faire faire leurs humanités !

Il employait, dans son exaspération, des mots dont il n'usait jamais. Félicité, voyant qu'il reprenait haleine, lui dit doucement :

— Tu oublies Macquart.

— Ah ! oui, je l'oublie ! reprit-il avec plus de violence, en voilà encore un dont la pensée me met hors de moi !… Mais ce n'est pas tout ; tu sais, le petit Silvère, je l'ai vu chez ma mère, l'autre soir, les mains pleines de sang ; il a crevé un œil à un gendarme. Je ne t'en ai pas parlé, pour ne point t'effrayer. Vois-tu un de mes neveux en cour d'assises. Ah ! quelle famille !… Quant à Macquart, il nous a gênés, au point que j'ai eu l'envie de lui casser la tête, l'autre jour, quand j'avais un fusil. Oui, j'ai eu cette envie…

Félicité laissait passer le flot. Elle avait reçu les reproches de son mari avec une douceur angélique, baissant la tête comme une coupable, ce qui lui permettait de rayonner en dessous. Par son attitude, elle poussait Pierre, elle l'affolait. Quand la voix manqua au pauvre homme, elle eut de gros soupirs, feignant le repentir ; puis elle répéta d'une voix désolée : [325]

– Qu'allons-nous faire, mon Dieu ![a] qu'allons-nous faire !… Nous sommes criblés de dettes.

– C'est ta faute ! cria Pierre en mettant dans ce cri[b] ses dernières forces.

Les Rougon, en effet, devaient de tous les côtés. L'espérance d'un succès prochain leur avait fait perdre toute prudence. Depuis le commencement de 1851, ils s'étaient laissés aller jusqu'à offrir, chaque soir, aux habitués du salon jaune, des verres de sirop et de punch, des petits gâteaux, des collations complètes, pendant lesquelles on buvait à la mort de la République. Pierre avait, de plus, mis un quart de son capital à la disposition de la réaction, pour contribuer à l'achat des fusils et des cartouches.

– La note du pâtissier est au moins de mille francs, reprit Félicité de son ton doucereux, et nous en devons peut-être le double au liquoriste. Puis il y a le boucher, le boulanger, le fruitier…

Pierre agonisait. Félicité lui porta le dernier coup en ajoutant :

– Je ne parle pas des dix mille francs que tu as donnés pour les armes.

– Moi, moi ! balbutia-t-il, mais on m'a trompé, on m'a volé ! C'est cet imbécile de Sicardot qui m'a mis dedans, en me jurant que les Napoléon seraient vainqueurs. J'ai cru faire une avance. Mais il faudra bien que cette vieille ganache me rende mon argent.

– Eh ! on ne te rendra rien du tout, dit sa femme en haussant les épaules. Nous subirons le sort de la guerre. Quand nous aurons tout payé, il ne nous restera pas de quoi manger du pain. Ah ! c'est une jolie campagne !… Va, nous pouvons aller habiter quelque taudis du vieux quartier.

Cette dernière phrase sonna lugubrement. C'était le glas de leur existence. Pierre vit le taudis du vieux quartier, [326] dont sa femme évoquait le spectacle. C'était donc là qu'il irait mourir, sur un grabat, après avoir toute sa vie tendu vers les jouissances grasses et faciles. Il aurait vainement volé sa mère, mis la main dans les plus sales intrigues, menti pendant des années. L'Empire ne payerait pas ses dettes, cet Empire qui seul pouvait le sauver de la ruine. Il sauta du lit, en chemise, en criant :

– Non, je[a] prendrai un fusil, j'aime mieux que les insurgés me tuent.

– Ça, répondit Félicité avec une grande tranquillité, tu pourras le faire demain ou après-demain, car les républicains ne sont pas loin. C'est un moyen comme un autre d'en finir.

Pierre fut glacé. Il lui sembla que, tout d'un coup, on lui versait un grand seau d'eau froide sur les épaules. Il se recoucha lentement, et quand il fut dans la tiédeur des draps, il se mit à pleurer. Ce gros homme fondait aisément en larmes, en larmes douces, intarissables, qui coulaient de ses yeux sans efforts. Il s'opérait en lui une réaction fatale. Toute sa colère le jetait à des abandons, à des lamentations d'enfant. Félicité, qui attendait cette crise, eut un éclair de joie, à le voir si mou, si vide, si aplati devant elle. Elle garda son attitude muette, son humilité désolée. Au bout d'un long silence, cette résignation, le spectacle de cette femme plongée dans un accablement silencieux, exaspéra les larmes de Pierre.

— Mais parle donc! implora-t-il, cherchons ensemble. N'y a-t-il vraiment aucune planche de salut?

— Aucune, tu le sais bien, répondit-elle; tu exposais toi-même la situation tout à l'heure; nous n'avons de secours à attendre de personne; nos enfants eux-mêmes nous ont trahis.

— Fuyons, alors... Veux-tu que nous quittions Plassans cette nuit, tout de suite? [327]

— Fuir! mais, mon pauvre ami, nous serions demain la fable de la ville... Tu ne te rappelles donc pas que tu as fait fermer les portes?

Pierre se débattait; il donnait à son esprit une tension extraordinaire; puis, comme vaincu, d'un ton suppliant, il murmura:

— Je t'en prie, trouve une idée, toi; tu n'as encore rien dit.

Félicité releva la tête, en jouant la surprise; et, avec un geste de profonde impuissance:

— Je suis une sotte en ces matières, dit-elle; je n'entends rien à la politique, tu me l'as répété cent fois.

Et comme son mari se taisait, embarrassé, baissant les yeux, elle continua lentement, sans reproches:

— Tu ne m'as pas mise au courant de tes affaires, n'est-ce pas? J'ignore tout, je ne puis pas même te donner un conseil... D'ailleurs, tu as bien fait, les femmes sont bavardes quelquefois, et il vaut cent fois mieux que les hommes conduisent la barque tout seuls.

Elle disait cela avec une ironie si fine, que son mari ne sentit pas la cruauté de ses railleries. Il éprouva simplement un grand remords. Et, tout d'un coup,[a] il se confessa. Il parla des lettres d'Eugène, il expliqua ses plans, sa conduite, avec la loquacité d'un homme qui fait son examen de conscience et qui implore un sauveur. À chaque instant, il s'interrompait pour demander: « Qu'aurais-tu fait, toi, à ma place? » ou bien il s'écriait: « N'est-ce pas? j'avais raison, je ne pouvais agir autrement. » Félicité ne daignait pas même faire un signe. Elle écoutait, avec la roideur rechignée d'un juge. Au fond, elle goûtait des jouissances exquises ; elle le tenait donc enfin, ce gros sournois ; elle en jouait comme une chatte joue d'une boule de papier ; et il tendait les mains pour qu'elle lui mît des menottes. [328]

— Mais attends, dit-il en sautant vivement du lit, je vais te faire lire la correspondance d'Eugène. Tu jugeras mieux la situation.

Elle essaya vainement de l'arrêter par un pan de sa chemise ; il étala les lettres sur la table de nuit, se recoucha, en lut des pages entières, la força à en parcourir elle-même. Elle retenait un sourire, elle commençait à avoir pitié du pauvre homme.

— Eh bien ! dit-il, anxieux, quand il eut fini, maintenant que tu sais tout, ne vois-tu pas une façon de nous sauver de la ruine ?

Elle ne répondit encore pas. Elle paraissait réfléchir profondément.

— Tu es une femme intelligente, reprit-il pour la flatter ; j'ai eu tort de me cacher de toi, ça, je le reconnais...

— Ne parlons plus de ça, répondit-elle... Selon moi, si tu avais beaucoup de courage...

Et, comme il la regardait d'un air avide, elle s'interrompit, elle dit avec un sourire :

— Mais tu me promets bien de ne plus te méfier de moi ? tu me diras tout ? tu n'agiras pas sans me consulter ?

Il jura, il accepta les conditions les plus dures. Alors Félicité se coucha à son tour ; elle avait pris froid, elle vint se mettre près de lui ; et, à voix basse,[a] comme si l'on avait pu les entendre, elle lui expliqua longuement son plan de campagne. Selon elle, il fallait que la panique soufflât plus violente dans la ville, et que Pierre gardât une attitude de héros au milieu des habitants consternés. Un secret pressentiment, disait-elle, l'avertissait que les insurgés étaient encore loin. D'ailleurs, tôt ou tard, le parti de l'ordre l'emporterait, et les Rougon seraient récompensés. Après le rôle de sauveurs, le rôle de martyrs n'était pas à dédaigner. Elle fit si bien, elle parla avec tant de conviction,[b] que son mari, [329] surpris d'abord de la simplicité de son plan, qui consistait à payer d'audace, finit par y voir une tactique merveilleuse et par promettre de s'y conformer, en montrant tout le courage possible.

— Et n'oublie pas que c'est moi qui te sauve, murmura la vieille,[a] d'une voix câline. Tu seras gentil ?

Ils s'embrassèrent, ils se dirent bonsoir. Ce fut un renouveau, pour ces deux vieilles gens brûlés par la convoitise. Mais ni l'un ni l'autre ne s'endormirent ;[b] au bout d'un quart d'heure, Pierre, qui regardait au plafond une tache ronde de la veilleuse, se tourna, et, à voix très basse, communiqua à sa femme une idée qui venait de pousser dans son cerveau.[c]

– Oh ! non, non, murmura Félicité avec un frisson. Ce serait trop cruel.

– Dame ! reprit-il, tu veux que les habitants soient consternés !... On me prendrait au sérieux, si ce que je t'ai dit arrivait...

Puis, son projet se complétant, il s'écria :

– On pourrait employer Macquart... Ce serait une façon de s'en débarrasser.

Félicité parut frappée par cette idée. Elle réfléchit, elle hésita, et, d'une voix troublée, elle balbutia :

– Tu as peut-être raison. C'est à voir... Après tout, nous serions bien bêtes d'avoir des scrupules ; il s'agit pour nous d'une question de vie ou de mort... Laisse-moi faire, j'irai demain trouver Macquart, et je verrai si l'on peut s'entendre avec lui. Toi, tu te disputerais, tu gâterais tout... Bonsoir, dors bien, mon pauvre chéri... Va, nos peines finiront.

Ils s'embrassèrent encore, ils s'endormirent. Et, au plafond, la tache de lumière s'arrondissait comme un œil terrifié, ouvert et fixé longuement sur le sommeil de ces bourgeois blêmes, suant le crime dans les draps,[d] et qui voyaient en rêve tomber dans leur chambre une pluie de sang, dont [330] les gouttes larges se changeaient en pièces d'or sur le carreau[1].

Le lendemain, avant le jour, Félicité alla à la mairie, munie des instructions de Pierre, pour pénétrer près[a] de Macquart. Elle emportait, dans une serviette, l'uniforme de garde national de son mari. D'ailleurs, elle n'aperçut que quelques hommes dormant à poings fermés dans le poste. Le concierge, qui était chargé de nourrir le prisonnier, monta lui

---

1 À plusieurs reprises dans ce roman et ailleurs dans la série des *Rougon-Macquart*, Zola concrétise les méfaits et la culpabilité de ses personnages à travers l'image de la tache rouge. Voir ci-dessous p. [350], [353], [354], [369], et surtout le dernier paragraphe du roman (ci-dessous, p. 425), où le romancier exploite cette image d'une façon particulièrement dramatique. Voir aussi ms. 10292, f⁰ 277, qui reflète la conviction des chefs bonapartistes, dont Morny surtout, selon laquelle une répression sanglante était nécessaire pour imposer l'autorité du régime : « Alfred Richaud peut dire : "Laissez commettre des crimes : l'horreur qu'ils soulèveront assurera le triomphe de Bonaparte" ». Voir aussi David Baguley, « Image et symbole : la tache rouge dans l'œuvre de Zola », *Les Cahiers naturalistes*, n° 39, 1970, p. 36-41.

ouvrir le cabinet de toilette, transformé en cellule. Puis il redescendit
tranquillement.

Macquart était enfermé dans le cabinet depuis deux jours et deux
nuits. Il avait eu le temps d'y faire de longues réflexions. Lorsqu'il eut
dormi, les premières heures furent données à la colère, à la rage impuissante. Il éprouvait des envies de briser la porte, à la pensée que son frère[b]
se carrait dans la pièce voisine. Et il se promettait de l'étrangler de ses
propres mains lorsque[c] les insurgés viendraient le délivrer. Mais le soir,
au crépuscule, il se calma, il cessa de tourner furieusement dans l'étroit
cabinet. Il y respirait une odeur douce, un sentiment de bien-être qui
détendait ses nerfs. M. Garçonnet, fort riche, délicat et coquet, avait fait
arranger ce réduit d'une très élégante façon ; le divan était moelleux et
tiède ; des parfums, des pommades, des savons garnissaient le lavabo de
marbre, et le jour pâlissant tombait du plafond avec des voluptés molles,
pareil aux lueurs d'une lampe pendue dans une alcôve. Macquart, au
milieu de cet air musqué, fade et assoupi, qui traîne dans les cabinets
de toilette, s'endormit en pensant que ces diables de riches « étaient bien
heureux tout de même ». Il s'était couvert d'une couverture qu'on lui
avait donnée. Il se vautra jusqu'au matin, la tête, le dos, les bras appuyés
sur les oreillers. Quand il ouvrit les yeux, un filet de soleil glissait par
la baie. Il ne quitta pas le divan, il avait chaud, il songea en regardant
autour de lui. Il se disait que jamais il n'aurait [331] un pareil coin pour
se débarbouiller. Le lavabo surtout l'intéressait ; ce n'était pas malin,
pensait-il, de se tenir propre, avec tant de petits pots et tant de fioles.
Cela le fit penser amèrement à sa vie manquée. L'idée lui vint qu'il avait
peut-être fait fausse route ;[a] on ne gagne rien à fréquenter les gueux ; il
aurait dû ne pas faire le méchant et s'entendre avec les Rougon. Puis il
rejeta cette pensée. Les Rougon étaient des scélérats qui l'avaient[b] volé.
Mais les tiédeurs, les souplesses du divan continuaient à l'adoucir, à lui
donner un regret vague. Après tout, les insurgés l'abandonnaient, ils
se faisaient battre comme des imbéciles.[c] Il finit par conclure que la
République était une duperie. Ces Rougon avaient de la chance. Et il
se rappela ses méchancetés inutiles, sa guerre sourde ; personne, dans la
famille, ne l'avait soutenu : ni Aristide, ni le frère de Silvère, ni Silvère
lui-même, qui était un sot de s'enthousiasmer pour les républicains, et
qui n'arriverait jamais à rien. Maintenant, sa femme était morte, ses
enfants l'avaient quitté ; il crèverait[d] seul, dans un coin, sans un sou,

comme un chien. Décidément, il aurait dû se vendre à la réaction. En pensant cela,[e] il lorgnait le lavabo, pris d'une grande envie d'aller se laver les mains avec une certaine poudre de savon contenue dans une boîte de cristal. Macquart, comme tous les fainéants qu'une femme ou leurs enfants nourrissent, avait des goûts de coiffeur. Bien qu'il portât des pantalons rapiécés, il aimait à s'inonder d'huile aromatique. Il passait des heures chez son barbier, où l'on parlait politique, et qui lui donnait un coup de peigne, entre deux discussions. La tentation devint trop forte ; Macquart[f] s'installa devant le lavabo. Il se lava les mains, la figure ; il se coiffa, se parfuma, fit une toilette complète. Il usa de tous les flacons, de tous les savons, de toutes les poudres. Mais sa plus grande jouissance fut de s'essuyer avec les serviettes du maire ;[g] elles étaient souples, épaisses. Il y plongea sa figure humide, y respira béatement [332] toutes les senteurs de la richesse.[a] Puis, quand il fut pommadé, quand il sentit bon de la tête aux pieds, il revint s'étendre sur le divan, rajeuni, porté aux idées conciliantes. Il éprouvait un mépris encore plus grand pour la République, depuis qu'il avait mis le nez dans les fioles de M. Garçonnet. L'idée lui poussa[b] qu'il était peut-être encore temps de faire la paix avec son frère. Il pesa ce qu'il pourrait demander pour une trahison. Sa rancune contre les Rougon le mordait toujours au cœur ; mais il en était à un de ces moments où, couché sur le dos, dans le silence, on se dit des vérités dures, on se gronde de ne s'être pas creusé, même au prix de ses haines les plus chères, un trou heureux, pour vautrer ses lâchetés d'âme et de corps. Vers le soir, Antoine se décida à faire appeler son frère le lendemain. Mais lorsque, le lendemain matin, il vit entrer Félicité, il comprit qu'on avait besoin de lui. Il se tint sur ses gardes.

La négociation fut longue, pleine de traîtrises, menée avec un art infini. Ils échangèrent d'abord des plaintes vagues. Félicité, surprise de trouver Antoine presque poli, après la scène grossière qu'il avait faite chez elle le dimanche soir, le prit avec lui sur un ton de doux reproche. Elle déplora les haines qui désunissent les familles. Mais, vraiment, il avait calomnié et poursuivi son frère avec un acharnement qui avait mis ce pauvre Rougon hors de lui.

– Parbleu ! mon frère ne s'est jamais conduit en frère avec moi, dit Macquart avec une violence contenue.[c] Est-ce qu'il est venu à mon secours ? Il m'aurait laissé crever dans mon taudis… Quand il a été gentil avec moi, vous vous rappelez, à l'époque des deux cents francs, je crois qu'on ne peut pas me reprocher d'avoir dit du mal de lui. Je répétais partout que c'était un bon cœur.

Ce qui signifiait clairement :

— Si vous aviez continué à me fournir de l'argent, j'aurais été charmant pour vous, et je vous aurais aidés, au lieu [333] de vous combattre. C'est votre faute. Il fallait m'acheter.

Félicité le comprit si bien, qu'elle répondit :

— Je sais, vous nous avez accusés de dureté, parce qu'on s'imagine que nous sommes à notre aise ; mais on se trompe, mon cher frère : nous sommes de pauvres gens ; nous n'avons jamais pu agir envers vous comme notre cœur l'aurait désiré.

Elle hésita un instant, puis continua :[a]

— À la rigueur, dans une circonstance grave, nous pourrions faire un sacrifice ; mais, vrai, nous sommes si pauvres, si pauvres !

Macquart dressa l'oreille. « Je les tiens ! » pensa-t-il. Alors, sans paraître avoir entendu l'offre indirecte de sa belle-sœur, il étala sa misère d'une voix dolente, il raconta la mort de sa femme, la fuite de ses enfants. Félicité, de son côté, parla de la crise que le pays traversait ; elle prétendit que la République avait achevé de les ruiner. De parole en parole, elle en vint à maudire une époque qui forçait le frère à emprisonner le frère. Combien le cœur leur saignerait, si la justice ne voulait pas rendre sa proie ! Et elle lâcha le mot de galères.

— Ça, je vous en défie, dit tranquillement Macquart.

Mais elle se récria :

— Je rachèterais plutôt de mon sang l'honneur de la famille. Ce que je vous en dis, c'est pour vous montrer que nous ne vous abandonnerons pas… Je viens vous donner les moyens de fuir, mon cher Antoine.[b]

Ils se regardèrent un instant dans les yeux, se tâtant du regard avant d'engager la lutte.

— Sans condition ? demanda-t-il enfin.

— Sans condition aucune, répondit-elle.[c]

Elle s'assit à côté de lui sur le divan, puis continua d'une voix décidée :

— Et même, avant de passer la frontière, si vous voulez [334] gagner un billet de mille francs, je puis vous en fournir les moyens.

Il y eut un nouveau silence.

— Si l'affaire est propre, murmura Antoine, qui avait l'air de réfléchir. Vous savez, je ne veux pas me fourrer dans vos manigances.

— Mais il n'y a pas de manigances, reprit Félicité, souriant des scrupules du vieux coquin. Rien de plus simple : vous[a] allez sortir tout à l'heure de ce cabinet, vous irez vous cacher chez votre mère, et ce soir, vous réunirez vos amis, vous viendrez reprendre la mairie.

Macquart ne put cacher une surprise profonde. Il ne comprenait pas.

— Je croyais, dit-il, que vous étiez victorieux.

— Oh ! je n'ai pas le temps de vous mettre au courant, répondit la vieille avec quelque impatience. Acceptez-vous ou n'acceptez-vous pas ?

— Eh bien ! non, je n'accepte pas… Je veux réfléchir. Pour mille francs, je serais bien bête de risquer peut-être une fortune.

Félicité se leva.

— À votre aise, mon cher, dit-elle froidement. Vraiment, vous n'avez pas conscience de votre position. Vous êtes venu chez moi me traiter de vieille gueuse, et lorsque j'ai la bonté de vous tendre la main dans le trou où vous avez eu la sottise de tomber, vous faites des façons, vous ne voulez pas être sauvé. Eh bien ! restez ici, attendez que les autorités reviennent. Moi, je m'en lave les mains.

Elle était à la porte.

— Mais, implora-t-il, donnez-moi quelques explications. Je ne puis pourtant pas conclure un marché avec vous sans savoir. Depuis deux jours, j'ignore ce qui se passe. Est-ce que je sais, moi, si vous ne me volez pas ?

— Tenez, vous êtes un niais, répondit Félicité, que ce cri [335] du cœur poussé par Antoine fit revenir sur ses pas. Vous avez grand tort de ne pas vous mettre aveuglément de notre côté. Mille francs, c'est une jolie somme, et on ne la risque que pour une cause gagnée. Acceptez, je vous le conseille.

Il hésitait toujours.

— Mais quand nous voudrons prendre la mairie,[a] est-ce qu'on nous laissera entrer tranquillement ?

— Ça, je ne sais pas, dit-elle avec un sourire. Il y aura peut-être des coups de fusil.

Il la regarda fixement.

— Eh ! dites donc, la petite mère, reprit-il d'une voix rauque,[b] vous n'avez pas au moins l'intention de me faire loger une balle dans la tête ?

Félicité rougit. Elle pensait justement, en effet, qu'une balle, pendant l'attaque de la mairie, leur rendrait un grand service en les débarrassant d'Antoine. Ce serait mille francs de gagnés.[c] Aussi se fâcha-t-elle en murmurant :

– Quelle idée !… Vraiment, c'est atroce d'avoir des idées pareilles.

Puis, subitement calmée :

– Acceptez-vous ?… Vous avez compris, n'est-ce pas ?

Macquart avait parfaitement compris. C'était un guet-apens qu'on lui proposait. Il n'en voyait ni les raisons ni les conséquences ; ce qui le décida à marchander. Après avoir parlé de la République comme d'une maîtresse à lui qu'il était désespéré de ne plus aimer, il mit en avant les risques qu'il aurait à courir, et finit par demander deux mille francs. Mais Félicité tint bon. Et ils discutèrent jusqu'à ce qu'elle[d] lui eût promis de lui procurer, à sa rentrée en France, une place où il n'aurait rien à faire, et qui lui rapporterait gros. Alors le marché fut conclu. Elle lui fit endosser l'uniforme de garde national qu'elle avait apporté.[e] Il devait se retirer paisiblement chez tante Dide, puis amener, vers minuit, sur la place de l'Hôtel-de-Ville, tous les [336] républicains qu'il rencontrerait, en leur affirmant que la mairie était vide, qu'il suffirait d'en pousser la porte pour s'en emparer. Antoine demanda des arrhes, et reçut deux cents francs. Elle s'engagea à lui compter les huit cents autres francs le lendemain. Les Rougon risquaient là les derniers sous dont ils pouvaient disposer.

Quand Félicité fut descendue, elle resta un instant sur la place pour voir sortir Macquart. Il passa tranquillement devant le poste, en se mouchant. D'un coup de poing, dans le cabinet, il avait cassé la vitre du plafond, pour faire croire qu'il s'était sauvé par là.

– C'est entendu, dit Félicité à son mari, en rentrant chez elle. Ce sera pour minuit… Moi, ça ne me fait plus rien. Je voudrais les voir tous fusillés. Nous déchiraient-ils, hier, dans la rue !

– Tu étais bien bonne d'hésiter, répondit Pierre, qui se rasait. Tout le monde ferait comme nous à notre place.

Ce matin-là – on était au mercredi – il soigna particulièrement sa toilette. Ce fut sa femme qui le peigna et noua sa cravate. Elle le tourna entre ses mains comme un enfant qui va à la distribution des prix. Puis, quand il fut prêt, elle le regarda, elle déclara qu'il était très convenable, et qu'il aurait très bonne figure au milieu des graves événements qui se préparaient. Sa grosse face pâle avait en effet une grande dignité et un air d'entêtement héroïque. Elle l'accompagna jusqu'au premier étage, en lui faisant ses dernières recommandations : il ne devait rien perdre de son attitude courageuse, quelle que fût la panique ; il fallait fermer les portes plus hermétiquement que jamais, laisser la ville agoniser de terreur dans ses remparts ; et cela serait excellent, s'il était le seul à vouloir mourir pour la cause de l'ordre.

Quelle journée ! Les Rougon en parlent encore, comme d'une bataille glorieuse et décisive. Pierre alla droit à la mairie, sans s'inquiéter des regards ni[a] des paroles qu'il surprit [337] au passage. Il s'y installa magistralement, en homme qui entend ne plus quitter la place. Il envoya simplement un mot à Roudier, pour l'avertir qu'il reprenait le pouvoir. « Veillez aux portes, disait-il, sachant que ces lignes pouvaient devenir publiques ; moi, je veillerai à l'intérieur, je ferai respecter les propriétés et les personnes. C'est au moment où les mauvaises passions renaissent et l'emportent, que les bons citoyens doivent chercher à les étouffer, au péril de leur vie. » Le style, les fautes d'orthographe rendaient plus héroïque ce billet, d'un laconisme antique.[a] Pas un de ces messieurs de la commission provisoire ne parut. Les deux derniers fidèles, Granoux lui-même, se tinrent prudemment chez eux. De cette commission, dont les membres s'étaient évanouis, à mesure que la panique soufflait plus forte, il n'y avait que Rougon qui restât à son poste, sur son fauteuil de président. Il ne daigna pas même envoyer un ordre de convocation. Lui seul, et c'était assez. Sublime spectacle qu'un journal de la localité devait plus tard caractériser d'un mot : « le courage donnant la main au devoir ».

Pendant toute la matinée, on vit Pierre[b] emplir la mairie de ses allées et venues. Il était absolument seul, dans ce grand bâtiment vide, dont les hautes salles retentissaient longuement du bruit de ses talons. D'ailleurs, toutes les portes étaient ouvertes. Il promenait au milieu de ce désert sa présidence sans conseil, d'un air si pénétré de sa mission, que le concierge, en le rencontrant deux ou trois fois dans les couloirs, le salua d'un air surpris et respectueux. On l'aperçut derrière chaque croisée, et, malgré le froid vif, il parut à plusieurs reprises sur le balcon, avec des liasses de papiers dans les mains, comme un homme affairé qui attend des messages importants.

Puis, vers midi, il courut la ville ; il visita[c] les postes, parlant d'une attaque possible, donnant à entendre que les insurgés [338] n'étaient pas loin ;[a] mais il comptait, disait-il, sur le courage des braves gardes

nationaux ; s'il le fallait, ils devaient se faire tuer jusqu'au dernier pour
la défense de la bonne cause. Quand il revint de cette tournée, lentement, gravement, avec l'allure d'un héros qui a mis ordre aux affaires
de sa patrie, et qui n'attend plus que la mort, il put constater une
véritable stupeur sur son chemin ; les promeneurs du Cours, les petits
rentiers incorrigibles qu'aucune catastrophe n'aurait pu empêcher de
venir bayer[b] au soleil, à certaines heures, le regardèrent passer d'un air
ahuri, comme s'ils ne le reconnaissaient pas et qu'ils ne pussent croire
qu'un des leurs, qu'un ancien marchand d'huile eût le front de tenir
tête à toute une armée.

Dans la ville, l'anxiété était à son comble. D'un instant à l'autre, on
attendait la bande insurrectionnelle. Le bruit de l'évasion de Macquart
fut commenté d'une effrayante façon. On prétendit qu'il avait été délivré
par ses amis les rouges,[c] et qu'il attendait la nuit, dans quelque coin,
pour se jeter sur les habitants et mettre le feu aux quatre coins de la
ville. Plassans, cloîtré, affolé, se dévorant lui-même dans sa prison de
murailles, ne savait plus qu'inventer pour avoir peur.[d] Les républicains,
devant la fière attitude de Rougon, eurent une courte méfiance. Quant
à la ville neuve, aux avocats et aux commerçants retirés, qui la veille
déblatéraient contre le salon jaune, ils furent si surpris, qu'ils n'osèrent
plus attaquer ouvertement un homme d'un tel courage. Ils se contentèrent
de dire qu'il y avait folie à braver ainsi des insurgés victorieux et que
cet héroïsme inutile allait attirer sur Plassans les plus grands malheurs.
Puis, vers trois heures, ils organisèrent une députation. Pierre, qui brûlait du désir d'afficher son dévouement devant ses concitoyens, n'osait
cependant pas compter sur une aussi belle occasion.

Il[e] eut des mots sublimes. Ce fut dans le cabinet du maire [339] que
le président de la commission provisoire reçut la députation de la ville
neuve. Ces messieurs, après avoir rendu hommage à son patriotisme, le
supplièrent de ne pas songer à la résistance. Mais lui, d'une voix haute,
parla du devoir, de la patrie, de l'ordre, de la liberté, et d'autres choses
encore. D'ailleurs, il ne forçait personne à l'imiter ; il accomplissait
simplement ce que sa conscience, son cœur lui dictaient.

— Vous le voyez, messieurs, je suis seul, dit-il en terminant. Je veux
prendre toute la responsabilité pour que nul autre que moi ne soit
compromis. Et, s'il faut une victime, je m'offre de bon cœur ; je désire
que le sacrifice de ma vie sauve celle des habitants.

Un notaire, la forte tête de la bande, lui fit remarquer qu'il courait à une mort certaine.

– Je le sais, reprit-il gravement. Je suis prêt !

Ces messieurs se regardèrent. Ce « Je suis prêt ! » les cloua d'admiration. Décidément, cet homme était un brave. Le notaire le conjura d'appeler à lui les gendarmes ; mais il répondit que le sang de ces soldats était précieux et qu'il ne le ferait couler qu'à la dernière extrémité. La députation se retira lentement, très émue. Une heure après, Plassans traitait Rougon de héros ; les plus poltrons l'appelaient « un vieux fou ».

Vers le soir, Rougon fut très étonné de voir accourir Granoux. L'ancien marchand d'amandes se jeta dans ses bras, en l'appelant « grand homme », et en lui disant qu'il voulait mourir avec lui. Le « Je suis prêt ! » que sa bonne venait de lui rapporter de chez la fruitière, l'avait réellement enthousiasmé.[a] Au fond de ce peureux, de ce grotesque, il y avait des naïvetés charmantes. Pierre le garda, pensant qu'il ne tirait pas à conséquence. Il fut même touché du dévouement du pauvre homme ; il se promit de le faire complimenter publiquement par le préfet, ce qui ferait crever de dépit [340] les autres bourgeois, qui l'avaient si lâchement abandonné. Et tous deux ils attendirent la nuit dans la mairie déserte.

À la même heure, Aristide se promenait chez lui d'un air profondément inquiet. L'article de Vuillet l'avait surpris. L'attitude de son père le stupéfiait. Il venait de l'apercevoir à une fenêtre, en cravate blanche, en redingote noire, si calme à l'approche du danger, que toutes ses idées étaient bouleversées dans sa pauvre tête. Pourtant les insurgés revenaient victorieux, c'était la croyance de la ville entière. Mais des doutes lui venaient,[a] il flairait quelque farce lugubre. N'osant plus se présenter chez ses parents, il y avait envoyé sa femme. Quand Angèle revint, elle lui dit de sa voix traînante :

– Ta mère t'attend : elle n'est pas en colère du tout, mais elle a l'air de se moquer joliment de toi. Elle m'a répété à plusieurs reprises que tu pouvais remettre ton écharpe dans ta poche.

Aristide fut horriblement vexé. D'ailleurs, il courut à la rue de la Banne, prêt aux plus humbles soumissions. Sa mère se contenta de l'accueillir avec des rires de dédain.

– Ah ! mon pauvre garçon, lui dit-elle en l'apercevant, tu n'es décidément pas fort.

— Est-ce qu'on sait, dans un trou comme Plassans ! s'écria-t-il avec dépit. J'y deviens bête, ma parole d'honneur. Pas une nouvelle, et l'on grelotte. C'est d'être enfermé dans ces gredins de remparts... Ah ! si j'avais pu suivre Eugène à Paris !

Puis, amèrement, voyant que Félicité continuait à rire :

— Vous n'avez pas été gentille avec moi, ma mère. Je sais bien des choses, allez... Mon frère vous tenait au courant de ce qui se passait, et jamais vous ne m'avez donné la moindre indication utile. [341]

— Tu sais cela ? toi, dit Félicité devenue sérieuse et méfiante. Eh bien, tu es alors moins bête que je ne croyais. Est-ce que tu décachetterais les lettres, comme quelqu'un de ma connaissance ?

— Non, mais j'écoute aux portes, répondit Aristide avec un grand aplomb.

Cette franchise ne déplut pas à la vieille femme. Elle se remit à sourire, et, plus douce :

— Alors, bêta, demanda-t-elle, comment se fait-il que tu ne te sois pas rallié plus tôt ?

— Ah ! voilà, dit le jeune homme, embarrassé. Je n'avais pas grande confiance en vous. Vous receviez de telles brutes : mon beau-père, Granoux et les autres !... Et puis je ne voulais pas trop m'avancer...

Il hésitait. Il reprit d'une voix inquiète :

— Aujourd'hui, vous êtes bien sûre au moins du succès du coup d'État ?

— Moi ? s'écria Félicité, que les doutes de son fils blessaient, mais je ne suis sûre de rien.

— Vous m'avez pourtant fait dire d'ôter mon écharpe ?

— Oui, parce que tous ces messieurs se moquent de toi.

Aristide resta planté sur ses pieds, le regard perdu, semblant contempler un des ramages du papier orange. Sa mère fut prise d'une brusque impatience à le voir ainsi hésitant.

— Tiens, dit-elle, j'en reviens à ma première opinion : tu n'es pas fort. Et tu aurais voulu qu'on te fît lire les lettres d'Eugène ! Mais, malheureux, avec tes continuelles incertitudes, tu aurais tout gâté. Tu es là à hésiter...

— Moi, j'hésite ? interrompit-il en jetant sur sa mère un regard clair et froid. Ah ! bien, vous ne me connaissez pas. Je mettrais le feu à la ville si j'avais envie de me chauffer les pieds. Mais comprenez donc que je ne veux pas faire [342] fausse route ! Je suis las de manger mon pain dur, et j'entends tricher la fortune. Je ne jouerai qu'à coup sûr.

Il avait prononcé ces paroles avec une telle âpreté, que sa mère, dans cet appétit brûlant du succès, reconnut le cri de son sang. Elle murmura :

— Ton père a bien du courage.

— Oui, je l'ai vu, reprit-il en ricanant. Il a une bonne tête. Il m'a rappelé Léonidas aux Thermopyles[1]... Est-ce que c'est toi, mère, qui lui as fait cette figure-là ?

Et, gaiement, avec un geste résolu :

— Tant pis ! s'écria-t-il, je suis bonapartiste !... Papa n'est pas un homme à se faire tuer sans que ça lui rapporte gros.

— Et tu as raison, dit sa mère ; je ne puis parler, mais tu verras demain.

Il n'insista pas, il lui jura qu'elle serait bientôt glorieuse de lui, et il s'en alla, tandis que Félicité, sentant se réveiller ses anciennes préférences, se disait à la fenêtre, en le regardant s'éloigner, qu'il avait un esprit de tous les diables, et que jamais elle n'aurait eu le courage de le laisser partir sans le mettre enfin dans la bonne voie.[a]

Pour la troisième fois, la nuit, la nuit pleine d'angoisse tombait sur Plassans. La ville agonisante en était aux derniers râles. Les bourgeois rentraient rapidement chez eux,[b] les portes se barricadaient avec un grand bruit de boulons et de barres de fer. Le sentiment général semblait être que Plassans n'existerait plus le lendemain, qu'il se serait abîmé sous terre ou évaporé dans le ciel. Quand Rougon rentra pour dîner, il trouva les rues absolument désertes. Cette solitude le rendit triste et mélancolique. Aussi, à la fin du repas, eut-il une faiblesse, et demanda-t-il à sa femme s'il était[c] nécessaire de donner suite à l'insurrection que Macquart préparait.

— On ne clabaude plus, dit-il. Si tu avais vu ces messieurs [343] de la ville neuve, comme ils m'ont salué ! Ça ne me paraît guère utile maintenant de tuer du monde. Hein ! qu'en penses-tu ? Nous ferons notre pelote sans cela.

— Ah ! quel mollasse tu es ! s'écria Félicité avec colère. C'est toi qui as eu l'idée, et voilà que tu recules ! Je te dis que tu ne feras jamais rien sans moi !... Va donc, va donc ton chemin. Est-ce que les républicains t'épargneraient s'ils te tenaient ?[a]

---

1   Encore une allusion aux actes des grands héros classiques pour ridiculiser les exploits des bravaches de Plassans. Ici, il s'agit du roi de Sparte, Léonidas 1er, qui, en 480 av. J.C., défendit le défilé des Thermopyles avec une force grecque de 6 000 soldats (selon Hérodote) contre l'armée de Xerxès, roi de Perse, de quelque 210 000 hommes.

Rougon, de retour à la mairie, prépara le guet-apens.[b]Granoux lui fut
d'une grande utilité. Il l'envoya porter ses ordres aux différents postes
qui gardaient les remparts ; les gardes nationaux devaient se rendre à
l'hôtel de ville, par petits groupes, le plus secrètement possible. Roudier,
ce bourgeois parisien égaré en province, qui aurait pu gâter l'affaire en
prêchant l'humanité, ne fut même pas averti. Vers onze heures, la cour
de la mairie était pleine de gardes nationaux. Rougon les épouvanta ; il
leur dit que les républicains restés à Plassans allaient tenter un coup de
main désespéré, et il se fit un mérite d'avoir été prévenu à temps par sa
police secrète. Puis, quand il eut tracé un tableau sanglant du massacre
de la ville si ces misérables s'emparaient du pouvoir, il[c] donna l'ordre de
ne plus prononcer une parole et d'éteindre toutes les lumières. Lui-même
prit un fusil. Depuis le matin, il marchait comme dans un rêve ; il ne se
reconnaissait plus ; il sentait derrière lui Félicité, aux mains de laquelle
l'avait jeté la crise de la nuit, et il se serait laissé pendre en disant :
« Ça ne fait rien, ma femme va venir me décrocher. »[d] Pour augmenter
le tapage et secouer une plus longue épouvante sur la ville endormie,
il pria Granoux de se rendre à la cathédrale et de faire sonner le tocsin
aux premiers coups de feu. Le nom du marquis devait lui ouvrir la porte
du bedeau. Et, dans l'ombre, dans le silence noir de la cour, les gardes
nationaux, que l'anxiété effarait, attendaient, les yeux fixés sur le porche,
[344] impatients de tirer, comme à l'affût d'une bande de loups.

Cependant Macquart avait passé la journée chez tante Dide. Il s'était
allongé sur le vieux coffre, en regrettant le divan de M. Garçonnet. À
plusieurs reprises, il eut une envie folle d'aller écorner ses deux cents
francs dans quelque café voisin ; cet argent, qu'il avait mis dans une des
poches de son gilet, lui brûlait le flanc ; il employa le temps à le dépenser
en imagination. Sa mère, chez laquelle, depuis quelques jours, ses enfants
accouraient, éperdus, la mine pâle, sans qu'elle sortît de son silence, sans
que sa figure perdît son immobilité morte, tourna autour de lui, avec ses
mouvements roides d'automate, ne paraissant même pas s'apercevoir de
sa présence. Elle ignorait les peurs qui bouleversaient la ville close ; elle
était à mille lieues de Plassans, montée dans cette continuelle idée fixe[a]
qui tenait ses yeux ouverts, vides de pensée. À cette heure, pourtant, une
inquiétude, un souci humain faisait par instants battre ses paupières.
Antoine, ne pouvant résister au désir de manger un bon morceau, l'envoya
chercher un poulet rôti chez un traiteur du faubourg. Quand il fut attablé :

– Hein ? lui dit-il, tu n'en manges pas souvent, du poulet. C'est pour ceux qui travaillent et qui savent faire leurs affaires. Toi, tu as toujours tout gaspillé… Je parie que tu donnes tes économies à cette sainte nitouche de Silvère. Il a une maîtresse, le sournois. Va, si tu as un magot caché dans quelque coin, il te le fera sauter joliment un jour.

Il ricanait, il était tout brûlant d'une joie fauve. L'argent qu'il avait en poche, la trahison qu'il préparait, la certitude de s'être vendu un bon prix,[b] l'emplissaient du contentement des gens mauvais qui redeviennent naturellement joyeux et railleurs dans le mal. Tante Dide n'entendit que le nom de Silvère.

– Tu l'as vu ? demanda-t-elle, ouvrant enfin les lèvres. [345]

– Qui ? Silvère ? répondit Antoine. Il se promenait au milieu des insurgés avec une grande fille rouge au bras. S'il attrapait quelque prune, ça serait bien fait.

L'aïeule le regarda fixement et, d'une voix grave[a] :

– Pourquoi ? dit-elle simplement.

– Eh ! on n'est pas bête comme lui, reprit-il, embarrassé. Est-ce qu'on va risquer sa peau pour des idées ? Moi, j'ai arrangé mes petites affaires. Je ne suis pas un enfant.

Mais tante Dide ne l'écoutait plus. Elle murmurait :

– Il avait déjà du sang plein les mains. On me le tuera comme l'autre ; ses oncles lui enverront les gendarmes.

– Qu'est-ce que vous marmottez donc là ? dit son fils, qui achevait la carcasse du poulet. Vous savez, j'aime qu'on m'accuse en face. Si j'ai quelquefois causé de la République avec le petit, c'était pour le ramener à des idées plus raisonnables. Il était toqué. Moi j'aime la liberté, mais il ne faut pas qu'elle dégénère en licence… Et quant à Rougon, il a mon estime. C'est un garçon de tête et de courage.

– Il avait le fusil, n'est-ce pas ? interrompit tante Dide, dont l'esprit perdu semblait suivre au loin Silvère sur la route.

– Le fusil ? Ah ! oui, la carabine de Macquart, reprit Antoine, après avoir jeté un coup d'œil sur le manteau de la cheminée, où l'arme était pendue d'ordinaire. Je crois la lui avoir vue entre les mains. Un joli instrument, pour courir les champs avec une fille au bras. Quel imbécile !

Et il crut devoir faire quelques plaisanteries grasses. Tante Dide s'était remise à tourner dans la pièce. Elle ne prononça plus une parole. Vers le soir, Antoine s'éloigna, après avoir mis une blouse et enfoncé sur

ses yeux une casquette profonde que sa mère alla lui acheter. Il rentra
dans la ville, comme il en était sorti, en contant une histoire aux gardes
nationaux qui gardaient la porte de Rome. Puis[b] il [346] gagna le vieux
quartier où, mystérieusement, il se glissa de porte en porte. Tous les
républicains exaltés, tous les affiliés qui n'avaient pas suivi la bande, se
trouvèrent, vers neuf heures, réunis dans un café borgne où Macquart
leur avait donné rendez-vous. Quand il y eut là une cinquantaine
d'hommes, il leur tint un discours où il parla d'une vengeance personnelle à satisfaire, de victoire à remporter, de joug honteux à secouer,
et finit en se faisant fort de leur livrer la mairie en dix minutes. Il en
sortait, elle était vide ; le drapeau rouge y flotterait cette nuit même,
s'ils le voulaient. Les ouvriers se consultèrent : à cette heure, la réaction
agonisait, les insurgés étaient aux portes, il serait honorable de ne pas
les attendre pour reprendre le pouvoir, ce qui permettrait de les recevoir
en frères, les portes grandes ouvertes, les rues et les places pavoisées.
D'ailleurs, personne ne se défia de Macquart ; sa haine contre les Rougon,
la vengeance personnelle dont il parlait, répondaient de sa loyauté.[a] Il
fut convenu que tous ceux qui étaient chasseurs et qui avaient chez eux
un fusil iraient le chercher, et qu'à minuit, la bande se trouverait sur
la place de l'Hôtel-de-Ville. Une question de détail faillit les arrêter,
ils n'avaient pas de balles ; mais ils décidèrent qu'ils chargeraient leurs
armes avec du plomb à perdrix, ce qui même était inutile, puisqu'ils
ne devaient rencontrer aucune résistance.

Une fois encore, Plassans vit passer, dans le clair de lune muet de
ses rues, des hommes armés qui filaient le long des maisons. Lorsque la
bande se trouva réunie devant l'hôtel de ville, Macquart, tout en ayant
l'œil au guet, s'avança hardiment. Il frappa, et quand le concierge, dont
la leçon était faite, demanda ce qu'on voulait, il lui fit des menaces si
épouvantables, que cet homme, feignant l'effroi, se hâta d'ouvrir.[b] La porte
tourna lentement, à deux battants. Le porche se creusa, vide et béant.

Alors Macquart cria d'une voix forte : [347]

— Venez, mes amis !

C'était le signal. Lui se jeta vivement de côté. Et, tandis que[a] les
républicains se précipitaient, du noir de la cour sortirent un torrent
de flammes, une grêle de balles, qui passèrent avec un roulement de
tonnerre, sous le porche béant.[b] La porte vomissait la mort. Les gardes
nationaux, exaspérés par l'attente, pressés d'être délivrés du cauchemar

qui pesait sur eux dans cette cour morne, avaient lâché leur feu tous à la fois, avec une hâte fébrile. L'éclair fut si vif, que Macquart aperçut distinctement, dans la lueur fauve de la poudre, Rougon qui cherchait à viser. Il crut voir le canon du fusil dirigé sur lui, il se rappela la rougeur de Félicité, et se sauva, en murmurant :

— Pas de bêtises ! Le coquin me tuerait. Il me doit huit cents francs.

Cependant, un hurlement était monté dans la nuit. Les républicains surpris, criant à la trahison, avaient lâché leur feu à leur tour. Un garde national vint tomber sous le porche. Mais eux, ils laissaient trois morts. Ils prirent la fuite, se heurtant aux cadavres, affolés, répétant dans les ruelles silencieuses : « On assassine nos frères ! » d'une voix désespérée qui ne trouvait pas d'écho. Les défenseurs de l'ordre, ayant eu le temps de recharger leurs armes, se précipitèrent alors sur la place vide, comme des furieux, et envoyèrent des balles à tous les angles des rues, aux endroits où le noir d'une porte, l'ombre d'une lanterne, la saillie d'une borne, leur faisaient voir des insurgés. Ils restèrent là, dix minutes, à décharger leurs fusils dans le vide.

Le guet-apens avait éclaté comme un coup de foudre dans la ville endormie[1]. Les habitants des rues voisines, réveillés par le bruit de cette fusillade infernale, s'étaient assis sur leur séant, les dents claquant de peur. Pour rien au monde, ils n'auraient mis le nez à la fenêtre. Et, lentement, dans l'air déchiré par les coups de feu, une cloche de la cathédrale [348] sonna le tocsin, sur un rythme si irrégulier, si étrange, qu'on eût dit un martèlement d'enclume, un retentissement de chaudron colossal battu par le bras d'un enfant en colère. Cette cloche hurlante, que les bourgeois ne reconnurent pas, les terrifia plus encore que les détonations des fusils, et il y en eut qui crurent entendre les bruits d'une file interminable de canons roulant sur le pavé. Ils se recouchèrent, ils s'allongèrent sous leurs couvertures, comme s'ils eussent couru quelque danger à se tenir sur leur séant, au fond des alcôves, dans les chambres closes ; le drap au menton, la respiration coupée, ils se firent tout petits, tandis que les cornes de leurs foulards leur tombaient dans les yeux,

---

1   Gina Gourdin Servenière cite un incident qui survint à Cuers comme une source possible du guet-apens, là où des insurgés se rendirent à l'Hôtel-de-Ville sans savoir que les soldats les y attendaient. Voir GGS, p. 508, note 282. Sur les événements qui eurent lieu à Cuers, y compris la mort du brigadier Lambert, voir aussi Maurice Agulhon, *La République au village*, Paris, Plon, 1970, p. 418-435. Agulhon souligne le fait que : « L'insurrection s'est jouée dans les mairies » (p. 452).

et que leurs épouses, à leur côté, enfonçaient la tête dans l'oreiller en se pâmant.

Les gardes nationaux restés aux remparts avaient, eux aussi, entendu les coups de feu. Ils accoururent à la débandade, par groupes de cinq ou six, croyant que les insurgés étaient entrés au moyen de quelque souterrain, et troublant le silence des rues du tapage de leurs courses ahuries. Roudier arriva un des premiers. Mais Rougon les renvoya à leurs postes, en leur disant sévèrement qu'on n'abandonnait pas ainsi les portes d'une ville. Consternés de ce reproche — car, dans leur panique, ils avaient, en effet, laissé les portes sans un défenseur — ils reprirent leur galop, ils repassèrent dans les rues avec un fracas plus épouvantable encore. Pendant une heure, Plassans put croire qu'une armée affolée le traversait en tous sens. La fusillade, le tocsin, les marches et les contremarches des gardes nationaux, leurs armes qu'ils traînaient comme des gourdins, leurs appels effarés dans l'ombre, faisaient un vacarme assourdissant de ville prise d'assaut et livrée au pillage. Ce fut le coup de grâce pour les malheureux habitants, qui crurent tous à l'arrivée des insurgés ; ils avaient bien dit que ce serait leur nuit suprême, que Plassans, avant le jour, s'abîmerait sous terre ou s'évaporerait [349] en fumée ; et, dans leur lit, ils attendaient la catastrophe, fous de terreur, s'imaginant par instants que leur maison remuait déjà.

Granoux sonnait toujours le tocsin. Quand le silence fut retombé sur la ville, le bruit de cette cloche devint lamentable. Rougon, que la fièvre brûlait, se sentit exaspéré par ces sanglots lointains. Il courut à la cathédrale, dont il trouva la petite porte ouverte. Le bedeau était sur le seuil.

— Eh ! il y en a assez ! cria-t-il à cet homme ; on dirait quelqu'un qui pleure, c'est énervant.

— Mais ce n'est pas moi, monsieur, répondit le bedeau, d'un air désolé. C'est M. Granoux, qui est monté dans le clocher... Il faut vous dire que j'avais retiré le battant de la cloche, par ordre de M. le curé, justement pour éviter qu'on sonnât le tocsin. M. Granoux n'a pas voulu entendre raison. Il a grimpé quand même. Je ne sais pas avec quoi diable il peut faire[a] ce bruit.

Rougon monta précipitamment l'escalier qui menait aux cloches, en criant :

— Assez ! assez ! Pour l'amour de Dieu, finissez donc !

Quand il fut en haut,[b] il[c] aperçut, dans un rayon de lune qui entrait par la dentelure d'une ogive, Granoux, sans chapeau, l'air furieux, tapant devant lui avec un gros marteau. Et qu'il y allait de bon cœur ! Il se renversait, prenait un élan, et tombait sur le bronze sonore, comme s'il eût voulu le fendre. Toute sa personne grasse se ramassait ; puis quand il s'était jeté sur la grosse cloche immobile, les vibrations le renvoyaient en arrière, et il revenait avec un nouvel emportement. On aurait dit un forgeron battant un fer chaud ; mais un forgeron en redingote, court et chauve, d'attitude maladroite et rageuse.

La surprise cloua un instant Rougon[d] devant ce bourgeois endiablé, se battant avec une cloche, dans un rayon de lune. [350] Alors il comprit les bruits de chaudron que cet étrange sonneur secouait sur la ville. Il lui cria de s'arrêter. L'autre n'entendit pas. Il dut le prendre par sa redingote, et Granoux, le reconnaissant :

– Hein ! dit-il,[a] d'une voix triomphante, vous avez entendu ! J'ai essayé d'abord de taper sur la cloche avec les poings ; ça me faisait mal. Heureusement,[b] j'ai trouvé ce marteau… Encore quelques coups, n'est-ce pas[l] ?

Mais Rougon l'emmena. Granoux était radieux. Il s'essuyait le front, il faisait promettre à son compagnon de bien dire le lendemain que c'était avec un simple marteau qu'il avait fait tout ce bruit-là. Quel exploit et quelle importance allait lui donner cette furieuse sonnerie !

Vers le matin, Rougon songea à[c] rassurer Félicité. Par ses ordres, les gardes nationaux s'étaient enfermés dans la mairie ; il avait défendu qu'on relevât les morts, sous prétexte qu'il fallait un exemple au peuple du vieux quartier. Et, lorsque, pour courir à la rue de la Banne,[d] il traversa la place, dont la lune s'était retirée, il posa le pied sur la main d'un des cadavres, crispée au bord d'un trottoir. Il faillit tomber. Cette main molle qui s'écrasait sous son talon, lui causa une sensation indéfinissable de dégoût et d'horreur. Il suivit les rues désertes à grandes enjambées, croyant sentir derrière son dos un poing sanglant qui le poursuivait.

– Il y en a quatre par terre, dit-il[e] en entrant.

---

1   Zola s'inspire d'un incident raconté par Ténot, qui eut lieu à Clamecy (dans le département de la Nièvre) : « Les insurgés, encore assez peu nombreux, débouchèrent sur la place, sous les croisées de la mairie. Quelques-uns coururent au clocher pour sonner le tocsin ou pour prendre position de manière à tirer sur les défenseurs de la mairie. On avait enlevé le battant de la cloche ; un insurgé sonna le tocsin en frappant avec un marteau » (*op. cit.*, éd. de 1865, p. 55 ; éd. de 1868, p. 43).

Ils se regardèrent, comme étonnés eux-mêmes de leur crime. La lampe donnait à leur pâleur une teinte de cire jaune.

— Les as-tu laissés ? demanda Félicité ; il faut qu'on les trouve là.

— Parbleu ! je ne les ai pas ramassés. Ils sont sur le dos... J'ai marché sur quelque chose de mou...

Il regarda son soulier. Le talon était plein de sang. Pendant [351] qu'il mettait[a] une autre paire de chaussures, Félicité reprit :

— Eh bien, tant mieux ! c'est fini... On ne dira plus que tu tires des coups de fusil dans les glaces.

La fusillade, que les Rougon avaient imaginée pour se faire accepter définitivement comme les sauveurs de Plassans, jeta à leurs pieds la ville épouvantée et reconnaissante. Le jour grandit, morne, avec ces mélancolies grises des matinées d'hiver. Les habitants n'entendant plus rien, las de trembler dans leurs draps, se hasardèrent. Il en vint dix à quinze ; puis, le bruit courant que les insurgés avaient pris la fuite, en laissant des morts dans tous les ruisseaux, Plassans entier se leva, descendit sur la place de l'Hôtel-de-Ville. Pendant toute la matinée, les curieux défilèrent autour des quatre cadavres. Ils étaient horriblement mutilés, un surtout, qui avait trois balles dans la tête ; le crâne, soulevé, laissait voir la cervelle à nu. Mais le plus atroce des quatre était le garde national tombé sous le porche ; il avait reçu en pleine figure toute une charge de ce[b] plomb à perdrix dont s'étaient servis les républicains, faute de balles ; sa face trouée, criblée, suait le sang. La foule s'emplit les yeux de cette horreur, longuement, avec cette avidité des poltrons pour les spectacles ignobles. On reconnut le garde national ; c'était le charcutier Dubruel, celui que Roudier accusait, le lundi matin, d'avoir tiré avec une vivacité coupable. Des trois autres morts, deux étaient des ouvriers chapeliers ; le troisième resta inconnu. Et, devant les mares rouges qui tachaient le pavé, des groupes béants frissonnaient, regardant derrière eux d'un air de méfiance, comme si cette justice sommaire qui avait, dans les ténèbres, rétabli l'ordre à coups de fusil, les guettait, épiait leurs gestes et leurs paroles, prête à les fusiller à leur tour, s'ils ne baisaient pas avec enthousiasme la main qui venait de les sauver de la démagogie. [352]

La panique de la nuit grandit encore l'effet terrible causé, le matin, par la vue des quatre cadavres. Jamais l'histoire vraie de cette fusillade ne fut connue. Les coups de feu des combattants, les coups de marteau de Granoux, la débandade des gardes nationaux lâchés dans les rues, avaient empli les oreilles de bruits si terrifiants, que le plus grand nombre rêva toujours[a] une bataille gigantesque, livrée à un nombre incalculable d'ennemis. Quand les vainqueurs, grossissant le chiffre de leurs adversaires par une vantardise instinctive, parlèrent d'environ cinq cents hommes, on se récria ; des bourgeois prétendirent s'être mis à la fenêtre et avoir vu passer, pendant plus d'une heure, le flot épais des fuyards. Tout le monde, d'ailleurs, avait entendu courir les bandits sous les croisées. Jamais cinq cents hommes n'auraient pu de la sorte éveiller une ville en sursaut. C'était une armée, une belle et bonne armée que la brave milice de Plassans avait fait rentrer sous terre. Ce mot que prononça Rougon : « Ils sont rentrés sous terre », parut d'une grande justesse, car les postes, chargés de défendre les remparts, jurèrent toujours leurs grands dieux que pas un homme n'était entré ni sorti ; ce qui ajouta au fait d'armes une pointe de mystère, une idée de diables cornus s'abîmant dans les flammes, qui acheva de détraquer les imaginations. Il est vrai que les postes évitèrent de raconter leurs galops furieux. Aussi, les gens les plus raisonnables s'arrêtèrent-ils à la pensée qu'une bande d'insurgés avait dû pénétrer par une brèche, par un trou quelconque. Plus tard,[b] des bruits de trahison se répandirent, on parla d'un guet-apens ; sans doute, les hommes menés par Macquart à la tuerie, ne purent garder l'atroce vérité ; mais une telle terreur régnait encore, la vue du sang avait jeté à la réaction un tel nombre de poltrons, qu'on attribua ces bruits à la rage des républicains vaincus. On prétendit, d'autre part, que Macquart était prisonnier de Rougon, et que celui-ci le [353] gardait dans un cachot humide, où il le laissait lentement mourir de faim. Cet horrible conte fit saluer Rougon jusqu'à terre.

Ce fut ainsi que ce grotesque, ce bourgeois ventru,[a] mou et blême, devint, en une nuit, un terrible monsieur dont personne n'osa plus rire. Il avait mis un pied dans le sang. Le peuple du vieux quartier resta muet d'effroi devant les morts. Mais, vers dix heures, quand les gens comme il faut de la ville neuve arrivèrent, la place s'emplit de conversations sourdes, d'exclamations étouffées. On parlait de l'autre attaque, de cette prise de la mairie, dans laquelle une glace seule avait été blessée ; et, cette fois, on ne plaisantait plus Rougon, on le nommait avec un respect effrayé : c'était vraiment un héros, un sauveur. Les cadavres, les yeux ouverts, regardaient ces messieurs, les avocats et les rentiers, qui frissonnaient en murmurant que la guerre civile a de bien tristes nécessités. Le notaire, le chef de la députation envoyée la veille à la mairie, allait de groupe en groupe, rappelant le « Je suis prêt ! » de l'homme énergique auquel on devait le salut de la ville. Ce fut un aplatissement général. Ceux qui avaient le plus cruellement raillé les quarante et un, ceux surtout qui avaient traité les Rougon d'intrigants et de lâches,[b] tirant des coups de fusil en l'air, parlèrent les premiers de décerner une couronne de laurier « au grand citoyen dont Plassans serait éternellement glorieux ». Car les mares de sang séchaient sur le pavé ; les morts disaient par leurs blessures à quelle audace le parti du désordre, du pillage, du meurtre, en était venu, et quelle main de fer il avait fallu pour étouffer l'insurrection.

Et Granoux, dans la foule, recevait des félicitations et des poignées de main. On connaissait l'histoire du marteau. Seulement, par un mensonge innocent, dont il n'eut bientôt plus conscience lui-même, il prétendit qu'ayant vu les insurgés le premier, il s'était mis à taper sur la cloche, pour sonner [354] l'alarme ; sans lui, les gardes nationaux se trouvaient massacrés. Cela doubla son importance. Son exploit fut déclaré prodigieux. On ne l'appela plus que : « Monsieur Isidore, vous savez ? le monsieur qui a sonné le tocsin avec un marteau ! » Bien que la phrase fût un peu longue, Granoux l'eût prise volontiers comme titre nobiliaire ; et l'on ne put désormais prononcer devant lui le mot « marteau », sans qu'il crût à une délicate flatterie.

Comme on enlevait les cadavres, Aristide vint les flairer. Il les regarda sur tous les sens, humant l'air, interrogeant les visages. Il avait la mine sèche, les yeux clairs. De sa main, la veille emmaillotée, libre à cette heure, il souleva la blouse d'un des morts, pour mieux voir sa blessure. Cet examen parut le convaincre, lui ôter un doute. Il serra les lèvres, resta là un moment sans dire un mot, puis se retira pour aller presser la distribution de l'*Indépendant*, dans lequel il avait mis un grand article. Le long des maisons, il se rappelait ce mot de sa mère : « Tu verras demain ! ». Il avait vu, c'était[a] très fort ; ça l'épouvantait même un peu.

Cependant, Rougon commençait à être embarrassé de sa victoire. Seul dans le cabinet de M. Garçonnet, écoutant les bruits sourds de la foule, il éprouvait un étrange sentiment qui l'empêchait de se montrer au balcon. Ce sang, dans lequel il avait marché, lui engourdissait les jambes. Il se demandait ce qu'il allait faire jusqu'au soir. Sa pauvre tête vide, détraquée par la crise de la nuit, cherchait avec désespoir une occupation, un ordre à donner, une mesure à prendre, qui pût le distraire.

Mais il ne savait plus. Où donc Félicité le menait-elle ? Était-ce fini, allait-il falloir encore tuer du monde ? La peur le reprenait, il lui venait des doutes terribles, il voyait l'enceinte des remparts trouée de tous côtés[b] par l'armée vengeresse des républicains, lorsqu'un grand cri : « Les insurgés ! les insurgés ! » éclata sous les fenêtres de la mairie. Il se leva d'un bond et, soulevant un [355] rideau, il regarda la foule qui courait, éperdue sur la place. À ce coup de foudre, en moins d'une seconde, il se vit ruiné, pillé, assassiné ; il maudit sa femme, il maudit la ville entière. Et, comme il regardait derrière[a] lui d'un air louche, cherchant une issue, il entendit la foule éclater en applaudissements, pousser des cris de joie, ébranler les vitres d'une allégresse folle. Il revint à la fenêtre : les femmes agitaient leurs mouchoirs, les hommes s'embrassaient ; il y en avait qui se prenaient par la main[b] et qui dansaient. Stupide, il resta là, ne comprenant plus, sentant sa tête tourner. Autour de lui, la grande mairie, déserte et silencieuse, l'épouvantait.

Rougon, quand il se confessa à Félicité, ne put jamais dire combien de temps avait duré son supplice. Il se souvint seulement qu'un bruit de pas, éveillant les échos des vastes salles, l'avait tiré de sa stupeur. Il attendait des hommes en blouse, armés de faux et de gourdins, et ce fut[c] la commission municipale qui entra, correcte, en habit noir, l'air radieux. Pas un membre ne manquait. Une heureuse nouvelle avait guéri tous ces messieurs à la fois. Granoux se jeta dans les bras de son cher[d] président.

– Les soldats ! bégaya-t-il, les soldats !

Un régiment venait, en effet, d'arriver, sous les ordres du colonel Masson et de M. de Blériot, préfet du département. Les fusils aperçus des remparts, au loin dans la plaine, avaient d'abord fait croire à l'approche des insurgés[1]. L'émotion de Rougon fut si forte, que deux grosses larmes coulèrent sur ses joues. Il pleurait, le grand citoyen ! La commission municipale regarda tomber ces larmes avec une admiration respectueuse. Mais Granoux se jeta de nouveau au cou de son ami, en criant :

– Ah ! que je suis heureux !… Vous savez, je suis un homme franc, moi. Eh bien, nous avions tous peur, tous, n'est-ce pas, messieurs ?

---

1 Selon le récit de Ténot : « Le nombre des insurgés tués fut, au moins, de cinquante, et celui des blessés beaucoup plus considérable. On fit à peu près quatre-vingts prisonniers. [..] Le préfet et le colonel Trauers résolurent de compléter leur victoire en marchant sur Salernes qu'ils croyaient encore occupée par d'autres bandes » (*op. cit.*, p. 253-254, éd. de 1865 ; éd. de 1868, p. 234).

Vous seul étiez grand, courageux, sublime. Quelle énergie il a dû vous falloir ! Je le disais [356] tout à l'heure à ma femme : Rougon est un grand homme, il mérite d'être décoré.

Alors, ces messieurs parlèrent d'aller à la rencontre du préfet. Rougon, étourdi, suffoqué, ne pouvant croire à ce triomphe brusque, balbutiait comme un enfant. Il reprit haleine ; il descendit, calme, avec la dignité que réclamait cette solennelle occasion. Mais l'enthousiasme qui accueillit la commission et son président sur la place de l'Hôtel-de-Ville, faillit troubler de nouveau sa gravité de magistrat. Son nom circulait dans la foule, accompagné cette fois des éloges les plus chauds. Il entendit tout un peuple refaire l'aveu de Granoux, le traiter de héros resté debout et inébranlable au milieu de la panique universelle. Et, jusqu'à la place de la sous-préfecture, où la commission rencontra le préfet, il but sa popularité, sa gloire, avec des pâmoisons secrètes de femme amoureuse dont les désirs sont enfin assouvis.[a]

M. de Blériot et le colonel Masson entrèrent seuls dans la ville, laissant la troupe campée sur la route de Lyon. Ils avaient perdu un temps considérable, trompés sur la marche des insurgés. D'ailleurs, ils les savaient maintenant à Orchères ; ils ne devaient s'arrêter qu'une heure à Plassans, le temps de rassurer la population et de publier les cruelles ordonnances qui décrétaient la mise sous séquestre des biens des insurgés, et la mort pour tout individu surpris les armes à la main[1]. Le colonel Masson eut un sourire, lorsque le commandant de la garde nationale fit tirer les verrous de la porte de Rome, avec un bruit épouvantable de vieille ferraille. Le poste accompagna le préfet et le colonel, comme garde d'honneur. Tout le long du cours Sauvaire, Roudier raconta à ces messieurs l'épopée de Rougon, les trois jours de panique, terminés par

---

1   Zola réunit ici deux éléments du récit de Ténot : « La colonne ne séjourna pas longtemps à Lorgues ; mais lorsqu'elle achevait de défiler sur le chemin de Draguignan, que la foule joyeuse fêtait ses otages délivrés, couvrait les soldats d'acclamations et de vivats, la vue d'un triste cortège vint subitement glacer toutes ces effusions » (éd. de 1865, p. 260 ; éd. de 1868, p. 240). « Le colonel Fririon commandant de l'état de siège publia divers arrêtés analogues à ceux que nous avons déjà cités ailleurs. Une circulaire déclara complices de l'insurrection ceux qui donneraient asile aux insurgés fugitifs ou leur fourniraient des secours en vivres ou en argent. Une autre annonça la mise sous séquestre des biens de tous les insurgés fugitifs qui ne se rendraient pas dans le délai de dix jours. Une autre encore, arrêta que des garnisaires occuperaient les maisons et seraient nourris aux frais des fugitifs, jusqu'au moment où ils se seraient constitués prisonniers » (éd. de 1865, p. 300-301 ; éd. de 1868, p. 278).

la victoire éclatante de la dernière nuit. Aussi, quand les deux cortèges se trouvèrent face à face, M. de Blériot s'avança-t-il vivement vers le président de la commission, lui serrant les mains, le félicitant, le priant de [357] veiller encore sur la ville jusqu'au retour des autorités ; et Rougon saluait, tandis que le préfet, arrivé à la porte de la Sous-Préfecture, où il désirait se reposer un moment, disait à voix haute qu'il n'oublierait pas dans son rapport de faire connaître sa belle et courageuse conduite.

Cependant, malgré le froid vif, tout le monde se trouvait aux fenêtres. Félicité, se penchant à la sienne, au risque de tomber, était toute pâle de joie. Justement Aristide venait d'arriver avec un numéro de *l'Indépendant*, dans lequel il s'était nettement déclaré en faveur du coup d'État, qu'il accueillait « comme l'aurore de la liberté dans l'ordre et de l'ordre dans la liberté ». Et il avait fait aussi une délicate allusion au salon jaune, reconnaissant ses torts, disant que « la jeunesse est présomptueuse », et que « les grands citoyens se taisent, réfléchissent dans le silence et laissent passer les insultes, pour se dresser debout dans leur héroïsme au jour de la lutte ». Il était surtout content de cette phrase. Sa mère trouva l'article supérieurement écrit. Elle embrassa le cher enfant, le mit à sa droite. Le marquis de Carnavant, qui était également venu la voir, las de se cloîtrer, pris d'une curiosité furieuse, s'accouda à sa gauche, sur la rampe de la fenêtre.

Quand M. de Blériot, sur la place, tendit la main à Rougon, Félicité pleura.

– Oh ! vois, vois, dit-elle à Aristide. Il lui a serré la main. Tiens, il la lui prend encore !

Et jetant un coup d'œil sur les fenêtres où les têtes s'entassaient :

– Qu'ils doivent rager ! Regarde donc la femme à M. Peirotte, elle mord son mouchoir. Et là-bas, les filles du notaire, et Mme Massicot, et la famille Brunet, quelles figures, hein ? comme leur nez s'allonge !… Ah ! dame, c'est notre tour, maintenant.

Elle suivit la scène qui se passait à la porte de la sous-préfecture, [358] avec des ravissements, des frétillements qui secouaient son corps de cigale ardente. Elle interprétait les moindres gestes, elle inventait les paroles qu'elle ne pouvait saisir, elle disait que Pierre saluait très bien. Un moment, elle devint maussade, quand le préfet accorda un mot à ce pauvre Granoux qui tournait autour de lui, quêtant un éloge ; sans doute, M. de Blériot connaissait déjà l'histoire du marteau, car l'ancien marchand d'amandes rougit comme une jeune fille et parut dire qu'il n'avait fait que son devoir. Mais ce qui la fâcha plus encore, ce fut la trop grande bonté de son mari, qui présenta Vuillet à ces messieurs ; Vuillet, il est vrai, se coulait entre eux, et Rougon se trouva forcé de le nommer.

— Quel intrigant ! murmura Félicité. Il se fourre partout… Ce pauvre chéri doit être si troublé !… Voilà le colonel qui lui parle. Qu'est-ce qu'il peut bien lui dire ?

— Eh ! petite, répondit le marquis avec une fine ironie, il le complimente d'avoir si soigneusement fermé les portes.

— Mon père a sauvé la ville, dit Aristide d'une voix sèche. Avez-vous vu les cadavres, monsieur ?

M. de Carnavant ne répondit pas. Il se retira même de la fenêtre, et alla s'asseoir dans un fauteuil en hochant la tête, d'un air légèrement dégoûté. À ce moment, le préfet ayant quitté la place, Rougon accourut,[a] se jeta au cou de sa femme.

— Ah ! ma bonne !, balbutia-t-il.

Il ne put en dire davantage. Félicité lui fit aussi embrasser Aristide, en lui parlant du superbe article de *l'Indépendant*. Pierre aurait également baisé le marquis sur les joues, tant il était ému. Mais sa femme le prit à part, et lui donna la lettre d'Eugène qu'elle avait remise sous enveloppe.[b] Elle prétendit qu'on venait de l'apporter. Pierre, triomphant, la lui tendit après l'avoir lue.

— Tu es une sorcière, lui dit-il en riant. Tu as tout deviné. [359] Ah ! quelle sottise j'allais faire sans toi ! Va, nous ferons nos petites affaires ensemble. Embrasse-moi, tu es une brave femme.

Il la prit[a] dans ses bras, tandis qu'elle échangeait avec le marquis un discret sourire. [360]

VII

Ce fut seulement le dimanche[1], le surlendemain de la tuerie de Sainte-Roure, que les troupes repassèrent par Plassans. Le préfet et le colonel que M. Garçonnet avait invités à dîner, entrèrent seuls dans la ville. Les soldats firent le tour des remparts et allèrent camper dans le faubourg, sur la route de Nice. La nuit tombait ; le ciel, couvert depuis le matin, avait d'étranges reflets jaunes qui éclairaient la ville d'une clarté louche, pareille à ces lueurs cuivrées des temps d'orage. L'accueil des habitants fut peureux ; ces soldats, encore saignants, qui passaient, las et muets, dans le crépuscule sale, dégoûtèrent les petits bourgeois propres du Cours, et ces messieurs, en se reculant, se racontaient à l'oreille d'épouvantables histoires de fusillades, de représailles farouches, dont le pays a conservé la mémoire[2]. La terreur du coup d'État commençait, terreur éperdue, écrasante, qui tint le Midi frissonnant pendant de longs mois. Plassans, dans son effroi et sa haine des insurgés, avait pu accueillir la troupe, à son premier passage,[a] avec des cris d'enthousiasme ; mais, à cette heure, devant ce régiment [361] sombre, qui tirait sur un mot de son chef, les rentiers eux-mêmes et jusqu'aux notaires[a] de la ville neuve, s'interrogeaient avec anxiété, se demandaient s'ils n'avaient pas commis quelques peccadilles politiques[b] méritant des coups de fusil.

Les autorités étaient revenues depuis la veille, dans deux carrioles louées à Sainte-Roure. Leur entrée imprévue n'avait rien eu de triomphal. Rougon rendit au maire son fauteuil sans grande tristesse. Le tour était joué ; il attendait de Paris, avec fièvre, la récompense de son civisme. Le dimanche – il ne l'espérait que pour le lendemain – il reçut une lettre d'Eugène. Félicité avait eu soin, dès le jeudi, d'envoyer à son fils les numéros de la *Gazette* et de l'*Indépendant*, qui, dans une seconde édition, avaient raconté la bataille de la nuit et l'arrivée du préfet. Eugène

---

1   Le 14 décembre 1851.
2   Voir ci-dessus, p. 402, note 1.

répondait, courrier par courrier, que la nomination de son père à une recette particulière allait être signée ; mais, disait-il, il voulait sur-le-champ lui annoncer une bonne nouvelle : il venait d'obtenir pour lui le ruban de la Légion d'honneur. Félicité pleura. Son mari décoré ! son rêve d'orgueil n'était jamais allé jusque-là. Rougon, pâle de joie, dit qu'il fallait le soir même donner un grand dîner. Il ne comptait plus, il aurait jeté au peuple, par les deux fenêtres du salon jaune, ses dernières pièces de cent sous pour célébrer ce beau jour.

— Écoute, dit-il à sa femme, tu inviteras Sicardot : il y a assez long-temps qu'il m'ennuie avec sa rosette, celui-là ! Puis Granoux et Roudier, auxquels je ne suis pas fâché de faire sentir que ce n'est pas leurs gros sous qui leur donneront jamais la croix. Vuillet est un fesse-mathieu, mais le triomphe doit être complet ; préviens-le, ainsi que tout le fretin… J'oubliais, tu iras en personne chercher le marquis ; nous le mettrons à ta droite, il fera très bien à notre table.[c] Tu sais que M. Garçonnet traite le colonel et le préfet. [362] C'est pour me faire comprendre que je ne suis plus rien. Je me moque bien de sa mairie ; elle ne lui rapporte pas un sou ! Il m'a invité, mais je dirai que j'ai du monde, moi aussi. Tu les verras[a] rire jaune demain… Et mets les petits plats dans les grands. Fais tout apporter de l'hôtel de Provence. Il faut enfoncer le dîner du maire.[b]

Félicité se mit en campagne. Pierre, dans son ravissement, éprouvait encore[c] une vague inquiétude. Le coup d'État allait payer ses dettes, son fils Aristide pleurait ses fautes, et il se débarrassait enfin de Macquart ; mais il craignait quelque sottise de son fils Pascal, il était surtout très inquiet sur[d] le sort réservé à Silvère, non qu'il le plaignît le moins du monde : il redoutait simplement que l'affaire du gendarme ne vînt devant les assises. Ah ! si une balle intelligente avait pu le délivrer de ce petit scélérat ! Comme sa femme le lui faisait remarquer le matin, les obstacles étaient tombés devant lui ; cette famille qui le déshonorait avait, au dernier moment, travaillé à son élévation ; ses fils, Eugène et Aristide, ces mange-tout, dont il regrettait si amèrement les mois de collège, payaient enfin les intérêts du capital dépensé pour leur instruc-tion. Et il fallait que la pensée de ce misérable Silvère troublât cette heure de triomphe ![e]

Pendant que Félicité courait pour le dîner du soir, Pierre apprit l'arrivée de la troupe et se décida à aller aux renseignements. Sicardot, qu'il avait interrogé à son retour, ne savait rien : Pascal devait être resté pour soigner les blessés ; quant à Silvère, il n'avait pas même été vu du commandant, qui le connaissait[f] peu. Rougon se rendit au faubourg, se promettant de remettre à Macquart, par la même occasion, les huit cents francs qu'il venait seulement de réaliser à grand-peine. Mais lorsqu'il fut dans la cohue du campement,[g] qu'il vit de loin les prisonniers, assis en longues files sur les poutres de l'aire Saint-Mittre, et gardés [363] par des soldats, le fusil au poing, il eut peur de se compromettre, il fila sournoisement chez sa mère, avec l'intention d'envoyer la vieille femme chercher des nouvelles.

Quand il entra dans la masure, la nuit était presque tombée. Il ne vit d'abord que Macquart, fumant et[a] buvant des petits verres.

– C'est toi ? ce n'est pas malheureux, murmura Antoine, qui s'était remis à tutoyer son frère. Je me fais diablement vieux ici. As-tu l'argent ?

Mais Pierre ne répondit pas. Il venait d'apercevoir[b] son fils Pascal, penché au-dessus du lit. Il l'interrogea vivement. Le médecin, surpris de ses inquiétudes, qu'il attribua d'abord à ses tendresses de père, lui répondit avec tranquillité que les soldats l'avaient pris et qu'ils l'auraient fusillé, sans l'intervention d'un brave homme qu'il ne connaissait point. Sauvé par son titre de docteur, il était revenu avec la troupe. Ce fut un grand soulagement pour Rougon. Encore un qui ne le compromettrait pas. Il témoignait sa joie par des poignées de main répétées, lorsque Pascal termina, en disant d'une voix triste :

– Ne vous réjouissez pas. Je viens de trouver ma pauvre grand-mère au plus mal. Je lui rapportais cette carabine, à laquelle elle tient ; et, voyez, elle était là, elle n'a plus bougé.

Les yeux de Pierre s'habituaient à l'obscurité. Alors, dans les dernières lueurs qui traînaient, il vit tante Dide, roide, morte, sur le lit. Ce pauvre corps, que des névroses détraquaient depuis le berceau, était vaincu par une crise suprême. Les nerfs avaient comme mangé le sang ; le sourd travail de cette chair ardente, s'épuisant, se dévorant elle-même dans une tardive chasteté, s'achevait, faisait de la malheureuse un cadavre que des secousses électriques seules galvanisaient encore. À cette heure, une douleur atroce semblait avoir hâté la lente décomposition de son être. Sa [364] pâleur de nonne, de femme amollie par l'ombre et les renoncements du cloître, se tachait de plaques rouges. Le visage convulsé, les yeux horriblement ouverts, les mains retournées et tordues, elle s'allongeait dans ses jupes, qui dessinaient en lignes sèches les maigreurs de ses membres. Et, serrant les lèvres, elle mettait, au fond de la pièce noire, l'horreur d'une agonie muette.

Rougon eut un geste d'humeur. Ce spectacle navrant lui fut très désagréable ; il avait du monde à dîner le soir, il aurait été désolé d'être triste. Sa mère ne savait qu'inventer pour le mettre dans l'embarras. Elle pouvait bien choisir un autre jour. Aussi prit-il un air tout à fait rassuré, en disant :

— Bah ! ça ne sera rien. Je l'ai vue cent fois comme cela. Il faut la laisser reposer, c'est le seul remède.

Pascal hocha la tête.

— Non, cette crise ne ressemble pas aux autres, murmura-t-il. Je l'ai souvent étudiée, et jamais je n'ai remarqué de tels symptômes. Regardez donc ses yeux : ils ont une fluidité particulière, des clartés pâles très inquiétantes. Et le masque ! quelle épouvantable torsion de tous les muscles !

Puis, se penchant davantage, étudiant les traits de plus près, il continua à voix basse, comme se parlant à lui-même.

— Je n'ai vu des visages pareils qu'aux gens assassinés, morts dans l'épouvante… Elle doit avoir eu quelque émotion terrible.

— Mais comment la crise est-elle venue ? demanda Rougon impatienté,[a] ne sachant plus de quelle façon quitter la chambre.

Pascal ne savait pas. Macquart, en se versant un nouveau petit verre, raconta qu'ayant eu l'envie de boire un peu de cognac, il l'avait envoyée en chercher une bouteille. [365] Elle était restée fort peu de temps dehors. Puis, en rentrant, elle était tombée roide par terre, sans dire un mot. Macquart avait dû la porter sur le lit.

— Ce qui m'étonne, dit-il en manière de conclusion, c'est qu'elle n'ait pas cassé la bouteille.

Le jeune médecin réfléchissait. Il reprit au bout d'un silence :

— J'ai entendu deux coups de feu en venant ici. Peut-être ces misérables ont-ils encore fusillé quelques prisonniers. Si[a] elle a traversé les rangs des soldats à ce moment, la vue du sang a pu la jeter dans cette crise… Il faut qu'elle ait horriblement souffert.

Il avait heureusement la petite boîte de secours qu'il portait sur lui,[b] depuis le départ des insurgés. Il essaya d'introduire entre les dents serrées de tante Dide quelques gouttes d'une liqueur rosâtre. Pendant ce temps, Macquart demanda de nouveau à son frère :

— As-tu l'argent ?

— Oui, je l'apporte, nous allons terminer, répondit Rougon, heureux de cette diversion.

Alors Macquart, voyant qu'il allait être payé, se mit à geindre. Il avait compris trop tard les conséquences de sa trahison ; sans cela, il aurait^c exigé une somme deux et trois fois plus forte. Et il se plaignait. Vraiment, mille francs, ce n'était pas assez. Ses enfants l'avaient abandonné, il se trouvait seul au monde, obligé de quitter la France. Peu s'en fallut qu'il ne pleurât en parlant de son exil.

— Voyons, voulez-vous les huit cents francs ? dit Rougon, qui avait hâte de s'en aller.

— Non, vrai, double la somme. Ta femme m'a filouté. Si elle m'avait carrément dit ce qu'elle attendait de moi, jamais je ne me serais compromis de la sorte pour si peu de chose.

Rougon aligna les huit cents francs en or sur la table. [366]

— Je vous jure que je n'ai pas davantage, reprit-il. Je songerai à vous plus tard. Mais, par grâce, partez dès ce soir.

Macquart, maugréant, mâchant des lamentations sourdes, porta la table devant la fenêtre, et se mit à compter les pièces d'or, à la lueur mourante du crépuscule. Il faisait tomber de haut les pièces, qui lui chatouillaient délicieusement le bout des doigts, et dont le tintement emplissait l'ombre d'une musique claire. Il s'interrompit un instant pour dire :

— Tu m'as fait promettre une place, souviens-toi. Je veux rentrer en France… Une place de garde champêtre ne me déplairait pas, dans un bon pays que je choisirais[1]…

— Oui, oui, c'est convenu, répondit Rougon. Avez-vous bien huit cents francs ?

Macquart se remit à compter. Les derniers louis tintaient, lorsqu'un éclat de rire strident leur fit tourner la tête. Tante Dide était debout devant le lit, délacée, avec ses cheveux blancs dénoués, sa face pâle tachée de rouge. Pascal avait vainement essayé de la retenir. Les bras tendus, secouée par un grand frisson, elle hochait la tête, elle délirait.^a

---

1   Antoine Macquart quittera la France avec la promesse de Pierre Rougon de lui trouver une bonne place à son retour. On le retrouvera dans *La Conquête de Plassans* (1874), revenu du Piémont et installé dans une maison aux Tulettes, en face de l'asile où sa mère est confinée. Dans le dernier roman de la série, *Le Docteur Pascal* (1893), il mourra, à l'âge de quatre-vingt-quatre ans, des suites de son alcoolisme dans un épisode célèbre de combustion spontanée.

– Le prix du sang, le prix du sang ! dit-elle, à plusieurs reprises. J'ai entendu l'or… Et ce sont eux, eux, qui l'ont vendu. Ah ! les assassins ! Ce sont des loups.

Elle écartait ses cheveux, elle passait les mains sur son front, comme pour lire en elle. Puis elle continua :

– Je le voyais depuis longtemps, le front[b] troué d'une balle. Il y avait toujours des gens, dans ma tête, qui le guettaient avec des fusils. Ils me faisaient signe qu'ils allaient tirer… C'est affreux, je les sens qui me brisent les os et me vident le crâne.[c] Oh ! grâce, grâce !… Je vous en supplie, il ne la verra plus, il ne l'aimera plus, jamais, jamais ! Je l'enfermerai, je l'empêcherai d'aller dans ses jupes. Non, grâce ! ne tirez pas… Ce n'est pas ma faute… Si vous saviez… [367]

Elle s'était presque mise à genoux, pleurant, suppliant, tendant ses pauvres mains tremblantes à quelque vision lamentable qu'elle apercevait dans l'ombre. Et, brusquement, elle se redressa, ses yeux s'agrandirent encore, sa gorge convulsée laissa échapper un cri terrible, comme si quelque spectacle, qu'elle seule voyait, l'eût emplie d'une terreur folle.

– Oh ! le gendarme !, dit-elle, étranglant, reculant, venant retomber sur le lit où elle se roula avec de longs éclats de rire[a] qui sonnaient furieusement[1].

Pascal suivait la crise d'un œil attentif. Les deux frères, très effrayés, ne saisissant que des phrases décousues, s'étaient réfugiés dans un coin de la pièce. Quand Rougon entendit le mot de gendarme, il crut comprendre ; depuis le meurtre de son amant à la frontière, tante Dide nourrissait une haine profonde contre les gendarmes et les douaniers, qu'elle confondait dans une même pensée de vengeance.

– Mais c'est l'histoire du braconnier qu'elle nous raconte là, murmura-t-il.[b]

Pascal lui fit signe de se taire. La moribonde se relevait péniblement. Elle regarda autour d'elle, d'un air de stupeur. Elle resta un instant muette, cherchant à reconnaître les objets, comme si elle se fût trouvée dans un lieu inconnu. Puis, avec une inquiétude subite :

– Où est le fusil ? demanda-t-elle.

---

1   Internée dans l'asile des Tulettes dans *La Conquête de Plassans*, elle mourra d'une congestion
     pulmonaire à l'âge de cent cinq ans dans *Le Docteur Pascal* : « À trois reprises, revoyant
     toute sa vie, sa vie rouge de passion et de torture, que dominait l'image de la loi expiatrice,
     elle bégaya : – Le gendarme ! le gendarme ! le gendarme ! » (chapitre IX).

Le médecin lui mit la carabine entre les mains. Elle poussa un léger cri de joie, elle la regarda longuement, en disant à voix basse, d'une voix chantante de petite fille :

– C'est elle, oh ! je la reconnais... Elle est toute tachée de sang. Aujourd'hui, les taches sont fraîches... Ses mains rouges ont laissé sur la crosse des barres saignantes... Ah ! pauvre, pauvre tante Dide !

Sa tête malade tourna de nouveau. Elle devint pensive. [368]

– Le gendarme était mort, murmura-t-elle, et je l'ai vu, il est revenu... Ça ne meurt jamais, ces gredins !

Et, reprise par une fureur sombre, agitant la carabine, elle s'avança vers ses deux fils, acculés, muets d'horreur. Ses jupes dénouées traînaient, son corps tordu se redressait, demi-nu, affreusement creusé par la vieillesse.

– C'est vous qui avez tiré ! cria-t-elle. J'ai entendu l'or... Malheureuse ! je n'ai fait que des loups... toute une famille, toute une portée de loups... Il n'y avait qu'un pauvre enfant, et ils l'ont mangé ; chacun a donné son coup de dent ; ils ont encore du sang plein les lèvres... Ah ! les maudits ! ils ont volé, ils ont tué. Et ils vivent comme des messieurs. Maudits ! maudits ! maudits !

Elle chantait, elle riait, elle criait et répétait : Maudits ! sur une étrange phrase musicale, pareille au bruit déchirant d'une fusillade. Pascal, les larmes aux yeux, la prit entre ses bras, la recoucha. Elle se laissa faire, comme une enfant. Elle continua[a] sa chanson, accélérant le rythme, battant la mesure sur le drap, de ses mains sèches.

– Voilà ce que je craignais, dit le médecin, elle est folle. Le coup a été trop rude pour un pauvre être prédestiné comme elle aux névroses aiguës. Elle mourra dans une maison de fous, ainsi que son père[1].

– Mais qu'a-t-elle pu voir ? demanda Rougon, en se décidant à quitter l'angle où il s'était caché.

– J'ai un doute affreux, répondit Pascal. Je voulais vous parler de Silvère, quand vous êtes entré. Il est prisonnier. Il faut agir auprès du préfet,[b] le sauver, s'il en est temps encore.

L'ancien marchand d'huile regarda son fils en pâlissant. Puis, d'une voix rapide :

---

1   Voir la fin du dernier plan détaillé : « La vieille mère folle, elle a vu tuer Silvère, elle était allée à l'aire Saint-Mittre. On ne comprend pas ce qu'elle veut dire – Macquart dit : elle est sortie, puis elle est rentrée comme cela » (ms. 10303, f° 29).

— Écoute, veille sur elle. Moi, je suis trop occupé ce soir. Nous verrons demain à la faire transporter à la maison d'aliénés des Tulettes. Vous, Macquart, il faut partir cette [369] nuit même. Vous me le jurez! Je vais aller trouver M. de Blériot.

Il balbutiait, il brûlait d'être dehors, dans le froid de la rue. Pascal fixait un regard pénétrant sur la folle, sur son père,[a] sur son oncle; l'égoïsme du savant l'emportait; il étudiait cette mère et ces fils, avec l'attention d'un naturaliste surprenant les métamorphoses d'un insecte[1]. Et il songeait à ces poussées d'une famille, d'une souche qui jette des branches diverses, et dont la sève âcre charrie les mêmes germes dans les tiges les plus lointaines, différemment tordues, selon les milieux d'ombre et de soleil. Il crut entrevoir un instant, comme au milieu d'un éclair, l'avenir des Rougon-Macquart, une meute d'appétits lâchés et assouvis, dans un flamboiement d'or et de sang.[b]

Cependant, au nom de Silvère, tante Dide avait cessé de chanter. Elle écouta un instant, anxieuse. Puis, elle se mit à pousser des hurlements affreux. La nuit était entièrement tombée; la pièce, toute noire, se creusait, lamentable. Les cris de la folle, qu'on ne voyait plus, sortaient des ténèbres, comme d'une tombe fermée. Rougon, la tête perdue, s'enfuit, poursuivi par ces ricanements qui sanglotaient[c] plus cruels dans l'ombre.

Comme il sortait de l'impasse Saint-Mittre, hésitant, se demandant s'il n'était pas dangereux de solliciter du préfet la grâce de Silvère, il vit Aristide qui rôdait autour du champ de poutres. Ce dernier, ayant reconnu son père, accourut, la mine inquiète, et lui dit quelques mots à l'oreille. Pierre devint blême; il jeta un regard effaré au fond de l'aire, dans ces ténèbres[d] qu'un feu de bohémiens tachait seul d'une clarté rouge. Et tous deux disparurent par la rue de Rome, hâtant le pas, comme s'ils avaient tué, et relevant le collet de leur paletot, pour ne pas être vus.

— Ça m'évite une course, murmura Rougon. Allons dîner. On nous attend. [370]

Lorsqu'ils arrivèrent, le salon jaune resplendissait.[a] Félicité s'était multipliée. Tout le monde se trouvait là, Sicardot, Granoux, Roudier, Vuillet, les marchands d'huile, les marchands d'amandes, la bande entière. Seul, le marquis avait prétexté ses rhumatismes; il partait,

---

1   On voit encore que ce personnage est doublement naturaliste, spécialiste des sciences
     naturelles et observateur-analyste, comme le romancier, de l'espèce humaine des
     Rougon-Macquart.

d'ailleurs, pour un petit voyage. Ces bourgeois tachés de sang blessaient ses délicatesses, et son parent, le comte de Valqueyras, devait l'avoir prié d'aller se faire oublier quelque temps dans son domaine de Corbière. Le refus de M. de Carnavant vexa les Rougon. Mais Félicité se consola en se promettant d'étaler un plus grand luxe ; elle loua deux candélabres, elle commanda deux entrées et deux entremets de plus, afin de remplacer le marquis. La table, pour plus de solennité, fut dressée dans le salon. L'hôtel de Provence avait fourni l'argenterie, la porcelaine, les cristaux. Dès cinq heures, le couvert se trouva mis, pour que les invités, en arrivant, pussent jouir[b] du coup d'œil. Et il y avait, aux deux bouts, sur la nappe blanche, deux bouquets de roses artificielles, dans des vases de porcelaine dorée,[c] à fleurs peintes.

La société habituelle du salon, quand elle fut réunie, ne put cacher l'admiration[d] que lui causa un pareil spectacle. Ces messieurs souriaient d'un air embarrassé, en échangeant des regards sournois qui signifiaient clairement : « Ces Rougon sont fous, ils jettent leur argent par la fenêtre. » La vérité était que Félicité, en allant faire les invitations, n'avait pu retenir sa langue. Tout le monde savait que Pierre était décoré et qu'on allait le nommer quelque chose ;[e] ce qui allongeait les nez singulièrement, selon l'expression de la vieille femme. Puis, disait Roudier : « Cette noiraude se gonflait par trop. » Au jour des récompenses, la bande de ces bourgeois qui s'étaient rués sur la République expirante, en s'observant les uns les autres, en se faisant gloire chacun de donner un coup de dent plus [371] bruyant que celui du voisin, trouvaient mauvais que leurs hôtes eussent tous les lauriers de la bataille. Ceux mêmes qui avaient hurlé par tempérament, sans rien demander à l'Empire naissant, étaient profondément vexés de voir que, grâce à eux, le plus pauvre, le plus taré de tous allait avoir le ruban rouge à la boutonnière. Encore si l'on avait décoré tout le salon ![a]

— Ce n'est pas que je tienne à la décoration, dit Roudier à Granoux, qu'il avait entraîné dans l'embrasure d'une fenêtre. Je l'ai refusée du temps de Louis-Philippe, lorsque j'étais fournisseur de la cour. Ah ! Louis-Philippe était un bon roi, la France n'en trouvera jamais un pareil !

Roudier redevenait orléaniste. Puis il ajouta avec l'hypocrisie matoise d'un ancien bonnetier de la rue Saint-Honoré :

— Mais vous, mon cher Granoux, croyez-vous que le ruban ne ferait pas bien à votre boutonnière ? Après tout, vous avez sauvé la ville autant que Rougon. Hier, chez des personnes très distinguées, on n'a jamais voulu croire que vous ayez pu faire autant de bruit avec un marteau.

Granoux balbutia un remerciement, et, rougissant comme une vierge à son premier aveu d'amour, il se pencha à l'oreille de Roudier, en murmurant :

— N'en dites rien, mais j'ai lieu de penser que Rougon demandera le ruban pour moi. C'est un bon garçon.

L'ancien bonnetier devint grave et se montra dès lors d'une grande politesse. Vuillet étant venu causer avec lui de la récompense méritée que venait de recevoir leur ami, il répondit très haut, de façon à être entendu de Félicité, assise à quelques pas, que des hommes comme Rougon « honoraient la Légion d'honneur ». Le libraire fit chorus ; on lui avait, le matin, donné l'assurance formelle que la clientèle du collège lui était rendue. Quant à Sicardot, il [372] éprouva d'abord un léger ennui à n'être plus le seul homme décoré de la bande. Selon lui, il n'y avait que les militaires qui eussent droit au ruban. Le courage de Pierre le surprenait. Mais, bonhomme au fond, il s'échauffa et finit par crier que les Napoléon savaient distinguer les hommes de cœur et d'énergie.

Aussi Rougon et Aristide furent-ils reçus avec enthousiasme ; toutes les mains se tendirent vers eux. On alla jusqu'à s'embrasser. Angèle était sur le canapé, à côté de sa belle-mère, heureuse, regardant la table avec l'étonnement d'une grosse mangeuse qui n'avait[a] jamais vu autant de plats à la fois. Aristide s'approcha, et Sicardot vint complimenter son gendre du superbe article de l'Indépendant. Il lui rendait son amitié. Le jeune homme, aux questions paternelles qu'il lui adressait, répondit que son désir était de partir avec tout son petit monde pour Paris, où son frère Eugène le pousserait ; mais il lui manquait cinq cents francs. Sicardot les promit, en voyant déjà sa fille reçue aux Tuileries par Napoléon III[1].

Cependant Félicité avait fait un signe à son mari. Pierre, très entouré, questionné affectueusement sur sa pâleur, ne réussit qu'à s'échapper une minute. Il put[b] murmurer à l'oreille de sa femme qu'il avait retrouvé Pascal et que Macquart partait dans la nuit. Il baissa encore la voix pour lui apprendre la folie de sa mère, en mettant un doigt sur sa bouche,

---

1   Les Tuileries étaient la résidence royale de plusieurs souverains français, ainsi que de Napoléon Ier. Louis-Napoléon, en tant que prince-président, demeurait au palais de l'Élysée avant de s'installer aux Tuileries après le rétablissement de l'institution impériale à partir du 2 décembre 1852.

comme pour dire : « Pas un mot, ça gâterait notre soirée. » Félicité pinça les lèvres. Ils échangèrent un regard où ils lurent leur commune pensée : maintenant, la vieille ne les gênerait plus ;[c] on raserait la masure du braconnier, comme on avait rasé les murs de l'enclos des Fouque, et ils auraient à jamais le respect et la considération de Plassans.[d]

Mais les invités regardaient la table. Félicité fit asseoir ces messieurs. Ce fut une béatitude. Comme chacun prenait sa [373] cuiller, Sicardot, d'un geste, demanda un moment de répit. Il se leva, et gravement :

« Messieurs, dit-il, je veux, au nom de la société, dire à notre hôte combien nous sommes heureux des récompenses que lui ont values son courage et son patriotisme. Je reconnais que Rougon a eu une inspiration du ciel en restant à Plassans, tandis que ces gueux nous traînaient sur les grandes routes. Aussi j'applaudis des deux mains aux décisions du gouvernement... Laissez-moi achever... vous féliciterez ensuite notre ami... Sachez donc que notre ami, fait chevalier de la Légion d'honneur, va en outre être nommé à une recette particulière. »

Il y eut un cri de surprise. On s'attendait à une petite place. Quelques-uns grimacèrent un sourire ; mais, la vue de la table aidant, les compliments recommencèrent de plus belle.

Sicardot réclama de nouveau le silence.

– Attendez donc, reprit-il, je n'ai pas fini... Rien qu'un mot... Il est à croire que nous garderons notre ami parmi nous, grâce à la mort de M. Peirotte.

Tandis que les convives s'exclamaient, Félicité éprouva un élancement au cœur. Sicardot lui avait déjà conté la mort du receveur particulier ; mais, rappelée au début de ce dîner triomphal,[a] cette mort subite et affreuse lui fit passer un petit souffle froid sur le visage. Elle se rappela son souhait[b] ; c'était elle qui avait tué cet homme. Et, avec la musique claire de l'argenterie, les convives fêtaient le repas. En province, on mange beaucoup et bruyamment. Dès le relevé, ces messieurs parlaient tous à la fois ; ils donnaient le coup de pied de l'âne aux vaincus, se jetaient des flatteries à la tête, faisaient des commentaires désobligeants sur l'absence du marquis ; les nobles étaient d'un commerce impossible ; Roudier finit même[c] par laisser entendre que le marquis s'était fait excuser, parce que la peur des insurgés lui avait [374] donné la jaunisse. Au second service, ce fut une curée. Les marchands d'huile, les marchands d'amandes, sauvaient la France. On trinqua à la gloire des Rougon. Granoux, très rouge, commençait à balbutier, et Vuillet, très pâle, était complètement gris ; mais Sicardot versait toujours, tandis qu'Angèle, qui avait déjà trop mangé, se faisait des verres d'eau sucrée. La joie d'être sauvés, de ne plus trembler, de se retrouver dans ce salon jaune, autour d'une bonne table, sous la clarté vive des deux candélabres et du lustre, qu'ils voyaient pour la première fois sans son étui piqué de chiures noires, donnait à ces messieurs un épanouissement de sottise, une plénitude de jouissance large et épaisse. Dans[a] l'air chaud, leurs voix montaient grasses, plus louangeuses à chaque plat, s'embarrassant au milieu des compliments, allant jusqu'à dire — ce fut un ancien maître tanneur retiré qui trouva ce joli mot — que le dîner « était un vrai festin de Lucullus[1] ».

Pierre rayonnait, sa grosse face pâle suait le triomphe. Félicité, aguerrie, disait qu'ils loueraient sans doute le logement de ce pauvre M. Peirotte, en attendant qu'ils pussent acheter une petite maison dans la ville neuve ; et elle distribuait déjà son mobilier futur dans les pièces du receveur. Elle entrait dans ses Tuileries. À un moment, comme le bruit des voix devenait assourdissant, elle parut prise d'un souvenir subit ; elle se leva et vint se pencher à l'oreille d'Aristide :

— Et Silvère ?, lui demanda-t-elle.

Le jeune homme, surpris par cette question, tressaillit.

— Il est mort, répondit-il à voix basse. J'étais là quand le gendarme lui a cassé la tête d'un coup de pistolet.[b]

Félicité eut à son tour un léger frisson. Elle ouvrait la bouche[c] pour demander à son fils pourquoi il n'avait pas empêché ce meurtre, en réclamant l'enfant ; mais elle ne dit [375] rien, elle resta là, interdite. Aristide, qui avait lu sa question sur ses lèvres tremblantes, murmura :

— Vous comprenez, je n'ai rien dit... Tant pis pour lui, aussi ! J'ai bien fait.[a] C'est un bon débarras.

Cette franchise brutale déplut à Félicité. Aristide, comme son père, comme sa mère, avait son cadavre. Sûrement, il n'aurait pas avoué avec une telle carrure qu'il flânait au faubourg et qu'il avait laissé casser la tête à son cousin, si les vins de l'hôtel de Provence et les rêves qu'il bâtissait sur sa prochaine arrivée à Paris ne l'eussent fait sortir de sa sournoiserie habituelle. La phrase lâchée, il se dandina sur sa chaise. Pierre, qui de loin suivait la conversation de sa femme et de son fils,

---

1　Lucius Licinius Lucullus (117-56 av. J.-C.), homme d'État et général romain, connu pour les richesses amassées pendant ses campagnes et célèbre par le faste de sa table.

comprit,[b] échangea avec eux un regard de complice implorant le silence.
Ce fut comme un dernier souffle d'effroi qui courut entre les Rougon, au
milieu des éclats[c] et des chaudes gaietés de la table. En venant reprendre
sa place, Félicité aperçut de l'autre côté de la rue, derrière une vitre,
un cierge qui brûlait ; on veillait le corps de M. Peirotte, rapporté le
matin de Sainte-Roure. Elle s'assit, en sentant, derrière elle, ce cierge
lui chauffer le dos. Mais les rires montaient, le salon jaune s'emplit d'un
cri de ravissement, lorsque le dessert parut.

Et, à cette heure[1], le faubourg était encore tout frissonnant du drame
qui venait d'ensanglanter l'aire Saint-Mittre. Le retour des troupes, après
le carnage[d] de la plaine des Nores, fut marqué par d'atroces représailles.
Des hommes furent assommés à coups de crosse derrière un pan de mur,
d'autres eurent la tête cassée au fond d'un ravin par le pistolet d'un
gendarme. Pour que l'horreur fermât les lèvres, les soldats semaient les
morts[e] sur la route. On les eût suivis à la trace rouge qu'ils laissaient.
Ce fut un long égorgement. À chaque étape, on massacrait quelques
insurgés.[f] On en tua deux à Sainte-Roure, trois à Orchères, un au Béage[2].
Quand la troupe eut campé à Plassans, sur la route de Nice, il [376] fut
décidé qu'on fusillerait encore[a] un des prisonniers, le plus compromis.
Les vainqueurs jugeaient bon de laisser derrière eux ce nouveau cadavre,
afin[b] d'inspirer à la ville le respect de l'Empire naissant. Mais les soldats étaient las de tuer ; aucun ne se présenta pour[c] la sinistre besogne.
Les prisonniers, jetés sur les poutres du chantier comme sur un lit de
camp, liés par les poings, deux à deux, écoutaient, attendaient, dans
une stupeur lasse et résignée.[d]

À ce moment, le gendarme Rengade écarta brusquement[e] la foule
des curieux. Dès qu'il avait appris que la troupe revenait avec plusieurs
centaines d'insurgés, il s'était levé, grelottant de fièvre, risquant sa vie
dans ce froid noir de décembre. Dehors, sa blessure se rouvrit, le bandeau

---

1   En fait, l'épisode suivant constitue un retour en arrière, car on vient de voir que tante
     Dide a déjà été témoin de l'exécution de Silvère.

2   Après la déroute d'Aups, écrit Ténot : « La troupe se mit en marche après quelques
     heures de repos. Les otages délivrés la suivaient et quatre-vingts insurgés marchaient
     derrière, enchaînés, la corde au cou. Malgré la joie de leur délivrance, les otages ne purent
     se défendre d'une pénible émotion en voyant ainsi attachés, deux à deux, ces hommes
     qui n'avaient pas été sans égards pour leur malheur » (*op. cit.*, éd. de 1865, p. 254 ; éd. de
     1868, p. 234). Sur les exécutions sommaires des prisonniers et, notamment, la source de
     l'exécution de Silvère, voir les extraits des récits de Maquan et de Ténot ci-dessous, dans
     notre dossier documentaire (p. 511-515).

qui cachait son orbite vide se tacha de sang ;[f] il y eut des filets rouges
qui coulèrent sur sa joue et sur sa moustache. Effrayant, avec sa colère
muette, sa tête pâle enveloppée d'un linge ensanglanté, il courut regarder
chaque prisonnier au visage, longuement. Il suivit ainsi les poutres, se
baissant, allant et revenant, faisant tressaillir les plus stoïques par sa
brusque apparition. Et, tout d'un coup :

— Ah ! le bandit, je le tiens ! cria-t-il.

Il venait de mettre la main sur l'épaule de Silvère. Silvère, accroupi sur
une poutre, la face morte, regardait au loin, devant lui, dans le crépuscule
blafard, d'un air doux et stupide. Depuis son départ de Sainte-Roure, il
avait eu ce regard vide. Le long de la route, pendant les longues lieues,
lorsque les soldats activaient la marche du convoi[g] à coups de crosse, il
s'était montré d'une douceur d'enfant. Couvert de poussière, mourant
de soif et de fatigue, il marchait toujours, sans une parole, comme une
de ces bêtes dociles qui vont en troupeaux sous le fouet des vachers. Il
songeait à Miette. Il la voyait étendue dans le drapeau, sous les arbres,
les yeux en l'air. Depuis trois jours, il ne voyait qu'elle. À cette heure,
au fond de l'ombre croissante, il la voyait encore. [377]

Rengade[a] se tourna vers l'officier, qui n'avait pu trouver parmi les
soldats les hommes nécessaires à une exécution.

— Ce gredin m'a crevé l'œil, lui dit-il en montrant Silvère. Donnez-
le-moi…[b] Ce sera autant de fait pour vous.

L'officier, sans répondre, se retira d'un air indifférent, en faisant un
geste vague.[c] Le gendarme comprit qu'on lui donnait son homme.

— Allons, lève-toi ! » reprit-il en le secouant.

Silvère, comme tous les autres prisonniers, avait un compagnon de
chaîne. Il était attaché par un bras à un paysan de Poujols, un nommé
Mourgue, homme de cinquante ans, dont les grands soleils et le dur
métier de la terre avaient fait une brute. Déjà voûté, les mains roidies,
la face plate, il clignait les yeux, hébété, avec cette expression entêtée et
méfiante des animaux battus. Il était parti, armé d'une fourche, parce
que tout son village partait ; mais il n'aurait jamais pu expliquer[d] ce qui
le jetait ainsi sur les grandes routes. Depuis qu'on l'avait fait prisonnier,
il comprenait encore moins. Il croyait vaguement qu'on le ramenait chez
lui. L'étonnement de se voir attaché, la vue de tout ce monde qui le
regardait, l'ahurissaient, l'abêtissaient davantage. Comme il ne parlait et
n'entendait que le patois, il ne put deviner ce que voulait le gendarme.

Il levait vers lui sa face épaisse, faisant effort ; puis, s'imaginant qu'on lui demandait le nom de son pays, il dit de sa voix rauque :

— Je suis de Poujols.

Un éclat de rire courut dans la foule, et des voix crièrent :

— Détachez le paysan.

— Bah ! répondit Rengade[e] ; plus on en écrasera, de cette vermine, mieux ça vaudra. Puisqu'ils sont ensemble, ils y passeront tous les deux.

Il y eut un murmure. [378]

Le gendarme se retourna, avec son terrible visage taché de sang, et les curieux s'écartèrent. Un petit bourgeois propret se retira, en déclarant que s'il restait davantage, ça l'empêcherait de dîner. Des gamins, ayant reconnu Silvère, parlèrent[a] de la fille rouge. Alors le petit bourgeois revint sur ses pas, pour mieux voir l'amant de la femme au drapeau, de cette créature dont avait parlé *la Gazette*.

Silvère ne voyait, n'entendait rien ; il fallut que Rengade[b] le prît au collet. Alors il se leva, forçant Mourgue à se lever aussi.

— Venez, dit le gendarme. Ça ne sera pas long.

Et Silvère reconnut le borgne. Il sourit. Il dut comprendre. Puis il détourna la tête. La vue du borgne, de ces moustaches que le sang figé roidissait d'un givre sinistre, lui causa un regret immense. Il aurait voulu mourir dans une douceur infinie. Il évita de rencontrer l'œil unique de Rengade,[c] qui brillait sous la pâleur du linge. Ce fut le jeune homme qui, de lui-même, gagna le fond de l'aire Saint-Mittre, l'allée étroite cachée par les tas de planches. Mourgue suivait.

L'aire s'étendait, désolée, sous le ciel jaune. La clarté des nuages cuivrés traînait en reflets louches. Jamais le champ nu, le chantier où les poutres dormaient, comme roidies par le froid, n'avait eu les mélancolies d'un crépuscule si lent, si navré. Au bord de la route, les prisonniers, les soldats, la foule, disparaissaient dans le noir des arbres. Seuls le terrain, les madriers, les tas de planches pâlissaient dans les clartés mourantes, avec des teintes limoneuses, un aspect vague de torrent desséché. Les tréteaux des scieurs de long, profilant dans un[d] coin leur charpente maigre, ébauchaient des angles de potence, des montants de guillotine. Et il n'y avait de vivant que trois bohémiens montrant leurs têtes effarées à la porte de leur voiture, un vieux et une vieille, et une grande fille aux cheveux crépus, dont les yeux luisaient comme des yeux de loup. [379]

Avant d'atteindre l'allée, Silvère regarda. Il se souvint d'un dimanche lointain où, par un beau clair de lune, il avait traversé le chantier. Quelle douceur attendrie![a] comme les rayons pâles coulaient lentement le long des madriers ! Du ciel glacé tombait un silence souverain. Et, dans ce silence, la bohémienne aux cheveux crépus chantait à voix basse dans[b] une langue inconnue. Puis, Silvère se rappela que ce dimanche lointain datait de huit jours. Il y avait huit jours qu'il était venu dire adieu à Miette[1]. Que cela était loin ! Il lui semblait qu'il n'avait plus mis les pieds dans le chantier depuis des années. Mais quand il entra dans l'allée étroite, son cœur défaillit. Il reconnaissait l'odeur des herbes, les ombres des planches, les trous de la muraille. Une voix éplorée monta de toutes ces choses. L'allée s'allongeait, triste, vide ; elle lui parut plus longue ; il y sentit souffler un vent froid. Ce coin avait cruellement vieilli.[c] Il vit le mur rongé de mousse, le tapis d'herbe brûlé par la gelée, les tas de planches pourries par les eaux. C'était une désolation. Le crépuscule jaune tombait comme une boue fine sur les ruines de ses chères tendresses. Il dut fermer les yeux, et il revit l'allée verte, les saisons heureuses se déroulèrent. Il faisait tiède,[d] il courait dans l'air chaud, avec Miette. Puis les pluies de décembre tombaient, rudes, sans fin ; ils venaient toujours, ils se cachaient au fond des planches, ils écoutaient, ravis, le grand ruissellement de l'averse. Ce fut, dans un éclair, toute sa vie, toute sa joie qui passa. Miette sautait son mur, elle accourait, secouée de rires sonores. Elle était là, il voyait sa blancheur dans l'ombre, avec son casque vivant, sa chevelure d'encre. Elle parlait des nids de pies, qui sont si difficiles à dénicher, et[e] elle l'entraînait. Alors, il entendit au loin les murmures adoucis de la Viorne, le chant des cigales attardées, le vent qui soufflait dans les peupliers des prés Sainte-Claire. Comme ils avaient couru pourtant ! Il se souvenait bien. Elle avait appris à nager en [380] quinze jours. C'était une brave enfant. Elle[a] n'avait qu'un gros défaut : elle maraudait. Mais il l'aurait corrigée.[b] La pensée de leurs premières caresses le ramena à l'allée étroite. Toujours ils étaient revenus dans ce trou. Il crut saisir[c] le chant mourant de la bohémienne, le claquement des derniers volets, l'heure grave qui tombait des horloges. Puis le moment de la séparation sonnait,[d] Miette remontait sur son mur. Elle lui envoyait des baisers. Et il ne la voyait plus. Une émotion terrible le prit à la gorge : il ne la verrait plus jamais, jamais.

---

1   L'action du roman s'étend du dimanche 7 décembre au 14 décembre 1851.

– À ton aise, ricana le borgne ; va, choisis ta place.

Silvère fit encore quelques pas. Il approchait du fond de l'allée, il n'apercevait plus qu'une bande de ciel où se mourait le jour couleur de rouille. Là, pendant deux ans, avait tenu sa vie. La lente approche de la mort, dans ce sentier où depuis si longtemps il promenait son cœur, était d'une douceur ineffable. Il s'attardait, il jouissait longuement de ses adieux à tout ce qu'il aimait, les herbes, les pièces de bois, les pierres du vieux mur, ces choses que Miette avait faites vivantes. Et sa pensée s'égarait de nouveau.[e] Ils attendaient d'avoir l'âge pour se marier. Tante Dide serait restée avec eux. Ah ! s'ils avaient fui loin, bien loin, au fond de quelque village inconnu, où les vauriens du faubourg ne seraient plus[f] venus jeter au visage de la Chantegreil le crime de son père ! Quelle paix heureuse ! Il aurait ouvert un atelier de charron, sur le bord d'une grande route. Certes, il faisait bon marché de ses ambitions d'ouvrier ; il n'enviait[g] plus la carrosserie, les calèches aux larges panneaux vernis, luisants comme des miroirs. Dans la stupeur de son désespoir, il ne put se rappeler pourquoi son rêve de félicité ne se réaliserait jamais. Que ne s'en allait-il, avec Miette et tante Dide ?[h] La mémoire tendue, il écoutait un bruit aigre de fusillade, il voyait un drapeau tomber devant lui, la hampe cassée, l'étoffe pendante, comme l'aile d'un oiseau [381] abattu d'un coup de feu. C'était la République qui dormait avec Miette, dans un pan du drapeau rouge. Ah ! misère, elles étaient mortes toutes les deux ! elles avaient un trou saignant à la poitrine, et voilà ce qui lui barrait la vie maintenant, les cadavres de ses deux tendresses. Il n'avait plus rien, il pouvait mourir. Depuis Sainte-Roure, c'était là ce qui lui avait donné cette douceur d'enfant, vague et stupide. On l'aurait battu sans qu'il le sentît. Il n'était plus dans sa chair, il était resté agenouillé auprès de ses mortes bien-aimées, sous les arbres, dans la fumée âcre de la poudre.

Mais le borgne s'impatientait ; il poussa Mourgue, qui se faisait traîner, il gronda :

– Allez donc, je ne veux pas coucher ici.

Silvère trébucha. Il regarda à ses pieds. Un fragment de crâne blanchissait dans l'herbe. Il crut entendre l'allée étroite[a] s'emplir de voix. Les morts l'appelaient, les vieux morts, dont les haleines chaudes, pendant les soirées de juillet, les troublaient si étrangement, lui et son amoureuse.[b] Il reconnaissait bien leurs murmures discrets. Ils étaient joyeux, ils lui disaient de venir, ils promettaient de lui rendre Miette dans la terre, dans une retraite encore plus cachée que ce bout de sentier. Le cimetière, qui avait soufflé au cœur des enfants, par ses odeurs grasses, par sa végétation noire, les âpres désirs, étalant avec complaisance son lit d'herbes folles, sans pouvoir les jeter aux bras l'un de l'autre, rêvait, à cette heure, de boire le sang chaud de Silvère. Depuis deux étés, il attendait les jeunes époux.[c]

— Est-ce là ? demanda le borgne.

Le jeune homme regarda devant lui. Il était arrivé au bout de l'allée. Il aperçut la pierre tombale, et il eut un tressaillement. Miette avait raison, cette pierre était pour elle. *Cy gist... Marie... morte.* Elle était morte, le bloc avait roulé sur elle. Alors, défaillant, il s'appuya sur la pierre glacée. Comme elle était tiède autrefois, lorsqu'ils [382] jasaient, assis dans un coin, pendant les[a] longues soirées ! Elle venait par là, elle avait usé un coin du bloc à poser les pieds, quand elle descendait du mur. Il restait un peu d'elle, de son corps souple, dans cette empreinte. Et lui pensait que toutes ces choses étaient fatales, que cette pierre se trouvait à cette place[b] pour qu'il pût y venir mourir, après y avoir aimé.

Le borgne arma ses pistolets.

Mourir, mourir, cette pensée ravissait Silvère. C'était donc là qu'on l'amenait, par cette longue route blanche qui descend de Sainte-Roure à Plassans. S'il avait su, il se serait hâté davantage. Mourir sur cette pierre, mourir au fond de l'allée étroite, mourir dans cet air, où il croyait sentir encore l'haleine de Miette, jamais il n'aurait espéré une pareille consolation dans sa douleur. Le ciel était bon. Il attendit avec un sourire vague.

Cependant Mourgue avait vu les pistolets. Jusque-là, il s'était laissé traîner stupidement. Mais l'épouvante le saisit. Il répéta d'une voix éperdue :

— Je suis de Poujols, je suis de Poujols !

Il[c] se jeta à terre, il se vautra aux pieds du gendarme, suppliant, s'imaginant sans doute qu'on le prenait pour un autre.

— Qu'est-ce que ça me fait que tu sois de Poujols ? murmura Rengade.[d]

Et comme le misérable, grelottant, pleurant de terreur, ne comprenant pas pourquoi il allait mourir, tendait ses mains tremblantes, ses pauvres mains de travailleur déformées et durcies, en disant dans son patois qu'il n'avait rien fait, qu'il fallait lui pardonner, le borgne s'impatienta de ne pouvoir lui appliquer la gueule du pistolet sur la tempe, tant il remuait.

— Te tairas-tu ! cria-t-il.

Alors Mourgue, fou d'épouvante, ne voulant pas mourir, [383] se mit à pousser des hurlements de bête, de cochon qu'on égorge.

— Te tairas-tu, gredin![a] répéta le gendarme.

Et il lui cassa la tête. Le paysan roula comme une masse. Son cadavre alla rebondir au pied d'un tas de planches, où il resta plié[b] sur lui-même. La violence de la secousse avait rompu la corde qui l'attachait à son compagnon. Silvère tomba à genoux devant la pierre tombale.

Rengade[c] avait mis un raffinement de vengeance à tuer Mourgue le premier. Il jouait avec son second pistolet, il le levait lentement, goûtant l'agonie de Silvère. Celui-ci, tranquille, le regarda. La vue du borgne, dont l'œil farouche le brûlait, lui causa un malaise. Il[d] détourna le regard, ayant peur de mourir lâchement, s'il continuait à voir cet homme frissonnant de fièvre, avec son bandeau maculé et sa moustache saignante. Mais comme il levait les yeux,[e] il aperçut la tête de Justin au ras du mur, à l'endroit où Miette sautait.

Justin se trouvait à la porte de Rome, dans la foule, lorsque le gendarme avait emmené les deux prisonniers. Il[f] s'était mis à courir à toutes jambes, faisant le tour par le Jas-Meiffren, ne voulant pas manquer le spectacle de l'exécution. La pensée que, seul des vauriens du faubourg, il verrait le drame à l'aise, comme du haut d'un balcon, lui donnait une telle hâte, qu'il tomba à deux reprises. Malgré sa course folle, il arriva trop tard pour le premier coup de pistolet. Désespéré, il grimpa sur le mûrier. En voyant que Silvère restait, il eut un sourire.[g] Les soldats lui avaient appris la mort de sa cousine, l'assassinat du charron achevait de le mettre en joie. Il attendit le coup de feu avec cette volupté qu'il prenait à la souffrance des autres, mais décuplée par l'horreur de la scène, mêlée d'une épouvante exquise.

Silvère, en reconnaissant cette tête, seule au ras du mur, cet immonde galopin, la face blême et ravie, les cheveux légèrement dressés sur le front, éprouva une rage sourde, [384] un besoin de vivre. Ce fut la dernière révolte de son sang, une rébellion d'une seconde. Il retomba à genoux, il regarda devant lui. Dans le crépuscule mélancolique, une[a] vision suprême passa. Au bout de l'allée, à l'entrée de l'impasse Saint-Mittre, il crut apercevoir tante Dide, debout, blanche et roide comme une sainte de pierre, qui de loin voyait son agonie.

À ce moment, il sentit sur sa tempe le froid du pistolet. La tête blafarde de Justin riait. Silvère, fermant les yeux, entendit les vieux morts l'appeler furieusement. Dans le noir, il ne voyait plus que Miette, sous les arbres, couverte du drapeau, les yeux en l'air. Puis le borgne tira, et ce fut tout ; le crâne de l'enfant éclata comme une grenade mûre ; sa face retomba sur le bloc, les lèvres collées à l'endroit usé par les pieds de Miette, à cette place tiède où l'amoureuse avait laissé un peu de son corps.

Et, chez les Rougon, le soir, au dessert, des rires montaient dans la buée de la table, toute chaude encore des débris du dîner. Enfin, ils mordaient aux plaisirs des riches ! Leurs appétits, aiguisés par trente ans de désirs contenus, montraient des dents féroces. Ces grands inassouvis, ces fauves maigres, à peine lâchés de la veille dans les jouissances,[b] acclamaient l'Empire naissant, le règne de la curée ardente. Comme il avait relevé la fortune des Bonaparte, le coup d'État fondait la fortune des Rougon.

Pierre se mit debout, tendit son verre, en criant :

– Je bois au prince Louis, à l'empereur[1] !

Ces messieurs, qui avaient noyé leur jalousie dans le champagne, se levèrent tous, trinquèrent avec des exclamations assourdissantes. Ce fut un beau spectacle. Les bourgeois de Plassans, Roudier, Granoux, Vuillet et les autres, pleuraient, s'embrassaient, sur le cadavre à peine refroidi de la République. Mais Sicardot eut une idée triomphante. Il prit, dans les cheveux de Félicité, un nœud de satin rose qu'elle [385] s'était collé par gentillesse au-dessus de l'oreille droite, coupa un bout du satin avec son couteau à dessert, et vint le passer solennellement[a] à la boutonnière de Rougon. Celui-ci fit le modeste. Il se débattit, la face radieuse, en murmurant :

– Non, je vous en prie, c'est trop tôt. Il faut attendre que le décret ait paru.

– Sacrebleu ! s'écria Sicardot, voulez-vous bien garder ça ! c'est un vieux soldat de Napoléon qui vous décore !

Tout le salon jaune éclata en applaudissements. Félicité se pâma. Granoux le muet, dans son enthousiasme, monta sur une chaise, en agitant sa serviette et en prononçant un discours qui se perdit au milieu du vacarme. Le salon jaune triomphait, délirait.

Mais le chiffon[b] de satin rose, passé à la boutonnière de Pierre, n'était pas la seule tache rouge dans le triomphe des Rougon. Oublié sous le

---

1   Le 2 décembre 1852, Louis-Napoléon Bonaparte devient l'empereur Napoléon III.

lit de la pièce voisine,[c] se trouvait encore un soulier au talon sanglant.
Le cierge qui brûlait auprès de M. Peirotte, de l'autre côté de la rue,
saignait dans l'ombre comme une blessure ouverte. Et, au[d] loin, au fond
de l'aire Saint-Mittre, sur la pierre tombale, une mare de sang se caillait[1].

FIN

---

1   « Finir par une comparaison avec les Bonaparte, et par les trois taches de sang » (plan
     détaillé, plan E ; ms. 10303, f[o] 29).

VARIANTES

Il y a, en principe, trois états du texte de *La Fortune des Rougon* qui sont antérieurs au texte définitif, celui de la soi-disant troisième édition : le manuscrit, le feuilleton et la première édition de 1871. La plupart des corrections du romancier portent sur le manuscrit et le feuilleton. Dans la plupart des cas, l'auteur de *La Fortune des Rougon* opère assez peu de remaniements radicaux, car les étapes préalables de préparation du roman ont été des plus systématiques. Il est évident aussi, quand on examine le manuscrit, que Zola aurait réécrit certains passages et collé la nouvelle version sur le manuscrit original. Et même, quelques années plus tard, Zola eut l'intention de réécrire son roman, mais renonça à ce projet après avoir refait le premier chapitre. Dans un entretien avec Ange Galdemar publié dans *Le Gaulois* du 26 novembre 1892, sous le titre « Le prochain livre de M. Émile Zola », article dans lequel il s'agit surtout du *Docteur Pascal*, le romancier écrit : « Je reprendrai quelques-uns de mes livres, les cinq ou six premiers surtout, dont certaines parties ne me plaisent pas tout à fait, au point de vue du style. Il y a des phrases qu'il faut atténuer, modifier, refondre. Je m'y étais mis, cet été. J'avais même récrit tout le premier chapitre de *La Fortune des Rougon*. Mais je me suis aperçu que cela demandait trop de temps. J'aime mieux terminer ma série. »

Les corrections qu'on peut relever dans le manuscrit et dans le feuilleton dépassent assez rarement le cadre de la phrase et constituent, dans la plupart de cas, une sorte de nettoyage du texte et d'affinement de l'expression, éliminant des redondances et des répétitions de mots, élaguant des détails superflus et visant à la concision. Le romancier a tendance à réduire des effets trop pathétiques, ayant été entraîné par la nature de son sujet et par les souffrances de ses personnages. C'est souvent le cas des dialogues qu'il s'efforce de rendre plus directs, plus naturels et plus dramatiques.

Outre ces tendances générales du travail de correction, il arrive que le romancier apporte certaines modifications spécifiques qui ont trait à la signification de quelques détails importants. Ainsi, au début du roman, il supprime cinq phrases d'évocation de la bohémienne, dont le regard gêne et dont la présence reste, après la correction, voilée de mystère [p. 12]. Dans la scène de l'arrivée des contingents d'insurgés, le romancier supprime une expression trop banale, qui sied mal à cet épisode dramatique [p. 32]. Ailleurs, sont éliminé ou atténués des morceaux de bravoure qui ne conviennent pas au contexte [p. 196 et 259]. Tout un dialogue animé entre Macquart et Félicité [p. 183] disparaît du roman. La description initiale de Miette est modifiée pour réduire son aspect trop étrange, sinistre même [p. 36]. Certains effets trop explicites sont réduits ou éliminés : l'attachement d'Adélaïde pour Macquart [p. 61], l'indifférence de Pascal à la politique [p. 116], le portrait trop noir de Macquart [p. 136], l'idée qu'a Macquart de marier Gervaise et Silvère [172]. Enfin, dans le manuscrit et le feuilleton, le sang sort de la bouche de Miette mourante, là où sa mort est bien plus « immaculée » dans le roman définitif [p. 266] ; quant à la mort de Silvère, Zola est soucieux de réduire les effets pathétiques dans cet épisode [p. 380][1].

AVERTISSEMENT

La pagination qui figure dans le relevé des variantes et qui se trouve entre crochets dans le texte du roman renvoie à la troisième édition de *La Fortune des Rougon*.

Abréviations :
- Ms = manuscrit ;
- Fe = feuilleton ;
- Pr = première édition (1871)
- ¶ signifie un nouveau paragraphe
- [..] signifie une omission

Normalement, nous n'avons pas relevé les simples corrections de grammaire, d'orthographe et de ponctuation.

---

1   Voir aussi, sur les variantes du roman notre introduction ci-dessus, p. 45-46.

CHAPITRE I

[3]
a   Ms : par la Porte de Rome [raturé : *d'Italie*]

[4]
a   Ms/Fe : Plassans, [..] se souvenaient [Ms : souvenaient [..] d'avoir]
b   Ms : depuis *près* d'un siècle
c   Ms/Fe : à *un* autre bout
d   Ms/Fe : faubourg *n'étaient pas de cet avis*, et ils
e   Ms : ils escaladaient les *murs* [..] avant même
f   Ms/Fe : qu'elles *ne* fussent mûres.
g   Ms : fut *avidement mangée* par les fleurs
h   Ms/Fe : la ville *dut songer* à

[5]
a   Ms/Fe : un *transport* lent et brutal.
b   Ms : La Ville,
c   Ms : La Ville garda
d   Ms/Fe : voulut. ¶*Peu à peu*,

[6]
a   Ms/Fe : pour [..] tirer un bon parti, l'a loué [..] moyennant une *somme ridicule*, à des charrons
b   Ms : vont *presque* d'un bout
c   Ms/Fe : complètement *caché* par

[7]
a   Ms : roulantes, qui *semble contenir* une tribu
b   Ms/Fe : remiser *dans un coin* de l'Aire Saint-Mittre.
c   Ms/Fe : se plient, *comme* à des pantins
d   Ms/Fe : rangé *en tas*, le long de
e   Ms/Fe : du fond ; *ces* tas de deux
f   Ms/Fe : parfait, *s'espacent ça et là, au nombre d'une vingtaine au moins ; ils restent souvent plusieurs saisons en cet endroit, rongés d'herbe au ras du sol.* Ces sortes
g   Ms/Fe : une allée *assez* large,
h   Ms : Dans *ce couloir*, dont

[8]
a   Ms/Fe : champ *de la mort*. Il
b   Ms/Fe : légendaire. ¶*Quand* la nuit
c   Ms/Fe : se vide *et devient une sorte de* grand trou noir
d   Fe : ombres *entrent ou sortent* silencieusement

[9]
a   Ms/Fe : regardant *autour de* lui d'un air

b   Ms/Fe : nettement coupées ; *un peu en avant*, sur un morceau
c   Pr : le silence *glacial*, ce flot
d   Ms/Fe : rappelait *les tombes et* les morts *de l'ancien* cimetière.
e   Ms/Fe : aucun *péril* d'être
f   Ms/Fe : du fond *paraissaient l'inquiéter* davantage.

[10]

a   Ms/Fe : posa *presque* les coudes
b   Ms/Fe : qui *longeait* la muraille,

[11]

a   [Ms : barré : compta les coups, *qui lui arrivaient avec une sonorité majestueuse dans le silence de la province couchée et endormie. Puis il descendit de la pierre. Il ignorait l'heure, la personne qu'il attendait n'était pas en retard*, puis il descendit]
b   Ms : et soulagé *à la fois*. ¶ Il s'assit
c   Ms : avoir *au plus* dix-sept
d   Ms : rêver de lui, *après l'avoir vu* passer devant leur porte

[12]

a   Ms : force, *avait-il souvent des airs de faiblesse ; il paraissait* timide, *inquiet, poltron même, ayant honte* [Fe : *avait-il souvent des airs de faiblesse ; il paraissait* timide, [..] inquiet, ayant honte]
b   [Ms : barré : inquiétude, *apercevait une large étendue du chantier et la voiture des bohémiens, tout au fond du terrain. Le chantier était vide ; mais, à une des lucarnes de la voiture, le jeune homme distingua de loin la tache pâle que faisait la face de la bohémienne. Il crut qu'elle le contemplait toujours ; il s'imagina voir briller de loin, dans les yeux de l'enfant, cette lueur d'acier qui lui causait un si étrange malaise. Il changea de place, rentra dans l'ombre, avec un mouvement de colère. Cette fille lui devenait odieuse, sans qu'il se demandât pourquoi.* D'un mouvement]
c   Ms : se glaçaient ; *l'inquiétude et l'impatience le reprirent. De nouveau, il* monta [Fe : *l'inquiétude, l'impatience le reprirent. De nouveau, il* monta]
d   Ms/Fe : carabine qui avait *dû appartenir* à quelque

[13]

a   Ms/Fe : pays *devait avoir transformé* en fusil à piston
b   Ms/Fe : homme *paraissait caresser* son arme
c   Ms/Fe : crosse. *Il sembla peu à peu s'animer* d'un
d   Ms/Fe : enfantillage. *À un moment, il éleva la carabine et la mit* en joue
e   Ms/Fe : sonner. *Le jeune homme* gardait son arme en joue depuis *un temps assez long*, lorsqu'une voix
f   Ms : on *devinait* que

[14]

a   Ms/Fe : grave. *Tout en pâlissant*, elle murmura *d'une voix assez ferme* : –Ah !
b   Ms/Fe : silence *d'une grande minute*. – Oui,
c   Ms/Fe : assurée *que celle de la jeune fille*, c'est
d   Ms/Fe : eux ; *et cette* après-midi,
e   Ms/Fe : prononça *le mot* frères

[15]

a   Ms/Fe : et *qui* l'enveloppait

b   Ms/Fe : encore *parfois* en Provence

c   Ms/Fe : C'était *encore* une enfant,

d   Ms/Fe : femme, *qui l'était même déjà, sans le savoir, sans le sentir.* Elle

e   Ms/Fe : s'indiquent *à peine* dans

f   Ms : pour [..] celles

g   Ms/Fe : avait *quinze* ans *au plus* ; bien qu'elle

[17]

a   Ms : Un [..] duvet noir

b   Ms : [passage supprimé dans le manuscrit (voir GGS, p. 279) : leur silence. *À ce moment, un chant bizarre s'éleva au bout de l'Aire Saint-Mittre. Ce chant, dont les paroles étaient en une langue étrangère, pleine d'accents rudes, avait un double caractère qui exaspérait les nerfs et le cœur ; il se traînait, au commencement de chaque phrase musicale, tendre comme un désir voluptueux et passionné comme un remerciement d'amour ; puis la phrase s'achevait, plissait d'un trouble cuisant. Ils restèrent tous deux immobiles pendant quelques minutes, assis sur la pierre tombale à quelque distance l'un de l'autre, n'osant même plus une parole. On les chassait de ce coin désert où depuis plusieurs saisons ils promenaient si heureusement leur tendresse, dans la paix*]

c   Ms/Fe : sur cette *vieille* pierre tombale,

[18]

a   Ms/Fe/Pr : furent *bien* confondu

b   Ms : [passage supprimé dans le manuscrit (voir GGS, p. 280) : de lune. *Ils se contentèrent d'obliquer un peu pour éviter de s'approcher trop près de la voiture des bohémiens. Ils se savaient regarder.* Miette avait enveloppé]

c   Ms : se trouve bâti *un* faubourg *de Plassans*, était bordée,

[19]

a   Ms/Fe/Pr : Les amants *de certaines* villes

b   Ms/Fe : baisers à *leur* aise,

c   Ms : ils *gagnent* les faubourgs,

d   Ms/Fe : Et, *comme ils savent qu'ils rencontreront toujours quelqu'un et que* tous les habitants

e   Ms/Fe : misérables. *La jeune fille* n'a qu'à

f   Ms : sur son *sein*, dans la tiédeur

[20]

a   Ms : le long des *rues*. Et

b   Fe : n'ont plus *leurs pelisses*, elles

c   Fe : retrousser *leurs premières jupes*. L'hiver

d   Ms/Fe : parole. *Ils songeaient, ils* retrouvaient,

[21]

a   Ms/Fe : mûriers *conduisant à l'habitation*. En

b   Ms/Fe : la propriété. *On apercevait à droite les communs habités par le méger, une sorte de ferme toute blanche de lune, dont les fenêtres étaient éclairées.* ¶ – *Ils ne sont pas encore couchés,* murmura la jeune fille. *Les amoureux passèrent, s'éloignant toujours.* À partir du

c   Ms/Pr : deux *bords* du chemin,

d   Ms/Fe : retourna *malgré elle* au

e   Ms : [passage supprimé : préparent. *L'oncle de Miette le sieur Rebuffat était méger du Jas-Meiffrende puis de longues années. Il avait recueilli sa nièce.*¶ Silvère eut]

[22]

a   Ms : cela me *jette* hors de moi ;

b   Ms : voudrais les *poursuivre* pour les *frapper.* ¶ Et

[23]

a   Ms/Fe : un homme et *me battre.* Il

b   Ms/Fe : humble. *Je tâcherai de n'être plus triste ni irritée.* ¶ Elle se mit

c   Ms/Fe : pendant quelques *instants.* Ils continuèrent

d   Ms/Fe : pensées. ¶*Après un silence :* ¶ – Me crois-tu

e   Ms/Fe : recueilli et *aimé,* que serais-je

[24]

a   Ms/Fe : homme *devina sans doute sa pensée. Il* répondit

b   Ms/Fe : J'aime *la justice et la liberté,* vois-tu,

c   Ms/Fe : jalouse *comme une petite fille.* Je voudrais

d   Ms/Fe : d'émotion *dans* les yeux.

e   Ms/Fe : arrivés *environ* au milieu

[25]

a   Ms/Fe : heureuses. *Ils y avaient chaud, ils s'y sentaient unis plus étroitement.* S'ils

[26]

a   Ms/Fe : qui *s'endormaient* doucement

b   Ms/Fe : Ils *n'avançaient plus que* d'un pas

c   Ms : prairies qui *s'étendaient* jusqu'à la Viorne,

d   Ms : des haies vives *séparaient* du grand

[27]

a   Ms : colosses *qui étaient peut-être* plus gigantesque

b   Ms/Fe : terrains *qui deviennent plats et* s'étendent

c   Ms/Fe : Viorne. *Par* ce beau

d   Ms/Fe : sombres ; *le sol battu, blanc de gelée, avait un éclat métallique qui détachait ce ruban avec une singulière vigueur sur les masses grises que faisaient à droite et à gauche les terres labourées de la côte.* Tout en haut,

e   Fe/Pr : faisaient *deux* larges mers

f   Ms/Fe : ce *large* amphithéâtre

[28]

a   Ms/Fe : leurs *premiers* rêves de tendresse.

[29]

a   Fe : les *deux* bonnes soirées

b   Ms : clartés. ¶*Tout d'un coup,* Silvère

c   Ms/Fe : il *se mit à prêter* l'oreille.

d   Fe : Miette, surprise, *inquiète*, l'imita,

e   Ms : séparait d'elle *si brusquement.* ¶ Depuis

[30]

a   Ms : le flot *de cette foule hurlante.* Quand

b   Ms/Fe : humaine. *On aurait* [Pr : *eût*] *dit un orchestre colossal, montant une gamme qui s'épanouirait* [Pr : *se serait épanouie*] *en coups de tonnerre.* Quand les derniers

c   Ms/Fe : les notes *les plus aiguës* du chant

[31]

a   Ms : les *blanches* clartés

b   Ms : campagne, *murmura* Silvère ;

[32]

a   Ms/Fe : en face d'eux, *surgir brusquement des ténèbres, farouches, sans cesse renaissants et divers, ayant chacun leurs particularités curieuses ou terribles.* ¶ Aux premiers hommes

b   Ms : passa *son* bras au cou du jeune homme *et* appuya

c   Ms : noire, *hurlant la Marseillaise.* ¶ Silvère,

d   Ms : En tête *parurent* de grands gaillards, aux têtes carrées, qui *devaient* avoir un force

e   Ms : La République *avait* en eux [Fe : *devait posséder* des défenseurs]

[33]

a   Ms/Fe : montagne… [Ms :*Vois-tu, Miette, avec*] *Avec quelque milliers d'hommes pareils]* à *ceux-là, la France serait toujours libre.* ¶ Le jeune homme

b   Ms/Fe : adresse. *Mais nous n'aurons pas assez de fusils. Regarde, beaucoup d'ouvriers ont* [Fe : marchent] *les mains vides ; d'autres ne sont armés que de* bâtons. ¶ Miette regardait,

[34]

a   Ms/Fe : reconnu *Rengade* le forgeron…[nom biffé : *Delmas*]

b   Ms/Fe : colonne fût *armée et* équipée

c   Ms : au plus. *Ces hommes portaient tous* la veste *ouverte* des paysans

[35]

a   Ms/Fe : il *était obligé de* les nommer

b   Ms : précipitation lui *tournait la tête.*¶ – Ah ! Miette,

c   Ms : Le pays [..] est

d   Ms : Et il *continua* d'une voix

e   Ms : qu'il les *nommait.* La taille

f   Ms/Fe : nerveux, *toujours le même.* Miette

[36]

a   Ms/Fe : sublimes, la *frappait* au cœur sans relâche et plus profondément à chaque brutalité du rythme, lui *procurant ainsi les* angoisses voluptueuses *d'une* vierge martyre *battue des verges rougies.* Et toujours,

b   Ms : coulait [passage supprimé : *toujours de nouveaux insurgés sortaient de l'ombre pour rentrer dans l'ombre, comme des apparitions de vengeurs surhumains qui auraient jailli une seconde à la lumière et se seraient évanouis en laissant un souvenir précis et ineffaçable*]. Le défilé,

c   Ms/Fe : Volontiers elle *aurait* pris

d   Ms : insurgés. [passage supprimé : 1ᵉʳ état, moins les quelques variantes mineures : *Ses puretés s'exaltaient au spectacle de cette foule courant défendre le droit violé et la liberté meurtrie. Elle avait un air fou au milieu des effluves magnétiques qui la pénétraient d'un généreux frisson. Son visage rayonnait. Ses paupières battaient et sur sa bouche courait un vague sourire d'extase et de cruauté.* {Il s'en suit l'essentiel des deux phrases suivantes du texte définitif} ; 2ᵉ état : *Ses puretés s'exaltaient à voir cette foule courant défendre le droit violé et la liberté meurtrie. Elle avait un air fou dans le rayonnement des effluves magnétiques qui la pénétraient d'un généreux frisson. Ses paupières battaient ; sa bouche souriait d'un vague sourire d'extase et de cruauté.* [Voir aussi GGS, p. 291] Ses dents blanches

[37]

a   Ms/Fe : cet après-midi, murmurait-il. **¶** Il tâchait

b   Ms : écoutait, *saisit* les ordres

c   Ms : homme *prit la main de* Miette,

d   Ms : Viens, [..] dit-il,

e   Ms/Fe : furent *tous deux* en haut

f   Ms : rivière. [..]*ils traversèrent cette écluse* sur une planche

g   Ms/Fe : Puis, *lorsqu'ils eurent atteint l'autre rive de la Viorne*, ils coupèrent

[38]

a   Ms/Fe : on *pensa sans doute* qu'il

b   Ms/Fe : nièce *à* Rébufat

c   Ms/Fe : confuse, *interdite*, le regardait

d   Ms : mentez ! il n'a [..] pris

[39]

a   Ms/Fe : l'enfant, *certains* ouvriers ricanèrent, *d'autres se sentirent une sorte d'admiration.* Silvère

[40]

a   Ms/Fe : drapeau.**¶** *Un homme âgé* fit *seul* remarquer [Pr : Un bûcheron fit *seul* remarquer]

b   Ms/Fe : pourrait aller *bien* loin.

c   Ms/Fe : en retroussant *les* manches *de sa pelisse*, et en montrant

d   Ms : [passage supprimé : Liberté, *la haute figure du peuple à la conquête de sa souveraineté / ses droits.*]

e   Ms : longtemps *ainsi* si l'ordre

[41]

a   Ms : bien, *n'est-ce pas ?***¶** Silvère

b   Ms : sur *son* épaule.

c   Ms/Fe : L'ordre *avait été* donné

CHAPITRE II

[42]
a   Ms/Fe : d'atteindre ces *premières* maisons.

[43]
a   Ms : jardins, *s'étendait* au sud,
b   Ms : ses *rues* étroites et tortueuses,
c   Ms : se trouvent l'*Hôtel de Ville*, le tribunal
d   Ms/Fe : quartier *qui contient* la sous-préfecture,
e   Ms : plâtre *ornementée* de rosaces,
f   Ms : récente, et, [.] depuis
g   Ms/Fe : chemin de fer, lui *seul tend* à s'agrandir
h   Ms : s'agrandir. *C'est de là que sont venus, dans ces dernières années, les quelques changements qui finiront les classes, et par faire de la ville une seule et même cité.* ¶ Ce qui
i   Ms/Fe : Ce qui *la partage encore de nos jours* en trois parties
j   Ms/Fe/Pr : les quartier sont *nettement* bornés par [Ms :] *les* grandes voies *de l'endroit.*

[44]
a   Ms : coupant ainsi *Plassans* en deux
b   Ms : la plus belle *rue de la ville* [Fe : *de l'endroit*]
c   Ms : en *ayant* à sa gauche
d   Ms/Fe : C'est *vers le milieu de la rue de la Banne*, au fond
e   Ms/Fe : Tout l'esprit de la ville *se trouvait dans ces tours de clef donnés aux portes chaque soir ; cet esprit était fait de poltronnerie, d'égoïsme, de routine, de la haine du dehors et du désir religieux d'une vie cloîtrée.* Plassans

[45]
a   Ms : Plassans, *quand il avait cadenassé ses portes*, se disait
b   Ms/Fe : Il n'y a pas de *ville*, je crois,
c   Ms : le directeur *de la poste*, tous gens
d   Ms : à peine, se *hâtant* de rentrer

[46]
a   Ms/Fe : rêvent de *se donner* des fêtes
b   Ms/Fe : du peuple. *« Vous verrez, vous verrez, disent-ils ; il faudra bien que ces fils des croisés finissent par nous ouvrir leurs portes ; nous sommes mille aujourd'hui, notre nombre aura doublé, triplé dans quelques années ; le temps marche, l'époque viendra où, à notre tour, nous serons les maîtres de Plassans. » La vérité est que ce groupe remuant s'accroît chaque jour. Peu difficiles dans leurs relations, ils reçoivent tout transfuge du vieux quartier qui a gagné assez d'argent pour vivre sur un pied pareil au leur. Il est certain que ces parvenus épais et ces beaux esprits tournés à l'aigre arriveront, par leur pesanteur même, à démolir et à rebâtir la ville. Au fond de cette bourgeoisie nouvelle, si ridicule qu'elle puisse paraître, il y a les germes de l'avenir.* ¶ Le groupe
c   Ms : y sont *en grand nombre* ; mais
d   Ms : gros négociants. [.] Plassans est

e   Ms/Fe : du faubourg. *D'ailleurs* ce *très-petit* monde commercial et industriel *se perd dans le peuple*, s'il fréquente,

[47]

a   Ms : bande à part. *Il ne faudrait pas croire pourtant que les ruelles du vieux quartier fussent très animées dans la semaine ; tout se réduit à Plassans* [Fe : *tout à Plassans se réduit*] *à des proportions fort minces ; la* population ouvrière

b   Ms : compte pour un *tiers* à peine *est comme perdue* au milieu de oisifs du pays ; *les jours de marché, on rencontre quelques femmes de plus aux abords de la Halle, et c'est tout.*

c   Ms/Fe : Et, *toute la soirée*, peuple

d   Ms/Fe : de la ville. *Plassans s'est endormi avant 89 et ne s'est point encore complètement réveillé.* Ce fut

e   Ms : obscure et *peu aimée* [Fe : *peu aisée*], dont le chef

[48]

a   Ms : née en *1870* [*sic*], et qui [Fe : en 1770] [Pr : née *vers 1770*, et qui]

b   Ms/Fe : l'âge de *dix-neuf* ans.

[49]

a   Ms/Fe : d'un cabaret, il *vidait chaque soir plusieurs litres*, les yeux

b   Ms : ivre-mort », *disaient les voisins* en le voyant rentrer. *D'habitude*, lorsqu'il

[50]

a   Ms/Fe : crus. *Agé de trente ans à peine*, il

b   Ms : le visage *entier*, pareilles

c   Ms/Fe : elle *en* eut deux enfants,

[51]

a   Ms/Fe : la jetaient *pour trois ou quatre heures* dans des convulsions

[52]

a   Ms/Fe : n'était pas là. [..] Les amants

[53]

a   Ms/Fe : *Lorsqu'*Adélaïde rentrait

b   Ms/Fe : valeur exacte *de l'argent*, la nécessité

c   Ms/Fe : ces pruniers *sauvages* qui poussent

d   Ms/Fe : soleil. *Pour seuls maîtres, ils eurent leurs instincts.* [..] Jamais la nature

e   Ms/Fe : êtres malfaisante *et égoïstes* ne *furent* plus franchement ce qu'ils devaient *devenir. Ils portèrent leurs fruits naturels, en sauvageons que la serpe n'a point greffés ni taillés. S'ils grandirent mauvais, c'est qu'ils étaient nés d'une souche mauvaise, et que nulle culture n'essaya de déguiser leur nature première. Ils y gagnèrent d'être plus tard des physionomies singulièrement originales, ayant le pli de la nature, bon ou détestable.¶* En attendant,

[54]

a   Ms : cinq *à* six fois par semaine

b   Ms : pendant les *dix-sept à dix-huit* années [Fe/Pr : les *dix-huit* années] que dura c   Ms/Fe : de quinze *à* seize ans,

[55]
a   Ms : comme fondus *ensemble.* Macquart

[56]
a   Fe : mourir d'*éthisie.* ¶ En face

[57]
a   Ms/Fe : son frère *Antoine,* lui donnèrent
b   Ms/Fe : au pillage, *envahie par deux étrangers, dirigée par une femme à demi folle.* Dès lors,
c   Ms/Fe : son bien, *et dont il s'agissait de se débarrasser au plus tôt.* Quant à
d   Ms/Fe : L'enfant tapageur *devint,* du jour
e   Ms/Fe : lendemain, en un *homme* économe et
f   Ms : voir maintenant [..] les plus gros
g   Ms : le maraîcher *retirait* les plus gros
h   Ms/Fe : jeune homme, *avec un flair particulier,* comprit
i   Ms/Fe : frapper *sur* sa mère ; *Antoine et Ursule suivaient la bonne femme ; pour lui ces enfants du hasard ne comptaient point. Dès lors, il* exécuta
j   Ms/Fe : Sa *première* tactique

[58]
a   Ms : L'attitude *dure* et silencieuse
b   Ms : la nuit, *prenant* la tête
c   Ms : fois, elle reniait *le jeune homme* ; elle ne reconnaissait pas
d   Ms/Fe/Pr : Elle eût *préféré* mille fois être battue *à* être ainsi
e   Ms/Fe : son amant, *elle qui n'avait jamais distingué nettement le bien du mal, ne rêvait une vie chaste que pour guérir de ses frissons* ; mais, dès que

[59]
a   Ms/Fe/Pr : le maraîcher, *qui prélevait la plus grosse part sur la vente des légumes,* et de le remplacer
b   Ms/Fe/Pr : singulièrement. *On était alors dans les dernières années de l'empire, il y avait de continuelles levées de troupes.* Pierre échappa
c   Ms/Fe/Pr : Mais, *l'année suivante,* Antoine
d   Ms/Fe : achever. *Le regard de son fils* disait :
e   Ms/Fe : content. *« Un de moins ! »,* pensa Pierre. ¶ *Il* se débarrassa

[60]
a   Ms/Fe : maison où *Pierre* lui rendait
b   Ms/Fe : complète ; *elle conseilla la première à sa fille d'épouser l'ouvrier chapelier, sans lui faire seulement remarquer qu'elle pouvait aspirer à un meilleur parti* ; elle fut [..] heureuse de son départ
c   Ms/Fe : départ ; *elle espéra* que Pierre
d   Ms/Fe : un sou *à Adélaïde ni à Pierre.* Comme, *ce dernier,* surpris
e   Ms/Fe : Rougon *resta* inquiet ;
f   Ms/Fe : piège. *Mais une joie chaude l'emplissait. « Et de deux ! » dit-il, en voyant Ursule quitter la ville.*¶ Restait

g Ms/Fe/Pr : demeurer *avec sa mère*. Elle le
h Ms/Fe : monde, il *aurait souhaité* que son nom

[61]

a Ms/Fe : en enfance. *Malgré tout, elle se cramponnait à son amour pour Macquart.* [Ms : « *Baise-moi, semblait-elle dire à son fils, mais j'irai toujours à lui, dès que [je] le saurai près de moi.* »] ¶ *Elle s'enfonçait dans la boue tiède de cette liaison étrange, acceptant les coups, prête à mourir sur la place plutôt que de céder. Pierre, d'ailleurs, n'entendait se servir de son entêtement que pour l'affoler davantage. Il la secouait, il la tuait* de ses regards
b Ms/Fe : acceptées. [..] Il y avait
c Ms/Fe : asile *prêt à la recevoir*. Il attendait
d Ms/Fe : réalisation de ses *projets*. ¶ On apprit

[62]

a Ms/Fe : vécut là, *solitaire, muette*, étrangère *désormais* au monde, *à sa famille elle-même. Son fils ne comptait pas sur une renonciation si prompte et si complète. Il se frotta les mains, il murmura : « Que les trois toqués aillent au diable maintenant ! »* ¶ Enfin, Pierre
b Ms/Fe : sinon *en principe. Il pouvait en disposer à son gré.* Jamais
c Fe : champ *bien* trop étroit
d Ms/Fe/Pr : négociant *qui l'intéresserait à sa maison. En ce temps-là, la guerre éclaircissait singulièrement*
e Ms/Fe : les excuser. *Ce garçon de vingt ans était déjà un excellent comédien.* Depuis plusieurs

[63]

a Ms : seulement il *ferait* peau neuve.

[64]

a Ms/Fe : devenir un *simple* souvenir

[65]

a Ms : mains, *il hâta la conclusion de son mariage. Il* épousa
b Ms/Fe : en réalité dix-neuf, *trois* de moins
c Ms/Fe : dépendait *encore* plus

[66]

a Ms/Fe/Pr : avait dans les *premières années* de son mariage,
b Ms : s'étonna, [..] de lui voir
c Ms/Fe : elle *acceptait* Rougon en fille
d Ms/Fe : Son père, en *accueillant* le jeune homme,
e Ms : notaire, *ces* futurs avocats
f Ms : clientèle. Sans *fortune*, désespérant
g Ms : et cependant ne manquant [..] pas d'une certaine

[67]

a Ms/Fe : elle avait *comme* flairé
b Ms : il y eut *une sorte d'*admiration.
c Ms : d'huile qu'ils [..] gardèrent en magasin.

d   Ms : Les [..] années suivantes,
e   Ms/Fe ; il y eut une hausse *formidable*, ce qui

[68]
a   Ms : maître de *l'établissement*, pensa
b   Ms/Fe : être riche, *avant tout*. Elle comprenait
c   Ms/Fe : mari à *quelque* poste important,

[69]
a   Ms/Fe : l'effrayait pas, *si elle était certaine de les vaincre par leur propre sottise*, elle éprouvait
b   Fe : fonds *perdus*. Elle
c   Ms/Fe : rendait plus *mou* et plus *épais*. Ces trente
d   Fe : C'était *une* vie au jour
e   Ms/Fe : cinq *ans*, de 1811

[71]
a   Ms/Fe : à un *des* cadets, elle

[72]
a   Ms/Fe/Pr : avait [..] quarante ans

[73]
a   Ms/Fe/Pr : peut-être pas en *affirmant* que Félicité

[74]
a   Ms/Fe : plus tard. *Son attitude insouciante disait : « Je vous en donne pour votre esprit et votre argent, je ne suis pas ici à ma place et je m'inquiète peu de votre admiration. »* C'était là
b   Fe : sur son [..] aîné ;

[76]
a   Ms/Fe : les quelques *sous* que sa mère
b   Ms/Fe : fond *de quelque* département
c   Ms : les *dix* années
d   Ms/Fe : vivant aux *crocs* de leurs
e   Ms/Fe : pendant *dix* ans
f   Ms/Fe : économies, [..] Pierre en choisissant
g   Ms/Fe : fils, *avait pensé* conclure

[77]
a   Ms/Fe/Pr : pu les *rembourser*, il aurait
b   Ms/Fe : prochainement réaliser. ¶ – *« Eh ! ne vas-tu pas pleurer le morceau de pain que tu leur donnes ! disait-elle à son mari. Nous sommes leurs obligés, après tout. Laisse Aristide trouver sa voie ; il nous enrichira tous. »* Par un hasard
c   Ms/Fe : ruine de *la* maison. ¶ – *« Il nous manquait cela, criait-t-il ; notre guignon nous réservait un coup de grâce ; nous allons nous mettre sur la paille pour nourrir ces fainéants affamés.* Pendant les *dix* années
d   Ms/Fe : devint *inquiet*. On le vit bientôt rôder

e   Ms/Fe : n'était. *Pendant une année*, il tint

[78]
a   Ms/Fe/Pr : faire. Il *avait eu* un enfant, en 1840, le petit Maxime, que sa grand-mère,
    Félicité venait heureusement *de faire entrer* au collège, et dont elle *payait* secrètement
b   Ms/Fe/Pr : faim, *et* le mari dut
c   Ms/Fe/Pr : sous-préfecture. *Il gagnait cent francs par mois*. Dès lors,
d   Ms/Fe/Pr : les misérables *cent* [..] francs qu'on lui mettait *chaque mois* dans la main.

[79]
a   Fe : le hasard [..] lui envoya.

[80]
a   Ms/Fe : parents. *Quand* Félicité
b   Ms/Fe : sors-tu *donc* ? lui disait
c   Ms/Fe : sa famille *le moins possible*, sans afficher
d   Ms/Fe/Pr : qu'Aristide *ne* fût entré

[81]
a   Ms/Fe : Heureusement *qu'*ils restaient
b   Ms/Fe : grandes pièces, *dont* ils avaient fait

[82]
a   Ms/Fe : tablette de marbre, *et* des consoles
b   Ms/Fe : de la pièce; *il* y avait
c   Ms/Fe : de chiures noires; *aux* murs,

[83]
a   Ms : harmonieuses, *et* le salon
b   Ms/Fe : sa vie pour *habiter* une de ces *maisons*. La maison
c   Ms/Fe : fenêtres de *ce logis* étaient ouvertes,
d   Ms/Fe : rages sourdes. *Eux qui avaient souhaité la richesse, et la puissance, ils ne pouvaient
    supporter l'idée que jusque-là leur vie s'était dépensée en pure perte. Certains jours, la pensée de
    prudence qui leur avait fait quitter le commerce, leur semblait une lâcheté.* Et alors,

[84]
a   Ms/Fe : sans relâche. *Ils eussent acheter la fortune à n'importe quel prix. Malgré les faits*, ils
    comptaient encore sur leurs fils, en parents égoïstes qui ne peuvent s'habituer à la pensée
    de s'être privés sans aucun bénéfice *futur, pour envoyer* leurs enfants au collège. *Là d'ailleurs
    était leur seul espoir raisonnable.*¶ Félicité semblait
b   Ms : trottoir, l'*aurait* prise pour
c   Fe : figure que tel *et* tel fonctionnaire

[85]
a   Ms : femme le *conduisait* à la baguette,
b   Ms/Fe/Pr : Pierre. *Une* chose rare, les époux ne se jetaient *que rarement* leurs
c   Ms/Fe : seule des *orages* dans

d   Ms : [passage supprimé : *leurs trente années de lutte ne leur avait laissé aucun autre sujet de récrimination. Ils se savaient tous deux trop affamés d'argent, pour ne pas être certains qu'ils avaient fait leur possible afin de s'en procurer*]

CHAPITRE III

[86]

a   Ms : Que *de* rois se volent [Fe : *le*] trône ou
b   Ms : Mais, *si* la surface *paraît* calme et indifférente,
c   Ms : à peine *aux combattants* de faire
d   Ms/Fe : dix ans. *Cette lutte secrète* d'hommes qui veulent avant tout éviter le bruit, *demande* une finesse

[87]

a   Ms/Fe : passions. *Ils défendent ou attaquent le gouvernement avec la placidité qu'ils mettraient à vendre ou à acheter une terre. Les* lenteurs provinciales,
b   Ms/Fe : à Paris, sont *ainsi* pleines de
c   Ms : Plassans, *comme* celle de *presque* toutes

[88]

a   Pr : républicain. *Mais pour* amener
b   Ms : prise du sommeil de la *mort*, elle
c   Ms/Fe : résignation *qui tenait ainsi la noblesse endormie.* [..] Un prêtre
d   Ms/Fe/Pr : ne perdant pas une *minute*, se poussant

[89]

a   Ms : on ne vit [..] pareil mélange
b   Fe : sur *leur tête*, et ils durent
c   Ms/Fe : espérances, *et* se vengeant

[90]

a   Ms : diverses phases *dont je viens de faire le court historique* [Fe : phases de *ces faits*], ils grandirent
b   Ms/Fe : piste. *Comme l'ogre du conte, elle aurait pu dire : « Ça sent l'argent. »* Elle se mit
c   Ms/Fe : peut-être là. [..] Le marquis de Carnavant
d   Ms/Fe : C'était *en effet* un petit homme, aigre, actif, [Fe : homme, [..], actif]

[91]

a   Ms : situé *dans un coin* de son hôtel.
b   Fe : « petite ». *C'est* à ces tapes
c   Ms : conduisît en *bon* père

[92]

a   Ms : en voyant le *bon* zèle de

b   Ms/Fe : personnage. *On lui attribua toute la besogne ; on le crut le principal ouvrier de ce mou-*
    vement réactionnaire qui peu à peu ramenait au parti conservateur les républicains enthousiastes
    de la veille. S'il restait pauvre, si l'on continuait à le montrer au doigt avec quelque mépris, il
    possédait un peu de cette puissance que Félicité avait rêvée. Le soir,

c   Ms/Fe : seuls, *elle* lui disait :

d   Pr : Tous les *habitants* du salon

e   Ms : salon jaune, [..] n'avaient pas

[93]

a   Ms : un magistrat *et qui comptait* sur les [Fe : *d'*Orléans] pour pousser

b   Ms : jaune était *encore* le commandant

c   Ms : le visage *d'un* rouge brique

d   Ms : tenait *exclusivement* […] la librairie religieuse

[94]

a   Ms/Fe : la République. *Peu importait, on* s'entendait

b   Ms/Fe : adhérents. *Tous ces* roturiers

c   Ms/Fe : assoupli. *C'était lui qui* était

d   Ms : les *plus fins* politiques du pays.

[95!]

a   Ms : départ. ¶*Ce* salon

b   Ms/Fe : influence. *Par ses membres divers,* et *grâce surtout* à l'impulsion

c   Ms/Fe : entier. Pierre Rougon fut donc *regardé* [Pr : fit *donc* regarder] comme le chef

d   Ms/Fe : publique. [..] Il est certaines

e   Ms/Fe : osé risquer *leur avenir. Plus tard, quand ils ont grandi, on s'étonne à tort de leur succès ;*
    on se demande comment, partis de si bas, ils ont pu arriver si haut, et c'est justement parce qu'ils
    végétaient dans les bas-fonds, qu'ils ont gravi toute l'échelle d'un bond, sans scrupule. Certes,
    Roudier,

[96]

a   Ms/Fe : province, qui *allaient volontiers* cancaner

b   Ms/Fe : endormi. *« Il se remue, dirent les anciens collègues du barreau ; mais il est encore trop*
    lourd pour réussir à quelque chose. » Cependant, on l'entoura,

c   Ms/Fe : au lendemain de *1814,* ni les effusions

[97]

a   Ms : sans distinguer *cependant* avec netteté

[98]

a   Ms/Fe : possible. *Il n'aurait pas consenti à avoir des opinions qui ne lui rapportassent rien.* Sa
    grande

b   Ms/Fe ; du côté *du plus fort, de défendre le parti qui pourrait* à l'heure du triomphe

c   Fe/Pr : des articles *radicaux* qui lui

[99]
a   Ms/Fe : passait *ses* soirées
b   Ms/Fe : de son *propre* aveuglement.

[100]
a   Ms/Fe : ce que je *te demande* comme prix

[101]
a   Ms/Fe : toujours sur *les* pieds.
b   Ms/Fe : il saura *toujours* nous voler

[102]
a   Ms/Fe/Pr : Son mari *donna* dans le piège.

[103]
a   Ms/Fe : la place *du* receveur
b   Ms : les appointements [..] sont, je crois,
c   Ms : ce que gagne M.Peirotte.

[104]
a   Ms : le gâteau, *selon* son expression,
b   Ms/Fe : était une *sorte de* vengeance

[105]
a   Ms/Fe : bénéfices. *Bien que ce fût elle qui eût jeté Pierre dans la politique, en aveugle, il est vrai, elle consentit à jouer un second rôle.* Elle fut
b   Ms/Fe : une curiosité anxieuse [..] *la torturait* ; elle étudiait les moindres geste de *son mari,* elle tâchait
c   Ms : révoltant. *Je vous plains d'avoir engendré un pareil homme.* ¶ Tout le salon
d   Ms/Fe : acquise *par son mari. Aussi s'efforçait-elle d'entendre sans un frémissement toutes les ridicules accusations que ces hommes sans tact semblaient se plaire à porter devant elle contre Aristide.* En voyant toute la ville *l'*accabler, elle pensait

[106]
a   Ms/Fe : l'abandonner. *Sa confiance en lui était singulièrement ébranlée ; elle le voyait marcher à des abîmes ; mais dans son cœur il restait toujours le préféré, bien qu'elle commençât à sentir combien Eugène lui appartenait davantage. Il y avait là une de ces secrètes lois de la sympathie qui semblent déjouer les influences directes de l'hérédité. Elle continua à soutenir de ses économies le ménage d'Aristide. Maintenant qu'elle n'espérait plus en son fils cadet, elle se promettait, lorsqu'Eugène aurait réussi,* de le forcer à partager la proie avec *ce* pauvre garçon, qui [Pr : *malgré tout*] restait
b   Ms/Fe : par une intervention *armée à laquelle la France libre n'aurait jamais consenti.* Le marquis [Pr : intervention *armée dont la France*]

[107]
a   Ms/Fe : les mains de ses *légitimes possesseurs.* ¶ Pierre
b   Ms/Fe : complice, *qu'on* commençait à accuser de vouloir garder pour lui *toute la proie.* Ce soir-là,

c   Ms/Fe : aux bourgeois *épais* qui se trouvaient
d   Ms/Fe : craignant *sans doute* de s'être

[108]
a   Ms/Fe : Rome est *digne des plus grands éloges.* ¶Félicité avait
b   Ms/Fe : du marquis, *qu'elle n'avait pas compris*, lui donnait *aussi* beaucoup
c   Ms : se présentait, *glissa* un mot
d   Ms/Fe : complaisant. D'ailleurs, *le salon jaune était loin d'être bonapartiste.* L'opinion cléricale
     y dominait encore en souveraine. Ce fut
e   Ms/Fe : l'année suivante, *en 1850*, que ce groupe
f   Ms/Fe : personne *arrosait chaque nuit* le peuplier
g   Ms/Fe : on choisit, *pour cette besogne*, une heure

[109]
a   Ms/Fe : craqua [..] et s'abattit *sourdement* dans l'ombre
b   Ms : l'ombre [..] Félicité crut devoir
c   Ms : en agitant *aussi* leurs mouchoirs.
d   Ms/Fe : sous *les fenêtres*, criant :
e   Ms/Fe : ses espérances, *continua à venir* régulièrement

[110]
a   Ms : Valqueyras. *Il mit* une joie malicieuse *à garder* pour lui
b   Ms/Fe : la jolie *petite* trahison que

[111]
a   Ms/Fe :Carnavant. *Tu ne feras qu'une bouchée des Roudier et des Granoux. Achète quelques*
     paroissiens à Vuillet, et il sera ton humble serviteur. Vois-tu, petite, *la science de la* politique
     consiste
b   Ms/Fe : se porte bien. » *Depuis longtemps que* Félicité rêvait
c   Ms/Fe : de la même *dimension.* Puis, dès

[112]
a   Ms : agent [supprimé dans le manuscrit : *bonapartiste*] secret
b   Ms/Fe : la cause et *semblait faire* prévoir
c   Ms : fin *de* monde ; le *dieu* rangerait

[113]
a   Ms/Fe : l'ignorante, *de ne pas laisser voir qu'elle se doutât seulement des plans de son fils.* Cette
     tactique
b   Ms : terrain voulu *et* qui recrutait
c   Ms/Fe : l'épouvantaient [..]. Elle désirait
d   Ms/Fe : se rappelait *les paroles d'Eugène : « Défiez-vous d'Aristide ; c'est un brouillon qui gâterait*
     tout ». Elle soumit
e   Ms/Fe : martyr. *D'ailleurs, au dernier moment, vous pourrez lui tendre la main.*¶ Dans sa rage

[114]
a   Ms/Fe : politique. Les *mondes* auraient pu

b   Ms/Fe : grimace, où *l'on pouvait lire* [Pr : *l'on* retrouvait] *aisément* leurs occupations et leurs
     appétits ; il écouta leurs bavardages *épais et* vides,

[115]
a   Ms/Fe : Granoux. Il *avait passé* toute une soirée
b   Ms/Fe : lancer. *Mais*, avant tout
c   Ms/Fe : l'avenir, *comme ton frère Eugène. Il paraît que des événements décisifs se préparent. Tu
     dois les devancer.* On t'accuse
d   Ms/Fe : parce que tu es *surtout le médecin des ouvriers. Quelles* sont tes véritables
e   Ms/Fe : sa mère, *étonné, sans répondre.*

[116]
a   Ms/Fe : *sans répondre. Elle continua en désignant les personnes présentes :*
     – Chacun de ces messieurs a sa façon de penser ; mais il n'y a qu'une voie sûre…
     *– Ces messieurs pensent ! interrompit le médecin en retenant un éclat de rire. Ah ! chère mère, vous
     les flattez.*
     Puis d'une voix sérieuse :
     *– Je sais ce que vous voulez dire, reprit-il. Laissez-moi vous répondre franchement… Je n'ai pas
     d'ambition, ce qui me dispense d'afficher une opinion quelconque. J'aime mon pays à ma façon, qui
     est de le servir comme médecin et comme savant. Il y a peut-être quelque égoïsme à m'enfermer ainsi
     que je fais ; mais je tâche de payer ma dette en guérissant les pauvres gens sans leur faire payer la
     santé.* On
b   Ms/Fe : On *me croit* républicain, dites-vous.
c   Me/Fe : Je le suis *peut-être* si l'on
d   Me/Fe : à rien, *dit* vivement Félicité. *Tu te feras gruger.* Vois tes frères,
e   Ms/Fe : situation [..]. Il *répondit*, avec quelque tristesse :
     *– Nous ne nous entendrons pas… Laisse-moi vivre en sauvage, car je ne me sens aucune de vos
     ambitions. Quand j'étais petit, je vous ai souvent entendue me renier. Vous aviez raison, je suis
     tout dépaysé au milieu de vous. Eugène, qui a vos besoins de domination, finira par conquérir une
     haute position, si les événements lui sont favorables. Aristide, dans lequel ont grandi les appétits
     d'argent de mon père, gagnera peut-être une grande fortune. Moi, je vivrai à part, en étranger.*
     *– Que feras-tu donc pendant la crise qui se prépare ? demanda Félicité avec dépit. Tu te croiseras
     les bras ? Tu regarderas les autres se battre ?*
     *– Oh ! soyez tranquille, dit le médecin, si l'on se bat, j'aurai de la besogne. Je panserai les vaincus
     et les vainqueurs.*
     Pascal s'en tint là. Jamais sa mère ne put l'amener
f   Ms : grossi […] ou affaibli [..], changé
g   Ms : Tous *cependant* souhaitaient
h   Ms : Grand Turc *avait* daigné [et Fe :] s'*emparer de* la France [..].

[117]
a   Ms/Fe : mûr… *Ces braves gens vous baiseront les pieds le jour où vous leur annoncerez que la
     France a un maître.* Mais il faut
b   Ms : l'assouplir… *Croyez*-vous que le département
c   Ms/Fe/Pr : Mais *toutes* les villes voisines

[118]
a   Ms/Fe : Sicardot, que le *groupe avait réussi* à faire nommer

b   Ms/Fe : malfamés, *servis par leurs intrigues et par le hasard avait ainsi les outils de leur fortune réunis sous leur main.* Chacun,

c   Ms/Fe : influences qui *pourraient* agir dans le sens de la leur, et *leur* enlever, en partie, [..] le mérite de la victoire. [..] *Ils* entendaient

[119]

a   Ms : noblesse. *Aussi, ne voyant pas d'obstacles sérieux, craignaient-ils le zèle de l'administration. Dans* le cas

b   Ms/Fe : ils se *trouvaient* [Fe : trouveraient] [..] arrêtés

c   Ms/Fe : se demandaient [..] avec curiosité

d   Ms/Fe : réussi à faire *élire* en 1849 ; il détestait les républicains et les [Ms :] *traiterait* d'une façon

e   Ms : M. Peirotte, *tenaient* leur place de la réaction cléricale *et* ne pouvaient

[120]

a   Ms/Fe/Pr : la légitimité, *osèrent* alors faire

b   Ms : des remparts, *quelques boîtes* de cartouches et

c   Ms : le concours *d'une centaine* de gardes nationaux

d   Ms/Fe : bourgeois du salon jaune *jurèrent* [Pr : *parlèrent*] *de tuer jusqu'au dernier républicain.*¶ Le 1ᵉʳ décembre,

[121]

a   Ms/Fe : curiosités *indiscrètes,* elle continua à

b   Ms/Fe : toutes *leurs* mauvaises chances

c   Ms/Fe : Depuis qu'il *croyait* conduire

d   Ms/Fe : conseils de sa *compagne,* et de ne lui

e   Ms/Fe : Elle *se promit* de travailler

f   Ms/Fe : au succès, *tout* en cherchant quelque vengeance *contre son mari.* ¶ Ah !

g   Ms/Fe : bonne peur, *pensa-t-elle,* s'il commettait une grosse bêtise *et qu'il fût obligé de venir humblement me prier de le tirer d'embarras, il serait bien forcé de reconnaître ma supériorité, et plus tard je ferai la loi au logis.*¶ Ce qui l'inquiétait,

[122]

a   Ms/Fe : lui plaira ; *en prononçant la dissolution de l'Assemblée, le* Président *n'a voulu que sauver la France de l'anarchie, et il* est homme

b   Ms/Fe : paroles *avec* un *léger* sourire.

c   Ms : la ville *semblait n'avoir* éprouvé

[123]

a   Ms : des rassemblements *populaires* devant

b   Ms : Granoux arriva *tout* essoufflé ;

c   Ms/Fe : les dépêches *avaient été* affichées. C'est *sans doute* le seul

d   Ms/Fe/Pr : ses opinions libérales. ¶ Si l'attitude

e   Ms/Fe : le coup d'État et se *déclarerait* ouvertement

[124]

a   Ms : mais il *conserva une vague perplexité.* Il pensait

b   Ms : envie furieuse lui *prit* alors

[125]

a   Ms/Fe : et s'élança *dans la rue* comme un fou ;

[126]

a   Ms/Fe : Il était surtout furieux contre son père,
b   Ms : – M'ont-ils *faire* [Fe : *fait faire*] assez de
c   Ms/Fe : fort que moi. ¶ *Et il courait.* Il entra
d   Ms/Fe/Pr : parût *le lendemain.* ¶ – Vous allez
e   Ms/Fe : ligne, il *affirmait* que
f   Ms/Fe/Pr : face de fouine *redevenait* inquiète.
g   Ms/Fe/Pr : plus tard, *s'il le faut.* ¶ En revenant,

[127]

a   Ms/Fe : la Constitution, et *ce fut tout.* Le salon

[128]

a   Ms/Fe : déclara que *tout allait* pour le mieux.
b   Ms/Fe : sans nouvelles. *Et des bruits couraient* que le sang
c   Ms/Fe : à Paris. « *Ils vont venir nous saigner comme des poulets* », *gémissait le clan des bourgeois terrifiés.* Le commandant
d   Ms/Fe : furieux de *tant de* poltronnerie [..], parlait de
e   Ms/Fe : une sorte de *bureau* se tenait
f   Ms/Fe : frissonnants, qui *parlaient* entre eux.
g   Ms : laissant Plassans *sur* sa gauche ;
h   Ms : Ils avaient eu *dans la matinée* un avant-goût

[129]

a   Ms/Fe : endommagée : « *Ah ! les brigands ! ah ! les brigands, bégayait-il ; ils nous tueront, c'est certain.* » ¶ *Une anxiété*
b   Ms/Fe : *Une anxiété terrible pesait sur le salon jaune.* Le commandant
c   Ms/Fe : envoyé *un homme qui le servait* pour être
d   Ms/Fe : cet homme *sans oser respirer.* La réunion
e   Ms : était au *grand* complet
f   Ms : regards lamentables [..] ; derrière eux
g   Ms/Fe : marchand d'huile *semblait se raccrocher* à son ami
h   Ms/Fe : longtemps, *il ne pouvait songer à fuir, malgré la bonne envie qu'il en avait.* Quant au
i   Ms/Fe : paraissait *presque* gaie.
j   Ms/Fe : gaie.
    – *On prétend, disait-elle, qu'un grand nombre de dames sont allées se réfugier à la Sous-Préfecture et ont réclamé au maire des gendarmes pour les défendre.*
    – *Tu n'as donc pas peur, toi, petite ? demanda le marquis.*
    – *Moi, que voulez-vous que les insurgés nous fassent ? S'ils ont des intentions de pillage, ce n'est pas ici qu'ils viendront, et d'autre part je connais trop mon mari pour craindre qu'il ne soit pris les armes à la main.*
    À ce moment, on sonna. *Tous* ces messieurs tressaillirent
k   Ms/Fe : anxieuses, *se tendirent* vers la porte.
l   Ms/Fe : Ce fut *comme* un coup de foudre.
m   Ms : des bras *se levaient* au plafond.

[130]
a Ms/Fe : retombèrent *sans souffle* sur leurs sièges. *Leurs jambes se dérobaient sous eux.* On put
b Ms/Fe : arrêtaient *toutes* les personnes
c Ms/Fe : regarder comme *des* otages.

[131]
a Ms/Fe : la contrée, et [.] ils ne leur tireraient
b Ms/Fe : tout à l'heure, *parlait* si gaiement *de son courage*? Quelle comédie

[132]
a Ms/Fe : impatienté. [..] *Ceux qui n'auront pas été tués seront arrêtés, poursuivit Félicité* en regardant son mari fixement. *Les insurgés ne peuvent songer à rester longtemps ici ; et quand ils s'éloigneront, emmenant nos maris avec eux, que deviendrons nous, nous autres pauvres femmes seules* dans une ville abandonnée.
b Ms : les fonctionnaires *seront faits* prisonniers,
c Ms ; derrière eux. *Je crois* [Fe : *pense*] *comme vous qu'ils ne feront que traverser Plassans. Demain, quoi qu'il arrive, la ville* sera vide de fonctionnaires et de *partisans de l'ordre.* À ces paroles,
d Ms/Fe : ces paroles qu'elle *paraissait avoir* habilement
e Ms/Fe : intérêts *de la ville.* ¶ – Non certes, madame
f Ms : Je suis *chef* de la garde

[133]
a Ms/Fe : clef du hangar où *nous avons caché une provision d'armes et de munitions*, et faites dire à [.] nos hommes
b Ms : donnait une poignée [.] à Rougon
c Ms/Fe : trop de zèle. *Nous n'aurions eu que le second rôle.* ¶ Cependant

[134]
a Ms : de son coin, *avait suivi* silencieusement
b Ms/Fe : Vuillet [.] furent également
c Ms/Fe : Roudier et Vuillet poussèrent un grand soupir de soulagement. ¶ – J'aurai
d Ms : J'aurais sans doute prochainement besoin de vous, messieurs, continua [Ms/Fe/Pr] l'*ancien* marchand
e Ms : réservé *sans doute* [Ms/Fe] *le beau rôle* [Pr : *le soin*] de rétablir

[135]
a Ms/Fe : de longues années. *Personne ne devait songer à le venir chercher en cet endroit.*

CHAPITRE IV

[136]
a Ms/Fe/Pr : à Plassans *en 1823. Il avait alors 28 ans. Entré au service après la chute de l'empire,* il s'était traîné *de garnison en garnison* sans que *la moindre campagne* le tirât

b   Ms : [passage supprimé : de caporal. *Il acquit aussi la fanfaronnade gasconne du soldat qui n'a jamais vu le feu. Très lâche au fond, mais se sentant protégé et grandi par son uniforme, il se permit d'être insolent et cruel. En un mot, les quelques années qu'il passa ainsi dans les casernes, le dégoûtèrent absolument de tout travail et le rendirent fort dangereux.*]

c   Ms/Fe : prétextes pour [Pr : aussi] *le tenir éloigné le plus longtemps possible*. Aussi

[137]
a   Ms/Fe : Cela ne fit [..] qu'augmenter
b   Ms/Fe : Fouque, il [Pr : *demeura aussi*] *demeura stupéfait*. Il lui fallut
c   Ms/Fe : La pauvre *mère* répétait :
d   Ms : mot grossier *d'Antoine*. ¶ – Écoutez

[138]
a   Ms/Fe : chez sa mère *et* lui fit subir
b   Ms : déjà *mangé, toi ?...*
c   Ms/Fe/Pr : canaille d'homme *qui lui dévorait* ses derniers
d   Ms/Fe : La *vieille* femme écoutait,

[139]
a   Ms : rachetait pas. *Je le forcerais bien à me rendre mon argent.* ¶ Il dut coucher

[140]
a   Ms/Fe/Pr : tint *la pauvre vieille* jusqu'à
b   Ms/Fe : servait une *petite* pension
c   Ms/Fe/Pr : cessait *d'interroger Adélaïde* d'un air
d   Ms : devait *forcément* avoir de
e   Ms : fils aîné.
    – *Tu me tueras, plutôt, dit-elle. Par grâce, laissez-moi vivre en paix ; j'ai bien besoin de repos. Je préfère quitter le pays si tu dois me tourmenter comme tu le fais depuis deux jours.*
    Le jeune homme s'approcha et lui cria dans le visage :
    – Mais vous êtes incroyable ! C'est vous qui avez aidé à me dépouiller, c'est peut-être vous qui êtes la seule coupable, et vous me dites maintenant de vous laisser tranquille ! Est-ce que je ne suis pas votre fils, comme l'autre ? Il ne fallait pas courir après mon père comme vous le faisiez, si vous deviez avoir un jour peur et honte de ses enfants. Je me souviens, allez. Vous étiez toujours pendue après lui.
    Adélaïde le regardait avec de grands yeux pleins de larmes, suppliantes ; elle mollissait sous les coups.
    – Je suis une malheureuse,
f   Ms/Fe : si je faisais *jeter* un de mes enfants
g   Ms/Fe : des larmes ; *il termina l'entretien en lui disant* qu'elle était justement
h   Ms/Fe : pitié d'elle. Ce *jour-là*, Adélaïde,

[141]
a   Ms/Fe/Pr : Ursule, *s'indignerait sans doute en apprenant* la friponnerie de Pierre et [..] voudrait [..] défendre
b   Ms/Fe/Pr : prospéraient. *Les Mouret avaient déjà un petit garçon d'une dizaine d'années, qui regarda avec de grands yeux le singulier accoutrement de son oncle.* Antoine,

[142]

a   Ms/Fe : cours Sauvaire. *Quand les commères du faubourg, assises sur leur porte, riaient en le
     voyant passer, il leur criait : – Allez dire à mon frère de me rendre mon argent, et je m'habillerai
     comme un bourgeois.* ¶ Une de ses
b   Ms/Fe : le pas, se *mettant* parfois
c   Ms : et que *tous* ses gros mots

[143]

a   Ms : dix mille francs *au moins* qu'il exigeait.

[144]

a   Ms/Fe/Pr : sans [..] regret *son fils sortir de chez elle* ; elle était
b   Ms/Fe : avait fait *dans sa masure de l'impasse Saint-Mittre.* Antoine eut vite

[145]

a   Ms/Fe : sourde contre *sa famille* et contre
b   Ms/Fe : c'était *là* ce qu'il demandait *surtout*. Il se mettait
c   Ms : invectives *contre* les riches, qui, eux, *peuvent vivre* sans rien faire.

[146]

a   Ms/Fe/Pr : Cependant, [..] Macquart *trouvait* qu'il travaillait trop.
b   Ms/Fe/Pr : palefrenier *de sa connaissance* lui fit peur

[148]

a   Ms/Fe : garnissait le lit. ¶ *Dès lors commença pour Antoine une existence supportable. Les deux
     époux avaient à peu près le même âge, une trentaine d'années.* Tout marcha bien.
b   Ms/Fe : marital qui *le surprit* lui-même,
c   Ms/Fe : recevait de *soufflets*. Le lendemain,

[149]

a   Ms/Fe : des époux. *Ceux-ci* s'assommaient
b   Ms : bien vêtu, *il* mangeait à sa faim,
c   Ms/Fe/Pr : Les Macquart eurent *deux* enfants : *une fille* et un garçon. La *fille, Gervaise,*
     [La suite de ce paragraphe, qui crée une deuxième fille dans la famille de Macquart, fut
     ajoutée dans l'édition Charpentier. Le premier jet de ce passage se trouve avec le manuscrit
     du *Ventre de Paris* (ms. 10338, f° 242) et contient un certain nombre de variantes :
d   Ms : ne devait pas avoir *sa douceur* de bête
e   Ms :Tout enfant, elle *travaillait toute* une journée pour
f   Ms : fut prise *d'*amitié par
g   Ms : bonne. *Quand celle-ci* perdit son mari,
h   Ms/Fe/Pr : un garçon. La *fille, Gervaise, née la première une année après le mariage*, était
     bancale

[150]

a   Ms/Fe : davantage. *À quinze ans,* c'était
b   Ms/Fe : cadencé, *comme si le moindre souffle d'air eût été trop violent pour elle.* ¶ Le fils
c   Ms : naquit *quelques années* plus tard [Fe : trois ans *après*]. Ce fut

d   Ms/Fe : de sa mère, [..] sans avoir *cependant* sa ressemblance
e   Ms/Fe : physique. *Puissant et courageux comme elle, il avait* un visage aux traits *purs et*
     réguliers, *qu'on ne retrouvait chez aucun membre des Rougon-Macquart. Il apporta le premier ce*
     masque épais dans sa beauté et qui avait la froideur
f   Ms/Pr : tenace de se [Fe : *voir*] un jour une [Ms/Fe/Pr :] *petite* position
g   Ms/Fe/Pr : étaient *quatre* à table,
h   Ms/Fe/Pr : morceaux à Jean [..] et à Gervaise.

[151]
a   Ms/Fe/Pr : avaient du bon. [..] Il se fit nourrir *par eux*, sans le moindre
b   Ms : Fine elle-même *osa* demander
c   Ms/Fe : entre les mains *d'Antoine*. Jean,
d   Ms/Fe : lorsque *son père* parvenait
e   Ms/Fe : quelquefois, *Antoine* était d'une terrible
f   Ms/Fe : escamoter le gain *de Jean et de Gervaise*. Cette époque
g   [Le paragraphe suivant, allant de « Gervaise, battue, » à « un mobilier », ne figure pas
     dans le manuscrit, ni dans le feuilleton, ni dans la première édition]

[152]
a   Ms/Fe/Pr : féroce. *La pauvre* Gervaise, *qui* apportait jusqu'à *cinquante* francs par mois dans
     la maison, *n'avait qu'une mince robe* d'indienne,
b   Ms/Fe : dévalisé *plus complètement* encore.
c   Ms : le rabot *et* la scie,
d   Fe : sa demi-tasse *ou* faisant un piquet

[153]
a   Ms/Fe/Pr : un centime et lui *faisant rendre* compte de
b   Ms/Fe/Pr : s'emportait *jusqu'à le frapper, et* lui gardait
c   Ms/Fe : quatre francs qu'il *trouverait* en moins
d   Ms/Fe : intéressée, *qui allait* parfois jusqu'à *lui voler* les maîtresses,
e   Ms/Fe : de seize à *dix-sept ans, fort* rieuses [..], [Pr : *et*] qui, certains soirs
f   Ms : de gaieté. [..] Jean
g   Fe : les camarades de *ses sœurs*, osant
h   Ms/Fe : vivent d'une *femme*, Antoine Macquart vivait ainsi de *sa famille*, avec autant

[154]
a   Ms/Fe : la moindre vergogne *que cet ignoble fainéant* pillait
b   Ms/Fe : supérieur ; il *revenait du café* pour railler
c   Fe : détestable ; il *trouvait* que Gervaise
d   Ms/Fe/Pr : Parfois, *quand* il avait mangé
e   Ms/Fe : pauvre tête, *et* de ne pas savoir
f   Ms/Fe : litre d'anisette *et* buvait

[156]
a   Ms/Fe : « Notre jour est *venu*, mes agneaux,
b   Ms/Fe : des Rougon, qui *se déclaraient* franchement *réactionnaires*. – Ah !
c   Ms/Fe : il éprouvait *aussi* une grande honte

[157]

a Ms/Fe : le peuple. – *Ils passeront un mauvais quart d'heure, déclarait-il [Fe : déclamait-il] avec un sourire cruel, le jour où nous serons les maîtres. C'est moi qui veux traîner au tribunal ce vieux coquin de Rougon, et je dirai alors tout haut ce qu'il est. Tant qu'on laissera libres ces hommes gorgés d'or, la patrie sera en danger.* ¶ Pour exciter

b Ms/Fe : les affamés, il *avait tenté de* faire courir le bruit

c Ms/Fe : convictions. ¶ *Macquart était le digne frère de Rougon.* Au fond,

d Ms/Fe : d'appétits brutaux. *Comme Pierre, Antoine souffrait cruellement de rester inassouvi. Seulement ses ambitions étaient plus basses ; il se serait contenté d'une table copieuse et d'une belle fainéantise assurée pour le restant de ses jours. Il pensait en tremblant à l'abandon possible de ses enfants. Si son frère lui avait servi une rente suffisante, nul doute qu'il ne fût devenu sa créature et qu'il n'eût consenti à travailler pour le compte de la réaction.* Félicité, qui comprenait

e Ms/Fe : qui comprenait que *ses* opinions n'étaient que

f Ms/Fe : Malheureusement, *elle n'avait pas d'argent à lui donner*, et elle n'osait

g Ms : plus tard, M. *le receveur* Rougon eût

[158]

a Ms/Fe : injures que le *brave* bourgeois,

b Ms/Fe : le vôtre, on *l'enferme.* Je venais

c Ms : distingué *les mots* de vieux

[159]

a Ms/Fe : d'Adélaïde et *la façon dont Pierre avait volé les* cinquante mille francs

b Ms/Fe : débarrasser *de cette canaille, à tout prix.* Il est

[160]

a Ms/Fe/Pr : était morte en *1840*, réalisant

b Ms/Fe/Pr : Elle laissait *deux fils, celui qu'Antoine avait vu à son retour de service*, François, *un jeune homme de vingt et quelques années*, et *un petit garçon, âgé* de six ans, qui se nommait Silvère.

c Ms/Fe/Pr : chez son oncle Rougon. [.] ¶ [Ms/Fe] *Ce dernier*, malgré sa haine

d Ms/Fe/Pr : laborieux et sobre. *Depuis qu'il s'était débarrassé* [Pr : *voulait se débarrasser*] *d'Aristide, il* sentait le besoin

e Ms/Fe : à relever *sa maison de commerce* [Pr : *sa maison.*]. D'ailleurs,

f Ms : la maison *des* Rougon ne fit pas fortune,

[161]

a Ms/Fe/Pr : les jetèrent *si rapidement* aux bras l'un de l'autre. *L'année suivante, en 1841, ils eurent un garçon.* François

[162]

a Ms/Fe : Silvère *achevait sa sixième année.* Son frère

b Ms/Fe/Pr : ne sachant que faire de *cette pauvre créature*, l'emmena avec lui chez son oncle Rougon. Celui-ci

c Ms/Fe : comme un malheureux *petit* abandonné

d Ms/Fe/Pr : avait alors *dépassé la soixantaine.* Vieillie,

e Ms : elle s'était *comme* roidie

f Ms/Fe : l'avait *presque* rendue muette ;

g   Ms/Fe : source *fluide, d'un blanc pâle. Et toute sa passion, tout sentiment semblait ainsi s'être évanoui en elle.* C'était

h   Ms/Fe : se fixaient *sur quelqu'un*, machinalement, regardant sans voir, *il semblait qu'*on apercevait

[163]

a   Fe : aimé avec *des brutalités* de louve,

b   Ms/Fe : contenter. *Et le feu n'avait pas épargné un de ses muscles* ; une de honte

c   Fe : inassouvissement *des nerfs* achevant

[164]

a   Ms/Fe : Ce fut *comme* un réveil

[165]

a   Ms/Fe : courageusement, *et veilla* à ce qu'elle

b   Ms/Fe : de *tendresse* navrée.

c   Ms/Fe : une affection *secrète* et comme

d   Ms/Fe : son cou. *La grand-mère et le petit-fils* vécurent

[166]

a   Ms/Fe : de géométrie. *Silvère* s'enfonça

[167]

a   Ms : de savoir volé *ça et là* ne firent

b   Ms/Fe : pour des étoiles.¶ *La vie du jeune homme fut celle de l'enfant. Silvère continua à s'enfermer avec tante Dide.* La masure

c   Ms/Fe : cette salle [..] qui servait à la fois de cuisine, *de salle à manger et de salon, et dont le sol était pavé*, avait pour uniques

d   Ms/Fe : dans laquelle *il y avait* un puits, *adossé contre la muraille du Jas-Meiffren.* À gauche

[168]

a   Ms/Fe : sa grand'mère, *au premier râle, il n'avait qu'un pas* à faire pour être auprès d'elle. [..] Ce fut dans ce coin perdu que *le jeune homme* fit tenir toute son existence. Il *avait* les répugnances

b   Ms/Fe : tante Dide *l'avait à ses côtés et qu'elle* le chargeait

c   Ms/Fe : sa famille. *Jamais aucun de ses fils ni de ses petits-fils ne venait la voir. Elle et Silvère passaient les mois, les années dans une solitude absolue.* Parfois,

d   Ms/Fe : comme si elle *était* morte ;

[169]

a   Ms/Fe : ce jeune *enthousiaste* ferait

[170]

a   Ms/Fe : s'indignait contre *son* oncle Pierre,

[171]

a   Ms/Fe : te coucher, *lui disait-il.* Demain

b   Ms/Fe : Mais, j'ai *dit à* son patron

[172]

a   Ms/Fe : propre à rien. *Prends garde! Tu sais ce que je veux dire.* ¶ *La jeune fille* rougissait
b   Ms/Fe : devant Silvère. *Son père avait eu un instant l'idée de la marier à son cousin, comptant que le jeune ménage le nourrirait un jour, si Jean l'abandonnait. Mais Silvère, qui avait au cœur un autre amour, ne s'était pas prêté à ce calcul. Sa cousine lui causait un vague malaise, une répugnance secrète.* Un soir,
c   Ms/Fe : ne pouvait *plus* revoir *Gervaise* sans se rappeler
d   Ms/Fe : figure pâlie. *Il courait aussi d'assez vilains propos sur* [Fe/Pr : *au sujet de*] *la jeune blanchisseuse. Silvère, grandi* dans une chasteté de cénobite [..] la regardait
e   Ms/Fe : pauvre monde. Les *idées socialistes* qu'il avait *prises* le matin

[173]

a   Ms/Fe : ces voleurs ; *car c'est avec l'argent que mon digne frère m'a volé qu'il paie aujourd'hui ses bombances.* ¶ – Tante Dide,
b   Ms/Fe : ma mère n'est *point* morte
c   Ms/Fe : par cœur, *avec* toutes les variantes

[174]

a   Ms/Fe : sans qu'on nous *donne* de l'argent.
b   Fe : comme un chien. ¶ *Geneviève*, sans lever

[175]

a   Fe : savez rien, *interrompit* Silvère,

[176]

a   Ms/Fe : mais *cela* se passe toujours
b   Ms/Fe : employait *le grand moyen* pour l'exaspérer
c   Ms/Fe : tendresse pour ma [..] mère, que
d   Ms : que les Rougon ne *vomissent* contre la brave
e   Ms : jamais saluer *Tante Dide* [Fe : *sa Tante Dide*]. Félicité

[178]

a   Ms/Fe : Silvère. *De tels crimes ne peuvent rester impunis.* ¶ Alors, l'oncle
b   Ms : déblatèrent amèrement *même* contre les
c   Ms/Fe : une influence *décisive* ; il irrita
d   Ms/Fe/Pr : bonheur universel. ¶ *En 1850*, comme Silvère

[179]

a   Ms/Fe : et attendit. *Quand son oncle lui répétait : « Il faut nous débarrasser des Rougon, car ce sont eux qui empêchent le triomphe de la république ; je vais imprimer leur histoire quelque part »,* il ne répondait plus que par ces mots, superbes de confiance extatique : « Non, non, pas de scandale ; la république triomphera quand même, attendons le jour où elle nous demandera notre sang. » Et il se berçait
b   Ms/Fe/Pr : l'année *1851*, Fine mourut
c   Ms : rempailler *les* vieilles chaises,

d   Ms/Fe/Pr : Mais, *deux* mois plus tard, Gervaise, *lasse des continuelles exigences de son père, disparut. Le bruit courut qu'elle s'était sauvée de Plassans en compagnie d'un ouvrier tanneur.* Antoine, atterré,

[180]
a   Ms/Fe : plus nourrir *un vieux* fainéant, et que, si *son père* s'avisait
b   Ms/Fe : comme pour *protester* qu'il ne
c   Ms/Fe : Il *devint* terrible.

[181]
a   Ms/Fe : n'avait pu *réussir à* soutirer
b   Ms/Fe : sa misère. *Il contait de plus belle la spoliation dont il avait été victime, et il* jurait *avec* d'effroyables menaces,
c   Ms/Fe : la curée. *Il allait y avoir des coups échangés, et il comptait bien cogner pour son propre compte dans la bagarre.* Les quelques

[182]
a   Ms/Fe : imprévue des insurgés, *qui ne devaient pas traverser Plassans, d'après le plan de campagne qu'on leur prêtait,* lui sembla une attention délicate de la Providence à son égard. *Il avait enfin de la chance, il allait à son tour être un peu le maître. Et cela dans quelques minutes. Ses mains tremblaient, à la pensée qu'il tiendrait bientôt les Rougon terrifiés devant lui. Il attendait depuis si longtemps ! Tous les dégoûts de sa misère volontaire lui remontaient à la gorge et il se promettait de se venger terriblement de ses paresses.* ¶ Cependant *chacun criait : « Il faut aller ouvrir les portes. » On sortit* du café. Tous les républicains
b   Ms/Fe : descendit ouvrir *elle-même* la porte
c   Ms/Fe : de rage. *Tu mens, cria-t-il, nous saurons bien le trouver, ce scélérat. Et il se précipita* dans le salon, *il* passa
d   Ms/Fe : chambre à coucher, *bouleversant* le lit,

[183]
a   Ms : Il *continuait cependant à* regarder autour
b   Ms : maintenant.
     Un des compagnons de Macquart le tira par le bras, en lui disant :
     – Venez, cette femme a raison.
     Mais, lui, tremblait d'une fureur impuissante. Il se dégagea, il alla mettre le poing sous le nez de la vieille.
     – Prends garde, gronda-t-il, nous sommes les plus forts, et quand je reviendrai, tu ne te moqueras plus de moi. Tu me connais, tu sais ce que je veux dire.
     Elle haussa les épaules, sans répondre. Elle pensait simplement : « J'ai bien fait d'amener Pierre à se cacher. Je suis de son avis, il faudra nous débarrasser à tout prix de ce misérable qui se mêle trop de nos affaires. » Macquart, exaspéré
c   Ms : de la rue.
     – Vite, descendons, dit un des quatre grands gaillards, qui s'était approché de la fenêtre, voici nos frères.
     Antoine dut suivre ses compagnons, après avoir *encore* montré le poing à sa belle-sœur *et* [..] en la menaçant *une dernière fois* de revenir bientôt.
d   Fe : bientôt. *En* bas de l'escalier,

[184]

a   Ms/Fe : il murmurait *que la ville allait être pillée et* qu'il était
b   Ms/Fe : derrière elle *toute une* foule
c   Ms : Le *grand* silence de la ville

[185]

a   Ms/Fe : fraîchement restauré, était *surtout* d'une blancheur
b   Ms/Fe : nettement *de la place* plusieurs
c   Ms/Fe/Pr : ne purent même *pas* être

[187]

a   Ms/Fe : en simple paletot *qui parlait* de casser
b   Ms/Fe/Pr : heures de repos *fussent* pour
c   Ms/Fe : Elle se *portait* vers
d   Ms/Fe : longue marche qui *avait décidé les insurgés* à pénétrer

[188]

a   Ms/Fe : satisfaits *au plus tôt*; il ne fallait pas que Plassans *en s'éveillant le lendemain*, les trouvât
b   Ms : le clartés *crues* de la lune
c   Ms/Fe : surpris *à l'improviste*, dans leur lit
d   Pr : l'intérieur, *aidant* ses compagnons à arracher aux gendarmes *leurs* carabines

[189]

a   Fe : nommé *Delmas*, avec lequel
b   Fe : violemment *Delmas* au visage
c   Fe : du sang de *Delmas*, une seule idée
d   Ms. se réfugier *auprès de* sa grand'mère,

[190]

a   Ms/Fe : sur les taches *de sang*. Brusquement,
b   Ms/Fe : le retenir. *Elle ne comprenait certainement pas* [Fe : comprenait [.] *pas*] *le devoir qui appelait aux armes le jeune homme. Et, cependant*, elle ne lui demandait
c   Ms : qu'en revenant *de la cour* qu'il aperçut

[191]

a   Ms/Fe : continuait *à* parler de
b   Ms/Fe : toujours *renié ; je vous renie à mon tour. Vous ne seriez pas ici, si vous ne sentiez* que le jour de la justice est venu, *et si vous ne trembliez pas comme un coupable*. Voyons,

[192]

a   Ms/Fe : Cependant Silvère *revint en courant à la Halle. En approchant* de l'endroit
b   Ms/Fe : à manger, *assis par groupes sur le sol*. Parmi ces
c   Ms/Fe : ces curieux se *trouva le fils du méger* [Fe : *métayer*] Rébufat, *Justin*, un garçon
d   Ms/Fe : quelque temps, il *connaissait* ses rendez-vous avec Silvère ; il n'attendait [Ms ; *plus*] qu'une
e   Ms/Fe : huit heures, il *étouffa de rage*, il ne put

f   Ms/Fe : de ce côté-*là*. Il finit,

[193]
a   Ms/Fe : sa grande pelisse *rouge* et ayant
b   Ms : lui criait que *son père* lui ferait
c   Ms/Fe : insurgés *accoururent* enfin et
d   Ms/Fe : craignait pas. *Il continua de loin ses moqueries.* Ce fut

[194]
a   Ms : chefs donnèrent *alors* l'ordre du départ. La colonne se reforma *par bataillons, composés*
     chacun du contingent d'une ville ou d'un bourg. Les prisonniers
b   Ms : des républicains *jusqu'à leur entière défaite*; mais comme
c   Ms/Fe : lui annonça *tranquillement* qu'il allait suivre
d   Ms/Fe : Les *républicains* ne pouvaient songer
e   Ms/Fe : déjà fait *dans plusieurs autres villes.* Ils se seraient

[195]
a   Ms/Fe : condition qu'on *lui donnât* une vingtaine d'hommes déterminés ; *le lâche coquin*
     ne se souciait guère d'aller courir les routes ; et il entendait d'ailleurs ne pas quitter la ville, où il
     comptait profiter largement de l'insurrection. On lui donna

CHAPITRE V

[196]
a   Ms/Fe : et des Rougon. *Après les bavardages bêtes, les plats égoïsmes du salon jaune, après les*
     diatribes intéressées de l'oncle Antoine, *la haute voix du peuple s'élevait de nouveau, rauque comme*
     le rugissement d'un lion blessé, couvrant les jappements peureux des chiens. Et la farce vulgaire,
b   Ms/Fe : drame de l'*Histoire. Ces insurgés, qui promenaient leur colère de justes, irrités parmi tant*
     de sottises et tant de hontes, semblaient obéir à ces poussées d'un dieu, qui jettent, dans Homère, les
     guerriers en avant. Ils marchaient dans l'ignorance des lâchetés humaines, dans l'aveuglement de
     la fièvre généreuse qui les avait fait se lever, à la nouvelle d'un parjure. Il leur semblait entendre,
     du nord au midi, sur toutes les routes de la France, des frères qui répondaient à leurs chants, et ils
     s'en allaient gaiement par les chemins, sans regret, sans peur, certains de la victoire, bercés par le
     confiant orgueil du soulèvement général qu'ils rêvaient. Certes, cette petite troupe d'hommes n'aurait
     pu croire qu'elle seule, à cette heure, avait le courage du devoir, courant la campagne, marchant
     au-devant de la mort et de l'exil, tandis que le reste du pays se laisser garrotter lâchement.¶ Au
     sortir de Plassans,

[197]
a   Ms/Fe : des collines, *bordées de rochers bizarrement découpés, allant toujours en se repliant sur*
     elle-même, entre les pentes blanches et rousses, les enfoncements noirs des gorges, et les infinis bleuâtres
     de la plaine. La nuit [..] ces lieux
b   Ms/Fe : bande insurrectionnelle *eût* pu croire

c   Ms/Fe : colonne en marche [..] vit ainsi l'insurrection
d   Ms/Fe : de poudre ; *on eût dit qu'un glas funèbre la suivait*, dans la nuit,

[198]
a   Ms/Fe : le même. *Les insurgés* [..] s'exaltaient *dans la vue* de cette longue bande de terre [..]
     secouée de révolte.
b   Ms/Fe : voir. *Ils regardaient à leurs pieds*, au-delà de la Viorne, [..] la vaste mer
c   Ms/Fe : files d'hommes [..] courant [..] à la défense
d   Ms/Fe : la République. *Pour eux, c'était la France, la patrie tout entière qui sonnait le tocsin et
     qui marchait ivre de justice.* ¶ Ils puisaient *surtout* un continuel
e   Ms/Fe : adieux longuement répétés. *À tous les carrefours, des contingents les attendaient ; les
     sentiers qui descendaient des collines et ceux qui montaient de la plaine leur amenaient des soldats ;
     et la bande allait ainsi en grossissant toujours, emportée par un élan terrible.* ¶ Vers le matin,
f   Ms/Fe : et Silvère *couraient* dans l'emportement
g   Fe : ne pouvant *plus* suivre

[199]
a   Ms/Fe : soulager ; *mais* elle s'était
b   Ms : chancelait *et se retenait à lui.* Alors
c   Fe : drapeau à *l'un* des insurgés et sortit de rangs, en *apportant* presque

[200]
a   Fe : sur *les bords* de la route
b   Ms : bien toute *une* nuit avec
c   Ms/Fe : comme une *petite* sœur ;

[201]
a   Ms/Fe : tendresse fraternelle ; *ils avaient été poussés l'un vers l'autre par un même besoin de
     caresses innocentes, comme deux malheureux abandonnés qui se rencontrent sur une grande route
     et qui continuent leur chemin ensemble, pour ne plus avoir peur, pour ne plus être seuls. Les désirs
     dormaient dans leur esprit vierge. Ils n'avaient pas encore compris les douces brûlures qu'ils res-
     sentaient au moindre contact de leurs mains.* Dans leur ignorance, ils *prenaient* pour amitié
b   Ms/Fe : les sœurs. Au fond de ces amours naïves grondaient [..] *toutes* les tempêtes du sang
     ardent de Miette [..] ; *avec* l'âge
c   Ms/Fe : idylle ; *mais Silvère n'avait encore entendu dans les baisers de l'enfant que les frémissements
     lointains de la chair, et les souffles calmes de Miette auraient suffi à l'apaiser, s'il n'avait goûté les
     tranquilles joies d'un grand innocent.* Toute fille
d   Ms/Fe : les amoureux *de seize ans* s'embrassent
e   Ms/Fe : ils sentirent [..] leur étreinte *devenir brûlante*, ils entendirent
f   Fe : qui dura *pendant* quelques minutes,

[202]
a   Ms : plus faire *aucun* mouvement.
b   Fe : leur sang *et* si la nuit épaisse
c   Ms/Fe : elle se rappela *brusquement* les grossièretés
d   Ms/Fe : et elle *pleurait* sans comprendre, elle *pleurait* parce qu'elle
e   Ms/Fe : en elle, *avait peut-être suffi* pour l'emplir

[203]

a   Ms/Fe : enfant de *seize* ans, toute
b   Ms/Fe : au doigt … [..] Non, je suis maudite,
c   Ms/Fe : débarrasserai de moi, *reprit-elle avec l'entêtement de la douleur.* Sois raisonnable.

[204]

a   Ms/Fe : pauvre garçon *tout* secoué
b   Pr : serrant entre leurs bras

[205]

a   Ms/Fe : murmura *lentement* la jeune fille,
b   Ms/Fe : leur promettait de [..] satisfaire.
c   Ms/Fe : sur celle de Silvère *et* qui cherchait
d   Ms : dont elle s'*irrita* de ne pas

[206]

a   Ms/Fe/Pr : manquaient, non *pas* qu'elle eût
b   Ms/Fe : secouer *par un besoin d'infini dans la joie et par une sourde révolte intérieure. Dans son innocence, elle eût frappé* du pied
c   Ms/Fe : répétait Silvère [..].¶ Miette hochait
d   Ms/Fe : fécondités de la vie. [..] *Elle* refusait la mort, *à son insu même,* si elle devait
e   Ms/Fe : ignorante. *C'était une* rébellion de son sang et de ses nerfs, *nerfs qu'elle n'expliquait pas, et qu'elle avouait* naïvement,
f   Ms/Fe : Silvère, *à chaque minute,* se baissait et l'embrassait longuement. Elle *semblait goûter* ces baisers avec lenteur, en *chercher* le sens,
g   Fe : veines, leur *demandant* s'ils étaient

[207]

a   Ms/Fe : dormir une *bonne* heure.
b   Ms/Fe : idylles qui naissent *encore parfois* au milieu
c   Ms/Fe : d'esprit, *dans* lesquels on retrouve [..] les amours
d   Ms/Fe : Miette avait à peine *onze* ans,

[208]

a   Ms/Fe : Miette avait alors *douze* ans.
b   Ms : y voit rarement *des* femmes occupées
c   Ms : faire les *grosses besognes* dont son mari

[209]

a   Ms/Fe : qui arrêtait *net* les ricanements
b   Ms/Fe : atteindre sa *treizième* année, lorsque
c   Ms/Fe : été aussi *malheureuse* qu'elle.

[210]

a   Ms/Fe : payait dix fois *par* son travail *sa* dure hospitalité,
b   Ms/Fe : Justin [..] excellait
c   Ms/Fe : à lui rendre *la maison* insupportable.
d   Ms/Fe : fut de parler *sans cesse* à Miette

e   Ms : de sa tante *Eulalie*, qui avait défendu qu'on prononçât *jamais* devant elle
f   Ms : de se défendre. ¶ – Va, *criait*-il, bon sang
g   Ms/Fe : une énergie *de réaction* extraordinaire.

[211]
a   Ms/Fe/Pr : visage. *Elle avait une certaine façon de le regarder, qui le faisait balbutier.* Elle eut
    [Ms : *sans doute*]
b   Ms : du Jas-Meiffren. *Elle* n'en fit rien,
c   Ms/Fe : résistance. *Sa tactique nouvelle* fut de
d   Ms/Fe : Aussi, *mit*-elle une sorte de
e   Ms/Fe : revinrent ; elle *se raidit contre* l'accusation d'assassinat *et finit* par se dire
f   Ms/Fe : histoire vraie *par* un terrassier
g   Ms/Fe : jetait un seul [..] regard
h   Ms/Fe : Ses *treize* ans la jetaient

[212]
a   Ms/Fe : dans la cuisine *et* reprenait
b   Ms/Fe : Le puits qui se *creusait* dans la *petite* cour de
c   Ms/Fe : Jas-Meiffren le *séparait* en deux.
d   Ms/Fe : se fendit *en deux*. Le jeune charron, *alors en apprentissage*, tailla

[213]
a   Ms : le dos [passage supprimé : *Ce costume classique de la paysanne provençale était complété
    par un grand chapeau de feutre noir, plat, à larges bords, qui cachait complètement à Silvère le
    visage de la travailleuse.*] Elle marchait
b   Ms/Fe : et avait *aussitôt* baissé de nouveau la tête, avant qu'il *eût eu le temps* de distinguer

[214]
a   Ms/Fe/Pr : commençait à être *fort* embarrassé.
b   Ms/Fe : j'aurai *treize* ans à la Toussaint.

[215]
a   Ms/Fe : blanchissait, des *flammes* couraient

[217]
a   Ms/Fe : tu ne peux *pas* me défendre.
b   Ms/Fe : la bouche, *par* un geste

[218]
a   Ms/Fe : s'arrondissaient en [..] large demi-cercle.

[219]
a   Ms/Fe : de parler *très* bas pour s'entendre.
b   Ms/Fe : sans que personne *ne* s'en doutât.

[220]
a   Ms/Fe : en coûtait trop *de troubler et* d'effacer

b   Ms/Fe/Pr : un charme *particulier* qui suffit

[221]
a   Ms/Pr : c'était *bien* assez déjà
b   Ms : reflets, dans *les* lueurs vertes qui moiraient les pierres d'étranges reflets, dans *les* bruits singuliers
c   .Fe : prétexte à *leurs* rendez-vous !

[222]
a   Ms : les margelles *du puits*. Mais eux
b   Ms/Fe/Pr : donnait une *étrange sonorité*. ¶ – Non. non, grondait-elle,
c   [Le texte du ms. 10303, f° 244, s'interrompt ici (au mot « déchaîna ») pour reprendre quelques pages plus loin. Voir ci-dessous à la page [237].]

[223]
a   Fe : dans le demi-jour, [..] ému encore
b   Fe : des gamins *des* faubourgs. Il y avait.
c   Fe : attendrie, elle ne *se perdait* plus aussi souvent *dans* des rêveries
d   Fe : Ses amours *naissants* étaient comme

[224]
a   Fe : mal digérée, *faite à bâtons rompus*, sans base solide,
b   Fe : de vanité, de *voluptés ardentes*, qui auraient

[225]
a   Fe : il trouvait encore *le* moyen de l'intéresser

[226]
a   Fe : Il se trouvait *ainsi* prédisposé
b   Fe : si des pensées *graves* d'avenir
c   Fe : ménageait [Pr : aussi] *une sorte* d'enfoncement, où les amoureux *se trouvaient* à l'abri des regards, *s'ils se tenaient debout contre le mur*. Il s'agissait

[227]
a   Fe : ainsi plus de *cinquante*, provenant
b   Fe : la main, sans *jamais se décider* à la faire
c   Fe : voluptés mortes. *Silvère se souvint même de lui avoir vu remplacer la ficelle amincie par l'usure*. Quand *il* se fut assuré

[228]
a   Fe : un léger cri *de surprise*, elle accourut.
b   Fe : il venait *d'apercevoir* tante Dide
c   Fe : cette trouée blanche lui *sembla* un abîme

[229]
a   Fe : Jas-Meiffren ; [..] elle
b   Fe : Alors elle regretta *d'être venue dans la cour et* d'avoir cédé à la fascination de *cette* trouée

[230]

a   Fe/Pr : de cette porte *grande ouverte* sur les jours

b   Fe : fermer *cette* porte maudite

c   Fe : l'amour passait *à* nouveau,

d   Fe : ses larmes futures. *Tante Dide ne vit pas les joies, la gaieté du rendez-vous matinal, la douceur d'aimer qui pour elle s'était tournée en amertume ; elle vit les seules larmes, la séparation, le froid, le silence ;* elle eut comme un pressentiment

e   Fe : frappés au cœur. *Alors, toute* secouée

f   Fe : rend jalouse. ¶ *Puis elle vint prendre Silvère par un bras. Elle regarda Miette attentivement avec une curiosité navrée. D'ailleurs, elle ne lui fit aucune question. À quoi bon ? Ne se souvenait-elle pas ? Leur confusion souriante n'était-elle pas un aveu suffisant ? Elle les eût laissés là, à jaser au pied du mur, si elle ne s'était sentie complice de ces douceurs mortelles. Certes ils se reverraient, mais au moins ils ne passeraient plus par cette porte funeste. Elle entraîna le jeune homme jusqu'au seuil, sans dire un mot, et là* se retourna, en entendant

g   Fe : et de pleurer. *Elle hocha la tête, elle la regarda disparaître dans le logis de Rébufat ; puis,* reportant

h   Fe : dans le soleil *clair,* elle

[231]

a   Fe : noires d'humidité, [..] sur lesquelles

b   Fe : navré d'une *douleur* poignante pour

c   Fe : dis-leur [..], qu'ils me font mal,

d   Fe : elle parlait *et qu'elle ne nommait pas.* Au bout de

[233]

a   Fe : il entendit un [..] bruit de branches,

[234]

a   Fe : se rejoindre que *de neuf à dix* heures. Miette

[235]

a   Fe : à chaque *tour.* Ils étaient

b   Fe : les entendre. *S'abandonnant* à ces ondes

[236]

a   Fe : amours naissantes, *si pleines de puérilités,* s'accommodaient

b   Fe : voluptueux. *Leur* chère retraite,

c   Fe : Le champ *de* poutres s'étendait,

d   Fe : assis sur *les* madriers, au bord

[237]

a   [C'est ici que le texte du ms. 10303 (f° 260) reprend (au mot « calme »). Pour le début de cette interruption, voir ci-dessus à la page du texte [222].]

b   Fe : se couche. Et [..] Plassans était endormi,

[238]

a   Ms/Fe : vinrent là chaque *soir.* Il y jouirent,

[239]

a   Ms/Fe : assis sur *un* bout *de* madrier,

[240]

a   Ms/Fe : ils étaient *si serrés l'un contre l'autre* que Miette
b   Fe : petites filles, par *un* temps d'orage,

[241]

a   Ms/Fe : n'y trouvaient plus *le grand* isolement

[242]

a   Ms/Fe : leur causaient les herbes *fortes* de l'aire
b   Fe : ce coin *du* pays
c   Ms/Fe : comment elle *montait* aux arbres,
d   Ms/Fe : ficelle, et *grimpait* sur les plus hauts
e   Ms/Fe : Garrigues, *visitaient les moindres recoins*, suivaient
f   Fe : sa part *de* fruit volé.

[243]

a   Ms : pleins d'une ombre *troublante* [Fe : *tremblante*]. Quand
b   Ms : la fatigue *ou quelque calcul secret de Silvère les ramenait* au bord
c   Ms : envelopper d'une *ardeur sensuelle* [Fe : d'une *ardeur nouvelle*]. Au loin,
d   Ms : d'étoiles. Et *dans* le frisson [Fe : *sans* le frisson]

[244]

a   Ms/Fe : à peine profond *d'un mètre*, et très sûr ;
b   Ms/Fe : qu'une blancheur vague *de statue*. Silvère,

[245]

a   Ms : toute ruisselante *d'eau*, tandis que
b   Ms : jours de lune, des lueurs *mystérieuses* glissaient

[246]

a   Ms/Fe : les branches pendantes *d'un saule*, où l'on
b   Ms/Fe : le flot filer plus *rapidement* contre sa
c   Ms/Fe/Pr : tandis que *les flots rapides la fouettaient* ; puis elle

[247]

a   Ms/Fe : des branches *tomber sur sa tête*. ¶ Maintenant, elle
b   Ms : un de ses membres *en nageant*. La rivière
c   Pr : Silvère, qui se *trouvait* à quelques
d   Ms/Fe : y avait plus *de mollesse* dans leur étreinte,
e   Ms/Fe/Pr : ils sentaient *sous les vêtements* leur corps

[248]

a   Ms/Fe/Pr : dans son *amour*, une estime
b   Ms/Fe : et ce furent *sans doute* ces marches

c   Ms/Fe : luttes, tous ces *exercices* violents,
d   Ms/Fe : la voyait rire, il *éprouvait parfois une émotion profonde, il lui semblait qu'il venait de faire à un indigent l'aumône du bonheur.* Puis, l'enfant
e   Ms/Fe : pensait à Miette *en utopiste*, en rédempteur.
f   Fe : cerveau ; il *voulut* épouser un jour

[249]
a   Ms/Fe : profonds que *la tendresse* de Silvère

[251]
a   Ms/Fe : par la mort. Il [..] avait grandi ainsi que ces herbes folles ; il [..] fleuri comme
b   Ms/Fe : frémissante. *Ils devaient aux trépassés le spectacle de leurs caresses, et* quand ils
c   Ms/Fe : poussaient tout *leur* sang au visage,

[252]
a   Fe : les ossements qu'ils *découvrirent*. Miette, avec *un* instinct de femme,

[253]
a   Ms/Fe : peut-être encore là. [..] *Miette* voulait absolument qu'elle fût
b   Ms/Fe : à son âge, à *quatorze* ans,
c   Ms/Fe : si lestement, *sur laquelle* ils s'étaient
d   Ms/Fe : portera malheur *de nous être aimés sur une tombe.* Moi, si tu mourais, je viendrais *me tuer* ici, et je voudrais
e   Ms/Fe : pendant [..] deux années, ils s'aimèrent
f   Ms/Fe : cet âpre désir de *s'en aller ensemble*, qui les faisait
g   Ms/Fe : la route d'Orchères, *dans le noir de la nuit*, tandis que

[254]
a   Ms/Fe : rendez-vous lointains, à ces *deux* belles années
b   Ms : ils ne reparlèrent *pas* de cette caresse

[255]
a   Ms/Fe : grandissait, *mais la campagne gardait sa paix glacée.* Le jeune homme
b   Ms : les bons sentiers, *les plus cachés*, les plus directs.
c   Ms/Fe : l'avoir égarée. *Et, souvent*, pendant des quarts
d   Ms/Fe : draperies aux fenêtres, *les hommes et les femmes sur les portes.* On fêtait
e   Ms/Fe : Et il y avait, *dans les coins*, des vieillards
f   Ms/Fe : sa vie. *L'enthousiasme* le grisait de nouveau. *Et il* rêvait la victoire,

[256]
a   Ms/Fe : passaient devant eux. ¶ *La municipalité d'Orchères avait été déposée, la ville appartenait aux républicains.* ¶ – Quels gueux !
b   Ms/Fe : deux batteries pour me *balayer* toute cette canaille-*là* !
c   Ms/Fe : des « passions déchaînées », *des* « plus mauvais
d   Ms/Fe : se rencontra face à face *dans une rue* avec son cousin,

[257]
a   Ms/Fe : son père et *les calculs intéressés de Macquart*. Silvère fut

b   Ms/Fe : dans les rues et [..] lui témoignât
c   Ms : comme tu vas ! *dit-il*. Ah !

[258]

a   Ms : Quelle est *donc* cette enfant
b   Fe : comme il était *très* timide avec
c   Ms/Fe : les poings ; et *les* voix ajoutaient que des troupes *considérables* parties de
d   Ms/Fe : brûlant la veille *d'enthousiasme*, se sentirent
e   Ms/Fe : avaient rêvé *une guerre sainte*, la révolte d'un peuple, la conquête glorieuse *de la liberté*. Alors,
f   Ms/Fe : une telle déroute, dans un *abandon si honteux*, cette poignée d'hommes

[259]

a   Ms/Fe : poignée d'hommes, qui, *à cette heure restait seule debout*, pleura *avec des larmes de rage*, sa foi morte,
b   Ms/Fe : s'asseoir sur *les bords* des routes, *en disant* qu'ils attendraient
c   Ms/Fe : pour montrer comment *des républicains mouraient*. ¶ *À cette heure*
d   Ms/Fe : *À cette heure suprême, lorsque* ces hommes n'*eurent* plus devant eux que l'exil ou la mort, *le drame devint poignant. Combien, parmi ces vaincus, paysans alourdis par le travail, revirent au loin leurs plants d'oliviers, leurs vignes, ces bouts de terre qu'ils aimaient. Les contingents de la Palud, de Saint-Martin-de-Vaulx, les braconniers, les contrebandiers, les grands bûcherons, gardèrent leurs visages implacables. Mais des yeux se mouillèrent, l'atrocité des représailles apparut, sanglante, dans les imaginations troublées.¶ Cependant, il n'y eut pas* de désertions. Une admirable
e   Ms/Fe : soldats qui se *montreraient*. ¶ Ils passèrent
f   Ms : il conduisit *la* petite armée

[260]

a   Ms/Fe : des costumes, *les* vestes brunes, *les* paletots foncés, *les* blouses bleues,
b   Ms/Fe : les canons [..] de fusils de chasse ; [..] le général
c   Ms/Fe : à cheval devant *les rangs silencieux, lorsqu'*une sentinelle,
d   [Le texte du ms. 10303 s'arrête ici (aux mots « Les soldats ! les ») pour reprendre un peu plus loin. Voir ci-dessus à la page [262].]

[261]

a   Fe : à l'aide se *groupaient*, formaient
b   Fe/Pr : silence. À *l'*une des fenêtres
c   Fe : qui le secouait, *vit* passer
d   Fe : que *Delmas* n'était pas

[262]

a   [C'est avec ce paragraphe que le texte du ms. 10303 reprend. Pour le début de cette interruption, voir ci-dessus à la page du texte [260].]
b   Ms/Fe : elle se haussait sur *les* pieds,
c   Ms/Fe : bande une *légère* poussée,
d   Ms/Fe : terrible de terreur. *Et il* y eut

[263]

a   Ms/Fe : sauve qui peut ! » *Le bataillon héroïque reçut comme une secousse*. Des hommes

b   Fe : sur les huit autres, *il y en eut* trois [..] tués
c   Fe : étaient restés *là* machinalement, sans *bien* comprendre.
d   Ms/Fe : L'enfant, les deux *mains serrées* sur *la* poitrine, la tête
e   Fe : son corsage, *et* il mit à nu

[264]

a   Ms/Fe : la recoucha. *Et il* la suppliait :
b   Ms/Fe : regret de la vie. *Et* Miette lui disait
c   Ms/Fe : goûté aux voluptés *âpres* de la vie.

[265]

a   Ms/Fe : peau de l'enfant. *Et dans les yeux de Miette ces baisers d'amant mirent une dernière joie. Ils s'aimaient,*
b   Ms/Fe : d'oliviers. *Et des* galops sourds
c   Ms/Fe : plaine des Nores. *Puis,* il y avait

[266]

a   Ms/Fe : lutta doucement, *et,* de sa voix
b   Ms/Fe : Je ne puis rien, *et* d'autres
c   Ms/Fe : sur elle, *il* roula sa tête sur sa gorge nue, *il lava* sa peau de ses larmes.
d   Ms/Fe : Ce fut un emportement, *une rage. Et, par moments,* il posait
e   Ms/Fe : ses seins, *et* il lui soufflait
f   Ms/Fe : dans ses bras. Et il fut pris d'une épouvante *indicible, et se rejeta en arrière. Dans les secousses de cet embrassement, la tête de Miette s'était penchée ; un filet de sang s'échappa d'un coin de sa bouche et coula doucement sur sa joue. ¶ Silvère se dit que Pascal avait raison, qu'elle était morte, puisque le sang lui sortait des lèvres. Il ne put trouver de nouvelles larmes. Accroupi, la face bouleversée les bras pendants, il resta là, stupide. Il répétait avec l'entêtement de la folie : ¶ « Elle est morte, mais*
g   Ms/Fe : ne bougea plus. *Et il échangeait avec le cadavre, longuement, fixement, un effrayant regard ; il voyait encore* dans ces yeux que la mort
h   Ms : la plaine des Nores ; *et* les galops
i   Ms/Fe : vue pendue à la cheminée de *sa grand'mère, il voulait sans doute* la sauver des mains

[267]

a   Ms/Fe : pris de pitié, *s'élancèrent,* ordonnèrent vainement la retraite. Les soldats furieux, *aveuglés,* continuèrent à tirer
b   Ms/Fe : les fuyards *de leurs baïonnettes sur les troncs des grands ormes. Et, lorsqu'ils* n'eurent plus d'insurgés devant eux, *inassouvis, voulant tuer encore, ils déchargèrent leurs armes en l'air,* ils criblèrent de balles
c   Ms/Fe : se regardaient. *Le massacre avait eu lieu le long des maisons.* Le jeune homme

[268]

a   Ms/Fe : et comme Silvère, *inerte, stupide,* ne bougeait
b   Ms/Fe : légèrement penchée, *avec le filet de sang caillé sur sa joue, et* ses grands yeux

[269]

a   Fe : Plassans *ronflait* à poings fermés,
b   Ms/Fe : donc Plassans ; *car la* ville lui appartenait,

CHAPITRE VI

[270]

a   Ms/Fe/Pr : dormait comme une *brute* ; elle était

b   Ms/Fe : des inquiétudes *le prirent*. Si, par malheur,

c   Ms/Fe : sueur froide, il *voulut courir chez lui,* espérant

d   Ms/Fe : des choses terribles. *Et, tout en traversant prudemment la place de la sous-préfecture, il s'exhortait au courage, il faisait le rêve de se battre comme un lion.* ¶ Il alla droit

e   Ms/Fe : chez Roudier. [..] *Il* le trouva debout,

[271]

a   Fe : renversé *dans* un fauteuil

b   Ms/Fe : en lui *apprenant* que la ville

c   Ms/Fe : ardeur guerrière, *quand* Pierre lui *eut dit* qu'il venait chercher

d   Ms/Fe : sauver Plassans. *La vue des insurgés l'avait réellement exaspéré : il eût été très capable, en ce moment, de tirer des coups de fusil.* Les trois sauveurs

e   Ms/Fe : leurs amis, *en leur donnant* rendez-vous dans

f   Ms/Fe : de Félicité ; *il y avait assurément* un péril

[272]

a   Ms/Fe : – Il *doit y avoir* du Macquart là-dessous.

b   Fe : situé au *bord* d'un quartier perdu.

c   Ms/Fe : étouffant *les bruits* des sonnettes

d   Ms/Fe : barils effondrés, qui *faisaient au fond un amas de débris sans nom.* Au milieu,

e   Ms/Fe : dessinait l'ombre *des* nez énormes et *des* mèches de

[273]

a   Ms/Fe : Et, comme *le fond du hangar* n'était pas

b   Ms/Fe : les faire crever. *On eût dit qu'ils partaient pour quelque longue et dangereuse campagne.* Puis, quand ils

c   Ms/Fe : agitaient. *Et, après* chaque halte,

[274]

a   Ms/Fe : à gauche, *sous le porche,* dans le poste de police qui se *trouve* là, ils aperçurent

b   Ms/Fe : sur un lit de camp, *et* ronflant dans la lueur

c   Ms/Fe : dans l'affaire, *il* sentait qu'il fallait *avant tout* s'emparer de ceux qui veill aient [Ms : *devaient veiller*] en haut

d   Ms/Fe : dans le cabinet de *monsieur* le maire,

[275]

a   Ms/Fe/Pr : suffirait pour tenir *les* bourgeois

b   Ms/Fe : pas plus que de soldats. *Aussi ne fit-il seulement pas fermer* les portes ; *il dit à ses hommes de se reposer, d'attendre ses ordres. Les hommes poussèrent la confiance de leur chef* jusqu'à s'endormir *tous. Lui, en haut, attendait* le jour, qui allait, pensait-il, amener et *grouper à ses côtés tout le peuple,* tous les républicains du pays. *Et il se perdait dans le rêve de sa puissance :*

il ferait nommer une commission républicaine dont il serait le chef, *il emprisonnerait les gens qui lui déplairaient, il contenterait ses rancunes, sous le beau prétexte de patriotisme.* ¶ La pensée des Rougon vaincus, du salon jaune désert, de toute cette clique lui demandant grâce, *l'égayait singulièrement. En attendant,* il avait résolu

c   Ms/Fe : pour rédiger cette *pièce.* Quand
d   Ms/Fe : le fauteuil de *Monsieur le* maire

[276]

a   Ms : demanda Macquart, *interrompant* la lecture.

[278]

a   Ms/Fe : larmoyant qui *voulait dire* : « Je vous comprends,
b   Ms/Fe : avec son frère *Antoine,* il sentit
c   où Ms/Fe : de toilette où M. *le maire* venait se reposer
d   Ms/Fe : lavabo de marbre. *Antoine pria son frère de lui délier les mains ; et, comme celui-ci, sans répondre, fermait la porte à double tour*
     — Bien, bien, lui cria-t-il. Je vais dormir en attendant qu'on me délivre. Vous prendrez ma place, mon bon frère.
     Puis, on l'entendit se jeter sur le divan,
e   Ms/Fe : fauteuil *de M.* le maire. Il poussa
f   Ms/Fe : rude ! *Mais* il touchait au but,

[279]

a   Ms/Fe : lui semblait *avoir quelque chose de religieux* qui lui pénétrait d'une *volupté divine, et il* n'était pas
b   Ms/Fe : ne montât *à ses narines dilatées, comme un encens.* Cette pièce
c   Ms/Fe : soucis misérables d'une *sous-préfecture,* était un temple
d   Ms/Fe : fauteuil de M. *le maire,* il se voyait
e   Ms/Fe/Pr : avaient conduit les *prisonniers.* Le jour

[280]

a   Ms/Fe : dans laquelle il *venait de s'illustrer* à jamais.
b   Fe : était sûr *à l'*avance de
c   Ms/Fe : chez vous ; *j'irai* vous chercher, *je vous ramènerai* en triomphe. ¶ *Et* Roudier dit encore

[281]

a   Ms/Fe : chaque phrase *de l'ancien* bonnetier retiré
b   Ms/Fe : dans le fauteuil de M. *le* maire,
c   Fe : furent las de *s'excuser,* ils descendirent

[282]

a   [Interruption du texte du ms. 10303, qui reprend à la page suivante [283].]
b   Fe : tourbillonnait, avec *ces* vols brusques
c   Fe : n'avait pas entendu, *et* en effet
d   Fe : raconta *la prise* de la mairie,
e   Fe : en place. *Quarante années* d'efforts continus, *et* la fortune se laissait

[283]

a [Le manuscrit reprend ici.]

b Ms/Fe : sa supériorité. *Elle pensait* : ¶ – *Ah ! mon bonhomme, comme je t'aplatirais si je ne craignais de te dégonfler devant les autres.* ¶ *Et elle* se promit de nouveau, quand l'heure serait venue, quelque vengeance exquise qui lui livrerait *son mari* pieds et poings liés.

c Ms/Fe/Pr : car l'idée *de* triomphe

d Ms/Fe/Pr : regard, depuis *tant d'années.* ¶ Elle se retourna

[284]

a Ms : ça arrangerait *bien* nos affaires … On ne serait pas *forcé de* [Fe : *ne veut pas*] *le destituer*, n'est-ce pas ?

b Ms/Fe : Il *parlait* de Macquart.

c Ms/Fe : Mais, Félicité, *énervée*, s'écria :

d Ms : Elle allait *de long en large*, rangeant

[285]

a Ms/Fe : leurs bretelles. *Ils auraient bien voulu savoir ce qui s'était passé, et comment il se faisait que le sang ne coulait pas dans les rues* ; mais

b Ms/Fe : allait se passer ; *et ce fut* au milieu

[286]

a Ms/Fe : un magistrat, *il* demanda

b Ms/Fe : il devenait *capitaine* de la garde

c Ms : c'est qu'il *devait faire* quelque chose de mal.

[287]

a Ms : dont les bureaux *touchaient* sa librairie [Fe : *la* librairie]

b Ms/Fe : fauteuil *de M. le* Maire

c Ms/Fe : secrets, car *il poussait des ricanements joyeux, et* il alla jusqu'à donner à un [Ms : *des*] de ses employés

d Ms : c'était *sa librairie* qui inondait la ville de *pornographies* et de gravures honteuses, sans que cela nuisît [..] *le* monde [*sic*] à la vente des paroissiens, *qui, chez lui, était considérable. Dans la matinée, il dut s'effrayer* de la façon

[288]

a Ms/Fe : par le menu *tous* les événements

b Ms/Fe/Pr : comme ça *par* la gorge !

c Ms/Fe : Mais, *quand*, pour garder comme

[289]

a Ms/Fe : Laissez-moi dire… ¶ *Et* il expliqua

[291]

a Fe : murmure de voix *emplit* le salon jaune.

b Ms : bande de scélérats qui *avaient* traversé

[292]

a   Ms/Fe : serin envolé *ou un enfant écrasé* réunit
b   Ms : de chapeaux *de feutre* [Fe : *de paille*] nageaient
c   Ms/Fe : avait remués. *Et ils* ne revenaient pas
d   Ms/Fe : et Roudier. *Ces grands citoyens les avaient sauvés pendant leur sommeil ; cela les atten-drissaient. « Nous dormions, et ils se battaient pour nous ! »* Puis, étouffant

[293]

a   Ms/Fe : dans la ville neuve, *et* des cris d'éloge dans le vieux quartier. L'idée qu'ils étaient sans *préfet*, sans maire,
b   Ms/Fe : consterna [..] les habitants, *et ils ne furent qu'à demi rassurés lorsqu'on leur affirma que Rougon, le sauveur, avait accepté la présidence d'une commission municipale provisoire.* Ils restaient
c   Ms : tourna *ainsi* à sa gloire
d   Ms/Fe : sans le discuter, *sans fouiller son passé ; et comme on croyait n'avoir plus rien à craindre, on tressait des couronnes au vainqueur triomphant.* ¶ – Songez donc !

[294]

a   Ms/Fe : tout seuls ; *il* n'y avait aucune preuve de combat, ni cadavres, *ni sang versé ; vraiment* ces messieurs
b   Pr : M. le maire *ne* soit cassée.
c   Ms : une procession d'*indiscrets* qui,
d   Ms/Fe : jouissance immédiate. ¶ *D'ailleurs, maintenant, quels échecs* [Fe : *quel échec*] *avaient-il à craindre ? Elle revint dans le salon, elle en fit le tour lentement.* C'était là que,

[295]

a   Ms/Fe : te fait *donc* toujours souffrir ?
b   Ms/Fe : que ton père *ne* te reçoive mal.

[296]

a   Fe : c'est de la *France* qu'il s'agit.
b   Ms/Fe/Pr : la force de Granoux, *avaient* eu des sueurs d'angoisse, lorsque ce dernier leur *avait expliqué* la situation critique de la ville. Pour comprendre avec quel effarement ils *venaient* se jeter
c   Ms/Fe : main d'incroyables *brut*es, de purs
d   Ms/Fe/Pr : Aussi, *dès que* M. Garçonnet *n'était* plus là,
e   Ms/Fe/Pr : à quiconque *savait* en ressaisir les ressorts. À cette heure, le *préfet* ayant quitté
f   Ms/Fe/Pr : crise *singulièrement curieuse, qu'une insurrection pouvait seule amener* et qui mettait
g   Ms/Fe/Pr : n'aurait prêté *mille* francs.

[297]

a   Ms/Fe/Pr : que les *marchandes* de légumes
b   Ms/Fe : se sentait très fort *à* ce moment,
c   Ms/Fe : trouva *Delmas* couché,

[298]

a   Ms/Fe : répondit *Delmas* ; mais voyez-vous,

b   Pr : tordre le cou au *scélérat* qui m'a

c   Ms/Fe : mouvement de recul, *il eut peur instinctivement que Delmas* ne lui sautât

d   Ms/Fe : pour lui ! » Et, *tout bas*, il maudissait son indigne, *sa misérable* famille *aux crimes de laquelle il se heurtait sans cesse ; c'était comme un coup monté pour le perdre. Mais, tout haut, il dit* solennellement que

e   Ms/Fe : les rues *de la ville*, en effet,

f   Ms/Fe : allons voir passer *des* troupes envoyées

[299]

a   Ms/Fe : il murmura, *en feignant l'étonnement*, avec une méchanceté

b   Ms/Fe/Pr : la nuit naissante, *irraisonné et involontaire* ; les habitants

c   Ms/Fe : courant d'effroi *qui glaçait la ville*. Il hâta le pas,

[300]

a   [Le feuilleton du *Siècle* du 10 août 1870 s'arrête ici. La publication du roman ne reprendra que le 18 mars 1871, avec des coupures drastiques dans le chapitre VI surtout ; sur les circonstances de cette interruption, voir ci-dessus, p. 44. Les variantes sont souvent déterminées par le besoin d'établir des liens là où il y a des passages supprimés ; nous mettons entre crochets [] les mots qui manquent dans le feuilleton, inclus ici pour situer la variante qui s'ensuit]

b   Ms/Fe : tu vas *faire* fermer les portes

c   Fe : Pierre, *après dîner*, retourna à la mairie

d   Ms/Fe : Tous *voulaient encore avoir annoncé l'approche* d'un régiment, et *tous* s'exclamaient,

e   Ms/Fe : Pierre, *afin d'*avoir la paix,

[301]

a   Ms : de retour, *certains* membres

b   Ms : bureau de M. *le maire*. Ceux qui

c   Ms : gardes nationaux [..] dans la cour,

[302]

a   Ms/Fe : sur sa cuisse, *le* sabre qu'il avait

b   Ms : soie noire dans *sa* poche.

c   Fe : Messieurs, *dit-il* sans songer

d   Fe : bande d'insurgés *approche* de la ville.

e   Fe : [..] L'ancien bonnetier [Ms. : *reprit*] *répondit* : [..] ¶ *Nous* entendons

f   Fe : à mon poste, *dit*-il ; j'ai

[303]

a   Fe : lieues. Il *emmena ces messieurs* dans le quartier

[304]

a   Fe : [terrasse]. *M. de Carnavant les conduisit sur la terrasse de l'hôtel.* L'étrange

b   Ms/Fe : les aveuglait. Granoux, *qui n'était pas un poète*, murmura [..], gagné

[305]

a   Ms : un village *qui était* situé à un grande

b   Ms : effet, une *autre* cloche pleurait

c   Fe : tenez ! reprit *le marquis* au bout d'un silence. *Voyez donc* au-delà

[306]

a   Ms/Pr : les villages *se levaient* pour aller rejoindre l'armée des insurgés, *ce qui était vrai*, et non pour

b   Ms : par l'illumination *sinistre* des signaux.

c   Ms : cette clameur vague, *perdue* ; au point

[307]

a   Ms/Pr : ils *passèrent par* des transes

b   Ms : moindre bruit, *c'était une bande qui montait la côte ; aux moindres voix*, c'étaient des hommes

c   Ms : ils fixaient *vainement* leurs regards. Le marquis, comme pour les consoler, leur disait *railleusement* : ¶ – Ne vous

d   Ms : des paresses, [..] traînait au bord de

e   Ms : sonnaient encore, *et, vers* huit heures, Rougon distingua [..] une bande de quelques

[308]

a   Ms : Granoux et Rougon, brisés [Fe : *de fatigue*] gagnèrent leurs demeures,

b   Ms : répandre la nouvelle *dans les rues*, en l'enjolivant de détails dramatiques. Et, à cette heure, *il était acquis* qu'on avait vu

c   Fe : des œufs. *Le matin*, dès qu'elle fut

[309]

a   Fe : le président, *fit fermer les portes plus hermétiquement encore.*

[à partir des mots « Alors Rougon », le texte autographe s'interrompt. Voir GGS, p. 430-439, où elle relève les variantes des épreuves du feuilleton qui ne figurent pas dans *Le Siècle*. Nous nous limitons à n'en reprendre que quelques passages significatifs que nous indiquons par le sigle Fe/ép :]

[310]

e   Fe : la plus avancée ; *et* Marseille,

[311]

a   Fe : lui devenir hostile. ¶ *Il se mit avec Félicité à la fenêtre du salon jaune, derrière les persiennes. Sur la place de la sous-préfecture, des groupes parlaient de lui avec des mépris écrasants.* [Il entendait,]

b   Fe/ép : qui les félicitaient, *qui les admiraient.* Une journée *avait suffi* pour les vaincre, au moment où ils *cherchaient* victoire. Si le lendemain la situation ne changeait pas, la partie perdue [*sic*]. *Pierre tremblait ; mais Félicité, certaine que les insurgés ne les mangeraient pas tout crus, pleurait leur recette particulière, dans le cas d'un échec. Elle qui*, la veille,

[312]

a   Fe/Pr : Il ne fallait *guère* être malin

b   Fe/ép : de leur gloire. Mais *bientôt* il *saignait sous ces blessures plus cruelles.* Les groupes, *avec cet emportement brutal et irréfléchi des foules*, s'acharnaient

[313]

a   Fe/ép : les yeux, *leurs amis de la ville neuve se chargeaient de les éclairer sur le compte de Pierre.*
À la place

[314]

a   Fe/ép : ne tarissaient pas ; *et ils concluaient toujours : si les insurgés reviennent, ce sera la faute*
de cet imprudent qui s'est installé à la Mairie sans crier gare ! Décidément, Rougon devenait un
fléau, un usurpateur qu'on rêvait de renverser. Les républicains, eux aussi, relevaient la tête.
Les Rougon, à leur fenêtre, entendirent des cris de : Vive la République ! On parlait

b   Fe : songea aux quelques soutiens *qui lui restaient* [Fe/ép : soutiens *qui pourraient encore le*
défendre]. ¶ – Est-ce qu'Aristide

c   Fe : Eh ! n'est-ce pas *Aristide là-bas*, qui sort

[315]

a   Fe/ép : n'avaient que *jusqu'au lendemain* pour prendre un parti. Il fallait qu'au réveil ils
tinssent Plassans sous leurs talons et qu'ils lui fissent demander grâce, *mais quoi, c'étaient*
eux qui devaient disparaître de la scène et renoncer à la fortune rêvée. Le manque absolu
de nouvelles certaines *les tenait seuls dans cette anxiété, dans cette indécision pleine d'angoisse.*
Félicité, avec sa netteté d'esprit, comprit vite cela. S'ils avaient pu *savoir, leur conduite eût*
été toute tracée ; dans le cas d'un succès complet du coup d'État, ils auraient payé d'audace et
continué quand même leur rôle de sauveurs ; *si, au contraire, la république l'emtait* [sic], *ils se*
seraient hâtés de s'enfermer chez eux et de faire oublier le plus possible leur campagne malheureuse.
Jouer leur fortune, sur un coup de dés, en pleine ignorance des événements, leur donnait
des sueurs froides. Et ils étaient là calculer [sic] *les chances des deux deux* [sic] *partis, à interroger*
les moindres faits. Mais l'émotion, la peur les troublaient, leur ôtaient l'appréciation exacte des
choses. Félicité elle-même, dans la panique qui soufflait autour d'elle, finissait par croire au retour
des insurgés. Que faire ? Quelle attitude prendre, dans une situation si embrouillée et si critique ?
¶ – Et ce diable

b   Fe : son journal ? ¶ *Pierre* déchira la bande, il lut l'article de tête et l'acheva, pâle comme
un linge. [..] ¶ – Tiens, lis, *dit*-il, en tendant

[316]

a   Fe/ép : Et *Viallat* ajoutait avec

[317]

a   Fe : le malheureux ! *murmura Rougon*, il nous donne

b   Fe/ép : insistais, *il m'a répondu d'un air exaspéré que la meilleure des causes était de garder sa*
tête sur les épaules. Et il est allé

c   Fe : piqué Vuillet ? [..] *Son mari ajouta qu'il avait été bien bon enfant de laisser la direction des*
postes à cet intrigant. ¶ Ce fut un trait

[318]

a   Fe/ép : des vierges. C'était [sic] des jouissances *secrètes*, des tentations

b   Fe/ép/Pr : de Plassans étaient là, *entre ses mains ;* il touchait

[319]

a   Fe/ép : qui s'exhalaient *des courriers.* D'ailleurs, le libraire *mettait les mains dans les corres-*
pondances avec une impudence

b   Fe/Pr : et interrompaient *toutes* les communications
c   Fe : façon inquiète. *La vieille femme* ne s'assit pas ;

[320]
a   Fe : chercher moi-même. ¶ [..] *Alors Vuillet trouva la lettre tout de suite.* ¶ Félicité *la* prit et en examina
b   Fe : ouvrir l'enveloppe. [..] Eugène annonçait
c   Fe : ne bougeait pas, et *il terminait en conseillant* à ses parents
d   Fe : soulevait le Midi : *« Notre fortune est fondée, disait-il, si vous ne faiblissez pas. »* ¶ Mme Rougon mit la lettre
e   Fe/Pr : occupé, avait *repris fiévreusement* son triage.

[321]
a   Fe/ép : sous le manteau, des *photographies* aux élèves,
b   Fe : Un traité d'alliance *fut signé*, par lequel Vuillet s'engageait à n'ébruiter aucune nouvelle et à ne *plus* se mettre en avant, à la condition que les Rougon lui feraient avoir *cette* clientèle du collège.

[322]
a   Fe/ép : ses collègues ; *puis je me suis senti des remords ; c'est mal d'être méchant, mais si tu avais vu ces messieurs,* comme ils étaient drôles
b   Fe : *Félicité rentra* à pas rapides. [..] Toute sa petite personne exprimait une *décision aiguë.* Elle allait enfin

[323]
a   Fe/ép/Pr : brusquement *éveillé.* ¶ Elle ne répondit pas,

[324]
a   Fe/ép/Pr : enfants comme les *autres* ! Eugène

[325]
a   Fe : mon Dieu ! *disait Félicité,* qu'allons-nous faire ?
b   Fe : en mettant dans cette *a'ccusation* ses dernières

[326]
a   Fe : de la ruine. *La question d'argent fut le coup de massue qui acheva de détraquer sa raison.* Il sauta du lit, en chemise, en criant : *Je* prendrai un fusil,

[327]
a   Fe : Et *brusquement* il se confessa.

[328]
a   Fe : elle avait pris froid, [..] *et,* à voix *plus* basse, comme si
b   Fe : fit si bien [..] que son mari

[329]
a   Fe : murmura la vieille *femme* d'une voix

b   Fe : ils se dirent bonsoir. [..] Mais ni l'un ni l'autre ne s'*endormit* ; au bout

c   Fe : dans son cerveau. *Le nom de Macquart fut prononcé à plusieurs reprises.* ¶ – Oh ! non. non,

d   Ms : de ces bourgeois, *de ces deux vieilles gens,* [Pr : *blêmes et*] suant le crime dans *leurs* draps, *blêmes et brûlés d'appétits,* et qui voyaient

[330]

a   Ms/Fe : pénétrer *auprès* de Macquart

b   Ms : que son frère *triomphait,* se carrait

c   Ms : propres mains *quand* les insurgés

[331]

a   Ms : ce n'était pas malin [..] de se tenir propre avec tant de petits pots et tant de fioles. Cela le fit *songer* amèrement à sa vie manquée. *La pensée* lui vint qu'il avait *fait peut-être* fausse route ;

b   Ms : les Rougon étaient des *gueux* qui l'*auraient* volé. Mais

c   Ms : des imbéciles, *et lui serait bien heureux si son frère voulait faciliter sa fuite.* Il finit par conclure

d   Ms : ses enfants l'avaient *abandonné* ; il *crevait* seul,

e   Ms : à la réaction. *Et il* lorgnait le lavabo,

f   Ms/Fe/Pr : Macquart *se leva et* s'installa devant

g   Ms : les poudres ; *et il trouvait que les savons avaient des douceurs suaves, les parfums des finesses délicieuses.* Mais sa plus grande jouissance fut de s'essuyer avec les serviettes *de M. le* maire ; elles étaient

[332]

a   [Le manuscrit autographe s'arrête définitivement ici.]

b   Fe/Pr : L'idée lui poussa *alors* qu'il était

c   Fe : hors de lui. ¶ *Mon* frère ne s'est jamais conduit en frère avec moi, *dit Macquart.* [..] Est-ce qu'il

[333]

a   Fe : l'aurait désiré. ¶ *Félicité dit alors en hésitant :* ¶ – À la rigueur,

b   Fe : mon cher Antoine, *reprit la vieille femme au bout d'un silence.* ¶ Il se regardèrent

c   Fe : – Sans condition ? demanda-t-il [..]. ¶ – Sans condition aucune. [..] ¶ Elle s'assit

[334]

a   Fe : de plus simple]. *Vous* allez sortir

[335]

a   Fe : Mais quand nous *prendrons* la mairie, *demanda-t-il,* est-ce qu'on

b   Fe : d'une voix *sèche,* vous n'avez pas

c   Fe : d'Antoine. [..] Aussi se fâcha-t-elle

d   Fe : tint bon. *Mais* ils discutèrent jusqu'à ce que *Félicité* lui eût

e   Fe : Elle lui fit *mettre* l'uniforme de garde national qu'elle avait apporté. *Et il put quitter tranquillement la mairie les mains dans les poches.* Il devait

[336]
a   Fe : des regards *et* des paroles

[337]
a   Fe/ép : d'un laconisme *spartiate*. Pas
b   Fe : toute la matinée, on *le vit* emplir
c   Fe : il visita *tous* les postes,

[338]
a   Fe : d'une attaque possible, [..] mais il comptait
b   Fe/ép/Pr : de venir *bâiller* au soleil,
c   Fe/ép : par ses amis, *les démagogues*, et qu'il attendait
d   Fe/ép : pour avoir peur. *L'attitude inexplicable de Rougon fut encore un sujet de panique, les ouvriers*, les républicains,
e   Fe : grands malheurs. *Vers trois heures, les bourgeois poltrons* organisèrent une députation. Pierre, qui brûlait du désir d'afficher son dévouement, [..] eut des mots sublimes

[339]
a   Fe : [à partir de cette phrase jusqu'au début de la page [343], le texte publié du feuilleton est réduit à une seule phrase : « *À la même heure, Félicité endoctrinait Aristide. Elle lui fit retirer son écharpe et lui dit quelques mots à l'oreille qui décidément lui prouvèrent que la république était bien morte.* ¶ *Le soir*, Rougon [..] prépara le guet-apens. »]

[340]
a   Fe/ép : ville entière. *Et il lui prenait* des doutes,

[342]
a   Fe/ép : laisser partir *sans lui communiquer la dernière lettre d'Eugène.* ¶ Pour la troisième fois,
b   Fe/ép : rapidement chez eux, *en échangeant du regard cette phrase : « C'est pour cette nuit ».* Et les portes se barricadaient
c   Fe/ép : s'il était *bien* nécessaire

[343]
a   Fe : te tenaient ? ¶ *Le soir, Rougon* prépara le guet-apens.
b   [voir ci-dessus la note pour la page [339] du texte.]
c   Fe : secrètement possible. [..] Vers onze heures, la cour de la mairie *s'emplit de* gardes nationaux. *Rougon* leur dit que les républicains restés à Plassans allaient tenter un coup de main désespéré. [..] *Il* donna l'ordre
d   Fe/ép : me décrocher. » *Aussi avait-il la plus belle confiance du monde, son fusil à la main, sans bien savoir quel serait le dénouement de cette tragédie.* ¶ Pour augmenter

[344]
a   Fe/ép : idée fixe, *vague et s'échappant*, qui tenait
b   Fe/ép : un bon prix, *faisaient monter en lui des chaleurs voluptueuses*, l'emplissaient

[345]

a   Fe/ép/Pr : d'une voix *brève*. ¶ – Pourquoi ? dit-elle

b   Fe : Vers le soir, [..] il rentra dans la ville, [..] *puis* il gagna le vieux quartier

[346]

a   Fe : les places pavoisées.] *Aucun d'eux* ne se défia de *lui*. [..] Il fut convenu

b   Fe : Lorsque la bande *fut sur la place*, Macquart, tout en ayant l'œil au guet, s'avança hardiment. Il frappa. [..] La porte tourna lentement,

[347]

a   Fe : Lui se *sauva*. Et, *comme* les républicains

b   Fe : passèrent *sous le porche avec un bruit de tonnerre*. La porte vomissait

c   Fe/ép : des insurgés. *Ils croyaient avoir affaire à toute une armée*. Ils restèrent là, *six* [Pr : *dix*] *grandes* minutes, à décharger

[349]

a   Fe/ép/Pr : il peut faire *tout* ce bruit.

b   Fe : que la fièvre brûlait, *finit par être exaspéré* par ces sanglots lointains. *Il courut à la cathédrale, où le bedeau lui dit que Granoux était monté quand même, bien que M. le curé eût fait retirer le battant de la cloche pour éviter justement qu'on sonnât le tocsin*. [..] Quand il fut en haut,

c   Fe : Quand il fut en haut, *Rougon* aperçut,

d   Fe : La surprise *le cloua un instant* devant ce bourgeois

[350]

a   Fe : – Hein ! dit *Granoux* d'une voix triomphante

b   Fe : avec les poings, [..] *puis* j'ai trouvé

c   Fe/ép : quelle importance lui *donnerait cette sonnerie furieuse* ! ¶ Vers le matin, *il voulut aller* rassurer Félicité

d   Fe : courir à la rue de la *Banque* [*sic*], il traversa

e   Fe : dit-il *à sa femme* en entrant.

[351]

a   Fe : plein de sang. *Il mit* une autre paire

b   Fe/ép/Pr : une charge de [..] plomb à perdrix

[352]

a   Fe : le plus grand nombre *crut* toujours *à* une bataille

b   Fe/ép : une brèche, par *quelque* trou *inconnu. Et la ville entière crut de la sorte à la gravité du péril couru dans cette nuit fameuse*. Plus tard, *il est vrai*, des bruits de trahison

c   Fe/ ép : ne purent garder l'*horrible* vérité ;

[353]

a   Fe : fut ainsi que *Rougon, ce bourgeois, ce ventru*, mou et blême,

b   Fe : les Rougon d'intrigants, *de poltrons* tirant des coups

[354]

a   Fe : grand article. *Et*, le long des maisons, il se rappelait *ce que sa mère lui avait dit. C'était*
    très fort

b   Fe : commençait à être *un peu* embarrassé de sa victoire. Seul dans le cabinet de M. Garçonnet,
    écoutant les bruits sourds de la foule, *il était déjà las et inquiet de sa popularité.* [Il éprouvait

c   Fe/ép : il ne savait plus, *il ne trouvait rien.* Où [..] Félicité le menait-elle *donc* ? Était-ce fini,
    allait-il falloir encore tuer du monde ? *La pensée vague de l'abandon de cette ville qu'il venait
    de conquérir et qu'il n'osait prendre, ébranlait ses confiances aveugles, lui montrait la ceinture des
    remparts trouée de toutes parts* par l'armée vengeresse

[355]

a   Fe/ép/Pr : Et comme il regardait *autour de* lui d'un air

b   Pr : prenaient par *les mains* et qui dansaient

c   Fe : et ce fut]. *Il se sentit pris d'un effroi sourd lorsque* la commission municipale [..] entra

d   Fe : dans les bras de son [..] président

[356]

a   Fe/ép : de femme [..] dont les *ardeurs* sont enfin sont enfin *assouvies.* ¶ M. de Blériot

[358]

a   Fe : ce moment,] *Lorsque* le préfet *eut* quitté la place, Rougon *monta et* se jeta au cou

b   Fe : à part, et lui *remit* la lettre d'Eugène qu'elle avait *recachetée à son tour.* Elle prétendit

[359]

a   Fe : Il la *reprit* dans ses bras,

CHAPITRE VII

[360]

a   Fe : pu accueillir la troupe [..] avec des cris

[361]

a   Fe : un mot de son chef, *les conservateurs les plus connus, jusqu'aux rentiers et aux* notaires de
    la ville neuve

b   Fe : commis quelques *pécadilles* [..] méritant des coups de fusil.

c   Fe : tu iras *toi-même* chercher le marquis. *Je veux que notre dîner fasse du bruit.* Tu sais que
    M. Garçonnet

[362]

a   Fe : les verras *tous* rire jaune

b   Fe : Il faut *que* le dîner du maire *soit de la petite bière à côté du nôtre.* ¶ Félicité se mit

c   Fe : éprouvait [..] une vague inquiétude.

d   Fe : surtout très inquiet *du* sort réservé
e   Fe : pour leur instruction. *Même Félicité, reprenant son ancien rêve, avait ajouté qu'il verrait*
     plus tard que tous leurs enfants seraient des hommes supérieurs. Et il fallait que la pensée de ce
     [..] Silvère troublât cette heure de triomphe. *Pierre le voyait entre deux gendarmes, assis sur*
     la sellette; il l'entendait répondre à une question du président : « *Je me nomme Silvère Mouret,*
     j'ai pour oncle M. Pierre Rougon, qui laisse sa mère vivre de pain et d'eau après lui avoir volé
     cinquante mille francs. » ¶ *Cette pensée, cette vision rapide était profondément désagréable à l'ancien*
     marchand d'huile victorieux. ¶ Pendant que Félicité courait
f   Fe : qui le connaissait *fort* peu.
g   Fe : du campement, *et* qu'il vit [..] les prisonniers

[363]
a   Fe : tombée. Il *n'aperçut* d'abord que Macquart, *qui fumait en* buvant des petits verres.
b   Fe : Il venait *de voir* son fils Pascal,

[364]
a   Fe : impatienté, *et* ne sachant plus

[365]
a   Fe : deux coups de feu *avant de venir* ici. Peut-être ces misérables ont-ils encore fusillé
     quelques prisonniers, *et*, si elle a traversé
b   Fe : Il faut qu'elle *ait souffert atrocement.* ¶ Il avait heureusement *avec lui* la petite boîte de
     secours qu'il *traînait* depuis le départ
c   Fe : avait compris plus tard *les causes et* les conséquences de sa trahison; sans cela, il *eût*
     exigé une somme

[366]
a   Fe : blancs dénoués *et* sa face pâle tachée de rouge. Pascal *avait essayé vainement* de la retenir.
     Les bras tendus, secouée par un grand frisson, elle hochait la tête, elle *criait* : – Le prix
     du sang,
b   Fe : elle continua : ¶ *– Je le savais, je* le voyais depuis longtemps, le *crâne* troué d'une balle.
c   Fe : brisent les os; *ils* me vident *la cervelle.* Oh! grâce,

[367]
a   Fe : éclats de rire, *des hoquets* qui sonnaient
b   Fe : raconte là, murmura *Pierre.* ¶ Pascal lui fit

[368]
a   Fe : Elle *continuait* sa chanson, accélérant
b   Fe : agir auprès du *colonel et du* préfet, *et* le sauver

[369]
a   Fe : sur son père *et* sur son oncle ;
b   Fe : les plus lointaines, *dissemblables d'aspect*, tordues selon les milieux d'ombre et de
     soleil. *Un instant il rêva* l'avenir des Rougon-Macquart ; *il crut voir une telle rage* d'appétits
     lâchés et assouvis, *un tel* flamboiement d'or et de sang, *qu'il ferma les yeux.* ¶ Cependant,
     au nom

c   Fe : ces ricanements qui *sonnaient* plus cruels
d   Fe : au fond de l'aire, dans *le noir* qu'un feu

[370]
a   Fe : le salon jaune était *resplendissant*, Félicité
b   Fe : en arrivant, *jouissent* du coup d'œil.
c   Fe : des vases [..] à fleurs peintes.
d   Fe : cacher *la surprise* que lui causa
e   Fe : le nommer *à un poste important ;* ce qui allongeait

[371]
a   Fe : Au jour des récompenses, *ces messieurs trouvaient que leurs hôtes prenaient toute la part ;
ceux* mêmes qui avaient hurlé par tempérament, sans rien demander à *la république expirante,* étaient profondément vexés de voir que, grâce à eux, le plus pauvre *et* le plus taré
[..] allait avoir le ruban rouge à la boutonnière. Encore si l'on avait décoré tout le salon !
*Mais non ; un seul triomphait, tirait profit du zèle intéressé, de la bataille chaude de ces bourgeois
qui, depuis le coup d'État, avaient affiché leur dévouement, s'étaient rués sur la république, en
s'observant les uns les autres, ou tâchant chacun de donner un coup de dent plus bruyant que celui
du voisin.* ¶ – Ce n'est pas
b   Fe : rien, mais *je crois* que Rougon

[372]
a   Fe : d'une grosse mangeuse *qui ne devait avoir jamais* vu autant
b   Fe : put murmurer *seulement* à l'oreille
c   Fe : maintenant *Plassans leur appartenait ;* on raserait
d   Fe : l'enclos des Fouque, et *la vieille ne les gênerait plus.*¶ Mais les invités

[373]
a   Fe : avait conté *le meurtre* du receveur particulier ; mais, *rappelé* au début de ce dîner
triomphal, *ce meurtre,* cette mort
b   Fe : se rappela son souhait *de mort* ; c'était
c   Fe : impossible ; *et* Roudier *finit* [..] par laisser entendre

[374]
a   Fe : large et épaisse. *Et,* dans l'air chaud,
b   Fe : quand *un gendarme l'a emmené.* ¶ Félicité eut
c   Fe : Elle ouvrait la *lèvre* pour demander

[375]
a   Fe : Vous comprenez, je n'ai *pu rien dire…* tant pis pour lui, aussi. [..] C'est un bon
b   Fe : comprit *et* échangea avec eux
c   Fe : au milieu des éclats *aveuglants* et des chaudes
d   Fe : des troupes après la *tuerie* de la plaine
e   Fe : Des hommes furent *massacrés* [..] derrière un pan de mur, d'autres eurent la tête cassée au fond d'un ravin par le pistolet d'un gendarme. *Le coup d'État triomphant écrasait la
population dans le sang ; et, par ordre, pour* que l'horreur fermât les lèvres, les soldats *faisaient
des exemples,* semaient *la mort* sur la route.
f   Fe : on massacrait quelques *républicains.* On en tua

[376]

a   Fe : sur la route de Nice, *l'ordre fut donné de fusiller* un des prisonniers

b   Fe : derrière eux *ce cadavre pour* inspirer

c   Fe : aucun ne *voulut se charger de* la sinistre

d   Fe : attendaient *qu'un homme de bonne volonté voulût bien choisir un des leurs et lui faire sauter la cervelle.* ¶ À ce moment

e   Fe : le gendarme *Delmas* [Pr : Rengade] écarta *brutalement* la foule

f   Fe : de sang ; *et* il y eut des filets

g   Fe : la marche *des prisonniers* à coups de crosse,

[377]

a   Fe : *Delmas* se tourna

b   Fe : exécution. ¶ *– Cet homme est à moi,* lui dit-il en montrant Silvère. *Il m'a crevé l'œil, et je vais lui casser la tête…* Ce sera

c   Fe : d'un air *de dégoût*, en faisant

d   Fe : il n'aurait [..] pu *dire* ce qui

e   Fe : – Bah ! répondit *Delmas* ; plus on

[378]

a   Fe : Des gamins *reconnurent* Silvère *et lui demandèrent ce qu'il avait fait* de la fille rouge.

b   Fe : fallut que *Delmas* le prit

c   Fe : l'œil unique de *Delmas*, qui brillait

d   Fe : profilant dans *leur* coin leur charpente maigre,

[379]

a   Fe : douceur attendrie *et* comme les rayons

b   Fe : aux cheveux *épars* chantait à voix basse *en* une langue inconnue

c   Fe : un vent froid. *Comme ce coin était vieilli !* Il vit

d   Fe : fermer les yeux. *Alors* il revit l'allée verte, *et, quand il rouvrit les paupières, la vision heureuse continua à se dérouler, les saisons défilèrent.* Il faisait tiède, *et* il courait

e   Fe : Elle parlait *de* nids de pies, qui sont si difficiles à dénicher. *Et* elle l'entraînait

[380]

a   Fe : brave enfant. *Et elle* n'avait qu'un gros défaut

b   Fe : l'aurait corrigée. *Puis* la pensée de

c   Fe : Il crut saisir *au loin* le chant

d   Fe : des horloges. [..] *Le* moment de la séparation sonnait *et* Miette remontait

e   Fe : Et sa pensée *s'égarait* [..]. Ils attendaient

f   Fe : avec eux. Ah ! s'ils *n'avaient pas glissé dans le sang, ils auraient pu fuir* loin, [..] où les vauriens du faubourg ne seraient *pas* venus

g   Fe : grande route. *Et* il faisait bon marché de ses ambitions d'ouvrier ; il *ne rêvait* plus la carrosserie

h   Fe : *Alors, dans* la stupeur de son désespoir, il ne put se rappeler pourquoi *ce rêve ne serait jamais une réalité. Qui donc l'avait empêché de fuir, lorsqu'il tenait Miette entre ses bras sur la route d'Orchères, et que les cloches pleuraient dans les ténèbres ? À cette heure, il lui était encore possible de venir chercher tante Dide, et de se sauver tous les trois, emportant leur bonheur loin des méchantes gens de la ville. Mais, à présent, un abîme s'était fait.* Et, la mémoire tendue,

[381]

a   Fe : dans l'herbe. *Et il entendit tout d'un coup* l'allée étroite s'emplir
b   Fe : lui et *sa bien-aimée*. Il reconnaissait
c   Fe : sang chaud de Silvère. *Il devait depuis longtemps attendre les enfants. Et Silvère la voyait toujours, modeste sous les ormes, dans le drapeau, avec sa face pâle, les yeux en l'air.* ¶ — Et ce là ?

[382]

a   Fe : autrefois, *quand* ils jasaient, assis dans ce coin pendant *de* longues soirées !
b   Fe : lui pensait que *tout cela était fatal, qu'il aurait dû le deviner plus tôt. Cette* pierre se trouvait *là* pour qu'il pût
c   Fe : de Poujols ! ¶ *S'imaginant peut-être qu'on le prenait pour un autre, il* se jeta à terre,
d   Fe : murmura *Delmas*.

[383]

a   Fe : de bête, de *porc* qu'on égorge. ¶ — Te tairas-tu, gredin *?* répéta le gendarme.
b   Fe : où il resta *replié* sur lui-même.
c   Fe : *Delmas* avait mis
d   Fe : lui causa un malaise, *et* il détourna
e   Fe : saignante. *Alors*, comme il jetait les yeux *au ciel*, il aperçut
f   Fe : les deux prisonniers *au fond du chantier, et il* s'était mis
g   Fe : un sourire. *C'était celui-là dont le supplice le régalait.* Les soldats

[384]

a   Fe : regarda devant lui *dans* le crépuscule mélancolique. *Une* vision suprême
b   Fe : la veille dans *le sang, dans l'or*, acclamaient l'empire

[385]

a   Fe : vint le passer *triomphalement* à la boutonnière
b   Fe : délirait. ¶ *Et le bout* de satin rose,
c   Fe : tache rouge *chez les Rougon. Dans la pièce voisine, sous le lit*, se trouvait encore
d   Fe : la rue, saignait *aussi* dans l'ombre comme une blessure ouverte. Et, *plus* loin, au fond

DOSSIER DOCUMENTAIRE

MANUSCRITS[1], PLANS, NOTES DIVERSES

---

1   Bibliothèque Nationale, nouvelles acquisitions françaises. Ici et ailleurs, les titres sont de Zola sauf ceux qui se trouvent entre crochets.

2   *Histoire du Second Empire*, tome I, Paris, G. Baillière, 1869.

127   Renseignements divers [titre]

128   [liste de descriptions et d'épisodes pour *Une Page d'amour*]

129   Liste des romans

130   [tableau généalogique des Rougon-Machard]

131   [photographie panoramique de Paris]

132-133   [notes sur l'église Notre-Dame de Grâce de Passy (pour *Une Page d'amour*)]

134   [liste de patronymes et de prénoms (recto et verso)]

135-136   [liste de patronymes et de prénoms]

137-140   [liste de patronymes et de toponymes (recto et verso)]

141   [coupure de presse ; une liste de noms et un discours de Gambetta (pour *Son Excellence Eugène Rougon*)]

142-143   [liste d'ouvrages de physiologie]

144-145   [liste de noms]

146-150   [liste de patronymes ; brouillon d'un compte rendu (f° 148)]

151   [liste de patronymes]

152   [types de personnages (pour *Son Excellence Eugène Rougon*)]

153-154   [liste de patronymes (recto et verso)]

155-156   [liste d'ouvrages de physiologie et d'histoire contemporaine (recto et verso)]

157-163   [liste de patronymes, de prénoms et de titres de journaux (recto et verso)]

164   [panoramas de Paris recto et verso]

165-173   [rues de Passy et les environs (recto et verso)]

174-175   [listes de noms (recto et verso)]

175   [verso : notes d'un projet d'intrigue pour le début de *L'Assommoir*]

176   [liste de prénoms masculins]

177   [verso/recto ; début de la première phrase du chapitre VI d'*Une Page d'amour*]

« Différences entre Balzac et moi » [f°s 14-15]

Balzac dit que l'idée de sa Comédie lui est venue d'une comparaison entre l'humanité et l'animalité. (Un type unique transformé par les milieux (G. St Hilaire) : comme il y a des lions, des chiens, des loups, il y a des artistes, des administrateurs, des avocats, etc.). Mais Balzac fait remarquer que sa zoologie humaine devait être plus compliquée, devait avoir une triple forme : les hommes, les femmes et les choses. L'idée de réunir tous ses romans par la réapparition des personnages lui vint. Il veut réaliser ce qui manque aux histoires des peuples anciens : l'histoire des mœurs, peintre[s] des types, conteurs des drames, archéologue du mobilier, nomenclateur des professions, enregistreur du bien et du mal. Ainsi dépeinte, il voulait encore que la société portât en elle la raison de son mouvement. Un écrivain doit avoir en morale et en religion et en politique une idée arrêtée, il doit avoir une décision sur les affaires des hommes. – Les bases de la Comédie sont : le catholicisme, l'enseignement par des corps religieux, principe monarchique. – La Comédie devait contenir deux ou trois mille figures.

Mon œuvre sera moins sociale que scientifique. Balzac à l'aide de 3.000 figures veut faire l'histoire des mœurs ; il base cette histoire sur la religion et la royauté. Toute sa science consiste à dire qu'il y a des avocats, des oisifs etc. comme il y a des chiens, des loups etc. En un mot, son œuvre veut être le miroir de la société contemporaine.

Mon œuvre, à moi, sera tout autre chose. Le cadre en sera plus restreint. Je ne veux pas peindre la société contemporaine, mais une seule famille, en montrant le jeu de la « race modifiée » par les milieux. *Si j'accepte un cadre historique, c'est uniquement pour avoir un milieu qui réagisse* ; de même le métier, le lieu de résidence sont des milieux. Ma grande affaire est d'être purement naturaliste, purement physiologiste.

Au lieu d'avoir des principes (la royauté, le catholicisme) j'aurais des lois (l'hérédité, l'énéité [*sic*][1]). Je ne veux pas comme Balzac avoir une décision sur les affaires des hommes, être politique, philosophe, moraliste. Je me contenterai d'être savant, de dire ce qui est en cherchant les raisons intimes. Point de conclusion d'ailleurs. Un simple exposé des faits d'une famille, en montrant le mécanisme intérieur qui la fait agir. J'accepte même l'exception.

Mes personnages n'ont pas besoin de revenir dans les romans particuliers.

Balzac dit qu'il veut peindre les hommes, les femmes et les choses. Moi, des hommes et des femmes, je ne fais qu'un, en admettant cependant les différences de nature, et je soumets les hommes et les femmes aux choses.

LA FORTUNE DES ROUGON : DOSSIER PRÉPARATOIRE
MS. 10303, F^{os} 1-92 [2e SÉRIE]

F^{os}

1	Plan de *La Fortune des Rougon*
2	[plan de la marche des insurgés] [dessin de Zola]
3	[plan de l'aire Saint-Mittre à Plassans] [dessin de Zola]
4-8	Chapitre I. Dimanche soir 7
9-14	Chapitre II. Dimanche soir 7
15	Chapitre III. Dimanche soir 7
16	Chapitre IV. Dimanche soir 7
17	Chapitre V. Dimanche soir 7
18	Chapitre VI. Dimanche soir 7
19	Chapitre VII. Dimanche soir 7 et lundi matin 8{journée du lundi 8}
20-21	Chapitre VIII. Lundi 8 et mardi 9

---

1   C'est-à-dire « innéité ».

22   Chapitre ix. Nuit du dimanche 7 au lundi 8. {Journée du} {lundi 8}

23   Chapitre x. Journée du lundi 8, du mardi 9 et du mercredi 10

24   Chapitre xi. Matinée du jeudi 11

25-29   Bataille de zèle âpre [et quelques notes sur la fin du roman] (recto et verso)

30   [page blanche]

31   Plans. Histoire naturelle et sociale d'une famille au xixᵉ siècle

32   [notes diverses]

33   Dates des Faits [jours de la semaine du 1ᵉʳ au 11 juin ; dates des événements des onze chapitres]

34-36   [notes sur le coup d'État et sur l'insurrection dans le Midi ; pages numérotées de 1 à 3]

37-52   La Fortune des Rougon [le nom de Goiraud raturé] ; une page et demie de notes sur le roman, suivies d'un plan détaillé en onze chapitres

52-57   L'indication du cadre et des personnages de chaque roman

57-58   [notes pour un texte sur des amoureux et un « nostalgique » pendant le siège de Paris ; pages numérotées de 1 à 2]

59   [article de journal de 6 pages intitulé « La Nostalgie étudiée pendant le siège de Paris (1) »]

60-63   [suite des fᵒˢ 52-57 : notes sur des romans futurs]

64-73   Les éléments du roman initial [pages numérotées de 1 à 10]

74-77   1ᵉʳ Plan remis à Lacroix [pages numérotées de 1 à 4]

78-79   Préface [projet de préface à la série des *Rougon-Macquart*]

80   [page blanche]

81-92   Réclames sur la *Fortune des Rougon* [les folios 83, 84, 86 et 87 sont de la main de la mère de Zola ou de son épouse Alexandrine ; le fᵒ 84 est corrigé par Zola]

NOTES DIVERSES

Ms. 10280, f°s 43-54 (dossier préparatoire de *La Conquête de Plassans*) f°s 43-47 ; un plan de Plassans [dessin de Zola] et des notes sur la charge de receveur particulier et sur les droits des enfants reconnus ; f°s 48-53 : notes diverses sur les heures et les dates des événements du premier chapitre, sur l'âge d'Adélaïde, etc., dont une lettre du 5 avril 1859 de la sœur de Cézanne sur l'habillement des paysannes du Midi (f° 53 recto et verso).

Ms. 10292, f°s 275-278 (dossier préparatoire de *Son Excellence Eugène Rougon*) f° 275 : résumé : « Détails politiques. Sociétés secrètes – Détails sur la présidence, etc. etc. – » ; f° 276-277 : notes rapides (avec des renvois au livre de Ténot) sur les sociétés secrètes, les contumaces (« le père de l'amoureuse de Victor pourrait être un contumace »), la guerre civile dans le Midi, les fonctionnaires en face des décrets du Président de la République, l'insurrection ; f° 278 : notes l'affaire de juin 1848 et sur les événements politiques de la présidence de Louis-Napoléon jusqu'au coup d'état.

Ms. 10.338, f°s 102/56, 241-243 (dossier préparatoire du *Ventre de Paris*) : f°s 102/56 : notes sur la vie de Lisa Macquart entre 1827 et 1852 ; f° 241 : notes sommaires sur Agathe Mouret et sur la date de naissance d'Octave Mouret, d'Agathe Mouret et de Lisa Macquart ; f° 242 : notes sur Lisa Macquart entre 1827 et 1839 ; f° 243 : notes sur les dates de la vie de Gervaise Macquart et de ses enfants, avec des précisions sur le mariage de Macquart.

Ms. 10303, f° 33 : « Dates des Faits »

À	Paris	1	lundi	6	samedi
2	Coup d'état	2	mardi	7	dimanche
3	députés, résistance, douteux	3	mercredi	8	lundi
4	mitraillade et victoire	4	jeudi	9	mardi
		5	vendredi	10	mercredi
				11	jeudi

[Plan D]

Chapitre I	Silvère et Miette sur la route, le dimanche soir, 7 déc. à huit heures. Bande insurrectionnelle venant du Luc et de la Garde-Freynet.
Chapitre II	Rolleboise le dimanche soir. Pierre Rougon
Chapitre III	Rolleboise le dimanche soir. Antoine Machard
Chapitre IV	Rolleboise le dimanche soir. La bande d'insurgés
Chapitre V	Silvère et Tante Dide. Rétrospectif.
Chapitre VI	Silvère et Miette rétrospectif
Chapitre VII	Départ des insurgés – Antoine pris par les gendarmes, délivré par son frère, nuit du dimanche au lundi, premières heures du lundi.
Chapitre VIII	Rougon maître de Rolleboise – Depuis les premières heures du lundi (8) jusqu'au mardi soir (9) – environ 36 heures. La nouvelle de la victoire du Coup d'état n'est arrivée à Marseille que le 7. Le préfet arrive à Rolleboise le mardi soir. (inventé).
Chapitre IX	Marche de la bande – Silvère et Miette. Nuit du Dimanche au lundi –
Chapitre X	Détails. Bataille D'Aups. Mort de Miette. Prise de Silvère, journées du lundi 8, mardi 9, et matinée du mercredi 10.
Chapitre XI [Zola écrit par erreur IX]	Retour des troupes à Rolleboise – Assassinat de Silvère, etc. – Matinée du jeudi.

MANUSCRIT (INCOMPLET) DU ROMAN
MS. 10303, Fᵒˢ 1-354 :

La Fortune des Rougon. Épisode du Coup d'État en province (décembre 1851)[1]

---

1   Le fᵒ 1 porte au verso la date suivante : 4 juin 69.

Chapitre I   Fos 1-47

Chapitre II   Fos 48-96

Chapitre III   Fos 97-152

Chapitre IV   Fos 153-214

Chapitre V   Fos 215-291

Chapitre VI   Fos 292-331, 352-354 – le manuscrit s'arrête à la fin de
                    la phrase : « [..] y respira béatement toutes les senteurs
                    de la richesse » [voir p. [332]

Ier PLAN REMIS À LACROIX
(MS. 10303, Fos 74-77)

[fo 74] Les Rougon-Machard (histoire d'une famille sous le Second
Empire), grand roman de mœurs et d'analyse humaine, en dix épisodes.
Chaque épisode fournira la matière d'un volume. Ces épisodes, pris à
part, formeront des histoires distinctes, complètes, ayant chacune leur
dénouement propre ; mais ils seront en outre reliés les uns aux autres
par un lien puissant qui en fera un seul et vaste ensemble.

Le roman sera basé sur deux idées.

1° Étudier dans une famille les questions de sang et de milieux.
Suivre pas à pas le travail secret qui donne aux enfants d'un même père
des passions et des caractères différents, à la suite des croisements et des
façons particulières de vivre. Fouiller, en un mot, au vif même du drame
humain, dans ces profondeurs de la vie où s'élaborent les grandes vertus
et les grands crimes, et y fouiller d'une façon méthodique, conduit par
le fil des nouvelles découvertes physiologiques.

2° Étudier tout le second Empire, depuis le coup d'État jusqu'à nos
jours. Incarner dans des types la société contemporaine, les scélérats
et les héros. Peindre ainsi tout un âge social, dans les faits et dans les
sentiments, et peindre cet âge par les milles détails des mœurs et des
événements.

[fo 75] Le roman basé sur ces deux études, – l'étude physiologique
et l'étude sociale, – étudierait donc l'homme de nos jours en entier.

D'un côté, je montrerais les ressorts cachés, les fils qui font mouvoir le pantin humain ; de l'autre je raconterais les faits et gestes de ce pantin. Le cœur et le cerveau mis à nu, je démontrerais aisément comment et pourquoi le cœur et le cerveau ont agi de certaines façons déterminées, et n'ont pu agir autrement.

Par exemple, j'étudie la double famille Rougon-Machard. Il se produit des rejetons divers, bons ou mauvais. Je cherche (surtout) dans les questions d'hérédité la raison de ces tempéraments, semblables ou opposés. C'est dire que j'étudie l'humanité elle-même, dans ses plus intimes rouages ; j'explique cette apparente confusion de caractères, je montre comment un petit groupe d'êtres, une famille se comporte en s'épanouissant pour donner naissance à dix, à vingt individus qui semblent au premier coup d'œil profondément étrangers, (mais que l'analyse scientifique montre intimement attachés l'un à l'autre]. La société ne s'est pas formée d'une autre façon. Par l'observation, par les nouvelles méthodes scientifiques, j'arrive à débrouiller le fil qui conduit mathématiquement d'un homme à un autre. Et quand je tiens tous les fils, quand j'ai entre les mains tout un groupe social, je fais voir ce groupe à l'œuvre, je le crée agissant dans la complexité de ses efforts, [fº 76] allant au bien ou au mal, j'étudie à la fois la somme de volonté de chacun de ses membres et la poussée générale de l'ensemble. C'est alors que je choisis le second empire pour cadre ; mes personnages s'y développent, selon la logique de leur caractère, liés les uns aux autres et ayant pourtant chacun leur personnalité. Ils deviennent des acteurs typiques qui résument l'époque. Je fais de la haute analyse humaine et je fais de l'histoire.

Ne voulant donner ici que les grandes lignes de l'idée générale, je ne descends pas dans les détails de chaque épisode. La famille dont je conterai l'histoire, représentera le vaste soulèvement démocratique de notre temps ; partie du peuple, elle montera aux classes cultivées, aux premiers postes de l'état, à l'infamie comme au talent. Cet assaut des hauteurs de la société par ceux qu'on appelait au siècle dernier les gens de rien, est une des grandes évolutions de notre âge. L'œuvre offrira par la même une étude de la bourgeoisie contemporaine. D'ailleurs cette marche ascendante sera notée d'une façon scientifique, sans parti pris démocratique, de manière à montrer certains résultats déplorables de cette bousculade des ambitions. Je n'entends pas être socialiste, mais simplement observateur et artiste. Je ferai à un point de vue plus méthodique, pour le second empire, ce que Balzac a fait pour le règne de Louis-Philippe.

Il ne faudrait pas croire, d'après ce plan, que [f° 77] l'œuvre sera dure et rigide comme un traité de physiologie ou d'économie sociale. Je la vois vivante, et très vivante. Tout ce que je viens de dire s'applique à la carcasse intime de l'ouvrage. Chaque épisode, chaque volume contiendra une action dramatique sous laquelle les penseurs pourront retrouver la grande idée de l'ensemble, mais qui aura un intérêt poignant pour tout le monde. Je compte écrire des drames comme *Thérèse Raquin* et *Madeleine Férat*, le côté sensuel enlevé.

Je désire publier deux épisodes chaque année, de façon à terminer l'œuvre complète en cinq ans.

Le premier épisode aura pour cadre historique le coup d'état dans une ville de province, sans doute une ville du Var.

BROUILLON DE PRÉFACE
(MS. 10303, F^os 78-79)[1]

Préface

[f° 78] Je désire montrer comment une famille, un petit groupe d'êtres se comporte en s'épanouissant pour donner naissance à dix, à vingt individus, qui paraissent, au premier coup d'œil, profondément dissemblables, mais que l'analyse révèle comme intimement liés les uns aux autres. L'hérédité a ses lois, ainsi que la pesanteur.

Je tâcherai de trouver et de suivre, en résolvant la question double des tempéraments et des milieux, le fil qui conduit mathématiquement d'un homme à un autre homme. Et, quand je tiendrai tous les fils, quand j'aurai entre les mains tout un groupe social, je ferai voir ce groupe à l'œuvre, je le créerai agissant dans la complexité de ses efforts, j'analyserai à la fois la somme de volonté de chacun de ses membres et la poussée générale de l'ensemble.

---

1   Ce texte fut rédigé par Zola avant la chute de l'Empire Le manuscrit de la préface définitive, avec plusieurs corrections et ratures, se trouve dans le dossier préparatoire de *La Curée*, ms. 10282, f°s 374-377.

Les Rougon-Macquart, le groupe, la famille que je me propose d'étudier, a pour caractéristique les débordements des appétits, le large [f° 79] soulèvement de notre âge qui se rue aux jouissances. Partis du peuple, ils vont au pouvoir, au million, au génie et au crime, à l'héroïsme et à l'infamie. Ils s'irradient dans toutes les classes, ils racontent le second empire, depuis le guet-apens du coup d'état.

Cette étude, – étude physiologique et historique, – qui formera plusieurs épisodes, plusieurs volumes, est, en somme, *l'Histoire naturelle et sociale d'une famille sous le second empire*. Et le premier épisode, *la Fortune des Rougon*, doit s'appeler de son titre scientifique : *les Origines*.

RÉCLAMES SUR LA FORTUNE DES ROUGON
(MS. 10303) [DEUX EXEMPLES][1]

[f° 82] Avant la chute de l'empire, M. Émile Zola avait eu l'idée de raconter le règne dans une suite de romans. C'était une entreprise courageuse. Aujourd'hui l'éditeur Lacroix publie le premier de ces romans, *la Fortune des Rougon*, qui, venant ainsi après Sedan, à l'heure où Bonaparte rêve quelque nouveau Boulogne, se trouve être d'une étrange actualité. *La Fortune des Rougon*, c'est l'histoire du coup d'État, le récit de l'horrible tuerie qui a eu lieu dans le Var, lors de l'insurrection de décembre. M. Émile Zola, dans un drame saisissant, montre le soulèvement républicain, les lâchetés et les infamies des réactionnaires, la curée ardente de la République. Pleine de détails horribles et réels, l'œuvre a une grande puissance dramatique. L'auteur, au milieu de ces horreurs a mis une idylle exquise, un conte grec, l'amour de deux enfants dont les balles bonapartistes trouent la poitrine. Nous recommandons vivement ce roman étrange et passionné qui est à la fois un pamphlet politique, une étude historique et une œuvre littéraire. D'ailleurs, nous consacrerons prochainement un article à *la Fortune des Rougon*.

[f° 83] M. Émile Zola vient de publier chez l'éditeur Lacroix, un nouveau roman : *la Fortune des Rougon*, que nous croyons appelé à un

---

1   Pour toutes les 17 réclames (f°s 81-92), qui contiennent beaucoup de répétitions, voir GGS, p. 555-558.

succès de curiosité. L'auteur a le projet d'étudier tout le second empire, dans une série d'épisodes dramatiques, dont l'œuvre nouvelle ouvre la publication. Il a naturellement commencé par raconter le coup d'État, et il a choisi pour cadre la sanglante insurrection du Var. Dans ce cadre, il montre une famille tarée qui fonde sa fortune dans le sang. Cette famille, dont les membres se répondront plus tard dans tous les rangs de la société, lui permettra de faire ainsi l'histoire complète du règne. L'œuvre de début, le premier épisode, la *Fortune des Rougon* est une satire bourgeoise d'une note nouvelle et très saisissante. En ces jours d'intrigues politiques elle est une véritable actualité. On connaît le talent littéraire et énergique de M. Émile Zola, qui n'a pas encore produit une œuvre aussi mûre et aussi complète.

CHRONOLOGIE HISTORIQUE
DE LA FRANCE (1848-1852)

1848

22-24 février	Journées révolutionnaires à Paris qui renversent la Monarchie de Juillet.
24 février	Abdication de Louis-Philippe ; formation d'un gouvernement provisoire.
25 février	Proclamation de la République ; mesures politiques et sociales : suffrage universel, liberté de réunion, liberté de la presse, enseignement primaire gratuit et obligatoire, abolition de l'esclavage, droit au travail, législation du travail, réduction de la durée du travail.
26 février	Décret abolissant la peine de mort en matière politique.
27 février	Le gouvernement provisoire crée les Ateliers nationaux pour employer les chômeurs.
2 mars	Loi des 10 heures journalières de travail maximum à Paris, 11 en province.
4 mars	Loi sur la presse (fin du cautionnement et de la taxe).
17 mars	À Paris, manifestation des républicains de gauche pour obtenir le report des élections à l'Assemblée nationale.
27 avril	Décret d'abolition de l'esclavage.
4 mai	La Constituante proclame officiellement la deuxième République.

15 mai	Échec du coup de force de la gauche républicaine pendant une journée de soutien à la Pologne. Arrestation de Barbès, Blanqui, et Raspail.
4 juin	Élections complémentaires à la Constituante. Succès de la droite monarchiste et de la gauche républicaine : Thiers, Louis-Napoléon Bonaparte, Proudhon, Pierre Leroux sont élus.
23-26 juin	« Journées de juin » à Paris ; répression sanglante par l'armée commandée par le général Louis Eugène Cavaignac qui a reçu les pleins pouvoirs (6000 morts : 4000 civils, 2000 militaires, 1500 fusillés).
28 juin	Le général Louis Eugène Cavaignac devient président du conseil des ministres jusqu'à l'élection d'un Président de la République.
17 et 18 septembre	Élections complémentaires à l'Assemblée nationale. Louis-Napoléon Bonaparte est réélu dans 5 départements.
6 octobre	L'Assemblée décide de l'élection du Président de la République au suffrage universel (masculin).
4 novembre	Vote de la Constitution : promulgation de la Constitution de la Seconde République : le pouvoir législatif est exercé par une Assemblée et le pouvoir exécutif par un président non rééligible, tous deux élus au suffrage universel.
10 décembre	Élection présidentielle, victoire de Louis-Napoléon Bonaparte.
20 décembre	Louis-Napoléon Bonaparte proclamé président de la République ; Odilon Barrot forme un gouvernement conservateur, composé de monarchistes.

1849

7 avril	L'Assemblée nationale décide que le pouvoir législatif n'aura qu'une seule chambre
25 avril-juillet	Sous l'influence du parti de l'Ordre, la République française organise l'Expédition de Rome pour réinstaller le pape Pie IX, qui avait été chassé par les républicains romains.
30 avril	Attaque d'Oudinot contre Rome.
13-14 mai	Élection de l'Assemblée législative : le « parti de l'ordre » (royalistes et bonapartistes) a la majorité absolue. Maia 80 républicains modérés et 180 démocrates-socialistes de La Montagne élus.
2 juin	Deuxième expédition d'Oudinot pour restituer Rome au pape.
13 juin	Échec de la manifestation de la gauche républicaine à Paris pour protester contre l'attaque de Rome (commencée le 3 juin).
30 juin-3 juillet	Prise de Rome.
3 juillet	L'armée française entre dans Rome et en chasse le gouvernement républicain.
27 juillet	Loi sur la presse (1849), très restrictive.
7 septembre	Crise politique entre le gouvernement (dépendant de l'Assemblée) et Louis-Napoléon Bonaparte qui condamne la politique de réaction menée par Pie IX à Rome.

1850

10 mars	Élections législatives partielles.

15 mars	Loi Falloux sur l'enseignement.
31 mai	Loi qui restreint le suffrage universel.
juillet	Tournée de Louis-Napoléon en province.
16 juillet	Nouvelle loi sur la presse (1850), restrictive.
26 août	Mort de Louis-Philippe.

1851

24 janvier	Nouveau ministère avec des hommes du président.
19 juillet	L'Assemblée rejette le projet de révision de la Constitution permettant la rééligibilité du président.
20 août	Première réunion à St-Cloud des chefs bonapartistes (dont Morny, Persigny et Rouher) pour préparer le Coup d'État qui est prévu pour la fin septembre.
4 octobre	Louis-Napoléon Bonaparte propose d'abroger la loi électorale du 31 mai 1850 restreignant le suffrage universel.
27 octobre	Le bonapartiste général de Saint-Arnaud est nommé ministre de la Guerre dans le dernier ministère avant le coup d'État.
6 novembre	Proposition des questeurs.
13 novembre	L'Assemblée législative rejette l'abrogation de la loi électorale du 31 mai 1850 demandée par le président de la République
17 novembre	Louis-Napoléon se déclare favorable au rétablissement du suffrage universel masculin ; proposition des questeurs repoussée par l'Assemblée.
2 décembre	Coup d'État de Louis-Napoléon Bonaparte. Dissolution de l'Assemblée législative et annonce de la préparation d'une nouvelle Constitution. Arrestation de 300 députés qui ont voté la déchéance du président de la République.

Louis-Napoléon Bonaparte fait placarder à Paris et en province deux proclamations justifiant la dissolution de l'Assemblée nationale, le rétablissement du suffrage universel et la convocation du peuple pour approuver ces décisions.

3 décembre   Tentative de la gauche parisienne de soulever les faubourgs populaires ; barricades dans Paris. Durs combats dans la capitale. 70 barricades dressées. 200 victimes de la fusillade des Boulevards. Fin de la révolte populaire contre le coup d'État. Formation d'un gouvernement bonapartiste avec Eugène Rouher et Morny. La nouvelle arrive dans le Var. Rassemblements républicains à Toulon et à Draguignan. Prise de pouvoir républicaine au Luc.

4 décembre   Dans la soirée, la nouvelle du coup d'État arrive dans les bourgs situés sur les grandes routes dans le Midi ; dès le soir, les républicains ont pris le pouvoir à Brignoles, au Luc et à La Garde-Freinet ; le nouveau préfet, M. Pastoureau, arrive à Toulon. L'armée reprend le contrôle de Paris ; l'opposition est muselée.

5 décembre   À Paris, les députés arrêtés le 2 décembre sont relâchés ; insurrection à Cuers où des coups sont échangés et un gendarme, le brigadier Lambert, est tué ; à 11 heures de soir, Pastoureau arrive de Toulon avec huit compagnies du 50ᵉ, opérant un grand nombre d'arrestations et revenant à Toulon, le 6, dans l'après-midi, avec soixante-dix prisonniers ; la révolte d'Hyères est supprimée. Rassemblement républicain à Draguignan. Prise de pouvoir républicain à Cuers, Brignoles, Vidauban, La Garde-Freinet et levée en masse des localités avoisinant ces trois dernières communes.

6 décembre   Les contingents des diverses communes (notamment de Brignolles, du Luc, du golfe de Grimaud et des Maures), convergent vers Vidauban. Prise de pouvoir républicain à Barjols. Insurrection des localités autour d'Aups. C'est

à Vidauban que Camille Duteil, rédacteur en chef du *Peuple*, journal démocrate socialiste de Marseille, est choisi comme « général » et commandant en chef de l'armée insurrectionnelle ; l'armée de la répression arrive au Luc.

7 décembre [dimanche] Duteil prend la décision d'aller vers le nord sous le prétexte d'aider les insurgés des Basses-Alpes ; le soir et le lendemain, on bivouaque à Salernes. Partie de Vidauban, la colonne insurrectionnelle marche sur Draguignan, mais s'arrête à Lorgues et bifurque vers Salernes où elle arrive vers 11 h du soir ; le colonel Trauers et le préfet Pastoureau quittent Toulon avec 15 compagnies du 50e et 30 cavaliers et arrivent au Luc le soir.

8 décembre L'état de siège est instauré dans 32 départements où il y a des soulèvements anti-bonapartistes ; rassemblement des insurgés au Luc et à La Garde Freinet, qui se rejoignent le soir à Vidauban ; insurrection des localités autour d'Aups. Le soir, l'avant-garde de la colonne est à Aups, où la rejoignent les insurgés des localités voisines. L'armée de la répression arrive à Draguignan ; une force armée, venue de Marseille, réoccupe Brignoles. Le 50e de ligne est à Lorgues à 11 h, puis à Flayosc.

9 décembre Les insurgés quittent Salernes dans l'après-midi et se portent sur Aups le soir, où il y a des renforts des villages. Le 50e se repose à Draguignan.

10 décembre L'armée quitte Draguignan au matin et arrive à Aups au milieu du jour. Le préfet Pastoureau et le colonel Trauers se mettent en marche avec 11 compagnies du 50e de ligne, 50 gendarmes à cheval et 25 cavaliers du train. Les insurgés, dont le nombre dépassent 4 mille hommes, sont dispersés. Déroute épouvantable ; fuyards sabrés par la cavalerie. La chasse à l'homme commence dans les campagnes. Plus de 50 insurgés tués ; à peu près 80 prisonniers, dont certains sont exécutés. Duteil et la colonne varoise se réfugient à Nice après la défaite à Aups.

11 décembre	Victor Hugo s'exile en Belgique pour fuir la répression contre les opposants au futur Napoléon III.
20-21 décembre	Le plébiscite de 1851 ratifie le coup d'État par 92 % des suffrages exprimés.

1852

1er janvier	Louis-Napoléon Bonaparte quitte le palais de l'Élysée pour s'installer au palais des Tuileries, l'ancienne résidence des rois de France et résidence officielle de Napoléon I.
6 janvier	La devise républicaine (« Liberté, Égalité, Fraternité ») est abolie.
9 janvier	Publication d'un décret d'expulsion de France des députés républicains.
14 janvier	Promulgation de la nouvelle Constitution. Rétablissement du suffrage universel. Le pouvoir exécutif est concentré pour dix ans entre les mains du président élu, qui a seul l'initiative des lois.
22 janvier	Les biens de la famille de l'ex-roi Louis-Philippe Ier sont confisqués.
25 janvier	Réorganisation du Conseil d'État.
2 février	Mise en place du régime des avertissements pour la presse.
16 février	La fête nationale est fixée le 15 août, jour de la St-Napoléon,
17 février	Un décret présidentiel organise les « candidatures officielles » pour les élections.
29 février	Élection du Corps législatif ; victoire totale des candidats officiels, après une campagne électorale contrôlée par le prince-président et ses préfets.

25 mars	Renforcement du pouvoir des préfets à qui revient le droit de décider de la nomination des maires, qui peuvent être choisis en dehors des conseils municipaux. Un décret interdit toute réunion de plus de 20 personnes.
27 mars	Le régime d'exception est aboli.
9 octobre	Discours de Bordeaux de Louis-Napoléon Bonaparte : « l'Empire, c'est la paix ».
7 novembre	Sénatus-consulte (acte voté par le Sénat et ayant valeur d'une loi) révisant la Constitution et rétablissant l'Empire.
21-22 novembre	Plébiscite qui ratifie le rétablissement de l'Empire (7,824,000 « oui », 253,000 « non », 2 millions d'abstentions).
2 décembre	Proclamation du Second Empire, Louis-Napoléon Bonaparte devient Napoléon III.

TEXTE DE ZOLA : « CAUSERIE »

La Tribune, 29 août 1869

On a reproché à la démocratie son entêtement dans la haine. Selon certaines gens, les faits accomplis doivent être pardonnés, après un temps plus ou moins long. Je voudrais bien savoir sur quel calcul ces gens-là basent l'oubli des crises. Faut-il dix ans, faut-il vingt ans, pour qu'une mauvaise action devienne bonne, et à quel signe peut-on reconnaître que le coupable d'hier est l'innocent d'aujourd'hui ? La conscience humaine ne saurait avoir de ces compromis, et quand même une génération serait assez lâche pour oublier une date maudite, l'impartiale Histoire serait là qui crierait à la postérité : « Tel jour, à telle heure, le droit a été violé et la France meurtrie. »

À quoi bon nous prêcher alors l'oubli du 2-Décembre ? La France, dit-on, avait besoin d'un maître, et si le maître, au bout de dix-huit ans, consent à lui rendre un peu de sa liberté, vous n'avez qu'à lui baiser les mains. Et croyez-vous que tout serait fini, si vous parveniez à nous persuader que le droit absolu est une chimère, et que l'intérêt du pays demande le pardon du parjure et de la violence ? Quand vous nous auriez convertis, qui convertirait nos enfants ? Espérez-vous envoyer, dans les âges futurs, des missionnaires pour prêcher cette religion sinistre ? Chaque génération qui naîtra, apportant avec elle l'éternelle justice native, reprendra le procès et condamnera à son tour. Laissez-nous donc nous indigner en paix, nous qui passerons. Cherchez plutôt à effacer la tache de sang qui souille, à la première page, l'histoire du second Empire. Appelez vos fonctionnaires, appelez vos soldats, et qu'ils s'usent les doigts à vouloir enlever cette tâche. Après vous, elle reparaîtra, elle grandira et coulera sur toutes les autres pages.

C'est d'hier que nous commençons à connaître le 2-Décembre, et l'on veut que nous pardonnions aujourd'hui. Je défie, non pas un citoyen, mais simplement un homme quelconque, un étranger, de parcourir sans indignation profonde, les documents qui grossissent peu à peu le sanglant dossier. Pendant que le Sénat délibérait s'il allait ou non desserrer d'un tour les cordes qui nous garrottent, je viens de lire un livre dont je suis tout vibrant encore. C'est en le fermant que je me suis promis d'en parler aux lecteurs de *La Tribune*, pour leur rappeler quelle effroyable dette on a contractée envers nous, et de quelle façon dérisoire, après dix-huit ans, on offre de nous la payer.

M. Noël Blache est un jeune avocat de Toulon. Il était enfant lorsqu'on tuait comme des chiens enragés les hommes libres du Var. En décembre 1851, il vit passer les républicains prisonniers que l'on conduisait au fort Lamalgue, pareils à un troupeau de voleurs et d'assassins. Son grand-père, un ancien prisonnier du *Thémistocle*, sous la grande révolution, le tenait par la main.

— Grand-père, demanda-t-il au vieillard dont les regards étincelaient, qu'ont fait ces gens-là ?

— Ces gens-là, mon enfant, viennent de se battre pour la défense de la liberté et de la patrie.

Quand tu seras devenu grand, souviens-toi de décembre 1851.

Le vieux républicain est mort quelques années après. L'enfant devenu homme n'a pas oublié le coup d'État.

Et, en effet, M. Noël Blache publie aujourd'hui une *Histoire de l'insurrection du Var en décembre 1851*. Il appartient à cette génération qui vient d'arriver à la vie politique. Il compte parmi ces quatre millions d'électeurs qui demandent à l'Empire de quel droit, après avoir ensanglanté leurs berceaux, il a préparé pour leur âge mûr la malheureuse époque que nous traversons. Ceux-là ne sont pas coupables des faiblesses de leurs pères, et ils entendent rappeler la liberté proscrite.

Ce qui donne à l'œuvre du jeune avocat un caractère particulier, c'est qu'il est un enfant de ce malheureux coin de terre, où la répression fut si terrible. Ce n'est pas un historien qui compile dans son cabinet des notes prises aux journaux du temps ; c'est un juge qui a instruit l'affaire sur le théâtre du crime, parcourant le pays à pied, interrogeant les victimes du drame. Ces hommes qu'on a traqués comme des bêtes fauves, il les connaît, il a entendu de leur bouche le récit de leurs misères. Certainement il en sait plus qu'il n'ose en dire. Il y a, dans sa relation, des réticences faciles à expliquer. Allez dans le Var, et vous entendrez raconter de sombres légendes qui demain peut-être deviendront des vérités.

À chaque page, l'auteur vous dit : «J'ai vu ce citoyen, j'ai touché ses blessures, je l'ai entendu parler de la liberté avec un enthousiasme que dix-huit années de silence n'ont pas affaibli.» Car ils ne sont pas tous morts, les fusillés et les déportés, et ceux qui restent ont des flammes dans les yeux quand ils parlent de ceux qui ne sont plus. Cette voix républicaine de la Provence, cette œuvre d'un fils du Var, née sur les routes blanches où ont retenti les cris de «Vive la République! Vive la Constitution!» m'a profondément touché, moi qui n'étais aussi qu'un enfant en 1851, et qui me rappelle avec émotion une visite faite, à cette époque, dans la prison d'Aix, à un des bons amis de mon enfance.

Que la vérité historique est lente parfois à se faire! Il semble que ces faits contemporains devraient être connus de tout le monde, dans leurs moindres détails. Et souvent ce sont précisément ceux-là sur lesquels il est le plus difficile de porter un jugement certain, surtout lorsque le parti du plus fort a intérêt à les dénaturer. Jusqu'à ces derniers temps, on a laissé dormir, dans les rapports de l'administration et dans les journaux favorables au coup d'État, les monstrueuses et lâches accusations dirigées contre ceux qui, en 1851, s'armèrent pour la défense du droit et de la liberté. Il a fallu un réveil de l'opinion, et alors on a appris de quel côté se trouvaient les mesures illégales et les actes atroces. Dans le Var, un seul meurtre fut commis par les insurgés, à Cuers, dans une insurrection partielle. Mais la grande levée démocratique du département, la colonne qui, partie du Luc et de La Garde-Freinet, alla mourir dans la plaine d'Uchâne, traversa les bourgs et les villes, sans laisser derrière elle une seule goutte de sang. Ils étaient trois mille et ils ne commirent pas même un acte de maraude. Et quand on les eut sabrés, quand on eut fusillé de sang-froid une douzaine d'entre eux, on leur jeta à la face l'injure d'assassins. C'est une funèbre plaisanterie, n'est-ce pas? Vous savez bien quels furent les assassins. Si la victime de Cuers demandait du sang, cette victime qui n'avait pas même été frappée par ceux que vous avez égorgés, vous en avez versé une mare assez grande pour que tous les bourreaux de France soient jaloux de vous.

Je ne puis citer toutes les atrocités que raconte M. Noël Blache. Il en est pourtant une que je crois n'avoir lue nulle part, et qui mérite la plus grande publicité. Il s'agit du meurtre de Besson, d'Hyères. Ce citoyen, grand chasseur, s'était caché dans un marais, à la tour du Jaï. On envoya un détachement de marine à sa poursuite :

« Le détachement partit ; chose douloureuse, sa mission était si peu cachée, que sur son passage plusieurs enfants crièrent ces mots : *Van tua moussu Bessoum* (on va tuer monsieur Besson...). »

« Besson ignorait tout. À huit heures du matin il déjeunait ce jour-là à la tour du Jaï avec Chichin Buscaille (un homme qui allait vendre à la ville le gibier qu'il tuait). Besson, lui dit : "Je vais me cacher. Cette nuit, j'ai tué deux canards dans le marais, va les chercher, et tu les vendras à Hyères, pour mon compte." Il lui indiqua l'endroit où les canards étaient tombés, et le quitta pour aller dormir dans son trou. »

« Buscaille a dit depuis qu'à ce moment Besson laissa son carnier et son fusil derrière la porte, que Buscaille en sortant ferma derrière lui. »

« Peu d'instants après son départ, les troupes arrivaient. La tour et le hangar furent cernés, tandis que des matelots, pénétrant dans l'intérieur, fouillaient la paille à coups de baïonnettes. »

« Besson, entendant ce bruit inaccoutumé, souleva les tuiles de la toiture, et parut au-dehors. Un cri de "Feu !" retentit, et le pauvre Besson tomba foudroyé. Un matelot monta sur le toit, et fit choir avec les pieds le cadavre, qui roula lourdement sur le sol... »

« Plusieurs jours après, des braconniers aperçurent encore, le long de la façade de la tour du Jaï, de longs sillons de sang. »

« Besson laissait sans ressources une femme et un enfant. »

Plus tard, on prétendit que Besson avait couché en joue les matelots, ce qui est impossible, puisqu'il n'avait pas son fusil avec lui. Un des matelots du détachement disait le soir : « Nous connaissons celui qui le premier a commandé le feu... mais qu'on nous crache au visage si jamais on nous voit lui serrer la main. » Et M. Noël Blache s'écrie avec indignation :

« Voilà donc un de ces martyrs obscurs, jusqu'à cette heure inconnu, de la cause républicaine, tombé victime du zèle excessif des partisans du coup d'État. Ce mot d'"excessif" est-il exagéré, quand on songe que Besson a été tué le 11 décembre – quand le Var était presque tout entier pacifié ! Le sang de Besson demande justice. Ce que sa veuve réclamait : un jugement, il est encore temps de l'accorder. Nulle prescription ne saurait couvrir de pareils faits. »

Quant au double meurtre de Martin Bidauré, M. Noël Blache, après avoir réfuté les deux versions qui ont cours sur la première exécution de ce malheureux, parle d'une troisième version « bien connue dans le

Var, dit-il, version lugubre et qui expliquerait l'acharnement avec lequel
on s'est efforcé de faire disparaître plus tard le seul homme capable de
donner sur cette affaire les détails les plus circonstanciés ». Et il ajoute :
« Le temps n'est pas venu d'approfondir cette troisième narration, étayée
de preuves à cette heure incomplètes... » Mais ce qu'il affirme, c'est
que le préfet Pastoureau assistait à cette première exécution, malgré le
démenti formel qu'il a donné dans une lettre à *La Tribune*. D'ailleurs,
il n'hésite pas à déclarer que M. Pastoureau était déjà à Toulon lors de
la deuxième exécution de Martin, et qu'il faut mettre cette exécution
au compte de l'autorité militaire seule.

M. Noël Blache nous annonce une curieuse publication. Giraud, le tis-
serand du Luc, auquel, sur un ordre de ses chefs, le gendarme Mayère tira
un coup de pistolet dans l'oreille, et qui survécut par miracle à sa blessure a
écrit une brochure qui va paraître sous cet étrange titre : *Mémoires d'un fusillé.*
Et ce sera un document de plus à joindre au dossier. On nous accuse
d'être implacables. Attendez demain, et vous verrez si l'avenir est plus
indulgent que nous.

TEXTES D'HIPPOLYTE MAQUAN
ET D'EUGÈNE TÉNOT

Sources du dénouement de *La Fortune des rougon* : l'exécution des insurgés par le gendarme borgne.

TEXTE D'HIPPOLYTE MAQUAN

Hippolyte Maquan. *Insurrection de décembre 1851 dans le Var. Trois jours au pouvoir des insurgés. Pensées d'un prisonnier.* Draguignan, 1853, p. 127-129.

Nous laisserons donc raconter par un témoin oculaire la déplorable scène qui nous reste à enregistrer :

« À quelques cents pas de la colonne s'éloignant de Lorgues, quatre malheureux insurgés prisonniers s'avancent d'un pas lourd, tiraillés par la corde qui les tient enchaînés deux à deux, l'œil terne et les traits décomposés par l'épouvante de l'heure suprême.

Un détachement, commandé par un gendarme à pied, les escorte.

Ce gendarme porte un fusil de chasse en bandoulière, son œil droit est caché par un bandeau noir. Au milieu d'outrages et d'insultes sans nombre, cet œil lui a été arraché à l'aide d'un clou, au moment où il était fait prisonnier par les insurgés.

Il a cru reconnaître les auteurs de ces attentats. Ce sont ces malheureux qui marchent enchaînés sous sa garde. La justice militaire les lui abandonne ; ils vont être fusillés.

Je ne vois aucun prêtre auprès de ces malheureux, mais bientôt j'aperçois un vicaire de la paroisse, le digne abbé Vian, accourant guidé par cet instinct de la charité, qui fait braver au prêtre catholique les plus terribles spectacles.

Je m'approche du capitaine de gendarmerie, en lui montrant le digne vicaire.

Le capitaine fait un geste d'assentiment.

Mais, en ce moment, une brusque ondulation de la foule me fait perdre de vue le prêtre et les condamnés.

On entend à une certaine distance les vagues rumeurs de toute une ville en proie à une joie tumultueuse et bruyante : la foule qui suit le lugubre cortège est comme oppressée sous le poids d'une indéfinissable émotion.

Après avoir dépassé les murs du cimetière, les quatre condamnés, toujours enchaînés, sont séparés de la foule et disparaissent bientôt derrière un massif d'oliviers touffus.

Au même instant un coup de feu retentit !

Puis un second.

Puis un troisième.

Sept coups de feu retentissent ainsi.

La foule se précipite…

À quelques pas du chemin, dans un champ d'oliviers, à côté d'une petite masure, dans une mare de sang, gisent, la face contre terre, quatre cadavres, toujours enchaînés après la mort comme pendant l'agonie ! ! !

Le vicaire de la paroisse dont nous avions réclamé le ministère et un père jésuite priaient…

Le plus jeune de ces quatre malheureux, âgé de vingt ans à peine, a péri victime d'une méprise ! …

. . . .

Non, nous ne pouvions pas voiler de notre silence ce lugubre épisode.

Nous ne le pouvions pas, car ces malentendus sanglants, tant qu'ils demeurent inexpliqués, attisent la vengeance, éternisent la haine.

Nous ne le pouvions pas, car tous les partis s'inclinent devant la seule égalité incontestée – celle de la mort.

Nous ne le pouvions pas, car nous ayons assez souffert pour comprendre toutes les douleurs.

Nous ne le pouvions pas, car de nos irréparables malheurs doit jaillir pour tous l'enseignement de la réparation religieuse et morale.

Il était innocent ! et c'est vous qui l'avez saisi, disent-ils, c'est toute une population qui l'a tué ! que son sang retombe donc sur vous, sur votre ville, sur toutes les populations qui ne marcheront pas avec nous pour venger cette mort.

Détestable enchaînement des dissensions civiles, abominable aveuglement des passions populaires, quand briserons-nous vos entraves, quand arrêterons-nous votre furie ?

Insensés ! faudra-t-il donc toujours camper et s'entr'égorger sur des ruines, jusqu'à ce que nous soyions tous ensevelis sous les mêmes débris ?

Il était innocent ! et c'est vous tous qui l'avez saisi ! »

TEXTES D'EUGÈNE TÉNOT SUR LE MÊME ÉPISODE

Eugène Ténot. *La Provence en décembre 1851. Étude historique.* Paris, Chez les principaux libraires, 1865, p. 260-261 (8e édition, 1868 : p. 240-241).

Le récit de Ténot reprend celui de Magnan avec certaines modifications.

La colonne ne séjourna pas longtemps à Lorgues ; mais lorsqu'elle achevait de défiler sur le chemin de Draguignan, que la foule joyeuse fêtait ses otages délivrés, couvrait les soldats d'acclamations et de vivats, la vue d'un triste cortège vint subitement glacer toutes ces effusions.

Cette fois, ce n'était plus deux ; mais quatre prisonniers qui allaient mourir. Un gendarme avait cru reconnaître parmi eux ceux qui l'avaient blessé dans l'insurrection. Il les avait désignés, et avait réclamé le triste privilège d'être à lui seul leur exécuteur.

Ils marchaient attaches ensemble, sous l'escorte de quelques soldats ; le gendarme, un bandeau noir sur l'œil, un fusil double en bandoulière, conduisait le cortège. On dépassa les murs du cimetière, et l'on s'arrêta derrière un massif d'oliviers touffus.

Laissons parler un témoin oculaire (1).

[(1) M. Maquan, *Insurrection du Var,* page 127. Il est encore le seul écrivain qui ait raconte ce lugubre épisode passé sous silence par tous les journaux du temps et demeure célèbre dans le Var. Nous n'ajoutons à son récit que les noms des insurges fusillés.]

« Au même instant, un coup de fusil retentit.

Puis un second.

Puis un troisième.

Sept coups de feu retentissent ainsi.

La foule se précipite.

À quelques pas du chemin, dans un champ d'oliviers, à côté d'une petite masure, dans une mare de sang, gisent, la face contre terre, quatre cadavres, toujours enchaînes, après la mort comme pendant l'agonie !

Le vicaire de la paroisse et un père jésuite, dont nous avions réclamé le ministère, priaient.

Le plus jeune de ces quatre hommes, âgé de vingt ans, à peine, a péri victime d'une méprise ! »

Ajoutons que ces quatre malheureux étaient Justin Gayol de Vidauban, Coulet des Arcs, Imbert et Aragon du Muy.

Justin Gayol, la victime d'une méprise, avait non pas vingt ans, mais dix-sept (1).

(1) Un étrange passage du livre de M. Maquan semble supposer que Justin Gayol aurait été l'un des prisonniers arrêtés par les volontaires lorguiens. L'auteur veut prouver que les gens du pays ont tort de trouver mauvais qu'un innocent ait péri et d'en garder un peu rancune aux Lorguiens qui l'auraient livré. Il débute ainsi :

« Il était innocent ! c'est vous qui l'avez livré, disent-ils, c'est toute une population qui l'a tué !

Que son sang retombe sur vous, sur votre ville…»

Et il termine par :

« Qui se sert de l'épée, périra par l'épée ? »

Voir la note F à l'appendice [ci-dessous].

Voici l'appendice auquel Ténot fait allusion à la fin de son récit (*ibid.*, p. 359-360 ; 8e édition, 1868 : p. 333-334)

Note F

[359] Dans le récit que donne M. Maquan de la quadruple exécution de Lorgues, il est un point que nous avons écarté parce qu'il mérite discussion.

Le narrateur dit, en parlant du gendarme blessé à l'œil qui fut l'unique exécuteur des quatre malheureux : « Au milieu d'outrages et d'insultes sans nombre, cet œil lui a été arraché à l'aide d'un clou, au moment où il était fait prisonnier par les insurgés. Il a cru reconnaître les auteurs de cet attentat, etc. » Tout prouve que ce fait est une complète invention. D'abord, M. Maquan, dans un récit très détaillé de l'insurrection du Var, raconte, commune par commune, tous les faits insurrectionnels ; il n'oublie ni un coup donné, ni une injure reçue, et nulle part il n'y a trace de cet œil arraché avec un clou au milieu d'outrages sans nombre. Aucun journal n'en a parlé, pas plus que M. Maquan lui-même dans le cours de son récit. Toutefois, il y a des considérations plus décisives. Les seuls gendarmes faits prisonnier furent les onze de la Garde-Freynet, six de Luc et cinq de Vidauban. Il ressort du récit donné par tous les journaux et par M. Maquan lui-même, qu'aucun de ces gendarmes n'a souffert aucun sévice. M. Maquan a été leur [360] compagnon de captivité ; il raconte dans *Trois jours au pouvoir des insurgés*, les moindres incidents de leur arrestation et de leur captivité, et nulle part ne paraît l'histoire de cet œil arraché à l'aide d'un clou.

Si nous en jugeons par le lieu d'origine des exécutés, un de Vidauban, un des Arcs, deux du Muy, communes voisines de Vidauban, il ne pourrait s'agir que des gendarmes de cette ville. Or, ceux-ci ont été arrêtés deux fois, relâchés d'abord, puis repris. M. Maquan le raconte, pages 24 et 26, et il y constate qu'ils n'ont souffert aucune violence.

Voici peut-être l'origine de cette fable* et l'explication du fait :

Le 5 décembre, un gendarme venant de la direction de Toulon traversa Vidauban, porteur d'une dépêche. Quelques insurgés lui crièrent de se rendre, et, sur son refus, firent feu sur lui. Il ne fut nullement fait prisonnier et échappa grâce à la vigueur de son cheval. Était-ce celui-là qui fut l'exécuteur de Lorgues ?

[*« de cette fable » omis dans les éditions ultérieures]

EXTRAITS DES « SOUVENIRS » DE ZOLA

Extraits des « Souvenirs VI et IX » de Zola, publiés dans *Nouveaux Contes à Ninon* (Paris, Charpentier, 1874), repris dans *Émile Zola. Œuvres complètes.* Tome IX. Éd. Henri Mitterand. Paris, Cercle du Livre Précieux, 1968, p. 422-424, 430-433.

VI

Les rosiers, dans les cimetières, épanouissent des fleurs larges, d'une blancheur de lait, d'un rouge sombre. Les racines vont, au fond des bières, prendre la pâleur des poitrines virginales, l'éclat sanglant des cœurs meurtris. Cette rose blanche, c'est la floraison d'une enfant morte à seize ans ; cette rose rouge, c'est la dernière goutte de sang d'un homme tombé dans la lutte.

Ô fleurs éclatantes, fleurs vivantes, où il y a un peu de nos morts !

À la campagne, les pruniers et les abricotiers poussent gaillardement derrière l'église, le long des murs croulants du petit cimetière. Le grand soleil dore les fruits, le grand air leur donne une saveur exquise. Et la gouvernante du curé fait des confitures qui sont renommées à plus de dix lieues à la ronde. J'en ai mangé. On dirait, selon l'heureuse expression des paysans, qu'on avale « la culotte de velours du bon Dieu. »

Je connais un de ces cimetières étroits de village où il y a des groseilliers superbes, hauts comme des arbres. Les groseilles, rouges sous les feuilles vertes, ressemblent à des grappes de cerises. Et j'ai vu le bedeau venir, le matin, avec une miche de pain sous le bras, et déjeuner tranquillement, assis sur le coin d'une vieille pierre tombale. Une bande de moineaux l'entouraient. Il cueillait les groseilles, il jetait des mies de pain aux moineaux ; tout ce petit monde-là mangeait avec un grand appétit sur la tête des morts.

C'est une fête pour le cimetière. L'herbe pousse, drue et forte. Dans un coin, des touffes de coquelicots mettent une nappe rouge. L'air vient largement de la plaine, soufflant toutes les bonnes odeurs des foins coupés. À midi, les abeilles bourdonnent dans le soleil ; les petits lézards gris se pâment, la gueule ouverte, buvant la chaleur, au bord de leur trou. Les morts ont chaud ; et ce n'est plus un cimetière, c'est un coin de la vie universelle, où l'âme des morts passe dans le tronc des arbres, où il n'y a plus qu'un vaste baiser de ce qui était hier et de ce qui sera demain. Les fleurs, ce sont les sourires des filles ; les fruits, ce sont les besognes des hommes.

Là, il n'y a pas crime à cueillir les bleuets et les coquelicots. Les enfants viennent faire des bouquets. Le curé ne se fâche que quand ils montent dans les pruniers. Les pruniers sont au curé, mais les fleurs sont à tout le monde. Parfois, on est obligé de faucher le cimetière ; l'herbe est si haute, que les croix de bois noir sont noyées ; alors, c'est la jument du curé qui mange le foin. Le village n'y entend pas malice, et pas un des paroissiens ne songe à accuser la jument de mordre à l'âme des morts.

Mathurine avait planté un rosier sur la tombe de son promis, et tous les dimanches, en mai, Mathurine allait cueillir une rose qu'elle mettait à son fichu. Elle passait le dimanche dans le parfum de son amour disparu. Quand elle baissait les yeux sur son fichu, il lui semblait que son promis lui souriait.

J'aime les cimetières, quand le ciel est bleu. J'y vais tête nue, oubliant mes haines, comme dans une ville sainte où l'on est tout amour et tout pardon.

Un de ces derniers matins, je suis allé au Père-Lachaise. Le cimetière, sur la limpidité bleue de l'horizon, étageait ses rangs de tombes blanches. Des masses d'arbres montaient sur la hauteur, laissant voir, sous la dentelle encore tendre de leurs feuilles, les coins éclatants des grands tombeaux. Le printemps est doux pour les champs déserts où reposent nos morts bien-aimés ; il sème de gazon les molles allées que suivent à pas lents les jeunes veuves ; il blanchit les marbres d'une gaieté enfantine et claire. De loin, le cimetière ressemblait à un énorme bouquet de verdure, piqué çà et là d'une touffe d'aubépine. Les tombeaux sont comme les fleurs virginales des herbes et des feuillages.

. . . .

[Texte publié pour la première fois dans *La Cloche* du 27 juin 1872 et (les deux derniers paragraphes) dans *L'Événement illustré* du 4 mai 1868]

IX

J'ai visité un campement de Bohémiens, établi en face du poste-caserne de la porte Saint-Ouen. Ces sauvages doivent bien rire de cette grande bête de ville qui se dérange pour eux. Il m'a suffi de suivre la foule ; tout le faubourg se portait autour de leurs tentes, et j'ai même eu la honte de voir des gens qui n'avaient pourtant pas l'air tout à fait d'imbéciles, arriver en voiture découverte, avec des valets de pied en livrée.

Quand ce pauvre Paris a une curiosité, il ne la marchande guère. Le cas de ces Bohémiens est celui-ci. Ils étaient venus pour rétamer les casseroles et poser des pièces aux chaudrons du faubourg. Seulement, dès le premier jour, à voir la bande de gamins qui les dévisageaient, ils ont compris à quel genre de ville civilisée ils avaient affaire. Aussi se sont-ils empressés de lâcher les chaudrons et les casseroles. Comprenant qu'on les traitait en ménagerie curieuse, ils ont consenti, avec une bonhomie railleuse, à se montrer pour deux sous. Une palissade entoure le campement ; deux hommes se sont placés à deux ouvertures très-étroites, où ils recueillent les offrandes des messieurs et des dames qui veulent visiter le chenil. C'est une poussée, un écrasement. Et il a même fallu mettre là des sergents de ville. Les Bohémiens tournent parfois la tête pour ne pas s'égayer au nez des braves gens qui s'oublient jusqu'à leur jeter des pièces de monnaie blanche.

Je me les imagine, le soir, comptant la recette, quand le monde n'est plus là. Quelles gorges chaudes ! Ils ont traversé la France, dans les rebuffades des paysans et les méfiances des gardes champêtres. Ils arrivent à Paris, avec la crainte qu'on ne les jette au fond de quelque basse fosse. Et ils s'éveillent au milieu de ce rêve doré de tout un peuple de messieurs et de dames en extase devant leurs guenilles. Eux, qu'on chasse de ville en ville ! Il me semble les voir se dresser sur le talus des fortifications, drapés dans leurs loques, jetant un grand rire de mépris à Paris endormi.

La palissade entoure sept ou huit tentes, ménageant entre elles une sorte de rue. Des chevaux étiques, petits et nerveux, broutent l'herbe roussie, derrière les tentes. Sous des lambeaux de vieilles bâches, on aperçoit les roues basses des voitures.

Au dedans, règne une puanteur insupportable de saleté et de misère. Le sol est déjà battu, émietté, purulent. Sur les pointes des palissades, la literie prend l'air, des paillots, des couvertures déteintes, des matelas carrés où deux familles doivent dormir à l'aise, tout le déballage de quelque hôpital de lépreux séchant au soleil. Dans les tentes, dressées à la mode arabe, très-hautes et s'ouvrant comme les rideaux d'un ciel de lit, des chiffons s'entassent, des selles, des harnais, un bric-à-brac sans nom, des objets qui n'ont plus ni couleur, ni forme, qui dorment là dans une couche de crasse superbe, chaude de ton et faite pour ravir un peintre.

Pourtant, j'ai cru découvrir la cuisine, au bout du campement, dans une tente plus étroite que les autres. Il y avait là quelques marmites de fer et des trépieds ; j'ai même reconnu une assiette. D'ailleurs, pas la moindre apparence de pot-au-feu. Les marmites servent peut-être à préparer la bouillie du sabbat.

Les hommes sont grands, forts, la face ronde, les cheveux très-longs, bouclés, d'un noir lisse et huileux. Ils sont vêtus de toutes les défroques ramassées en chemin. Un d'eux se promenait, drapé dans un rideau de cretonne à grands ramages jaunes. Un autre avait une veste qui devait provenir de quelque habit noir dont on avait arraché la queue. Plusieurs ont des jupons de femme. Ils sourient dans leurs longues barbes, claires et soyeuses. Leurs coiffures de prédilection paraissent être des fonds de vieux chapeaux de feutre, dont ils ont fait des calottes en en coupant les ailes.

Les femmes sont également grandes et fortes. Les vieilles, séchées, hideuses avec leurs maigreurs nues et leurs cheveux dénoués, ressemblent à des sorcières cuites aux feux de l'enfer. Parmi les jeunes, il y en a de très-belles, sous leur couche de crasse, la peau cuivrée, avec de grands yeux noirs d'une douceur exquise. Celles-là font les coquettes ; elles ont les cheveux nattés en deux grosses nattes tombantes, rattachées derrière les oreilles, étranglées de place en place par des bouts de chiffons rouges. Dans leur jupon de couleur, les épaules couvertes d'un châle noué à la ceinture, coiffées d'un mouchoir qui les serre au front, elles ont un grand air de reines barbares tombées dans la vermine.

Et les enfants, tout un troupeau d'enfants, grouillent. J'en ai vu un en chemise, avec un gilet d'homme immense qui lui battait les mollets ; il tenait un beau cerf-volant bleu. Un autre, un tout petit, deux ans au plus, allait nu, absolument nu, très-grave, au milieu des rires bruyants des filles curieuses du quartier. Et il était si sale, le cher petit, si vert et si rouge, qu'on l'aurait pris pour un bronze florentin, une de ces charmantes figurines de la Renaissance.

. . . .

Dans la petite ville provençale où j'ai grandi, les Bohémiens sont tolérés ; mais ils ne soulèvent pas une telle émeute de curiosité. On les accuse de manger les chiens et les chats perdus, ce qui les fait regarder de travers par les bourgeois. Les gens comme il faut tournent la tête, quand ils ont à passer dans leur voisinage.

Ils arrivent avec leur maison roulante, s'installent dans le coin de quelque terrain abandonné des faubourgs. Certains coins, d'un bout de l'année à l'autre, sont habités par des tribus d'enfants déguenillés, d'hommes et de femmes vautrés au soleil. J'y ai vu des créatures belles à ravir. Nous autres galopins, qui n'avions pas les dégoûts des gens comme il faut, nous allions regarder au fond des voitures où ces gens dorment l'hiver. Et je me souviens qu'un jour, ayant sur le cœur quelque gros chagrin d'écolier, je fis le rêve de monter dans une de ces voitures qui partaient, de m'en aller avec ces grandes belles filles dont les yeux noirs me faisaient peur, de m'en aller bien loin, au bout du monde, roulant à jamais le long des routes.

[Texte publié pour la première fois dans *La Cloche* du 11 septembre 1872]

TEXTE D'EUGÈNE TÉNOT
SUR LA BATAILLE D'AUPS

Eugène Ténot. *La Province en décembre 1851. Étude historique* (Paris, 1865). Extrait sur la bataille d'Aups, p. 248-254.

[248] À 10 heures, lorsque la troupe était à peine à une demi-lieue de distance, les insurgés restés à Aups et [249] dont le nombre dépassait quatre mille hommes se massèrent sur l'esplanade pour la revue qui devait précéder le départ. La lassitude, les méfiances, les appréhensions, le regret d'aller s'enfoncer dans les montagnes, rendaient sombre et silencieuse cette foule d'ordinaire si bruyante.

L'esplanade d'Aups est une vaste promenade plantée d'arbres, située un peu en avant de la ville. Un parapet la borde et domine les prairies au pied desquelles passe la route de Draguignan. Elle s'ouvre à l'ouest du coté de Barjols ; à l'est on y pénètre par une vieille porte, le portail Saint-Sébastien ; en arrière, au nord, est la ville, la mairie et l'hôtel Crouzet, un peu vers l'ouest. La rue Saint-Pancrace traverse la ville et donne issue sur les montagnes par le portail des Aires.

Il n'eût pas été difficile de défendre cette position ; si même l'esplanade avait paru trop accessible, les montagnes qui dominent la ville au nord offraient une autre position très-forte avec la retraite assurée sur les Basses-Alpes.

Mais Duteil sans méfiance s'était bien gardé de faire les moindres dispositions. Il haranguait ses hommes qui, le dos tourné au parapet, l'écoutaient avec distraction, lorsqu'un cri s'éleva : Voilà les soldats !

La troupe débouchait à quatre cents pas de l'esplanade par le chemin de Draguignan.

Le colonel Trauers avait eu bientôt pris ses dispositions. [250] La rencontre de Tourtour lui avait appris à ne pas redouter de semblables ennemis.

Quelques compagnies déployées en tirailleurs s'élancèrent de front, remontant les prairies pour entrer sur l'esplanade en escaladant le parapet. Tout le reste de la colonne s'avança rapidement, la cavalerie en tête, pour déboucher par la porte Saint-Sébastien sur la gauche des insurgés.

Cette foule si diverse de dispositions et de courage, surprise à l'improviste par une attaque si peu attendue, se troubla. Les rangs vacillèrent ; la confusion commença. Beaucoup des hommes étaient sans munitions. Un chef s'élança, un panier de cartouches à la main ; il les distribua en exhortant les insurgés à tenir bon par quelques paroles rapides. Ces exhortations produisirent peu d'effet.

Camille Duteil, effaré, descendit de cheval, s'entoura de quelques chefs, et courut au contingent de la Garde-Freynet, le plus solide de tous. Il donna l'ordre de prendre par la rue Saint-Pancrace pour gagner les hauteurs. Il était trop tard pour cette résolution. Le contingent de la Garde-Freynet s'ébranla cependant, en bon ordre, et se dirigea tambour battant vers le portail des Aires.

Ce mouvement de recul produisit un effet désastreux sur les insurgés. Le bruit se répandit comme l'éclair parmi la foule encore rangée sur l'esplanade, que Duteil venait de s'enfuir en criant : sauve qui peut !

[251] Les tirailleurs commençant le feu du milieu des prairies augmentaient la confusion, lorsque tout à coup, la cavalerie débouchant au galop, par la porte Saint-Sébastien, se rue sur les insurgés. Le contingent du Luc veut tenir bon. Il est sabré. La déroute la plus épouvantable commence. Les paysans éperdus s'enfuient en masse, par la droite, comme un torrent qui s'écoule vers les chemins de Sillans, Fox, Uchane. La cavalerie s'acharne à leur poursuite.

L'infanterie débouche sur l'esplanade déjà vide et dirige une vive fusillade sur les maisons qu'elle croit garnies de combattants. Quelques fuyards du Luc se rallient aux abords de l'hôtel Crouzet, font volte-face et ripostent. Leur décharge attire sur ce point le gros de l'infanterie qui crible les fenêtres d'une grêle de balles.

C'était là qu'étaient les malheureux otages. Au comble de la joie en voyant la victoire de leurs libérateurs, ils essaient de se faire connaître. Les soldats furieux n'écoutent rien ; ils les prennent pour des insurgés et continuent à fusiller les fenêtres de l'hotel. La situation était horrible. M. Pannescorce, l'un des prisonniers de la Garde-Freynet, veut descendre dans la cour. Une balle frappe l'espagnolette de la croisée, ricoche, frappe M. Pannescorce dans le flanc et lui fait une blessure mortelle.

MM. de Gasquet et Andéol de Laval s'élancent au-devant des soldats pour les désabuser. Ceux-ci les criblent de coups de fusil. M. de Gasquet échappe à [252] cette décharge. Mais Andéol de Laval pris pour un chef d'insurgés, est frappé à bout portant de coups de feu, de coups de baïonnettes, avec un acharnement barbare. Le malheureux se débat aux pieds des soldats qui ne s'arrêtent que las de le cribler de balles (1).

Ce noble jeune homme ne succomba pas à ses blessures. Par un bonheur providentiel, la fureur des soldats ne leur avait pas laissé assurer leurs coups. Sa casquette était percée a jour, ses vêtements lacérés en tous sens par les balles, sa cravate déchirée par les coups de baïonnette, sans qu'il eût cependant reçu de blessures mortelles.

Son dévouement ne fut pas inutile ; on se reconnut et les otages échappèrent au danger cruel et inattendu, d'être massacrés par leurs libérateurs.

Ces événements s'étaient passés en moins de temps qu'il n'en faut pour les raconter. Pendant ce temps quelques compagnies s'élançaient vers ce portail des Aires, par où venait de sortir le contingent la Garde-Freynet.

Immédiatement au-dessus, et dominant la ville, s'élevait un mamelon planté d'oliviers et surmonté d'une chapelle. Duteil, Campdoras, Ferrier et quelques autres chefs s'y étaient arrêtés et faisaient battre le rappel, espérant y rallier les fuyards.

La troupe déboucha au pas de course par le portail [253] des Aires et fut arrêtée subitement par une vigoureuse fusillade. Surprise d'abord de cette résistance inattendue, elle riposta vivement. Le combat très-vif pendant un quart d'heure, ne dura pas. Les insurgés gagnèrent la route des Basses-Alpes et battirent en retraite sans être poursuivis. Ils étaient à peine cinq à six cents, presque tous de la Garde-Freynet. Dans ce court engagement, la troupe avait eu deux officiers et quelques soldats blessés ; un seul grenadier avait été tué.

Pendant qu'un peu de résolution permettait aux gens de la Garde-Freynet de battre en retraite sans pertes, les fuyards qui couvraient la plaine d'Uchane, étaient impitoyablement sabrés par la cavalerie. Les gendarmes exaspérés par le désarmement de tant de leurs camarades, ne faisaient pas de quartier. Le contingent du Lue qui avait déjà laissé bon nombre de morts ou de blessés sur l'esplanade d'Aups, perdit encore quelques hommes. Parmi ceux-là, plusieurs méritaient de vifs regrets, pères de famille ou jeunes gens honnêtes qui avaient cru sincèrement au bon droit de leur cause. Hyppolite Maurel, Aymard, Laborde, Étienne Villeclaire, etc. Un pauvre journalier du Luc, nommé Pascal Brun, laissa tomber son fusil à la vue des gendarmes, et n'en reçut pas moins neuf blessures auxquelles il a échappé par miracle.

Le nombre des insurgés tués fut, au moins, de cinquante, et celui des blessés beaucoup plus considérable. On fit à peu près quatre-vingts prisonniers.

[254] La déroute d'Aups fut le coup de mort de l'insurrection. Toutes les bandes qui tenaient encore la campagne se dispersèrent frappées d'une indicible terreur.

La seule bande qui entourait Duteil resta quelques jours en armes. Elle traversa Riez, Estoublon dans les Basses-Alpes, et gagna la frontière du Piémont, non loin d'Entrevaux.

(1) Cette expression est de M. Maquan. *Insurrection du Var*, page 197.

BIBLIOGRAPHIE

ÉDITIONS EN FRANÇAIS
(ordre chronologique)

La Fortune des Rougon. Paris, A. Lacroix, Verboeckhoven et Cⁱᵉ, 1871, 400 p. [1ʳᵉ édition, dont une partie fut mise en vente en 1872 portant la mention : 2ᵉ édition.]

La Fortune des Rougon. 3ᵉ édition. Paris, Charpentier, 1872 [datée de 1873], 385 p. [Éditions Charpentier subséquentes : 4ᵉ : 1873 ; 8ᵉ : 1877 ; 10ᵉ : 1878 ; 11ᵉ, 13ᵉ et 14ᵉ : 1879 ; 40ᵉ mille, Charpentier-Fasquelle, 1906 ; dans *Œuvres complètes illustrées de Émile Zola*. Tome I. Paris, E. Fasquelle, 1906. (Collection : Bibliothèque Charpentier).]

La Fortune des Rougon. Notes et commentaires de Maurice Leblond. Paris, Bernouard, 1927, 364 p. [Éd. des *Œuvres complètes*, avec des extraits du dossier préparatoire.]

La Fortune des Rougon. Préface de Henri Guillemin. Lausanne, Éditions Rencontre, 1960, 471 p. [Frontispice : Émile Zola à 32 ans (1872).]

La Fortune des Rougon. Paris, Fasquelle, 1960, 436 p. (Le Livre de poche, 531-532).

Les Rougon-Macquart. Histoire naturelle et sociale d'une famille sous le second Empire. Tome I. Préface d'Armand Lanoux. Chronologie, notes et commentaires par Henri Mitterand. Paris, Gallimard, 1960, LXIV, 1713 p. (Collection : Bibliothèque de la Pléiade). [*La Fortune des Rougon*, p. 3-315 ; notes et variantes, p. 1532-1567.] Nouvelles éditions : 1990, LXX, 1720 p. ; 2003, LXX, 1724 p.

La Fortune des Rougon. Paris, Fasquelle, 1964, 435 p. (Le Livre de poche, 531-532).

La Fortune des Rougon, dans *Émile Zola. Œuvres complètes*. Tome II. Préface de Henri Guillemin. Notes et commentaires de Henri Mitterand. Paris, Cercle du Livre Précieux, 1966, p. 13-299. [Voir aussi, dans la section « Documents », p. 287-299, le projet inédit des *Rougon-Macquart* (« *Les Rougon-Machard* »), un plan du premier roman de la série en onze chapitres et le premier tableau généalogique des personnages de la série remis à l'éditeur Lacroix à la fin de 1868 ou au début de 1869.]

Les Rougon-Macquart. Tome I. Préface de Jean-Claude Le Blond-Zola. Introduction et notes de Pierre Cogny. Paris, Éditions du Seuil, 1969. « L'Intégrale ». [Contient *La Fortune des Rougon, La Curée, Le Ventre de Paris, La Conquête de Plassans*.]

La Fortune des Rougon. Chronologie et introduction par Robert Ricatte. Paris, Garnier-Flammarion, 1969, 372 p. [Aussi : 1994, 377 p. ; 2002, (Collection : GF, 216).]

La Fortune des Rougon. Paris, France loisirs, 1978, 431 p.

La Fortune des Rougon. Préface de Guy de Maupassant. Genève, Famot ; (La Seyne-sur-Mer), diffusion F. Beauval, 1978, 2 vol.

La Fortune des Rougon. Préface de Henri Guillemin ; illustrations de Tim. Genève, Edito-service [Levallois-Perret], Cercle du bibliophile, s. d. [1979], 456 p.

La Fortune des Rougon. Paris, Éditions J'ai lu, 1979, 378 p. (Collection : J'ai lu, 1008).

Les Rougon Macquart. Préface de Jean-Claude Le Blond-Zola ; présentation et notes de Pierre Cogny. Paris, Seuil, 1979-1991, 6 vol. (Collection : L'Intégrale).

La Fortune des Rougon. Préface de Jeannie Malige et Bertrand de Jouvenel. Paris, Firmin-Didot [Presses Pocket], 1980, 339 p.

La Fortune des Rougon. Préface d'Armand Lanoux. Paris, Le Livre de poche, 1980, VII, 435 p. (Collection : Le Livre de poche, 531).

La Fortune des Rougon. Paris, UNIDÉ, 1980, 304 p. (Collection : Club de chez nous).

La Fortune des Rougon. Paris, P. Chatenoud, 1981, 340 p. [illustrations de Martiale Delcasse].

La Fortune des Rougon. Préface de Maurice Agulhon. Édition établie et annotée par Henri Mitterand. Paris, Gallimard, 1981, 461 p.

La Fortune des Rougon. Préface, commentaires et notes d'Auguste Delazay. Paris, Librairie générale française, 1985 [2000], 379 p. (Livre de poche, 531 ; Livre de poche classique).

La Fortune des Rougon. Paris : Librairie générale française, 1985, 414 p. (Collection : Le Livre de poche).

La Fortune des Rougon. Paris, France loisirs, 1990, XIV, 460 p.

La Fortune des Rougon. Épisode du Coup d'État en Province décembre 1851. Édition critique : introduction, variantes, notes, dossier préparatoire et plan par Gina Gourdin Servenière. Genève, Strategic Communications SA, 1990, CXX, 583 p. [Introduction : « Les Origines des Rougon-Macquart, L'Arbre et le Cycle », p. VII-LXVI ; « *La Fortune des Rougon*, Genèse, Dossier préparatoire », p. LXVII-CXX ; texte du roman, p. 1-264 ; variantes, p. 265-462 ; notes, p. 463-512 ; documents, p. 513-582 ; annexes : plan de la ville d'Aix et arbres généalogiques.]

Les Rougon-Macquart. Tome I. Éd. établie par Colette Becker, avec la collaboration de Gina Gourdin-Servenière et Véronique Lavielle. Paris, Le Grand Livre du mois, 1991, CLXV, 1216 p.

Les Rougon-Macquart. Éd. établie par Colette Becker, avec la collaboration de Gina Gourdin-Servenière et Véronique Lavielle. Paris, R. Laffont, 1991-1993, 5 vol. (Collection : Bouquins).

La Fortune des Rougon. [Evry], Éd. Carrefour, 1995, 377 p. (Collection : Classique, 92). Aussi : 1998, 348, 16, XII p. (Collection Classique, 5992).

La Fortune des Rougon. Alleur (Belgique)-[Paris], Marabout, 1995, 333 p. (Collection : Bibliothèque Marabout, 14). [Aussi : *La Fortune des Rougon* ; parcours rapide, résumé et commentaire de Véronique Anglard. Alleur (Belgique), Marabout-[Paris], [diffusion Hachette], 1995, 382 p. (Collection : Lecture fléchée).

La Fortune des Rougon. Paris, EDDL, 1996, 333 p. (Collection : Grands classiques, 46).

La Fortune des Rougon. Préface et commentaire de Gérard Gengembre. Paris, Presses pocket, 1999, 454, LXXV p. (Collection : Pocket classiques).

La Fortune des Rougon, dans *Émile Zola : Œuvres complètes*. [Publiées sous la direction de Henri Mitterand]. *Tome 4. La guerre et la Commune (1870-1871)*. Présentation, notices, chronologie et bibliographie par Patricia Carles et Béatrice Desranges. Paris, Nouveau Monde Éditions, 2003, 647 p. [*La Fortune des Rougon*, chroniques politiques, correspondance.]

La Fortune des Rougon. Édition présentée et annotée par Colette Becket, Paris, Le Livre de Poche, 2004, 475 p. (Les Classiques de Poche).

La Fortune des Rougon. Notes et dossier par Anne Cassou-Noguès. Paris, Hatier, 2008, 447 p. (Collection : Classiques & Cie, 76).

La Fortune des Rougon. Dossier par Dominique Trouvé. Paris, Belin, 2010, 447 p. (Collection : Classico lycée, 46).

Voir aussi : *Émile Zola, La Fabrique des « Rougon-Macquart »*, [Volume 1]. Édition des dossiers préparatoires. Ouvrage publié par Colette Becker, avec la collaboration de Véronique Lavielle. Paris, Champion, 2003, 1008 p. (Textes de littérature moderne et contemporaine, n° 70). [Ouvrage qui contient l'ensemble des notes préparatoires des *Rougon-Macquart* (ms. 10345, p. 23-244) ainsi que les dossiers préparatoires de *La Fortune des Rougon* (ms. 10303, p. 245-346), *La Curée* (ms. NAF 10282, p. 347-654) et *Le Ventre de Paris* (ms. 10338, p. 655-1008).]

[Adaptation par la télévision : *La Fortune des Rougon*. Adaptation par Emmanuel Roblès. Directeur : Yves-André Hubert, 1980.]

TRADUCTIONS
(ordre chronologique dans chaque section)

ALLEMAND

Das Glück des Hauses Rougon. Roman. Trad. Roderich Rode. Leipzig, Baumert & Ronge, 1881, III, 354 p. [Réimpression : 1882.]

Das Glück der Familie Rougon. Trad. O Schwarz. Budapest, Gustav Grimm, 1890, 459 p. [Réimpressions : 1891 et 1893.]

Glück der Rougon. Trad. P. Heichen. Berlin, S. Frankl / Neufeld & Henius / Jacobsthal, 1890, 195 p.

Das Glück der Familie Rougon. Trad. Paul Heichen. Berlin, S. Frankl, 1893, 195 p.

Das Glück der Familie Rougon. Munich, K. Wolff, 1922, 499 p.

Das Glück der Familie Rougon. Trad. Armin Schwarz. Berlin, Harz, 1923, 464 p.

Das Glück der Familie Rougon. Trad. Armin Schwarz. Berlin, Deutsche Buch-Gemeinsch, 1925, 461 p.

Das Glück der Familie Rougon. Trad. Elvira von Roeder. Berlin, Rütten & Loening, 1952, 451 p.

Das Glück der Familie Rougon. Éd. et trad. Rita Schober. Berlin, Rütten & Loening, 1956, 462 p. ; 1959, 454 p.

Das Glück der Familie Rougon. Éd. Rita Schober. Illustrations de Wilhelm Busch. Munich, Winkler, 1974, 590 p.

Das Glück der Familie Rougon. Trad. Caroline Vollmann. Postface de Manfred Gsteiger. Zürich, Manesse, 2003, 632 p.

ANGLAIS/AMÉRICAIN

The Rougon-Macquart Family. Trad. John Stirling. Philadelphie, T. B. Peterson & Bros., 1879, 368 p.

The Girl in Scarlet, or the Loves of Silvère and Miette. Trad. John Stirling. Philadelphie, T. B. Peterson & Bros., 1882, XIX, 368 p.

The Fortune of the Rougon. A Realistic Novel. Chicago, Laird & Lee, [s. d.], 337 p. [avec illustrations].

Wedded in Death. New York, F. Tousey, 1884. [un « dime novel »].

The Fortune of the Rougons. A Realistic Novel. Londres, Vizetelly, 1886, 324 p. [trad. à partir de la 24ᵉ édition française ; illustrations : 8 gravures]. Aussi : Londres, Vizetelly, 1898, XII, 347 p.

The Girl in Scarlet. Londres, Temple Co., 1888. Aussi : Londres, The Camden Publishing Co., 1908, 296 p. (Collection : Continental Author Series).

The Fortune of the Rougons. A Realistic Novel. [trad. à partir de la 24ᵉ édition française ; ouvrage interdit en Grande-Bretagne]. Paris, E. Flammarion, 189- ?, VIII, 324 p. [illustrations]. (Réimpressions : 1918, 1924, 1926.)

The Fortune of the Rougons. A Realistic Novel. [trad. à partir de la 62ᵉ éd. française]. Chicago, Laird & Lee, 1891, 337 p. (Collection : The Pastime Series, n° 61) [aussi sous le titre *The Rougon-Macquart Family*].

The Fortune of the Rougons. Edited with an Introduction by Ernest Alfred Vizetelly. Londres, Chatto & Windus, 1898, XII, 347 p. [édition modifiée de la trad. anonyme publiée en 1886].

The Fortune of the Rougons. New York, Albert & Charles Boni, 1925, 347 p.

The Fortune of the Rougons. Gloucester, Sutton, 1985, XII, 347 p. (Collection : Continental Classics).

The Fortune of the Rougons. Gloucester, Dodo Press, 2005, 328 p.

The Fortune of the Rougons. Middlesex, Echo Library, 2006, 227 p. [trad. et éd. E.A. Vizetelly].

The Fortune of the Rougons. Champaign, IL, Jungle Books, 2008.

The Fortune of the Rougons. New York, Quill Pen, 2008.

The Fortune of the Rougons. S.l, Grand Oak Books, 2011.

The Fortune of the Rougons. Trad. et éd. Brian Nelson. Oxford, Oxford University Press, 2012, XXXI, 336 p. (Oxford World Classics).

CHINOIS

Lu-kung chia tsu ti chia yun. Trad. Lin Ruji. Shanghai, Maison d'Édition de Commerce, [1936]. 2 vol., 654 p. (Collection : Tso-la chi, 1).

Lu-kung ta jen. Trad. Lin Ruji. Pékin, Éditions de la Littérature du Peuple, 1958.

Lu-kung ta jen. Trad. Ch'eng Yu-t'ing i. Shang-hai, Shang-hai i wen ch'u pan she, 1985, 404 p.

ESPAGNOL

La fortuna de los Rougon. Versión castellana de Juan de la Cerda. 2ᵉ éd. Madrid, El Cosmos Editorial, 1888, 2 vol. (Collection : Biblioteca de El Cosmos Editorial)

La fortuna de los Rougon. Versión castellana de Juan de la Cerda. 3ᵉ éd. Madrid, M. Núñez Samper, [1920]. (Collection : Biblioteca de El cosmos editorial)

La fortuna de los Rougon. Trad. Esther Benítez. Madrid, Alianza Editorial., 1980, 357 p. (Collection : El Libro de Bolsillo, Sección Clásicos, 804)

La fortuna de los Rougon. Barcelone, Dalmau Socías Editores, 1985, 2 vol.

ITALIEN

La fortuna dei Rougon. Prima versione italiana di C. Dassato sulla quinta edizione francese. Milan, Simonetti, 1879, 288 p.

La fortuna dei Rougon. Versione di L. Rocco. Milan, Treves, 1880, 315 p.

La fortuna dei Rougon. Versione di Lorenzo Rocco. 2ᵉ éd. Milan, Treves, 1889, 320 p.

Sogno d'amore (La fortuna dei Rougon). Nuova traduzione italiana di F. Bideri. Naples, Bideri, 1908, 194 p.

La fortuna dei Rougon. (Le origini). Primo della serie dei Rougon-Macquart. Naples, s. e., 1916, 260 p.

La fortuna dei Rougon. Trad. L. Rocco. Milan, Treves, 1922, 320 p.

La fortuna dei Rougon. Éd. et trad. Sebastiano Timpanaro. Introd. de Lanfranco Binni. Milan, Garzanti Libri, 1992, 364 p.

KORÉEN

La Fortune des Rougon. Séoul, Koryowon Midio, 1996, 392 p. (Collection Koryowon segye munhak ch'ongso, 18).

POLONAIS

Początki fortruny Rougonów. Trad. Krystyna Dolatowska. Varsovie, Książka i Wiedza, 1952, 2 vol. (Biblioteka Prasy).

PORTUGAIS

A fortuna dos Rougons. Trad. E. de Barros Lobo. Lisbonne, Lisboa & Cᵃ, 1881, 3 vol.

A fortuna dos Rougons. Trad. Barros Lobo. 2ᵉ éd. Lisbonne, Livraria Industrial de Lisboa, 1882, 406 p.

A fortuna dos Rougons. Trad. Eduardo Barros Lobo. Lisbonne, Guimarães, 1916. 2 vol. (Collection : Horas de leitura, 124-126).

A fortuna dos Rougons. Trad. Barros Lobo. Lisbonne, Livraria Guimarães, 1947, 371 p.

ROUMAIN

Izbinda Familiei rougon. Trad. Alexandru Dimitriu-Pausesti. Bucarest, Stat Pentru Literatura Si Arta, 1956, 339 p.

RUSSE

La Fortune des Rougon. Moscou, Éditions d'État de Belles Lettres, 1949, 368 p. [illustrations].

Kar'era Rugonov. Perevod s frantsuzskogo E. Aleksandrovoï. Moscou, Moskvovskii Rabochii, 1955, 333 p. [illustrations] (Collection : Biblioteka dlia iunoshestva).

La Fortune des Rougon. Kiev, Éditions littéraires d'État, 1959, 323 p. [illustrations] (Collection : Bibliothèque classique universelle).

UKRAINIEN

Shchastia Ruhoniv. Trad. Kost' Rubyns'kyi. Kyïv, Dnipro, 1969, 309 p. (Collection : Vershyny svitovoho pys'menstva).

PRINCIPALES SOURCES DU ROMAN

BLACHE, Noël, *Histoire de l'insurrection du Var en décembre 1851*, Paris, Le Chevalier, 1869, 236 p.

DELORD, Taxile, *Histoire illustrée du Second Empire, tome 1*, Paris, Germer-Baillière, 1869, 623 p.

DESCHANEL, Émile, *Physiologie des écrivains et des artistes, ou Essai de critique naturelle*, Paris, Hachette, 1864, 388 p.

HUGO, Victor, *Napoléon le petit*, Londres, Jeffs ; Bruxelles, A. Mertens, 1852. [Deux éditions de *Napoléon le Petit* furent mises en vente en août 1852 : l'une dans le format in-18 destinée surtout au marché belge et étranger, l'autre, de format in-32, assez petite pour le passage clandestin en France. Voir. *Œuvres complètes. Histoire*, éd. Sheila Gaudon, Paris, Robert Laffont, 1987, p. 1-152.]

LETOURNEAU, Dᵣ Charles, *Physiologie des passions*, Paris, Germer-Baillière, 1868, 232 p.

LUCAS, Dᵣ Prosper, *Traité philosophique et physiologique de l'hérédité naturelle dans les états de santé et de maladie du système nerveux*, Paris, J.-B. Baillière, 1847-1850, 2 vol.

MAQUAN, Hyppolyte, *Insurrection de décembre 1851 dans le Var. Trois jours au pouvoir des insurgés. Pensées d'un prisonnier*, Draguignan, 1853, 378 p.

TÉNOT, Eugène, *La Province en décembre 1851, étude historique*, 2ᵉ éd., Paris, Le Chevalier, 1868, VI, 360 p.

RÉCEPTION

BANGE, Pierre, « Fontane et le naturalisme. Une critique inédite des *Rougon-Macquart* », *Études germaniques*, 19ᵉ année, n° 2, avril-juin 1964, p. 142-164. [Notes de lecture (1883) de l'écrivain allemand Théodore Fontane sur *La Fortune des Rougon* et *La Conquête de Plassans*.]

BOURGET, Paul, « Revue littéraire. Le roman réaliste et le roman piétiste », *Revue des Deux Mondes*, 43ᵉ année, 2ᵉ période, CVI, 15 juillet 1873, p. 454-69. [Voir p. 456-460 ; compte rendu négatif des trois premiers romans de la série des *Rougon-Macquart*.]

COLANI, Timothée, « *Les Rougon-Macquart*, par Émile Zola », *La Nouvelle Revue*, III, 1ᵉʳ et 15 mars 1880, p. 133-164, 378-400. Article repris dans *Essais de critique historique, philosophique et littéraire* (Paris, Chailley, 1895), p. 161-226.

FLAUBERT, Gustave, *Correspondance 1871-1877*, vol. 15 des *Œuvres complètes*. Éd. Maurice Bardèche. Paris, Club de l'Honnête Homme, 1975.

GUILLEMIN, Jules, « Variétés littéraires », *Le Progrès de Saône-et-Loire*, 17 décembre 1871.

LINTON, E. Lynn, « M. Zola's Idée Mère », *The Universal Review*, 1ᵉʳ mai 1888, p. 27-40.

PELLETAN, Camille, « Romans », *Le Rappel*, 8 novembre 1872. [Sur *La Fortune des Rougon* et *La Curée*.]

RODAYS, Fernand de, « Gazette littéraire. *La Fortune des Rougon*, par M. Émile Zola », *Le Figaro*, 29 octobre 1871.

ANONYME, « Mouvement littéraire », *La Renaissance littéraire et artistique*, II, n° 14, 10 mai 1873, p. 111-112. [Sur les trois premiers romans de la série des *Rougon-Macquart*.]

ANONYME, « Current Fiction », *The Literary World* (Boston), X, n° 19, 13 septembre 1879, p. 294.

ANONYME, « Current Fiction », *The Literary World* (Boston), XIII, 4 novembre 1882, p. 373.

ANONYME, « Recent Novels », *The Nation* (New York), XXIX, 25 septembre 1879, p. 213.

ANONYME, « Translations », *Literature* (Londres), III, n° 61, 17 décembre 1898, p. 575.

ANONYME, « *Uppkomlingarne* », *Dagens Nyheter*, 13 décembre 1883, p. 2. [*Cf. Stockholms Dagblad* du même jour, p. 5.]

CRITIQUE

Analyses & réflexions sur Zola : « *La Fortune des Rougon* » *: figures du pouvoir,* ouvrage collectif, Paris, Éditions Marketing, 1994, 128 p. (Ellipses). Contenu : Jean Labesse, « Première partie : Le moment et le lieu. Introduction », p. 5 ; Pierre Sauvage, « Zola et son temps. Biographie, événements et œuvres », p. 6-10 ; Nicole Buresi, « *La Fortune des Rougon.* Résumé », p. 11-13 ; Pierre Sauvage, « Chronique d'une prise de pouvoir annoncée », p. 14-16 ; Michel Massenot, « La présentation de Plassans à la lumière de la *Préface* : trois visages de l'auteur ou intentions et réalités », p. 17-21 ; Gérard Gengembre, « *La Fortune des Rougon.* Roman des origines », p. 22-24 ; Paul-Laurent Assoun, « Puissance maternelle et inconscient du pouvoir. L'infortune des Rougon », p. 25-33 ; Colette-Chantal Adam, « Pouvoir d'une création verbale au service d'une création politique : la prise de pouvoir – possible – par le peuple », p. 34-37. Jean Labesse, « Deuxième partie : Le décor et les acteurs. Introduction », p. 38 ; Pierre Guériaud, « Les lieux de pouvoir dans *La Fortune des Rougon* », p. 39-43 ; Jacques Perrin, « Le salon jaune des Rougon ou les métamorphoses d'un mythe », p. 44-47 ; Catherine Bouttier-Couqueberg, « Madame Mère », p. 48-52 ; Paule Collet, « Étude d'un personnage : Pierre Rougon », p. 53-56 ; Benoît Le Roux, « Pourquoi Vuillet », p. 57-60 ; Nathalie Albout, « Le couple Miette-Silvère : triomphe du romanesque ou innocence sacrifiée ? », p. 61-64. Jean Labesse, « Troisième partie : Les visages humains du pouvoir. Introduction », p. 65 ; Michel Bernard, « Le mot *pouvoir* », p. 66-68 ; Solange Fricaud, « *La Fortune des Rougon* : pour une théorie matérialiste du pouvoir », p. 69-71 ; Robert Dumas, « Le lion, le renard et les loups », p. 72-77 ; Corinne Hubner-Bayle, « Silvère et Miette ou la dialectique de l'amour et du pouvoir : de la tragédie personnelle à l'aventure collective », p. 78-81 ; Olivier Got, « L'envers du pouvoir : le personnage de Silvère, ou le sacrifice fondateur », p. 82-85 ; Catherine Malinas, « Soif du pouvoir et hérédité », p. 86-89 ; Solange Fricaud, « Jouir, voler, maîtriser : approche du lexique et des images du pouvoir », p. 90-94 ; Catherine Malinas, « Grotesques en mal d'épopée. Analyse littéraire du VI\ chapitre », p. 95-98. Jean Labesse, « Quatrième partie : Le pouvoir des choses. Introduction », p. 99 ; Daniel Lequette, « Pouvoir et information dans *La Fortune des Rougon* », p. 100-104 ; Bernard Valette, « *La Fortune des Rougon* ou le pouvoir de la fiction », p. 105-109 ; Florence Braunstein et Jean-François Pépin, « Une figure du pouvoir au XIX\ siècle. Banque et banquier chez Balzac, Maupassant et

Zola », p. 110-112 ; Bernard Urbani, « Le pouvoir de la nature dans *La Fortune des Rougon* », p. 113-116 ; Étienne Rabaté, « Pouvoirs de la mort », p. 117-119 ; Alain-Gabriel Monot, « Triomphe du pouvoir. La mort de Silvère et la victoire des Rougon », p. 120-122 ; Robert Dumas, « Anthologie. Zola, la guerre à l'Empire », p. 123-125 (textes de Zola, Flaubert, Marx, Hugo, Michel Serres) ; « Bibliographie », p. 126.

AGULHON, Maurice, « Aux sources de *La Fortune des Rougon* : deux types d'insurgés de 1851 », *Europe*, 46e année, nos 468-469, avril-mai 1968, p. 161-167. [« Discussion », p. 167-168.]

AGULHON, Maurice, *La République au village (Les populations du Var de la Révolution à la Seconde République)*, Paris, Plon, 1970, 543 p.

AGULHON, Maurice, *Marianne au combat. L'imagerie et la symbolique républicaines de 1789 à 1880*, Paris, Flammarion, 1979, 253 p.

AGULHON, Maurice, *Marianne au pouvoir : L'imagerie et la symbolique républicaine de 1880 à 1914*, Paris, Flammarion, 1989, 447 p.

ARITOMI, Chise, « *La Fortune des Rougon* de Zola comme source des *Rougon-Macquart* », *Études de Langue et Littérature française* (Tokyo), n° 82, 2003, p. 90-103.

ARMSTRONG, Marie-Sophie, « The Opening Chapter of *La Fortune des Rougon*, or the Darker Side of Zolian Writing », *Dalhousie French Studies*, n° 44, automne 1998, p. 39-53.

ARMSTRONG, Marie-Sophie, « Totem et tabou dans *La Fortune des Rougon* », *Excavatio*, XIV, nos 1-2, 2001, p. 73-85.

BAGULEY, David, « Image et symbole : la tache rouge dans l'œuvre de Zola », *Les Cahiers naturalistes*, n° 39, 1970, p. 36-41.

BAGULEY, David, « Le burlesque et la politique dans *La Fortune des Rougon* », *Ironies et inventions naturalistes*, éd. Colette Becker, Anne-Simone Dufief et Jean-Louis Cabanès, Paris, RITM, Centre des sciences de la littérature française de l'université Paris X, 2002, p. 53-62.

BAGULEY, David, « Histoire et fiction : *Les Rougon-Macquart* de Zola », dans *Romanesque et histoire*, éd. Christophe Reffait, Amiens, Centre d'études du roman et du romanesque de l'université de Picardie Jules Verne, 2008, p. 68-82. (Collection « Romanesques », 3).

BARBUSSE, Henri, « Zola. La science et la société », *L'Humanité*, 31 juillet 1927.

BECKER, Colette, « Les "machines à pièces de cent sous" des Rougon », *Romantisme*, XIII, n° 40, 1983, p. 141-152. [Le rôle de l'argent et de la spéculation dans *Les Rougon-Macquart*, notamment dans *La Fortune des Rougon* et *La Curée*.]

BECKER, Colette, « Zola, un déchiffreur de l'entre-deux », *Études Françaises*, XXXIX, 2003, n° 2, p. 11-21. [Dans *Zola, explorateur des marges*, numéro de revue édité par Véronique Cnockaert.]

BELGRAND, Anne, « Le couple Silvère-Miette dans *La Fortune des Rougon* », *Romantisme*, XVIII, n° 62, 1988, p. 51-59.

BEST, Janice, « …une soirée sanglante de cette fin de siècle », *Excavatio*, XVI, n°s 1-2, 2002, p. 58-66. [Sur deux scènes : l'apparition des insurgés dans *La Fortune des Rougon* et l'émeute des mineurs dans *Germinal*.]

BOURGEOIS, Jean, « Du mythe collectif au mythe personnel : *La Fortune des Rougon, Le Rêve* », *Les Cahiers naturalistes*, LI, n° 79, 2005, p. 23-44. [Sur les liens entre (1) *La Fortune des Rougon* et l'histoire de Pyrame et Thisbé dans les *Métamorphoses* d'Ovide ; (2) *Le Rêve* et *La Légende dorée* de Jacques de Voragine.]

CARLES, Patricia, et Béatrice DESGRANGES, « *La Fortune des Rougon* ». *Émile Zola*, Paris, Nathan, 1995, 128 p. (Collection : Balises, 100).

CHAITIN, Gilbert, « The Voices of the Dead : Love, Death and Politics dans Zola's *Fortune des Rougon* », *Literature and Psychology* (Fairleigh Dickinson University), XXVI, n°s 3 et 4, 1976, p. 131-144, 148-158.

CHARLES, David, « *La Fortune des Rougon*, roman de la Commune », *Romantisme*, n° 131, 1er trimestre 2006, p. 99-114.

CHIRAC, Marcelle, *Aix-en-Provence à travers la littérature française ; de la chronique à la transfiguration*. Préface d'André Chamson, Marseille, M. Chirac, 1978, 2 vol.

CNOCKAERT, Véronique, « "Speculo oratio" : le puits-tombeau dans *La Fortune des Rougon* d'Émile Zola », *French Forum*, XXIV, n° 1, janvier 1999, p. 47-56.

COGNY, Pierre, « Zola républicain », dans *L'Esprit républicain. Colloque d'Orléans, 4 et 5 septembre 1970*, Paris, Klincksieck, 1972, p. 353-358. [À propos de *La Fortune des Rougon, La République et la littérature* et « Les Trente-Six Républiques ».]

COLATRELLA, Carol, « Eternal Recommencement : *La Fortune des Rougon* », dans *Evolution, Sacrifice, and Narrative. Balzac, Zola, and Faulkner*, New York-Londres, Garland, 1990, p. 77-129.

COLBURN, W. E., *Zola in England, 1883-1903*, thèse, université d'Illinois, 1952, 234 p.

COSSET, Evelyne, « La représentation de "l'acte de parole" des personnages dans *La Fortune des Rougon* », *Les Cahiers naturalistes*, XXXVII, n° 65, 1991, p. 155-168.

COULET, E. (éd.), « Lettres inédites et précieux documents sur la longue amitié littéraire entre Émile Zola et le Toulonnais Noël Blache », *République* (Toulon), 25-26, 28-30 novembre, 1er décembre 1958.

DESCOTES, Maurice, *Le Personnage de Napoléon III dans les « Rougon-Macquart »*, Paris, Lettres Modernes, 1971, 79 p. (*Archives des Lettres modernes*, 1970 (6) (V), n° 114).

DEZALAY, Auguste, « Ordre et désordre dans *Les Rougon-Macquart*. L'exemple de *La Fortune des Rougon* », *Travaux de linguistique et de littérature*, XI, n° 2, 1973, p. 71-81.

DEZALAY, Auguste, « L'Infortune des Rougon, ou Le Mal des Origines », dans *Le Mal dans l'imaginaire littéraire français (1850-1950)*. Éd. Myriam Watthee-Delmotte et Metka Zupančič. Paris-Montréal, L'Harmattan / Orléans (Ontario), David, 1998, p. 181-192.

DUPUY, Aimé, « Autour des personnages de Zola. Hommes politiques, fonctionnaires et magistrats dans les *Rougon-Macquart* », *La Revue socialiste*, n° 64, février 1953, p. 173-191.

DUPUY, Aimé, « Le Second Empire vu et jugé par Émile Zola », *L'Information historique*, XV, n° 2, mars-avril 1953, p. 50-57.

ERNEST-CHARLES, J., « Les "Rougon" et les "Macquart" », *Le Quotidien*, 17 août 1927.

FLAUBERT, Gustave, *Lettres de Gustave Flaubert à George Sand : précédées d'une étude par Guy de Maupassant*, Paris, Charpentier, 1884, LXXXVI, 289 p.

GALDEMAR, Ange. « Le prochain livre de M. Émile Zola », *Le Gaulois*, 26 novembre 1892. Article repris dans *Entretiens avec Zola*. Éd. Dorothy E. Speirs et Dolorès A. Signori. Ottawa-Paris-Londres, Les Presses de l'université d'Ottawa, 1990, p. 104-107.

GERHARDI, Gerhard C., « Zola's Biological Vision of Politics : Revolutionary Figures in *La Fortune des Rougon* and *Le Ventre de Paris* », *Nineteenth-Century French Studies*, II, n°s 3-4, printemps-été 1974, p. 164-180.

GIRARD, Marcel, « Émile Zola et Louise Solari », *Revue d'Histoire littéraire de la France*, 58e année, n° 3, juillet septembre 1958, p. 371-372.

GOT, Olivier, « L'idylle de Miette et de Silvère dans *La Fortune des Rougon* : structure d'un mythe », *Les Cahiers naturalistes*, XIX, n° 46, 1973, p. 146-164.

GRANT, Elliott M., « L'emploi de l'expédition à Rome dans *La Fortune des Rougon* », *Les Cahiers naturalistes*, XIII, n° 33, 1967, p. 53-56.

GUILLEMIN, Henri, *Présentation des Rougon-Macquart*, Paris, Gallimard, 1964, 413 p.

HELLER, Adolph B. (éd.). « Six Letters from Champfleury to Zola », *The Romanic Review*, LV, n° 4, décembre 1964, p. 274-277.

HEMMINGS, F.W.J., « Émile Zola et Louise Solari », *Revue d'Histoire littéraire de la France*, 60e année, n° 1, janvier mars 1960, p. 60-61.

HEMMINGS, F.W.J., *Émile Zola* [2e édition revue et augmentée], Oxford, Clarendon Press, 1966, 329 p.

IPPOLITO, Jean-Christophe, « La vérité toute nue sort du puits. Communication et sexualité dans *La Fortune des Rougon* », *Excavatio*, X, 1997, p. 166-171.

KAMINSKAS, Jurate D., « *La Fortune des Rougon*, des origines et des parasites », *Excavatio*, X, 1997, p. 172-182.

KAMINSKAS, Jurate, « Structures parasitaires dans "la trilogie de Plassans" », *Les Cahiers naturalistes*, XLVI, n°74, 2000, p. 33-42. [Sur *La Fortune des Rougon*, *La Conquête de Plassans* et *Le Docteur Pascal*.]

KANES, Martin, « Zola, Balzac and "La Fortune des Rogron" », *French Studies*, XVIII, juillet 1964, p. 203-212.

KANES, Martin, « *La Fortune des Rougon* and the Thirty-Third Cousin », *L'Esprit créateur*, XI, n°4, hiver 1971, p. 36-44.

KANES, Martin, « Zola, Pelletan and *La Tribune* », *PMLA*, LXXIX, septembre 1964, p. 473-483.

KING, Graham, *Garden of Zola. Émile Zola and His Novels for English Readers*, Londres, Barrie & Jenkins, 1978, XXIV, 432 p.

LEPELLETIER, E., « Le naturalisme d'Émile Zola », *Le Bien public*, 10, 12 et 19 septembre 1877.

LUMBROSO, Olivier, et Henri MITTERAND (éd.), *Les Manuscrits et les dessins de Zola. Notes préparatoires et dessins des « Rougon-Macquart »*, Paris, Textuel, 2002, 3 vol.

LUNEL, Armand, « Le puits mitoyen. Un souvenir d'enfance d'Émile Zola », *L'Arc*, n°12, automne 1960, p. 85-89.

MALINAS, C. et Y., « Émile Zola et la génétique. La névrose des *Rougon-Macquart* », *Journal de Génétique humaine*, supplément n°5 du volume 29, 1981, p. 593-602.

MARCEL, Alain, « Lorgues, Plassans & Émile Zola » (2003), http://www. lorgues.info/zola1.html.

MARGADANT, Ted W., *French Peasants in Revolt : the Insurrection of 1851*. Princeton N.J., Princeton University Press, 1979, XXIV, 379 p.

MÁRQUEZ VILLANUEVA, Francisco, « Sobre fuentes y estructura de *Las cerezas del cementerio* », dans *Homenaje a Casalduero. Crítica y poesía*. Éd. R. Pincus Sigele et G. Sobejano. Madrid, Gredos, 1972, p. 371-377.

MAURIAC, Claude, « Relire Émile Zola, c'est découvrir un auteur inconnu », *Le Figaro*, 31 octobre 1966.

McLENDON, Wendell, « Images of Family in Zola : La fortune des Rougon et des Macquart », *Excavatio*, I, mai 1992, p. 83-90.

MITTERAND, Henri, « La publication en feuilleton de *La Fortune des Rougon* (lettres inédites) », *Mercure de France*, CCCXXXVII, n°1155, 1er novembre 1959, p. 531-536.

MITTERAND, Henri, « Les éditions originales des deux premiers *Rougon-Macquart* d'Émile Zola : *La Fortune des Rougon & La Curée* », *Le Bouquiniste français*, 40e année, nouvelle série n°19, mai 1960, p. 159-161.

MITTERAND, Henri, « Textes en intersection : *Le Roman expérimental* et *Les Rougon-Macquart* », *Revue de l'université d'Ottawa / University of Ottawa*

Quarterly, XLVIII, n° 4, octobre-décembre 1978, p. 415-428. [Article repris dans *Le Discours du roman* (1980), p. 164-185.]

MITTERAND, Henri, « Une archéologie mentale : *Le Roman expérimental* et *La Fortune des Rougon* », dans *Le Discours du roman*. Paris, Presses universitaires de France, 1980, p. 164-185.

MITTERAND, Henri, *Zola. Tome I. Sous le regard d'Olympia (1840-1871)*, Paris, Fayard, 1999, 943 p. ; *Tome II. L'homme de « Germinal »(1871-1893)*, Paris, Fayard, 2001, 1192 p. ; *Tome III : L'Honneur, 1893-1902*, Paris, Fayard, 2002, 860 p.

P.P. [Pierre PARAF], « En relisant *La Fortune des Rougon* », *La République*, 13 décembre 1936.

PAGÈS, Alain, « Éditer les dossiers préparatoires des *Rougon-Macquart* », *Genesis*, n° 23, 2004, p. 167-169.

PELLETAN, Camille, « *La Fortune des Rougon, La Curée*, par M. Zola », *Le Rappel*, 8 novembre 1872.

PELLINI, Pierluigi, « "Si je triche un peu" : Zola et le roman historique », *Les Cahiers naturalistes*, XLVII, n° 75, 2001, p. 7-28.

PETREY, Sandy, « From Cyclical to Historical Discourse : The *Contes à Ninon* and *La Fortune des Rougon* », *Revue de l'université d'Ottawa / University of Ottawa Quarterly*, XLVIII, n° 4, octobre-décembre 1978, p. 371-381.

RAPHAEL, Paul, « *La Fortune des Rougon* et la réalité historique », *Mercure de France*, CLXVII, n° 607, 1er octobre 1923, p. 104-118.

REVERZY, Éléonore, *La Chair de l'idée. Poétique de l'allégorie dans les « Rougon-Macquart »*, Paris, Droz, 2007, 264 p.

RICATTE, Robert, « À propos de *La Fortune des Rougon* », *Les Cahiers naturalistes*, VII, n° 19, 1961, p. 97-106.

RIÈS, J., « Zola et la résistance provençale au Coup d'État de décembre 1851 », *La Revue socialiste*, n° 52, décembre 1951, p. 532-547.

RIPOLL, Roger, « La vie aixoise dans *Les Rougon-Macquart* », *Les Cahiers naturalistes*, XVIII, n° 43, 1972, p. 39-54. [Conférence prononcée à la Société aixoise d'études historiques en février 1971 ; sur *La Fortune des Rougon* et *La Conquête de Plassans*.]

ROBERT, Frédéric, « Émile Zola face à *La Marseillaise* », *Les Cahiers naturalistes*, XXVI, n° 54, 1980, p. 165-173.

ROOT, H. Winthrop, *German Criticism of Zola, 1875-1893, with special reference to the Rougon-Macquart cycle and the roman experimental*, New York, Columbia University Press, 1931, 112 p.

SANVERT, Catherine, « Des *Mystères de Marseille* à *La Fortune des Rougon-Macquart*, ou du feuilleton "illusion" au roman "fondement" », dans *À la rencontre du populaire*. Éd. A. Court. Université de Saint-Étienne, 1993, p. 43-55.

SCHOR, Naomi, « Zola : From Window to Window », *Yale French Studies*, n° 42, 1969, p. 38-51.

SCHOR, Naomi, « Mythe des origines, origine des mythes : *La Fortune des Rougon* », *Les Cahiers naturalistes*, XXIV, n° 52, 1978, p. 124-134.

SCHOR, Naomi, *Zola's Crowds*, Baltimore, The Johns Hopkins University Press, 1978, xv, 221 p.

SOUDAY, Paul, « Les livres », *Le Temps*, 18 août 1927.

STANTON, Theodore, « Notes from Paris », *The Critic* (New York), XXIX, n° 834, 12 février 1898, p. 110. [Deux anecdotes sur Zola.]

SZAKÁCS, László, *Le Sens de l'espace dans « La Fortune des Rougon » d'Émile Zola*. Debrecen, Kossuth Lajos Tudományegyetem, 1990, 103 p. (Studia Romanica Universitatis Debreceniensis, Series Litteraria, 15).

SZAKÁCS, László, « Les vivants et les morts dans *La Fortune des Rougon* », *Acta litteraria Academiae scientiarum Hungaricae*, XXXII, 1990, p. 91-95.

WALTER, Rodolphe, « Zola et ses amis à Bennecourt (1866) », *Les Cahiers naturalistes*, VII, n° 17, 1961, p. 19-35.

WOLFZETTEL, Friedrich, « Die strukturelle Bedeutung des Fremden-Motivs in den *Rougon-Macquart* von Zola », *Germanisch-Romanische Monataschrift*, nouvelle série XXI, n° 1, 1971, p. 28-42. [Le thème de l'étranger dans *La Fortune des Rougon, Le Ventre de Paris, Germinal* et *La Terre*.]

ZIEGLER, Robert, « Blood and Soil. The Stuff of Creation in *La Fortune des Rougon* », *Studia Neophilologica* (Uppsala), LXIX, n° 2, 1997, p. 235-241.

ANONYME, « Émile Zola. Histoire de la démocratie française », *L'Humanité*, 7 octobre 1923.

INDEX DES NOMS

TABLE DES MATIÈRES

DOSSIER DOCUMENTAIRE